小学館文庫

千里眼　マジシャンの少女

松岡圭祐

JN286434

小学館文庫

千里眼　マジシャンの少女

前書きにかえて

東京都の石原慎太郎知事が、臨海副都心・お台場に大規模仮設ドームをつくり、カジノ体験ができる施設の建設を試みると公表したのは、本書のハードカバー版が刊行される一か月前だった。その時点で小説の原稿は校了の段階に至っており、内容はこのときの都知事の発表に左右されたものではなかった。が、現行法の下、地域限定通貨を作ってカジノのチップとし、それを地域の店で商品に交換できるカジノタウン構想は、本書の前半で閣僚がカジノを検討するくだりに描写した案と酷似している。さらに、ハードカバー版刊行の四か月後、都知事はカジノ構想の断念を発表したが、この時点でネックとなった刑法の賭博《とばく》罪に関する法的解釈についても、本書の内容に追随するものになっている。

興味深いことに、ハードカバー版が刊行された当日、お台場の青海《あおみ》には江戸の町並みを再現した天然温泉テーマパークがオープンした。これもハードカバー版の原稿執筆時には公表されていなかったことだが、偶然の一致とはいえ面白いことだと思う。おそらく、お台場が外国人観光客誘致にふさわしい場所と考え、そのためには日本情緒を前面に押し出した娯楽遊戯施設が必要という発想に至ったのだろう。

以上を踏まえて、この文庫版ではカジノ構想が放棄された現状に基づき、全面的に改稿することになった。また、ハードカバー版は「千里眼」「マジシャン」のいずれのシリーズからも独立した番外編という位置づけだったが、文庫化にあたって正式に両シリーズの正史に組みこまれることとなり、それに伴い大幅な加筆もおこなった。

転機

　いつしか雨はあがり、濡《ぬ》れたアスファルトの香りが漂う歩道には、そこかしこに水たまりができている。通りすぎるクルマの振動にその水面がわずかに揺らぐ。だが、映りこんだ青空は変わらなかった。空に目を転じる。立ち並ぶビルの上辺にいびつな多角形状に切り取られた空間、そこにひろがる雲ひとつない青空。その藍《あい》いろは深みを帯びて、八月上旬にして秋の気配を漂わせていた。

　そういえば、暦のうえではきょうは立秋だ。あいかわらず陽射《ひざ》しは強いが、風はすがすがしく、日陰ではふいに寒気に包まれる。陽のあたる場所と、そうでない場所の落差。五官すべてにそれを感じる。おかしなものだ。暦のことが頭をよぎるのは何十年ぶりだろう。忙しかったころは祝日さえ思いだせなかったのに、いまの自分は子供のころにいちど教わっただけのはずの暦をすらすらと暗唱できる。思考が解き放たれている、それを感じる。なにもかも、子供のころに戻った。思考も、生活も、人生さえも。

　永幡一徳《ながはたかずのり》は有楽町の一角を歩いていた。入社以来、三十年余りも往来してきた、有楽町駅とセブリモーターズ本社のあいだの道のり。銀座方面へ横断歩道を渡り、あとは歩道沿いにひたすら歩きつづけるだけだ。古いビルも多いが、それでも街の風景は初めてここを訪れたときと比較し、確実にさまがわりしていた。当時から存在するビルは、かつてはもっと巨大にみえた。まだ焼夷弾の跡が残っていそうなくすぶった土地のなかに、重厚さと威厳を漂わせた異様な建造物が点在し、それらが次々と数を増やしていくさまを、永幡はみてきた。

過去の終焉《しゅうえん》、未来の始まり。雨後の筍《たけのこ》のように地面から生えてくるビル群が、やがて蟻《あり》の這《は》いだす隙間《すきま》もないほどに密集し、時代は変わっていった。ほんのひと晩のことだったようにも、それなりに長い年月を経ているようにも思える。気づいたとき、時代は変わっていた。あれだけ輝いていたビルの壁面が色褪《いろあ》せ、塗装が剝《は》げ落ちていく。むろん、永幡にも同じ時間の流れが訪れていた。

足をとめ、ショーウィンドウのなかをみる。このスターバックス・コーヒーも元は自転車屋だった。紫外線対策のフィルムが貼《は》られているのだろう、ガラスの向こうはおぼろげで、そのかわり外の世界が鏡面のように映りこんでみえていた。視界に当時の自転車屋の軒先が一瞬だけよぎり、やがて、自分の姿に焦点が合っていく。年輪を重ねた、浅黒い肌のくたびれた顔。上着はない。ポロシャツにスーツ用のスラックスというでたち。通勤にはふさわしくない。服装だけではない。自分自身、社員にふさわしくない人間。そうみなされた。だから解雇された。

永幡は頭をふり、情けない五十男の姿から目をそらした。また歩きはじめる。歩道を行き交うビジネスマンはみなスーツを着ている。かつての自分のように。いま、この街では私は異端にちがいない。永幡はそう感じた。居場所のない人間。必要とされていない人材。それが、かつての巣に舞い戻ってきている、ただそれだけにすぎない。

東映会館から一本裏道に入ったところで、足をとめる。雑居ビルの六階、錆《さ》びついたセブリモーターズという看板を見あげた。薄汚れても、まだああして立派に存在している。自分はどうだ。もう、この玄関に足を踏みいれることはできない。階段を駆けあがり、事務所に飛びこむことはない。わかりきったことだった。リストラという重い現実に直面してから、毎日暇をもてあまし、気づいたときには総武線に乗って、かつての通勤の道すじをたどっている。そして、古巣の看板を見あげ、また帰路につく。いまの自分に日課らしきものがあるとしたら、この無意味な行動のみだった。

玄関を若いスーツ姿の男がでてきた。永幡にちらと一瞥《いちべつ》をくれたが、なにもいわず歩き去った。見覚えのない顔だった。だが、セブリモーターズの封筒を脇にかかえていた。新しい社員か、出入りしている業者だろう。

自分の行動に意味を求めたことがないわけではない。自分が存在しなくなったあとも、会社は無事に機能しているだろうか。それをたしかめにいくのだ、そんなふうにみずからの心に言い聞かせてきたように思う。ところが、その信念に似せた微妙な感情の捏造《ねつぞう》は、つまるところ自分に向けたまやかしにすぎないのではないか、そうも感じられてくる。会社の封筒を手にした、見知らぬ若者が通りすぎていく。ここには、すでに永幡の知らない時の流れがある。自分とは無関係の人間たちの織り成す世界。自分は、ただその近くにたたずんでいるだけだった。

嫌気がさして、ビルに背を向けた。いつもなら、虚無感もほのかな感慨のなかに埋もれさせ、それなりに満足を抱いて帰路につくことができた。きのうまでは、そうだった。なぜ心境の変化が起きたのか。なにがどう変わったのか。わからない。あの若者と出会ったせいで、現実を眼前に突きつけられたと感じたのだろうか。そうかもしれない。真実はよくわかっている。自分はただ、人生をごまかしながら生きていくしかない男なのだ。

次に足がとまったのは、パチンコ屋の前だった。賑《にぎ》わっている。有楽町のパチンコ屋は出玉率がいい、いつもそんなふうに感じる。この界隈《かいわい》にかぎれば、長い目で見て常に勝っているようにも思える。

いや、そんなものも幻想にすぎないのだろう。生活の変化は、いままで自分を欺いてきたいくつかの事実を浮き彫りにしていた。失業保険。いまの永幡にとって唯一の収入源。経費も使えなければ、臨時所得もない。しかも期限つき。減るいっぽうの財布の中身に、いかに自分が気ままな浪費をくりかえしてきたかを気づかされた。

パチンコ屋を通りすぎて交差点に向かった。角にあった第一勧業銀行は、みずほ銀行と名を変えている。サマージャンボ宝くじの売り場に、短い列ができていた。ロト6《シックス》とトトの売り場も兼ねている。いずれも以前に手をだしたが、かすりもしなかった。投票が面倒なばかりで、当選率は低すぎる。そんな印象があった。

風が吹いた。はためく宝くじの幟《のぼり》をしばし眺めた。ふと、東京都スクラッチくじの表示が目に入った。その場で抽選券の銀色の部分をこすってはがし、当たりか否かを知ることができる。一等は百万円と当選金は低めだが、それだけ現実的に思えた。

窓口に足が向き、何歩か歩いた。だが、すぐに立ちどまった。

なんになる。なけなしのカネをはたいて、可能性すら感じられない低い確率に身を委《ゆだ》ねることで得る多少の緊張感。それがいっときの娯楽にすぎなかったのは、すでに過去のことだ。いまの自分にとって、カネにまつわる駆け引きは重すぎる。遊びにはなり得ない。そのいっぽうで、ギャンブル運などというものが、自分にまわってきたと感じたことなどいちどもない永幡にとって、くじに当たることなどまるで信じられない。すなわち結果はしれている。残り少ない財布の中身をまた散財するのみ。失うのは数百円だけではない。わずかでも社会人としての体裁を保っていたかつての自分、その一部がまた消えていく、そんな気がする。

背を丸めて窓口に話しかける老人を見やりながら、自分のなかに芽生えたつまらない衝動が消えていくのを待った。やがて、永幡はふたたび歩きだそうとした。

そのとき、ふいにしわがれた男の声が飛んだ。「やめるのか」

はっとして、立ちどまった。振り返る。背後には誰もいない。ただせわしなく行き交うスーツの群れがあるだけだ。

「どこを見てる。おまえさん、そんなに背が高いとでも?」

視線がさがっていき、足もと近くにうずくまるように座っている小男に気づいた。やせ細った身体《からだ》、頭蓋骨《ずがいこつ》に皮膚をかぶせただけのような禿《は》げ頭で顔のつくりの小さな男。年齢は、永幡より上とも下ともとれる。皺《しわ》だらけの顔に笑いをうかべながら、永幡を見あげている。砂ぼこりにまみれた褐色のスーツは、少なくとも数日は着たきりのようだった。

ホームレスか。お仲間に声をかけた、そんなつもりかもしれない。いよいよ自分も、彼らにとって同族とみなされるようになってきたのだろう。

永幡は小さな男を見下ろした。しばし無言のまま眺めた。小男は自分の前にダンボール箱を据え置いている。箱の上には紙きれや鉛筆があった。なにか商売をしているのだろうか。拾い集めた雑誌を売って生活の糧《かて》とするホームレスは都内のあちこちで見かけるが、この男の店舗にはそういった類《たぐ》いの商品はない。

ごっこ遊びか。宝くじの窓口と軒を並べ、同じような商売を営んでいる幻想に浸っているのかもしれない。世の中には、さまざまな人間がいる。そういう生き方もあるだろう。

黙って通りすぎようとした。そのとき、また小男が口をきいた。

「おい」その口調はいささか挑発的なものになっていた。「無視する気か。失礼だろ」

永幡はまた足をとめ、男をみつめた。

抗議の視線が自分を見あげていた。子供じみた目。おそらく、通りすがりの人間に難癖をつけるのが趣味なのだろう。誰にでもかまわずというわけではあるまい。この男が近しいと感じる人間、この男に追随しそうな、後輩となるであろう人間。そういう輩《やから》にだけ、高飛車に声をかける。そんなところだろう。

憶測が進むにつれて、永幡のなかに怒りがこみあげてきた。こんなやつと同類にみなされてたまるか。

永幡はぶっきらぼうな物言いをつとめていった。「店頭を物色する客は、みんな店主にあいさつしなきゃいけないのかい」

小男は目を丸くした。一瞬ひきつった表情を浮かべたが、すぐにまた口もとを歪《ゆが》ませた。

「こりゃ驚いた。生意気な口をきくじゃねえか」

永幡はめんくらった。生意気。この小男は自分をそのように形容した。冗談ではない。なぜそんな言いがかりをつけられねばならないのだ。

「失礼」永幡はそういって遠ざかろうとした。

だしぬけに、小男は大声を張りあげた。「失礼だとわかってるなら、立ち去ろうとするな。それともなにか、俺に対して差別的な意識でもあるのか」

しわがれているわりにはよく通る声だった。永幡は周囲の視線が突き刺さるのを感じ、思わず身をちぢこまらせた。

この小男の狙《ねら》いはなんだ。永幡は苦々しく思いながら、にやついた小男の顔をみつめた。

小男は永幡をみかえしながらつぶやいた。「典型的だな。典型的な、運のない顔をしてる」

「運だって？」

「そう。運だよ。くじどころか、ジャンケンさえもなかなか勝てない、そんな人生を送っていそうな顔だってんだ。暗い顔だよ。運もツキも逃げてく。その顔は親ゆずりかい？」

「馬鹿にするな」

「質問には答えろよ。運のないのは血筋かってきいてんだ」

その奇妙な問いかけは、なぜか永幡の猜疑《さいぎ》心や抵抗をすり抜け、すっと心の奥底へ滑りこんできた。運のないのは血筋か。小男のいうまま自問自答したい衝動に駆られる。自分はなぜ、こんな人生を歩んでしまったのか。こんなつまらない、張りのない、怠惰で、空虚で、無意味な人生を。どこに素因があったのだろう。親も金持ちではなかった。父は郊外の紡績工場で一生、安月給で働き、死んでいった。運のないのは血筋。あるいは、そうかもしれない。

記憶の彼方《かなた》にあった幼少のころを思いだした。戦後間もないころ、すでに宝くじは売りだされていた。戦争末期にいちどだけ売られた〝勝札〟の後を受けるかたちで始まった、母からそうきかされたことがある。もっとも、当時の両親に宝くじを買う余裕などあるわけがなかった。永幡の家庭にかぎらず、どこの家でもそうだった。

タバコがまだ配給制だった時代、一日三本がまわってくるだけだった。それでも宝くじのはずれ券六枚を金鶏《きんし》十本と交換するサービスにつられ、ヘビースモーカーだった父は頻繁に宝くじに手をだした。かすりもしなかった。たしかにタバコに不足はしていないようすだったが、高いと思っていた闇《やみ》タバコ市場でも十本十円、出ていったカネの額を考えるとても割りにあわない、父は浮かない顔でそうこぼしていた。

「血筋らしいな」小男は顔を皺だらけにして笑った。「スクラッチくじの購入を躊躇《ちゅうちょ》したのは、それが頭をよぎったからか」

「いいや。そんなことは考えもしなかった。あなたに指摘されるまではね」返答しながら、永幡は苛立《いらだ》ちを覚えはじめた。なぜこんな男の暇つぶしに付き合わされねばならないのだ。「くじを買いに来た人間を観察してるのか。なんでそんなことをする」

小男は永幡の質問を無視した。「買わなきゃ当たらない。そうだろ。ジャンボ宝くじの場合、一億円の当たる確率は五百万分の一。一年を通じて交通事故で死ぬ確率のずばり五百倍だな。つまり〇・〇〇〇〇二パーセントってことだ。限りなくゼロに近いが、ゼロじゃない。買わなきゃゼロ。ひと組でも買っておきゃ、わずかでも確率が生じる。逆に、買うとなったらそんなにたくさん買っても意味ねえんだ。ひと組買うところを十組、百組買ったって、三億円が当たる確率なんてほとんどあがりゃしないさ。だからな、旦那《だんな》。ひと組買う。それだけが大事なことなんだよ」

「三億なんて、当たるわけがないだろ」

「旦那」小男は舌打ちをして首をかしげた。「一等は望まないが低い配当なら当たる確率があるって？　ジャンボの当たりくじは、一千万本あたり百十一万千百七十二本。わずか十一パーセントだぜ。しかもそのうち九割は七等の三百円。十万円以上の当たりくじは千百七十二本だけ。一千万本のなかの千百七十二本だ、当たりっこない」

永幡は、妙な心境になった。小男がなにを主張したいのかさだかではないが、妙に数字に強いところをみせている。もっとも、計算の苦手な永幡にとって小男が並べ立てたデータが真実かどうかは判然としなかった。

「あんた、競馬の予想屋みたいなことでもやってるのか。宝くじの必勝法でも教えてくれるとか」

「必勝法？」小男は黄色い歯を剝《む》きだしにしてにやりと笑った。「馬鹿いっちゃいけない。いま、当たりっこないといったばかりだろ。必勝法なんてありゃしない」

思わずため息が漏れた。この男、たんに堂々めぐりに持ちこんで他人をひやかそうとしているだけかもしれない。いや、きっとそうだろう。いずれにせよ、友人にしたい人物とは思えなかった。

「じゃ、聞くことはなにもないな」永幡はそういって、また立ち去ろうと歩きだした。

小男は高飛車に呼びとめるでもなく、ぼそりとこぼした。「嫁さんが愛想をつかしたわけだ」

全身の血液が凍りついた、まさにそんな悪寒が身体じゅうを走った。永幡は振りかえり、小男をにらんだ。「なぜしってる」

「なにをだ」

「由紀子《ゆきこ》とわかれたことを、どうしてしってるか聞いてるんだ」

「由紀子さんか。いい名前だな」

「とぼけるな」永幡はかがみこんで、小男に詰め寄った。小男の体臭が鼻をつく、その距離にまで顔を近づけた。「あんたはいったいなんだ。どうして私に声をかけた。なにが狙いだ」

「まあ、おちつけって。旦那。声が震えてるぜ?」小男は一瞬真顔になってつぶやくと、またにやけた表情をうかべた。「旦那の素性を俺が知ってるわけはねえ。そうだろ。旦那が離婚経験者っていったのは、まあ勘だな。しょぼくれた身なりからそう思えたっていう、ただそれだけさ」

「勘だと」小男の指摘どおり、自分の声は震えている。そう感じながら永幡はいった。「ギャンブルと同じ、勘だってのか」

小男は呆《あき》れた表情をうかべ、首を横に振った。「ちがうぜ、旦那。それはちがう。ギャンブルは勘なんかじゃねえ。勘で勝負しようなんて、間抜けにもほどがある」

「女房とわかれた男は間抜けだってのか」

「そんなことはいってねえだろ。カッカしなさんな。ひとまず冷静になってみちゃどうだい、旦那」小男の視線が上方に向き、しばし虚空をにらんだ。その目がまた永幡をとらえる。「ひとつ聞きたいんだがね、旦那。いままでギャンブルの経験は?」

「ギャンブルって、宝くじも含めてか」

「もちろん。それに競馬、競輪、パチンコ、十円ポーカーゲーム」

「ポーカーゲームはないな。違法なことはやってない」

「それ以外はやったってのか。で、大きいのを当てた経験は?」「ない」

記憶を呼び覚ますまでもなかった。さらりと言葉がでた。

今度は小男がため息をついた。「それじゃ駄目だな。勘を頼りにしてて、いちども勝てたことがない。どこが間違ってるか、子供でもわかりそうなもんだ」

「さっきは、必勝法なんかないと言ったじゃないか」

「必勝法じゃないんだ。だが、あるていどやりこなすコツってもんは、知ってなきゃ駄目なんだよ。あんた、クルマの免許持ってるだろ？　教習所をでてすぐ車庫入れや縦列駐車が難なくこなせたか？　ちがうだろ。教習所なんて、三番目のポールがミラーに映ったらステアリングをいっぱいに切れとか、その敷地のコースじゃなきゃ意味のないことを教えるばかりだ、ほかで応用がきかない。かといって、おっかなびっくりで乗りまわしてりゃ、いつかは慣れるかと言えばそうでもない。サイドミラーの見方ってのがあるだろ。隣りと隙間をわずかに開けといて、後輪がさしかかったあたりでステアリングを切り始めて、っていう。あのやり方を教わらなきゃ、車庫入れができるようになんかならない。そこんとこ、わかるか」

「まあ、わからないでもないな。車庫入れに関しては」

「ギャンブルも同じじってもんだ。どうだ、教わりながら一口乗ってみるか」小男は一枚の紙きれをさしだした。「千円でいいよ。勝てば十倍以上の価値が返ってくる」

怪訝《けげん》に思いながら、永幡は紙をうけとった。メモ用紙とほぼ同じサイズと紙質、表にも裏にもなにも書かれていない。

「ここでなにか、ギャンブルをやれってのか」永幡はきいた。

「そう。その紙が抽選券さ。都のスクラッチくじよりは当たる確率も高いぜ」

長々と演説をぶっておいて、すべてはこのための前口上にすぎなかったわけか。永幡はうんざりして紙を突きかえそうとした。「いい。やめておく」

「待ちなって」小男は用紙の返品を拒むように腕組みをしていった。「いいか、その抽選券にはスクラッチくじみたいに〝当たり〟とか〝はずれ〟とかの文字が隠されてるんじゃねえんだ。春、夏、秋、冬。そのいずれかの文字が潜んでいるんだな。わずか四分の一の確率だ。それを当ててみなよ」

戸惑いとためらいが去来したあと、注意力は紙片に向いた。春、夏、秋、冬。そのうちのいずれか。たしかに、四つにひとつなら偶然にでも当たる可能性はある。

夏という気がした。さしたる理由もなくそう思った。いまがその季節だからかもしれない。それとも冬だろうか。憶測がそのあたりまで進んで、自分の思考にはなんの根拠もないことに気づく。いつもそうだった、ここでもそうだ。夏や冬がありうるのなら、春も秋もありうる。四分の一。なんの手がかりも、ヒントもない。ただ偶然に賭《か》けるしかない。偶然。すなわち、どれを指摘しても同じことだ。どれでも同じこと……。

「ストップ」小男がふいに告げた。

永幡は顔をあげた。小男の軽蔑《けいべつ》のまなざしがこちらに向けられていた。

「てんで話にならねえな、旦那。おまえさんのやってることは、ただやみくもにクルマをバックさせてるだけだ。ちゃんと車庫に入れれば儲《もう》けものって感じでな。それがどんな結果を生むと思う？　隣りのクルマにぶつけてお終《しま》い。あるいは、通行人を轢《ひ》いちまう可能性だってあるだろ。ミラーの見方を知らなきゃ。旦那」

永幡は苛立ちを覚えた。「クルマは機械だ。機械は理論的に動かせる。だが、これはたんなる確率論だ」

「そのとおり、確率論だ。じゃ聞くが、当てられる確率は何分の一だね」

「四分の一。あんたもそういったろ」

「ちがうな。旦那。そこがちがうんだ。ギャンブルの〝当たり〟ってのは、ランダムに決められてるわけじゃねえ。当たりにくいものを〝当たり〟にしてるんだよ。宝くじだって、競馬だってそうだ」

「宝くじや競馬？　ランダムだろ？」

「それが思いこみだってんだ。ジャンボ宝くじの当たり番号は弓矢とルーレットで決めるって？　腕時計からクルマまで世界最先端の工業製品をつくる国だぜ、どうとでもなるだろ。あれはランダムとみせかけて、当たりにくい番号ってやつを選んでるんだよ」

「宝くじの抽選会場でも競馬場でも八百長《やおちょう》がおこなわれてるってのか」永幡は思わず苦笑した。「ばかばかしい」

「どうしてそう思うんだね。旦那がしらないだけかもしれないだろ」小男はふんと鼻を鳴らし、上目づかいに永幡をみた。「賭けを面白くしようか。旦那が勝ったら、約束どおり素晴らしく価値があるものをやる。勝てなかったら、俺が現金で十万円を旦那にやる」

「なに？」永幡は甲高《かんだか》い自分の声をきいた。「勝っても負けても私が儲かるってのか」

「そう。だが、旦那は絶対に勝てる。手に入るのは、現金十万円じゃなく、価値ある景品のほうさ」

「おあいにくさまだな。こういうときの負け運の強さには自信があるんでね。かならず外して、十万円をもらうよ」

「それはいいんだが、旦那。まずはとにかく、当てようとしてみなよ。旦那は四分の一といった。だが正確には、選択肢すべてが四分の一の当たり確率ってわけじゃねえんだ。わかるだろ。百人に統計を取っても、きれいに二十五人ずつにわかれるものじゃねえ。選ばれやすいものと、選ばれにくいものとがあるんだ。旦那、最初に選ぼうとしたものは、誰もが選びがちな選択肢、つまり選ばれやすい選択肢だ。ところが、二番目に頭に浮かぶものってのは、大衆が最も選びにくい選択肢なんだな。そして三番目、四番目を考えるにいたって、どれも同じ確率に思えちまう。しかしな、そこでじっくり思い起こしてみなよ。二番目に考えた選択肢。そいつに賭けてみればいいんだ」

二番目。最初は夏、次は冬。たしかに自分はそう感じた。だがそれは、勘ではなかったのか。たんなる直感、そこにはなんの裏づけも存在しない。

小男は低い声でいった。「疑ってるね、旦那。自分の勘なんか当てにならない、そう思ってるんだろ。でもな、おまえさんの考える勘ってのは、せっかくの最初の思考をなげうってから、結局いずれも四分の一の確率にすぎないのだからと、でたらめに思案することにほかならないんだ。旦那のギャンブルってのはいつもそうだったはずだ。宝くじにしたって、どの売り場で買っても同じ、どの番号だろうと同じことだと投げやりになっていたはずだろ。それじゃ、当たりっこないんだな。二番目だよ。二番目に感じた選択肢。それが当たりだ。いつもそう信じるべきなんだ」

戸惑いがちに、永幡はいった。「私が二番目にこれと思ったのは……」

「まちな」小男は手をさしだした。「千円。賭けそのものはシビアにいかなきゃ」

ああ、そうだな。永幡はそういって、ポケットに手をつっこんだ。財布から千円札を一枚抜きだす。周囲が気になった。辺りを見まわしたが、往来する人々の目は永幡に向いてはいなかった。警官の姿もない。永幡はすばやく小男の手に千円札を握りこませた。

「よっしゃ、受けよう。旦那」小男は千円札をポケットにねじこんでいった。「春、夏、秋、冬。どれに賭ける?」

心拍の間隔が狭まっていくのを感じる。永幡はつぶやいた。「もし私が外したら……四分の三の確率でそうなるんだが……あんたは、十万円を失うことになる」

小男はうなずいた。澄んだ目が永幡をじっと見つめた。「それでも、あんたは当てる」

当ててやる。その思いが心にひろがった。負けて十万円を拾う道より、もっと大きな可能性がそこにはある。なぜかそう感じる自分がいた。

ギャンブルに勝てない自分。いつもそんな自分を意識してきた。確率論でもこうまで負けはしないだろう、そんな情けなさと無念さを嚙《か》み締めて生きてきた。そんな自分が試されている。この一瞬に、自分の人生すべてが集約されているといっても過言ではあるまい。少なくとも、いまはそんな実感で満たされている。当てる。それ以外に道はない。

「冬」永幡はいった。「冬だ。一番目にこれと思ったのは冬だった」

小男は表情を変えず、手もとの鉛筆を投げてよこした。「スクラッチしなよ」

鉛筆でこすれということらしい。紙をダンボール箱の上に置き、鉛筆の芯を斜めにしてこすりつけた。黒く塗りつぶされていく紙のなかに、大きく白い文字が浮かびあがってきた。

〝冬〟だった。

永幡はため息をついた。鉛筆を置き、その文字を眺めた。

当たった。自分でもどう分析すべきかわからない感情が渦巻いた。感慨か、それとも達成感か。安堵《あんど》といったほうがいいのかもしれない。だが、それだけの感覚が自分のなかに湧《わ》き起こったこと自体、驚きだった。無感動だと思っていた自分が、こんな些細《ささい》な賭けの勝利に反応した。そしてそれは、いままで感じたことのない感覚だった。

「やったじゃないか、旦那」小男はそういうと、跳ね起きるように立ちあがった。子供のような背丈だった。小男は手を差し伸べて、永幡の手を握った。「どうだい。ギャンブルに勝ってみて、どんな気分だ?」

「さあな。まあ、悪い気はしないな」永幡はそういいながら、いつしか顔がほころんでいるのを感じていた。

そりゃよかった。小男はいった。「二番目に思い浮かんだ選択肢こそが当たりだ。ためになる知識だったろう? 賭けに勝った景品はその知識さ。じゃ、達者でな。旦那」

小男はかがみこんで、そそくさとダンボール箱を片付けると、小脇に抱えて歩き去ろうとした。

狐《きつね》につままれたような気分でそれを眺めていた永幡は、あわてて声をかけた。「なあ、ちょっとまってくれ」

「あん?」小男は振りかえった。片方の眉《まゆ》を吊《つ》りあげて永幡をみた。「まだなにか用があるかい、旦那」

用はない。だが、疑問は山ほどある。なにをたずねようか、その思案も整理がつかない。永幡は呆然《ぼうぜん》としつつある思考から、無理に質問をひねりだした。「あんた、私が絶対当てると確信してたのか?」

「いいや。だが、旦那がまともな人間なら当てられる。そう思っただけでね」

その答えの意味は判然としない。しかし、それ以上にどうしてもたずねておきたいことがあった。「あんた、さっきいってたろ。宝くじや競馬も当たりにくいように操作されてるものだって。もしそれが本当だとして、この二番目に浮かんだ選択肢を選ぶっていうコツを、どうやって応用すればいい？」

「そこはな、頭で深く考えちゃいけない。実践あるのみなんだよ。クルマだってそうだろ。ミラーの見方を教わっても、そのひとつひとつの過程がどういう意味で、そのときクルマはどんな角度でどこに位置しているのか、いまいちわからねえもんだ。ところが、その法則どおりに車庫入れを繰り返すうちに、徐々にどうクルマが動いているのか、自分がなにをしているのかがわかってくる。そんなもんだよ。とにかく、頭にいれておきな。二番目に思いついたものを選ぶ。ギャンブルでは、そのことを忘れねえことだ」

小男はにやりと笑った。歩道に降り注ぐ陽の光に混じって、街路樹の枝葉が男の顔に陰影をおとしていた。そのなかで小男がうかべた笑み。親しげな微笑にも、不敵な笑いにもとれる表情。小男はそんな顔をして、永幡をしばし見つめていた。やがてゆっくりと背を向けると、歩道の人の流れに加わり、遠ざかっていった。

虚《うつ》ろな気分のまま、永幡は小男の消えていった方角を眺めていた。

千円をだましとられた。ただそれだけのことにも思える。知人に話したら、誰もが同じ感想を持つにちがいない。けれども、そう断ずることのできないなにかがある。

あの男は、永幡の返答しだいでは四分の三の確率で十万円を失う可能性があった。むろん、その場合も素直に支払ったかどうかは疑わしい。だが少なくとも、払わねばならない義務が彼に生じることになる。そんな分の悪い賭けのなかで、彼は永幡の運を信じた。そう、永幡は四分の一の確率に賭け、あの男は永幡に賭けたのだ。

賭けの勝利。噂《うわさ》にきくとおり、甘い蜜《みつ》の味がする。たとえ一銭の儲けにもならない、道端のままごとにすぎなかったとしても。

しばらくのあいだ、永幡は立ちつくしていた。なぜ自分はここにいる。そうだ、かつての会社の前まで歩き、そこから帰る途中だった。意外だと思った。あれだけ片時も頭を離れなかったリストラ後の苦悩が、きれいに消え去っていた。

歩きだした。刺すような夏の強烈な陽射しだが、どこか涼しげに感じる。足も軽く思えてきた。もう少し、街を散策してもよさそうだ、そんな気がしてきた。

その足がとまった。歩道橋の下、放置自転車が連なるなかに、赤い宝くじの売り場があった。きょう、二番目に見かけた売り場だった。

二番目。永幡は、耳のなかに反響する鼓動とともに、腹の底からこみあげてくるような勝負への野心と衝動を感じていた。二番目。当たりは、常に二番目。

「すると」銀座のホステスのように派手なメイクをした女性記者は、膝《ひざ》の上でメモをとりながら微笑した。「その背の低い男のひととの出会いが、ツキを変えたわけですか」

永幡一徳はエンジ色の革張りのソファに身をうずめ、吹き抜けの天井を見あげていた。白い壁面の高い位置にある窓から射《さ》しこむ冬の陽射《ひざ》しはやわらかで、幻想的ですらあった。幻想。そう、そんなふうに思えるときもある。牛の革を丸一頭ぶん、裁断面もなくソファの表面に用いたこのぜいたくな逸品に腰かけているときにこそ、そう感じる。いままでの人生で経験してきたどの椅子《いす》の感触とも異なる座りごこち。まるで床からわずかに浮かびあがって宙で静止しているような錯覚にとらわれる。

だが、いまの永幡は冷静だった。どれほどの至福や心地よさに埋没しようと、我を見失うことはなかった。ふしぎなものだ。自分の人生はいつも大海で溺《おぼ》れているようなものだった。息をするタイミングさえもなかなか見つからず、苦しみあえいでやっと呼吸ひとつを得る、同世代の何人かが巨万の富を得るあいだに。そんなふうに感じながら生きていた。永幡の生活に激変のときが訪れ、その潮流のなかで身をまかせているうちに、泳ぎ方は自然に身についていった。いや、自分は環境に適応し、べつの生命に生まれ変わったのだ。どんな荒波にも耐えうる背鰭《せびれ》、どんなときでも呼吸をつづけられる鰓《えら》を手にした。いまの自分を言い表すとしたら、それ以外には適当な形容は見つからない。

「あのう、永幡さん」黙っていたからだろう、女性記者は身をのりだしてたずねてきた。「お答えのほうは？」

「ああ、すまんな」居心地のいい自宅のリビングでくつろいでいるせいで、来客を前にしていることを忘れつつあった。永幡は喉《のど》もとに手を伸ばした。ネクタイの結び目を探り当てようとしている指先に気づき、思わず失笑する。ネクタイなど締めてはいない。自分はもう会社員ではないのだ、趣味のいい丸襟のワイシャツにスラックス、そんな文化人のようないでたちでインタビューに応じている。自分がそんな局面にあることを、ようやく思いだした。「ぼうっとしていたんでね。ええと、どんな質問だったかな」

女性記者は苛立《いらだ》つようすもなく、笑顔のままいった。「有楽町で会った、その背の低い男性が……」

「ああ、そうそう。そのとおりだよ。彼に会って、私の人生は百八十度変わった」

「恐ろしいほどのツキがめぐってきた、そういうわけですね」

まあそうだな。永幡はつぶやいたが、真意はちがっていた。あれはツキとか、そういう抽象的なものではない。いや、抽象であることはたしかなのだが、目にみえない理外の理というわけではない。だが、その真実については女性記者には伏せていた。彼女だけではない、いままで誰にも教えたことはない。あの小男からきいたギャンブルの肝を、〝二番目の法則〟を。

「うらやましいですね」女性記者は、この数週間に永幡をインタビューしたリポーターや記者と同じ態度をしめしていた。心底感服したようすに、いくらかの羨望《せんぼう》と、成功にあやかりたいという素朴な欲求がないまぜになった複雑な心境。気持ちはよくわかる、永幡はそう感じた。つい半年前まで、自分もそちら側の人間だったのだ。

「運には浮き沈みがある。誰にでもチャンスはあるよ」永幡はあいまいにいった。

「そこのところを、もうちょっと具体的にお教え願えませんか。つまり、どうすれば運やツキを呼びこむことができるか、読者のかたがたも興味津々だと思うんです」

読者以前に、きみがだろう。内心そう思っていたが、言葉にはださなかった。「読者といわれると、ええと、あなたの雑誌の読者層は?」

「『女性セブン』ですから、もちろん主婦のかたが中心で、OL、女子学生のかたまでさまざまですが」

「なるほど、じゃ話が早い。女性はギャンブルに熱しやすく冷めやすい。夢中になるのはいいんだが、その反面根気よくつづけることをしらない。いちどに大量のカネをつぎこんで大勝負にでたかと思ったら、負けるとともにあっさり手をひいてしまう。それでは駄目だ。少しずつ、細々と、長くつづける。それが肝心なことなんだよ」

かつての妻、由紀子の顔がちらついた。由紀子は、自分の知る唯一の女だった。由紀子以外に、どんなタイプの女が存在するのかはしらない。付き合った経験も皆無だ。結局のところ、永幡はふたつの人生しかしらなかった。由紀子と、自分自身の人生。語ることのできるのはそれだけだった。大衆へのアドバイスなど荷が重すぎる。

「細々と、長く、ですね」女性記者は手帳にボールペンで走り書きした。「あとは、勘で勝負してみるしかないってことでしょうか」

勘。この女性記者が口にする勘という言葉の意味は、いま永幡のなかにあるものと同義ではあるまい。おそらく、以前の永幡と同じ、すべてが均等にランダム化されていると信じていた選択肢から無作為に選びだす、その行為を指しているにちがいない。

あの素性のわからない小男が教えてくれた、二番目の法則。あの春夏秋冬の四択問題では効力を発したようだが、宝くじの抽選券や馬券を買うことに果たしてどれだけの応用がきくのか、いまひとつさだかではなかった。それでも常に、頭のかたすみに〝二番目〟というキーワードを潜在させながら街をうろついた。自分が、ばかげたジンクスにとらわれている男そのものに思えた。しかし、職にありつくこともできず怠惰な日々を送るばかりなのだ、ひとつの信念を試してみる時間は充分にある。そう思って、財布に残った全財産——わずか数万円を、勝負に費やす覚悟をきめた。

冴《さ》えない人生であったにせよ、堅実に生きる道を選びつづけた自分が、なぜそんなギャンブルにでたのか。いまでも信じられないところがある。だがおそらくは、人生を変えたいという欲求が堅実な姿勢を上まわったからだろう、そうにちがいなかった。そして、あの小男のギャンブルの手ほどきで、〝冬〟という当たりくじをずばりと当てた感触が、まだ自分のなかに濃厚に残っていた。分の悪い勝負に勝利する瞬間。その快感は、世に溢《あふ》れるいかなる娯楽によっても決して得られるものではなかった。

二番目に見つけた宝くじ売り場で、二番目にこれと思った抽選券を買い、二番目によさそうだと思ったパチンコ屋に滑りこみ、二番目に混んでいそうなシマで、二番目に釘《くぎ》調整のよさそうな台を選んだ。むろん二番人気の機種の台だった。

いつもコインで玉を貸してくれる台でしか打たない永幡が、このときばかりはあっさりと一万円をプリペイドカードに換えた。リーチは頻繁にかかったが、なかなか揃《そろ》わない。いつもならば一喜一憂、いてもたってもいられなくなる衝動に駆られるはずなのに、なぜかひどく冷静な自分がいた。一万円ぶんの玉を打ち尽くすまでには揃うさ、そんなふうに余裕を感じながらガラスごしに躍る銀の玉を眺めつづけていた。どこにその根拠があるのだろう、自問自答したことも覚えている。二番目の法則にしたがった、自分なりの方法で。ただそれだけで、自分にできることはすべてやったと思い込むことができた。甘いかもしれない。だが、夢をみられるだけでも本望だ、そう思った。いままではなにをやっても夢をみることはできなかった。いまこの瞬間には、かつての日々になかったものがたしかに存在する。そう実感しながら打ちつづけた。

リーチがかかった。一瞬、またしても揃わないと思えたドラムが、ふたたびぐるぐると回りだし、複雑な動きを経て777に揃った。まばゆいばかりの点滅が視界を覆った。

パチンコの大当たり自体、永幡には経験がなかった。溜《た》まりだしたパチンコの玉をどうやってドル箱に落としこんだらいいのか、その方法もわからなかったぐらいだ。そして、パチンコ通たちがさかんに口にする〝確変〟の意味もはじめて知った。ドラムが回転してから揃うまでの時間が大幅に短縮され、それだけ回数を多くすることができる。ポケットの蓋《ふた》が次々とひらき、玉の入賞率を増やす。永幡の台は次々と大当たりを繰り返し、最終的に十箱以上も積みあげることになった。

外にでたとき、すでに辺りは暗くなっていた。夏とは思えない冷たい夜気のなかを、景品交換所に向かって歩いた。換金後、八万円近くの現金が懐に入った。一万円が八万円。信じがたい事実だった。

勝利に浮かれてばかりはいられない。帰りぎわ、駅に近い売り場でスクラッチくじに手をだした。むろん、きょう二番目に目にした売り場、二番目にこれと思われる抽選券を買った。

五十枚も買ったものの、くじはかすりもしなかった。勝利を確信していた永幡は愕然《がくぜん》とした。肩を落として六畳一間のアパートに帰宅し、万年床のふとんに潜りこんだ。

そんなうまい話などあるわけがない。冷静さをとりもどした永幡はふとんのなかでそう思った。だいたい、目に入った売り場や抽選券のなかから二番目を選ぶといっても、その範囲および選択肢は限られている。行為自体がたんなるゲンかつぎの域をでていないような気がする。パチンコはたまたま当たっただけで、二番目の法則なるものには、なんら意味はないのではないか。つまらぬジンクスにとらわれたものだ、永幡は小男に出会ったことをしきりに悔やんだ。

翌日、永幡はふたたび街にでた。あれだけ後悔しきりだったはずなのに、ひと晩眠るとまた勝負を挑みたい欲求に駆られていた。根拠を疑ってはいけない、小男はそんなふうにいった。クルマの車庫入れを覚える過程と同じで、何度かミスはある。法則がどのように機能しているのかも、初心者のうちはわからない。ただひたすら、教わったとおりにやってみればいいのだ。クルマに傷や凹みができても、大きな事故にさえつながらなければ修業はつづけられる。

日曜日だった。場外馬券場に赴いた永幡は、二番目に大きなレースで二番人気の馬を単勝買いした。レースを待つあいだに、二軒めの宝くじ売り場を目にしたため、ふたたびスクラッチくじに手をだした。一等が的中した。百万がいきなり懐に飛びこんだ。売り場にいた老婦は大声をあげて驚いたが、永幡はひどく落ちついていた。当たらねば困る、そんなふうにさえ考えていたように思える。

ほどなく永幡は、自分がより高い目標を目指していることを感じた。十万、百万というカネはひと晩で消えてなくなる可能性もある。だが一千万、一億というカネになれば、しばらくのあいだは安泰だ。新しい事業を起こすことも可能だろう。いまのうちに稼いでおかねばなるまい。二番目の法則が、世に知れ渡る前に。

あの小男が何者だったか、知る由はない。彼はなぜ二番目の法則なるものを知っていたのか、そしてそれをなぜ永幡に教えたのか。わからない。しかし、それが現に存在するということは、ほかの誰もが知りうる可能性を秘めている。単勝買いした馬券が的中した瞬間、永幡はそう思った。すぐに、次なるギャンブルを求めてさまよった。苦手意識のあったロト6、トトにも手をだした。

失敗がなかったわけではない。パチンコに三万円つぎこんでもモノにならなかった日もあるし、競輪では大はずれだった。それでも、永幡のなかに動揺はなかった。それらの失敗の前後は常勝で埋め尽くされていたし、二番目の法則はすでに信じるに足るものになっていた。トトの配当金約四千万円を獲得したとき、その信念は決して揺らぐことのないものに変わっていた。

サマージャンボ宝くじの抽選日を迎えたが、永幡は速報をみることもなくパチンコ店に入り浸り、ドル箱を積みあげていた。夜になって駅の売店で夕刊を買い、目を通した。懐におさめてある抽選券と見比べる。示し合わせたかのように、同じ番号が記載されていた。一等。および前後賞。三億円が自分のものになった。このときばかりは、さすがに血の気が引く思いだった。足もとがふらつき、ホームに転落しそうになったところをとっさに若者に助けられた。ぼやぼやすんなよ、おっさん。若者はそういってにらみつけてきた。口は悪いが、いい若者だった。もし、お礼に一千万円をやるといったら、どんな顔をしただろう。だが、試してみることはできなかった。若者はさっさと人ごみにまぎれ、歩き去っていった。

ロト6の申しこみ数字は、抽選で選ばれた六つの本数字と一致していた。これまた一等だった。永幡は知らなかったが、前回までの抽選で一等が出ておらず、賞金が繰り越しになっていた。四億円。それが永幡のロト6の獲得金額だった。

氏名の公表に応じたはずはなかったのに、なぜか高額賞金獲得の事実はマスコミに漏れていた。おめでとうございます、そういう第一声でインタビューを申しこむ記者からの電話がかかってきた。そのようなあいさつを電話ごしに投げかけてくるのはサムライ商法の詐欺師と相場が決まっていたため、永幡は何度か無言で電話を切ったが、やがて彼らがマスコミ関係者だと知るに至った。築三十年の古びたアパートに押し寄せるのは報道陣ばかりではなかった。寄付を募るさまざまな団体、たんなる野次馬、彼らの整理に追われる警官たち。周辺住民からの苦情が続出し、永幡は引っ越しを決意した。新宿のパークタワー内にある高級ホテルの一室に、しばらく住むことになった。

　詰めかけた報道陣のインタビューに応じたのは、報道で永幡の現状を知った妻がふたたび連絡をくれることを期待してのことだったが、あいにくやってきたのは由紀子ではなく国税局の人間だった。宝くじの賞金は非課税だときいていたが。そう抗議すると、役人はにっこり笑っていった。ええ、たしかに、宝くじの場合は売り上げのなかから、販売する銀行等のとる手数料、賞金に回す分、運営経費、役所の取り分が決まっています。抽選券を買った時点でいくらか納税したのと同じことになっています。けれども、あなたの場合は宝くじのみならず、競馬や競輪など手広くやっておられますからね。所得税など、お忘れなきように。あまり使ってしまうと、次回申告のさいに税金を払えなくなってしまうことだってありえますよ。

　永幡はいまや自分の職業が、強いていえばプロの賭博《とばく》師になっていることに気づいた。税務署に経費として認められる出費などあるはずもない。すべてはただ浪費とみなされるにちがいない。ホテル住まいで散財するより、堅実な生活の場を築かねばならない。そう思った永幡は、田園調布に二百坪の土地を買い、家を建てた。土地も建物も一括払いだった。不動産屋は、素性もなにも聞かなかった。むろんニュースで知っていた可能性もあるが、かつて由紀子と小さな一戸建てをローンで購入したときと異なり、なにひとつ調査を受けなかった。銀行の預金残高さえ調べることなく、売買契約が取り交わされた。ある意味では無職だというのに、サラリーマン時代の自分とは比べものにならないほどの破格の待遇を受けている。一括払いとローンの違い。人生の皮肉を感じずにはいられなかった。

家を建てているあいだにも、永幡はギャンブルをつづけた。勝つ確率は日に日に高まっていった。二番目の法則について、よりうまく使いこなせるようになったという実感があった。あくまで感覚的なものだが、挑む勝負において〝二番目〟とはどこを指しているのか、なにを意味しているのかが直感的に把握できるようになったのだ。マスコミは永幡の驚異的なギャンブル運について書き立て、顔と名は広く一般にも知られるようになった。永幡は身の危険を感じ、できあがったばかりの邸宅に、さらに一千万円を投じて厳重なセキュリティシステムを追加した。

行動派ではない自分にとって、家に閉じこもってばかりの生活は苦になるどころかこの上ない喜びでもあった。ときおり、臨時雇いのボディガードを従えて宝くじや馬券の買いだしに赴く以外は、まるで外出しなかった。クルマも買わなかった。セブリモーターズで自動車のエンジンルームをいじることに三十年以上を費やした日々の労働はまるで報われなかった。そんな過去が、自分のクルマ嫌いに拍車をかけていた。誰もが自分の知人、友人になりたがる世の中で、永幡はしだいに世間から孤立しつつある自分を感じていた。

待てど暮らせど、由紀子からの連絡はなかった。縒《よ》りを戻したいという欲求も、裕福さに身を委《ゆだ》ねるうちに薄らぎつつあった。カネで買えないものはない。新しい人生の喜びを見出《みいだ》したいという内なる欲求がふたたび高まりだしたら、そのときには巨万の富をつぎこんで新たな船出にそなえればいい。それまでは、ぐうたらな人生に身をまかせるのも悪くはない。

「永幡さん」女性記者の声が、ふたたび永幡の注意を喚起した。「こんな立派なお屋敷も手に入れられて、国内のすべてのギャンブルで勝利をおさめられて、今後はどのようなご予定を？」

「今後？」永幡はぼんやりと応じた。一瞬だけ浮かびかけた由紀子の顔を、意識的に掻《か》き消した。「さあ。考えたこともなかったな」

「海外には何十億もの賞金がかかっている宝くじがありますよ。それに、ラスベガスのカジノでジャックポットがでれば一夜にして十数億ですしね。海外進出をお考えではないですか？」

そういえば、海外旅行はいちどもしたことがない。永幡は思った。飛行機ですら、国内便に一回乗ったことがあるだけだ。飛行機は苦手だった。これだけの人生を手にいれたのだ、無節操に事故で命を落とすような危険に身をさらすこともないだろう。

「考えてはいないよ」永幡はいった。「外国なんかにいきたくはない。英語もしゃべれないしね。ここでのんびりしていれば、充分だ」

女性記者はいささか拍子抜けしたような表情をうかべたが、すぐに気をとりなおしたように笑顔をとりつくろった。「都知事が東京港区台場をカジノ化する構想を打ちだして久しいですが、国内で合法的なカジノがオープンしたら、やっぱりチャレンジされますか」

お台場にカジノ。たしかに、新聞で読んだことがある。都市博の中止で空き地だらけになった臨海副都心が、日本のラスベガスとなる。財政難にあえぐ都および国ならではの発想だろう。悪くない、そう思った。言葉も通じない異国の地で右往左往するのは好まないが、お台場のカジノホテルの最上階にひっそりと隠居しながら、日没とともにカジノに繰りだし、夜通し酒とギャンブルに明け暮れる日々を送る。刺激的だった。そこに例の法則が、どれだけ効力を持つものか、ぜひとも試してみたい衝動も湧《わ》き起こる。

いや、人生に残された冒険があるとしたら、まさしくそれのみだろう。

「そりゃ、やってみたいね」永幡は心からいった。「パチンコや競馬の控除率の高さにもうんざりしてきたところだ。一攫千金《いっかくせんきん》の連続勝負でどこまで勝ちをおさめられるか、挑戦してみたいもんだ」

「すると」女性記者は無邪気に目を輝かせた。「永幡さんは、お台場のカジノ化計画の推進派ってことですね」

「そういうことになるかな」永幡は笑った。「一日でも早く実現してほしいね。推進派の政治家が何人いるのか知らないが、私は彼らの味方だよ」

カジノ

政治家などという職業には、当面の平和と好景気が約束されている時期、もしくは逆に戦争勃発《ぼっぱつ》の危険をはらんだ時期に就任するのがいちばんだ。白黒がはっきりしている状況ほど、政治家にとって有利なものはない。それが今の日本のように、平和か否かが判然とせず、不況といいながら事業によっては大儲《おおもう》けする企業が存在する現状では、政治家を無能呼ばわりしてくる国民の批判を甘んじて受けるよりほかに手がない。

やっかいな時代に当たったもんだ、戸田俊行《とだとしゆき》は鏡の前でネクタイを締めなおしながら、深くため息をついた。

比較的若いと評される今の閣僚のなかでも、昭和三十二年生まれは自分と防衛庁長官がいるのみだ。それも、東京八区から当選三回で内閣に抜擢《ばってき》された自分は異例の出世を果たしたというところかもしれない。親の七光りというそしりもある。しかし実のところ、行政改革担当・規制改革担当大臣なる大任を務めたがるベテランの議員がいなかったにすぎない。

改革の柱、時代の主役。就任時、総理は戸田の役職をそう表現した。が、ようするに前内閣までの長い金権政治が残したツケを清算し、しこりを取り除く尻拭《しりぬぐ》い役というわけだ。若い力に期待している。そんな励ましを受けたのも遠い昔に思える。

内閣発足一年にして、すでに鏡のなかの自分の顔は疲れきっていた。白髪が目に見えて増えている。まるで芝生のなかの雑草のように。平成五年に大蔵委員会の理事を務めたときにも、ここまで白いものは目立たなかった。やはり消耗している。いっこうに進まない経済改革に、脳汁の最後の一滴さえもすでに使い果たし、毛髪の養分さえも蝕《むしば》まれつつある。

鏡の前を離れた。エンジ色のカーペットに白い壁という、前室とは思えないほど華やかな部屋のなかには、そこかしこに年配の議員たちの集まりができている。閣僚ばかりだったが、防衛庁長官の姿はない。すなわち、年上ばかりだった。最も近い世代は昭和二十六年生まれ、民間から閣僚に起用された竹脇平良《たけわきたいら》・経済財政政策担当大臣だが、彼とはウマが合わない。竹脇は総理大臣の周りをうろうろして、機会があれば取り入ろうと考えているようだが、それは選挙戦を経験していないサラリーマン感覚の人間ならではの挙動にみえた。議員は先輩や年長者の顔色をうかがいながら方針をきめるべきではない。自分で判断できなくなったら、議員バッジなど投げ捨てて退散すべきだ。

戸田はすでにふたりも大臣が更迭されているこの内閣の組閣に疑問を持っていた。人選が甘すぎないだろうか。もっとも、ひとりは確実にふさわしいと思える人間がいる。ほかならぬ自分自身だ。もし、経済改革の基本骨子にふさわしい法案でも持ちあがったのなら、自分の手で推し進めたい。老人たちでは、せっかくの法案が派閥的馴れ合いのなかで水泡に帰す恐れがある。

ドアが開いた。津田《つだ》内閣法制局長官が顔をのぞかせた。「入室してください」

閣僚たちがぞろぞろと戸口にすいこまれていくあいだ、戸田はその場に立ちどまって待った。年配議員たちのあいだで、最後に扉に向かったのは平丘武嗣《ひらおかたけし》・経済産業大臣だった。

戸田が近づいていくと、平丘はふりかえって微笑した。「豪勢なもんだ。ちょっとした会議でも立派な部屋を使わせてもらえる。以前の首相官邸じゃ事務次官会議も政務次官会議も大食堂だった」

「朝食の残りのサンドウィッチをかじりながらね」戸田も笑って応じた。

「そうとも。ハムエッグサンドとコーヒーの味わいが絶妙なコンビネーションでね。あのコーヒー豆は、前総理が南米のコロンビアを訪れたさいに……」

「すまないが」会議テーブルの奥で、井尾山輝夫《いおやまてるお》・内閣官房長官が険しい顔でたたずんでいた。視線をこちらに向けている。井尾山は眼鏡のブリッジを指で押さえながらいった。「食事は会議のあとにしてもらいたい。早急に検討すべき問題があるんでね」

平丘は面食らったようすだったが、静寂に包まれている会議の面々を見やったあと、なおもおどけたようすでいった。「わかりました。食欲はあとまわしにしましょう」

何人かの議員の口もとに笑みが浮かんだ。日頃から平丘と対立していると目される閣僚たちは、硬い顔を崩さなかった。

あいかわらず、社交的な会合だ。戸田は内心皮肉に思いながらテーブルの端に座った。

「おはようございます」井尾山は軽く頭をさげ、着席した。形式ばった所作をとりがちな男だった。その堅苦しい雰囲気が室内に充満するなか、官房長官は低い声でいった。「ヨーロッパを歴訪中の総理から、今国会中になんとしても議決をとりたい法案があるとのことで、私たちに検討をしておくようにと言伝《ことづて》がありました」

山口恵子《やまぐちけいこ》・外務大臣が浮かない顔でいった。「有事法についてなら、防衛庁長官が出席していない状況では話が進展しないと思いますが」

「いや」井尾山は両手の指を組み合わせた。「有事法ではない。財政面での改革に関わる法案です」

もうひとりの女性閣僚、大澤千尋《おおさわちひろ》・国土交通大臣が井尾山にきいた。「高速道路の赤字路線に関する見直し法案ですか」

「いいえ」閣僚の的外れな指摘に、井尾山は話を切り出しにくくなっているようだった。じつは、口ごもりながらそう告げると、テーブルに視線をおとしていった。「臨海副都心にカジノを建設したいという、都知事の提案はお聞き及びと思いますが」

列席者の視線がふいに戸田に向いた。戸田は困惑と同時に不快感を覚えた。父の言動が閣僚のなかで話題に上るたびに、誰もがこちらを注視する。

戸田はいった。「父とは半年間、ろくに口もきいてません。おたがい忙しいので」

閣僚たちは興味を失ったように、戸田から視線を逸《そ》らした。審議内容と戸田が無関係であることがわかった以上、注意を払う必要もないというわけだ。さいわいだった。都知事の息子というだけで生じるまやかしの連帯感、そんなものを身にまとうのはご免だった。

井尾山官房長官は咳《せき》ばらいした。「このカジノなるものの合法化について、まず諸氏のご意見をうかがいたいと思います」

林山治《はやしやまおさむ》・法務大臣が首をひねった。「なぜいきなりそんな話を？」

ふん。塩山清十郎《しおやませいじゅうろう》・財務大臣が鼻を鳴らし、仏頂面でいった。「財政難の打開策ってことでっしゃろ。スポーツ振興くじも赤字で苦しんどるのに、うまいこといくとは思えませんな」

「よろしいですか」柳田松雄《やなぎだまつお》・金融担当大臣が片手をあげた。「カジノに関する地方自治体からの提案は、なにもいまに始まったことではありません。たとえば秋田県雄和《ゆうわ》町では〝イーストベガス構想〟なるものが提案されています。秋田空港の近くに二万五千室という巨大なホテル群とカジノ施設を設け、年間千二百万人の観光客を新たに県外から呼びこむというものです。現町長も町長選で、カジノ構想の研究を公約に掲げていました。ほかにも大規模リゾート施設のシーガイアが倒産の憂き目にあった宮崎県の県議会は二〇〇一年三月の定例議会で国にカジノ合法化を求める請願二件を採択しています。また、別府《べっぷ》商工会議所など別府市内の経済・観光関連十三団体が政府にカジノ合法化と別府市への誘致を求める要望書を、市長と県議長に提出していますし、熱海《あたみ》でも……」

「なるほどな」片桐虎之助《かたぎりとらのすけ》・総務大臣が腕組みしながらうなずいた。「落ち目の観光地がなりふりかまわずってわけだ」

戸田は思わず口走った。「そんな言い方はないでしょう」

また列席者の目がこちらを向いた。気まずい沈黙が辺りを包む。都知事の息子がこの場にいる以上、全会一致でカジノ法案を破棄というわけにはいかない、そんなやりにくさを彼らが一様に感じていることはあきらかだった。

「戸田君」井尾山官房長官はいった。「意見があるなら、きこう」

「そのう、これは私の父である都知事の見解とは無関係なのですが」こういう前説を付け加えねばならないこと自体、不本意以外のなにものでもない。戸田はじれったさを感じながらいった。「現在、カナダがナイアガラの滝付近に大規模なカジノホテル群を建設中です。なんでもナイアガラの滝は徐々に小さくなっているそうで、いまのうちに観光客を呼びこめる新しいセールスポイントを築きあげたいというのが本音でしょう。アメリカおよびその周辺でもラスベガスの成功を横目に、二匹目三匹目のドジョウを追い求める傾向があるんです。バブル崩壊後、財政難にあえぐ地方自治体が同じ考えを持ってもふしぎではありません」

竹脇経済財政政策担当大臣がにやついた顔で戸田をみた。「あなたの父君は、すたれた場末の観光地の知事というわけではないでしょう。首都にカジノを置く、その大問題をどのようにお考えなのか、ぜひ知りたいですね」

嫌味な口調が鼻につく。戸田は忌々《いまいま》しく思った。父の肩を持つつもりはないが、事実は事実として伝える必要がある。

戸田はいった。「わが国では二〇〇一年七月に、雇用統計史上初の完全失業率五パーセントを記録して以来、ずっと失業率は高まるいっぽうです。総理も、雇用対策問題は政府の最優先課題とおっしゃっています。都知事は臨海副都心、すなわちお台場にカジノを建設すれば一万人の雇用が生まれるといっていますが、東京にかぎらず全国的に、雇用流動化に対する新規雇用の創出が不可欠であることはまちがいないでしょう」

「だからといって」飯岡育英《いいおかいくえい》・文部科学大臣が口をさしはさんだ。「失業者を救うのが目的ならば、カジノである必然性は薄いことになります。大規模な雇用が生じる施設ならほかにも考えられる。たとえばテーマパークです。浦安《うらやす》の東京ディズニーランドと同様、テーマパークなら健全ですし、賭博《とばく》の合法化などという法案など提出しなくても……」

塩山財務大臣が苛立《いらだ》ちをあらわにした。「テーマパークなんて、とても採算が合わん。ディズニーランドは例外中の例外で、全国じゃ第三セクターも含めて倒産したテーマパークが続出しとる。ユニバーサル・スタジオ・ジャパンも不祥事続出で入場者数が激減しとるしな」

「そうでもありません」平丘経済産業大臣がいった。「だいたい、カジノとテーマパークは相反するものではなく、むしろ同一の範疇《はんちゅう》のものとみるべきです。最近ラスベガスに行かれたかたは？」

手はあがらなかった。戸田は当惑したが、挙手せざるをえなかった。戸田が昨年、サンフランシスコでおこなわれた市政と税制に関する国際シンポジウムの帰りにラスベガスに招かれたことは、閣僚のあいだでは周知の事実だった。ギャンブルには手をだしていないが、若手議員が出張のついでに過剰なもてなしを受けたことを揶揄《やゆ》する声もあった。

閣僚たちの射るような視線が戸田をとらえ、つづいて平丘に向けられた。

平丘は臆《おく》するようすもなくつづけた。「ラスベガスといえばかつてはダウンタウン地区のカジノが有名でしたが、近年ではストリップ通り沿いに規模の大きな総合レジャー施設としてのカジノホテルが林立し、一大エンターテインメント産業となり得ています。MGMグランド、ベラッジオ、ミラージュ、ルクソール、シーザーズ・パレスと、どのホテルも外観および内装に現実ばなれしたデザインを施しているばかりでなく、ショーやアトラクションなどを配置して賭博以外の部分でも観光客の興味を誘うようになっています。トレジャー・アイランド・ホテルでは、連日ホテルの前で無料で観覧できる海賊船の海戦シヨーをやってるぐらいですからね。海外からの観光客はディズニーランドにいくのと、さほど変わらない感覚でラスベガスに赴いています。滞在中にカジノで一ドルも使わない観光客も多いと聞きます」

「なら」飯岡文部科学大臣は眉間《みけん》に皺《しわ》を寄せていた。「なおさら、カジノは存在しなくてもテーマパークで充分じゃないですか」

「そこが違うんです」平丘はいたって冷静な口調で応じた。「バブル期に計画された幾多のテーマパークが次々と閉鎖されていった理由はあきらかです。客がこなかった。それだけです。テーマパーク、イコール遊園地という発想は古いんです。たとえば新横浜ラーメン博物館は全国各地のラーメンの店舗が軒をつらねる、いわゆるフード・テーマパークなる新形態ですが、これは大入りになっている。各地の潰《つぶ》れたテーマパークも、フード・テーマパークとして再出発するのが多い。そのいっぽうで、テーマパークとはいえませんが、この不況下でも客足の減らないサービス産業というか、レジャー産業があります」

「なんですか」大澤国土交通大臣がきいた。

「吉原《よしわら》ですよ」女性議員の目を見て発言するのは、さすがの平丘でもはばかられることらしかった。視線をおとし、後頭部をかきながらいった。「その、いわゆる風俗です」

冷ややかな空気が支配していくなかで、戸田は平丘の主張を察した。戸田はいった。

「つまり、こういうことですね。レジャー施設はその存在自体に客が集まるのではなく、食欲だとか、まあ性欲というか……とにかく、人間の奥深い欲求を満たしていることで、はじめて集客能力を発揮すると」

「そういうことです」平丘はうなずいた。窮地を救われてほっとしたらしい、ふたたび笑みが浮かんだ。「ディズニーランドにしたって、徹底的に子供およびかつては子供だった大人の本能的欲求を満たすべく計算し尽くされたアトラクション施設で構成されているんです。そこには健全さがあり、フード・テーマパークや風俗といった話になるとずいぶん下世話な印象があるし、ディズニーランドとは相容れないように思えるかもしれません。しかし、乱暴な言い方を許してもらえれば集客してナンボ、財布の紐《ひも》を緩めさせてナンボという意味では、どれも同じです」

「本当ね」山口恵子外務大臣が軽蔑《けいべつ》のまなざしで平丘をみやった。「ひどく乱暴な言い方ね。そこのところは同意しますけど。まさかその種の営業を国として認めるべきだなんておっしゃるつもりじゃないでしょうね」

「とんでもない」と平丘。「私がいいたいのは、カジノにおけるギャンブルもそれらと同様に本能的で衝動的な欲求に支えられるものだってことです。飲む、打つ、買うってやつですね。すなわち、恒久的な収益が期待できそうだということです」

飯岡文部科学大臣が嚙《か》みついた。「平丘さんの発言は、カジノ構想なるものがいわゆる風俗店と変わらないと認めておられるように聞こえますが」

ざわつく会議のテーブルで、平丘は首を振った。「そうはいってませんよ」

「まあお待ちください」井尾山官房長官は片手をあげて議論を制すると、しばし押し黙ってなにか考えるそぶりをした。やがてゆっくりと口を開きながら、出席者を見渡した。

「現在、国と地方の債務残高は六百四十五兆円。それに対し、本年度の税収見通しも一兆円減と経済はもはや深刻な状態に陥っています。アメリカの民間格付け会社ムーディーズにボツワナ以下とまで評された経済状態です、先進国として早急な景気回復のめどをつけねばなりません」

　塩山財務大臣がしかめっ面をした。「あんなものはたんなる言いがかりにすぎんよ」

「だから」井尾山は語気を強めた。「それを見返してやろうというのが総理のお考えでね。そのう、議論をお願いしておいてから申しあげるのはいささか気がひけるのですが、じつはお台場の一角に広範囲にわたってある施設が建設されている最中です。ご存じのかた、おられますか」

　広尾忠正《ひろおただまさ》・環境大臣が片手をあげた。「青海のさらに向こうに位置する一帯じゃないですか。工業地帯だったのが、外資系の企業が倒産して撤退したあと、なにか囲って建設中のようだが」

「そのとおり」と井尾山。「正確には青海の南南東に位置する、東京湾で最も新しく埋め立てられた島で、都市博においては中心部となるはずだった場所です。長さ三十メートルの橋でお台場一帯と結ばれていて、間もなく〝ゆりかもめ〟の引きこみ線も完成の予定とのことです」

「〝ゆりかもめ〟を？」柳田金融担当大臣が驚きのいろをうかべ、甲高《かんだか》い声をあげた。「都営の路線を引きこむということは、都の運営する施設なんでしょうか」

井尾山はうなずいた。「東京都二十五パーセント、民間企業五十パーセントの出資による第三セクターでね」

飯岡文部科学大臣がきいた。「残る二十五パーセントは？」

「施設が完成し運用されることになったら、国に負担してほしいというのが施設の推進委員会の考えでね」

「それで」広尾環境大臣が目を大きく見開いてたずねた。「なにを作ったというんですか」

「いま議論の対象になっているもの」井尾山はさらりといった。「カジノ。いや、カジノ・テーマパークというべきかな」

一瞬の沈黙をおいて、ほぼ全員がいっせいに発言した。誰も譲り合うそぶりをみせなかった。戸田は、自分が無言のままでいる唯一の閣僚であることを知った。

「ばかげてる！」飯岡文部科学大臣が大声を張りあげ他を圧倒した。「もう作ってしまったから、法案で認めろというなんて。治安の乱れを助長するようなものですよ。財政難をクリアするためなら、青少年にとって害悪となる施設を建設してもよいとおっしゃるんですか」

「冷静に」平丘経済産業大臣がなだめるようにいった。「日本には宝くじからパチンコまで公営ギャンブルがすでに存在しているじゃないですか。いまさら、カジノだけはだめだというのも極論かもしれません」

飯岡は納得できないようすで、顔を真っ赤にしてまくしたてた。「宝くじはギャンブルじゃありません。パチンコも換金は実質的に違法です。認可ではなく、黙認されているだけです。日本の法律に照らし合わせれば、賭博はすべて犯罪のはずです」

「だから」平丘はうんざりした顔をうかべた。「それをわが国の現在の状況に合わせて、修正しなければならないってことですよ。自衛隊が戦力か否かという議論と同じです。競馬や競輪が存在する国で、賭博がすべて違法って判断はおかしい」

「まってください」林山法務大臣がいった。「競馬や競輪にしろ、宝くじにしろ、胴元は国および自治体ということになっている。そのお台場に建設中の施設とやらも、第三セクターである以上、国および都の管轄下に置かれるのだろう?」

競馬や競輪と同じ形態のギャンブルなら法案成立の可能性もありうる、林山法務大臣はそう感じたらしかった。少なくとも反対派ではないな、戸田は林山についてそう目星をつけた。

「野党が黙ってませんよ」山口外務大臣が憂鬱《ゆううつ》そうにつぶやいた。「いえ、連立与党のなかでも足並みが揃《そろ》うかどうか疑問です」

井尾山官房長官はじれったそうに眼鏡の下に指をさしいれ、目をこすった。「とにかくお聞きください。都のほうでは、このレジャー施設はカジノとして申請しているわけではありません。いちおう表向きは、ということですが」

竹脇経済財政政策担当大臣が皮肉な笑みをうかべた。「なにやら問題発言のようにも思えますが」

「ある意味ではね」井尾山はあっさりと応じた。「品川プリンスホテルが、総合レジャー施設として生まれ変わったことは、みなさんもご存じだと思います。ボーリング場に複合映画館、ショーを観覧できるホールにフードコート。これらの改装は実のところ、都知事のお台場カジノ構想を反映しているのです。ラスベガス型カジノホテルの、カジノ以外の部分をまず先に完成させ、折をみて〝カジノ特区〟の許可申請を都に提出するつもりでしょう。施設は揃っている、あとは許可を得るだけだ、とね」

「そうはいっても」大澤国土交通大臣が苦い顔をした。「カジノってものがまるで認められていなかった日本で、それなりのカジノの設備をイチから揃えるとなると、かなりの設備投資が必要になるのでは？」

平丘はにやりとした。「おや、ご存じないですか？　いまラスベガスやアトランティックシティのカジノに並んでいるスロットマシンは、ほとんど日本製ですよ。国内ではパチスロ機メーカーとして知られているアルゼ、タカサゴ、シグマ、旭精工あたりが世界のカジノに進出しています。クルマと同じく、壊れないってのが評判ですよ」

塩山財務大臣が首を振った。「あまり耳に馴染《なじ》みのない企業名ばかりですな」

ええ、と平丘は急に真顔になった。「パチンコ産業自体がグレーゾーンに属するものですからね。大手企業は参入していなかった。もしこれが合法化されれば……」

会議室は静まりかえった。声高に異議を唱えていた議員も、このときばかりは口をつぐんだ。

無理もないと戸田は思った。大手企業の参入。ソニー、松下、東芝、日立などの電機製品メーカーを筆頭に、NEC、富士通などコンピュータ関連の企業に、新たに大規模なビジネスチャンスをもたらす。カジノ合法化にはそんなメリットもある。閣僚たちはいまさらながら、その事実に気づいたのだ。政府と深い結びつきのある経済界のトップ企業が活性化する機会。閣僚としては一蹴《いっしゅう》するわけにはいかない。

「官房長官」塩山財務大臣が関心をあらわに身を乗りだした。「お台場に建設中の施設も、品川プリンスホテルと同様のスタンスをとっとるわけですか。つまり、カジノではなくあくまでレジャー施設にすぎないという建前のもとで計画が進められとると」

「現時点では、そういうことになります」井尾山官房長官はうなずいた。「カジノ合法化が果たせなければ、この施設は第三セクターによる一般大衆向け娯楽施設としてオープンするのみです。しかし総理は都知事からの要望を受け、前向きに検討したいとの見解をしめされました。ここへきて、施設も八割がた完成し、いよいよ法案についてどうすべきか早急に考えねばならない、とまあそんなふうに風向きが変わってきましてね」

お台場のレジャー施設について、戸田は父からさほど詳しい話をきいてはいなかった。余った土地を観光スポットに使えるよう、いくつかの企業の参入を許した、そんな都議会の決定を部分的に耳にしただけだった。一般にもレジャー施設の内容は報じられていない。怪訝《けげん》に思ったことはあるが、深く追及しなかった。だがそこには、明かすに明かせない理由があったのだ。法案の成立の見通しによって、カジノになるか否かが決定される。そのようなスタンスで建設に踏み切ったと都民に知れれば、都政への支持が急落することは目にみえている。

事情を察した閣僚たちは黙りこんだ。二面性のある議題だった。単純にして複雑。事実にして、虚偽の側面もある。こうした法案を議決に持ちこむのはやっかいだった。

井尾山がいった。「細かい法案の作成はあとまわしにして、いままで説明したような実状を踏まえて、現時点でカジノ合法化に賛成か否か、とりあえず採決したいと思います。まず、反対とおっしゃるかた、挙手願います」

井尾山官房長官はいつも採決のとき、賛成よりさきに反対の挙手を求める。どのような意味があるかわからないが、おそらく賛成を先に採択すると惰性で手をあげる傾向があるからだろう。戸田はそう思った。

閣僚たちは居心地の悪そうなそぶりをみせるばかりで、誰ひとり手をあげなかった。

「では」井尾山は咳ばらいし、出席者を見まわした。「賛成のかた」

戸田は手をあげた。平丘の手もあがった。だが、それ以外の議員は沈黙を守っていた。

「あとのみなさんは?」井尾山は戸惑ったようすもなく、平然とたずねた。こうなることは予測できていたらしい。

「まだなんともいえん」林山法務大臣が腕組みしていった。「どういう法案なのか、議論を突き詰めていかないことには。与党内でも調整がつくかどうか、まだわからないですし」

閣僚たちはうなずき、同意の姿勢をしめした。

いつものことだった。こうした場ではなにも決まらない。責任逃れが横行する現内閣だ、このように大胆な法の改革案には尻込みする輩《やから》がほとんどだろう。戸田は冷ややかに感じた。

竹脇が、さも点数稼ぎといわんばかりに発言した。「私の知り合いのアナリストに、採算性などを計算させましょう。合法化については、その採算性ぎりぎりの範囲で許すことにすれば、それほど大きな変更は必要なくなる」

「結構ですね。だが」井尾山は腰を浮かせた。「それは現時点で賛成の意向をしめしていただいた議員と相談することにします。平丘君、戸田君。執務室においで願えませんか。あとのみなさんは、これで。詳細はまた後日ということにしましょう。どうもご苦労さまでした」

井尾山はさっさと戸口に向かっていった。閣僚たちは浮かない顔で立ちあがると、隣人と意見を交わしざわめきあった。どの閣僚も、会議にさほど不快感を抱いたようすはなさそうだった。法案そのものがまだ吟味されていない時点では、カジノの社会的影響についてとやかくいったところで始まらない。とりあえず財政危機を回避するための大胆な法案の提出は望ましいことだ、そんなていどの解釈でしかない。ただ、竹脇は例外のようだった。

竹脇は官房長官への提案がいとも簡単に撥《は》ねつけられたことに、多少なりともショックを覚えているようすだった。陰気な顔でため息をつくと、戸田のほうをみた。忌々《いまいま》しそうな目。年下の閣僚にだし抜かれた、そう思っているのかもしれない。

平丘が目くばせして、扉をでていった。戸田はそのあとを追った。部屋をでる寸前、竹脇を振り返った。竹脇はまだひとり椅子《いす》に座り、戸田をにらみつけていた。戸田は肩をすくめてみせた。選挙戦を戦った男とサラリーマンのちがいさ、内心そうつぶやいた。

ウォーリー

佐野加奈子《さのかなこ》は困惑していた。まだ二十歳の新入りであっても、スキー場のゲレンデで救急班のスタッフとして働く以上、日没後も勤務をつづけねばならないことは頻繁にある。この長野の虔折山《けんせつざん》スキー場は夜間のスキーを許可していないが、敷地の隅々まで響きわたるアナウンスで何度呼びかけようとも、ロッジに引き揚げようとしない身勝手な客がかならず何人かいるからだ。だがそれも、こんな吹雪の夜は別だった。救急班の待機小屋は、断続的に吹きつける突風のせいで耳障りなきしみ音を奏でるばかりか、小屋そのものが揺れている。スキー客は夕刻までに残らずゲレンデから姿を消していた。見回りも明朝までおあずけだ、救急班をてこずらせる存在はなにもない。そのはずだった。

だが実際のところ、夜の十時をまわっても加奈子は宿舎に帰ることを許されなかった。加奈子はテーブルに頰《ほお》づえをつき、向かいに座っているそのトラブルの素《もと》を眺めた。

飼葉浩《かいばひろし》という名の六歳の少年は、椅子《いす》に浅く腰かけても床につかない足をぶらぶらさせながら、外国製の絵本にみいっていた。ページをめくるたび、加奈子のほうに身を乗りだしてきて、ウォーリーどこにいるの、そうたずねてくる。加奈子はそのたびに、見開きの絵に描かれた群衆のなかから眼鏡をかけた痩《や》せ男の姿を探しだし、少年に教えねばならない。いまもまた、浩はページをめくろうとしている。またあの背筋が寒くなるような猫なで声で話し掛けてくるにちがいない。

「ねえ」浩はきょとんとした目を加奈子に向け、絵本をさしだしてきた。「こんどはウォーリー、どこ？」

思わずため息が漏れた。この少年を迷子として小屋に預かったのが午後三時すぎ、もう七時間も不毛な行為に付き合わされている。はじめのうちは可愛《かわい》く思えた子供の言動も、しだいに神経を逆撫《さかな》でするものに変わっていき、いまでは苛立《いらだ》ちに頭がおかしくなりそうになる。

「浩くん」加奈子は受け取った絵本をテーブルに置き、精一杯のつくり笑顔でいった。「そろそろ部屋に戻ったほうがいいんじゃない？　お父さんもお母さんも心配してるでしょ」

少年は一瞬だけ加奈子を見つめかえしたが、すぐに視線を絵本に落とし、なにも聞こえなかったかのようにいった。ウォーリーどこ。

まったく。加奈子は心のなかで舌打ちした。幼少のころから、将来就きたい職業を保母としてきた自分だったが、その夢も今晩かぎりにしたいという思いがしだいに強くなる。泣き叫んだり、はしゃぎまわる子供ならまだいい。この浩という少年は一見物静かだが、意志の疎通に難がある。こちらのいうことをまるで意に介さない。両親はとっくに名乗りをあげているのだが、浩はその両親の元に戻ろうとはしない。さして楽しそうにもせず、ただひたすら同じ行為をつづけている。これほどストレスの溜《た》まる来客はほかになかった。

ドアが開き、冷たい風が轟音《ごうおん》とともに吹きこんできた。分厚いウィンドブレーカーを着こみ、スキー帽とゴーグルで顔を覆った男たちが、まるで吹雪のなかを山小屋に避難した登山客のように身をちぢこめて入ってきた。

班長たちだ。加奈子は立ちあがった。「おかえりなさい」

ああ。髭面《ひげづら》の班長がうなずきながらゴーグルをはずし、身体《からだ》に付着した雪をはらいおとしながら、少年に顎《あご》をしゃくった。「あの子、まだ気が変わらないのか」

「ええ」加奈子は憂鬱《ゆううつ》にいった。「どうしても部屋に戻りたがらないんです。ロッジにいるご両親からは何度も電話が入ってるのに、受話器を手にとろうともしなくて」

ふうん。班長は顎を指先でかいて少年をしばらく眺めていたが、やがて後方を振り返りながらいった。「そんなことだろうと思って、ロッジの宿泊客のなかから適任と思える人を連れてきた」

妙に思って、加奈子は戸口に目をやった。最後に扉を入ってきたのは、救急班の防寒服とは一見して異なる服装に身を包んだ女だった。ピークパフォーマンスのオレンジ色のスキーウェアを着こなした、小柄でほっそりとした身体つきの若い女。褐色がかった髪はポニーテールにして、ゴーグルの代わりにサングラスをかけている。吹雪のなかを歩いてきたのに、まるで寒さを感じていないかのように背筋を伸ばし、堂々とした足どりでこちらに向かってくる。猫背になってストーブの周りに集まっている班員たちとは対照的だった。

面識はないが、見覚えがある。加奈子は瞬時にそう思った。日中のゲレンデで、彼女の姿は何度も目にした。目に焼きついているといっても過言ではない。おそらく加奈子のみならず、ほかのロッジの客も同様だろう、そう思えた。彼女は午前中からずっと、上級者コースで滑っていた。その颯爽《さっそう》とした滑降は万人の目を引いたにちがいない。ベテランでも難しいとされる尾高《おたか》山側の急斜面を鮮やかに駆け抜けていったときには、加奈子は思わずみとれてしまった。全日本スキー連盟《SAJ》の検定で二級の加奈子の目から見て、彼女の滑りはクラウンプライズをはるかに越えたプロフェッショナルな技量に感じられた。テクニックも運動神経も、これ以上はありえないというほど素晴らしいものだった。

その彼女が、どうしてここにやってきたのだろう。魅惑の女性スキーヤーを半ば呆然《ぼうぜん》と眺めながら、疑念が加奈子の頭をかすめた。

班長がいった。「臨床心理士の先生だよ。さっきロッジのロビーに相談したら紹介してくれた。無理をいって来ていただいたんだ」

「臨床心理士？　カウンセラーのひとですか」加奈子は驚きを覚えながら、ふたたび女に目をやった。

「そう」と班長。「ええと、子供の心理とかそういうのにもお詳しいから……」

そのとき、女がサングラスをはずして加奈子に歩み寄ってきた。「児童心理学も専門のひとつというだけです。困ったことがあれば、いつでもお力になります」

加奈子は言葉を失い、ただ女の顔を見つめていた。色白で、なおかつ小さな顔は、名のある彫刻家によって寸分の狂いもなく刻まれたかのように端正で、知性に溢《あふ》れていた。大きな瞳《ひとみ》に、すっきりと通った鼻筋、薄い唇。驚いたことに、メイクをしていないらしい。吸いこまれそうな美貌《びぼう》、男性ならそう形容するだろうか。それでいてこの女の微笑は気品に満ちていて、嫌味を感じさせるところがない。高慢さや、思いあがった態度はまるで見うけられなかった。あの滑りにこのルックス、こういう人間もこの世にいるのか。非の打ち所のないものを目の前にして、加奈子は面食らうばかりだった。

「あの、ええと」加奈子は著名人を目にしたかのように緊張する自分を感じていた。「佐野加奈子といいます。救急班で遺失物係兼、迷子係を担当しています」

女はにっこりと笑った。「臨床心理士の岬美由紀《みさきみゆき》といいます」

岬美由紀。聞き覚えのある名前だった。著名人のように感じたのはあながち錯覚でもなかったようだ。報道で耳にした名だろうか。臨床心理士といえば取得の難しい資格だときくが、きわめて若くみえる外見と実年齢はちがうのだろうか。

美由紀は目を丸く見開いて、加奈子を見つめた。「どうかしましたか?」

「いえ」加奈子はあわてていった。「とても、その、お若いのに臨床心理士というので……ちょっとびっくりしました」

「こうみえても二十八なんです。資格をとってから、まだそれほど経《た》っていないんですけどね」美由紀は部屋の奥に目を向けた。その表情が曇る。「あの子が、問題になってる……」

「ええ、飼葉浩くんです」加奈子はいった。少年を振り返る。浩は大人たちの会話に関心をしめすようすもなく、ひたすら絵本を眺めつづけていた。

美由紀はそちらに向かっていった。浩を見下ろし、肩にそっと手を置いて話しかける。

「こんばんは、浩くん」

浩はぼんやりとした顔で美由紀を見あげた。こんばんは。小声でつぶやくようにいうと、また絵本に目を落とす。

困惑の色を浮かべてこちらに目を向けた美由紀に、加奈子は肩をすくめてみせた。「ずっとそんな調子なんですよ。ウォーリーをぜんぶ見つけるまで帰らないって態度で」

「ほんとに?」美由紀はまた微笑を浮かべた。テーブルに腰かけて浩に顔を近づけると、愛想《あいそ》よくいった。「ねえ浩くん、ウォーリーを見つけるのは難しい?」

「うん」と浩はうなずいた。

「そう。でも浩くんぐらいの歳《とし》だと難しいことも、大人になったら、ちゃんとできたりするのよ」

浩はしばし沈黙し、首を傾《かし》げた。ぼそりとつぶやく。「そうかな」

「そうは思わないの？　どうして？」

「だって」浩はちらと加奈子を見やった。「大人も、ウォーリー、ぜんぶ見つけられないみたいだし」

加奈子は戸惑いを覚えながら、頭をかいた。「わたしに、見落としがあったってことかな」

美由紀が浩にきいた。「そうなの？」

浩は当惑ぎみにうなずいた。絵本のページをぱらぱらと繰り、ある見開きの絵を指し示した。「あのお姉ちゃんは、ここにウォーリーいないっていうけど、僕は見つけた」

加奈子は苛立ちを覚えた。両親のもとに帰りたがらない自分を棚にあげて、こちらを批判しはじめるとは、屈折した子供だった。親はいったいどんな教育をしているのか。

だが、美由紀は加奈子の不満を見透かしたかのように、なだめるような笑みを向けると、また浩に目をやった。「ウォーリーをぜんぶ見つけることのできる大人が、いい大人なのかな？」

「べつに」浩はぶつぶつといった。「そういうわけじゃないけど……」

美由紀はなにか考えるそぶりをしていたが、やがて思い立ったようにいった。「浩くん。

ウォーリーがどうしても見つけられないページってある?」

浩は怪訝《けげん》そうな顔をして美由紀を見つめたが、やがてページを繰り、探しあてた絵を開いて美由紀に示した。「これ」

そのとき、美由紀の表情が奇妙に変化した。絵本を凝視するでもなく、焦点を合わせるでもなく、ただ漫然と眺める。そうみえる。あたかも、浩にわざわざ開かせた絵本に興味をしめしていないかのようだった。

ところが次の瞬間、美由紀は人差し指を絵本に突き立てた。「ここ」

浩は絶句した。まじまじと絵本を見つめて、ほんとだ、叫びに似た声でそういった。

加奈子はまたも驚いていた。美由紀は絵本のなかのウォーリーを探すそぶりは、いっさいみせなかった。眺めただけだ。それなのに、瞬時に美由紀は見つけだした。いったいどうしてだろう。目を凝らしても、そう簡単に見つけられるものではないのに。

啞然《あぜん》とする加奈子を尻目に、浩は嬉々《きき》として別のページを美由紀に差しだした。すぐさま、美由紀はまたあの焦点の合わない目つきを一瞬みせると、絵本の一箇所を指し示した。発見まで一秒、いやもっと短いかもしれない。浩はしだいに興奮したようすで黄色い声をあげてはしゃぎながら、次々と絵本のページをめくっては美由紀に示した。美由紀はその都度、素早く的確にウォーリーの所在を突きとめていた。

美由紀の能力もふしぎだったが、浩がひどく高揚したようすをみせていることに加奈子は意外性を感じていた。なぜああもはしゃいでいるのだろう。美由紀がウォーリーを見つけてくれる、そのことのなにがそんなに嬉《うれ》しいのだろう。もともと、遊戯には興奮しがちな子供だったのだろうか。いや、ちがう。さっきまで七時間ものあいだふさぎこんでいたのだ、浩がいまみせている明るさは天性のものではない。

美由紀がすべてのページのウォーリーを探しあてたことに、浩は満足したらしい。満面の笑顔で絵本を振りかざした。

「浩くん」美由紀が笑みのなかに、かすかに険しさを漂わせていった。「わかったでしょ？　大人はその気になれば、ウォーリーがどこにいるかすぐに探しだせるの。心配いらないのよ」

ふいに浩の顔から笑いが消えた。伏目がちに、加奈子のほうを見やる。「でも……」

また、わたしを責めようというのだろうか。加奈子がむっとすると、美由紀が浩にいった。「探し当てられない大人もいる、それが気になるっていうんでしょう？　それはしょうがないの。なぜなら、大人たちはみんな忙しくて、ウォーリーを見つけることに一所懸命じゃないから」

浩が真顔で美由紀を見据えた。「どうして？」

「ウォーリーが自分の子じゃないから」美由紀は微笑とともにいった。「ウォーリーを探すのに自分の能力を使いきってしまったら、自分の子供の居場所がわからなくなっちゃうでしょ？　子供がいない大人ですら、将来授かるかもしれない子供のことを考えてるし、いま子供がいる大人は、自分の子供がどこにいるか、なにを考えているか気にかけているものなの。そのことに集中するために、余所《よそ》の家の子供にはさほど関心を払わないものなのよ」

美由紀が話しているあいだ、浩は真剣な顔をして美由紀の顔を見つめていた。その顔は、どこか輝いている。加奈子にはそう思えた。

「だから」美由紀はいった。「浩くんのお父さんやお母さんもそう。ウォーリーがどこにいるのか興味はなくても、浩くんのことはいつも真剣に考えている」

浩は真顔のまま、小さくうなずいた。安心した？　美由紀がそう問いかけると、浩は微笑した。自然な笑みだった。

「そろそろ」浩は絵本を抱きかかえ、椅子からぴょんと飛び下りるようにして立った。「帰る」

「そう、いい子」美由紀は浩の頭をなでると、班長のほうを見た。「部屋まで大人たちが送ってくれるから、心配しないでね」

うん。浩が首を縦に振った。美由紀に促されて戸口に向かった浩の肩に、班長がそっと手を添えた。じゃ、いこうか。

ふたたび扉が開け放たれ、風が吹きこんできた。班長が浩の手を引いて外に出ていく。

浩は振りかえり、美由紀に、そして加奈子に手を振った。ばいばい。ささやくような声がそう告げた。

ばいばい。加奈子も思わず手を振り返した。

班員たちがその後につづいた。扉が閉じると、小屋のなかは加奈子と美由紀だけになった。

加奈子はしばし扉を見つめたまま、ぼうっとしていたが、やがて我にかえって美由紀を見た。尋ねたいことは山ほどある。なにをさきに尋ねるべきかわからない。加奈子は口を開いたが、自分でももどかしく思えるほど言葉にならない。「あの、いったい、そのですね……」

「迷子になったのがよほどショックだったのね」美由紀は涼しい目をしていった。「親不資格疑惑症候群《PNDS》っていう、比較的新しい児童心理学上の症例。子供が自分の親を不適任と感じた際に、子供なりに親が親たりうる資格を備えているかどうかのテストを試みて、それが芳《かんば》しくなかった場合に親の能力ばかりか、親子の情愛さえも疑いだすの。そもそもは、親が子供に対しそういうテストで出来不出来を測ろうとするせいで、子供が間違ったやり方でその解釈法を学習してしまうことに端を発してるのよ」

「すると」加奈子は美由紀にきいた。「ウォーリーを探せるかどうかが、そのテストだったってわけですか」

「ええ」美由紀はうなずいた。「浩くんにしてみれば、人ごみのなかで我が子を見失った両親にもういちどチャンスをあげたつもりだったんでしょうね」

「そういえば」思い当たるふしがある。加奈子は咳《せ》きこみながらいった。「きょうの夕方、浩くんの両親が迷子のアナウンスをきいてこの小屋にきたとき、浩くんはしきりに絵本をみせてウォーリーを探させたがってました」

「でも両親が関心をしめさなかったとたん、浩くんはふさぎこんだ。そうじゃない？」

「ええ、そうです。そのとおりです」加奈子は心拍が速まるのを感じていた。美由紀の指摘どおりだ。両親に絵本をみせるまでは、浩はわりと元気にしていた。両親の元に帰ることにも積極的な姿勢をみせていた。母親にせがむように絵本を向けていたのが印象に残っている。それからほどなくして、少年は生気を失っていった。

美由紀は壁にもたれかかり腕組みをした。「両親への問いかけに、満足のいく返答を得られなかった浩くんは、手近にいる大人を親がわりにして同じ質問をおこなった。浩くんがウォーリーを媒介にしてあなたにたずねていたのは、大人たちが自分を気にかけてくれているかどうか、どこでなにをしているかを絶えず見出《みいだ》せるかどうかっていう、大人たちの情愛に裏打ちされた能力についてなのよ」

「それは」加奈子は苦笑した。「わたしをテストしても無理ですよ」

「なぜ？」と美由紀は穏やかにきいた。

「なぜって、それは、わたしは浩くんの親じゃないから、テストしたって意味ないし……」

「そう。だからそのことを教えてあげたの。大人は総じて、浩くんの気にしている能力はちゃんと持ち合わせているけど、自分の子供のためにこそ発揮できるものだってことをね。ウォーリーをテストに使って、勝手に導きだした結論は間違ってる。そのことを浩くんに悟らせたの。PNDSは、そういうデリケートな対処が必要なのよ」

床に目を落として物静かに語る美由紀の顔は、まるで子を思う親の顔そのものに加奈子には思えた。浩の心を動かしたのは美由紀の臨床心理士としての知識だけではあるまい、加奈子はそう感じていた。美由紀はどんな子供に対しても、実の親に匹敵しうるだけの情愛を備えて向き合うことができるにちがいない。職業的な意識のなせるわざか、それとも才能か。

いずれにせよ、と加奈子はため息とともに思った。わたしにはとうてい不可能だ。児童心理学の知識などまるで備わっていない。浩がなぜ臍《へそ》を曲げているか、その理由にはまるで想像もつかなかった。

「どうしたの？　がっかりした顔をして」美由紀がやさしくいった。「心配しなくても、あなたは立派な保母さんになれるわよ」

加奈子を襲った衝撃は、さっきまでのどんな驚きをも上まわっていた。

美由紀は心のなかを読んだ。打ち明けたことなどない将来の夢を見透かし、そこにまつわる現在進行形の悩みについて呼応した。

「そんなにびっくりしないで」美由紀は可愛げのある悪戯《いたずら》っぽい笑みをかすかにうかべながら、親しげな口調でいった。「さっきから自分のことに思いをめぐらせては、いらいらした表情を浮かべてるでしょ? 子供の心情を理解することがこの場限りの義務なら、あなたほど自分に苛立ちをしめしたりしないものなの。子供のことをわからなきゃならないのに、わからなかった自分を責めている。そういう反応がうかがえるのは妊娠している人か、保育園もしくは託児所に勤めたいと思っている人。たいていは保母さん志望なのよ」

講釈を聞いても、まだ信じられなかった。臨床心理士というのは、こうまで人の心について詳細な分析を可能にするものなのだろうか。まるで人知を超えた能力のように思える。そう、まるで……。

そのとき、加奈子の頭のなかで閃《ひらめ》くものがあった。そうだ。岬美由紀という名、聞き覚えがあると思ったら、道理で。

「あなたは、あの、千里眼?」加奈子は興奮ぎみに問い掛ける自分の声をきいた。

美由紀の顔には微笑がとどまっていたが、少しばかり肩を落とすようなそぶりをみせた。

「マスコミが勝手につけた仇名《あだな》でしょ。べつに魔法でもなんでもないんだし」

千里眼というニックネームで知られる、天才的才能を持った若い女性の臨床心理士がいる。たしか半年ほど前、マスコミはそう書き立てていたはずだ。この岬美由紀がなんらかの重大事件の解決に手を貸したことに端を発している、そういう話だったと思う。臨床心理士になる前は国家公務員だったという、とんでもないキャリアの持ち主だとも書かれていた。つんと澄ました良家の娘を想像していたが、実像はかなり違っていた。とてつもない能力の持ち主なのに、なぜか何年も前からの知り合いのように感じられる親しみやすさに満ちている。

それにしても、まさかこんな山奥のスキー場にやってくるなんて。加奈子は呆然としながら美由紀をみつめた。

だが美由紀は、そんな視線を向けられることを嫌っているかのようにやや醒《さ》めた顔つきになり、壁から背を浮かせた。両手をポケットに突っこんで加奈子に近づいてくると、にっこりと笑っていった。「保母さん、なれるといいね。がんばって」

その言葉が胸の奥で反響し、温かさをかもしだす。そんなふうに加奈子には思えた。どう答えようか迷っているあいだに、美由紀は戸口に向かって歩きだした。

「あ、あの、岬さん」加奈子は呼びとめた。

美由紀は立ちどまり、振りかえった。「なに?」

なにを話しかけたいのかさだかではない。ただ、岬美由紀ともうしばらく一緒にいたい。できれば明日も一緒に話をしたい。そんな思いが加奈子のなかを支配していた。なぜそんな思いに至ったのか、理由はよくわからない。とにかく、美由紀と話し合いたい。

「そのう」加奈子は質問をひねりだした。「さっき、胴ウォーリーを探し当てたのは……すごかったですよね。あんなにぽんぽん当てて……」

ああ、そのこと。美由紀はそういう顔をして、ふっと笑った。「あれは、誰にでもできるのよ。選択的注意集中っていう、心理的現象を応用したの」

「選択的注意集中？」

「心理学も勉強してみると、面白いかもね」美由紀はそういって、笑顔とともに扉を開けた。「救急班のお仕事、いつもご苦労さま。じゃ、また会えたら会おうね」

「あ、はい、じゃ……」加奈子がしどろもどろになっているあいだに、美由紀は扉の向こうに消えていった。

閉じた扉をしばし眺める。なんだか、終始圧倒されっぱなしだった。そんなふうに思える。

どっと疲れを感じ、加奈子は椅子に腰かけて身体を投げだした。天井を仰ぐ。奇妙だった。心地よい疲れだ。なにもしていないのに、なにかを成し遂げたかのような気分。いったいなぜだろう。

深くは考えられない。心理学の専門家でもないのだ。だが、おおまかなことはわかる。わたしはきょう、希望を分けてもらった。自信と、少しばかりの勇気を。保母になる夢を、あの岬美由紀が応援してくれたのだ。なによりの励みだった。満足感とともに、ふたたび美由紀への尊敬の念が湧く。人を愛することにも、愛されることにも才能を発揮する彼女。あんな存在は、この世にふたりとしていないだろう。

遭難者

岬美由紀はメルセデス・ベンツSL350のステアリングを切り、スキー場から二キロほど離れたフォーシーズンズ・ホテルへと向かっていた。街路灯ひとつない暗い山道だが、視界は明るかった。道の両脇にうずたかく積もった雪の壁が日没後の冷え込みにともなって氷と化し、キセノン・ヘッドライトの光を受けてシャンデリアのようなきらめきを放つ。幻想的な光景だった。路面も凍っているようだが、あえて寒冷地仕様のタイヤに換えずとも、ふだん用いているロープロファイルタイヤで充分な安定感を保っている。コーナリングにいささかの不安もない。さすがに冬に強いドイツ車だった。

実のところ、ひさしぶりの休暇とあって荷物もたくさん用意してきたため、クルマはセダンのほうが都合がよかったのだが、結局はこのロードスターで出かけることになった。荷物は妥協して、スーツケースひとつぶんにおさえねばならなかった。理由は、シンポジウムなど公の場所に出向くためのクルマとして購入したシーマF50のグランドツーリングには、シートヒーターが装備されていないからだった。四・五リッター・クラスのシーマには全車種についているというのに、美由紀がスポーティな外観を理由に選んだグランドツーリングには肝心のスキー旅行向けの機能が欠けていた。とはいえ、あのクルマを買ったことを後悔はしていなかった。シーマは高齢者向けに作られているのか、四・五リッター・クラスの内装はすべて木目調で統一されている。日産に限らず、高級車とされる国産車はすべてそうだ。乗りなれたE55の黒とシルバーで統一されたクールな内装に親しんでいた美由紀には、どことなく悪趣味に思えた。シーマで黒一色の内装が選べるのはグランドツーリングだけだった。

このSL350もまたしかりだ。実のところ、SOHC・V12エンジンでツインターボチャージャー、六千ccのSL600を選びたかったのだが、右ハンドル仕様車が販売されていなかった。左ハンドルを好まない美由紀はここでも折れるしかなかった。趣味についてはいつでも妥協を強いられるものだ。

だが、と美由紀は思い、ふっと笑った。それがストレスになることはない。ふだん忙しすぎて、わずかな余暇の気晴らしのドライブですら恰好《かっこう》の息抜きになっているのだ、一週間もの休暇を得ることができたいま、不平をこぼしたのではバチが当たるだろう。実際、職場の同僚の朝比奈宏美《あさひなひろみ》や倉石《くらいし》所長らは連日の出張でまるっきり暇がないと愚痴をこぼしていたのだ。診療所をひとりで切り盛りしている嵯峨敏也《さがとしや》もまたしかりだった。有給休暇を溜《た》めこんでおいたおかげとはいえ、この忙しい時期にひとりだけ羽を伸ばすことに若干の肩身の狭さを覚えずにはいられない。

フォーシーズンズ・ホテルは山の中腹部にあった。ゲートをくぐってから花壇に沿うように延びる長い私道を走り、おぼろげにライトアップされた本館の前にクルマを横付けする。ドアを開けて外に降り立つと、麓《ふもと》のスキー場で感じられた以上に冷えきった空気が美由紀を包んだ。

玄関から顔なじみのベルキャプテンが白い息を弾ませながら駆けてきた。「どうも、岬さん。こんな夜更けにお出かけになられたもので、心配してました」

「ごめんなさい」美由紀は笑って、キーをベルキャプテンに渡した。「ロッジのほうから、急用だって連絡があったから。もう済んだけどね」

「ご予約のレストランでシェフがお待ちしておりますよ」

「ああ、そうだった」美由紀は腕時計をみた。午後十時半。「すぐいくわ。クルマ、よろしくお願いします」

かしこまりました。ベルキャプテンの声を背に聞きながら、美由紀は玄関へと駆けていった。

いくら時間が差し迫っているとはいえ、スキーウェアのままレストランに赴くのは失礼だろう。美由紀はエレベーターで十二階にあるエグゼクティヴ・スイートの自室に戻ると、フォーマルドレスに着替えてカルティエのラブリングとテニスブレスを身につけ、エルメスのケリー・バッグを片手に部屋をでた。

アールデコ調で統一されたエグゼクティヴ・フロアの耽美《たんび》な内装のなかを歩き進むうち、ふと贅沢《ぜいたく》に身をゆだねすぎている自分に罪悪感を覚える。たしかに、たかが国内のスキー旅行にしては大袈裟《おおげさ》すぎる。だが、あるていどは必要に迫られてのことだった。

かつて首席精神衛生官として内閣官房付きのカウンセラーでもあった美由紀には、当時のつながりで各界の大物が相談者《クライアント》として赴いてくる。友里佐知子《ゆうりさちこ》と関わった一連の事件が報道されると、千里眼という美由紀自身が嫌悪する仇名《あだな》はさらに世間に知れ渡ることになった。一般からの相談もさらに増加した。現在のところ、美由紀の年収は倉石所長の約七倍から八倍にも昇っている。美由紀は当初、散財には興味をしめさず、収入の大半をユニセフに寄付していたのだが、翌年にはそうもいかなくなった。前年の所得に基づいて翌年の課税額が決まってしまうため、美由紀には高額の所得税、住民税が課せられる。寄付で金を使い果たすことはできないのだ。むろん税金を払うことに異議はなかったが、あるていどは旅費などの経費に使わねば純益が多すぎるとみなされ、必要以上に課税されてしまう。累進課税で、得た金を国がたちまち吸いあげてしまう制度。たとえ寄付であっても、国以外に利益をまわさせない貪欲《どんよく》な仕組み。まるでカジノだと美由紀は思った。結局は胴元の国だけが儲《もう》けをひとり占めするようにできている。しかも、集めた税金の使い道には疑問点も多い。

頭のなかに宿りだした憂鬱《ゆううつ》さを払拭《ふっしょく》するため、レストランではかねてから楽しみにしていた料理を注文することにした。このレストランはロブスターのアジアンティストのソースがけが美味《うま》いと評判になっている。ソムリエがワインをすすめてきたが、李秀卿《リスギョン》との一件で酒で失敗した痛手がまだ強く残る美由紀は、とてもアルコールに手をだす気にはなれなかった。ソフトドリンクは料理の味がわからなくなる。飲み物はペリエにしておいた。

料理は評判に違《たが》わず絶品ばかりだった。一品めのタイ風に仕上げたミル貝のコンソメスープから、その香ばしさに酔い痴《し》れる。サラダにもロブスターが添えてあった。キャビアと貝柱の和え物も絶妙なコンビネーションで味覚を刺激する。オリーブオイルに浸した蟹《かに》のビネガー・ソースがけに至っては、一瞬この世に生きる悩みのすべてを忘却してしまうほどの美味だった。目当てのロブスターも当然のごとく素晴らしく、食事の時間は至福そのものに終始した。

レストランの支配人《ディレクトール》が挨拶《あいさつ》に来て、隣りのバーにも席が用意されているという。酒が飲めないからと断わろうとすると、それなりの趣向が用意してございますからと強く勧められた。興味を引かれて行ってみると、カウンターのなかのウェイターがトランプやコインなどの小物を使ったマジックをみせてくれた。

残念なことに、美由紀にとってはひとつとして楽しめるものはなかった。いくらウェイターが無表情を装っても、わずかな表情筋の変化によってなにを意図しているのかわかってしまう。美由紀はそれでも、ウェイターの心づくしに感謝の念を抱いていた。純粋に驚いたふりをして、だまされたふりをしてみた。ウェイターが調子に乗って同じタネを何度も繰り返したため、さすがに辛《つら》さを感じたが、それでも笑顔を絶やさぬようにした。

ウェイターやカウンターのほかの客たちは、雑談のなかで美由紀がひとりで宿泊していることを知り、かなり驚いたようすだった。お美しいのに、連れてきてくれる男性はいないんですか、冗談めかせたウェイターのひとことに、美由紀は自分の笑いが凍りつくのを感じた。

男性か。休暇をともにする男性。考えたこともなかった。可能性があるとしたら誰だろう。警視庁の蒲生《がもう》警部補か。いや、とんでもない。ほかに誰かいるだろうか。年齢がもっと近い、できれば同世代がいいのだが。

嵯峨の顔が浮かびかけたとき、美由紀は頭を振ってその想像を追いだした。一瞬、自分がなぜあわてたのか、その理由を分析したくなる。だが、その勘ぐり自体がひどく落ちつかない思考に感じられてきた。

どうしたのだろう。自分は、嵯峨のことを意識しているのだろうか。まさか。

よほど深刻な顔をしていたのか、ウェイターが歩み寄ってきた。ご気分でも悪いんですか。美由紀はあわてて立ちあがった。いえ、なんでもないんです。ごめんなさい。

そそくさと席を立って、自室へと舞い戻った。ソファに身を沈め、ため息をつく。

やはり独りは落ちつく。美由紀はほっと胸をなでおろした。人と関わり合うのはむしろ、仕事のときのほうが楽しく感じられる。休暇は、ただ神経を鎮めたい。人や自分に対して、あれこれ心理学的な探りをいれたがる自分の衝動を抑えたい。

美由紀はナイトドレスに着替えると、荷物のなかからバイオリンのケースを取りだした。着替えを減らしてでも、このバイオリンだけは持ってきたかった。イーストマンストリングスの最高級品、去年の秋に買ったものだが、いままで弾く時間がなかった。長いあいだ弾いていなくても、持ち方は身体が覚えている。顎《あご》を乗せて楽器をはさむのでなく、顎を引いて楽器を支え持つ。A線を弾いてみると、素晴らしい音色が室内に響き渡った。

記憶だけを頼りに、シベリウスのバイオリン協奏曲ニ短調を弾きはじめる。なぜこの曲を選んだのだろう。おそらく、窓の外の闇におぼろげに浮かびあがる白銀の世界から、北欧を連想したからだろう。目を閉じると、シベリウスの生まれたフィンランドの大自然が浮かんでくるようだ。ひとまず、ここが長野の山奥であることを頭から閉めだしたほうがいいだろう。もっと長い休暇をとれるようになったら、ぜひ現地でスキーを試してみたい。そんなささやかな夢に思いを馳《は》せながら、みずから奏でるバイオリンの音色に耳を傾けるのもいい。

技術的に難しいところが多い曲だったが、美由紀はつまずくことなく弾き終えた。満足感よりも、また現実に戻っていく自分に寂しさを覚える。なぜか孤独感が募る。仕事が恋しいとさえ思えてくる。

よそう。美由紀は思った。休暇中に即興のカウンセリングを頼まれて、神経がやや昂《たか》ぶっているだけだ。いま望まなくとも、東京に帰れば嫌というほど仕事に追いまくられる日々が待っている。自分はただ、つかの間の休息に身を委《ゆだ》ねていればいいのだ。

午前零時をまわっていた。シャワーを浴び、就寝しようとベッドに入った。枕《まくら》もとの明かりを消して目を閉じる。

ほどなく眠りにおちかけたとき、妙な音が響いてきた。

ばたばたという騒々しい音。初めは旗のはためく音にきこえたが、しだいに大きくなるとともに、それが人工的な連続音とわかる。目を開いた。聞き覚えのある音だ。UH60J、救難ヘリコプターの爆音だった。

美由紀は跳ね起きた。窓に目をやる。サーチライトの光が雪原を走っていくのがみえた。爆音は一瞬だけ大きくなり、また遠のいていく。上空を通過したのだ。

反射的にベッドから駆けだし、着替えを始めた。こんな吹雪の日に救難ヘリが飛んでいる、それだけでも緊急の事態が発生したとわかる。だが、美由紀の反応の俊敏さはほとんど条件反射的なものだった。自分でも、そのことはよくわかっていた。かつて古巣での緊張に満ちた日々を送るうち、身についた習性だ。二十四時間のアラート待機。装備品は身につけたまま仮眠をとる。スクランブル発進の命が下るや、ヘルメットを片手に待機室を飛びだす。たとえ眠っていても、その行動だけは迅速に行いうる自信がある。意識が判然としてくるのは、滑走路につづくパイロット専用通路を半分以上駆けてから。いつもそうだった。そしていまも。

雪崩

スキーウェアに着替えてブーツを履くと、美由紀は部屋を飛びだした。エレベーターで一階に下りる。ロビーは静まりかえっていた。玄関から外にでたとき、ベルキャプテンが寒そうにコートの襟をかき合わせながら上空をみあげているのが目に入った。

美由紀は駆け寄った。「どうかしたんですか」

ベルキャプテンが美由紀をみた。「山頂付近に遭難者がいるみたいです。自衛隊のヘリが救助に駆けつけたようですね」

尾高山はたしか標高千七百六十メートル、これだけの強風に救難ヘリを飛ばすとなると、一気に山頂に赴くのではなく、中間点に離着陸可能な基地を必要とするはずだ。

美由紀はきいた。「ヘリポートはあるの？」

ベルキャプテンは後方を振り返り、指差した。「別館の裏にある山道を昇っていくと、展望台があります。無線では、そこにいったん着陸するとか……」

最後まで聞く必要はなかった。美由紀は駆けだしていた。まってください、危険です。ベルキャプテンの声にも足をとめることはなかった。

吹雪のなかに遭難者がいる。捨て置けるはずがない。しかも、すでに自衛隊のヘリが駆けつけているのだ。美由紀がかつて切に身を置きたいと願った救難部隊のヘリが。

別館の半地階ガレージを走り抜けて、裏手にでた。山道はすぐにみつかった。思ったよりも緩やかだが、クルマで登れる道幅ではない。辺りを見まわし、足がわりになるものを探した。ほどなく、目当てのものは見つかった。

XJR1200、リッターバイクだった。以前に乗っていた馴染《なじ》みのバイクだ。即座に駆け寄ってまたがった。むろんキーはついていないが、この手の大型バイクは直結よりも簡便にエンジンをスタートさせる方法がある。

ハンドルの下に這《は》わせてあるセキュリティ用の専用ハーネスを指先でたどり、イモビライザーに接続してある箇所をひきちぎった。爪で銅線をむきだしにし、傾斜センサーを取り除いた下にあるエンジンスターターの受信部に差しこむ。火花が散り、振動とともにエンジン音が耳をつんざいた。

ヘルメットはないが、こんな状況だ、致し方あるまい。美由紀はアクセルをふかしてバイクを走らせた。スノータイヤだがかなり磨耗しているらしく、カーブの際にはひどくアンダーステアの状態になる。それでも速度は緩めなかった。山道に入ると、悪路の急斜面を一気に駆け登った。蛇行する凹凸の激しい道、断続的にバイクが跳ね上げられる。美由紀はその都度腰を浮かせて前後左右に体重を移動させてバランスをとり、着地の衝撃に備えた。階段状になった箇所を勢いをつけて乗りきったあと、スロープがつづく。ヘリの爆音が近づいてきた。垂直に近い斜面をショートカットして登りきると、そのさきにまばゆい光がひろがっていた。

山腹に半円状に張りだした平地が喧騒に包まれていた。臨時のヘリポートとして利用するため、四方に設置されたサーチライトに浮かびあがるのは、見覚えのあるオレンジ色の塗装のUH60Jだった。着陸し待機の状態を保ちながら、メインローターが辺りに大気中の雪を散布しつつ爆音を轟《とどろ》かせる。ほかに救急車とパトカー、ワゴン数台が停車しているところをみると、美由紀が昇ってきた悪路以外に車道があるのだろう。

現場は、ちょっとした混乱の様相を呈していた。大勢の人員が右往左往しているが、地面に置かれた担架にはまだ人の姿はない。救助活動はこれからだろう。

美由紀が小走りにヘリに近づいていくと、近くで女の驚いたような声が飛んだ。「岬先生」

足をとめてそちらをみる。防寒服を着こんだ女が近づいてきた。さっきスキー場で会った救急班の佐野加奈子が、丸く目を見開いて美由紀を凝視した。「どうしたんですか、またこんなところで」

緊急事態だ、周辺のスキー場からも人員が召集されたのだろう。どう答えるべきか迷っていると、また別の声が飛んだ。今度は男の声だった。やはり驚きの響きがこもっている。

「岬二尉」

美由紀は振り返った。迷彩服にハーネスを身につけた自衛隊員がふたり背後に立っていた。うちひとりは面識のある若者だった。一見痩《や》せこけているようだが引き締った肉体、頼りなさげな顔つきながらかなりの行動力を発揮すると中部方面隊でも評判になっていた男だ。美由紀が除隊するきっかけになった楚樫《そかし》呂島災害の救助活動でも一緒だった。いまもまだ救難部隊の現役らしい。

「島季《しますえ》一等空曹、おひさしぶり」美由紀はヘリの爆音に掻《か》き消されまいと声を張りあげた。「遭難者がいるってきいたけど」

「ええ、そうです」島季はうなずいた。「県のほうに消防防災ヘリコプターの出動要請があったんですが、晴天時の山岳救助しかおこなえないということで、われわれが出向いてきました。こんな悪天候で冬山登山に臨んだ無謀な輩《やから》がいたらしいです。GPSで位置だけは捕捉《ほそく》してますが、氏名は不明です」

島季の差しだしたモバイルツールを受け取り、液晶画面に表示された3D地図を眺めた。たしかに山頂付近に緊急信号の反応があるが、なぜか測定された高度は山の表層より数メートル下に位置している。

美由紀が画面に見入っていると、島季が戸惑いがちにたずねてきた。「あのう、岬二尉。こちらでなにをなさっているので?」

「元二尉よ」美由紀は苦笑ぎみにつぶやいた。このかつての同僚に休暇の内容を伝えるのは野暮に思える。美由紀は必要なことだけをたずねた。「ねえ、現場はかなりの積雪みたいだけど、凹凸の激しい岩場のようだし、遭難者は埋まっているわけじゃなくて岩の下に隠れているみたい。洞窟《どうくつ》かなにかあるの？」

「洞窟ではなくて、谷のようなくぼみの上に岩が屋根のように張りだしているんです。山頂から三、四百メートル、ずっとつづいています」

「すると」美由紀は液晶画面を指でなぞった。「現場の真上で吊《つ》りあげることは困難よね。山頂から岩の下に進入して現場までいかないと」

「おっしゃるとおりですが……」

美由紀は島季の困惑の色を見逃さなかった。その理由も察しがついた。「島季君はスキーできたっけ？」

島季は隣りの隊員と顔を見合わせてから、ばつが悪そうにいった。「陸自の北富士駐屯地から精鋭が向かってきているらしいですが、悪天候で到着が遅れているようです。われわれはUH60Jの提供のみを命じられてまして……」

雪山の遭難は一刻を争う。美由紀は唇を嚙《か》んだ。躊躇《ちゅうちょ》している場合ではない。モバイルツールを島季に突き返しながらいった。「わたしがいくわ」

「あの」やりとりを押し黙ってみていた加奈子が口を開いた。「岬先生、どういう意味ですか。元二尉って……？」

「わたし、臨床心理士になる前は航空自衛隊のパイロットだったの」

美由紀にとってごく自然な経歴の説明は、加奈子をひどく驚かせたようだった。加奈子はぽかんと口を開けて美由紀を眺めるばかりだった。

「ま、そんなわけで、除隊しても義務感はなかなか消えなくてね」美由紀は加奈子に微笑を向けた。

加奈子はひきつった笑みで応じただけだった。

島季がヘリを指し示し、美由紀にいった。「では急ぎましょう」

「ええ」美由紀はふたりの隊員とともに足早に歩きだした。加奈子はただ呆然《ぼうぜん》と見送っていた。あまりのことに理解が追いつかないのだろう。無理もない。自衛隊の女性パイロット自体めずらしいが、カウンセラーに転職した変わり種は自分以外にいない。だが、加奈子の驚くべきことはまだ残されている。一般航空学生のパイロットではなく、女性隊員唯一のF15主力戦闘機部隊所属だったと知ったら、彼女はどんな顔をするだろう。

隊員たちにつづいてヘリの貨物室に乗りこむと、側面のドアがスライドして閉じられた。ほどなく、メインローターの爆音が音程を高くしていく。機体が浮きあがるのを感じた。

吹きつける風のなか、激しい振動を繰り返しながらヘリは上昇していく。

「岬さん」島季がいった。「どうも申し訳ありません、お力を貸していただけるなんて」

「気にしないで。戦闘機部隊に戻るのは嫌だけど、救難部隊にはいまでも編入されたいと思ってるの」

島季は驚いた顔をしたが、やがてふっと笑った。「そういうことでしたら、いつでもどうぞ」

「ありがと」美由紀は笑った。

実際には、自衛官に復帰する意志はなかった。望みどおり救難隊に入れる可能性はまずない。防衛大に入り、幹部候補生学校で訓練を受けている際にも、ずっと救助活動に関する役職に就くことを希望していたのだが、仙堂《せんどう》空将直接の指示によって戦闘機部隊に配属された。空将はいまでも美由紀の復職を願っているというが、それはあくまでF15のパイロットとしての復職であることに疑いの余地はない。

国防の義務の名のもとに殺し合いを前提とした任務に就くことは、美由紀にとって納得のいかないことだった。とはいえ、この経験が除隊後に無益だったかといえば、そうでもない。かねてから興味のあったカウンセラーに転職してみたところ、新たに学んだ心理学面の知識と、パイロット時代に培《つちか》った動体視力がうまく融合して、人の表情筋の微妙な変化から心のなかを察するという特技を得るに至ったからだ。この特技がカウンセラーにとって非常に有益であることはまちがいない。もっとも、喜ばしいことばかりではなかった。世間はその特技をあたかも特殊能力のように感じたらしく、千里眼などという非現実的な仇名《あだな》をかつての師から受け継ぐことになってしまったのだから。

「間もなく山頂です」操縦席からパイロットの声が飛んだ。

美由紀は島季にきいた。「スキーの用具は?」

島季は貨物室の隅に赴き、ビニールを取り払った。その下には、スキー板やストック、ブーツの類《たぐ》いが山積みになっていた。「スキー場の救急班に頼んで、手当たりしだいに持ってきてもらいました」

いかにも、スキーに詳しくない空自の救難隊らしい行為だ。そう思いながら用具の山に近づく。「山頂からの傾斜はどれぐらいかしら」

「斜面はそれほど急でもないようですが、狭いところが多いみたいです。ひょっとしたら、スキーよりも徒歩で下りたほうが……」

「それじゃ時間がかかりすぎるわ」美由紀はすぐに目当てのものを見つけた。スノーボードとブーツを取りあげて、島季を振り返った。「これにする」

島季は面食らったようすだった。「だいじょうぶなんですか」

「ええ。両手が自由になったほうがいいと思うの。無線と明かりだけ用意して。下のようすをみてから、救助方法を指示するから」

「了解」島季はあわてぎみに操縦席に立ち去っていった。

美由紀は専用のハードブーツに履き替えた。スノーボードはアルペンタイプで、デモンストレーションモデルだった。状況を想像するとフリーカービングモデルあたりが理想的だが、贅沢《ぜいたく》はいっていられない。少なくともゲレンデクルージングモデルよりはましだ、そう思いながらボードを扉の前に置き、まず片足を固定した。

操縦席から島季が戻ってきて、美由紀にウェストポーチを手渡した。「山頂付近で空中停止飛行《ホバーリング》に入りました」

「高度をさげて扉を開けて」美由紀はウェストポーチの中身を検《あらた》めた。トランシーバーにキセノンライト、GPS発信機、応急処置用の救急用品。ファスナーを閉じて腰に装着した。「ハーネスはいらない。直接降りる」

島季が操縦席に怒鳴った。高度をさげろ。断続的な横方向の振動が縦揺れに変わる。島季が扉を開け放った。突風が吹きこむ。一瞬目がくらんだ。美由紀は顔に付着した雪をぬぐいとり、眼下に目を凝らした。

雪の斜面にごつごつとした岩がいたるところにむきだしになっているのが、肉眼でとらえられた。もっと下げて、美由紀はいった。吹き降ろしの風にホバーリングが不安定になっている。長時間の維持は困難だ、あるていどの高さから飛び降りるしかない。

山肌が目測で五メートルほどに迫ったとき、美由紀は空中に身を躍らせた。宙で身体《からだ》をひねって下り坂を正面にし、ノーズをさげてテールヒップを引き上げることでボードを斜面に平行にした。ジャンプからの接地と同じ要領で雪の上に着地、すぐに木の葉落としの姿勢をとってバックサイドで岩を避けた。斜面が急になり、加速する。島季のいったとおり、屋根のような岩が行く手の頭上を覆っている。その下に滑りこんだ。天井の岩までは数メートルの余裕があるが、あちこちに氷柱が光っているのがみえる。美由紀は進行方向に対し両肩を平行に保ったまま、わき腹をひねってロングターンに入った。岩壁から離れたほうが、氷柱の数が少なくて安全だ。

岩の天井の下、奥に入りこむにつれて暗くなってきた。美由紀は滑りながらウェストポーチからキセノンライトをとりだし電源をいれた。片手で前方を照らしながら滑り降りていく。もう一方の手でトランシーバーのスイッチをいれた。

「島季一曹」美由紀は滑降しながら無線を口もとに近づけていった。「位置は測定できてる?」

「こちら島季、GPS受信良好です」応じる声がした。「そのまま直進、あと百メートルです」

岩が大きくなり、数が増えてきた。美由紀は膝《ひざ》を曲げて腰をおとし、踵《かかと》にエッジをかけて小刻みにショートターンしながら岩を避けて滑り降りていった。吹きつける風に耳がちぎれそうなほど痛い。酸素も薄くなっているかのように呼吸も困難だった。美由紀はひと息を大きく吸ってから、あとは潜水のように息をとめて滑降することにした。

ふたたび目測で百メートルを滑降した時点で、美由紀は軽くターンしてスノーボードを停止させた。

　辺りを照らしてみるが、なにも見当たらない。雪の急斜面、霜に覆われた岩のトンネルがつづくだけだ。美由紀は無線にいった。「正確な位置、わかる?」

「ほぼそのあたりです」と島季の声。「岬二尉のGPSシグナルと、遭難者のものとは重なっています」

　ゆっくりとライトで雪の表面を照らしていく。足あともなにもない。と、岩のひとつに光るものを見出《みいだ》した。ボードからブーツを外し、そちらに歩み寄っていく。

　岩に降り注ぐ雪の下、腕時計型のGPS発信機があった。凍って岩に貼《は》りついていたものを、ひきはがす。登山用のものだが、ずいぶん古い。電池が切れかかっているらしく、発光ダイオードの点滅もおぼろげだった。

　美由紀はため息をつき、トランシーバーに向かっていった。「発信機を発見、でも遭難者の姿は見当たらず。降雪よりも前に、とっくに下山したとみていいんじゃないかしら」

「たしかですか」と島季の声がきいた。

「ええ。発信機の裏に苔《こけ》が付着してるの。雪のなかった時期からここにあったのね。足跡もないし、人がいた形跡はまるでないわ」

　しばしの沈黙のあと、島季の声がつぶやいた。「妙ですね」

　そのとおり、たしかに妙だ。冬に入る前からここに発信機があったのなら、今夜に至るまで誰もシグナルを受信できなかったのはなぜだろう。自然にスイッチが入るなど、考えられないことだ。

とはいえ、ここには誰もいない。遭難者の存在は幻だった、現時点ではそう認めるしかない。

「岬二尉」島季の声がした。「気流が不安定になっています。いったん高度をあげないと危険だと、パイロットがいっていますが」

「わかった」美由紀はいった。「ヘリポートに戻って。わたしはスノーボードで下降するから、ピックアップの必要はないわ」

「だいじょうぶですか。岩の下を抜けると、視界は厳しくなりますよ」

「平気よ、まかせて」

絶句したようすが無線を通じて伝わってきた。しかしやがて、了解、そういう声がきこえてきた。「ご無事で、岬二尉」

「ありがとう、そっちも帰路を気をつけて」美由紀はいって、無線を切った。

かすかに響いていたヘリの爆音が、しだいに遠ざかっていく。美由紀は思わず苦笑した。ご無事を、とは大袈裟《おおげさ》な。夜間の滑降ぐらい、どうということはない。

謎《なぞ》を残したままの発信機をウェストポーチにしまいこみ、ボードのほうに戻っていった。

そのときだった。ヘリの爆音とは別の音を、美由紀は感じた。

轟音《ごうおん》と振動。しだいにそれが大きくなる。地響きは少しずつ、しかし確実に激しさを増していた。

雪崩《なだれ》か。美由紀は直感した。急いでブーツをボードに固定し、滑降をはじめた。

背後から轟音が迫る。首をひねって後方をみると、煙のような雪の壁が美由紀に追いつこうと迫り来るのが目に入った。

なぜだ。こんなに大規模な雪崩が、気温上昇とは別の理由で起きるとは。ヘリの影響だろうか。考えられない。山頂付近の積雪は安定した状態にあった。ほかに理由がある。

人工的に発生したのか。何者かが雪崩を起こしたのだ。

思いがそこに及んだ瞬間、美由紀の身体は雪崩に呑《の》まれた。前方に突っ伏し、濁流のような雪崩が背にのしかかってくる。一瞬にして、美由紀は気を失った。全身をすっぽりと包みこんだ雪が体温を奪う、それを感じることさえなかった。

た。

不況脱出

「砂糖は?」コーヒーカップを手にした井尾山は、デスクによりかかりながらたずねてきた。

「いえ、結構です」平丘はそういうと、ソファに深々と身を沈めた。

「戸田君、きみは?」

「私も、ブラックでいただきます」戸田は、平丘と向かい合わせに座りながらいった。コーヒーよりも、広々とした執務室の内装が気になっていた。白い壁に趣味のいいアンティークの調度品。以前に写真でみた、JFK時代のホワイトハウスを連想させる。日本の総理の執務室としては、少々もったいないかもしれない。ホワイトハウスを住居としている大統領とちがって、総理大臣は官邸にこもっている時間はほとんど与えられていない。

井尾山は角砂糖をつまんでコーヒーカップにいれた。眼鏡がくもるのが気になるらしい、はずしてコーヒーをすすり、また眼鏡をかけた。

「きみらが賛成してくれて助かったよ」井尾山はにこりともせずにいった。「閣僚に賛同者がひとりもいないという状況では、さすがに総理も審議を進めるわけにはいかないからな」

平丘は上機嫌のようだった。「誰だって賭《か》け麻雀《マージャン》ぐらい経験があるはずです。賭けごとがどれだけ人の財布の紐《ひも》を緩めさせるか、誰もが身をもって知ってる」

戸田は笑った。平丘の語り口は、嫌味にならないぎりぎりの線のユーモアを保っている。庶民に近い物言いが議員としてのパフォーマンスではなく、自身の本音と結びついている。この男は信用できるかもしれない、戸田はそう感じた。

井尾山はデスクの上にあった書類を手にとった。「ここに、東京都が発表した観光産業振興プランの素案がある。二〇〇六年までに外国人旅行者を現在の三百万人から、六百万人に倍増させると書いてある。そのためにはカジノを筆頭とする新たな観光資源の開発が必要と指摘している」

戸田はうなずいた。「日本は諸外国に比べて海外からの観光客が少ないというのが現状です。目玉になる観光地も多くありませんし、交通に関しても外国人観光客を念頭に置いた整備をしてこなかった。お台場にラスベガスという、父の発想もわかります」

「そうだな」平丘はコーヒーを一口すすった。「臨海副都心開発は、職と住の均衡のとれた理想的な未来都市というのを目指してスタートしながら、バブル崩壊、都市博の中止という逆境に遭い、やがて地域全体を観光スポットにしようと軌道修正してきました。砂漠のなかに突如出現したカジノの街と、ダブるところも多いでしょう」

「この書類には」井尾山は眼鏡をかけなおした。「臨海副都心への来訪者数は年々増加し、一昨年には三千六百七十万人を記録したとある。東京ディズニーリゾートの二倍の来訪者数だそうだ」

平丘はネクタイの結び目を緩めながらいった。「二〇〇二年に、臨海高速鉄道が大崎まで開通し、二〇〇五年までに、晴海《はるみ》通りの延長による都心直結が予定されています。都心との往来も便利になり、レジャースポットとして繁栄するでしょう。ひょっとしたら、カジノを建設するまでもなく東京都の重要な財源に……」

「いえ」戸田はひっかかるものを感じ、コーヒーカップをテーブルに置いた。「それはありえないでしょう」

「どうしてだね」井尾山がきいた。

「私も東京都の財政建て直しや雇用創出は注視してきましたが、お台場が本当に活性化しているかといえば、やや疑問ですね。フジテレビのすぐ近くにアクアシティお台場とデックス東京ビーチ、少し離れてヴィーナスフォートという施設があるのですが、これらのショッピングモールでの売り上げは都内のデパートとさほど変わりがありません。飲食店も店舗によってばらばらで、いつも満員という店がある半面、赤字を抱えているところも少なくありません。大勢が訪れているのに、カネを落としていってはくれない、そんな実状がみえてきます」

ふうん。平丘が小刻みにうなずきながらいった。「だがそれらの施設も、ショッピングモールだけじゃないんでしょう。人を集められる娯楽用の設備があるのでは？」

戸田は首を振った。「たしかに、アクアシティ内にあるメディアージュのシネマコンプレックスは、休日にはそこそこ賑《にぎ》わいます。ただし、メディアージュなる設備は元来、ディズニーランド的なアトラクションが呼びものの屋内遊園地をめざして建設されたにもかかわらず、アトラクションの人気はいまひとつでした。ディズニーランドのように思いきった投資をせず、大型ゲームセンターに毛がはえたようなレベルのアトラクションばかりだったせいで、若者層の支持を得られなかったからでしょう」

平丘も同意をしめした。「日本人の器用貧乏さがでて、娯楽施設はせこく小さなものにまとまりがちだからな。日本人のオリジナルの発想でつくられたディズニーシーも、ディズニーランドに比べるとなんていうか、おおらかさだとか壮大さがない。空間を無駄にせず、隙間《すきま》なくアトラクションを並べたてるあたりが日本人っぽい」

井尾山がふんと鼻を鳴らした。「狭い土地の活用法ばかりを考えあぐねてきた日本人だからな。いきなり広い土地を自由に使えといわれても、大胆な発想がでてこないんだろう。私も家内の勧めで郊外に八十坪の土地を買って家を建てたが、すでにもてあましてる。都心の狭いマンション生活に慣れすぎているのでね」

「同感ですね」戸田は笑いながらいった。「お台場ではネオジオワールドというテーマパークも親会社の倒産を受けて閉鎖されましたし、わりと人の入っているメガ・ウェブというトヨタのテーマパークは入場無料です。依然、財布の紐は堅いですよ」

「そうか」井尾山が渋い顔でコーヒーカップを口もとに運んだ。「だが、無料ではあっても人が集まっているということは、景観には自信を持ってもいいということかな」

「どうですかね」今度は平丘が難色をしめした。「レインボーブリッジはサンフランシスコの金門橋《ゴールデンゲートブリッジ》そっくり、自由の女神まで立ってるし、青空市のようなヴィーナスフォートの内装はラスベガスのフォーラム・ショップを真似《まね》てますしね。アメリカ人からみれば、さして関心を持たない景色だと思います。だから、カジノ・テーマパークについても同じ発想では……」

「そこは心配ない」井尾山はいった。「お台場に建設された施設は、江戸の町並みを基調にしてデザインされている」

「江戸」戸田は思わず声をあげた。

平丘も興味をしめしたらしい。井尾山にきいた。「というと、太秦《うずまさ》の映画村みたいなものですか」

「もっと広大で、規模の大きなものという話だ。まあ私も、写真と図面でしかみたことがないんだがね」

お台場に江戸。戸田は呆然《ぼうぜん》としている自分に気づいた。父から、カジノ構想にはラスベガスに匹敵する景観が必要だときかされてはいたが、江戸の町並みとは予想外だった。たしかに、広大な江戸の町が再現されれば、巨大なピラミッドを模したルクソール・ホテルや、ローマ帝国の宮殿を彷彿《ほうふつ》とさせるシーザーズ・パレスを凌《しの》ぐインパクトを持つことだろう。日本の観光地としての面目も保たれ、欧米からの観光客も期待できる。

「そうなれば」平丘は目を輝かせた。「活性化はお台場にとどまらない。東は千葉の浦安――東京ディズニーランドから、お台場の各施設を経て、西には横浜みなとみらい。東関道から湾岸線、東名高速へつづく葉京浜臨海ベルトが世界の観光客に注目されることになる」

「そのとおりです」戸田はつぶやいた。「アトランティックシティがカジノ解禁後、五万人の雇用と年間三千万人の観光客を生んだことを思えば、お台場のカジノ化はそれ以上の経済効果をもたらすはずです」

井尾山はふたたび資料に目を落とした。「一兆から二兆五千億円の経済波及効果がみこめると、専門家は分析している」

竹脇が申しでたアナリストによる分析などは、井尾山はとっくに済ませていたらしい。戸田は官房長官がいかに注意深くこの話を進めているかを知り、舌を巻いた。総理からは是が非でも法案を可決しろと申し渡されているにちがいない。そのため、反対もしくは中立意見を持つ閣僚をさっさと切り捨て、戸田と平丘だけを交えて話し合いを持とうとしたのだ。いまの自分は、総理の意向そのものを実現できるか否かの試練を与えられている。

むろん、父である東京都知事の意向も、であるが。

だが、懸念材料もある。戸田は井尾山にいった。「秘密裏にそれだけの規模の施設が建設できたとは驚きですね。どうやって情報操作をおこなったんですか」

「むろん、情報は漏れている」井尾山は書類をデスクに戻した。「株式市場で東京都競馬の値があがっている。東京都競馬は大井《おおい》競馬場、伊勢崎《いせざき》オートレース場などの賃貸を主な事業としているが、公営ギャンブルの落ちこみをみれば、いま株価が上昇するのはおかしい。お台場の施設が噂《うわさ》になっているにちがいない」

「ということは」平丘がきいた。「お台場のカジノには競馬場もあるってことですか」

ああ、そうだ。井尾山はうなずいた。

戸田は思わず深いため息を漏らした。カジノは屋内施設だ、外観も江戸の町並みに似せてある。空撮しても賭博《とばく》場とは気づかない。だが競馬場は別だ。ひとめでそれとわかる。いつものことながら投資家たちの情報収集力には圧倒される。

平丘は苦い顔をした。「困りましたね。競馬場となると、女性団体が反対ののろしを上げるのに恰好《かっこう》の標的ですよ。競馬場周辺での違法行為のリストをつきつけられちゃ、そうやすやすと反論できません」

井尾山は動じる気配をみせなかった。「その点については心配ない」

「というと？」戸田はきいた。

「競馬先進国のイギリスを見習って根本的な犯罪抑止策をとることにした。なんでも競馬場における犯罪というのは、大金をスッた直後に呆然とし、それから我を忘れて自暴自棄になるとか、そんな心理の道筋をたどって起こるのだそうだ。まあ詳しいことは専門家の説明をきかなきゃならないが、とにかくカジノの運営本部は、そうした連中が自分を見失わないよう現場にカウンセラーを配置するといってる」

戸田は思わず噴きだした。「なんですって。カウンセラー？」

平丘もあきれたような顔をした。「いじめが横行してる学校とか、残業のきつい中小企業とはちがうんですよ。ネコも杓子《しゃくし》も臨床心理士を派遣して心のケアにつとめさせればなんとかなると思われがちでしょうが、賭博で散財した人間の憂さを解消するなんてむりですよ」

「ところがな」井尾山はいった。「事実、イギリスの競馬場ではおこなわれているんだ。レースが終わると、大勢の客がカウンセラーの窓口に殺到する。たちまち長蛇の列になるそうだ。しかもその制度の導入後、競馬場周辺の犯罪行為は激減したときく」

にわかには信じがたい話だと戸田は思った。「その窓口で、カウンセラーに向かって憂さ晴らしの言葉をひとことずつ吐くとか、そんなシステムですか？　あるいは教会の牧師さんに懺悔《ざんげ》するとか、そういう類《たぐ》いのものでしょうか」

「詳しいことはわからんよ」井尾山はそっけなくつぶやいた。「しかし、運営本部はすでに有能なカウンセラーに声をかけて人材発掘につとめている」

政府としての提案はあくまで提案にとどまり、詳細を詰めるのは運営する側。井尾山の投げやりな態度が、戸田には腑《ふ》に落ちなかった。外国の模倣、中身のないただかたちだけの模倣。斜陽化していく国内産業の犯してきた過《あやま》ちと同種のものを、このカジノ計画はすでに内包しているように思える。すべては実体がなく、頼りなかった。カジノにカウンセラー。とらえどころのない話だ。戸田は深いため息をついた。

依頼

　カウンセラーの嵯峨敏也は洗面所の鏡をみながら、髪形を整えるのに忙しかった。きょうは整髪料がうまくのらない。長めの髪がうまくまとまらないと、痩《や》せこけた面長の顔に対して頭髪が重すぎる印象になる。それでは不健康にみえる。嵯峨は慎重に櫛《くし》を通していた。

　玄関のチャイムが鳴った。はい。返事をしてから鏡をみる。あと一歩というところだが、仕方がない。もとより、急いでいるときの整髪はうまくいかないものだ。これだから、朝一番の出勤は困る。嵯峨はひとり愚痴《ぐち》をこぼした。

　はだけたワイシャツの襟もとを閉じて、ネクタイをしめる。上着を羽織って洗面所をでた。八畳ほどの事務室はがらんとしている。四つあるデスクのうちふたつは埃《ほこり》をかぶりはじめていた。精神科医を兼任している倉石所長は長期出張中で留守だし、朝比奈宏美は児童の在宅カウンセリングにでかけていて、ここにもほとんど立ち寄ることがなくなっている。あとのひとりは、いまさら考えるまでもない。

　じっとしていることがなにより嫌いな、カウンセラーにしては行動力にあふれすぎている女性。彼女は嵯峨と同じ歳《とし》だったが、世間でいう二十八歳とは、自分と彼女、どちらが標準的な存在なのだろう。嵯峨には、暇さえあれば外出するという彼女の性格は理解しがたいものだった。時間があるなら、本を読んだり、CDでクラシックの音楽に耳を傾けたりするほうがずっと有意義な時間が過ごせる。彼女には、そんな嵯峨の趣味が受けいれられないらしい。眠るか動くかどちらかにしたいわ。意識があるのに横たわっているのはうんざり。彼女はよくそんなふうにこぼしていた。それは、嵯峨にもっとアクティブに過ごせという彼女なりの助言かもしれなかった。

たしかに、こんなに狭苦しい職場では外に足が向くのもわからないでもない。東京カウンセリングセンターから独立した倉石診療所、たんなるマンションの一室、２ＤＫ。部屋のひとつが事務室、もうひとつがカウンセリングルーム。こうした診療所をオープンするにはぎりぎりの広さだろう。至れり尽くせりだった以前の職場とはまるでちがう。しかし、嵯峨はここが気にいっていた。カウンセリングを受けに来るのは一部の金持ちだけであってはいけない。誰でも足を運べるような環境にあることが重要なのだ。嵯峨にはむしろ、現状こそ満足のいくものだったが、この職場でそう感じているのは自分だけらしかった。

嵯峨ひとりがぽつんとたたずむ事務室が、そのことを如実に物語っていた。

チャイムが二度、鳴り響いた。そうだ、お客を待たせていた。嵯峨は足早に玄関に向かい、扉を開けた。

おどおどとした小柄な中年男性が嵯峨をみた。何度も訪ねているのに、まだ怯《おび》えたような顔で嵯峨をみる。「どうも、おはようございます」

「おはようございます、土屋《つちや》さん」嵯峨は愛想《あいそ》よく迎えた。「いつもながら、お早いですね」

土屋は小声でぼそぼそといった。「店を開ける前に済ませたいので……。早すぎましたか」

「いいえ、そんなことはありません。さあ、どうぞなかへ」

失礼します。そういって土屋は靴を脱ぎ、事務室にあがった。「まだ、誰もいらっしゃいませんね」

「きょうは僕ひとりです」嵯峨は土屋を隣りの部屋に導いた。「みんな多忙でして」

「岬先生もですか」

ええ、そうです。嵯峨は家具ひとつないカウンセリングルームの真ん中に据え置かれたソファに手を振った。「どうぞおかけください」

はい。土屋は軽く頭をさげて、恐縮しながら腰をおろした。

「いつものようにネクタイを緩めて、楽にお座りになってください」嵯峨は土屋の前に立った。「お仕事のほうは順調ですか」

「おかげさまで。でも八百屋ってのは不安定な商売でね。ちかごろはみんな有機野菜の産直売場にいっちまう。ちょっと仕入れた品が古かったりしたら、閑古鳥《かんこどり》ですよ」

「たいへんですね。おたずねしますが、麻雀《マージャン》に手をだしてはいないでしょうね。あなたの奥さんからも、きつくいわれていると思いますが」

「もちろんです。麻雀なんて、とんでもない。すっぱりと足を洗いましたよ」

それはよかった。嵯峨はいった。土屋の精神状態が不安定だった理由のひとつに、悪癖として定着した賭博《とばく》があった。とりわけ、飲み友達との賭《か》け麻雀にうつつを抜かしすぎて、家計を圧迫し、そのことにみずから心を痛めていた。そうしたストレスが積み重なって、高所恐怖症という神経症のひとつが発症するに至ったと考えられた。神経症の原因は、一見無関係なところに存在しているものなのだ。

嵯峨はきいた。「で、高いところはどうです。慣れてきましたか」

「ええ、脚立《きゃたつ》ぐらいは昇れるようになりましたよ。それと、二階の窓からの眺めも、悪い気しなくなってきました。ただ、高層ビルの展望エレベーターっていうんですか、あれはまだ……」

「無理をしないでくださいね。急にではなく、徐々に慣らしていかなきゃなりません。じゃ、きょうも催眠療法のイメージ誘導で、メンタルリハーサルをしていきましょう」

「お願いします」

「では、くつろいで座ってください。呼吸を楽に。目を閉じて」嵯峨はいった。「フランチェスカ」

土屋の身体が弛緩し、眠っているようにぐったりと身体《からだ》をのけぞらせた。実際には眠っているわけではない。催眠は睡眠とはちがう。意識はあるが深いトランス状態に入り、暗示を受けやすくなった状態。イメージを連想しやすい精神状態にある。

この相談者の被催眠性、すなわち催眠状態への入りやすさがもともと高かったせいで、数を逆に数えるなど催眠状態を深める暗示を与える必要はなかった。現在、嵯峨が受け持っている相談者のなかで最も被催眠性の高い人だといえる。催眠状態に入るキーワードがあらかじめ後催眠暗示で与えてあるため、それを嵯峨が告げるだけで、こうして深い催眠状態に入るのだ。〝フランチェスカ〟というのが、そのキーワードだった。

「では気軽にイメージしてみましょう。あなたは鳥になった。そのつもりで、両手をはばたかせてみてください。そして、少しずつ足が地面から離れて浮きあがっていくと、想像してください」

土屋は目を閉じたまま、水平に伸ばした両手をゆっくり上下させた。この状況を第三者がみると、催眠術にかかって意のままに操られているように感じるが、事実は異なる。土屋はあるていど意識的にこの動作をおこなっているし、自分が鳥でないこともわかっている。それでも、イメージが浮かびやすくなっている。暗示を受けると、抵抗なくすなおにそれに従ってしまう。それが催眠状態というものだった。

嵯峨は高所恐怖症を治療するためのイメージ誘導をつづけた。「だんだん高く舞いあがっていき、家の屋根がみえます。それでもあなたの心は落ち着いています。動揺はまったくありません。呼吸もゆっくり、穏やかです。さらに、高く舞いあがっていきます……」

そのとき、隣りの部屋で電話が鳴った。嵯峨は困惑した。急に催眠から覚醒《かくせい》させるのもよくない。そのままつづけて。そういって、隣りの部屋に駆けこんだ。

コードレスの受話器をとって嵯峨はいった。「はい。倉石診療所ですが」

「井尾山内閣官房長官の秘書をしております、林田《はやしだ》といいます。岬美由紀先生はおいでですか」

政府関係者だった。国家公務員だった美由紀のことだ、そういう知り合いがいてもふしぎではない。嵯峨はいった。「あいにく、岬は休暇中ですが」

「休暇？　どちらにおいでですか」

「長野へ、スキー旅行にいくといってました」

「そうですか。それは残念です」林田秘書はじれったそうにいった。「私どもとしては、岬美由紀先生にどうしてもご相談したいことが……」

そのとき、隣りの部屋から妙な音がきこえてきた。壁に軽くなにかを打ちつけるような音。不審に思い、嵯峨は受話器を手にしたまま隣りに向かった。

嵯峨はあわてた。土屋が異様な行動をとっている。目を閉じたまま立ちあがり、膝《ひざ》をそろえて軽く曲げている。口は半開きになり、なにかのイメージにとらわれているような面持ちだった。ほどなくして、その動作がスキーの滑降を表していることに、嵯峨は気づいた。

　嵯峨が電話に喋《しゃべ》ったことを暗示と解釈したらしい。嵯峨は土屋に駆け寄っていった。

「座ってください」

「は？」電話から林田秘書の怪訝《けげん》な声がした。「もう座っていますが」

「いえ、あなたのことじゃないんです」

　土屋はその言葉にも反応してしまった。またスキーに興じる姿勢をつづけた。

「だめです」嵯峨はいった。「スキーはしなくていいんです」

　林田秘書の声がいっそう不審感を帯びてきた。「しなくていい？　さっきは休暇でスキーとおっしゃいましたね。しなくていいとは、どういう意味ですか」

「あなたにいったんじゃないんです」嵯峨がそういうと、また土屋がスキーの動作に興じ始めた。

「スキーはやめてください。あなたはスキーをしなくていいんです」

「ええ」林田秘書の声が告げる。「私はしたいと思いませんが」

「いや、だから」嵯峨は受話器を持ったまま話していることが混乱の理由だと気づいた。受話器を後ろ手にまわし、土屋に小声で告げる。「スキーはやめて、ゆっくり座ってください。そのまま腰をおろして」

やっと土屋はソファに戻り、身を投げだした。

嵯峨はほっと胸をなでおろした。土屋に背を向け、受話器に小声で告げる。「とにかく、岬は留守です」

「休暇はいつまでですか」林田秘書はたずねてきた。

「さあ、それが、休暇として申請されていた期間はとっくに過ぎているんです。本来なら、もう帰って仕事に復帰しているはずなんですが、なぜか連絡をしてこないんです」

「困ったことですね」秘書は苛立《いらだ》ったようすでいった。「診療所の体質が問われますよ」

嵯峨はドアごしにみえる無人の事務室を眺めた。「ええ、たしかに」

「われわれとしては、どうあっても岬先生にご依頼したいことがあるんです」

「どういうご用件ですか？　彼女から連絡があったらつたえますが」

秘書は戸惑ったように沈黙したが、やがて声をひそめて告げてきた。「カジノについて、どのていどご存じですか」

「どのていどって……賭け事をやる場所ですよね。ルーレットとか、ポーカーとか、ブラックジャックとか」

「そうです。あまり大きな声ではいえませんが、そのカジノを国内にも導入しようという案が持ちあがりまして……」

動作の気配を感じて、嵯峨は振りかえった。目を閉じたままの土屋はソファから身を乗りだし、しきりに手を動かしている。

その手つきが、カードゲームに参加しているプレイヤーのものであることに気づき、嵯峨はいっそう焦燥に駆られた。よりによって、賭博に興じる暗示を与えてしまうとは。

「だめです。博打《ばくち》に手を出しちゃ」

「だめといわれても」秘書の声は怒りを帯びていた。「政府閣僚は多面的に検討した結果、国の収益を増やすための緊急打開策としてこの案を打ちだしたわけで……」

「だから、あなたにいってるんじゃないんですよ」

秘書はあまりに嚙《か》み合わない会話に業を煮やしたらしかった。「どうやら、相談するところを間違えたようですな。では失礼」

ガチャンと耳に響く音を残して、電話は切られた。

「まってください。もしもし」呼びかけたが、あとの祭りだった。

嵯峨は立ちつくした。あとに残されたのは、嬉々《きき》としてカード賭博のイメージに没頭する相談者だけだった。

「ストレートフラッシュだ」目を閉じたまま、土屋はにやりと笑った。「どうだ。五十万いただき」

嵯峨は深くため息をついた。やれやれ、また最初からやりなおしだ。

美由紀が正気を取り戻したのは、けたたましい鳥の声のせいだった。

まだ意識がぼんやりしている。頭のなかに響いてくるのはピョーピョーという甲高《かんだか》いアオゲラの声。トラツグミの悲鳴に似た鳴き声もする。山のなかか。わりと低地に位置しているのだろうと思った。こんな寒さだ、いまは冬にちがいない。冬場、アオゲラは里にまで下りて、熟しきった柿《かき》をつついたりする。そうだ、冬だ。冬……。

息苦しさと全身を覆う冷たさは同時に感じた。それは一気に感覚が戻った証《あかし》でもあった。美由紀はもがき、身体を起こした。同時に、まばゆいばかりの陽《ひ》の光が目に飛びこんでくる。一枚の葉もつけない裸木の立ち並ぶ林の向こう、やわらかい冬の陽射《ひざ》しが降り注いでいる。

辺りをみまわした。緩やかな斜面にひろがる雪原。人影はない。美由紀はそこに、うつ伏せになったまま半ば埋もれていた。スキーウェアの下にまで雪が侵入し、ひどく冷たい。体温が低下し、ふたたび感覚を喪失してしまいそうだ。

立ちあがろうとしたが、身体がいうことをきかなかった。全身に痛みがある。どの関節もわずかに動かすだけで激痛が走る。いや、それ以上にただじっとしているだけでも相当な痛みが存在しているのだろう。忌まわしいと思っていた雪の冷たさが、すぐに必要不可欠なものと察する。この冷たさが、かろうじて感覚を麻痺《まひ》させ、自分に正気を保たせているのだ、そう悟った。

　それでも、ここにただ留《とど》まっていることはできない。体温の低下も心配だ。美由紀は無理に膝を曲げて腰を浮かせようとした。激痛が背筋をつらぬき、吐き気となってこみあげる。それをこらえて、両足で雪原を踏みしめてよろよろと立ちあがった。足もとはおぼつかない。めまいも容赦なく襲う。またも前につんのめりそうになったが、かろうじて踏みとどまった。

　記憶を整理する。雪崩《なだれ》に呑《の》まれた、その瞬間はすぐに頭に浮かんだ。とっさに身体を丸めて衝撃を和らげようとした、その反応も覚えている。あれは夜だった。屋根のように張りだした岩の下だ。美由紀は山頂側を振り返ったが、それらしきものはなかった。ただ白銀の丘だけがひろがり、その向こうに雪化粧をした岩山状の山頂部がうっすらとみえている。

　あそこからここまで転げ落ちてきたのか。ずいぶん長い距離を押し流されたものだ。命があるだけでも、奇跡といえるかもしれなかった。

　雪崩が発生する前のことも、しだいに記憶によみがえりつつあった。自衛隊のヘリには先に戻るよう無線で指示した。島季たちは、美由紀が下山していないことに気づいただろうか。太陽の位置から時刻を推し量ってみる。正午が近い。ならば、捜索隊がでている可能性も高い。

GPSだ、美由紀は思った。島季は、こちらの位置を捕捉《ほそく》できているはずだ。美由紀は腰に手をまわした。そのとき、はっとして立ちすくんだ。

ウェストポーチがない。どこかで外れたのか。トランシーバーもGPS発信機も、あのなかに入っていた。いま自分は、自分の位置を知らせることも無事を伝えることもできい状態にある。

運の悪さを呪《のろ》った直後に、疑問がこみあげる。スキーウェアにはさほどの乱れがない。雪に全身を呑みこまれ押し流されたのだ、身体は雪に保護された状態で滑降したのかもしれない。あのウェストポーチの連結部は柔《やわ》なものではなかったと記憶している。自然に外れるだろうか。

熟考しながら周りをみまわしたが、結論はでなかった。辺りには足跡もない。何者かが持ち去ったとは思えない。

下山するしかない。美由紀は麓《ふもと》に向かって一歩を踏みだした。膝まで雪に埋まり、またしても突っ伏しそうになったのを懸命にこらえた。まだいうことをきかない身体をひきずりながら、美由紀は前進した。

悪い予感がする。なにかが起きている。現在、自分の想像の及ばないなにかが。美由紀は身体を包みこむ寒さが、悪寒へと変わっていくのを感じながら、歯をくいしばりつつ歩調をあげていった。

法の壁

やわらかい陽射《ひざ》しのふりそそぐ官邸の庭を、井尾山官房長官はポケットに両手をつっこんで歩いていた。「問題は、どうやって刑法で禁じられているカジノを合法化するかだ」

戸田は並んで歩きながら熟考した。合法化に至らなければ、施設は一般向けのテーマパークとしてオープンするしかない。会議室で井尾山はそういった。だが、お台場のレジャー施設に来訪者がカネを落としていかない現状からして、ただ江戸の町並みを持つテーマパークというだけではたいした経済効果は期待できまい。第二のメディアージュ、ネオジオワールドにしないためにも、カジノの実現は必須といえる。だが、どうやって。

「法改正は」戸田はつぶやきを漏らした。「法務大臣が同席せねば始まらない話じゃないでしょうか」

「戸田君」井尾山がじっと見つめてきた。「きみは規制改革担当大臣でもある。ある意味これは、法による制限を解き放つ改革にほかならないと思うが」

「たしかにその通りですが」戸田は考えた。賭博《とばく》が明確に禁じられている以上、その禁止を解くか、例外を設けるかのいずれかしかない。「極端な話、風適法二三条、刑法一八五条を削除するか、国営カジノに関しては例外を認めるという項目を追加するかですが」

歩調をあわせてついてきた平丘が、苦笑に似た笑いをうかべた。「考えるまでもない。賭博の全面解禁となったら、新宿や渋谷で営業している闇《やみ》カジノがおおっぴらに商売を始め、暴力団が大儲《おおもう》けすることになります。そっちはまず、ありえないでしょう」

井尾山が平丘にたずねた。「闇カジノなんて、そんなにたくさんあるのか」

「ありますよ。小さな貸しビルのなかで目立たないように営業しているタイプと、堂々とカジノバーとして一般向けに店を開いているタイプとがあります。むろん、カジノバーの場合はふだんは換金のない雰囲気だけを楽しむ店舗ということにしておいて、深夜零時を過ぎたあたりから賭博場に変貌《へんぼう》するんです。新宿には六十、渋谷と六本木に三十ずつの闇カジノがあるときいてます」

「詳しいな」井尾山は立ちどまり、冷ややかな視線を平丘に投げかけた。「通ってはいないだろうな」

「ご冗談を」平丘はつま先で、足もとの芝生をいじっていた。

妙な感触が戸田のなかをかすめた。平丘の態度。そういえば、あまりにも賭博に関するデータを記憶しすぎているようにも思える。かつて風適法二三条の改正案を検討したことのある戸田と同等の知識を、平丘は有しているようだった。きょう初めてカジノに関する法改正の提案を投げかけられたにしては、準備が整いすぎている気がしないでもない。

考えすぎだろうか。戸田は平丘の横顔をしばし眺めていた。平丘の目がこちらを向いた。思わず戸田は地面に視線をおとした。

まあいい、そんなそぶりをしてから井尾山はため息をついた。「世界の六割以上の国がカジノを合法化してるんだ、なんとかわが国もそれにならって実現したいものだが」

「まずは」と平丘。「ギャンブルの合法化が治安の悪化につながるという国民の懸念を取り除く必要があります。ラスベガスだって、マフィアがたむろしていたのは大昔の話でしてね。いまじゃ地方都市のなかでも群を抜いて犯罪発生率が低い、安全な街となってます」

井尾山はうなずいた。「それだけ警備に力をいれたんだろう」

「そうばかりでもありません。たとえばイギリスでは、大衆の本能的な楽しみである賭博を法で規制すると、かえって闇社会において違法カジノがのさばると判断し、賭博のルールを法制化したうえで認める決定をくだしました。その結果、千以上存在していた闇カジノが潰《つぶ》れて跡形もなくなるという効果を生みました」

「でも」戸田はいった。「日本ではそういう主張はなかなか受けいれられないでしょう。西洋人は結果よければすべてよしという発想ですが、日本人は、どちらかといえば発足の時点で儀式的な色合いが高いことが受けいれる条件という傾向があると思います。消費税の成立、住基ネットの導入。すべて何月何日からと定めて、いちおう法に従った大義名分を掲げれば、反対意見はあっても中止に追いこまれるほどの事態は起こりえないでしょう」

「そうだ」井尾山は戸田をみた。「今回、その大義名分は法のどのあたりに絡める？」

「まずは実現可能なところから考えてみましょう」戸田はかつて読みかじった資料の記憶を呼びさまそうとつとめた。「日本で合法のカジノがオープンした過去はなかったわけではない。たしか平成八年に長崎・上海《シャンハイ》間を結ぶ定期航路に就航したパナマ船籍の客船にはカジノが存在しました」

平丘が首を縦に振った。「外国船籍の船にカジノが設けられていて、公海上で運営するぶんには問題がないってわけだ」

井尾山は表情を曇らせた。「台場の施設には適用できんな。東京湾の離れ小島を外国の領土にするわけにもいかないだろうし」

「外国の領土か」平丘の目がふたたび戸田をとらえた。「ああそうだ、治外法権に関する解釈を流用できないか」

「大使館みたいに？」戸田はしっくりこなかった。「たしかに、麻布《あざぶ》のリベリア大使館でカジノパーティーが開かれても、治外法権を盾にされて警察は手も足もだせなかったという事例はありますが……仮にどこかの国の政府に要請して、台場のカジノ施設をその国に属するものとしたならば、収益はわが国ではなくその国のものになってしまいますよ。それでもいいんですか」

「よくないな」井尾山はいっそう苦い顔になった。「パチンコ業界みたいな形式にはできないのか。特殊景品に交換させて、それを店の外で換金できる。そんなかたちにだ」

「どうですかね。戸田は頭をかきむしった。「客からすれば交換所で換金した時点で、パチンコはカジノと変わらないという印象を持つと思いますが、パチンコ店を経営する側からみればカジノとの違いはあきらかです。カジノにしちゃ収益が低すぎますから」

井尾山は片方の眉《まゆ》を吊《つ》り上げた。「収益が低い?」

平丘が同意をしめした。「ええ、そうです。パチンコは三十兆円産業といわれてますが、そのすべてがパチンコ店の売り上げってわけじゃありません。パチンコ店、交換所、客のあいだを三十兆円がめぐっている、それだけの話です」

井尾山はまだ意味を充分に把握できていないらしい、戸田にたずねるような目を向けてきた。

戸田は応じた。「パチンコで出玉をタバコやチョコレートなどの景品に換える率は三パーセントていどで、九十七パーセントは交換所を通じて現金にされます。しかし、客からの収益を還元し配当するというギャンブル的な営業としてみれば、その還元率が著しく高いのです。パチンコ店の還元率は売り上げの八割から九割にも達します。店の粗利は一割二割ていどってことです」

「儲《もう》からない商売です」平丘がまた笑みをうかべた。「競馬や競輪などの公営競技じゃ二十五パーセントもテラ銭をとってる。宝くじのテラ銭は五十パーセント強。パチンコが三十兆円産業なんてとんでもない、一日の売り上げのほとんどは客に還元配当され、店の売り上げはせいぜい三、四兆円といったところです」

「つまり」と井尾山。「風適法二三条にひっかかるにもかかわらず、黙認されてる理由のひとつがそれってわけだな。店が儲けを少なくして客に還元しているがゆえに、まあ許されているってことだな」

今度は平丘がため息をついた。「財政難を乗りきるためにカジノを開くってわけですから、儲からなきゃ話になりません。国と都が胴元になるんだから、パチンコよりは競馬や競輪のテラ銭を目指さなきゃなりませんな」

戸田はいった。「でも、特殊景品というかたちはひとつの方向性としてありうると思いますよ。カジノではチップが使われますが、そのチップをいったん特殊景品のようなものに換えて、それを買いとってもらうかたちで現金に換金するという。そのうえでパチンコとはちがい、オーナーは国および都で、還元率も低く設定されるわけです」

「苦情がでるな」平丘がいった。「パチンコ業界から、同じ営業形態ならこっちも還元率を下げさせろといってくる」

「だから」戸田は根気づよくいった。「公営ギャンブルと同じ土俵に立てる法的な後ろ盾《だて》が必要になる。野党はともかく、連立与党のなかで反発を受けない法案の提出となると……」

　戸田は口をつぐんだ。カジノ合法化を要請している地方自治体、そのなかで最も有力なのはどこだったか。もやのように渦巻いていた思考が、ひとつのかたちをとりはじめた。

「どうした」井尾山がきいた。「なにか策が？」

「拙《つたな》い考えですが」戸田は思いついたままを口にした。「沖縄《おきなわ》振興新法のなかでカジノ導入を認めてはどうでしょう」

「沖縄……」平丘がぽんと手を打った。「そうか。その手がある」

　戸田は井尾山をみた。「沖縄振興新法は、近々期限が切れる沖振法、つまり沖縄振興開発特別措置法に代わるものですが……」

「ああ、それなら知ってる」井尾山は大きくうなずいた。「沖縄県の経済団体の代表から、直接交渉を受けたことがある。沖縄の言い分としては、沖振法に基づき六億円もの振興開発事業費を受け取ったが、本土との格差是正はいっこうに果たされないため、代わりに地域限定の特例新法を制定してほしいとのことだった」

　平丘が井尾山にきいた。「その特例新法に、カジノ導入が盛りこまれていたってわけですか」

「そのとおりだ」井尾山はいった。

戸田のなかに自信がひろがっていった。「新法は金融特区、物流特区の構想に重点が置かれていますが、カジノ合法化も外せないと沖縄県側は主張しています。なぜなら、このところ観光収入に翳《かげ》りがみえるからです。テロの影響もあり、米軍基地のある島というイメージが客足を遠のかせている事情もあるでしょう。政府の振興費と基地収入八千二百億円、第一次産業と第二次産業の八百億円に対し、観光もこれまでは四千五百億円もの収益を生んでいます。しかし相対的にみて、沖縄旅行は滞在日数が短く、リピーターも少ないのが実状です」

平丘はにやりとした。「東京ディズニーランドも七割はリピーターだ。もういちど訪れたいと思わせなきゃ安定収入にはつながらないな。沖縄がカジノ合法化に熱心なのもうなずけます」

「そこで」戸田はいった。「経済同友会からの提案を受けいれるかたちで沖縄振興新法のカジノに関する項目を認める。ただし、一国二制度的な新法を沖縄にだけ限って認めるのにはなにかと問題がある。だから本土に関しても、条件があえば特例が認められることとする」

「それだ」井尾山が声を張りあげた。「まさしくそれだよ、戸田君。沖縄をダシにしてカジノ特区を認めさせればいい。これならありうる」

沖縄をダシにする。ひっかかる言葉だった。純粋に沖縄県の振興を願う地元の人々が聞いたら、なんと思うだろう。罪の意識が戸田のなかを駆け巡った。が、すぐに頭を振りその考えを追い払った。政治とはこんなものだ。それに、カジノ合法化は沖縄にとっても喜ぶべきことなのだ。

「すまないが」井尾山はいった。「ふたりで法案を作成してくれないか。沖縄振興新法に伴う風適法二三条、刑法一八五条に関する一部見直しというかたちでいい。閣僚への説明と、与党内での調整は私にまかせてくれ。政調会長と話し合って方針をきめる」

「喜んで」平丘はいった。

「頼んだぞ」井尾山はそわそわしたようすで、官邸に引き返していった。冷静さを装っているが、有頂天になっていることはあきらかだった。駆け足のような足音が遠ざかっていくのがきこえた。

平丘は笑い声をあげた。戸田も笑いかえした。

「さてと」平丘は戸田をみて微笑した。「よろしく頼むよ。ふたりでわが国を未曾有《みぞう》の大不況から救おうじゃないか」

ええ。戸田はそういったが、自分の笑顔がひきつっているのを感じていた。一抹の不安がよぎる。自分は、正しい行いをしているといえるだろうか。目の前にいるこの男は、心を許せる仲間となりうる存在だろうか。そうでなかったとしたら、いったいなにが狙《ねら》いなのだろう。

孤独

フォーシーズンズ・ホテルの正面玄関に達したとき、もはや美由紀の意識は朦朧《もうろう》としていた。雑木林のゆるやかな斜面を転げ落ちるようにして、ホテルの玄関へと向かっていく。陽《ひ》は傾きはじめていて、ロータリーに積もった雪も赤みをおびはじめていた。下山に、かなりの時間を費やした。それでも自分は、辛くも無事にここまで辿《たど》り着いた。

片方の膝《ひざ》が動かない。その脚をひきずりながら、美由紀は一歩ずつ前進した。玄関の前には、数台のクルマが停《と》まっている。二台は送迎用のセダン、もう一台は見覚えのあるワゴンだった。昨晩、ヘリポートに停まっていた車両だ。スキー場の救急班のものだろう。

ひとけのない玄関前をロビーへの入り口に向かおうとしたとき、自動ドアが開いた。こちらに向かってきたのは、顔なじみのベルキャプテンだった。

助かった、美由紀は思った。重い身体《からだ》をひきずりながら助けを求めて近づいていった。

だが、奇妙な空気が辺りを包んでいた。ベルキャプテンは美由紀を気遣うようなそぶりもみせず、足をとめ、ただ無表情に接近してくる美由紀を眺めている。

どうしたというのだろう。美由紀がそう思ったとき、肩に激痛が走った。いままで気づかなかったが、脱臼《だっきゅう》しているようだ。その肩をかばいながら、ゆっくりとベルキャプテンに近づいた。

「お願い、手を貸して」美由紀はいった。「それと、自衛隊の救難部隊に連絡をとって。島季一曹に」

ところが、ベルキャプテンの顔は無表情を通り越し、いっそう冷ややかなものになった。美由紀のなかに警戒心がやどった。数歩の距離で立ちどまった。

「どうしたの」と美由紀はきいた。なにかようすが変だ。

しばしの沈黙を置いて、ベルキャプテンがつぶやくような低い声でたずねてきた。「あなた、誰です。何者ですか」

美由紀は息を呑《の》んだ。まるで殴られたような衝撃が身体のなかを駆け抜けた。

「何者って」美由紀は苦笑しながらいった。「知ってるでしょう。ここの宿泊客よ」

ベルキャプテンはまたも無言になった。美由紀をじっと凝視したあと、なおも冷淡にいった。「失礼ですが、お名前は？」

美由紀は面食らって押し黙ったが、直後に苛立《いらだ》ちがこみあげてきた。もう立っているのもままならない状態なのだ、不毛な押し問答につきあっている余裕はない。

「岬美由紀よ」美由紀は怒っていった。「きのうの晩、クルマを預けたでしょ。救難ヘリが飛んできたときにも、ここで会ったじゃない」

たしかに顔なじみだったはずのベルキャプテンは、美由紀の顔をしげしげと眺め、それから無情に首を横に振った。「岬美由紀さまは、けさ早くチェックアウトなさいましたが」

美由紀が受けた衝撃は絶大なものだった。彼の言葉にのみ驚いたのではない。その表情にはいささかの迷いもなく、うしろめたさから生じる虚言を発したとき特有の反応、すなわち瞬《まばた》きの数の増加や視線の移動というものがみられない。

この男は真実を語っている。岬美由紀はこのホテルを去った、少なくともそう信じている。

「馬鹿をいわないで」美由紀は声を張りあげた。「わたしが岬美由紀だってことは、あなたも承知してるはずでしょ。部屋にはわたしの荷物が……」

脇をすりぬけて入り口に向かおうとした美由紀を、ベルキャプテンは押しとどめた。「宿泊客以外のかたの立ち入りは禁止されています」

美由紀は呆然《ぼうぜん》として目の前の男を見つめた。相手も、無言のまま美由紀を見返した。どうなっている。この男のいっていることは、まるで辻褄《つじつま》が合わない。その発言も、一部は当人が真実と信じて疑わない。だが、あとの部分は……。

そのとき、ふたたび自動ドアが開いた。三人の防寒服姿の若者が現れた。スキー場の救急班の服装だった。ひとりの顔も、はっきりと記憶に刻まれたものだった。美由紀は彼女に向かって声をかけた。

「佐野さん。佐野加奈子さん」美由紀は必死で身体を彼女のもとに差し向けた。「わたし、わかるでしょ？　岬美由紀。きのう会った……」

しかし、加奈子と連れのふたりは怯《おび》えた顔をしてあとずさった。

どうしたというのだ。美由紀はその場に立ちどまった。

加奈子はびくついた顔を横に振り、震える声でいった。「岬先生は、けさ東京に戻られたはずです」

怒りと苛立ちが、美由紀のなかに渦巻いた。この加奈子も心を偽っているしぐさをみせない。つまり、嘘《うそ》をついていないことになる。だが、真実は違う。断じて違う。

「聞いて」美由紀は必死で問いかけた。「きのうスキー場で会ったでしょ。それは事実よね？　あの男の子が部屋に帰りたがっていなかった、わたしは相談を受けて小屋に向かった。そのことは覚えてるんでしょ？」

加奈子の表情が変化した。が次の瞬間、その反応を覆い隠すように背を向け、ほかのふたりとともに自動ドアの向こうへと逃げていった。

「まって」美由紀は追いかけようとした。だが、足がもつれて動かなかった。

「お待ちください」ベルキャプテンの手が、美由紀の片腕をつかんだ。「もうじき、迎えがきます」

迎えとはなんのことだ。美由紀は振り返っていった。「誰がくるって？　島季一曹？

救難部隊の隊員？　彼らにきけば、わたしのことはわかるはずよ」

　ベルキャプテンは苛立ちをあらわにし、ため息まじりにいった。「自衛隊の人たちは今朝早く引きあげましたよ。遭難者はいなかったそうで」

「ええ、知ってるわ。わたしがそれをたしかめたのよ。でも、彼らがわたしの下山を確認しないで去るなんて、考えられない」

「岬美由紀さまはとっくに下山されて、自衛隊の皆さんに連絡をおとりになりました。自衛隊の皆さんはそれを確認のうえ、撤収したんです。どういうことかわかりますね」

　まるでわからない。美由紀は黙りこんで、ベルキャプテンの顔をじっと見つめた。

　ベルキャプテンは美由紀をにらみつけた。「きみの素性も知れているということだ」

　わたしの素性。なにをいっているのだろう。わたしはわたしだ、ほかの誰でもない。

　啞然《あぜん》としつつも、美由紀は静寂のなかに異音を耳にした。サイレンの音が遠くで沸いている。それがしだいに大きくなる。

　美由紀が警戒心を募らせたとき、ベルキャプテンが美由紀の腕を握る手に力をこめた。

「迎えがきた。ここでじっとしていることだ」

　一瞬のためらいののち、美由紀の身体は素早く反応した。上体をひねって逃れようとしたが、相手の腕力は相当なものだった。美由紀は執拗《しつよう》につかみかかるベルキャプテンの腹めがけ、てのひらを上にして陽切掌《ようせっしょう》の手形で打撃を与えた。相手が両手で腹部を押さえて崩れ落ちたとき、美由紀は駆けだした。

　ホテルの向かいの林に駆けこみながら、サイレンの音がひときわ大きくなるのを感じた。美由紀は雪原のくぼ地にうつ伏せて身を潜めた。

　クルマが何台か、停車する音がした。ドアが開き、あわただしく降車する者たちの靴音が響く。逃げた、ベルキャプテンの怒鳴る声がした。どっちだ、別の男の声が飛ぶ。どうやら、美由紀の逃亡した方向はベルキャプテンにとってさだかではないようだった。まだ近くにいる、かろうじてそう怒鳴っている。

　美由紀はくぼ地の陰からわずかに顔を覗《のぞ》かせ、ようすをうかがった。パトカーが二台停まっている。車体には長野県警と記されているが、降り立った人員のほとんどは県警ではなさそうだった。全員が私服、しかもきびきびした動きで辺りに目を配っている。

　本庁の人間のようだが、捜査課の刑事ではない。公安か。おそらくそうだろう。

　乱れた息をひそめながら、美由紀は雪のなかに這《は》いつづけた。ひどく混乱する。意識も遠のきそうだ。だが、いま認識しておかねばならないことが多々ある。

　ベルキャプテンも佐野加奈子も、岬美由紀がホテルをチェックアウトしたと信じている。そこに偽りはない。しかし、ふたりとも美由紀の顔を忘れてしまったわけではない。むしろ、明白に記憶に残っている。それでもふたりは、美由紀を知らないふりをしようと努めた。いったい、なにがふたりをそうさせているのか。買収に応じたり犯罪に手を貸す人間には、とても思えない。昨晩までのふたりは善良そのものだった。いや、いまもそうなのだろう。美由紀は思った。彼らはだまされている。別の誰かを岬美由紀と信じこみ、わたしは別人だと思っている。しかも、公安に追われるような危険分子だと考えている。疑問はまだ残る。どうして、わたしに会ったことを忘れたふりをするのだろう。催眠暗示を受けたか、ある種の洗脳か。考えられない。美由紀の見たところ、彼らはそれについては故意に事実を曲げている。表情がそれを物語っていた。決して嘘が得意には思えないふたりが、揃《そろ》って偽証した。その理由はどこにある。

林のなかを探せ。公安の声が響いてきた。美由紀ははっとした。ここに留《とど》まってはいられない。

くぼ地から這いだし、匍匐《ほふく》前進で進んだ。上半身を起こして、木の幹に身を隠す。公安警察はあちこちに散っている。こちらを注視するようすは、いまのところない。

隙《すき》をついて、美由紀は駆けだした。足音をしのばせ、できるかぎり早く走った。疲労が極限に達し、闘争心も潰《つい》えそうになる。それでも、身体に鞭打《むちう》って走りつづけた。これは罠《わな》だ。そうと判《わか》った以上、命尽きるとも抗《あらが》わねばならない。わたしを知ったうえでのことだ、余程の企《たくら》みが進行しているとしか思えない。

出演者

里見沙希《さとみさき》という十五歳の少女、マジックについては人一倍熱心だときいていたが、噂《うわさ》というのは当てにならないものだ。

横浜中華街にほど近い、古びた商店街に位置するマジックショップ〝ジーニー〟のカウンターで、店長は深くため息をついた。

この店を開いてから二十年以上が過ぎている。四十で脱サラしてからの二十年、決して短くはない歳月だ。マジック用品の専門店というマニアックな店舗ゆえ、閑古鳥《かんこどり》が鳴く店内はごく当たり前の眺めにすぎなかったが、政府の無策によって年金の受け取りが先延ばしになりつつある昨今、少しは収入を得ることに知恵を絞らねばならないと常々思っていた。そこで日本奇術協会の理事を務めるかつての師匠に、なんとかなりませんかと相談を持ちかけたのが三か月前。理事はいった。きみの店は商品は充実しているから、人を雇うことに重点を置いたらどうだね。そろそろカードのラフ・アンド・スムース加工が老眼鏡を通しても判別しずらくなっているだろう？　指先の乾燥もかなりのものじゃないかね。われわれの世代は指先を舌でぺろりとなめてカードの類《たぐ》いを扱ったりするが、それでは若い世代の客に嫌われるよ。クロースアップマジックが得意な、若いセミプロのマジシャンをアルバイトに雇って、店先で演じさせたらどうかね。

店長の世代におけるマジックとはステージもしくはサロンで演じるものが中心で、カードやコインなどの小物を使ったクロースアップマジックはさほど重視されていなかった。演じることがあったとしても、余興のつなぎに必要になるていどだった。それがいまではテレビの影響もあって、マジシャンといえばクロースアップマジック、そんなふうに世間の興味が推移しているように思える。若い連中は研究熱心だ、かつてはロサンゼルスにあるマジックキャッスルの一流マジシャンにしか不可能と思えたような器用なテクニックを身につけ、たとえ数十人に手元を凝視されたとしても、手の震えなど生じることなく鮮やかにやってみせる。あんなに指先が器用なら別の職業を選べばいいのに、店長はひそかにそう思っていた。店長の世代では、つねづね自分の不器用さを感じている人間こそがマジックを習得したいと考えたものだったが、時代は変わった。どのジャンルも圧倒的な才覚を備えた一部の人材にプロの座が占拠されようとしている。

理事が店長の雇うべきアルバイトとして強く推したのが、里見沙希という少女だった。テレビ出演も何度かこなして顔が売れているからね。それに、あの若さでマジシャンの世界大会であるＦＩＳＭ《フィズム》に出場を果たし、活躍したんだ。理事は目を輝かせてそういった。彼女のことだ、店先でも大勢のファンを味方につけて、店はきっと連日賑《にぎ》わうようになるよ。なにしろ、マジックの世界に革命を齎《もたら》す存在だからな。

いま、その〝革命を齎す存在〟はがらんとした店の隅で床に腰を下ろし、力なくうなだれてぼんやりと指先を眺めている。その手には数箱の仕掛けつきトランプ《トリックデック》が持たれている。彼女の周辺には、整理を命じたデックがほとんど手付かずのまま、床に散らばっている。

店の制服はないが、アルバイト従業員としてカウンターに立つにはそれなりに余所行き《よそゆき》の服装をしてきてくれ、初日にはそう頼んだはずだが、沙希はずっと皺《しわ》だらけのトレーナーにジーパン姿を通していた。髪もぼさぼさだ。小柄で、あるていど可愛《かわい》いルックスを得ていながら、どうしてああも見た目に無頓着《むとんちゃく》なのか、店長は当初から訝《いぶか》しがっていたが、最近になってその理由がわかった。自分は理事から落ちこぼれを押しつけられたのだ。

沙希はつい先ごろ開催されたFISMのドレスデン大会に出場したが、デビッド・カッパーフィールドの〝フライング〟を模したイリュージョンに挑戦し、ものの見事に失敗、身体《からだ》を支えるワイヤー二本のうち一本が切れ、舞台上に宙吊《ちゅうづ》りになってしまった。救助が果たされるまでの十五分あまりのあいだ、観客の嘲笑《ちょうしょう》とブーイングを満身に受けたうえに、ぶらぶらと振り子のように揺れる沙希の姿はカメラマンのフラッシュに容赦なくさらされ、全世界の大衆紙の紙面を飾った。

舞台上で沙希は半泣きになっていたというが、そのころはまだ感情が宿っているぶんだけ、いまよりましだったに違いない。沙希は審査の対象外、失格という汚名を背負ったまま帰国し、それまでアルバイトをしていた大手町のマジックショップを辞めてひきこもりの日々を送るようになっていたらしい。驚いたことに沙希は中卒で高校に進学せず、すぐにでもプロマジシャンになることを目指していたらしいのだ。FISMの失敗で、その夢が断たれたと感じたのだ、ふさぎこむのも仕方のないことかもしれない。しかし、いっこうにやる気をださない沙希を雇いつづけているあいだ、沙希に関して聞こえてくる噂は悪くなるばかりだ。

沙希が以前にテレビに出たというのは、ある刑事事件の参考人として警察の捜査に協力したことに関するインタビューのことであり、あろうことかその事件の容疑者は彼女の父親だった。沙希の父は前科もある詐欺師だったという。マジックを演じる沙希の姿はワイドショーで放送されたものの、正式にはテレビ出演とはいいがたいものだった。

同情心は皆無というわけではないが、それ以上に面倒を抱えたことを厄介に思う気持ちが強いことを店長は認めざるをえなかった。いくら理事の推薦だろうと、少女に只飯《ただめし》を食わせるわけにはいかない。こちらも生活がかかっている。

「沙希」店長はため息まじりに声をかけた。「整頓、終わったか」

むろん終わっているはずはない。沙希は顔をあげ、ぼんやりとした表情で振り返った。見ればわかるでしょ、そういいたげな目つきが、無言のまま店長に向けられた。

人形のように整った美しい顔が、いまはただ憎らしげに思えた。まるで他人事《ひとごと》のような沙希の素振りに、店長は怒りを禁じえなかった。「いい加減にしろ、沙希。決められたことはさっさとやれ。あと五分で終わらなきゃクビにするぞ」

「クビ?」焦点の定まらない、寝起きのような沙希の瞳《ひとみ》がこちらをじっと見つめた。「どうして?」

「どうしてって」あいかわらず鈍感な娘だ。店長はカウンターからでると、沙希に歩み寄った。「そんなこともわからないのか。売り物を陳列することもできないのに、店員が務まるはずが……」

「売り物」沙希のつぶやきが店長の小言をさえぎった。「このデック、売り物なんですか。なんていう商品ですか」

店長の怒りは頂点に達した。「馬鹿にしてるのか。トラベリングデックにインビジブルデックも知らんのか」

沙希の顔色が変わった。怒りの色。はじめてみせた感情かもしれなかった。沙希はデックをひと箱つかみとると、素早く立ちあがった。

「これ、インビジブルデックですか」沙希は店長の顔をにらみつけ、早口にいった。「てっきり粗悪品のレギュラーデックかと思ってました。ひと組のデックの裏に、マジシャンズワックスを薄めた奇妙な液体を塗りつけて、いちおうのラフ・アンド・スムースを施してある。たったそれだけで、原価六百円のトランプが二千円の奇術用具に変身。でもそれって、商売をなめてないですか。カードの裏の粘着性は五回か六回使ったら失われちゃいますよ。ワックスの塗り方もまばらだし。雑な作業ですね。メーカーから入荷したものじゃないでしょ。店長が内職したんでしょ？　勝手に道具を作って、説明書だけメーカーのものをコピーするなんて、お客さんに対する裏切り行為じゃないですか。そこんところ、どう考えてるんです」

店長は圧倒された。あんぐりと口を開けた自分のだらしない顔が、沙希の肩越しにみえる壁の鏡に映っていた。

こんなに理路整然とした口をきく娘だったのか。十五とは思えない口ぶりだ。やる気がなくみえた態度も、ふさぎこんでいたからではない。店の主である自分に対し反抗的な態度をしめしていたのだ。

「それはその」店長はたじたじになっていった。「そういう内職は、どこのマジックショップでもやるんだよ。それに、正規のラフ・アンド・スムース用スプレーは高いからさ、それで加工していたら採算が……」

「なら工夫すべきでしょ」沙希は箱からデックを取りだすと、片手で扇状《ファン》にひろげた。「模型のお店にあるつや消し用スプレーなら、半値以下で本物のスプレーとほとんど同じ効果を得ることができるのよ。プラモデルの塗装のコーティングに使うやつ。世の中に売られている、ありとあらゆる無色透明な塗装を試したけど、それがいちばん適してた」

そうなのか。店長は呆気《あっけ》にとられていた。沙希の講釈をメモに採りたい衝動に駆られたが、それよりも沙希の手から目を離せずにいた。

沙希は片手に保持したデックを器用に三分割しては、またひと組に混ぜあわせている。沙希の小さな手と短い指ではポーカーサイズを扱うのもやっとのはずだが、彼女は難なく片手のみを用いる複雑なカットをこなしていた。

それは、店長にとって目の醒《さ》めるような光景だった。鮮やかな手さばき、プロマジシャンといえどもこうはいかない。まるでダイ・バーノンの再来だ。いや、それ以上かもしれない。スピードが各段に違う。早回しの映像をみているかのようだ。凝視しても、どのような手順でカットをおこなっているのか、指の動きが正確に見きれない。

「あの、ちょっと、よろしいかね」立場が逆転しているのを承知で、店長はおずおずといった。「そのカット、いったいどういう指の動きでおこなっているんだね」

沙希が無表情のまま口を開いた。が、返答の声を発するより早く、入り口の扉が開いた。

肌寒い外気が吹きこんでくる。戸口にたたずむのは、鍔《つば》のついた丸い帽子を深々と被った、光沢のある黒いコート姿の男だった。ふっくらとした丸顔、丸い縁取りの眼鏡。店内を眺め渡し、奇妙な笑顔を浮かべている。

「いらっしゃいませ」店長は唖然《あぜん》としながらいった。マニアックな店だけに一風変わった客を迎えることが多いが、この男の服はそのなかでも群を抜いて異彩を放っている。どことなく不気味な笑みが、その印象に拍車を掛けている。

男はしばらく無言のまま、その場にたたずんでいた。肩越しに、もうひとりの男がみえる。その男は革のジャンパー姿で、長身でがっしりとした体格、いかつい顔つきをしていた。なぜかその連れは店内に入ろうとせず、黒コートの男だけがなかに踏み入ってきた。

「お邪魔しますよ」男は連れを外に立たせたまま、後ろ手に扉を閉めた。「こちらに、里見沙希さんはおいでですか」

店長は怪訝《けげん》に思いながら、隣りに立つ少女を手で指し示した。「沙希なら、ここに……」

「ああ」男はにんまりと笑った。薄暗い店内に、男の青白い顔が浮かびあがってみえていた。「はじめまして。私は内閣府大臣政務官の秘書をしております腰木《こしき》といいます。じつはプロマジシャンでもある里見沙希さんに出演依頼にうかがったのですが」

狼狽《ろうばい》しながら店長は応じた。「プロマジシャン? いえ、この娘《こ》はうちのアルバイトで……」

沙希は、店長の言葉を遮って腰木の前に進みでた。「どういうご依頼ですか」

腰木はまだ微笑をたたえたまま、じっと沙希を見つめていた。やがてその手がゆっくりとコートの懐に差しいれられ、封筒をつまみだした。

「内閣府特命担当大臣らの話し合いの結果、全会一致であなたにご依頼申しあげることになりましてね」腰木は封筒を沙希に差しだした。「近々オープンする、ある第三セクターの大規模娯楽施設のセレモニーで、ぜひあなたにイリュージョンを演じていただきたいと存じまして」

十代半ばの小娘を相手に、腰木の言葉づかいはひどく慇懃《いんぎん》丁寧なものだった。沙希の受け取った封筒にも、政府関係の書簡らしい蠟《ろう》の封印がしてあるのを店長は見てとった。

沙希は手をだしかけたものの、しばし静止してじっと封筒を見つめた。やがて腰木の顔に目を転じ、つぶやきを漏らした。「失礼ですけど、お断りします」

なんだと。店長は衝撃を受けた。どうして受諾しないのだ。クライアントがイベント業者を通さず直接出向いてきたのだ、それも政府筋の人間が。芸能事務所に所属しているプロマジシャンですら、めったに遭遇しえないチャンスだというのに。

腰木はしかし、気分を害すどころかいっそう口もとをゆがませた。「それはなんとも意外かつ残念なお返事ですな。FISMの大失敗のあとも、その若さで隠居されるには惜しいと常々思っておりましたが、復帰の機会を見送られるおつもりだとは。ずっと舞台には立っておられないでしょう?」

訳知りな態度が癪《しゃく》に障ったらしい。沙希は声を荒らげた。「いっときますけど、FISMの失敗は不可抗力です。わたしの演技とは関係なく、舞台装置に欠陥があったんです。それに帰国後も、ぜんぜん出演依頼がなかったわけじゃありません」

「そうですな」腰木は依然として微笑《ほほえ》みつづけていた。上目づかいに、沙希をじっと見つめる。「一件だけ依頼がありましたな。ああ、私どもの依頼に対し慎重な姿勢をとっておられるのは、そのせいですか。ご心配なく。私どもは身分を偽ったりなどしておりません。二か月前あなたのもとに届いた、有栖川《ありすがわ》宮殿下と妃殿下を名乗る怪しい者たちの結婚披露宴への招待状および余興への出演依頼のような詐欺行為とは無縁のものです」

沙希は真顔になってたずねた。「どうしてそれを?」

「披露宴会場で、あなたが知り合いになった青年がいたでしょう。もう覚えてないかもしれないが、宇崎俊一《うざきしゆんいち》という実業家の青年。彼はじつは内閣情報調査室、国内二部の職員でしてね。あの披露宴には皇族をかたる詐欺行為の疑いがあるとにらんで調査に向かわせたのです。彼の話では、あなたを含む何人かの、さほど有名どころではない芸能人……いや、言葉が悪かったですな、多彩なジャンルのタレント諸氏が招待されていたが、あなたはいち早く現場の怪しさに気づかれたそうで、さっさとお帰りになったそうじゃないですか。いまになってほかの芸能人も、最初から怪しいと思っていたなどといってますが、さにあらず。あのきわめてリアリティのない人物を皇族と誰もが本気で信じこんでいた。唯一の例外はあなたです。高校レベルの日本史の知識があれば見破れるていどのことですが、あなたは先ごろ中学を卒業したばかりというのに、そのことを看破した」

沙希は仏頂面で頭をかいた。「誰でも気づくことだと思うけど。殿下って人が着てたのは明治天皇の軍服のイミテーションだし。明治天皇は、小学校の社会科の教科書にも載ってるし」

「それだけの頭の回転の速さと勘がおありなら、この書簡が本物だとご理解いただけると思いますが」腰木は沙希の胸もとに封筒を押しつけた。受け取らざるを得ない強制の態度。丁寧な口ぶりとは対照的だった。「返事はいまでなくてもかまいません。しかし、私どもは純粋にあなたの持つ年齢不相応な才能に強く興味を引かれ、期待を抱いているのです。ぜひご一考いただけますよう、お願い申しあげます」

沙希は呆然《ぼうぜん》とした面持ちながらも、押しつけられた手紙を受け取った。

腰木はにやりと笑い、では、そういって帽子をとってあいさつした。帽子の下に頭髪は一本もなく、きれいに禿《は》げあがっていた。坊主頭に丸眼鏡、そして微笑。奇妙な取り合わせだと店長は思った。

沙希の返事も待たず、腰木は背を向けて歩き去った。扉を開けると、その向こうにはさっきの連れがまだ立っていた。腰木がその男になにか話しかけるのが、閉じていく扉の向こうに垣間見《かいまみ》えた。

沙希は押し黙ったまま、手もとの封筒に目を落としていた。

店長は動揺を覚えた。とりあえず、この場は取り繕っておかねばならない。政府筋からの出演依頼というものが、どのていどの規模かはわからないが、とにかくこの少女を有望とみなす動きがあることは間違いないからだ。

「すごいじゃないか、沙希」店長はうわずった自分の声をきいた。「そのう、たいしたもんだ。やっぱりきみの才能は素晴らしかったんだ。私もきみを雇っていることを誇りに思うよ」

そのとき、沙希の無表情な顔が店長に向けられた。沙希はぼそりと告げた。「もう帰っていいですか」

「え」と店長は言葉を呑みこんだ。

「クビにもなったことだし、もうここにいてもしょうがないから」

「なにをいうんだ」店長は笑顔をつとめていった。「きみをクビだなんてとんでもない。できれば正式に店員として雇いたいぐらいだよ。前からそう思ってたんだ。ああ、その床のデックはほうっておいてくれ。私が片付けるから。いやあ、いいアドバイスをもらったよ。模型用のつや消しスプレーか。考えもしなかった」

だが、沙希は店長の言葉に耳を傾けるようすもなく、手早く床のデックを拾い集めると一ダース入りのケースにおさめ、それを店長に押しつけた。

「せめてこれらのデックは作り直してくださぃ」沙希は冷淡にいった。「あと、カウンターのなかのレクチャーノートもぜんぶ無断コピーですよね？　訴えられる前に商品を変えたほうがいいと思いますよ。じゃ、お元気で」

沙希はそれだけいうと、背を向けて歩きだした。おい沙希。店長は声をかけたが、沙希の足はとまらなかった。振り返ることもなく、沙希は扉の向こうに消えていった。

店内には、店長ひとりが残された。内職でせっせとこしらえたトリックデックを山ほど抱えたまま、店長は呆然としてたたずんだ。また、金運を取り逃がした。手品のように消えてしまった。

ゲーム

戸田俊行はクルマのフロントウィンドウごしに、霞が関にたち並ぶ省庁のビルを眺めていた。曇りぎみの空の下、走行とともに景色が流れていくにつれて、ビルの陰からまた新たなビルが姿を現す。遠くにみえるのは外務省の新しい庁舎だ。牛歩のように停滞する改革のいっぽうで、あいかわらず湯水のように使われる税金がある。どうみても経費削減のかけらも感じさせない重厚な灰色の建造物をみているうちに、やりきれない気分になる。こちらの心まで灰色に染まりそうだ。

ふと前方をみた。前のクルマのブレーキランプが光っている。車間距離はみるみるうちにちぢまっていく。思わず身をのけぞらせた。とっさにブレーキを踏もうとしたが、足もとにペダルはなかった。

クルマは停車した。左の運転席に座っていた妻の知美《ともみ》が、あきれたようにいった。「左ハンドルでしょ。あなたはドライバーじゃないわ」

「ああ」戸田はほっとひと息つきながら、遅れてやってきた悪寒に身を震わせた。「そうだったな。助手席に乗ってたんだ」

「ねえ」知美はサイドブレーキを入れると、心配そうな顔で向き直った。「だいじょうぶなの。このところ寝てないんじゃない？」

「そうでもない。人間、寝てないようでじつは脳の何割かは睡眠をとっているもんだ」どこかで聞きかじった学説が真実であってほしい、そう思いながら指先で目頭を押さえた。

「着いたのか」

「ええ。窓からみえるでしょ」知美はしばし口をつぐんでから、ためらいがちにいった。

「俊行さん。わたしからお義父《とう》さんに頼んでみようか」

「なにをだ」

「都議会とうまくいってないみたいだけど、お義父さんの協力があれば……」

「よせよ」戸田は手で顔をぬぐった。「血縁に頼って問題を解決しようとは思わない。調整は自分の手でつける」

　知美は押し黙り、ため息とともにつぶやいた。「わかった。大臣、がんばってね」

「総理にもそういわれたよ」戸田はドアを開け放った。とたんに、クラクションを鳴らした大型トラックが脇をかすめていった。

「気をつけてよ。そっちは車道側でしょ」

「わかってるって」そういいながらも、肝を冷やした自分を感じていた。眠気が吹き飛んだ気がする。それだけはさいわいだった。

戸田はクルマを降り立った。警視庁の建物がすぐ近くにみえていた。ドアを閉めようとして、なにか忘れている自分に気づいた。そうだ、あれを持っていかねば。

「後部座席の荷物、とってくれないか」戸田は知美にいった。

知美は大きな紙袋をつかんで、戸田に差しだした。「なにこれ。なにが入ってるの?」

「研究の成果さ」戸田は紙袋を抱きかかえた。「じゃ、夕方にでも落ち合おう。電話する」

「待ってるわね」知美はそういってサイドブレーキを解除した。戸田を車道に残したまま、ウィンカーランプも点灯せず急発進で流れに割りこんでいった。

気が立っているな。戸田はため息をついた。激務につぐ激務で家にもろくに帰れない。不満が鬱積《うっせき》するのもわからないでもない。早く目星をつけたいものだ。そう思いながら、歩道のガードレールを乗り越え警視庁の正面ゲートに向かった。

ゲートには見慣れた顔があった。コート姿の平丘が、白い息をはずませながら小走りに近づいてきた。「おはよう。買い物でもしたのか」

霞が関では、この紙袋はよほど奇異に見えるらしい。「べつに。官房長官は?」

「先に到着したらしい。いくか」平丘は制服警官に会釈をして、ゲートを入っていった。すでに話はついているようだ。

パトカーと護送用車両で埋め尽くされた駐車場を抜け、ロビーに入った。こっちだ、平丘は廊下に歩を進めていった。

並んで歩きながら、戸田はいった。「この期におよんで、警察がしゃしゃりでてくるなんて」

「仕方ないだろ」平丘は苦笑して立ちどまった。エレベーターのボタンを押し、戸田に向き直る。「戦後最大規模の公営賭博《とばく》場がオープンするんだ、治安をあずかる警察としては、いろいろ意見したいこともあるんだろう」

「治安だけが目的ならいいんですけどね」戸田は、同じくエレベーターを待つ制服警官らに聞こえているのを承知で苦言を呈した。「パチンコ業界に介入したのと同じ調子で来られると、迷惑ですよ」

平丘は戸田をみた。苦笑のなかで目が光った。「冷静にな」

「ええ、ご心配なく」戸田はいった。「喧嘩《けんか》をするつもりはありませんから」

エレベーターの扉が開いた。乗りこみながら、戸田は心のなかでささやいた。喧嘩はしない。だが、その自戒が守られるか否かは相手の態度いかんによる。

扉が閉じた。エレベーターが上昇していく感覚に身をまかせながら、戸田はこの数か月の苦闘を思い起こした。井尾山官房長官の命を受け、平丘とともに法案づくりに乗りだした。法案は提出と同時に当然のごとく、野党の反対と妨害に直面した。野党の一部はすでに、沖縄振興新法を理由にカジノ合法化を狙《ねら》うこちらの意図に気付いていた。彼らは衆院での審議をボイコットしたが、官房長官の助力もあって連立与党内で調整がついたため、野党欠席でも採決に踏みきれる公算になった。沖縄県議会は成立のあかつきには具体的なカジノ建設プランに着手するといっていたが、実現するのは早くても三年後だろうと目されていた。台場のほうは、ひそかに用意されていたカジノの図面どおりに追加工事をおこなうだけで済む。法の改正が実現すれば、年内にもオープンが可能だ。実際、内閣府の職員の話では、すでにオープニングセレモニーに招くイリュージョニストもブッキングしてあるのだという。まだ無名だが十五歳の天才少女マジシャンなのだそうだ。マジシャンのショーが盛んなラスベガスに学んだのだろう。そういうところは手回しがいい。だが、肝心のカジノ運用をめぐり、新たな紛糾の火種が見え隠れしはじめた。

議会の採決を前にさまざまな機関から意見がだされた。警察庁もそのひとつだった。暴力団による介入や癒着を防ぐため、犯罪の可能性を検討し前もって対処したい。そのように国と東京都に申し入れてきた。総理も都知事もこれに同意したため、採決はいったん先送りとなり、警察のトップとの話し合いが持たれることになった。

戸田もカジノにおける治安の維持について自身の見解を持っていたが、警察側の意図するところは、どうも問題の核心から外れている気がしてならなかった。犯罪抑止なら、警察内のしかるべき部署の人間と対話を持ったほうがずっと具体的な策を練りあげることができる。なぜトップ会談の必要があるのか、そこが納得いかない。

エレベーターが停止し、扉が開いた。戸田は平丘とともに廊下に降り立った。このフロアはホテルのように凝った内装で、調度品も据え置かれ、床にはカーペットも敷き詰められている。すぐ近くのドアを平丘がノックした。どうぞ、返答がかえってくるとともに平丘がドアを開け放った。

応接室だった。制服組は三人いた。いずれもソファでくつろいだようすをみせている。白髪の丸顔の男がまず目に入った。写真で顔は知っている。出崎信彦《いでさきのぶひこ》・警視総監だった。額に八の字を描いたような太い眉《まゆ》の持ち主だった。その眉のせいで、いつも困惑しているような表情にみえる。警視総監ときかされなければ、質屋の主人とでも思われるにちがいない。だが、その隣りにいる男は、警視総監とはまるで対照的だった。

丸顔という点では共通しているが、肥満しきった警視総監とちがい、その男は黒々とした太い眉と大きな瞳《ひとみ》を持っていた。年齢は五十代後半から六十歳ぐらい。その視線は、入室してきた戸田にまっすぐに向けられていた。獲物を狙う豹《ひょう》のような目、しかしなぜ平丘ではなく自分を注視するのだろう。戸田は疑問に思った。だが、質問することはできなかった。獰猛《どうもう》な肉食動物ににらまれ鳴き声ひとつあげられない、そんな小動物の気持ちがわかる気がする。男の視線はあらゆるものを制圧する力を持っているように思えた。堅く閉じられた大きな口が、肉食動物というよりは爬虫類《はちゅうるい》のような不気味さをかもしだしている。

その口が開いた。かすかに笑いを浮かべた男がいった。「差し入れか？」

戸田はわけがわからず立ちつくしていたが、出崎警視総監は戸田をみて笑い声をあげた。次いで、もうひとり制服を着た若い男が笑った。それと向かい合わせに座っていた井尾山官房長官がこちらを振り向き、やはり笑みを浮かべた。

「メロンでも買ってきたのか」井尾山は冗談めかしていった。「入院患者の見舞いじゃないんだぞ」

戸田はようやく、自分の抱えていた紙袋に室内の全員の目が注がれていることに気づいた。ああ、すみません。あいまいな返事をかえして、それを背の後ろに隠した。

「まあ座れ」井尾山がいった。「こちらは芹沢竜雄《せりざわたつお》・警察庁長官。それに三塚《みつづか》警察庁刑事局長、出崎警視総監」

よろしくお願いします。平丘が頭をさげた。戸田もそれにならって、会釈をして腰をおろした。

鋭い目つきの男は警察庁長官、すなわち警察組織の最高権力者だった。資料で顔写真をみているはずだが、どうも記憶にない。関わり合うことはないと思って、注意を払っていなかったのかもしれない。芹沢の顔からはすでに笑いは消えていた。さっき感じた、油断ならない視線がサーチライトのようにゆっくりと室内を見渡している。

この男の持つ、人間というよりは動物的な印象の正体はなんだろう。外見のみならず、そうした人間ばなれした特性を持っているのではと疑いたくなる、そんな変わった男だった。しばし眺めていると、また芹沢の目が戸田をとらえた。戸田は思わずうつむいた。

なぜ及び腰になっている。戸田は自分に苛立《いらだ》ちを覚えた。やましいことをして、取り調べを受けているわけではないのだ。まだひとことも喋《しゃべ》らないうちに圧倒されてどうする。

井尾山がいった。「いま、こちらのかたがたとカジノの保安上の留意点について話しあっていたんだが……」

出崎警視総監が軽い口調でいった。「沖縄市民からもカジノに関しては慎重論が出てるそうです。やはり悪影響を心配してるんでしょう。われわれとしては、彼らの不安を取り除かねばなりません。そうでないと、いざ台場にカジノをオープンという局面で都民の一斉反発を受ける可能性がある」

「しかし」平丘がいった。「沖縄観光コンベンションビューローが賛助会員を対象に実施したアンケート調査では、条件付きを含む賛成が七割で、反対は一割にも満たないそうですよ」

三塚が首を横に振った。「それはあくまで賛助会員の意見でしょう。観光関連業者や自治体の人間がほとんどです。一般市民の意見ではない。とりわけ女性団体の反発はとくに根強い」

芹沢が腕組みし、低い声でいった。「市民の懸念ももっともです。警視庁では悪質な非合法カジノを連日のように摘発し検挙しているが、その数はいっこうに減少していない。問題は合法か否かにかかわらず、賭博周辺にかならずはびこる害虫のような犯罪行為です。十坪から二十坪ていどの小さな店でもひと月の売り上げは二億から四億。大きいところになるとその十倍から二十倍は堅い。それだけの利益のある商売です、営業しているほうはさらなる詐欺行為で収入を増やそうとする。たとえば、ある店ではいつも客をひとりしか受けつけない。ホールにはほかに何人か客がいるようにみせているが、全員サクラです。このサクラたちと店側がグルになって吹っかけたり、本物の客をそそのかしたりしてカネを巻きあげる。われわれはカジノの公営化について、このような事態にならないよう注意せねばならないと思っています」

芹沢の重みのある声は恐ろしいほどの説得力を持っていた。喋っているあいだも、その目は鋭く動きつづけていた。室内を見渡す監視カメラのごとき視線の動き、絶対的な真理を告げているといわんばかりの自信に満ち溢《あふ》れた態度。いや、芹沢が口にしたことは真理にはちがいない。だが戸田は、容易に同意してはならないと感じていた。

しきりにうなずいている室内の面々を尻目に、戸田は芹沢を見つめていった。「それを防ぐために、カジノの運営に警察が介入するってことでしょうか」

芹沢は瞬《まばた》きひとつしなかった。戸田を見つめかえし、無表情にきいた。「なにかご懸念がおありですか」

反論を許さないという態度。強硬な姿勢がうかがえる。戸田は脈が速まるのを感じていた。芹沢の目を見つめかえすことさえかなりの勇気を要する。それが、芹沢の最大の武器にちがいない。どのような意見もその眼力でねじ伏せてきた、そういう自負が彼のなかにあるのだろう。

警官は苦手だ。戸田は内心思った。その大親分となればなおさらだ。だが、いうべきことはいわねばならない。「カジノについてもパチンコ同様に、警察が監督官庁を務めるべきだとおっしゃるのなら、それはどうかと思います」

「なぜだね」芹沢は間髪をいれずにきいてきた。

会話のしづらい男だ。戸田はいった。「パチンコ業界で起きた幾多の不祥事を、カジノで繰り返させないためです。警察庁は以前、パチンコ店にプリペイドカードの導入を半ば強引に迫りましたが……」

芹沢は口をはさんだ。「パチンコ店の経理実態をあきらかにし、脱税を防ぐためです。プリペイドカードは業界の健全化に貢献してきました」

「そうばかりでもないでしょう。カード会社の大株主は警察ＯＢの共済組織だった。それも、プリペイドカード方式になると百円や二百円で遊ぶわけにもいかず、客の出費が増える。警察庁はパチンコ業界に介入し、吸いあげられるだけのカネを吸いあげた。そんなふうに批判されても仕方がないと思いますが」

「見方によってはね」芹沢はまるで動じなかった。「われわれの目的はしかし、そこにあるのではありません。以前は景品買取所の経営に暴力団が関与することもあったのですが、われわれ警察が関わることにより、彼らを締めだすことができました」

「それが業界の健全化ってわけですか」負けてはいられない。戸田は語気を強めた。「警察庁は業界団体に働きかけて、景品買取所の経営機関を発足させようとしてますね」

「換金について、カネの流れの透明度を高めるのが狙いです」

「でも、その経営機関は警察OBの就職先、ようするに天下り先になるわけでしょう」

警察官僚の冷ややかな視線が突き刺さるのを感じた。戸田は同僚をみた。平丘はため息をつき、うつむいていた。井尾山もそ知らぬ顔で天井をながめている。

やれやれと思った。閣僚からの援護射撃はなしか。

芹沢はなおも表情を変えなかった。口もとには微笑さえ浮かんでいるようにみえる。

「パチンコも換金が主体である以上、法のうえで公営ギャンブルと認めねばならない日が刻一刻と近づいています。そのためには実態を浮き彫りにせねばならない。われわれの介入はあくまで、犯罪抑止のためです」

「業界の健全化というより警察の利権化って感じがしますが」

「あの」常に困惑顔の出崎警視総監も、さすがに怒りの色を漂わせていた。「戸田さん、でしたね。なんという役職の大臣だったか、ええと、ちょっと思いだせないが……」

「行政改革担当および規制改革担当大臣です」

「そうですか。どのような改革がご専門か詳細には存じあげませんが、パチンコ業界も改革せねばならないことはおわかりでしょう？　現行のパチンコ店のやり方で合法なら、ゲームセンターだってUFOキャッチャーの商品を買い取ってカネに換金してくれる店を横に置けば、同様のギャンブルが成立してしまう。パチンコ店に関わる三十万人の労働者を路頭に迷わせないためにも、パチンコ業界は公営ギャンブルとして法の下にしっかりと保護された健全な運営への道をめざさねばならないんです」

頼りない顔だと思っていたが、あるていど説得力のある演説をぶつ。戸田はひそかに感心した。だが、芹沢の持つ強烈なカリスマ性には到底およばない。

戸田は芹沢を警戒しながらいった。「今回の法案に関しては、どの官庁のどの人間がどういう責任を負うのか、明確にしたいと思ってます。官僚はこの手の問題に対してはわかりやすい法規の制定を避けるのが常でした。あいまいなところを残しておかねば、自分の裁量権を確保できないからです。でもカジノ合法化についてはそのようなごまかしは許されないと思ってます。癒着、横領、贈賄といった忌むべき事態を防ぐためにも、徹底的に問題点を洗いださねばならないと考えますが、いかがでしょう」

「賛成だよ」芹沢は顔色ひとつ変えなかった。「それらの懸念を払拭《ふっしょく》するためにも、警察組織が全面的にカジノ経営のあらゆる段階に関与すべきと思うが。それを法規にしっかりと盛りこんでくれるとありがたい」

戸田は黙りこんだ。芹沢も口をつぐんだ。視線は片時も逸《そ》れなかった。

芹沢という男は官僚にはめずらしく、はっきりとものをいう。警察があらゆる段階に関与。法規上は、あいまいさの余地を残したうえでそれを実践しようとするのが日本の政治のスタンダードだが、芹沢はそれを前もって法規に盛りこめという。たしかに、後になって週刊誌に叩《たた》かれるよりは、最初から警察の関与を公にしておけば抵抗は少なくなる。パチンコ業界への関与を騒々しく問われた警察組織のトップともなれば、そうした態度は当たり前かもしれない。が、芹沢にはさらに深い読みがあるような気がしてならない。

法に抵触するパチンコの換金問題を、店も客もたいした儲《もう》けにならないという実状を言い訳にして黙認してきたこの国でも、カジノとなれば厳重な法の規制が必要になる。法が改正され、ラスベガス同様のカジノがお台場に生まれることになっても、その後は経営のありとあらゆることに監査の目が光るだろう。とても、パチンコ業界のように〝あいまいさ〟のなかで介入が許されるとは思えない。芹沢はそれを見越して、むしろ法の後押しのもとに堂々と警察が関与できるようにしてほしいと申しでているのだ。

戸田は肩をすくめてみせた。「カジノの従業員や警備員に警察ＯＢを使うとか、そういう話でしょうか」

「それもありうるね」芹沢はいった。「犯罪抑止には効果的だろう」

「どんな犯罪ですか。客を装った強盗を見破れるとか、チップの万引きを防ぐとか？」

「戸田君」井尾山官房長官がうんざりしたように口をさしはさんだ。「どこかの評論家か野党の議員のような物言いは慎むべきではないかね。長官はカジノが犯罪者の巣窟《そうくつ》にならないよう、警察組織が全面的にバックアップするとおっしゃってるんだ。問題があれば、ひとつずつ検討していけばいいだろう」

「バックアップね」戸田はいった。当然ながら、井尾山は法案が成立するか否かに問題の焦点を絞っている。実際の運営段階で面倒が生じたときに、どう対処するかまでは考えていない。「お心遣いは嬉《うれ》しいのですが、私は警察の大掛かりな支援は必要ないと思ってます」

無表情だった芹沢の目がかすかに険しくなった。「どういう根拠で、支援が必要ないとおっしゃるのかな」

「必要ないとはいってません」戸田は芹沢をまっすぐ見つめかえした。あれだけ恐ろしいと感じた視線にも、しだいに慣れてきた。「大掛かりな支援はいらないといってるんです。ラスベガスのカジノでは近年、大規模な犯罪は起こり得なくなっています。いたるところに防犯カメラがあり、複数の警備センターがそれをモニターし、従業員あるいは客に化けた警備員、警察官が常時パトロールをつづけています。アメリカの法律ではカジノは存在するチップと同額の現金を常備することになっていて、大金庫室には平日でも一軒あたり一億ドルの現金が眠っています。それでも強盗が押し入ったことはいちどもない。万全のセキュリティシステムに守られているからです。これらの防犯に関するプランおよびシステムをそのまま流用すれば、お台場のカジノにもラスベガス同様の安全神話が成り立つはずです」

平丘が口もとをゆがめた。「システムの猿真似《さるまね》は小器用な日本人にとっちゃお家芸ですからね。大手メーカーが完璧《かんぺき》なセキュリティを構築してくれるでしょう」

芹沢の目が険しさを増した。出崎と三塚も同様だった。日本初のカジノ発足を方便に、過剰なほどの警備を買ってでるつもりだった警察にとっては、戸田の意見は存在を否定されたも同然で不愉快にちがいなかった。

三塚刑事局長が渋い顔でいった。「アメリカのカジノについてどれだけお調べになったかしらないが、ここは日本です。脅威は強盗や窃盗といった、誰でも予測のつく犯罪とはかぎらない。素人のあなたが考えもつかない犯罪がもし起きたとしたら、どうします」

「それですよ」戸田は思わず膝《ひざ》を打った。警察側にこの質問を投げかけさせる、それが戸田の狙いだった。

三塚は怪訝《けげん》な顔をした。「なにがです」

「ちょっとお待ちを」戸田は紙袋を手にとり、なかをまさぐった。用意してきた六つの封筒をとりだした。いずれも、中身があるため膨らんでいる。封筒にはそれぞれ、マジックインキで1から6までの番号がふってあった。今朝早く起きて準備したものだった。

室内の一同が眉をひそめてテーブルの上をみやった。平丘にもこの実験については事前に知らせていない。目を丸くして一列に並べられた封筒を眺めている。

「さて」緊張感がつのる。戸田は汗のにじんだ両手をこすりあわせた。「この部屋で、ひとつゲームをと思いまして」

「ゲームだと」井尾山が眼鏡をかけなおした。「なんだね、唐突に」

戸田はいった。「みなさまに百円ずつ賭《か》けていただきます」

室内は静まりかえった。戸田は自分の脈拍が速まるのを感じていた。自分はとんでもないことを口にしている。それも警視庁のなかで、警察組織の最高幹部を前に。いまさらながら、そのことを意識すると気温がさがっていくように感じられる。

「大胆なお人だ」芹沢の顔には笑みひとつなかった。「賭博の胴元は客より罪が重い。そのへんのことも、ご承知なんでしょうな」

芹沢の眼力にふたたび勢いが戻った。いや、たんにセーブしていただけかもしれない。戸田が政治的に致命傷を負う可能性のある行動、それを目の前にして、芹沢はまた獲物を狙う肉食動物のような牙《きば》をのぞかせていた。

戸田はさすがに動揺していた。唐突すぎただろうか、だが及び腰にはなりたくない。

「そのう、本当の賭博というわけじゃなく、ただ実験です。口でご説明するより、やってみたほうがわかりやすいと思いまして。もちろん、百円を賭けていただかなくても結構です。ただし、本気で賭けているというおつもりでやってください」

平丘が身を乗りだした。「賭けに勝ったときの配当額は?」

「百万円」戸田は答えた。

三人の警察官僚は無言で戸田をじっと見つめ、それからテーブル上の六つの封筒を眺めた。

戸田は咳《せき》ばらいした。「けさ銀行で下ろしてきました。この六つの封筒のうちひとつに、百万円の束が入ってます」

井尾山がきいた。「あとの五つは?」

「スポンジタワシです。ホームセンターで買ってきました。そのう、百万円の束とほぼ同じ大きさなので」

芹沢が目を凝らして封筒を見つめている。見破れはしまい、戸田はそう思った。封筒を眺めるだけでは、どれが札束なのかはわからない。

「そして」戸田はポケットからサイコロをとりだした。「いまからおひとりに一回ずつ、サイコロを振ってもらいます。出た目の封筒をお受け取りください」

平丘の目が室内を見渡し、また戸田に戻った。「きみ以外、五人の人間がいることになるが」

「そうです。封筒はひとつだけ残ります。それは胴元である私に返されます」

ふっ。平丘は鼻で笑いながらこぼした。「百万円の束を勝ち取ったら、もらってもいいのか」

「ええ」戸田はあっさりといった。

芹沢がまたにらみつけた。「いいんですか。国会議員がそんなことをおっしゃって」

いちいち脅しをかけたがる男だ。戸田は苛立ちながら応じた。「少なくとも、本気でカネを勝ち取るつもりでやってください。そうじゃなきゃ、実験になりません」

一同は黙りこくった。誰もサイコロに手を伸ばそうとはしなかった。

戸田はうながした。「まずは平丘さんから」

平丘は躊躇《ちゅうちょ》のそぶりをみせたが、すぐにサイコロを手にとった。それをテーブル上で振る。4が出た。

「4番をどうぞ」戸田はいった。

平丘は緊張の面持ちで封筒に手を伸ばした。4番の封筒を手にとる。それをそっと引き寄せ、封を切る。

戸田は警察官僚をみやった。三人は固唾《かたず》を呑《の》んで平丘を見つめていた。

平丘は封筒から中身をつまみだした。ピンクいろの物体が半分ほど引き出されると、平丘はそれを投げだした。「ちくしょう。タワシだ」

室内に笑いが沸き起こった。井尾山、出崎、三塚が笑っている。芹沢だけはあいかわらず、口を堅く結んだままだった。

「官房長官、どうぞ」平丘が井尾山にサイコロを渡した。

「総理に知れたら、私はクビだよ」井尾山は口もとに笑みを浮かべながらそういうと、サイコロを振った。5が出た。

「5番です。どうぞ」戸田は封筒を渡した。

井尾山はそれを手にして、しばし押し黙った。やがて、ぼそりといった。「軽いな」

ふたたび一同の笑いが起きるなか、井尾山は封筒を開けた。やはりスポンジタワシだった。「残念。警視総監、おやりになりますか」

「いや、私は……」

そのとき、芹沢がいった。「いや。やってみよう。戸田議員のおっしゃるとおりに」

出崎は呆然《ぼうぜん》とした顔で芹沢をみた。わかりました、あくまで実験ですからな。そうつぶやいて井尾山からサイコロを受け取った。サイコロを振った。5だった。

「5番は私がとった」井尾山がいった。「もう一回どうぞ」

出崎はうなずいて再度サイコロを振りなおした。1が出た。

「1番をどうぞ」戸田は〝1〟と書かれた封筒を押しやった。

「どうも」出崎は封筒を開封した。苦笑が浮かんだ。「タワシだ」

「次」戸田はいった。「長官。どうぞ」

芹沢は戸田をじろりと見つめた。それからサイコロを手にとると、手のひらのうえで軽く転がした。

錘《おもり》が入っているかどうかたしかめているのだろう。手のなかで転がすだけでも、それはたしかめられる。戸田は緊張し、身体《からだ》を凍りつかせていた。

芹沢の視線がサイコロから外れ、テーブルに向いた。錘が入っていないことは確かめられたらしい。芹沢はサイコロを振った。4だった。4番の封筒はすでに平丘が取っている。芹沢はすぐにまたサイコロを投げた。5が出た。これも重複していた。三たびサイコロを振る。6が出た。

「6番。どうぞ」戸田は封筒を指し示した。

芹沢は封筒をひったくるように手にとると、破って中身をとりだした。スポンジタワシだった。

平丘は笑いかけたが、芹沢の仏頂面に威圧されたのか、すぐに押し黙った。

最後は刑事局長の三塚だった。残る封筒は2と3。三塚がサイコロを振った。最初は5、次は1、それから6が出て、やっと3が出た。

三塚は3番の封筒をテーブルから取りあげた。顔にかすかな失望が浮かんだ。封筒の口を慎重にひらき、なかに入ったタワシをゆっくりとひっぱりだした。

「よかった」戸田はサイコロを受け取った。汗をぬぐうようにサイコロの表面を指先でこすってから、テーブルに戻す。それから唯一残った2番の封筒を手にとった。封を切り、けさ銀行から引きだしたばかりの百万円の札束をだして卓上に置いた。「無事だった」

今度の沈黙は、これまでよりも長かった。室内の誰もが無言で札束を見つめていた。

平丘が唖然《あぜん》とした顔で、ぼそりとつぶやいた。「戸田君。百万円が誰にも取られないことを予期してたのか？」

そのとき、芹沢が身を乗りだしてテーブル上のサイコロをすばやくつかみとった。サイコロをしげしげと眺め、それから振って転がした。1が出た。それから4。三度目に、2が出た。

芹沢は深いため息を漏らした。サイコロを長いあいだ眺めていたが、やがてうんざりしたようにそれを押しやった。

2が出ないよう細工してあるサイコロだと思ったのだろう。その推理が外れたいま、どのようなからくりが潜んでいたか見当もつかないにちがいない。

「みなさん」戸田は自分のなかに広がる安堵《あんど》を感じながらいった。「どうです。楽しんでいただけましたか」

芹沢が射るような視線を向けてきた。「イカサマだろう」

全員の視線が突き刺さるなか、戸田はあえて軽い口調で応じた。「ええ、そうです。もちろん、イカサマです。百万円とられちゃかないませんからね」

「どんな手を使った」三塚がきいた。

「おわかりではないのですか」戸田はたずねかえした。

三人の警察官僚は無言のままだった。出崎と三塚は、困惑したようにうつむいている。芹沢は依然として隙《すき》をうかがうような視線を向けてきている。だが、その姿勢は虚勢にすぎないと感じられるようになってきた。芹沢にも、戸田がどういうイカサマを使ったかはわかってはいない。

戸田のなかに、かすかな落胆が生じた。ふしぎなものだった。持論を受けいれさせるためにおこなった実験だ、是が非でも成功させたかった。ところが成功してみると、人間とはこうもあっさりだまされるものなのかと失望を禁じえない。警察の権力構造は嫌いだが、このくらいのイカサマは見破れる官僚たちであってほしかった。

「器用な日本人」戸田はつぶやいた。「お台場カジノの最大の敵は、まさにそこでしょう」

井尾山がきいた。「どういうことだね」

「防犯設備を厳重にする。警備の人員も惜しげもなく注ぎこむ。これらはアメリカの前例にならえば、すぐに模倣できます。しかし、日本のカジノがどうあってもラスベガスに追いつけない能力があります。いまの実験の通りです。警官や警官OBをいくら従業員に採用しようと、イカサマを見抜くことはできない」

「イカサマ」平丘が甲高《かんだか》い声をあげた。

「そうです。ラスベガスでは大規模な窃盗は発生していないものの、イカサマは一日平均二十人以上が摘発されています。客がやる場合もあれば、ディーラーが経営者に内緒で稼ごうとイカサマに踏みきることもあります。見破られていない例を含めれば、常時百人以上がどこかのカジノでイカサマを働いているとみられています。ラスベガス全体のイカサマによる損失額は、推定で年間一億四千万ドル。すなわち、およそ百七十億円にも上るんです」

「百七十億」井尾山はつぶやいた。「それは問題だな」

「ええ、大問題です。まして、アメリカの場合はカジノのディーラーを養成する機関がありますが、日本には皆無です。ラスベガスやマカオを閉めだされた、ヨーロッパやアジアのイカサマギャンブラーが大挙して押し寄せたら、どうなります。カジノに経済効果を期待するどころの話じゃなくなります」

「お待ちを」三塚があわてたようにいった。「われわれの目だって節穴じゃありません。違法カジノ摘発のさいには数々のイカサマの証拠品を押収しているし、パチンコのゴト師だって日々摘発を……」

戸田は三塚をさえぎった。「おわかりいただけないようですね。警察はパチンコ業界に強い影響力を持ってるでしょうが、パチンコのゴトを見破ってきたのは警察の力ではなく、主に店側の努力とメーカー側の対策のおかげです。あなたがたは報告されたゴト師の手口を一覧にまとめ、それを知っているにすぎない。現場で矢継ぎ早に繰りだされる新手のイカサマをすべて見抜く自信がおありですか?」

出崎警視総監が苛立ちをあらわにした。「さっきのゲームでわれわれがイカサマを見破れなかったのが、無能の証《あかし》とでもいうんですか」

「無能とはいってません。でも、あるひとつの明確な事実を証明しています。あなたがたでさえ、単純なカラクリを見抜けなかった。もしこれがカジノのテーブルだったらどうします。賭けに勝った私のことを、運の強い人間と思う。それだけでしょう。ちがいますか」

「よくわかった」芹沢がはっきりとした口調でいった。室内を制圧するような低い声。ふたたび沈黙が降りてきた。

「戸田議員」芹沢は身じろぎひとつしなかった。「なるほど、あなたのいわれることはもっともだ。明治以来、賭博がご法度だったわが国ゆえに、こちら側の目も育ってはいない。そこまでは理解できる。それで、あなたはなにを主張されたいのかな」

戸田の意見を芹沢が正論と認めた。にもかかわらず、なぜか議論は芹沢に主導権がある気がしてならなかった。戸田は得体の知れない戸惑いを覚えながらいった。「まず主張したいことは、警察の介入がカジノの犯罪撲滅に必ずしも結びつくものではない、ということとです。特に、イカサマについてはね」

「わかった、意見としてきいておく」芹沢はいった。「ほかには?」

芹沢がしだいに敵意を深めていることに、戸田は気づいた。にもかかわらず、芹沢がうわべだけでも冷静さを保っていられるのはなぜだろう。彼にしてみれば、警察が締めだされるかたちでのカジノのオープンに賛成できるはずはない。どうにかして利権を奪おうと考えているにちがいない。その勝算がまだあるのだろうか。戸田の主張をひっくり返すような武器をまだ隠匿しているのだろうか。

戸田はいった。「イカサマの問題のみならず、カジノの実質的な運営には専門家の助言が必要です」

「専門家というと」と井尾山。「ラスベガスあたりのディーラーにアドバイスを頼むのか?」

平丘が妙な顔をした。「それはもう手が打ってあるはずですよ。アトランティックシティやモナコからもベテランのディーラーを呼ぶ手筈《てはず》がついてます」

「いいえ」戸田は首を振った。「海外のディーラーは彼らのご当地でのギャンブルには詳しいでしょうが、日本という国に詳しくない。日本人についてもね。必要なのはプロのギャンブラーと呼べる日本人です。それも豪腕をふるい、常勝が当たり前の人間でなければなりません。なぜなら、カジノを震撼《しんかん》させるのはそういう人間にほかならないからです」

三塚も眉をひそめた。「強い賭博師イコール、イカサマ師とはかぎりませんよ」

「ええ、その通りです。ラスベガスからマフィアを一掃して、カジノ経営を近代ビジネスに変えたハワード・ヒューズの著書に、こう書いてあります。カジノは儲かるようにできている。だがいずれ、その安泰に揺さぶりをかける存在がふたつほど現れる。ひとつはあたかも天使がこの世に降臨したかのごとく、あるいは悪魔と契約を交わしたかのごとく恐ろしいほどのツキに恵まれた人間。もうひとつは、数百人の厳しい監視の目にさらされていても、マジシャンのような手さばきでイカサマを成功させる人間。このふたつのタイプにくらべれば、強盗や窃盗、テロリストなどまるで恐るるに足りない」

「つまりだ」井尾山が腕組みをした。「カジノの計算どおりにいかない客の出現、それこそが最も恐ろしい存在だといってるわけだな」

戸田はうなずいた。「お台場のカジノに関しては、経営面から警備面まであらゆる手段をラスベガスから学び、模倣します。万全の態勢といっていい。しかし、どうも気になるのがそのハワード・ヒューズの言葉です。運にしろイカサマにしろ、驚異的に勝つ客。そんな存在がカジノに現れたら、いったいどう対処すればいいでしょう」

「でも」出崎警視総監はため息まじりにいった。「そんな客、そう現れはしないでしょう」

「それでも、現れたらどうすべきかを前もって知っておく必要があります。警察が犯罪抑止に協力してくださるというのなら、その種のプロ・ギャンブラーにこそ助言を仰ぎ、対策を練っておくべきと思います」

「ならば」芹沢がいった。「そうしよう」

室内を静寂が包んだ。全員が無言で、芹沢の顔を見つめていた。

戸田はきいた。「心当たりがおありで?」

「まあな」芹沢はソファの背に身をあずけた。「私も名前をきいただけだが、永幡一徳という男。ご存じかな」

「ああ」平丘が大きくうなずいた。「新聞や雑誌で騒がれている、例の男ですか。驚異的なツキに恵まれて、宝くじから競馬、パチンコまで勝ちまくり、わずか半年で巨万の富を築いたとかいう」

芹沢はふんと鼻を鳴らした。「彼なら、きっと台場にカジノができれば駆けつけるだろう。戸田議員のいう、専門家にうってつけじゃないかね」

「ええ、まあそうですね」戸田は呆然としながら応じた。永幡一徳。そうだ、たしかにそういう男の武勇伝を週刊誌で読んだことがある。かすかな危惧《きぐ》が戸田のなかをよぎった。なぜか、専門家にふさわしい人間を見つけたという喜びは皆無だった。

天使が降臨した、もしくは悪魔と契約したようにツキに恵まれた人間。そういう人物は、やはり存在するのか。ハワード・ヒューズの言葉はどこか浮世離れしていたが、現実にそんな人間がいるとなれば、いてもたってもいられない。もし永幡一徳のような男が十人もいたら、カジノはどうなるだろう。磐石《ばんじやく》と思われていた経営体制にたちまちひびが入ることになる。

戸田はふいに、カジノ構築という事業が開けてはならないパンドラの箱に感じられた。東京都および出資各社は、お台場のカジノについてあらゆる計算を試み、どのような状況にあっても黒字を叩きだすだけの綿密な経営プランを作りあげていた。カジノにおける収益と還元率は細部にわたって検討され、NECが最近になって完成させた世界最高速のスーパーコンピュータで勝敗の確率を計算し、その経営が揺るぎないものになることを立証している。しかし、お台場のカジノに先立つこと半世紀、同じ挑戦をして勝利をおさめたハワード・ヒューズすら、その予測できない事態を恐れていた。彼が長年のカジノ・ホテル経営で目にした、その戦慄《せんりつ》の瞬間とはいったいどんなものであったのだろう。カジノはそういう、決して計算上は予測しえない魔物のような存在を召喚する運命にあるのか。だとすれば、やはりそれを乗りきるだけの知識を身につけねばならない。

平丘がいった。「もうひとつのタイプについては？　つまり、イカサマの専門家ってほうですが」

芹沢はしばらく押し黙っていたが、やがて低い声でひとこと告げた。「適任者がいる」

三塚がきいた。「誰ですか」

「藍河隆一《あいかわりゅういち》」

とたんに、出崎と三塚がうずくまるようにうつむいた。聞いてはならない名を聞いてしまった、そんな体裁の悪さが浮き彫りになっている。

戸田は平丘をみた。きょとんとした顔をしている。井尾山も同様だった。どうやら警察関係者には知られている名前だが、政治家にとっては馴染みのない人物らしい。

「藍河隆一」戸田は芹沢に目を向けた。「まったく聞き覚えのない名前ですが」

「私が彼の名を挙げたことは、内密にしていただきたい」芹沢はかすかに忌々《いまいま》しさを漂わせながらいった。「お薦めしているわけではない。あくまで、あなたの提言に沿った人物というだけのことだ」

官僚たちからこれだけの嫌悪感を示される人物。いったい何者だろう。戸田はきいた。

「どこで会えますか?」

三人の警察官僚は黙りこんだ。彼らにとってはその藍河隆一なる人物こそがパンドラの箱であるらしかった。

「知らないな」芹沢は仏頂面でいった。「われわれとしては協力できない理由がある。探すなら、あなたがたの責任でおこなっていただきたい」

捨て石

霧がたちこめている。戸田はフォグランプを点灯し、田畑のなかを蛇行しながら延びる細い道路の上を慎重に走らせていった。ベンツのEクラスは幅百八十センチ、せいぜいトヨタのクラウンと同じぐらいの大きさでしかないが、この道はそれをわずかに上回るていどの幅しかないうえに、一方通行の標識も立ってはいない。すなわち、対向車がやってきたら逃げ場がない。左右はガードレールのない路肩、それも雑草に覆われていて縁がどのあたりにあるのかはっきりしない。ちょっとした曲芸だ、戸田は悪態をつきながらステアリングを微妙に調整し、徐行をつづけた。

東関東自動車道を千葉北インターで降りたころには雲の切れ間から青空も覗《のぞ》いていたが、ユーカリが丘に向かう国道を走行中にしだいに霧が濃くなり、佐倉市の住宅地から外れた緑豊かな平地に行きついたころには、辺り一面真っ白になっていた。この〝佐倉ふるさと広場〟と名づけられた一帯には、四月から五月にかけてチューリップで埋め尽くされる広大な畑があるときくが、いまは霧に覆われた視界からわずかにのぞく黒々とした大地が、ただひたすらつづくのみだった。

時計に目をやる。午後三時すぎというのに、辺りは黄昏《たそがれ》どきのように薄暗かった。地元では知られた行楽地だが、こんな日には出かけてくる家族もいないだろう。くだんの人物も、約束を放棄していなければいいのだが。

前方にうっすらと、巨大な物体の影が現れた。オランダ風車だった。十字の羽根がきしみながらゆっくりと回転をつづけている。途中、売店でみた写真にはすっきりとした青空の下、広々とした田畑のなかに優雅に立つ風車の姿があったが、いま戸田の前には白いもやのなかに存在する不気味な扇風機の羽根が旋回を繰り返す、その憂鬱《ゆううつ》な眺めがあるだけだった。

風車のわきを通りすぎ、緩やかな曲線を描く道路を駆けぬけた。この辺りまでくると、道は太くなり走りやすくなっている。道沿いの木立の向こうは、まるで山頂から見下ろした雲海のようにみえる。目を凝らすと、それが広大な水面であることがわかる。印旛《いんば》沼だ。戦後、干拓工事によって洪水をなくし水田地帯のための重要な水源に生まれ変わったという。現在では京葉工業地帯の工業用水として一日あたり四十三万トンの水を供給しているというから、相応の面積があるのだろう。いまのところ、霧のせいでその広さを正確には実感できないが。

木立のなかにひときわ高くそびえる四本のケヤキの木に近づいた。待ち合わせ場所はここだ。しかし、ひとけはない。仕方ないだろう。きのうまで、天気予報は晴天になると告げていた。こんな状況で現れるはずもない。

　ゆっくりと通りすぎようとしたとき、視界の隅に黒い影がうつった。戸田はあわててブレーキを踏んだ。

　ケヤキの木の下、小ぶりな黒いスポーツカーが一台停車している。ユーノスロードスター、かなり古いものだった。右のテールランプのカバーが破損し、ガムテープで修復してある。その修復部分も相当年季が入っている。一見、放置された廃車にもみえるが、ナンバープレートは外されていなかった。習志野《ならしの》ナンバー。この近辺の住人だった。

　もしや、と思って戸田はドアを開け放ち、外に降り立った。外気は冷え切っていた。コートの前をかきよせながら、白い息をはずませてユーノスに近づく。エンジンはかかっていない。運転席をのぞきこんだ。誰もいない、一瞬そう思ったが、ちがっていた。曇ったガラスの向こうで、なにかがゆっくりと起きあがった。

　ウィンドウが開く。運転席にいたのは、額の生え際がいくらか後退し、白髪と黒髪がほぼ同じ割合で混ざり合った頭を持つ、五十半ばのしがない中年男だった。なぜか顔より先に身体《からだ》に目がいった。黒いウィンドブレーカーの前をはだけて、Tシャツの胸もとがのぞいている。腹は出っ張っているが、胸もとは妙に引き締まった感じがみてとれる。かつて鍛えていたが、このところは自堕落な生活を送っている男の身体つき、そんなふうに思えた。

戸田は男と目を合わせた。面長の顔だが頰《ほお》にいくらか肉がつき、顎《あご》にも二重三重の皺《しわ》が寄っている。これもかつては頰のこけた精悍《せいかん》な顔つきだったのが、歳《とし》とともに変化していったことをしのばせる。いや、歳だけのせいではなさそうだ。無精ひげが伸び、目は血走ってとろんとしている。白人のような鷲鼻《わしばな》だけがかろうじて威厳を放っているが、とてもハンサムとはいえなかった。かつてはそうだったのだろう、そんな面影はみてとれる。このユーノスロードスターのように。

男は黙ってじっと戸田の顔を見あげていた。しまりのない口もとが湿っている。唾液ではないようだ。漂ってくる酒臭さが、その理由を物語る。そういえば、肌の浅黒さも日焼けではないらしい。

「藍河隆一さんですか」戸田はきいた。

男は返事もせず、しばし戸田を見つめていた。やがて手にしていた物を口に運んだ。キリンの缶ビール。それを飲みくだすと、戸田に向き直った。

「あんたは」男はにやけた笑いをうかべてたずねかえした。「どう思う」

「藍河隆一さんでしょう」戸田はいった。警視庁でみせられた若いころの写真の印象と、やっと重なりつつあった。髭《ひげ》を剃《そ》り、贅肉《ぜいにく》をそぎ落とし、生え際を前進させれば、たしかにあの写真の通りだ。そう思った。

ふん。男は鼻を鳴らした。それが正解だという意思表示らしかった。ダッシュボードの小物入れからハイライトの箱をとりだし、一本引き抜いた。それを口にくわえてから、戸田をみた。「火、あるかい」

「いや。私は吸わないのでね」

藍河の目が、戸田の肩ごしにその先を眺めた。視線を追って振りかえると、戸田の乗ってきたベンツEクラスがあった。

「クルマにライターがあるだろ」藍河はいった。

持ってこいということだろうか。戸田はため息をついた。「あなたのクルマのライターを使ったら?」

「壊れてんだよ」藍河は口にくわえたタバコをつまみとり、また箱に戻した。「まあいいや。ところで、あんたは?」

「国会議員の戸田俊行です。この待ち合わせ場所においでになられたのなら、手紙はお読みくださったんでしょう?」

藍河は眠たげに目頭を指先で押さえた。まあな。そうつぶやいて、また缶ビールを口に運んだ。

「あのう、おせっかいかもしれないが」戸田はいった。「クルマを運転するのに、そんなに飲んじゃまずいのでは?」

「かまわないよ」藍河はビールをごくりと飲みくだした。軽いげっぷにつづいて、あきらかな酒の臭《にお》いを漂わせながらいった。「都内じゃうるさいだろうが、ここは千葉だぜ」

「だめですよ。こんなに寒いのに、なぜそんなに飲むんですか」

「寒いから飲むんだよ。温まるしな。本当は日本酒のほうがいいんだが、近くに自販機がなくてな」

「クルマのエンジンをかけて、ヒーターをつけたら?」

「それも壊れてんだよ」藍河は嫌気がさしたようにいった。「議員さんのクルマはライターの火がついて暖房がきくのが常識かもしれねえが、隆一号はそうでもねえんだ」

「隆一号?」

「そう。隆一号。このクルマだ。十五年つきあってる」

資料では藍河隆一の年齢は五十五となっていたが、とてもそうは思えない。たしかに声はしわがれているが、飲酒で白バイにつかまった二十歳そこその暴走族のような口をきく。冗談なのか本気なのかも判然としない。

「よければ」戸田は丁重にいった。「私のクルマにおいでになりますか。暖房をつけますよ」

藍河は目を丸くして戸田をみた。どこかとぼけた無邪気さを漂わせながら、藍河はいきなりドアを開け放った。「そうかい。悪いな」

もっさりとした物腰。運動どころか外出さえしていないのだろう。藍河は立ちくらみを起こしたように、両手で頭を抱えてふらつきながら歩いた。

「だいじょうぶですか」戸田はきいた。

「ああ」藍河はベンツの助手席のドアに手をかけた。

戸田はユーノスを振りかえり、藍河にきいた。「ドアロックしないんですか。窓も開けっぱなしですが」

「いいんだよ。盗られるものなんかない」藍河はそういって、ベンツの助手席に潜りこんだ。

やれやれだ。立派な人格者であるはずはないのだが、こうまでだらしのない男とは思ってもみなかった。こちらの要請する役割を果たしうるかどうか、甚だ疑問に感じる。芹沢警察庁長官はなぜ、この男を推したのか。

戸田は運転席側のドアを開けて乗りこんだ。エンジンをかけると、エアコンの吹きだし口から自動的に温風が流れだした。

「しまった」助手席で藍河がいった。「タバコ持ってくるの忘れた」

「取ってきましょうか」

「いいよ。めんどくさいから」

「私が取ってきてあげますけど」

「だから、いいって。あんたがあっちにいって、戻ってくるのを待つのもめんどくさいんだよ」

戸田は二の句が継げずに黙りこんだ。呆《あき》れた男だった。警視庁で目にしたあの資料の履歴は正しかったのだろうか。素朴に疑問を覚える。

「藍河さん」戸田はいった。「失礼ですが、藍河隆一元警部補ですよね。警視庁刑事部捜査四課におられた」

「さあな」藍河はしばし押し黙った。前方に焦点の合わない目を向けて、ぼそりといった。「そうかもな」

「ご心配なく。あなたの過去をうんぬんするつもりはありません。こちらの要望は、手紙にしたためたとおりです。あまり時間もないので、お返事だけをうかがいにきました。お受けいただけますか、それとも断わられますか」

「あんたは、どっちにしてほしい」

「どちらでも」戸田は苦笑してみせた。意志のない人間に無理強いしても良い結果は生まれない。「馬を水辺に連れてくることはできても、水を飲ませることはできませんからね」

「馬?」藍河はぼんやりした目で周囲を見渡した。「どこに馬がいる?」

アル中かもしれない。もしそうなら、かなり症状が進んでいるのだろう。戸田は軽い口調でいった。「お気になさらずに」

所轄あがりでキャリア組に肩を並べた経歴も、汚職で逮捕されたという末路を考えれば張子の虎《とら》にすぎなかったのだろう。刑事として勤めていたころ、どれだけ汚いことに手を染めていたかしれない。そんな人間が警官の肩書を失ったのだ。ろくでなしの男が馬脚を現わしただけで、ふと魔がさしたことで転落する、同情の余地のある警察官の不祥事とはちがう。

藍河はふいにシートから身体を浮かせて、足もとを眺めた。「ビールはどこだ」

「このクルマは、あなたのじゃないから……」

「ああ、そうだったな。こんな立派なクルマ、俺のものであるはずがない」

戸田は思わずため息を漏らした。もし藍河が承諾するといっても、人選は見直すべきかもしれない。これではせっかくのカジノ検証が、野党に税金泥棒と揶揄《やゆ》されかねない。

藍河はしきりにクルマの内装を眺めていたが、やがて後部座席を振りかえり、妙な顔をした。「ありゃなんだ」

用意してきたものに気づいたらしい。もっとも、この男への実験の結果など目にみえているが。

戸田は振りかえった。後部座席には、1から6までの番号を振った六つの封筒が並んでいる。戸田は藍河にいった。「べつに、なんでもありません。よければちょっとゲームをと思ったもので」

「ゲーム？　なんのゲームだ」

「そのう、ちょっとした賭《か》け事でね」

「賭け事だって」藍河は笑った。「勘弁してくれよ。あんたも議員としてのキャリアを棒に振って、俺と一緒に冴《さ》えない毎日を送るってのか」

「いえ、そういうつもりじゃないんです」

「じゃ、やめときなよ。俺に賭け事を持ちかけるなんてな。なんだかむかつくぜ」

藍河の顔から笑いが消えていた。仏頂面の横顔が窓の外を眺めていた。

ギャンブルに手をだして失職したのだ、決して気分のいい話ではなかったろう。だが、藍河のほうもその過去があるゆえに要請を受けている、そういう事実は認識しているはずだ。

戸田はいった。「待ち合わせ場所においでになられたんですから、前向きに話を聞いてくださると期待してたんですが」

対話を打ちきられる気配を感じとったからだろう、藍河はややあわてぎみにいった。

「まあ、そうだな。話ぐらいは聞いてもいい。説明してみなよ。どんなゲームだ」

警視庁の調べでは、藍河は現在無職だという。短期のアルバイトを始めてはすぐに辞める、その繰り返しらしい。当然、収入も安定してはいない。相応の謝礼を支払うつもりがあると書かれた手紙を読んだのだ、実のところは喉《のど》から手がでるほど請け負いたい仕事にちがいない。

「あの封筒のなかに」戸田は胸ポケットからサイコロをとりだした。「ひとつだけ百万円の札束があります。残りはスポンジタワシです。あなたには五回のチャンスがあります。このサイコロを五回振って、出た目の封筒をすべて差し上げます。封筒はひとつだけ残りますが、あなたが百万円を手にする確率は六分の五です。どうです、お受けになりますか」

「俺は」藍河は動かなかった。戸田の差しだしたサイコロに手を伸ばそうともせず、ただ真顔でたずねた。「なにを賭ければいい」

「なにも」戸田は覇気のない自分の声をきいた。この男を相手にするのは時間の無駄だ、時が経《た》つにつれてその思いが深まる。「私どもが欲しているのは、ギャンブルに対する人並み外れた才能でね。そんな才能に出会えれば、百万二百万のカネなんて惜しくはないと思ってます」

「人並み外れた才能って、それを検証するのは」ふいに藍河の目が光った。「あんたかい」

戸田は押し黙った。藍河がまっすぐに視線を投げかけてきたのは、これが初めてだ。あの芹沢とはまた違う眼力が潜む、ふしぎな目つきをしている。焦点が定まっていないがゆえに、底知れぬ不気味さを漂わせている。

いや。思いすごしかもしれない。戸田はすぐにそう考え直した。アル中の目つきはたいてい定まっていないものだ。「いちおう私が考えたゲームなんでね」

ふっ。藍河は笑った。それから短く、けたたましい笑い声をあげた。「ゲーム。あんたが考えたゲーム。そりゃいい」

藍河の反応には、どこか嘲《あざけ》りのようなものが感じられる。戸田はきいた。「なにか気になりますか」

「ああ。気になるどころの話じゃないな。だって考えてもみなよ、ポーカーにブラックジャック、バカラ、バックギャモンに麻雀《マージャン》。どれもこれもよく練られた、飽きのこないゲームじゃないか。あれらを作ったのはたぶん、天才にちがいないぜ。それがギャンブルに値するゲームってもんだ。あんたはなにかい、その天才と肩を並べる存在だとでも自負したいのか」

「そんなつもりは毛頭ありません」そういいながら、戸田は自尊心を傷つけられたことに対する怒りを覚えはじめていた。「ゲーム性ということでいえば、さして楽しめないかもしれません。たんなる稚拙な思いつきにすぎないでしょう。しかし私としては、テストに用いるにはこれで充分……」

「テストか」藍河はふいに戸田を遮った。燃えるような目で戸田を見つめた。「ようやくこぼしてくれたな。これはテストってわけだ。ずいぶんなめられたもんだな。議員さん、あんた生き死にのかかった勝負に挑んだことあるか。勝てば大逆転、負ければ破滅。そんな境地に立たされたことがあるかい」

戸田は、やや怖《お》じ気《け》づいた自分を感じていた。「いや、私はギャンブルをやらないもので。そうだ、ある意味では選挙がそうだった。選挙に出ることを出馬というでしょう。まさに私は、自分自身に賭けたんです」

「よしなよ。そんなものギャンブルじゃないって」藍河はあきれたように言い放つと、シートに身をあずけ、目をこすった。「こんなばかげたやりとりに、政府が経費を弾んでくれるわけはないな。百万の札束ってのはあんたのポケットマネーだろ。都知事の親父さんがどれだけ年収があるか知らないが、あんたはまだろくに稼ぎもないはずだ。カネは大事にするもんだぜ」

唐突にわかったような口をききはじめた。戸田は神経を逆撫《さかな》でされた気がした。汚職警官になにがわかるというのだ。「あなたにそんなことをいわれる筋合いはありません。私は台場にオープンするカジノのために、実になる助言をしてくれるアドバイザーを探しているだけです。このテストだって、あなたにだけ試したわけじゃない。私には私のやり方があります。人がどういおうが、私が納得のいくかたちの人選でなければ……」

そのとき、急に藍河の手が蛇のように走り、戸田の手からサイコロをもぎとった。藍河はサイコロに一瞥《いちべつ》もくれることなく、ただ両手のなかで揉《も》んだ。

その動作に、戸田のなかを戦慄《せんりつ》が走った。しかし、戸田が身動きもできないうちに、藍河は次の行動にでた。サイコロをダッシュボードの上に投げたのだ。サイコロはスピンしながら二、三度跳ねて、すぐに静止した。2だった。

凍りつくような寒波が戸田に襲いかかった。なにかをいおうと口を開いた自分がいた。が、なにをいうつもりなのだろう。わからなかった。ただ慌てふためきながら、サイコロと藍河の顔をかわるがわる眺めるしかなかった。

「浅知恵だな」地獄の底から響いてくるような、藍河の低い声が告げた。「1から6までのうち、ひとつの目だけ絶対出ないようにする方法。その目をなくしちまえばいいんだ。2か3にサインペンで黒い丸をちょんちょんと描き足せば、あっという間に5がふたつあるサイコロのできあがりだ。ただし、3の場合はバレやすい。立方体ってのは隣り合った三つの面を同時に見ることができるからな、3に細工するとふたつの5の目が隣り合うことになる。だが、2なら安全だ。5の裏は2。サイコロの裏の目は同時には見れない、だからまず気づかれない」

戸田は動揺していた。まさに、完全犯罪を見透かされた犯人の心境にちがいなかった。

藍河のなにげない語り口はじつに計算されていて、じわじわと犯行の核心に迫ってくる。

戸田は絶壁の縁に立たされた気がした。

「議員さん」藍河の目が戸田をにらみつけた。「水性サインペンで、2に黒丸を三つつけて5にしたな。本当はサイコロの目はわずかに彫りこんであるが、ちらっとみただけじゃわからない。2が絶対にでないサイコロか。俺に五回振らせてから、ハンカチかなにかでサイコロをぬぐって、落書きを消して証拠隠滅。そんな段取りだったんだろ。ちがうか」

戸田は打ちのめされた気がして、呆然《ぼうぜん》と藍河を見つめかえした。藍河は戸田の手からサイコロを奪ってから、間髪をいれずに表面をぬぐいダッシュボードに投げた。わずか一、二秒のことだった。すなわちサイコロを手にとらないうちに、すべてのからくりを見破ったことになる。警察組織のトップをまんまとだましおおせた戸田の自慢のトリックは、あえなく玉砕の憂き目に遭った。

「話は終わりだな」藍河はドアを開け放ち、クルマの外にでた。それからすばやく後部座席のドアを開けると、二番の封筒をひったくり、悠々とユーノスにひきかえしていった。

「まってくれ」戸田はあわてて声をかけた。「合格だよ。あなたは合格です」

「なんのことだ」藍河はふりかえらなかった。背を向け、歩き去りながらいった。「ギャンブルってのは真剣勝負だ。男に二言はないだろ」

戸田は激しく動揺しながら、藍河に呼びかけた。「これはギャンブルじゃない。あくまでテストですよ。シミュレーションです。日本じゃ賭け事は禁止されてる。わかるでしょう」

藍河は立ちどまり、ふりかえった。なんの表情も浮かべず、藍河はいった。「取られないと確信してたから、カネを置いたんだろ。負けはすなおに認めなよ」

「だから、勝ち負けはないんです。テストなんだから」

「テストねえ」藍河はあきれた顔で首を振った。「議員さんじゃないかもしれないが、いまの俺みたいな風来坊が日雇いの労働で一日じゅうあくせく働いても、このうち一枚が手に入るかどうかだ。そんなしろものを、玩具《おもちゃ》に使っちゃばちが当たる。百万失ったのは天罰と思って、あきらめな」

藍河の言葉は槍《やり》のように戸田の胸に突き刺さった。ヤクザ同然の言いぐさ、しかし反論できない。そう思わせるなにかがある。

戸田は藍河を見つめた。藍河も、口もとをかすかにゆがめて戸田を見つめかえしていた。

やがて藍河はふたたび背を向けると、おぼつかない足どりでユーノスに歩いていった。開いた窓から封筒を放りこみ、ドアを開けて身体を投げだすようにしてシートにおさまった。

どうすればいい。戸田は焦燥感に駆られていた。後部座席を振りかえる。スポンジタワシのおさまった五つの封筒が虚《むな》しく横たわっていた。それが、戸田の手もとに残ったすべてだった。

プライドにこだわっている場合ではない。戸田はドアを開けて外にでると、足早にユーノスに向かった。「オーケー、よくわかりました。降参です。白旗をあげますよ」

運転席から顔をのぞかせた藍河は、ふたたびとぼけた目で戸田を見つめかえした。「降参って？　もうわかってるよ。勝負はついたろ」

戸田は腹を立てた。この男、こちらが失態を演じたのをいいことに、さんざんからかったあげくカネを返さない腹づもりか。

しかし、いま藍河に怒りをぶつけるのは得策ではない。戸田の身からでた錆《さび》でもある。なにより、藍河は驚異的な素早さで戸田のイカサマを見抜いたのだ。その観察眼こそ、戸田が探し求めていたものだった。

「そのう」カネよりまず依頼についての交渉だ。戸田はいった。「あなたの才能には感服しました。ええ、さっきの一瞬でわかりました。ぜひ依頼をお受けください」

藍河は足もとのクーラーボックスを開き、缶ビールを取りだした。「依頼って、なんだった?」

またとぼける気か。戸田は苛立《いらだ》ちを抑えながらいった。「ですから、手紙に書いたとおりです。法改正を前提に、カジノ・テーマパークがお台場に建設されてる。起こり得るありとあらゆるトラブルについて対策を考え、巨額をつぎこんでラスベガス以上に安全な施設を目指してます。しかし、不測の事態はどうしても起きる。われわれが怖いのは、日本人にとってあまりなじみのないプロのギャンブラーです」

「それで、ツキまくりのギャンブラー代表として、あの、なんとかっていうおっさんを呼んだんだろ。雑誌によく載ってる、例の……」

「ええ、永幡一徳さんです」

「そして俺は」藍河は缶ビールの蓋《ふた》を開けてあおった。「イカサマギャンブラー代表ってわけか。誰の推薦だ?」

「いちおう、芹沢警察庁長官が……」

「芹沢」藍河は噴きだした。むせたような笑い声をあげてから、戸田をじろりとみた。「あいつがか。出崎と三塚のふたりも従えてたか。あの三馬鹿トリオからお声がかかるなんてな。世も末だ」

戸田は戸惑いがちにいった。「そういえば、警察庁長官の推薦ってことは内緒にしてくれといわれてました」

「かまやしないさ。芹沢のやつは、俺のクビを切ったときには警視総監だった。その俺を呼びだすことを提言したなんて、記録に残したくないんだろうな」

助手席に無造作に置かれた封筒。その存在がどうしても気になる。早く交渉に決着をつけて、百万円についての問題を話し合いたい。そんな衝動を抑えて戸田はいった。「藍河さん。数日だけでいいんです。来週の火曜日から一週間、台場の施設は仮営業する。もちろん法改正について国会で採決する前ですから、まだ都民には伏せてあります。客も警察および政府筋の関係者が数十人、査察目的で滞在するだけです。あなたと永幡さんにもぜひ滞在していただき、カジノで自由にゲームを試していただきたいと思ってます。あなたがたのような特殊なお客さんにも堪え得る営業体制かどうかがそれでわかる。いいですか、カジノで遊んでいただくだけです。それ以外に、無理難題は申しません」

「いま滞在といったな」藍河は腕で口もとをぬぐった。「宿泊施設があるのか」

「テーマパークの敷地内にホテルがあります。長崎ハウステンボスやディズニーシーとちがって、これらのホテルは夜間外出禁止ではありません。夜通し、カジノに繰りだして遊んでいただくことができます」

「そりゃ最高だな」

「では」霧が濃さを増している。さっさと約束を取り交わしたい。戸田はきいた。「お受けいただけるんですね?」

「まあ待て。そう急ぐな」軽いげっぷとともに、藍河はビール缶を握りつぶした。もう飲み干したらしい。前かがみになり、またクーラーボックスに手を伸ばす。「カジノのレートはどれくらいだ。ベガスと同レベルなんだろうな」

「レートですか」戸田は困惑した。「まあ、正式にオープンのさいにはそのようになりますが……」

「どういう意味だそりゃ。まさか仮オープンだから換金はなしってんじゃないだろうな」

「そのう、いってみればその通りです。法改正前ですから、いまの段階で実際に現金を賭けることは違法になります」

「馬鹿こけってんだ」藍河は吐き捨てた。「それじゃゲーセンのメダルゲームコーナーと同じだろうが。現ナマをやりとりしなきゃ本気の勝負にはならねえ。あんたの望んでる、カジノの問題点の検証ってやつも不充分になるぜ。それでもいいのか」

戸田は黙りこくった。藍河の主張どおり、実際に現金が動くギャンブルをシミュレーションしてみなければ検証にならないという必要性を根拠に申し立てれば、法改正前であっても仮営業中のカジノでの換金は特例として認められるだろうか。与党での賛成票をとりつけてある現時点においては、あるていどの融通はきくかもしれない。が、野党が黙ってはいまい。法改正に至らないうちに、与党の議員や警察官僚たちがいちはやくカジノで現金を張っていたと知れたら、彼らは一斉攻撃にでるにちがいない。そうなればマスコミも騒ぎだす。正式な営業を前に、カジノのイメージダウンにつながる事態は避けねばならない。

「それは」戸田はつぶやいた。「難しいと思います」

「難しくても、やるんだよ。そうじゃなきゃ、俺はいかねえ」

藍河がそういってました。閣僚および警察官僚に報告したら、状況は変わるだろうか。なんともいえない。そもそも戸田の発案で始まった、ギャンブルに精通した人間をアドバイザーとして呼ぶという必要性を彼らがどれだけ感じているか、その度合いの高低にもよるだろう。

「いちおう、提案はしてみます」戸田はそういった。それ以外に、いうべき言葉はみつからなかった。

藍河は侮蔑《ぶべつ》のいろをうかべて戸田を見やると、キーをひねってエンジンをかけた。「じゃ、提案が通ったらまた連絡をくれ」

戸田はあわてた。「それでは遅いんですよ。お越しいただくのは来週の火曜です。もう日数がないんです。国会で特別に認可をもらったとしてもぎりぎりです」

「知ったことじゃねえや」藍河はステアリングに両手を置いた。

「まってくださいよ」戸田は声を張りあげた。

と、虚空をさまよっていた藍河の目が、ふいに鋭い眼光を放ち戸田の胸元を見つめてとまった。

「そりゃなんだ」と藍河はきいた。

「え?」戸田は自分の胸を見下ろした。懐から折りたたまれた紙片がはみだしている。

免職になったとはいえさすがに本庁の元警部だ、目についたものを常に気にかけ、問いかける習性がそなわっているらしい。あるいは、藍河に対しなんらかの利権を約束する文書を隠し持っていると疑ったのかもしれない。あいにく、その書面は藍河が関心をしめすしろものではない。

「これですか」戸田は苦笑しながら書類をとりだしてひろげた。「今回の仮営業に出席する、イベント出演者の名簿ですよ」

無関心を装った藍河の顔に、かすかな落胆のいろが浮かんでみえた。「イベントの出演者だと？」

「そう。ここにくる前に関係者と打ち合わせしていたところでしてね。秘密裏に仮営業するカジノに迎えるわけですから、慎重に選ばないとね」

クルマをアイドリングの状態にしたまま、藍河は手を差し伸べてきた。戸田は書類を渡した。血走った目で、名簿をゆっくりと眺める。

なぜこんな名簿を気にかけるのだろう。いや、気になどしていないのだろう。戸田はそう思った。おそらくさっきの自分の憶測どおり、藍河は下心をのぞかせたにすぎない。書面が彼と無関係とわかったいま、その下心を隠蔽《いんぺい》しようとして名簿を眺めるそぶりをしている、それだけのことにちがいない。

ただ、いまにも立ち去ろうとしていた藍河をわずかでも足止めする状況に至ったことは、戸田にとって喜ばしかった。戸田は世間話のような口調をつとめていった。「それにしても、さっきのサイコロはすごかった。2を一発で出しましたよね。あれは偶然ですか」

「偶然なもんか」藍河は書面に目を落としながら応じた。「野球の変化球と同じ要領でサイコロをスピンさせる。手首でスナップをきかせるんだ。そうすりゃ、親指側にきてる目がずっと上になったままだ。横回転が終われば、その目が出たってことになる」

藍河の言葉は、末尾が消え入りそうになっていた。藍河の目がかっと見開き、名簿のある一点を見つめて静止していた。

「どうかしましたか」戸田はそういって、名簿を覗きこもうとした。

ふいに藍河は書類を束ねて、戸田につき返してきた。「出席する」

「本当ですか」戸田は驚いた。まるで、ヘブライの民に十戒の石板をしめしたモーゼの気分だった。

「だが」と藍河はいった。「現ナマの件はよろしく頼むぜ。行くには行くが、換金のないカジノで遊ぶつもりはねえからな」

「善処してみます」

頼んだぜ。藍河はそういって、ギアに左手を伸ばした。

「あの」戸田はあわてた。助手席に横たわった封筒。いやがうえにもそこに目がいく。

「もうひとつ、お話が」

藍河がこちらをみた。戸田の目を追うように、助手席に顔を向けた。ふたたび藍河が向き直る。その顔には、意地の悪い笑みが浮かんでいた。「カネを返してほしいのか」

「お願いします」情けない気分を味わいながら、戸田はいった。「あなたのおっしゃるように、議員は儲《もう》かる仕事じゃありません。うちの事務所も火の車です。家のローンもまだ残ってますし、家内にもなんていわれるか……」

「泣き落としはいけないな。カジノじゃそういう態度は禁物だ」

「ええ、今後は気をつけます」

戸田は、いざとなったら藍河を訴えてでもカネを取り戻そうという強固な意志が、自分のなかで鳴りをひそめていることに気づいた。この男には、そんな手は通用しない。なぜかそう思い始めていた。この件を報告したら、警察官僚からは嘲笑《あざわら》われるかもしれない。あの都知事の息子にしては臆病《おくびょう》すぎる、そんなふうに揶揄されるかもしれない。しかし、自分はべつに腰がひけているわけではないのだ。ただ、この男と話ができなくなるのが惜しい、それだけだった。なぜだろう。単なるろくでなしにすぎない男だというのに。だが、ひとつだけたしかなことがある。こんな男には、そう出会えるものではない。

しょうがねえな。藍河はにやつきながら、禿《は》げあがった額を指先でかいた。「返すか返さねえか、五分五分のギャンブルで決めるってことでどうだ。異論あるか」

「いえ」その言葉は、間髪をいれずに口をついてでた。藍河は戸田に、カネを取り返すチャンスをくれたのだ。その勝負をためらっている場合ではない。「それでお願いします」

藍河は感心したような顔をした。はじめてみせた表情だった。「いい度胸してるな。あんた、コイントスできるか」

「アメリカ人がやるみたいに？　もちろん」

「テクニックのそなわってる俺が投げたんじゃ、あんたも不服だろう」藍河はポケットから小銭をつかみだし、百円硬貨を一枚つまみとった。「百円玉は桜があるほうが表、数字で百って書いてあるほうが裏だ。コイントスしな。表が出たらカネを返す。裏なら返さない」

戸田は、藍河の差しだした硬貨を受け取った。藍河の顔をじっと見つめながらつぶやいた。「二分の一の確率か」

「ギャンブルってのはな」藍河は缶ビールをすすりながらいった。「もともと占いに基づいてるんだ。サイコロも古代インドで神託の儀式に使われてた。この世の森羅万象のすべてを神様がコントロールしてるなら、六面体がどう転がってどの面が上になるかも神様が決めてるはずだからな。それで神様の意思がわかるとされてた。勝負の結果は、なるようにしかならねえのさ。百万を握るのはあんたか俺か、神様が決めてくださるってことだ」

酔っ払いのわりには含蓄のある話だった。いや、酔っ払いだからこそいえる戯言《たわごと》かもしれない、そうも思えてくる。勝敗は神のみぞ知る、そんな話をいまさら吹きこまれたところで何になる。

だが、藍河の言葉は戸田の気をいくらか楽にさせた。自分はすでに間違いを犯している。ギャンブルの実験といいながら現金を景品に用いるという、酔狂のすぎる悪ふざけ。それが裏目に出た。カネを失っても仕方ないのかもしれない。高くついたが勉強代だ。神の意思というのなら、それも納得がいく。そんな気分になった。

戸田は硬貨を親指ではじき、宙に放った。それが左手の甲に落下する寸前、右のてのひらで伏せた。

運命は決した。戸田はちらと藍河をみた。藍河はにやつきながら戸田をじっと見つめている。

戸田はゆっくりと、右手をどけた。左手の甲では、硬貨が桜の面を上にしていた。表。勝った。自分の勝ちだ。

「おめでとう」藍河はいきなり札束の入った封筒を戸田の胸もとに投げつけると、百円硬貨をむしりとった。「神様もあんたの泣き落としにゃ一本とられたか。じゃ、またな」

藍河はいきなりクルマをバックさせた。それからステアリングを切りクルマを車道に沿わせる意志をみせたが、アルコールのせいか進路がさだまらないらしい。車体が路肩に向かって逸《そ》れていく。畑に脱輪しそうになったが、すんでのところで切り返し、車道に復帰した。短くクラクションを鳴らしてから、たちこめる霧のなかを猛スピードで走り去っていった。

戸田は呆然と立ちつくしながら、霧のなかにフェードアウトするように消えていくクルマのテールランプを眺めていた。

どれだけ時間がすぎたろう。戸田は我にかえり、胸に抱えていた札束の入った封筒に目を落とした。

なんとも変わった男だった。戸田が賭けに勝ったことを悔しがるようすもみせず、あっさりと百万円を返してきた。その動作も、異様なほど素早かった。

ベンツに引き返そうとして、足もとに転がっているサイコロに気づいた。さっき戸田があわててクルマから飛びだしたときに落としたにちがいない。それを拾いあげた。

神託か。戸田はつぶやいた。まさに仙人でも潜んでいそうな深い霧のなかを、クルマに向かってひとり歩いた。

帝国

藍河隆一は〝ゆりかもめ〟の窓からレインボーブリッジを眺めていた。青い空の下、流曲線状の巨大な吊《つ》り橋は白く光りかがやいている。橋の上は高速道路になっていた。新方式の電車は、その下の階層に滑りこんでいく。一般道のクルマが行き来する中央分離帯を電車はひた走っていった。

　この電車に乗ったのは二度目だ。何か月か前、東京ビッグサイトの警備員のアルバイトに面接にいったとき、乗った覚えがある。面接にはおちた。元警官ということで書類選考では好評だったようだが、責任者と顔をあわせたとたん門前ばらいを食らった。態度が気に入らなかったのかもしれない。あるいは、警察に問い合わせたところ素性が判明したということかもしれない。どちらでもいい。もう済んだことだ。その過去と現在が地続きであることは承知しているが、悩んだところで始まらない。

　ほんの一年前まで、藍河は所轄から叩《たた》きあげで本庁勤務になったごくふつうの刑事にすぎなかった。妻と息子がひとり、娘がひとり、四十すぎで警部補になったときには、所轄あがりの割りには出世が早いなどと周りにもてはやされたが、その後十年、藍河の階級は警部補どまりだった。捜査四課に配属されたその日から、課長や管理官とは対立してばかりだった。ほどなく、同僚からも敬遠されるようになり、一匹狼《いっぴきおおかみ》になった。

　いまよりはいくらかましだったが、藍河の目には当時の本庁はすでに腐敗しきっているようにみえた。官僚の独善的行為とその部下どもの日和見主義が横行し、己れの利益ばかりを追求する悪徳な組織改革が闇《やみ》にまぎれて平然と進行している、それ以外のなにものでもなかった。捜査上の秘密という名目を盾にして、本庁の人間はやりたい放題だった。捜査四課はほとんどの暴力団の幹部と癒着の関係にあったし、行政や司法機関からの要請があった場合にのみ、暴力団に対し形ばかりの締めつけをしてみせるだけだった。逮捕されるのは、組織のなかで権力争いに敗北し、落ちぶれてすでに用なしになった元幹部か、密輸の取り引き相手の中国人のチンピラと相場がきまっていた。暴力団の中枢は揺らぐことがない。捜査四課もまたしかりだった。暴力団が凶悪な存在として社会に君臨しているからこそ、暴力団の組織犯罪に対する捜査を専門とする捜査四課も、より大きな予算を与えられ存続しつづける。いわば両者は世論を前に八百長《やおちょう》プロレスを演じているにすぎなかった。

　藍河の官僚との対立は、アル・カポネのように安泰の身を気取っていたある暴力団の大物幹部を、藍河が逮捕したことから始まった。むろん、課長や管理官を介さずに東京地検特捜部と直接の交渉を持ち、東京地裁に逮捕状を請求したのだった。課長たちが大慌てで火消しに乗りだそうとしたときにはもう遅かった。その幹部は実刑を受け服役した。藍河は詳細を知らなかったが、暴力団と捜査四課のあいだで交わされていた裏の合意事項に反した行為だったらしく、両者の関係は冷えきることになった。

課長および管理官、そしてその腰ぎんちゃくの部下どもの藍河に対する怒りはすさまじく、あの手この手で辞職に追いこもうと躍起になった。容疑者への行き過ぎた取り調べを理由に懲戒免職にされかかったり、ひき逃げ犯の疑いをかけられたりした。むろん、本庁のなかでもその動きに気づき、藍河に味方する者も現れた。捜査一課の蒲生誠《まこと》警部補に、捜査二課の舛城徹《ますじょうとおる》警部補。ふたりとも十歳も年下の後輩だが、藍河同様に所轄から叩きあげ、本庁の組織のあり方に疑問を呈する仲間たちだった。藍河は暇をみつけては彼らと意見交換し、官僚の弾圧からいかにして身を守り、刑事としての職務をまっとうするかを話し合った。

そんな仲間たちの支持を受けながら奮闘すること十年、ついに限界はやってきた。神奈川県警の署長を務めていた芹沢という男が本庁の警視総監に就任した。彼の部下だった出崎、三塚も同様に警視庁勤務に移り、ほどなく重要なポストを三人で独占することになった。

もとより汚職事件が頻発し、腐りきった噂《うわさ》の絶えない神奈川県警を取り仕切っていた男たちが本庁を牛耳るようになる。藍河が追いこまれるのは必然だった。でっちあげの事件の捜査命令を受け、それに従ううち、いつの間にか藍河は警察組織の裏切り者にされていた。暴力団と裏取り引きし、銭を吸いあげ、闇カジノの運用に手を貸す。絵に描いたような悪徳警官の汚職にまみれた経歴のできあがりだった。

反証の手段はなかった。藍河はすぐさま、抗《あらが》うことを断念した。いまも、あの事件のことを振り返る気にはなれない。なにか方法があったのではないか、そう考えあぐねたところで、自分が惨《みじ》めになるだけだ。

十年に及ぶ闘争の末、犯罪者の汚名を着せられ組織を追われた。組織の腐敗を知りながらも、それを告発する力が自分にはなかった。疲れきっていた。ひとりではなにもできない、その事実を嫌というほど認識させられた。蒲生や舛城らを頼りにすることもなかった。彼らが藍河を援護すれば、次に組織は彼らに対して牙《きば》を剝《む》くだろう。身勝手だが、志を同じくする後輩たちには、まだ組織に身を置いていてほしかった。いずれ腐敗が進み、組織の悪業が明るみにでれば、逆襲のチャンスもあるかもしれない。その機会は彼らに委《ゆだ》ねた。老兵は去るのみだ、免職された藍河のなかにあったのは、その思いだけだった。

だが、と藍河は思った。やはり捨て置くわけにはいかない。カジノ建設推進の裏で、芹沢たちはおそらく、途方もない悪事を企てようとしているにちがいない。それがなんであるかはまだ明白ではない。が、これからあきらかになるだろう。自分の勘がそう告げている。そして、長きにわたる現役時代にその勘はいちどたりとも外れたことがない。いまでもきっとそうだろう。自分の観察眼は朽ちてはいない。組織から外れた自分は、腐敗をまぬがれた。その自分にこそできることが、かならずあるはずだ。

〝ゆりかもめ〟がしだいに傾いていく。橋を渡り終え、緩やかなカーブにさしかかっていた。藍河は手にしていた缶ビールを口に運んだが、からになっていた。バドワイザーは弱すぎる。すぐに醒《さ》めてきてしまう。缶を握りつぶした。思考がみるみるうちに覚醒《かくせい》していくのを感じる。嫌な気分だった。ジャック・ダニエルを瓶ごとあおりたくなる。

意識が正常に近づいてきたせいか、隣りの男のようすが気になりだした。似合わないアルマーニのスーツを着た五十すぎの小柄な男が、落ち着かなげに膝《ひざ》を震わせている。藍河は視界からそれを締めだそうとしたが、どうしても気になる。ため息をつきながら、隣りの男に目をやった。

皺《しわ》だけは年齢相応に刻みこまれながら、小心者を絵に描いたような横顔がそこにあった。団塊世代、この連中はふたつにきれいにわかれる。それまでの人生をすべて自信に変えて身につけているタイプと、そうでないタイプ。いつもそう思う。永幡一徳という男は後者だった。

藍河は話しかけた。「そんなに揺れるか、この電車」

永幡は一、二秒のあいだ、そわそわした顔をしたままだったが、ふと気づいたようにこちらに顔を向けた。怯《おび》えたような表情でたずねてきた。「なんですって？」

藍河は永幡の膝に顎《あご》をしゃくった。

「ああ」永幡は震える膝に目をとめると、手でそれを押さえた。縮こまるように浅く座り直し、困惑したようにいった。「気になりましたか。すみません」

思わず苦笑が漏れた。「なにをそんなに心配してる？　カネ目当てにあんたを襲おうなんて輩《やから》はでてこないぜ。警官だらけの車内だ、いかにラリった人間といえど手だしできねえだろうよ」

前に座っていたふたりの男の耳に入ったらしい。ふたりはゆっくりと振りかえった。油断のならない目つきが一瞬藍河をとらえ、また前方へと戻っていった。いかつい顔をした中年男たちだった。

私服姿だが、この連中も警官だ。前の席だけではない、車両のほとんどの席を埋めているのは警察関係者だった。二割ほど政府筋の人間も混じっているが、ひと目でわかる。議員バッジをつけているし、質のいいスリーピースを着ている。警官は最近、警視庁づとめといえどベストを省略している人間が多い。数年前からクリーニング代を経費で落とせなくなったせいだった。

車内の現役警官たちが藍河の言葉に聞き耳を立てているのはあきらかだった。新橋で乗りこんでから、ときおり連中の目がこちらをうかがう。見張っているのではない、そこにあるのは好奇心に駆られた野次馬の表情ばかりだった。警察の面汚しが、のこのことギャンブルに釣られて舞い戻ってきた、警官だらけのこの場所に。それも、懲戒免職の理由となったイカサマの腕を買われて。そんな情けないさまを、嘲《あざけ》りの気持ちを抱きながら見物しているのだろう。

まあその気持ちはわかる、逆の立場なら俺もそうするさ。藍河は皮肉っぽくそう思った。

通路の後方からワゴンが近づいてきた。新幹線のグリーン車のように、紺の制服姿の女がこちらを覗《のぞ》きこみ、にっこりと笑って会釈した。小柄だがすらりとした体型の美人で、年齢は二十代後半ぐらいだろうか。その女がていねいな口調でいった。「永幡さま、藍河さま。本日はようこそおいでくださいました。案内を務めさせていただきます米倉《よねくら》茜《あかね》と申します。どうぞよろしく」

どうも、と永幡が笑いかえした。へつらったような笑顔。ツキまくってあれだけのカネを得たにしては、永幡の態度はまるで負け組のそれだった。

女はカメラを前にしたモデルのように顔を輝かせながらいった。「戸田議員のほうから、どのようなご注文もお聞きするようにと仰せつかっております。なんなりとお申しつけください」

「ビールくれないか」藍河はいった。「バドはごめんだな。アルコール純度高めの外国産のやつがいい。醒めてくるのはまっぴらなんでね」

そのとき、前の席の男が隣りの男に耳うちした。嘲るように鼻を鳴らしたあと、ヤクでもやってたらどうだ、そういうのが聞こえた。

陰口ってのは聞こえないようにいうもんだ。藍河は内心そうつぶやきながら、男の後頭部に空き缶を軽く投げつけた。虚《うつ》ろな音がして、男が驚いたようすで頭を押さえて振りかえった。

「悪い」藍河はにやついた。「よく揺れるな」

男は怒りに満ちた顔で藍河をにらんでいたが、藍河はいっこうに気にしなかった。少なくともこのていどのことで、俺とやりあうつもりはないだろう。そう思っていた。こちらは閣僚に指名された身だ、へたに気分を害したら帰るといいだす恐れがある。それぐらいのことは、こいつらにもわかっているだろう。

案の定、男は苦々しい顔をしたものの苦言を呈することもなく、前に向き直った。

こいつはいい、特権階級だ。藍河は投げやりにそう思った。

永幡は笑ってはいなかった。藍河の行動を眉《まゆ》をひそめて見つめていた。藍河は顔をあげて米倉茜と名のった女を見あげた。茜も、困惑の表情をうかべていた。

「なにか」永幡は気弱そうにたずねてきた。「気にいらないことでも？」

妙にびくついている。この男が半年で十億円を稼いだなんて、まったく世も末だな。そう思いながらつぶやいた。「べつに。この車内じゃ、俺は嫌われものなんでね」

「どうして？」永幡は目を丸くした。

永幡は藍河の過去について、なにも聞かされていないらしい。藍河はあっけらかんといった。「イカサマでカネを稼いだからさ」

また車内のあちこちから、視線がこちらに向く。藍河は気にせず窓の外に目をやった。

永幡が驚いたようにきいてきた。「イカサマですって?」

素人のような反応だった。藍河はかすかな苛立《いらだ》ちを覚えながら、永幡をみた。「ああ、そうだよ。バレなきゃ奇跡の人、バレたら詐欺師ってのが俺たちだ。そうだろ」

「いや、私は」永幡は神経質そうにうつむいた。「私は、ちがいます」

藍河は呆気《あっけ》にとられて永幡の横顔を見つめた。永幡はその視線を避けるように、女に向き直った。オレンジジュースありますか。どちらが仕えている立場かわからなくなるほど、丁重な口調でそうたずねる。

この永幡なる男は、イカサマなしで噂《うわさ》どおりに連続勝利をおさめたのだろうか。まずありえない。たしかに、宝くじやロト6にイカサマが通用する余地があるかどうかは疑問だが、永幡の勝ち方は地球に小惑星が衝突する以上に低い確率にちがいない。飛行機墜落事故から生き延び、宝くじに当たって、事業を起こして成功した外国人の話はあるが、それは数奇な運命をたどったというだけだ。ギャンブルという狭い分野にかぎって、偶然の勝ちが連続することはありえない。

「イカサマじゃなくても」藍河はきいた。「なにか勝つ秘訣《ひけつ》はあるんだろ」

「ええ、まあ、ね」永幡はひどく落ち着きのないようすでそういうと、オレンジジュースの紙パックにストローを突き刺した。紙パックを持つ手が震えている。「秘訣はあります。でもイカサマじゃありません」

「信じるよ」藍河は軽い口調でいった。「そんなに手が震えてるんじゃ、イカサマなんかできっこない。俺もアル中の一歩手前だが、手に震えはきちゃいない」

「どうも」永幡は無表情にそういって、顔をそむけた。

藍河がイカサマ師だと知ったせいだろうか、永幡の態度はふいによそよそしくなった。まあ、はなから友達になりたいと思っちゃいない。藍河はひそかにひとりごちた。

窓の外を眺めた。フジテレビ本社が後方に過ぎ去っていく。藍河は通路にかしこまっている米倉茜にいった。「お台場海浜公園駅を通過したな」

「はい」茜は明るい口調で応じた。「この車両は直通ですので。各駅停車は船の科学館駅からテレコムセンター駅、青海駅へと従来どおりの路線を通りますが、ジパング＝エンパイアへの直通は青海駅の前で新設の引きこみ線に入ります。時間にして、あと五分ほど……」

「ちょっとまて」藍河はきいた。「なんだって。ジパング＝エンパイア？」

「そうです。お台場のカジノ・テーマパークの正式名称です。ご存じなかったですか」

「はじめて知ったよ」藍河は呆《あき》れぎみにいった。帝国《エンパイア》。キャバクラのように安易なネーミングだ。

そのとき、前方の扉が開いて、前の車両から戸田俊行がやってきた。戸田は藍河に目をとめ、近づいてきた。「やあ、どうも藍河さん。ようこそおいでになりました」

戸田の態度は、印旛沼のほとりで会ったときとはずいぶん変わっていた。堂々とした、自信に満ちた物腰。警官や同僚の議員たちの前ゆえにそう振る舞っているというだけではなさそうだ。なにがこの男をそう変えたのだろう。

「無事で安心しましたよ」戸田は笑っていった。「あの日、帰りぎわに白バイの検問に遭いました。アルコールを調べてたみたいですが、だいじょうぶでしたか」

「得意技でね」藍河は笑いかえした。「肺の空気をださないように吸っては吐くを小刻みに繰りかえす。そうすると呼気に含まれる水蒸気が風船の内部に付着し、そこにアルコールが溶けこんでいくから数値が減る。気づかれないよう、あまり長い時間をかけないのがコツでね」

車内が冷ややかな空気に包まれた。警察関係者たちの視線が気になったのだろう、戸田は当惑したように辺りを見まわした。

「心配すんな」藍河は皮肉な口調でいった。「交通部の連中はこのなかにはいやしない。こんな道楽に呼ばれるのは刑事総務課か公安部でふんぞりかえってる輩《やから》ばかりだ。外勤は、きょうも馬車馬みたいに働かされてるよ」

しんとした静けさが辺りを包み、電車の走行音だけが響き渡った。前の席の男たちも、反撃を恐れてか今度はなにもささやかなかった。いや、馬鹿は相手にしない、そんなふうに思っているのだろう。笑いたければ笑え。

「そりゃどうも」戸田はまだ辺りに目を配りながら藍河の近くに立った。「警察はあなたの古巣かもしれませんが、政府筋からもさまざまな方がお見えなので、そのう」

「わかってるよ。あんたの顔を潰《つぶ》すようなことはしない。そうだ、換金については承諾を得たんだってな。ご苦労さん」

「いやほんと、苦労しましたよ」戸田は深々とため息をついた。「カネの流れについても実際の営業と同じように実施すべきだっていう主張がなんとか通ったのが、きのうの正午すぎですからね。もちろんカジノのほうでは、前もって準備を進めてもらってましたがね。日本円はともかく、諸外国の通貨となると一日二日では用意できないので」

「新橋駅で外国人をみかけたが、彼らもカジノの客かい」

「ええ、たぶんそうでしょう。各国の大使館の人々も招かれているんです。それぞれの国の通貨で参加可能です」

難色をしめしていたわりには手まわしがいい。国や都がカジノに絶大な期待を寄せているのがよくわかる。おそらく、藍河の提案を聞き入れたというのは口実にすぎなかったのだろう。本音では最初から換金を導入したかったにちがいない。各国の大使を招いておいて、換金できませんと告げたのでは諸外国のいい笑い者になる。それでもギャンブルを禁じる法律があるこの国の建て前として、誰か〝言いだしっぺ〟が欲しかったのだろう。いざというとき、保身を気にすることがない立場の人間、守るべき社会的地位を持たない人間。自分はその最適な人物とみなされたのだろうと藍河は思った。問題が起きたら、連中は自分ひとりに責任を押しつけるにちがいない。

走行音が変化したように感じられた。窓の外を見やると、東京湾がひろがっている。茜がいった。「海上にでました。まもなくです」

前方に、高さ数十メートルはあるだろう鉄骨の足場とビニールに覆われた工事区画がみえてきた。かなり大きい。島ひとつがまるごと覆われているようにみえる。

「戸田議員は、もうカジノを見たのかい」藍河はきいた。

「ええ、私はひと足さきにね」

上機嫌の理由はそれか。心配性の議員を有頂天にさせるからには、それなりの設備が整っているのだろう。

電車はそのなかに滑りこんでいった。工事区画のフェンスを越えた瞬間、車内にどよめきが起こった。

米倉茜が告げた。「ジパング＝エンパイア。敷地面積百十五ヘクタールと、東京ディズニーリゾートに匹敵しています」

藍河は呆然《ぼうぜん》とした。高架線の下、あざやかな江戸の城下町がひろがっている。いや、正式にはこれは江戸ではない。平安、室町、鎌倉。あらゆる時代の建築デザインが巧みに寄せ集められている。島の中央付近に存在する巨大な城は、姫路《ひめじ》城の数倍の規模があり、天守閣は金箔《きんぱく》で覆われて悪趣味と思えるほどに光り輝いている。そこから何十層にも分かれたエリアが雛壇《ひなだん》状に島の海岸付近にまでつづく。それぞれのエリアは、見て取れるだけでも商家や芝居小屋、茶店といった時代劇でも馴染《なじ》み深いセットに、五重塔や金閣寺、そびえたつ巨大な観音像に仏像など、興味深い日本の歴史的建造物の寄せ集めで構成されていた。平安京のように碁盤の目状に区画整理された町のなかを、ふしぎなかたちをした乗り物が行き交っている。瓦《かわら》屋根をのせたバスらしい。道路はむきだしの土ではなく、土の色を施したアスファルトのようだった。そこかしこに派手な原色の着物姿の女が立ち、こちらに手を振っている。紋付袴《はかま》姿の男たちもみえる。彼らは従業員にちがいない。服装は時代劇ふうだが、頭髪まではいじっていなかった。文金高島田やちょんまげのカツラを被《かぶ》っていないせいで、彼らはどうみても現代人にみえた。

現実に即すというよりは、西洋人が好むような東洋風のエキゾチックな王国を再現したということなのだろう。造りものの岩山を越えると、合戦場のような平原に整列した武士の集団がこちらをみあげ、一斉に槍《やり》をかかげて気勢をあげた。彼らの甲冑《かっちゅう》は戦国時代というよりSFコミック調だった。岩山の壁面から観音像にかけてのエリアでは、数百人規模の忍者が合戦を繰り広げていた。湖のほとりには大勢の見物客がいる。招待客は数十人ていどと戸田はいっていたが、どうやらそんなものではなさそうだった。外国人がほとんどであるところをみると、大使館の人間が家族や親族まで大勢引き連れてやってきたのだろう。主催者側も断わりきれなかったにちがいない。

湖に浮かぶ帆船に、蟻《あり》の群れのような忍者衆が水中から飛びだし襲いかかる。電車がその近くにさしかかったとき、だしぬけに帆船から大火柱があがった。火球を空に噴き上げる大爆発。忍者たちが四方に飛んで逃れる。

車内が大きくどよめいた。顔をあげると、私服警官や政府関係者らは遠足にきた子供のように窓ぎわに集まり、口をぽかんとあけて眼下に見とれている。ビデオカメラを回している男もいる。ふだん、さしたる感動も持たない官僚候補どもがすっかり子供に戻っている。

無理もなかった。窓の外にひろがるテーマパークは、想像をはるかに超えていた。ディズニーランドを模したようなところも随所にみられるが、全体としてオリジナリティがあり、とりわけ日本情緒をデザインの統一概念としてこれだけ壮大なものを造りあげるとは、まるで予想がつかなかった。カジノがなくても、充分な集客力を発揮できるにちがいない。ただし、これだけの設備を維持しようとすればカジノの営業力がなければ無理というものだろう。

爆発して傾いた帆船だが、よくみると火薬は船体にダメージを与えないよう巧みにセッティングされているのがわかる。たぶんラスベガスのトレジャー・アイランドのショーと同じく、一日に何度も繰り返されるのだろう。燃え盛る湖のいたるところで、忍者の戦いはつづいていた。子供のころの忍者映画でみたように、水上をすばやく駆けぬけている。むろん湖面の下にトリックがあるのだろうが、見事な身のこなしもあいまって本物と見まごう忍術のパフォーマンスになっていた。

茜がいった。「忍者ショーはジパング＝エンパイアの目玉のひとつです。あちこちのエリアで、このような大規模なショーが見られます」

「結構だが」藍河は振りかえった。「あの規模の爆発は日本では火薬類取締法にひっかかるんじゃないのか。ユニバーサルスタジオ・ジャパンのショーもアメリカにくらべてずいぶんおとなしくなってたのに、それでも問題にされてただろ」

「ご心配なく」茜は笑顔を向けてきた。「最新のパイロテクニックを導入し、少ない火薬で大きくみえる爆発を実現しています。それに、火薬保管庫も設けておらず一日の使用量だけを運びこむ段取りで、適正な保管許可量を守っています」

カジノ以外の部分については、建設に長い期間をかけられたはずだ。そのうえカジノからの収入で一回のショーに高いカネをかけられる。同種のテーマパークとは桁《けた》違いの規模になるのも当然かもしれなかった。

湖面から大蛇が姿を現した。長さは二十メートル近くあるだろう、口から火を噴き、忍者を襲撃する。そのとき、電車が向きを変え、湖は岩山の向こうに見えなくなった。

「ああ、残念」永幡がはしゃぎながらいった。「もっとみたかったのに」

茜が笑っていった。「あとでお好きなだけ、お楽しみください」

竹やぶのなかにジャイアントパンダがうごめいているのがみえる。同乗の男たちが子供のような甲高《かんだか》い声をあげた。本物かな、そんな無邪気な声もする。馬鹿なやつらだ、あれはどうみてもロボットだ。藍河は思った。やはりこのテーマパークは、外国人を呼びよせることに熱心なようだった。とりわけ欧米からの観光客を招致したいのだろう。ジャイアントパンダが生息しているのが中国なのか日本なのか知らない欧米人は多い。このテーマパークの大部分はアメリカやヨーロッパの人間の発想に基づいて造られたにちがいなかった。

電車は城に近づいていた。藍河はきいた。「あの城は?」

「お泊まりいただくホテルです」と茜。「皇帝城ホテル。最上階のスイートルームは、ラスベガスと同じくハイ・ローラーが無料で宿泊できるようになります」

ラスベガスの常識では、ハイ・ローラーとは一日のギャンブルに五千ドル以上のカネを費やす客をいう。ここでも、そういう連中が常宿に使ってカネを落としていってくれることを期待しているのだろう。見れば見るほど、なんの遠慮もなくラスベガスと同水準のカジノ街を目指していることがわかる。ここまで築きあげたのだ、本家同様プロレベルのギャンブラーを警戒するのも必然かもしれない。しかし、俺が専門とされているイカサマ業についてはどれくらいはびこるか想像もつくが、問題は得体のしれない永幡のような男だ。いったいあいつは、ギャンブルに対してどのような手段を講じ、常勝を保っているのか。

藍河は警戒心をこめて永幡を見つめたが、永幡はそんなことは意に介さぬようすで、窓に顔をべったりとくっつけて見物に夢中だった。

城の天守閣を越えて、電車はさらに奥へと進んだ。なんと、城の向こうには作り物の富士山がそびえていた。あまりに巨大で一見しても気づかなかったが、まぎれもなく富士山だ。火口からは轟音《ごうおん》とともに炎が噴き上がっている。ディズニーシーの火山よりもふたまわりほど大きい。

戸田が身を乗りだしてきた。「あの富士山のなかは吹き抜けというか、目もくらむぐらい高いドーム状の天井を持ったカジノですよ。床面積もとんでもなく広くてね。きっとびっくりしますよ」

「へえ」永幡は無邪気な声をあげた。

藍河は素直に驚く気にはなれなかった。「ベガスのルクソール・ホテルと同じ造りってわけだ」

皮肉な態度をしめしても、車内の熱気はいっこうにさがらなかった。電車が富士山を迂《う》回《かい》していくと、斜面に滝が現れた。鮮やかな緑地もある。もはや観光地はわざわざ遠方を訪れるものではなく、手近な場所に造るものなのだろう。

富士山の向こう側にまわりこんだとき、海岸沿いに大仏並みの大きさを誇る黄色い建造物が出現した。雪だるまのような形状をしている。藍河はいった。「なんだありゃ」

「ポーポリンですよ」戸田が笑った。「子供に人気のゲームキャラクター。いちおうモンスターかなにかだそうで。こっちに背を向けているからわからないんです」

米倉茜が説明した。「ポーポリン・キッズタワーです。小学館とフォレスト・コンピュータ・エンターテインメント社の共同出資によるもので、なかは広大な子供向け全天候型アトラクション施設になってます。お子様はカジノエリアには入れませんが、ここで存分にお楽しみいただけます。託児所もありますし、展望台から眺める景色は最高ですよ」

「なんで海のほうを向いてる?」藍河はきいた。

一瞬だけ沈黙があった。茜はやや声のトーンをさげていった。「遠くからもみえるように、海のほうを向いているわけで……。舞浜《まいはま》のほうを向いてます」

戸田がいたずらっぽい目をして、声を潜めながらいった。「東京ディズニーリゾートのホテルから真正面に見えるってわけですよ」

ああ。藍河は苦笑した。

「その隣りにみえる瓦屋根の建物は天然温泉の大浴場がある銭湯でね。のんびりするにも最適ですよ」

温泉まで掘り当てたのか。藍河は半ば呆《あき》れぎみにその建物を眺めた。あの施設だけでも集客は充分だろうに、それがテーマパークのほんの一画にすぎないとは。

電車はしだいに高度をさげていった。森林のなかに、フットボール競技場のような造りの施設が現れた。ここも城塞《じょうさい》のようなデザインが施されている。客席にもフィールドにも、いまは人影はない。

「競馬場です」茜はふたたび声を張った。「レースは甲冑を着た武士姿のジョッキーによって争われます」

もはやなにが現れても驚きはしない。藍河はそんな境地にあった。国と都は本気で化け物を召喚したのだ。ラスベガス規模のカジノという化け物を。自分は、その巨大な化け物に寄生するうじ虫にすぎない。少なくとも、そうみなされている。

藍河はふいに虚《むな》しさを感じた。派手で、絢爛《けんらん》豪華な設備。そこに招かれた自分という人間の小ささを感じ、やりきれなくなった。多少なりとも自分が必要とされていると思ったが、それも勘違いにすぎなかったかもしれない。自分の代わりはいくらでもいる。周囲の誰からも嫌悪されているのだ、交替には賛成の手も多数あがるだろう。ここには、なにもない。自分はただ、運命の風に吹かれてこの地に降り立った。それだけなのだ。

いや。自分がおおせつかった使命がなんら素晴らしいものでないことは、わかりきっていた。自分は人間の屑《くず》と烙印《らくいん》を押されたようなものだ。屑であるがゆえに、屑として役に立てと。いわばリサイクル原料のようなものだった。賞賛に値するものはなにもない。そんなことは、重々承知している。自分も、くるつもりはなかった。ただ名簿のなかに、あの名前を見つけさえしなければ。

俺はしがない中年男だ。免職は不本意にちがいなかったが、誰も申し立てに耳を傾けてはくれなかった。逆らうのを諦《あきら》め、運命に身をまかせるようになってずいぶん経《た》つ。が、こんな自分でも心の奥底にまだ正義の心意気だけはくすぶりつつも残っている。正義などという大層な言葉に見合うだけの行動力を持ち合わせているかどうかはわからないが、少なくともこの状況は捨て置けない。味方がひとりもいなくても、自分は元警部だ。

酒とともに醒めていく気持ちのなかで、藍河はただ電車に揺られていた。車内のあちこちで歓声があがりつづけるなか、ぼうっと座っていた。間もなくジパング＝エンパイア正面玄関駅に到着します。そんな米倉の声も、遠くにきこえる汽笛とかわらなかった。藍河はただ、そこにいた。

酔生夢死

　関所の門を高さ三十メートル規模に拡大したような、巨大な観音開きの扉がゆっくりと開く。藍河は歩を進めていった。その向こうに現れたのは、奥へ奥へとつづく江戸時代風の街道だった。

〝ゆりかもめ〟を降り立った連中が、感嘆の声をあげながら足早に進んでいくなか、藍河はゆっくりと歩きつづけた。街道の果てには皇帝城ホテルが見えている。左右の町並みは、店先だけは日本風だが内部は和洋折衷の近代的な設備のようだった。茶店のなかはカフェ、商家のなかにはスロットマシンが並んでいる。

　背後で米倉茜の声がした。「このあたりにある小さなカジノコーナーは、比較的レートの低いものです。ラスベガスでは空港ロビーにあるものと同じですね。テーマパークへの行き帰りに、手軽に楽しめるていどのものです」

　藍河は振りかえった。茜がにっこり微笑《ほほえ》んで立っている。その肩ごしに戸田の姿が見える。永幡も、つかず離れずの距離を保ちながらついてきている。藍河が見やると、永幡はあわてたように顔をそむけた。五十をすぎて初めて海外旅行に参加したツアー客のようにおどおどしている。

思わずため息をついた。戸田が自分を見張りたがっているのはわかるが、なぜ永幡まで擦《す》り寄ってくるのだろう。藍河を毛嫌いしておきながら、不案内な土地では群れたがる。やはり団塊世代のなかでは負け組の特徴がみられる男だった。この体たらくで、いざギャンブルとなると運やツキを呼びこむ鬼神となるのだろうか。とても想像がつかない。

両手をポケットにつっこんで歩きだした。土色を再現したアスファルトは砂ぼこりが舞うこともなく歩きやすい。何人かのスーツ姿の客と目が合った。連中の素性は知れている。大使館からきたとおぼしき外国人客と、スーツの日本人がまばらに見えるだけで、あとは江戸の町人の服装に身を包んだ従業員だった。いらっしゃいませ、こちらカフェでは三十六種類のアイスクリームがご堪能《たんのう》いただけます、どうぞお立ち寄りください。そう告げる声がきこえる。言葉づかいまで江戸を再現しようという心づもりはないらしい。服装も原色を多用した艶《あで》やかなものだ、町人文化とは相容れないものだろう。

茜がいった。「ここは日本街道です。テーマパークに入るにはここを通らなければなりません。唯一の入り口です」

永幡の浮かれた声がする。「ニホンカイドウって、日本海側の道を再現してるとか、そういうことですかね」

「いえ」米倉の声には呆《あき》れたような響きがこもっていた。「日本、街道です。日本の街道ってわけです。海じゃなくて、街の道ってことです」

「ああ、そう」永幡は甲高《かんだか》い声でいった。「日本カイっていうから、わからなかった。てっきり海かと思ってね」

恥をかいたと察するや、あわてて言い訳を並べたがる。五十代にはそういう冴《さ》えない人種がよくいる。クラブに飲みに行っても、若い女の子相手に妙に腰が低い態度で、冷や汗をかきながら立ちまわることしかできないタイプ。ようするに、なめられる中年の典型。永幡にはそういう人間の素質がある。水商売の女に入れこんだら丸裸にされるだろう。

「間違っちゃいないよ、永幡さん」藍河はそういって、米倉をみた。「街の道と書いてガイドウでなくカイドウって読むのをふしぎだと思ったことはねえか？　もともとあれは海の道と書いて海道だったんだ。東海道っていうだろ。昔の道は海沿いにつくられていたからその名がついた。その後、意味合いが変わって街の道になったが、読み方だけはカイドウってのが受け継がれてんだ」

「まあ、そうでしたか」茜はほのかに紅潮した顔を藍河に向けてきた。「申しわけありません。不勉強でして」

藍河は立ちどまり、永幡をみた。永幡は当惑と不満が入り混じったような顔をしていた。

ああ、そういうことか。藍河は茜にいった。「俺のほうはいいから、永幡さんのほうを案内してやってくれ」

茜はちらと永幡を振り返ってから、藍河に目を戻した。戸惑ったような表情を浮かべる。

「ご不満ですか。オープンまでには、もっと勉強してまいりますので……」

「そういうわけじゃないよ。ただ、永幡さんがいろいろ質問したがってるみたいだから、聞いてやってくれってことだ」

わかりました。米倉茜は大きな瞳《ひとみ》を見開いて藍河をしばし見返してから、永幡のほうに近づいていった。どこかお立ち寄りになりますか、茜が愛想《あいそ》よく告げると、仏頂面だった永幡の顔がかすかに和らいだ。ああ、そうだな。ちょっと、眺めながら歩こうか。

やれやれと思いながら、藍河は歩きだした。

戸田が小走りに近づいてきて、藍河に並んだ。「あなたは変わったひとですね、藍河さん」

「どういう意味で、変わってるってんだ」藍河は歩きながらきいた。

ふっ。戸田は鼻で笑ってから、声をひそめていった。「あの案内の子の目をみましたか。一目惚《ひとめぼ》れとはいわないまでも、あなたに好意を持ってる」

「ばかをいえ」

「冗談でいってるんじゃないですよ。私も、あなたにはふしぎな魅力があると思います し」

「俺はホモじゃないぜ」

「そういう意味じゃないです」戸田は少しばかり怒ったようにいってから、口調を和らげてささやいた。「印旛沼で会ったとき、あなたを飲んだくれてばかりの世捨て人と思ってましたが……」

「当たってるよ。そのとおりだ」

「いいえ。ただのアウトローってわけじゃないでしょう。どう表現すべきかわからないが、あなたはとにかくそのう、変わってますよ」

　ふうん。藍河はなにも感じなかった。誉《ほ》め言葉と受けとっていいのかどうかもわからない。むろん、賛辞を贈られるような人生は送ってはいない。

　戸田は町並みを手で指し示した。「出入り口がこの一箇所だけってのが、どうも不満でしてね。これだけ広いテーマパークなんだから、あちこちに門をつくってもいいと思うんですが」

　藍河は同調しなかった。「ディズニーランドのワールドバザールと同じ発想だろ。門を入ったら、きれいな町並みがつづいていて、その奥にシンデレラ城がみえる。自然に足は城に向かっていくが、その城の前までいくと、四つのエリアの代表的な建物がみえるようになっている。客はそこで、興味ある進路のなかからひとつを選ぶことになる。この造りは、それを模倣したものだな」

「しかし」戸田はたずねる目を向けてきた。「どうしてそんなことをする必要があるんですか。入り口からのルートが一箇所だけってことは、正式なオープンの際にはかなり混むことになりますが」

「ウォルト・ディズニーはもともと遊園地を造ろうって発想じゃなかった。映画プロデューサーとして、映画を体感できる新種のエンターテインメントを創造しようとしたんだ。だからオープニングから本編へと、客を魔法の世界に誘う段取りに留意した。別の場所から入ったんじゃ、ディズニーのストーリー性は台なしになる。ここもそれをパクって、だんだん夢の世界に入ってく感じを再現したかったんだろ。夢見心地になってくれたほうがカジノで大枚をはたいてくれるだろうからな」

なるほど。戸田は感心したようにいった。「そうかもしれませんね。みてください、あんなに遠くにみえていた皇帝城がどんどん近づいてくる。かなり距離があるのに、疲れ知らずで歩いてしまう。これも魔法のなせるわざかもしれませんね」

藍河は首を振った。「そうじゃない。距離があるようにみえたのは錯覚だ」

「錯覚？」

「これもディズニーと同じからくりだが、この日本街道ってのは入り口から奥にいくにつれて道幅が狭くなっている。そのぶん街道が長くみえるんだ。左右の家屋もそうだ、二階、三階にいくにしたがって窓枠などのサイズが小さくなってる。空間的なひろがりをだそうとしてるんだ」

へえ。戸田はつぶやいた。「それは知りませんでした。驚きです」

藍河は、その返答に微妙に芝居がかった響きがこもっているのを感じとった。「議員さん。テストはまだつづくのか」

「なんですって」

「とぼけんなよ。ここの構造とか設計とか、あんたが勉強してないはずがない。真面目《まじめ》なお人だからな。知ってることをそれとなく聞いて俺の能力をためそうとしてやがる。だがな、議員さん。俺はチンパンジーじゃねえんだ。張っ付かれて紐《ひも》をくくりつけられたバナナをぶら下げられるなんてまっぴらだ。カジノで遊ぶくらい自由にやらせてもらうぜ。嫌なら帰る。そこんとこ、よろしくな」

歩を速めて歩きつづける藍河に、戸田も意地になってついてきた。「わかりました。その、ご無礼はお詫《わ》びします。……ただ、あなたの本庁にいたころの記録を読みまして……」

「いまとのギャップに驚いたってか」藍河はうんざりしながら吐き捨てた。

「優秀だったんですね。例の事件の前までは」

藍河は歩きながら戸田をにらんだ。戸田はびくついたように目を逸《そ》らした。

「ところで」戸田はいった。「ひとつだけお願いしておきたいことがあるんです。あなたはギャンブルでのイカサマに精通しておられるようですし、ゆえに私たちもあなたに助言を求めています。しかし、仮オープン期間中とはいえ、ここは日本の司法権内です。カジノでの違法行為はご法度ということで……」

日本街道もそろそろ終わりを告げる。広場にでる手前で、藍河は立ちどまった。「議員さん。もっとはっきりいったらどうだ」

「はっきりって、なにを?」

「賭博《とばく》行為でクビを切られた元警官がカジノでギャンブル三昧《ざんまい》、イカサマをしないわけがない。そう心配してるってことだろ」

戸田はうつむき、戸惑いがちにつぶやいた。「そのう、あなたにお願いしていることはひとつだけです。ゲームをおやりになって、ここではこういうイカサマが通用する隙《すき》があるとか、カジノの弱点を指摘していただきたいんです。実験していただく必要はありませんし、仮にイカサマをお試しになったら、私としてもかばいきれません。その時点で法に背いたことになりますからね」

「ようするに、あんたは俺にイカサマの免罪符をくれたわけじゃねえってことだな。よくわかってるよ。それだけか?」

「ええ、それだけです」

「了解。じゃ、あとはほっといてくれ」藍河はそういって、広場に歩きだした。

そこは雛壇状になったテーマパークのエリアの最下層だった。小さな城のようなかたちの建物には木彫りの"M"マークの看板が掲げられている。マクドナルドだった。ほかにも、馴染《なじ》みのファストフードが軒を連ねている。さっき電車から見えた瓦屋根のバスが滑りこんできた。側面からみるとその金色の車体は巨人が乗る霊柩車《れいきゅうしゃ》のようでもあった。悪趣味だが、西洋人にはエキゾチックでウケるのかもしれない。

「藍河さん」戸田が小走りに近づいてきた。「あなたと永幡さんの荷物は、ホテルに届けられてます。このバスでホテルまで上れますよ」

藍河は戸田の肩越しに後続のふたりをみた。永幡が機嫌よく喋《しゃべ》り散らしながら歩いてくる。並んで歩を進めている米倉茜も笑ってはいるが、その表情はどこかぎこちなかった。つまらない客に当たったと顔に書いてある水商売女のような反応。あんな調子では、経営者も先が思いやられることだろう。

「俺はあとでいく」藍河は戸田にいった。「それより、VIPクラスの招待客はどこにいる？　そのへんにいる奴らは、みんな下っ端ばかりみたいだが」

街道から広場に出てきた何人かと目が合った。さっきも土産物屋の前にいたスーツの連中だった。男たちは視線を逸らし、そそくさと散っていった。

戸田は首をひねった。「どうですかね。まだ到着していない方々もいらっしゃるだろうし。米倉さん、警察庁長官はどちらにお見えになってる？」

芹沢に会うつもりでいったのではないのに。藍河が内心毒づいていると、茜が応じた。

「たぶん〝戦場が原〟の〝水車小屋〟だと思います、警察関係のかたはそちらに集合するご予定だと聞きましたから」

戸田は茜にたずねた。「どこ行きのバスに乗ればいい？」

「いや」藍河はさえぎって戸田にいった。「歩いていくよ。〝戦場が原〟ってやつは、おそらく電車から見えたあれだろ。じゃあな」

「藍河さん」戸田があわてたように呼びとめた。「警察庁長官はおそらく、各国大使とのあいさつに忙しくて……」

「そう心配するな。誰が芹沢と会うっていった？」

広場にほら貝の音が響き、アナウンスが流れた。皇帝城ホテル行き、間もなく出発です。どうぞ、と茜がバスを指し示すと、永幡が足早にバスに駆けこんでいった。乗りこむ寸前、その顔が藍河に向いた。イカサマ師とは関わりあいたくないという心情が、こそこそした態度に見え隠れしていた。

「では私は」戸田はいった。「永幡さんたちと一緒に、ホテルにいきますので……」

「ああ。あとでまたな」藍河はそういって、背を向けて歩きだした。

国境の関所のようなゲートをくぐり、緩やかなスロープをのぼっていった。ここにも江戸風の町並みはつづいている。店舗は軒先から覗《のぞ》くだけでは、なかになにがあるのかわからない。それでも、スロットマシンの音はひっきりなしに聞こえてくる。芝居小屋には、その古風な外観には似つかわしくない今風の看板がかかっていて、〝バーチャル3Dアトラクション　富士山大噴火〟とある。立ちどまると、複数の外国人客の歓喜する声がかすかに響いてきた。少なくとも、外国人には好評らしい。

背後でエンジン音がした。振りかえると、広場からバスが走りだしたのが見える。

永幡は有頂天のようすだったが、ここがどんなところか理解できているだろうか。彼にかぎらず、今後あのバスに乗りこんで皇帝城なるホテルに運ばれていく人々のことを思うと、なぜか気が重くなった。夢見心地にはちがいない。だが、醒めたころにはすべてを失っているかもしれない。文字どおり、酔生夢死。バスに乗りこんだ客は、等しくその運命にさらされることになる。

告白

〝戦場が原〟はショーの合間を迎えているらしい、広々とした草原に武将たちの幟《のぼり》は立っているが、ひとけはなかった。藍河は、その広場に面する高い建造物をみあげた。十階ほどもあるそれは一見木造だが、実際には鉄筋コンクリートにちがいなかった。各階の外壁には水路があり、無数の水車が回転し、水を下から上へと運びつづけている。正午すぎの陽射《ひざ》しのなかでも、ここだけは水流のせいか涼しげだ。草原を見下ろす各階のバルコニーにはテーブルが設置され、グラス片手にくつろぐ客の姿がまばらにみえる。

これが〝水車小屋〟か。小屋というにはあまりに大きな建物だった。しかし、警察官僚がここを集合場所にしているのもうなずける。強固な城塞《じょうさい》のような印象はいかにも彼らの好みだった。たとえそれが見せかけだけの張子にすぎないとしても。見てくれだけを気にするのは、藍河が四課に籍を置いていたころと同じ忌々《いまいま》しき傾向だった。

石段を昇って玄関を入った。建物の中央は最上階まで吹き抜けになっていて、滝が地階の池に流れおちていた。外壁を汲《く》みあげられた水がなかで落下しているのだ。無駄に壮大なその眺めにしばし見いった。

やがて、藍河は体内のアルコールの度合いが薄れていることに気づいた。電車のなかでビールを飲んだきりだ。近くを通りかかった舞妓《まいこ》姿の従業員にたずねた。酒はあるか。舞妓はにっこり笑って答えた。三階から上は各階ともバーになっております。

どうも。藍河はそういって、滝の周囲を螺旋《らせん》状に上昇していく階段を昇りはじめた。

踊り場ごとにいくつかのスロットマシンが並んでいるが、遊んでいる人間はみあたらなかった。警察官僚の集合場所だ、いくらなんでもおおっぴらに賭《か》け事をするには気がひけるのだろう。そう思っていると、二階フロアの人だかりが目に入った。藍河が近づいていくと、その真ん中には和服姿の姉御が鮮やかな桜吹雪の刺青《いれずみ》の入った肩をむきだしにして、壺《つぼ》を振っていた。彼女の前には、テーブルのように四本脚で支えられた畳が一枚置かれている。畳を床から浮かせてあるのは、時代劇でおなじみの床下からの針の突き上げがないことを証明するためだろう。

刺青はメイクにちがいないが、女の動きはなかなか様になっている。左手はサイコロをふたつ指にはさんでかざし、右手は壺のなかをあらためる。よござんすか、入ります。そういってサイコロを壺に投げ落とし、素早く壺を畳の上に伏せる。本物の丁半博打《ばくち》とはちがう。藍河はそう思った。暴力団の違法賭博《とばく》場でおこなわれているこの手の博打では、これほどスピーディーな動作はご法度になっている。イカサマだと難癖をつけられる恐れがあるからだ。あくまで、時代劇の丁半博打を現代風によみがえらせたパフォーマンスにちがいなかった。

囲んでいたスーツの男たちがチップを張る。丁ばかりがつづいた。姉御のわきに座ったやくざ風の扮装をした男がいう。半方いませんか。すぐに半を張る者がでた。男はいった。警視庁ご一行様、丁半そろいました。その声に一同から笑いが沸き起こる。

あきれたもんだ、藍河は思った。どいつもこいつも肩幅が広くがっしりとした身体《からだ》つき、本庁の刑事部の連中にちがいない。四課の後輩も混じっているのかもしれない。それが丁半博打にうつつをぬかすありさまだ。所轄の連中がみたら嘆くことだろう。

もっとも、人のことはいえない。自分はこのカジノ解禁を迎える前に、そうした行為に手を染めた男だ。少なくともそういうことになっている。いまさら彼らの輪のなかに加わる気もおきない。藍河はその場を離れ、階段を昇りつづけた。

三階のフロアはラウンジになっていた。平安美術と横浜中華街が入り混じったような内装に、ソファとテーブルが並んでいる。丁半博打に集まっていたのはわりと若い連中ばかりだったが、このラウンジにいるスーツの男たちはみな頭に白いものが混じっていた。流れるピアノ曲のなかで、控えめな談笑があちこちから響いてくる。甲高《かんだか》くはしゃぐ声はない。幹部クラスが勢ぞろいしているようだ。たぶん昼食をとっているのだろう。

藍河はラウンジを眺めながら壁づたいに歩き、目当ての人物を探した。ところが、視界に入ったのはくだんの人物ではなく、芹沢警察庁長官だった。出崎警視総監、三塚刑事局長もいる。ほかにも何人かの官僚を従えて、窓ぎわのボックス席におさまっている。向こうが藍河に気づいたようすはない。テーブルの上にはブランデーグラスがあった。芹沢はご機嫌らしく、わずかに紅潮した顔でにやつきながら手を振りかざし、なにやら演説をぶっている。

歩を緩め、しばしそのようすを見つめていた。すると、視界を遮るようにして体格のいい男が藍河のすぐ前に割って入ってきた。

立ちはだかる男を藍河は眺めた。背は高くないが、ずんぐりとしたレスラーのような体格をスーツに包んだ猪首《いくび》の男。吊《つ》りあがった目に突きだした顎《あご》は、凄味《すごみ》をきかせるためだけに生まれてきたような顔の構成に一役買っている。

一見して刑事部の人間とわかる。特に暴力団を相手にする捜査四課にはこの手の連中が山ほどいた。年鑑の集合写真でも、中肉中背の藍河が小柄で華奢《きゃしゃ》にみえるほどだった。

「なにかご用ですか」男がいった。見た目よりは若い声だ。三十代かもしれない。

「いや。人を探してるんでね」藍河は答えた。

「断わっておきますが、長官たちはお会いになりません。お忙しいですし、滞在中の面会のご予定もすべて決定済みですので」

戸田といいこの男といい、なぜ俺が芹沢に会いたがっていると決めつけるのだろう。藍河はいった。「芹沢なんかに会うつもりはねえ」

男は太い眉《まゆ》の片方をぴくりと吊りあげた。「それだけでなく、お近づきにもなれません。早い話、あなたを遠ざけておくようにと警備をおおせつかってますので」

「警備だと」藍河は男の敵愾心《てきがいしん》むきだしの態度に怒りを覚えはじめた。「おめえ、公安か警らにでも所属してるのか」

「捜査四課の今駕《いまが》警部補です」

藍河はにやりとしてみせた。「なんだ、後輩か」

今駕の顔は険しさを増した。「あなたのことは存じあげてます、藍河隆一さん。まさか本日、本当においでになるとはね」

皮肉をいっているつもりなのだろう。あいにく、中傷には慣れすぎて感覚が麻痺《まひ》してしまっている。藍河は軽い口調でいった。「おめえも下の階の丁半博打に加わったらどうだ。スッてみりゃわかる。ギャンブルってもんが人をどれだけ熱くさせるかがな」

「私はあなたとはちがいます」今駕は嫌悪をあらわにしていった。「警察の事情に明るくない国会議員のかたがどう思い違いしたか知りませんが、長官らはあなたのような危険分子がカジノに呼ばれたことをおおいに危惧《きぐ》しておられます」

推薦したのは芹沢だと戸田はこぼしていた。そのくせ、警察庁のトップに汚職にまみれた元警官が近づこうなど言語道断だと戒めているわけだ。何様のつもりだろう。このテーマパークでは風景同様に江戸の封建制度が復活すると錯覚しているのではないか。

「仕事なんでね」藍河は怒りを抑えていった。「議員さんからじきじきに承った、立派な仕事さ。れっきとした労働者って意味じゃ、おめえと一緒だ」

その表現が気に障ったらしい。今駕の顔は血の気を帯びはじめた。「別の意味の労働に手を染めないよう、充分に注意していただきたいですね」

「どういうこった。わかるように説明してくれ」

今駕はふいに顔を近づけてきた。「とぼけないでください。あなたがこのカジノでイカサマを働いたら、即刻逮捕します。それをお忘れなく」

藍河はわざとおどけてみせた。「ああ、そうなのか。そりゃ知らなかった。議員さんは俺のイカサマの腕をみこんで仕事を依頼してきたから、てっきりここで俺に妙技を披露して大金を稼げって依頼してるのかと思ってたよ」

「あなたにイカサマをしてもいいというお許しがでたわけじゃありません。われわれ警察に絶えず監視されていることを肝に銘じていてください」

「ああ。日本街道からずっと尾けまわしてた、スーツの三人か。ひとりは紺、あとのふたりは茶いろだったな」

「五人ですよ、あなたを尾行していたのは」

「おあいにくさまだな。天然パーマのデブと青いネクタイのふたりは、土産物屋の店頭にあったスロットマシンに気をとられて俺を見失ってた。あいつらも四課か？　そう若くねえのに、新米みたいなポカをしやがる」

その指摘は、今駕に少なからず衝撃を与えたようだった。今駕は動揺を隠すように咳《せき》ばらいをしていった。「ここでのあなたの立場はいちおうアドバイザーだそうですが、警視庁としてはあなたのような人間を顧問として認めているわけじゃありません。そこのところ、勘違いなさらないように願います」

「よく覚えとくよ」藍河は今駕の胸に指を突きつけた。「安いスーツだな。そのうち、命懸けで働いて安月給っていう組織の取り決めに疑問を抱きはじめるだろうよ。そんときゃ、俺の気持ちもわかるようになる」

今駕は汚いものにでも触れたかのように後ずさりした。あんたは最低の人間だ。そう捨て台詞《ぜりふ》を吐くと、さっさと立ち去っていった。

これでいい。ああいう真面目《まじめ》な輩《やから》は俺に仲間とみなされることを忌み嫌う。追い払うにはこの手にかぎる。

最低の人間。その言葉だけが頭のなかで何度も響いているように思えた。二日酔いの症状に似ていた。いや、酒が醒《さ》めてきているからその言葉が応《こた》えるのだろう。ラウンジの向こうにみえるバーカウンターに向かって歩きだした。最低の人間か。自分でも充分に承知しているはずだと思っていたが、あらためて聞くと身も蓋《ふた》もない言われようだ。面と向かって最低の人間という罵声《ばせい》を相手に吐かせる、そこまでの男はなかなかいないにちがいない。自分はまぎれもなく、そんな不名誉な存在になりつつある。

バーカウンターは満席だった。辺りをみまわすと、外に張りだしたバルコニーにも座席があった。そこに向かっていくと、集団からひとりぽつりと離れて座っている小柄な少女の後ろ姿が目に入った。

少女はグラスを片手に、バルコニーから草原を見下ろしている。酒ではない、ソーダ水かジンジャーエールらしい。わずかにウェーブのかかった長めの髪が風に揺れている。赤いスーツは一見高級そうにみえるが、よく目を凝らすと造りが甘く、量販店で売られるようなしろものだとわかる。コピーブランド品かもしれない。いまの彼女にとっては精一杯のおしゃれなのだろう。大人びてみえるが、後ろ姿をみただけで十代とわかる。

藍河はテーブルに近づくと、少女の隣りの椅子《いす》を引き、どっかりと腰を下ろした。「どうだろうな。少女マジシャンの里見沙希ちゃん。きみも俺を最低と思うか」

里見沙希の顔には驚きの色が浮かんでいた。その顔が怪訝《けげん》な色を帯びてくる。誰もが藍河に向ける目つきを、この少女も浮かべていた。

「どなたですか」沙希は緊張を漂わせながら、ささやくようにたずねてきた。

十五歳にしてはずいぶん大人っぽい。藍河は一見してそう思った。メイクによって目鼻だちをはっきりと浮きあがらせた沙希の顔は十代半ばの日本人少女というより、二十代も後半にさしかかった白人女の物怖じしない表情そのものだった。人形のような大きな瞳《ひとみ》には、半年前にテレビのワイドショーで見かけたころの彼女の面影が宿っているが、あの少年とも少女ともつかぬ中性的でラフな印象は鳴りを潜めていた。直前までヘア・スタイリストが念入りにブラシをかけていたかのような、一分の隙《すき》もない端正な髪形は、まるでポートレートから抜けだしてきた美少女モデルさながらだった。

「藍河隆一。といっても、知らないだろうな」藍河は首を指先でかいた。「俺はきみを知っているが、きみは俺を知らん。なにしろ、一視聴者にすぎないのでね」

沙希は目を丸くした。「というと、わたしの出演したテレビをご覧いただけたってことでしょうか」

言葉づかいも大人びている。藍河は思わず、ふんと鼻で笑った。「出演？　ま、テレビ番組にでただけのことを出演というのなら、そうかもしれないがね。俺が観《み》たのはワイドショーの報道だよ」

沙希の顔は険しくなった。不愉快に感じたらしい。当然だった。藍河は自己嫌悪の念を抱いた。どうして自分の口をついてでる言い草はいつもこうなのか。なんの罪もないこの少女を、初めて対面してわずか数秒で不快にさせる自分の言動は、まるで害毒そのものに思えてくる。

「非礼を詫《わ》びるよ」藍河はいった。だが、自分が彼女に伝えようとしているのはきわめてデリケートな事柄だ、遅かれ早かれこの少女は硬い表情を浮かべるにちがいない。「そのう、ワイドショーを通じてしかきみの演技は観ていないんだが、すばらしかったよ。舞台の上で飛んでたな、ピーターパンみたいに。ちゃんとしたマジック番組にでたのなら、ぜひ観たかった」

しばし押し黙っていた沙希が困惑ぎみに口を開いた。「あのう」

「ん？」

「ちゃんとしたマジック番組っていうのは……でたことがないんです。わたしがテレビに映ったのは、そのご覧になったワイドショーだけで……」

「そうなのか？　なんだか、さっきはほかにも出演番組があるように主張していたと思ったが」

いいえ、と沙希は首を横に振った。「ワイドショーだけ。その後はさっぱり」

ふうん。藍河はつぶやいた。無言でテーブルに目を落とす沙希が、どこか不憫《ふびん》に思えてきた。

気の毒がってばかりはいられない。いや、いまの自分の身の上で他人に同情するなど滑《こっ》稽《けい》な話だ。藍河は咳ばらいをしていった。「沙希ちゃん。そう呼んでいいかな」

「どうぞ」沙希はにこりともせずにいった。

「ありがとう。じゃ、沙希ちゃん。ちょっと話したいことがある。俺がテレビで観たとき、きみはたしか、警察に協力というか、捜査二課の抱えていた詐欺事件の捜査に手を貸しているという話だったはずだが……」

「ええ」と沙希はうなずいた。

「でももう済んだことなの」

藍河はテレビで観た沙希についての記憶を呼び覚まそうとした。沙希はマジックを詐欺に利用する新手の犯罪に対抗すべく捜査協力を受けた。事件を担当していたのは、あの舛城徹だったときく。まだ芹沢たちが本庁に押しかけてくる前だったこともあって、舛城も持ち前の正義感を遺憾なく発揮できただろう。この少女が舛城と出会ったのはさいわいだった。芹沢の息のかかった人間と接していれば、汚職の片棒を担がされていたかもしれないからだ。

「きみはテレビで、いろいろマジックのタネを明かしてたよな。犯罪に使われていたタネを明かすことで、同じ事件が繰り返し起きるのを防いだ。あれには感心したよ」藍河は愛《あい》想笑《そわら》いをつとめながら、ポケットのなかの五百円硬貨を指ではじき、沙希に投げてよこした。「たしか、コインを手から手に渡したふりをして、消してみせるんだったな。腕はあがったかい?」

沙希の反応は藍河の予想とは異なっていた。無表情のまま硬貨をテーブルに置き、藍河に押しやってきた。

彼女もマジシャンのはしくれなのだ、コインを手にするや、沙希は喜んでトリックを披露してくれるにちがいない。そう思っていた藍河は拍子抜けした。右手から左手に渡したように錯覚させ、左手のなかで消えたように思わせる〝バニッシュ〟なるマジシャンのテクニック。いまでも目に焼き付いている。だが、なぜか沙希はその芸を出し渋った。

藍河は苦笑した。「アマチュアじゃなくプロだから、ただじゃ見せられないってわけか」

「ちがいます」沙希の目に憂いのいろが浮かんだ。「タネ明かし自体が、間違いだったんです。マジシャンの生活の糧《かて》なんだから、もっと大事にしなきゃいけなかった。わたしは名前を売りたいばっかりに、職業上の秘密までばらしてしまったんです。いまとなっては、後悔してます」

消え入りそうなつぶやきを漏らしてうつむく沙希を、藍河は困惑とともに眺めた。

職業上の秘密か。マジックについては素人の藍河は純粋に沙希のテクニックに感心したのだが、マジシャンの世界にも特有の仁義があるのだろう。

だが、と藍河は思った。沙希が暗く沈みがちなのはその後悔の念のせいだけではないだろう。

「沙希ちゃん。たしか、きみが捜査協力していた事件の容疑者は……」

「ええ」ふいに沙希は顔をあげ、藍河をにらみつけて早口にいった。「わたしの父です。これでご満足ですか」

聞きたくない話だったのだろう。藍河は穏やかにいった。「そんなに喧嘩腰《けんかごし》になるなよ。批判するつもりはない。ただ……」

「ただ?」沙希は表情を険しくしたまま、身を乗りだしてきた。「なんですか」

藍河は言葉を切り、沙希を見つめた。戸惑いがよぎる。十代半ばにして、大人を唸《うな》らせる才覚を手にしてしまった少女としての困惑、それでも思うようにいかず、将来は不安に満ちていると感じている。無理からぬことだ。そんな少女の心に、新たな不安の種を宿らせてもいいものだろうか。

「そのう」藍河は言葉を選びながらいった。「今回はどんなイリュージョンをやるんだね? あの空を飛ぶやつか?」

沙希は仏頂面のまま首を横に振った。「あれはもうやらない。新しくプロのチームと組んで、もっと大規模なショーをやるの」

「プロのチーム? 共演者がいるのかい? それは、誰が選んだんだね?」

「内閣府の、ええと、大臣かなにかの秘書をやってる腰木って人に相談したの。今度のイリュージョンには人手がいるって。腰木さんは心よく承諾してくれたわ。ただし、必要な人材はすべて政府のほうで集めるから、その人たちを使ってくれって。わたしと年齢が同じぐらいで、軽いスタントができるプロのダンサーがいいって言ったら、まああの人たちを集めてくれた」

藍河はわずかにひっかかるものを感じた。「有名な人たちかい?」

いいえ。沙希はグラスを口もとに寄せて、ストローで無色の液体をひとくちすすった。

「全然知らない人たち。まだ学生だし、外国で活躍をしてたって話だし」

　暗雲がたちこめてきている。藍河はそう思いながらいった。「その腰木とかいう奴に、こういわれたんじゃないのか。ダンサーたちと交わす会話はイリュージョンの打ち合わせだけにしろ、それ以外の私語はつつしめ。特に、相手の家族についてはいっさいきくな。そんなふうにいってなかったか」

　いきなり沙希は前かがみになってグラスをテーブルに置き、咳《せ》きこんでむせた。驚きの色を浮かべた目が藍河に向けられる。

　図星だな、と藍河は思った。

「どうして知ってるの」沙希は真顔になってたずねてきた。「もしかして、関係者の人?」

「いいや、ちがうよ。なあ沙希ちゃん。腰木っていう奴は、どうしてきみにそんなふうに釘《くぎ》を刺したと思う?」

「ええと、それは、まあ」沙希はたどたどしくいった。「わたしの立場を気遣ってのことじゃないかな……。相手の家族のことを尋ねれば、向こうも同じ質問をかえしてくる。そのとき、わたしは父が服役中だって話さなきゃいけない。だから……」

「それなら、先方のダンサーたちにだけ指示するさ。きみの親についてはなにも聞くなってね。でも、役人はきみにも同じ命令を下した。なぜだと思う。理由はひとつ、ダンサーたちもきみと同じ境遇にあるからさ。おそらくきみと同世代というそのダンサーたちは、みんな親については少し訳ありなんだろう。外国籍だとしたら、家出人かもしれない」

沙希は驚きに目を見張っていた。「そんな、まさか。でもどうして?」

「ま、元刑事としての勘なんだが」藍河はタバコをとりだしてくわえた。ライターで火をつけ、煙をゆっくりと吐きだす。「このイベントはどうも臭い。陰謀の匂《にお》いがする」

「どういうこと? 陰謀って誰の?」

「まだわからん。だが、とてつもなくでかい権力を保持した輩どもが結束して、国家をも転覆する陰謀を企てようとしてる。俺には、そんなふうに思えてならん」

藍河は口をつぐんだ。こちらを見つめている沙希の澄んだ目を見かえす。

この少女の瞳には、ほかの誰もがみせるような蔑《さげす》んだ色あいは見受けられなかった。少なくともいまは、真剣に藍河の言葉に耳を傾けようとしている。そうみえる。ふつうなら突拍子もない作り話として一笑に付すような事柄を、可能な限り理解しようと努めているようだ。

「元刑事さんが」沙希はたずねた。「そう思う根拠は?」

願わくば、その質問の答えをきいても真剣な態度が持続してくれるとよいのだが。藍河はそう思いながらいった。「いま、警察組織の中枢は腐りきってる。このイベントはその警察庁が、カジノの利権を独占しようとする機会に用いられる可能性が高い」

「おっしゃることが、よくわかりませんけど。具体的に証拠かなにかあるの?」

具体的な証拠か。捜査四課で十年勤めた俺が十五の少女にそんな口をきかれ、困惑を覚えてしまうとは。舛城もきっとこの少女相手には苦労したことだろう。

「証拠といえるかどうかはわからないが、疑惑の心当たりはいくつもある。最も重視すべきは、ほかならぬきみの出演のせいだよ。イベントの出演者リストのなかにきみの名前を見つけたとき、疑惑は確信に変わった」

「わたしの？　どうして？」

「これはきみにとって心地よくない推論かもしれないが、まあ聞いてくれ。日本にこれだけのテーマパークができて、戦後初のカジノが解禁されようとしているんだ。セレモニーの出演者も相応のレベルが予定されてしかるべきだろう。ところがあの出演者リストに連なっているのは、日本どころか世界のどの国でも無名の存在ばかりだ」

沙希の表情がたちまち硬くなった。「むろん、わたしも含めて。そういいたいんですね」

「怒るなよ。いまは事実に目を向けるべきなんだ。とりわけきみは、父親が服役しているし、マスコミに叩《たた》かれた経緯《いきさつ》もある。芸能事務所の所属にもなっていない。おかしいとは思わないか？　なにか事件が起きたときに世論が騒ぎ立てるのは政治家よりも芸能人の安否についてだが、このセレモニーに関しては、きれいにその心配が払拭《ふっしょく》されている。逆の見方をすれば、事件が起きる前段階が周到に準備されている。そんなふうに思えるんだ」

「わたしはそうは思わない」沙希は納得いかないというように脚を組んで、冷ややかに藍河を見据えた。「腰木さんの説明では、まだ世間にはカジノの存在を秘密にして仮営業する段階だから、あまり有名なタレントは使えないってことだった。それだけよ」

「それはちがう。この仮営業は政府のデモンストレーションであると同時に、これからカジノを国民に受け入れさせるための重要な布石になる。近くおこなわれる政府の公式発表とともに、それを支持してくれる著名人の声は多いほどいい。国民に人気のある芸能人やスポーツ選手は不可欠のはずだ。同時に、今後も莫大《ばくだい》な投資を必要とする施設だけに経済界の大物を招待することも必要になるだろう。ところが、そこいらの顔ぶれをみればわかるとおり、一流企業のトップはどこにもいやしない。政府関係者とその家族や親族とおぼしき連中のほかは警視庁の人間ばかりだ。そうとも、警官ばかりがやたら多すぎる」

沙希は、ここのところ誰もが藍河に向けるのと同じ視線を投げかけてきた。困惑に、かすかな苛立《いらだ》ちと敵意が入り混じった目だった。「藍河さんっておっしゃいましたね。元刑事さんということだけど、いまはなにをなさってるんですか」

遅かれ早かれ聞かれるとは思っていたが、やはり答えにくい質問だった。藍河は押し黙った。沙希は藍河をじっと見つめていたが、着物姿のウェイターが近づいてきたおかげで、藍河は返答をせずに済んだ。

「注文、まだだったな」藍河はウェイターに告げた。「生ビールを頼む」

沙希が怪訝な顔で藍河をみた。「お肌が黒いけど、それ日焼け？　それとも肝臓が悪いの？」

アル中かどうかを尋ねているのだろう。答えはあきらかだ。藍河はいった。「ああ、そうとも。酒のせいさ。言葉づかいがなってないのも、酔っ払ってるせいかもしれない。謝るよ」

ウェイターが立ち去っていくのを見送った沙希の目が、ふたたび藍河に向けられる。それはいいけど、と沙希はいった。「さっきの質問、まだ答えをきいてませんけど」

「そうだったな。いまの職業だっけ」藍河はタバコの先を灰皿に押しつけた。「ま、無職だ」

かすかに軽蔑のいろを漂わせた沙希はしばし黙りこくったあと、つぶやくような口調できいてきた。「刑事を辞めたのはなぜ？」

痛いところを突いてくる。刑事に向いているのは自分よりこの少女かもしれないな、そう感じながらいった。「俺はじつは汚職警官だった。闇《やみ》カジノの捜査を命じられていながら、運営してる暴力団員どもから袖《そで》の下を受け取って、連中が摘発をまぬがれるよう細工してた。ようするに暴力団の違法賭博を手助けしてたってわけだ」

また沈黙があった。ウェイターがビールをなみなみ注いだグラスを運んできた。それがテーブルに置かれ、ウェイターが背を向けて立ち去る。

沙希が口を開いた。「最低」

「そのとおりだよ」藍河はため息をついた。「大人の事情は複雑でね。沙希ちゃん、俺たち安サラリーマンの暮らしってもんは矛盾だらけだ。睡眠時間もままならないし、残業に次ぐ残業の果てにはなんの手当てもつかないってこともざらだ。うちにゃ女房も子供もいたし……」

「いた？」沙希が口をさしはさんだ。「過去形ね」

「そうとも。過去だ。とっくに別れたよ。だが慰謝料や子供の養育費は払う約束でね」

「それで不正に身を染めたってこと？」

あいかわらず子供とは思えない表現を口にする。藍河は負けじといった。「本当は無実さ。濡《ぬ》れ衣《ぎぬ》だ」

だが、聡明《そうめい》にちがいない十五歳の少女は、先ほどまでとは違って藍河の言葉にさほど信《しん》憑性《ぴょうせい》を感じなくなったようだった。沙希はぶっきらぼうにいった。「どうせ根拠も証拠もないんでしょ」

「ちがいないな」藍河は肩をすくめてみせ、グラスを取りあげた。

「ここへはなにしにきたの？」

ひと口すすって、グラスをテーブルに戻した。苦いビールだ。またタバコの先にライターで火をつけ、たっぷり煙を吸いこむ。緩やかに吐きだした煙が目の前に霧のようにたちこめるのを、ぼんやりと眺める。

貴重な沈黙の時間。それはすぐに終わりを告げた。沙希の問いかけを無視することはできない。藍河はつぶやいた。「このカジノでユビを使って儲《もう》けられるかどうか、確かめにきたのさ」

「ユビって」沙希の顔が険しくなった。どこで覚えたのか、十五にして業界の隠語を知っているらしい。「賭け事でイカサマをするってこと？」

「俺はその専門家だからな。少なくともそう思われてる」藍河はタバコを吹かした。「一年ほど前、俺は歌舞伎町の闇カジノに出入りしてた。暴力団が客をカモにする方法、逆に客がカジノをカモる方法、ありとあらゆるやり口を勉強させてもらった。連中と癒着してたんだ、ふつうの潜入捜査じゃとうてい分からないようなディープなテクニックも知ることができた。……内部調査で俺の不正が発覚して、懲戒免職処分になったあとは、闇カジノの手口に詳しい唯一の元警官ってことになった。で、このカジノの安全対策のため下見に呼ばれたってわけだ」

「なるほど」そうつぶやいた沙希の顔は、警戒心と敵愾心に満ちたものだった。「そういう経緯の人が、このカジノのイベントは陰謀だと力説してるってことですね」

「皮肉をいうのはかまわないが、俺が呼ばれたこと自体が疑わしい理由のひとつでもあるんだ。きみと同様に俺も汚れた身だ、事件に巻き込まれても同情する仲間はいない」

「一緒にしないでよ」沙希は怒りをあらわにした。「わたしがどうして汚れた身なの」

「ああ、そうだった。すまない。しかし、世間はそう見るだろ。頭のいいきみのことだ、冷静になって客観的に事実を見つめてみろ。ここは危険だ。すぐに帰ったほうがいい。きみの仲間にも、そう伝えるべきだ」

「自分の出番をほったらかして？　論外よ。せめて現役の刑事さんのいうことならまだわかるけど、藍河さんはそうじゃないんでしょ」

ぐうの音もでない発言だった。藍河は深くため息をついた。「それでも耳を傾けてほしいんだ。たとえ、落ちぶれたアル中の戯言《たわごと》にすぎないとしても」

強気な少女は、中年男の甘えを許さぬ険しい態度で言い放った。「泣きごとなら〝負け犬神社〟へ行ったら？」

「なんだって？」

「日本街道の一角にあるそうよ。カウンセラーがいて、無料で相談に乗ってくれるんだって。ギャンブルで有り金をスッちゃった人にこれからどうすべきか示唆してくれるって聞いた」

「ふうん。そりゃいい。いちど訪ねてみるかな」

「陰謀説ってのも、そこで相談したら？」沙希は腰を浮かせ、立ちあがりかけた。「腰木さんって人の出演依頼を受けたときには、わたしも冗談かと思ったけど、少なくともこれだけの設備があって実際にスケジュールが組まれてるのよ。いっぽうの藍河さんはただ信じてくれっていうだけ。どちらを信用すべきかなんて、あきらかじゃない?」

「まあ待てよ」藍河は片手をあげて沙希を制した。「マジシャンのきみなら、目に見えるものを疑ってかかることの意義を知ってるはずだ。どんなにもっともらしくても、トリックが潜んでる可能性はある」

沙希は少しのあいだ静止していたが、すぐに藍河を見下ろしていった。「わたしはそうでも、藍河さんは? トリックの存在を肌で感じて察する自信があるの? トリックに人が欺かれる心理について、造詣《ぞうけい》が深いの?」

「まあね」藍河はひるまずにいった。「ギャンブルのイカサマについて熟知しているんだ、マジシャンほどの知識はないにしても、近いものがあるだろ」

「やめてよ」沙希は吐き捨てた。「マジックをそんなイカサマと一緒にしないで。わたしの仕事を冒瀆《ぼうとく》してるのと同じよ」

「事実をいってるまでだ。マジックだって客を欺くじゃないか。こんなことをいって悪いが、詐欺師だったというきみの父の血は、きみにも受け継がれているんだし……」

藍河のその言葉は、沙希にとってはひどい侮辱に思えたらしい。沙希は顔を真っ赤にして怒鳴った。「ふざけるのもいい加減にして。あなたは、わたしの知ってる刑事さんとはまるで正反対。もう会いたくないわ。陰謀があるっていうんなら、あなたがこの場を去ったらどう？　そのほうがせいせいする。じゃ、さよなら」

立ち去りぎわに、沙希の瞳が光ったようにみえた。それも一瞬のことだった。沙希はさっさと背を向けて遠ざかっていった。

沙希ちゃん、ここの勘定はどうする。そんなふうにおどけてみようかと思ったが、押しとどまった。

ショックを受けただろう。十代の少女に対する大人の仕打ちとして、これほど残酷なものはない。罪の意識が全身を駆け巡る。グラスを手にとり、残りを一気にあおった。ビールでは酔えない。頭がみるみるうちに冷静さを取り戻していくのがわかる。

もっとましな言い方はなかっただろうか。口を開けば人を傷つけてばかりだ。そんな自分が嫌になる。

苦い後味を残し、ビールを飲み干した。ゆっくり立ちあがる。沙希の怒りの声を聞きつけたのだろう、何人かがこちらに視線を向けていた。藍河がにらみかえすと、誰もが目をそらした。唯一、バーの入り口付近にたたずむ今駕だけが藍河をじっと見つめつづけていた。

藍河はつかつかと今駕に近づいていった。「なにをみてやがる」

今駕は無表情のまま脇に寄って道をあけた。まだ視線はこちらを向いている。癪《しゃく》に障ったが、ここで喧嘩《けんか》騒ぎは起こしたくない。

藍河を見ているのは今駕だけではなかった。フロアにいるほとんどの人間が、ふたたび目を注いでいる。警察関係者の人を疑うような目つきほど嫌なものはねえな。かつての自分も、大勢の人間にそう思われていたにちがいない。

背を丸め、そそくさとフロアをあとにした。小走りに階段を駆け下りながら、沙希を傷つけた自分の情けなさを噛《か》み締めていた。〝負け犬神社〟か。たしかに、いま自分がふさわしいところはそこしかない気がする。

影武者《スタンドイン》

里見沙希は〝水車小屋〟の隣りにある〝宴楽座《えんらくざ》〟に足を運んだ。江戸時代の芝居小屋をモチーフにしたこの建物の軒先には、和服姿の沙希を浮世絵風に描いた大看板が掲げられている。ディナーショーの告知だった。いまはまだ、正面玄関は閉ざされていて、人だかりもない。テーマパークが正式オープンとなればこの時刻には長蛇の列ができるはずだが、きょうは招待客ばかりだ。全員が観覧できるばかりか、座席の位置も肩書に応じて決まっているらしい。

玄関の脇の〝STAFF　ONLY〟と記された扉を押し開けた。ひどく扉が重い。新築だというのに、耳ざわりなきしみ音がする。さっきまでは、難なく開いたのに。まるで自分の憂鬱《ゆううつ》な気分を反映しているかのようだ。沙希はため息をつきながら、薄暗い関係者用通路に足を踏み入れた。

客が往来可能な表通りとは違って、ここはまさしくセットの裏側だった。むきだしの梁《はり》や柱、ベニヤ板が連なり、あちこちに掃除用具や舞台用大道具の類《たぐ》い、その他もろもろの品々が所狭しと並んでいる。Tシャツにジーンズ姿でごろ寝するスタッフの姿もある。舞台裏がここまで粗末なのは、おそらくコストの締めつけがあるのだろう。

ディズニーランドなどの大型テーマパークには従業員専用の地下通路が縦横無尽に掘られているなどと、まことしやかな噂《うわさ》がささやかれたりしていたが、事実はちがっていた。敷地内に連なる店舗や建物のなかに関係者用の通路が設けてあれば充分だったのだ。沙希が歩を進めていくと、〝宴楽座〟の舞台裏とほかの建物への分岐点にでた。この角を折れれば〝水車小屋〟の一階の専用通路にでる。いまはそちらには用はないばかりか、絶対に引き返したくないという強固な衝動に駆られていた。通路をまっすぐに進み、出演者専用スペースへと向かった。

このステージの楽屋は、ちょっとした劇場のロビーほどの広さがあった。ひっきりなしにリハーサルがおこなわれているせいで、大勢の出演者とスタッフでひしめきあっている。

声がかかるまで、部屋にひきこもっていたほうがよさそうだ。そう思って扉に向かおうとしたとき、背後から呼びとめる男性の声がした。沙希。

振りかえると、黒ぶちの眼鏡をかけた小柄な男が近づいてきた。顔には業界特有の愛想《あいそ》笑《わら》いが浮かんでいる。世間でいう愛想笑いよりもさらにトレーニングを積んだとおぼしき、ほとんど無意識的に表情筋をほころばせるやり方。むろん、その表情は内面の感情に左右されることなく保ちつづけられる。いまも、この男がどんな心情なのかを推し量るのは難しかった。

「だめじゃないか、沙希」男はいった。「勝手に外を出歩いたりしちゃいけないよ。きみはショーの主役なんだから」

この男性はなんという名前だったろう。そうだ、鈴元《すずもと》だ。腰木が紹介したイベント会社のマネージャー。ジパング＝エンパイアのショーはすべてこの鈴元という男のイベント会社が取りしきっているという。沙希の事実上のボスは、この男ということになっている。

沙希は肩をすくめてみせた。「ほとんど顔も売れてないから、なにも困ったことはなかったけど」

「それでも勝手な外出は控えてほしいね」鈴元の顔には依然、意味不明の微笑がとどまっていた。「共演者を紹介しようと思ってたところだ、ええと」

鈴元は混雑を振りかえり、しばし爪先立《つまさきだ》ちをして誰かを探しているそぶりをみせた。やがて、伸銅《しんどう》さん、そう大声で呼びかけると、混雑のなかからひとりの男が抜けだしてきた。

その男は忍者のような黒装束を身につけていた。ステージ衣装だろう。アフロヘアのようなパーマ頭に彫刻刀で刻んでこしらえたような角ばった面長の顔、細く鋭い吊《つ》りあがった目。時代劇にでてくる悪人専門の役者を思わせる。年齢不詳だが、近づくにつれて深い皺《しわ》が刻みこまれているのがわかった。四十代か、五十前後かもしれない。後ろ姿だけをみれば若者に思えるかもしれない。痩身《そうしん》だが、じつは鍛えあげられているのが黒装束の上からでもわかるし、足どりも軽い。

「こちらは伸銅畔戸《くろと》さん。アクロバットチームのリーダーだよ」鈴元は伸銅に向き直った。「彼女は里見沙希といって……」

「ああ。マジシャンの少女か」伸銅はいきなりくだけた口調でそういうと、さっと手を差しだした。「腰木さんに話はきいたよ」

「それは、どうも」半ば呆気《あっけ》にとられながら沙希は伸銅の手を握った。アメリカ人のようにしっかりとした握手だった。

伸銅は懐からサングラスをとりだしてかけると、ガムを数枚とりだした。それを沙希に突きだしてたずねる。「ガムは?」

「いいえ、けっこうです」

ふうん。伸銅はそういって一枚の包装をはがすと、口のなかに放《ほう》りこんでくちゃくちゃと噛《か》みはじめた。

沙希は面食らった。一連の動作は彼流のポーズなのだろうか。沙希の父親と同じぐらいの歳《とし》のはずだ。そんないい歳をした大人の男が、十代の不良のようなそぶりをみせる。純粋なアメリカンスタイルというわけでもなさそうだ。これをどう解釈したらいいだろう。

「私はラスベガスで何年も働いてきて、マジシャンの知り合いも多いんだが」伸銅はガムを噛みながらいった。「ベガスのマジックもマンネリだからね。日本じゃ何十年も同じ出し物をつづけているタレントなんて考えにくいが、あっちは平気でやる。名だたるマジシャン連中も老けこんできて、そろそろお役ご免のころだな。きみみたいな新星が大衆に歓迎されるべきなのも時代の流れってやつだな」

大物風を吹かせたいタイプだろうか。あいにく沙希は、伸銅という男がショービジネスの世界でどのていどのランクに位置する存在なのかまるで知らなかった。ラスベガスで仕事をしていたという彼のアクロバットチームもまるで聞いたことがない。

ふと、藍河の顔が沙希の脳裏に浮かんだ。出演者リストは無名ばかり、訳ありの連中ばかりにちがいない。藍河はそんなふうにいっていた。そのリストに、伸銅畔戸の名も含まれていただろうか。藍河も、この男を無名とみなしたのだろうか。だとするなら、伸銅が自慢げに披露しているラスベガスでの輝かしい経歴とはいったいなんだろう。たいした実績もないのに大袈裟《おおげさ》な物言いで虚勢を張っているのか、それともまったくのでたらめか。

猜疑《さいぎ》心がこみあげる。ぎこちないのを承知で、沙希はいった。「どうも、ありがとうございます。こんな大舞台で仕事をするのははじめてなので、緊張しています」

伸銅はサングラスのブリッジを指でおさえた。「きみのチームは?」

「いえ……。チームといっても重要なのはほんの一、二名で、あとはダンサーばかりで」

「どうして? きみのショーは大掛かりなイリュージョンだときいてたが」

「そうなんですけど、いまじゃマジックの舞台装置はほとんどオートメーション化されていて、ショーそのものには裏方の手は必要ないようになってるんです。腰木さんも設備投資に協力してくれました。スポンサーもできるかぎりテクノロジーを採り入れて人件費を減らすことに積極的だそうで」

「ああ。それはいい考えだな」仲銅はサングラスをとって、ふたたび懐におさめた。穏やかな目つきでいった。「工業用のロボットとか、ショーに転用できるものも少なくないからな。病気もないし、飯がまずいとか、ギャラを増やせとか文句もいってこない」

仲銅の顔にかすかに笑みがうかんだ。氷が溶け去ったような気配に、沙希は安堵《あんど》をおぼえた。油断ならない相手かと思ったが、わたしの思い過ごしかもしれない。

「じゃ、私はこれで」仲銅は沙希に目配せをした。「今晩のショー、楽しみにしてるよ」

振り向きざまにまたサングラスをとりだしてかけると、仲銅は歩き去っていった。サングラスをかけた顔も、かけない顔も自分では好きではないのだろう。着脱する動作こそが恰好《かっこう》いいと思っているにちがいない。沙希はそう思った。

鈴元が沙希にいった。「きみのイリュージョンのあと、彼らのアクロバットショーという段取りだ。間もなくきみのリハーサルの時間だよ。準備しておくといい」

「わかりました」沙希が返事すると、鈴元は視線を周囲に泳がせながらさっさと立ち去っていった。

沙希はため息をついた。一風変わった業界とはいえ、妙な人たちとばかり知り合いになる。

人垣をかきわけて自分の楽屋に向かった。里見沙希様と大書された扉を開ける。靴脱ぎ場の向こうは六畳ほどの和室だ。

畳の上に散乱する荷物のなかで、ひとりの少女が毛布にくるまって寝ていた。背丈も体形も沙希とほぼ同じ、髪形もうりふたつにしているその少女が、唯一似ていない顔をこちらに向けた。沙希の洋風な顔だちにくらべると、彼女の顔は日本人形のように純和風だった。

「ああ、沙希ちゃん。もう帰ってきたの?」キョウコ・オブライエンは眠たげな顔でいった。

日系人のキョウコは英語訛《なま》りが強い。数秒の間をおいて問いかけの内容を理解した沙希は、微笑して答えた。「うん。ほとんどの区域が未成年者立ち入り禁止だから。あんまり、見てまわれるところがないの」

「へえ」キョウコは身体《からだ》を起こして目をこすった。「じゃわたし、いってこようかな」

キョウコは今年、二十歳だ。電話で沙希より四歳も年上だと聞かされたときは不安になったが、会ってみて安心した。腰木に要請した人材は、沙希に外見ができるかぎり似通っていて、可能ならばマジックの心得もあるステージ経験者というものだった。数日を経て、腰木は答えた。日本人ではないが、外国人ダンサーのなかにプロマジシャンを目指した娘《こ》がいるそうだよ。日系人だから、きみとうりふたつとまではいかなくても、体形もそれなりに似ているらしい。日本語も達者だから、コミュニケーションに困ることはない。

ふと不安が募る。あの藍河の言葉がどうしても頭を離れない。共演者は親について訳ありの連中ばかりのはずだ、藍河はそう断じた。

「あのう」沙希は、立ちあがりかけたキョウコに声をかけた。「ちょっと、聞きたいことがあるんだけど」

「なに？」キョウコは静止してこちらをみた。

ためらいがよぎる。腰木の言いつけを無視してよいものだろうか。これだけの舞台を用意してくれた恩人の言葉に逆らうべきだろうか。

だが沙希は迷いを振りきることにした。自分が知りたいと思ったことを知ることは、決して間違いではないはずだ。

「キョウコさんのご両親は、ステージを観に来ていないの？」沙希はきいた。

瞬間、キョウコの表情がこわばった。「どうして、そんなこと聞くの？」

「いえ、どうしてって、深い意味はないけど……」

「ルイジアナにいるから、来れるわけないじゃない」キョウコはそういって戸口に向かうそぶりをみせた。

が、その足がとまった。躊躇《ちゅうちょ》するようなそわそわした態度で室内を見まわすと、その目が沙希を見つめて静止する。

やがて、意を決したようにキョウコは口を開いた。「あのね、沙希。わたし、ずっと両親とは連絡をとってないの」

沙希のなかに不安がひろがりだした。「それ、どういうこと？」

「その」キョウコはうつむきながら、戸惑いがちにいった。「家出したの。十七のときに」

家出。沙希は息を呑《の》んだ。「それで、どうやって日本に？」

「話せば長くなるけどね」キョウコはため息まじりにいった。「うちの田舎は、ワニの棲《せい》息《そく》する沼ばかり、人口二千人ていどの村だった。わたしの親はそこに移住した日本人だったの。本名はジャクリーン・タカクラっていうのよ。親にはたいした人脈もないし、一生その田舎でくすぶって生きるなんてうんざり、そう思った。で、ある夜に家出を決意して、友達と一緒にヒッチハイクで旅したのよ。最初はロサンゼルスをめざしてた」

「ロサンゼルス？」

「ええ。ハリウッドにビバリーヒルズ。ラスベガスにも近いし、ショービジネスで成功するなら、ＬＡが最適だわ」

「その頃からエンターテインメントの世界に入るって決めてたわけね」

キョウコはうなずいた。「日本人学校で習い覚えた趣味のマジックを仕事に生かせるかもしれない、そう思ったから。でも、本気でマジシャンになりたかったわけじゃないわ。とにかく有名になって、豊かになりさえすれば道が開けると思ってたから。ブリトニー・

スピアーズだってルイジアナの出身なのよ」

　沙希は笑顔で同意をしめしてみせた。似たもの同士だと沙希は思った。純粋な日本人の沙希よりも、アメリカ育ちのキョウコのほうがはっきりと夢を語る。馬鹿にされることを恐れて口ごもったりしない。沙希はキョウコに対して、初めて尊敬にも似た感情を抱いた。

「でも」と沙希はいった。「アメリカの場合はタレントになる具体的な方法ってあるの？日本ではどこに入り口があるのかわからないって感じだけど」

「アメリカも同じよ」キョウコは腕組みをして、壁にもたれかかった。「エージェントと契約を結ぼうとしても、会ってすらもらえない。未成年者だったし、親にも内緒で都会にでてきてるから、履歴書に書く内容はいつも苦労したわ。結局、嘘《うそ》ばかり書いてたけどね。やっとのことで受けたオーディションも、すごくちっぽけなエージェンシーのものだったし、わたしの舞台は地方のバーや小規模な遊園地ばかりだったわ」

「じゃあ、いちおうプロマジシャンとして経験を積む機会はあったのね？　わたしとは大違い」

「そんな恵まれたものじゃないわよ。でも、いつかは芽がでると信じて頑張ってた。将来の構想も練ってた。東洋人であることを生かした、オリエンタリズムを強調した大掛かりなステージを演じてみたいの。叶《かな》うかどうかわからないけどね」

　ＦＩＳＭを目指していた自分も同じ夢を抱いていた。沙希はそう思いながらたずねた。

「そのエージェントの紹介で、日本に来たの？」

「じつは、ここ数か月はシンガポールのバーで働いてたの。エージェントがくれた偽造パスポートとビザでアメリカを出たのよ。あのエージェントは、そういう人材派遣に慣れてるみたいだった。まともなエージェントじゃないことは百も承知してたけど、まさかアジアに出稼ぎに行かされるとはね。で、つい二週間前、シンガポールの警察に逮捕された」

「逮捕」沙希は驚いた。

「そう。お店に踏みこまれてね。わたしのほかにもアメリカからの不法就労者が多く働いてたから。いっとくけど、今回の舞台のダンサーは大半がその店でわたしと一緒に働いていた子たちなのよ。取り調べ受けて強制送還されるかと思ってたけど、どういうわけか日本に行くように指示されて、で、イリュージョンであなたの影武者《スタンドイン》を務めるようにいわれたわけ」

沙希は絶句していた。キョウコとダンサーらがそのような経緯《いきさつ》で、半ば強制的にこの仕事に従事させられているとは、思いもよらなかった。いったいなぜだろう。このセレモニーは政府や警察の主導で開催されるはずなのに。

「ご両親とは」沙希はいった。言葉が喉《のど》にからんだ。「まったく連絡をとってないの？」

「許されてないからね」キョウコは平然と答えた。「政府だとか外務省の人だとか、誰がどんな権限を持っていて、アメリカやシンガポールとどういう交渉をしたのかわからないけど、とにかくわたしたちは日本に滞在することを許された。条件としては与えられた仕事をこなすこと、アルバイトをしないこと。指定された寮以外で寝泊まりしないこと。それだけね」

「異議を申し立てることは、できないの？」

「異議ですって？」キョウコは笑った。「とんでもない。いまさらルイジアナの実家になんか、帰りたくないもの。どうせ両親は口をきいてくれないだろうし、十代のころにやらかした悪さについて、地元の警察に追及されるのもまっぴらだしね。想像しただけでもぞっとするわ。それにひきかえ、いまは毎日が刺激的よ。お給料もいいし、こんな面白いところで働けるなら文句はないわ。ま、ショーの主役じゃなくて影武者ってのが不服といえば不服だけど、そのうち抜いてみせるわ」

キョウコは沙希に悪戯《いたずら》っぽく微笑《ほほえ》んでみせた。沙希は笑顔を浮かべてみせたが、その表情が凍りついていることはあきらかだった。しかし、キョウコは気にしたようすもなく、ぶらりと戸口に向かうと、散歩してくる、そういって部屋をでていった。

静まりかえった控室にひとり残された沙希のなかに、得体の知れぬ不安が広がりはじめた。

家出し、両親と連絡を絶ったキョウコ。ダンサーたちの身の上も彼女と同じだという。彼女らはシンガポールに不法入国し、不法就労した。にもかかわらず、日本の政府関係者に引き取られ、ここで働いている。

政府が表だってそのようなことを許しているはずがない。十五歳の沙希にも、それぐらいはわかった。対外的な密約は、一部の人間だけが知りうることだろうか。あの腰木の独断か。それとも、その上に誰か命令を下せる立場の人間が存在するのか。

ひとつだけたしかなことがある。腰木は違法を承知でキョウコらをここに召喚した。ゆえに、沙希に対しても彼女たちの両親や身の上についてたずねることを禁じたのだ。

沙希は動揺した。心拍数が速まる。自分の鼓動が音となって耳に響いてくるようだ。これからなにが起ころうとも、世間にはセレモニーの出演者の運命を気にかける人々はいない。身内さえも、誰ひとりとして関心をしめさない。そんな社会からの孤立者ばかりがこの場に集められている。

藍河という男が口にした通りだ。沙希は背筋に悪寒が走るのを感じ、身を震わせた。

岬美由紀

その正式名称は〝負け犬神社〟ではなく〝迷羊神社〟だった。藍河の見あげた鳥居の看板にそう書いてある。ギャンブルに明け暮れる迷える子羊にアドバイスをくれる場所ということだろう。それが〝負け犬〟などというシニカルな名前に化けたのはなぜか。沙希の勘違いか。それとも故意の皮肉か。あるいは、悪戯《いたずら》好きの誰かが嘘《うそ》の名称を沙希に吹きこんだのか。

どうでもいい、藍河はそう思った。どうせ真剣に仕事をする気などないのだ。ここに牧師のように相談をきいてくれる人間がいるというのなら、ぜひそうしてもらいたい。そんな衝動に駆られていた。

鳥居をくぐって神社のなかに入った。外からは社殿にみえた建物は実際には近代的な建造物だった。木の扉が自動的に横滑りに開くと、廊下が奥につづいている。巫女の恰好《かっこう》をした女性がカウンターに座っていた。巫女はにっこり微笑《ほほえ》んで藍河を見あげた。

藍河は咳《せき》ばらいした。「ここで、なんていうか、人生相談みたいなもんを受けられると聞いてきたんだが」

「ええ。どうぞ。奥にお進みください」巫女はそういって通路の先を指し示した。服装に似合わず、デパートガールのような応対だった。

ありがとう。そういって薄暗い廊下を歩きだした。ほのかな明かりを灯す行灯《あんどん》は、なかに電球が仕込まれているにちがいなかった。

やがて、いくつかのブースに仕切られた相談室らしき場所にたどりついた。のぞきこんだが、いずれのブースにも人影がない。いちばん奥のブースからぼそぼそと人の声がきこえてきた。

「それで」若い女の声だった。「ツキに見放されたっておっしゃいましたけど、どこにその根拠が?」

「根拠ですって」聞き覚えのある男の声が応じる。「これが気のせいだとでもおっしゃるんですか。まさにぱたりと途絶えたんですよ。吹いていた風がいきなりやんだみたいにね。ほかならぬ、私自身のことだから私がいちばんよく知ってるんです」

永幡の声だった。慌てているようすで、うわずっている。競馬から宝くじまで総なめにした奇跡の男が、負け犬神社に相談とは。

藍河は足をとめ、ついたての向こうからきこえる声に耳をそばだてた。

「もういちど、よく思いだしてください」女の声は冷静だった。「あなたは過去、何度もギャンブルで大勝し、自信を深めていた。そうですね? でも勝負事というのは、えてして良好な結果ばかりを想起しやすく、辛酸をなめた記憶を忘れがちです」

「そんなわけはない」永幡はさらに声を荒らげた。「私は負け知らずだった。それはたしかだ」

　女は冷ややかにいった。「誰でもそうおっしゃるものです。でも考えてもみてください。勝ち負けはよくて五分と五分。それだけでも、連続して勝利ばかりをおさめるのが困難だとわかるでしょう?」

「私はたんにツキに恵まれていたわけじゃない。あの二番目の法則を守り通して……」

「二番目の法則?」

　永幡が息を呑《の》む気配があった。しばしの沈黙のあと、永幡はいった。「とにかく、儲《もう》けた金額は十億円ちかくにのぼっている。田園調布に大きな家も買った。連勝が夢や幻だというのなら、あの資産はいったいなんだ」

「わかりました。じゃあ、百歩譲ってあなたのツキは本物だったとしましょう。でもツキはいつかは失われるものです。いまがそのときだった。それだけじゃないですか」

　また沈黙があった。永幡は重苦しい口調でふたたび喋《しゃべ》りだした。「こんなに賭《か》け事が苦しく思えるのはひさしぶりだ。なにもかもが裏目にでる。ルーレットでは十分間で百万円を失った。ブラックジャックのテーブルで百万、スロットマシンでもう百万。こんな調子じゃ、貯金を失っていくばかりだ」

わざわざ隠れてまで盗み聞きしたい話ではない。そう思ったとき、藍河は声をあげていた。「おやおや。やっとこさ福の神があんたのもとを離れたか。悪銭身につかずとはまさにこのことだな」

永幡の動揺に震えた声がかえってきた。「誰だ」

藍河はついたての向こうに歩を進めた。テーブルをはさんで向かい合わせに据え置かれた二脚の椅子《いす》の手前側に、永幡の姿があった。永幡は藍河の顔を見あげると、怒りと困惑の入り交じった複雑な表情をみせた。

「あなたか」永幡はため息まじりにつぶやいた。ツキに見放された元凶を目の前にしたかのような口ぶりだった。

藍河は対面している女に目をやった。

女もやや困惑の色を浮かべているものの、永幡とちがって動揺はみせていなかった。カウンセラーらしくもない真紅のスーツに身を包んだ痩身《そうしん》の女。年齢は二十代後半か三十歳ぐらい、いやもっと上の若く見えるタイプかもしれなかった。目鼻だちのはっきりした美人で、ウェーブのかかった髪と濃いメイクから受ける印象はやり手のホステスのようだった。銀座のどんなに在籍数の多い店でもたちまちナンバーワンになる可能性のある、際立って目立つタイプのホステス。カウンセラーとしての才能は未知数だが、中年男の相談役としては、これほどふさわしい人材もめったにいないかもしれない。お上の人選はたいしたものだ。

「失礼ですが」女はおちついた声でたずねてきた。「どちらさまでしょうか」

「藍河ってもんだ」まだ酒が抜けておらず、呂律《ろれつ》がまわらない。恰好をつけたい衝動が起きるのは、やはり美人の前だからだろうか。そんなことを思いながらいった。「相談があってきた」

ああ、と女はうなずいた。「それでしたら、申し訳ありませんが五分ほどお待ち願えませんか。まだ仮営業中なのでカウンセラーはわたししかいないんです」

藍河は肩をすくめてひきさがろうとしたが、そのとき永幡が女にいった。「五分だって。そんな、冗談じゃない。まだ相談したいことが山ほどある」

「おちつけよ相棒」藍河は足をとめ、永幡の肩をぽんと叩《たた》いた。「ようするに、運気が下がって動揺してるわけだ。神社をたずねたのも、ここで厄祓《やくばら》いでも受けたいと思ったからだろ」

女の表情がやや硬くなった。「あのう、ここは外観は神社になってますが、あくまでテーマパークの趣旨に合わせてそうなっているだけのことで、わたしはれっきとした臨床心理士ですし、ここの業務もカウンセリングでして……」

「そうかい？　ま、神頼みじゃなく精神科医頼みってことか。浮き沈みの激しい人生にはよくあることだな」

女は藍河の冗談が気に障ったらしい。「カウンセラーは医師とはちがいます」

「そんなに怒んなよ」藍河は女に笑いかけてから、永幡を見下ろした。「あんた、さっきなにか妙なことを口走ってたな。二番目の法則とか。ありゃどういう意味だ」

「あなたに答える義理はない」永幡はそういったが、身の上に起きた変化が気になって仕方ないらしい。怯《おび》えるような顔で女にたずねた。「ともかく私は、ただ運がよかったわけじゃないんだ。ある人に、ギャンブルの必勝法を教えられた。絶対に勝ちをおさめる方法をだ。それによっていままで巨万の富を築いたし、このカジノでも大儲《おおもう》けできると踏んでいた」

藍河は茶化した。「ばかをいえ。そんなことあるわけねえだろ」

「本当だ」永幡は顔を真っ赤にして怒鳴った。「その人から聞いた方法はいつでも私に勝利をもたらした。絶対的な必勝法なんだ。まだ世間の誰も知らない方法だ」

「その何者かが、なぜあんたにだけ教えてくれたんだ」

「それは……」永幡は口をつぐんだ。答えが思い浮かばなかったらしい。

「永幡さん」女は膝《ひざ》の上で両手の指をくみあわせた。「それが二番目の法則というものですか。よろしければ、どんなものかお教え願えませんか」

「詳しくはいえん。しかし、それが思い過ごしでないこともたしかだ。法則はたしかに存在する。それを教わって間もないころ、学生時代の友人たちとポーカーをやった。賭け金はわずかだったが、そこで法則の重要性を感じ取ったよ。私の手札に、面白いように役がつくんだ。ストレート、フラッシュ、フルハウス、フォアカード。私は法則が実践に値するものだと認識した」

女は異議を唱えた。「奇妙な話ですね。おおざっぱにいって、ポーカーでノーペアに終わる確率は五割もあります。残る五割がなんらかの役がつくとはいえ、ワンペアが全体の四十二パーセント。つまり九十二パーセントの確率で手札はノーペアまたはワンペアってことです。ストレートは二百五十五分の一、フラッシュは五百九分の一、フルハウスは七百分の一、フォアカードは四千百六十五分の一ですよ。一回のゲームでそんな手が次々でるなんて、まず考えられません」

永幡は不服そうにいった。「そんなことはない。ストレートフラッシュも二回でた。私以外の全員が降りたため勝負は成立しなかったが、ロイヤルフラッシュも一回……」

「まさか」女は首を振った。「ストレートフラッシュは七万分の一、ロイヤルフラッシュは六十五万分の一ですよ。いいですか、六十五万回に一回しかでない確率です。それほどの天文学的な確率の運に恵まれるのなら、この瞬間にも落下してきた人工衛星があなたを直撃してもおかしくないことになりますね」

永幡は反論しかけたが、凍りついたように押し黙った。しだいに、女の主張が正論だと気づきはじめたようだった。

たいした女だと藍河は思った。たたみかけるような言葉に説得力があるだけではない、とんでもなく頭の回転が速い。永幡はみるみるうちに真顔になっていった。

「ねえ、永幡さん」女は穏やかにいった。「あなたがポーカーでそれだけの勝ちをおさめたというのが事実だとすれば、考えられることはひとつだけ。勝利をもたらしたのは二番目の法則なんかじゃなく、手札があらかじめそのように配られてたってこと」

「私に勝たせたっていうのか」永幡は衝撃を受けたようすだった。「なんのために」

「さあ。それはわからないけど、あなたはそのせいで〝二番目の法則〟なる妙なセオリーを信じこんでしまった。誰かが意図的に、あなたにそれを信じさせたのね」

永幡は頭をかきむしり、うな垂れた。が、頭を覆った両手の動きが静止し、ふたたび顔が持ちあがった。「ありえない。友人とポーカーしたとき、カードは何度となく切り混ぜたんだ。私だって馬鹿じゃない。友人たちの指の動きにも気を配っていた。彼らは、なんら怪しいところをみせなかった」

「永幡さん、それはね……」

「いや」永幡は手をあげて女の反論をさえぎった。「あれが友人たちの悪戯《いたずら》だったとしても、ほかに起きたことをどう説明する？　宝くじや競馬やロト6までも私が勝つように仕向けられていたってのか？　どこにそんな必要がある。私のような、リストラされ職を失ったしがない中年を、なぜみんなでよってたかってだます必要があるっていうんだ？　二番目の法則が実在しないわけはない。私は賭けを通じてそれを伝授されたんだ」

藍河は口をはさんだ。「どんな賭けだ」

永幡の目が藍河を見あげた。躊躇《ちゅうちょ》と苛立《いらだ》ちをのぞかせた目がしばし藍河に向けられた。すぐに、永幡は懐に手をいれ、財布から折りたたまれた紙片をとりだした。

皺《しわ》だらけの古びた紙片を広げながら、永幡は興奮ぎみにいった。「みろ。これはある男がつくった手製のくじだ。鉛筆でこすったなかに〝冬〟と浮かびあがってるだろ。春夏秋冬、四つのうちひとつの文字が隠れていると男はいった。想像するなかで、二番目に思いついたものが正解だというんだ。私はまず夏と感じ、次いで冬と思った。だから冬と答えた。みごと答えを当てたんだ。それがすべての始まりだった」

女は眉間《みけん》に皺を寄せて、紙片に目を落としていた。女が無言でいるあいだ、永幡は上気したような顔つきで女と藍河を交互に見つめた。

「なあ」藍河は思いついた疑念を口にした。「あんたにその法則とやらを伝授したその男は、最初から答えの文字が浮かぶ方法を喋ってたか」

「なに？」永幡の顔には、まだ興奮の色がとどまっていた。「どういう意味かわからんが」

藍河は紙を手にとり、指先にぶらさげた。「鉛筆でこすったら答えが浮かびあがる。賭けの前に、そのことを明言したかどうかきいてるんだ」

「そりゃ、たぶんそうだろう」

「本当か?」

念を押された永幡は困惑したようすで、額に手を当てた。いや、まてよ。ぶつぶつとつぶやいてから、顔をあげた。「賭けの前には、いわなかったかもしれない。そうだ、答えを告げた直後に彼は鉛筆を投げて寄こした。これでこするのか、そんなふうに思ったからな」

「賭けの前でなく、後なんだな。鉛筆でこすれといったのは」

「そうだよ。それがどうした」

どうしただと。藍河は嘲《あざけ》りながらポケットに手をいれ、ライターをとりだした。おそらく、可能性のひとつはこれにちがいない。

ライターに火をつけ紙に近づけると、永幡はあわてたようすで立ちあがった。「なにをする」

「まあ、みてなよ」藍河は紙を火で軽くあぶってから、ライターをポケットに戻した。紙片をかざすと、新たな表示が浮かんでいるのがわかる。

「〝秋〟だな」藍河はテーブルのわきにある棚をみた。水さしに手を伸ばす。「あとふたつの可能性といえば、たぶんこれだろ」

紙片をテーブルに置き、水さしの中身をその上にぶちまけた。水びたしになった紙に、また灰色の文字が新しく浮かびあがった。

「〝夏〟だわ」女が声をあげた。

「あとのひとつは」藍河は紙をとりあげ、頭上にかざした。「ああ。これだな」

明かりに透かせば〝春〟の文字が浮かびあがる。これがからくりのすべてだった。

「見てのとおりだ」藍河はいった。「永幡さんが春と答えれば、透かしてみろという。夏といえば水をかけろというし、秋ならあぶりだせという。なにを答えようが、それに応じた文字の表し方を指示する。それがさも唯一の方法であるかのようにな。単純なトリックだ」

「ばかな」永幡の声は震えていた。中腰の姿勢でたたずんだまま、呆然《ぼうぜん》とした表情でつぶやいた。「そんなばかな」

「やっぱりあんた、だまされたんだよ。二番目の法則なんて、ありゃしない。ここへきてツキがおちたわけでもない。ここのカジノが真っ当なだけ、本来の自分に戻っただけだ」

永幡はしばし、ぽっかりと口をあけて藍河の顔を見つめていたが、やがて悲鳴とも雄《お》たけびともつかぬ大声をあげた。辺りを見まわしたが、狭い室内では行き場所もないらしく、ぐるりと一回転して出口を向くと、叫んだまま駆けだした。

「永幡さん?」女が腰を浮かせて呼びとめようとした。

だが、永幡にその声は届いていないようすだった。薄暗い通路のあちこちにぶつかる音が断続的に響くなか、永幡の叫び声は遠ざかっていった。

女は心配そうに永幡の消えていった出口を見つめていたが、やがてふうっとため息をつくと、椅子に座りなおした。

静寂が戻った。永幡の叫び声は消えたが、まだ周囲に反響しているような気配が残っている。

哀れな男だ。しかし、カモられたというわけではない。公営のギャンブルまで大勝していたという彼の経緯は本物のはずだ。いったいなにがあったというのだろう。

藍河はタバコをとりだしながら、女にたずねた。「ここは禁煙か?」

女はまだ呆然《ぼうぜん》としていたが、ふと藍河の問いかけに気づいたように視線をあげ、微笑した。「いいえ」

「じゃ遠慮なく」藍河はタバコをくわえて火をつけた。煙を吹きだしながら、眉《まゆ》を指先でひっかいた。「それにしても、だまされやすい奴はどこにでもいるもんだ」

女は目を丸くして、テーブル上の濡《ぬ》れた紙をつまみあげた。「こんなトリック、よく見抜きましたね」

「でもない。イカサマ賭博《とばく》としちゃ初歩的発想だ」

「イカサマ?」

「いや。べつになんでもない」また身の上を説明するのはやや応《こた》える。藍河は女をみていった。「きみはカウンセラーなんだろ。永幡さんを追いかけなくていいのか。東京湾に身を投じかねない勢いだったぞ」

「ご心配なく」女はさばさばした表情でそういうと、紙をたたんでごみ箱に放《ほう》りこんだ。

「自殺防止のため、海岸にはでられない設計になってます」

「冷静だな」藍河はつぶやいた。肝が据わっている。カウンセラーにしては精神病理以外の唐突な出来事にも驚くそぶりをみせない。それに、たんなる美人ではないようだ。ぴったり合ったスーツの下に潜む身体は筋肉質らしい。物腰も女性警察官のそれに似ている。

「鍛えてるみたいだな」藍河は女を見つめながらいった。

「服の下をたしかめてみる？」女は冗談めかしてそういうと、悪戯っぽい目で笑った。

「ずいぶん鋭い目つきね。警察のひと？」

「さあな。どうしてそう思う？」

「きょうは、大勢の警察幹部がお見えだってきいてたから」

「あいにく俺はちがうな」

「ふうん。でも、きょうこのテーマパークに招かれてるってことは、行政の関係者ですわよね？　失礼ですけど、なんのご専門？」

「専門か。不名誉ってやつだ」

「不名誉？」

「そう。それが俺の専門さ」藍河は向かいの椅子に腰をおろした。「きみの専門はカウンセリングだけか？ エアロビクスとかもやるんじゃないのか」

女は苦笑に似た笑いをうかべた。「身体がそこそこ鍛えられてるのは、前の職業の名残《なごり》ね」

「前はなんの職業に？」

「やっぱり刑事さんみたいなひとね」女は微笑のままいった。「ここにおいでになったのは、ご相談があるからじゃなかったんですか？」

「そうだったな。忘れてたよ。人生の路頭に迷い、カウンセリングを受けにきたところだった」

女は姿勢を正し、銀のケースから一枚の名刺をとりだした。「臨床心理士の岬美由紀と申します。どうぞよろしく」

「岬美由紀？ どっかできいたな」

「よくある名前です」美由紀は真顔になった。美しいばかりと思っていたその顔に、男性的なりりしさが加わる。「ええと、藍河さんとおっしゃいましたわね？」

「藍河隆一。招待客リストをみれば、俺の素性もわかるだろう」藍河はタバコをふかした。「願わくば、それを知ったあともきみの態度が変わらないといいんだが」

「安心してください。あなたがどんな身の上だろうと、わたしは差別意識なんか持ちませんよ」美由紀の大きな瞳がじっと藍河を見つめた。「ところで、藍河さん。ふだんはジャック・ダニエル二本を一日で空けるペースで飲んでいらっしゃるのに、なぜきょうは三時間ほど前に缶ビールを四本、三十分ほど前に生ビールをグラスで一杯ていどしかお飲みじゃないんですか」

藍河のなかに警戒の電流が走った。油断なく美由紀を見かえした。「俺を尾行してた連中から、報告でもきいたのか？」

「なんの話？」美由紀は挑戦的ともいえる笑みをうかべた。「尾《つ》けまわされることでもしたんですか。元刑事さんが」

隙《すき》のない鋭い視線だと藍河は思った。たんなるカウンセラーではあるまい。

藍河が無言でいると、美由紀は口を開いた。「ご心配なく。あなたのプライバシーに興味はありません。目を見てわかっただけのことです。あなた、一点を見つめたまま動かなくなったり、わずかに眠気をもよおすところが見うけられますね。ウエルニッケ脳症の初期症状ですよ。飲酒からくるビタミンB_1の不足によって起こる脳の病気です。吐息のにおいでジャック・ダニエルを愛飲しておられることはわかりますし、目の充血ぐあいから、ビタミンの一つであるニコチン酸の不足が見て取れます。きょうのところは少量のアルコールを摂取した、すなわちビールだろうと推察されます。時間をおいて数回にわたってお飲みになられたことも一目瞭然《いちもくりようぜん》です」

「なるほど」感心しながら藍河はいった。「さすがに本業のカウンセラーさんだね。しかし元刑事だと断言したのはどうしてかな」

「あなた自身の身の上ばなしより、永幡さんの身を案じるそぶりをみせたから。わたしの知り合いの刑事さんそっくりよ」

刑事が知り合い。ふいに藍河は、鈍っていた脳の一部分を揺り起こされたような気がした。「ああ、岬美由紀……さんか。元航空自衛隊の幹部候補生だったひとだな。カウンセラーに転職したあとも司法や行政に協力して、国内外の事件の解決に関わったという」

美由紀は照れ笑いのような表情をうかべながらいった。「なにせ日本初の公営カジノですからね。カウンセラーを駐在させるといっても、わたしぐらいしか思いつかなかったみたい」

「いや、適任だろうよ、岬美由紀さんならね」藍河はいった。「とりわけ、きょうは腹にイチモツ持ってる警察幹部どもが大挙して押し寄せてるからな。あなたじゃなきゃ、さばけそうにもないだろう」

どうも。美由紀は控えめに応じたが、藍河の賛辞については悪い気はしないようだった。かすかに頬《ほお》を赤らめていた。

岬美由紀元二等空尉が捜査協力者として警視庁に関わった幾多の事件について、藍河は現役時代、又聞きていどではあるがその武勇伝を耳にし、そのたびに舌を巻いたものだ。捜査一課の蒲生と岬美由紀が知り合いで、そこから捜査協力依頼につながったという話だった。藍河が捜査四課の現役だったころ、蒲生からよく話を聞かされた。カルト教団・恒星天球教の連続テロを防いだことを発端とし、日中開戦の危機も囁《ささや》かれたメフィスト・コンサルティングによる一連の策謀、Q1号と呼ばれた精巧な偽札事件、秘密結社ペンデュラムの密輸事件、そして友里佐知子という戦後最大の女テロリストによる集団人質事件の捜査など、その活躍は枚挙にいとまがないほどだという。

彼女は探偵稼業をなりわいとしているわけではない。カウンセラーに転職したあとは〝千里眼〟の異名をとるほどに、心理分析のスペシャリストとして名を馳《は》せている。捜査協力はその活動の一端にすぎない。航空自衛隊のパイロットとして培《つちか》われた動体視力と、カウンセラーとして表情筋の変化や視線の動きから心情を洞察する観察力を併せ持つことで、目の前にした人物の心のなかをすっかり見とおすことができるという評判だ。

そんな伝説の女性が目の前にいるのだ、どうしても聞いておきたいことがある。藍河はいった。「なあ、岬美由紀さん。このテーマパークに出入りしている警察関係者たちのことだが、どう思う？」

「どう思うって、どういうこと？」

「いや、つまり、なにか妙じゃないか」藍河はタバコをくわえたままいった。「永幡さんにしてもだ、宝くじや競馬まで連戦連勝だったわけだろ。春夏秋冬の紙きれと同じくイカサマが働いていたとしたら、その黒幕は国ってことになる」

「まさか」美由紀は目を見張っていた。

「仮に、国もだまされていたとしてもだ、公営ギャンブルを動かせるとなると相当な大物だな。そいつにまんまとでっちあげられた、ツキまくりの男永幡が、このカジノの仮オープンに呼ばれて、大損してる。陰謀の匂《にお》いがぷんぷんする話だと思うけどな」

美由紀は戸惑いの色をうかべて、藍河をみた。「わたしにも一本いただけない？」

「ああ、いいよ」藍河はタバコの箱をとりだした。「カウンセラーが吸っちゃいけねえって法律はねえからな」

美由紀はタバコを口にくわえ、藍河のさしだしたライターの火に先端を近づけた。火のついたタバコをひと息ふかしながら、美由紀は憂鬱《ゆううつ》そうにいった。「わからないわ。それが陰謀だとして、いったい誰がなんのために？」

「まだわからねえ。しかし、かならずなにかがある」藍河は棚から灰皿をとり、タバコをそのなかに押しつけた。「きみは正義感の強い女性だってきいてる。こうしてお近づきになれたんだ、陰謀を暴くのに協力してくれるだろう？」

美由紀は意外そうに目を丸くしてから、藍河をじっと見つめてきた。「藍河さん。いまは、どんな職業を？」

「いま？　いまか。まあプー太郎だな」

「無職？」ふうん、と美由紀は鼻を鳴らし、上目づかいで微笑した。「どんなモチベーションで捜査をはじめようとしているのか、ぜひ教えてほしいわね」

「どういう意味だ？」

「べつに。ただ、挫折《ざせつ》した男がどんな困難にも立ち向かおうとするなんて、よほどの動機がないとね」

藍河はにやりとした。「千里眼は、どんな動機だと見てる？」

「そうね。統計学的には、あるていどきまってることだけど」

「ぜひ聞きたいね」

「一位はおカネ。二位は女」

「一位は当てはまらないな。二位は……」藍河は思わず口をつぐんだ。

「どうしたの？」美由紀がきいてきた。

いや、なんでもない。じゃまたな。藍河はそういって、腰を浮かせた。

悪戯っぽく微笑する美由紀の視線を背に感じながら、藍河は通路に向かっていった。

こんなときに、別れた妻の顔が浮かぶなんて。藍河はひそかに唇を噛《か》んでいた。

無人

キョウコ・オブライエンは舞台の袖《そで》にたたずみ、幕の切れ間から観客席を覗《のぞ》いた。

午後六時をまわったばかりだというのに、すでに客席は満席状態だった。一般客ではないにせよ、ほかに娯楽が山ほどあるこのカジノ島でショーを見ようとする人々が多くいるという事実は、出演者にとっては少なからず喜びと勇気を与えてくれることにはちがいなかった。たとえ影武者《スタンドイン》としての出演者にすぎなくても。観衆の誰ひとり、自分を出演者と認識していなくても。

そう、自分がこのステージで大事な役割を果たす一員であることに変わりはない。これからも、きっとそうだ。

だが、永遠に変化が訪れないとしたら、どうだろう。思いがそこに及んで、三年間ずっと顔を合わせていない両親のことを思いだした。ショービジネスの世界でひと旗あげて、娘の将来についてのあらゆる夢を否定した両親を見かえしてやるつもりだった。あれから三年か。短いようで長い月日。二十歳になって、こんな極東の国に身を置くとは考えもしなかった。いまわたしは両親に誇れるだけの仕事をしているといえるだろうか。両親は娘の仕事を知り、多少なりとも敬服の念を抱いてくれるだろうか。

いや、とキョウコは思った。まだ無理だ。自分はショーの主役の影でしかない。たとえ両親がこの舞台を観覧したとしても、わたしの姿をみとめることは不可能に近いだろう。

キョウコは深くため息をついた。変化は、いつやってくるのだろう。このイリュージョンがきょうのセレモニーのみに終わらず、カジノが本格的な営業を開始して以降も存続しうるとして、自分が沙希の影の存在から脱するのは、いつの日だろうか。そもそも、なぜ沙希の影武者を務めねばならないのだ。彼女もマジシャンとしては駆けだしだと聞いているし、知名度もなければ経験も不足している。逆の立場でもいっこうに構わなかったはずだ。それなのに、なぜ。

そのとき、軽く肩を叩《たた》きながら里見沙希が声をかけてきた。「深刻な顔してるけど、なにか気になることでもあるの？」

「いえ、べつに」不安か不満か、判然としない感情を押し殺すために微笑をうかべた。考えたところではじまらない。悩んだり、ふてくされたりしている場合でもない。沙希に嫉《しっ》妬《と》を抱くのも賢明ではない。いまはただ、ショーの成功に全力を費やすこと。それしかない。この舞台がうまくいかなかったら、わたしの将来も闇《やみ》に閉ざされてしまうのだ。

キョウコは舞台の袖に据え置かれた大きな鏡の前に立った。出演者が出番の直前に、身だしなみをチェックするためのものだった。スタッフが着せてくれた、十二単《ひとえ》をイメージした衣装は薄いシルクを無数に重ねたデリケートな質感で、特に襟もとが型くずれを起こしやすかった。十二単とはいってもそれは上半身だけで、下半身は脚にフィットしたスラックスとブーツだった。全体としてみれば、東洋風にはちがいないが中国やチベット、アラビアまでの民族衣装のセンスが混在しているように思える。が、ステージ映えを考えれば問題がないのだろう。衣装デザイナーももっと純和風に近づけようと努力していたようだが、動きやすさを考慮してこれ以上の装飾は施せなかったらしい。

沙希が隣りに立って、同じく鏡を覗きこんだ。姿見のなかに並んだふたりは、そっくり同じ服装、同じ髪形、同じメイクをしていた。顔はずいぶんちがうが、それをカモフラージュするための定番の小道具がある。

キョウコは机の上から黒光りするふたつのヘルメットを取りあげながらいった。「このヘルメットって、観客はナチをイメージするんじゃないかと思ってひやひやするわ」

「あるいは、子供の観客にダースベイダーだって笑われるか、どちらかね」沙希はヘルメットのうちのひとつを受け取った。「デザイナーは日本の戦国時代をイメージしてるっていってたけど」

「この服にこのヘルメットなんて、ちょっと妙よね」キョウコはそういいながら、ヘルメットを被《かぶ》った。重い。装着しただけでふらつきそうだ。

沙希も同じようにしてから、風防マスクを下げて目もとを隠した。「顔のカモフラージュってのはわかるけど、いかにも不自然って気もするね。もうちょっとアイディア練らなきゃ」

キョウコはヘルメットの側面にあるスイッチをいれた。「あ。あ。マイク、どう?」

「はっきり聞こえる」沙希の声が響いてきた。耳から聞こえるのではない。ヘルメットの頭頂部に内蔵されたソニックスピーカーが骨伝導方式で頭蓋骨《ずがいこつ》を振動させ、聴覚神経脳の感音系に音声をつたえている。よって、舞台のバックミュージックが大音量で鳴り響いているときにも明瞭《めいりょう》にきこえるし、逆に静寂のなかでもヘルメットを被っていない周囲の人間には音声を聞き取られずに済むという利点がある。

このイリュージョンにおいて舞台上でふたりが呼吸を合わせるには、この無線が不可欠だった。「ショーの成否がショーマンとして命にかかわることだとしたら、この無線はまさに命綱ね」

「いい表現ね」沙希はヘルメットを脱ぐと、ブラシを手にとって髪を整えた。

キョウコも脱いだヘルメットを机に戻した。自分の髪に手を伸ばすことはなかった。沙希と入れ替わるのはヘルメットを被ったあとだ。髪形はいちおう同一にしてあっても、服やメイクほど重要な要素ではない。

ひとけのない舞台の袖で、髪をとかす沙希のブラシの音だけが響いていた。

「静かね」キョウコはつぶやいた。

くないのよ」

「ええ」沙希はうなずいた。「日本の観客は基本的に静かなの。アメリカみたいに騒々し
「いえ、そうじゃなくて」キョウコは周囲を見渡した。「このステージよ。スタッフがすっかり引きあげて、わたしたちふたりだけ。なんだか気味が悪い」

沙希がふしぎそうな顔をした。「いまに始まったことじゃないでしょ?」

「そう、ね。でもなんだか、やけにそう思えるの」

テクノロジーの普及とともに、ステージ上に必要な裏方の数は激減した。かつてはイリュージョニストの公演には大勢の裏方が必要だったが、いまではワイヤーの巻き上げも火薬点火もコンピュータが自動的にタイミングをはかって作動させる。各種のセンサーのおかげで、演者がステージ上でそれらのスイッチを入れることも可能になった。それと同時に、舞台裏のスタッフを積極的に減らすマジシャンも少なくなかった。トリックの秘密を知るスタッフが減ることは、すなわちイリュージョニストとしての自分の寿命を延ばすことにつながる。とりわけ昨今ではインターネットの普及もあり、不謹慎な内部のスタッフがマジックのタネをむやみに一般公開してしまうこともある。若く革新的なマジシャンほど、舞台のハイテク化とスタッフの人員削減に熱心だ。腰木や鈴元もそれを推奨し、装置には惜しみなく金をかけていた。

キョウコはしかし、沙希とは逆ににぎやかな舞台裏を好んだ。一般に知られる華やかな

ショービジネスの世界そのままの人間関係が展開されているような、騒々しくて笑いに満ち溢《あふ》れた舞台裏。そんな世界こそ自分の身を置く場所と感じていた。ハイテク装置のプログラムと自動的に奏でられる音楽と効果音に合わせて、ただ舞台上できめられた動きだけをみせるのが本当のショーマンと呼べるだろうか。アトラクションではなく生身の人間のショーなのだ、公演ごとに自分が表現したいと感じたものを表現できるステージこそが、真の芸術ではないのか。

「キョウコさん」沙希が心配そうに顔をのぞきこんできた。「どうかしたの」

ふとキョウコは我に返った。なんでもないわ、そういって顔をそむけた。

ばかげている。いまさら自問自答なんて。キョウコは自分を嫌悪した。なにが真の芸術だ。つまるところ自分は、影武者であることにうんざりしている、それだけのことだ。ショーの主役を張りたい、沙希のように表舞台に立ちたい。そう切望しているにすぎない。甘い世界ではないことは充分わかっている。わたしが表舞台に立てないのは沙希のせいではない、わたしが未熟者のせいなのだ。沙希はたしかにキョウコ同様に無名だが、ショーマンシップやテクニックの面で類稀《たぐいま》れな才能の持ち主でもある。リハーサルからキョウコは自分のレベルの低さを思い知ることになった。マジックを演じる東洋人の少女、その物珍しさだけで舞台に立てると思っていた自分の夢は粉砕された。しかし沙希は、決してキョウコを見下したりはしなかった。たんなる影武者ではなく、共演者として扱ってくれるし、マジックのテクニックを基礎から教えてくれもする。そんな沙希に感謝こそすれ、反感を抱けるわけがないではないか。

「ごめんなさい、ちょっと緊張してるみたい」キョウコは頭をかいた。「こんな大舞台なんてはじめてだから」

「わたしもよ」沙希はそういってブラシを置いた。「でも、舞台の袖が静かすぎるってのは、そうかもしれないね。テンション下がっちゃうし」

キョウコはふっと笑った。「だけど、トリックがばれないようにするためには、ほかに誰もいないってのは理想よね」

「だからといって、ここまで徹底しなくてもいいかもね。誰も信用できないってわけじゃないんだし。スタッフを舞台裏から追い払うのって、最近じゃマジシャンに限らないみたい。あまりいい気持ちはしないね。あの伸銅さんってひとたちも、同じようにしてるけど」

「伸銅さん?」

「わたしたちの次に出るアクロバットチーム。わたしたちは上手の舞台袖を占拠してるけど、伸銅さんたちは下手を独占してるらしくて、ダンサーさんたちもステージに入れないって嘆いてたわ。マジシャンが舞台袖を独占できるなら俺たちもそうするって言ってたらしいの」

「おかしな話ね。アクロバットなんて、事前に秘密にすることなんてなにもないはずなのに」

「そう。まったくばかげてる」沙希は不満そうにいうと、鏡の前でイヤリングをつけなおした。

出演者の意地の張り合いというやつなのだろう。ショーの世界ではよくあることだとキョウコは思った。一方に認められたものは、もう一方も認めてもらえないと不満の声があがる。プロどうしの駆け引きだった。

大勢の屈強そうなアクロバットチームの男たちの群れに、ひとりで立ち向かっている沙希が、ふいに頼もしい存在に思えてきた。そう、わたしたちには共通する事柄がある。帰る場所がないということだ。ふたりはほかに頼るべきものを持たない同志なのだ。

キョウコはにっこりと微笑《ほほえ》んでみせた。「あなたと組んでよかったわ」

「え」沙希がきょとんとした目で見かえした。「なんのこと?」

「なんでもないわ」キョウコは笑ってブラシを手にとり、沙希と同じ髪形をつくりはじめた。

事件発生

藍河は劇場〝宴楽座〟の観客席に足を踏み入れたとたん、呆然《ぼうぜん》と立ちつくした。

外観とロビーは江戸時代の舞台小屋という雰囲気だったが、内部は絢爛《けんらん》豪華たるオペラ座の様相を呈していた。ステージに向かって半円を描く二階建ての観客席はアール・デコ調の装飾に彩られ、ソファのように大きく贅沢《ぜいたく》な客席にはそれぞれテーブルが設置されていて、酒やディナーを楽しめるようになっている。なぜかここでは西洋風の衣装を身につけたウェイターやウェイトレスが右往左往するなか、各界の名士ならぬ警察官僚どもと、ひまな国会議員たちが赤ら顔でふんぞりかえっている。そのさまは、映画で観《み》た沈没前夜のタイタニック号を思い起こさせた。

「まあ、藍河さま」聞き覚えのある女の声がした。「ようこそ宴楽座へ」

振りかえると、米倉茜が立っていた。〝ゆりかもめ〟で会ったときと同じ紺の制服を着ていたが、印象はずっと若々しかった。あげていた髪をおろし、ナチュラルなヘアスタイルにしているせいだった。

「きみか。見違えたよ」藍河はいった。「電車のなかじゃ大人びてみえたが、こうしてみると女子大生みたいだな」

「おじょうずですわね」茜は笑った。端正な笑顔だった。メイクはずいぶん薄いようだが、肌はつややかだった。

「いや、世辞をいってるわけじゃないんだ。純粋にそう思ったんだよ」藍河は周囲を眺めた。同じ制服姿の女性はいたるところに見受けられる。「きみの同僚はみんな美人にはちがいないが、どちらかというとそのう、なんていうか、おじさん好みのグラマーな感じの女が多いじゃないか。メイクも派手だし、笑顔もきわめて営業的だ。ところがきみはちがう。すらっと痩《や》せていて、どこかハイソで上品な感じがする。女子大生っぽさと同時に、国際線のスチュワーデスって感じでもある。ようするに、知的だってことだよ」

酒のせいか饒舌《じょうぜつ》になっているようだ。茜はしかし、藍河がみずから饒舌と感じるその言葉を微笑のまま根気よく聞き終えると、いっそうの笑みをうかべた。「ありがとうございます。ところで、ご招待券は？」

「ああ、ここにあるよ」藍河はポケットから皺《しわ》くちゃになった招待券をとりだした。

茜は嫌な顔ひとつみせずそれを受け取ると、こちらへ、そういって通路を歩きだした。

藍河はため息をついた。俺はいったいなにをいってるのだろう。おそらくは、たまたま米倉茜という女が自分の好みにマッチしていただけだろうが、気づいたときには慣れない誉《ほ》め言葉を並べたてるという無益な行動に走っていた。アル中もしだいに深刻な状態になってきているのかもしれない。

通路を進むうち、警察関係者とおぼしき連中の視線がまたしてもこちらに向けられた。藍河はそれらをいちいち睨《にら》みかえすのにもうんざりしてきていた。無視しよう。それがいちばんいい。

ふいに、近くで立ちあがる体格のいい男の姿があった。今鴛という名の警部補だった。今鴛はあからさまに嫌悪する目つきで藍河の前に立ちふさがった。「どこへいくつもりですか」

「どこへだと」藍河はふっと笑った。「自分の席にきまってるじゃねえか」

「あなたにはショーを観ている暇などないと思いますが」今鴛は仏頂面でいった。「さっさとカジノに戻って、イカサマの所業をお考えになったほうがいいのでは？」

周囲から押し殺したような笑いが漏れる。

藍河はこの状況に嫌気を感じはじめていた。べつに、ショーが観たくて来たわけではない。戸田議員から招待状をもらったから、義理で出席しただけだ。爪《つま》はじきにしたいというのなら、それもよかろう。

踵《きびす》をかえそうとしたとき、茜が今鴛の肩をとんとんと叩《たた》いた。「申し訳ありませんが、藍河さまをお席にご案内しなければなりませんので」

今鴛は呆《あき》れたような顔で藍河を一瞥《いちべつ》してから、茜に向き直りふてぶてしい態度でいった。

「この人は事実上、われわれの監視下にあるんだ。仕事の関係でね」

「あら、そうですの」茜の顔から笑顔がきえた。「戸田議員が招待されたお客さまを、着席させないおつもりですか。失礼ですがどういった権限が？」

茜の鋭い視線は、さらに尖《とが》っていた。今駕は瞬間的にその視線に眉間《みけん》を撃ち抜かれたかのようにたじろいだ。

「お客さま」茜はきっぱりとした態度で今駕に告げた。「ご着席を。通路に立たれるとほかのお客さまのご迷惑になります」

みえないオーラにでも押されるかのように、今駕は呆然とした顔のまま引きさがり、座席に戻った。

茜はしばらく今駕およびその周辺に咎《とが》めるような視線を送ったあと、また藍河ににっこりと笑っていった。「こちらです」

呆気《あっけ》にとられながら、藍河はその後につづいた。「たいしたもんだ。きみ、以前に警備会社にでも勤めたことがあるのか？」

背を向けて歩きつづける茜から、苦笑のような笑い声がきこえた。「ここの研修でいろいろ教わっただけです。なにしろカジノですからね、どんな種類のお客さまにも対応できないと」

なるほど、そうだな。藍河はつぶやいた。ここはカジノだ。正式なオープンともなれば、陰険な警察関係者ていどの態度では済まない輩《やから》が山ほど押し寄せてくるだろう。

客席のほぼ中心部に達したとき、茜は立ちどまった。辺りを見まわしている。藍河もその視線を追った。さすがにこのあたりは最上級の招待客が集まっているのだろう、年配の客ばかりで身なりもいい。

茜が声をあげた。「ああ、戸田さま。藍河さまをお連れしました」

戸田は、最も豪華な装飾が施された来賓席にいた。隣りにいるのも国会議員にちがいないと藍河は思った。白髪頭に小太り、テレビで観かけた顔だが名前は思いだせない。戸田はその人物となにか話しこんでいたが、通路に立った藍河に気づくと、政治家特有のつくり笑いを浮かべて立ちあがった。

「ご苦労さま、藍河さん」戸田はいった。「楽しんでおられますか」

「適度にね」藍河は応じた。

戸田は隣りの席を振りかえっていった。大臣、彼が藍河元警部補です。そういった。藍河に向き直った戸田は、その白髪の人物を指し示していった。「こちら、平丘経済産業大臣です」

紹介され、立たざるをえなくなった平丘はみるからに面倒くさそうに腰をあげた。愛想《あいそ》のいい戸田とは対照的に、あからさまに軽蔑《けいべつ》の色を漂わせた平丘は、よろしく、それだけいってまた椅子《いす》に身を沈めた。

こちらの身分が汚職にまみれた元警官だと知っているのだ、出会って感激の笑みなど浮かべるはずもなかろう。藍河は冷ややかにそう思った。

戸田はしかし、平丘の無作法な態度を申し訳なく感じたらしい、藍河に低姿勢にいった。「どうぞ、ショータイムを楽しんでください。ご注文があれば、なんでも彼女に申しつけてくだされればけっこうです」

「ありがたい話だが、俺はカジノでの仕事に専念したほうが賢明かもしれないな」

「ご冗談を。せっかくのショーですからご覧になったほうがいいですよ。なんでも、日本人少女のイリュージョンがあるとか」

戸田の屈託のない笑顔。他意はなさそうだった。戸田は、数時間前に藍河と沙希がバーカウンターで会っていたとは夢にも思っていないにちがいない。警察関係者からも、そのことは伝えられていないようすだった。

「じゃ、遠慮なく」藍河は自分の席を目で探したが、辺りに空席はなかった。茜に目でたずねると、茜は微笑して後方を指し示した。どうやら、藍河の席はもっとステージから離れたところにあるらしい。茜が自分をここに連れてきたのは、戸田にそう命じられていたからだろう。藍河はそう思った。

「お仕事のほうも期待してますよ」戸田はいった。

「ああ、がんばるよ」藍河は歩きだそうとして、ふと足をとめた。「ところで、戸田さん。

あんた、カジノはやってみたか」

「ええ。いまのところツキは巡ってきていないですが、そろそろ当たりがくるんじゃないかと思ってますけどね」

「根拠のない自信は、ギャンブルにおいては命とりだぜ」

「そうばかりでもないでしょう。印旛沼をお忘れで？」

「印旛沼？」

「そう。あなたのトスコインで、私は運に恵まれて百万円を失わずに済んだ。あのツキが、まだ逃げていないといいんですけどね」

藍河は苦笑して首を振った。そろそろタネ明かしをしてやってもいいだろう。ポケットからくだんの百円硬貨をつかみだし、戸田に投げて寄こした。「それ、よく見てみなよ」

戸田は妙な顔をして百円玉に視線をおとしたが、やがてその表情に驚きのいろが浮かんだ。「これは……」

「そう。両面とも表の硬貨だ。エラーコインっていってな、造幣局で間違ってプレスされたもので、コレクター向けに十万円ぐらいのプレミアがついてコイン商に出回っている。記念にとっときなよ」

しばらくのあいだ、戸田は呆然とした顔でコインを何度もひっくりかえしていたが、やがてその顔をあげると、にんまりと笑った。次の瞬間には、弾《はじ》けるように笑い声をあげていた。「こいつは傑作だ。それに、もうひとつ確信が持てた。あなたはやっぱりいい人だ」

　てっきり怒りだすかと思っていたが、結果はちがっていた。藍河は口をゆがめてみせた。

「カジノじゃ気をつけなよ、大臣」

　戸田の笑い声をあとに残し、藍河は歩きだした。

　先に立って歩いていた茜が振りかえってたずねてきた。「あなたがいい人だっておっしゃってましたね、戸田議員は」

　最初から百万円を返すつもりだったという点において、戸田は藍河を善人呼ばわりしているのだろう。藍河は皮肉をこめてつぶやいた。「とんだ甘ちゃん議員だ」

　藍河はふと視線を感じ、頭上に目をやった。

　バルコニーのように張りだした二階席の最前列に、芹沢警察庁長官、三塚警察庁刑事局長、出崎警視総監の姿があった。三尊の仏像をきどって芹沢を中心に配列されたその席は、まさしく権力を笠《かさ》にきる三馬鹿といった風体に思えた。

　芹沢の目が藍河をじっと見下ろしていた。ほかの者とはちがって軽蔑の色は感じとれないが、その代わり怪しげな光が宿っているように思える。まるで瀕死《ひんし》の動物が屍《しかばね》と化すのを、枝の上で待っているハゲタカのような目。

　なにかを狙《ねら》っている。なんらかの企《たくら》みがある。だが、それがなんであるかはまだわからない。

藍河は首を振り、疑念を追い払いながら歩きだした。考えたところで、わかるものではない。相手が大きすぎる。こちらはひとりだ。

先導する米倉茜は通路をどこまでも後方へと歩いていった。ついに最後の列に達したとき、茜はようやく立ちどまった。笑顔で振りかえり、近くの席を手で指し示した。

落胆を感じながら近づいていくと、空いた席の隣りに永幡の姿があった。永幡は赤ら顔で、水割りのグラスを傾けていた。

アル中を自覚する藍河ですら、いまの永幡の隣りに座るのは躊躇《ちゅうちょ》されるほどだった。

茜に困惑の表情を向けてみたが、彼女は肩をすくめただけだった。

「客席を一周して、結局こんなところに案内されるとはな」藍河は席に腰を下ろしながら、永幡にきいた。「あんたは平気かい」

ふん。永幡は鼻を鳴らした。「窓際に飛ばされるのは慣れてる。リストラ前に何度も経験した」

藍河は笑い声をあげた。が、永幡は不機嫌そうにグラスをあおるばかりだった。どうやら、冗談のつもりではなかったらしい。

茜はおじぎをしていった。「ご用の節はなんなりと」

その言葉とは裏腹に、茜は藍河の注文に耳を傾けるようすもなく、微笑のままさっさと立ち去っていった。

藍河は呆気にとられた。俺をからかっているのだろうか。親切なようで、サービスというものをまるっきり意に介していないようにも思える。奇妙な女だと藍河は思った。

永幡はあの米倉茜という女をどう思っただろう。藍河は永幡に問いかけようとした。

「なあ……」

ふいに永幡は、さっと手をあげて藍河をさえぎった。「よしてくれ。おまえなんかとは口もききたくない」

藍河は一瞬口をつぐんだ。視線を合わせようとしない永幡の横顔をじっと見つめて、ふたたび喋《しゃべ》りだした。「俺のことを〝おまえ〟と呼ぶことができるのは友人だけだと思ってたがな。それも〝おまえなんか〟と〝なんか〟付けとは恐れいった」

「友人？　おまえに友人なんかいるのかい」永幡はふたたび藍河を〝おまえ〟と呼んだ。言葉の綾《あや》ではなく、意識的にそう呼んだという意志の表れだった。「私は、イカサマ師なんかといちゃつきたくはないんでね」

ギャンブルで成り上がっただけの中年男が、薄っぺらな虚勢を張っている。藍河は腹を立てた。「誰がいちゃつきたいっていった？　俺はホモじゃないぜ」

ようやく永幡がこちらに視線を向けた。うんざりという表情を浮かべていた。「いいか、藍河さんとやら。私は百戦錬磨のギャンブルの腕を買われてここに招待された。おまえみたいに、屈辱的な申し出を受けて、それを恥とも思わずのこのこと出席したやくざ者とはちがうんだ。そこんとこ、一緒にしてほしくはないな」

「喧嘩《けんか》売ってんのか」藍河は永幡をにらみつけた。

永幡は視線をそらし、またもや鼻を鳴らした。「騒ぎを起こすな。元同僚に逮捕されたいのか」

今度は藍河が鼻で笑う番だった。「ああ、そうか。俺と並んで座らされたのがよっぽど不満なんだな。安心しろよ。あんたはそう思っちゃいないかもしれないが、連中からすれば俺もあんたも同類、同じ穴のムジナだ」

「ちがう」

「ちがやしない。どっちもコソ泥同然とみなされてる。絵に描《か》いたようなキワモノの人生を送ってる、低能人間どもと思ってるさ。特にキャリア族どもはな」

永幡は唐突に、すべてを見通したかのような顔をした。「ははあ、わかった」

「なにがだ」

「おまえ、私がうらやましいんだろ。ここじゃまだ勝ちをおさめてないが、私にはいままで積みあげてきた資産がある。ギャンブルに手をださなくても、この先悠々自適の人生を送れる。おまえがこつこつとイカサマを働いてせこく儲《もう》けたところで、私みたいにはなれやしない。成功を妬《ねた》んでるんだな。だから私がだまされてるとか、はめられてるとか根も葉もない話をでっちあげて、混乱させようとしたんだ」

「なにをいってやがる。あの春夏秋冬の紙きれを見ただろうが。あんたがどれを答えても正解になるように細工してあった、それは事実だろ」

「へえ。じゃあ、いったい誰がなんのために私をだましたのか、答えてくれるか」

「それはまだわからん」

「そんなことだろうと思った」永幡はテーブルの上にグラスを置き、アイストングでつまんだ氷を次々に放《ほう》りこんだ。「とっくにクビになったくせに刑事きどりか。私を気づかってるふりをして幾らかもらおうとしてるんだろうが、そうはいかんぞ」

「ばかをいうな」藍河はいった。「岬美由紀さんもいってたろ。ギャンブルで大勝してばかりなんて確率的にありえないんだ。なにか裏があるにきまってる。そのことを忘れて浮かれていると、しっぺがえしをくらうかもしれん。だから気をつけろっていってんだ」

永幡はいらだちを露《あらわ》にし、いきなり大声をあげた。「このハイエナ野郎が」

次の瞬間、永幡の手にしたグラスの中身が藍河にぶちまけられた。氷と水が顔と服に飛び散り、藍河はびしょ濡《ぬ》れになった。

ウェイトレスが飛んできた。「だいじょうぶですか。いまタオルをお持ちします」

「いや、いいんだ」藍河はシャツの下にまで染み入ってくる冷たさを感じながらいった。

「俺の背広も酒を飲みたがってたところでね。かまわなくていい」

藍河の言葉に、ウェイトレスは妙な顔をしてひきさがっていった。

永幡はすねた子供のように、向こう側の肘《ひじ》かけに寄りかかって藍河と距離をおいた。ばかなやつだ。藍河は内心腹を立てたが、同時にこの中年男に対する哀れみも感じていた。まだ自分がだまされていると気づかない。いや、薄々気づいてはいるが認めようとしない。リストラに怯《おび》えながら社会の底辺で細々と過ごした日々、一攫千金《いっかくせんきん》を夢みた毎日、そんな人生が長すぎたのだろう。藍河の身の上が判明するまではおとなしい態度をみせていたが、汚職の過去がある元警官と知ってからはあからさまな空威張りをしてみせる。これまでの劣等感の裏返しだろう。いつか成功のあかつきには自分より格下の人間を見つけては見下してやろう、そんなひねくれた意思が意識の表層下に育ってしまったにちがいない。問題は、永幡の成功が本物ではないことだ。それは、誰かが仕組んだ偽りの成功にほかならない。幻影のようなものだ。いつかその幻影が消え去ったとき、働く意志もすべも失った中年男がひとり残されるのみ。この男を待っているのは、そんな未来でしかあるまい。

永幡は嫌悪の姿勢をみせることで、藍河を追い払えると考えているらしかった。こうなったら、意地でもここを動かない。藍河は心にそうきめた。

しばらく時間が経《た》った。エアコンの設定が空気を若干乾燥気味にしているのか、藍河の服はほどなく乾きはじめていた。それに気づいたとき、客席がゆっくりと暗転した。暗闇《くらやみ》のなかでドラムが高鳴る。耳をつんざくようなユーロビートのリズムとともに、ステージが激しく明滅した。

渋谷のクラブに出入りしている若者なら興奮状態になるのかもしれないが、四、五十代が中心の客席は静まりかえっていた。そんな冷ややかな反応をなんら気にかけないようなステージングはさらに激しさを増し、何語かわからないヴォーカルの絶叫とともに、ロックの音楽にのせてレオタード姿のダンサーたちが躍りでた。

二十人ほどもいるダンサーが激しく踊り狂う姿は、それなりに見事なものではあったが、藍河の目には武富士のコマーシャルとさほど大差ないものとして映っていた。ダンスが数分もつづくと、すでに退屈な気分に支配されそうになっていた。

藍河は横目で永幡をみた。永幡はにやつきながら、食い入るように舞台を見つめていた。バブルのころ、歌舞伎町でよくみかけた中年男の横顔。いまや絶滅に瀕しているといっても過言ではない。貴重だな。藍河はそうひとりごちた。

音楽がやんだ。ダンサーが決めのポーズをとった瞬間に、ステージを覆っていた幕が落ちて舞台セットが出現した。戦禍の都市を再現したセットに、ヒューイコブラに似たかたちの軍用ヘリが据え置かれている。むろん、舞台用にこしらえられた大道具にちがいなかった。

賛美歌のようなコーラスが流れるなか、遠くで機銃の音がする。虚無感漂う哀《かな》しみの街。しかし、その情景もわずかのあいだだった。また腹の底まで響いてくるロックのリズムが場内を揺るがし、ダンサーが赤いスポットライトのなかを踊りだした。

前衛芸術的表現かもしれないが、エンターテインメントを目的としたショーのわりにはやや不謹慎な設定かもしれない。お堅い教育評論家なら眉《まゆ》を吊《つ》りあげるだろう。藍河がそう思ったとき、ダンサーのなかにひとりの少女が現れた。

沙希だった。カラフルな民族衣装を模した服を着ている。露出度が極めて低い衣装だったことに、ほっとする自分がいた。藍河は自分に当惑した。親でもないのに、なぜそんなことを心配しなければならないのだ。

沙希は音楽に合わせてスピーディーなダンスを繰り広げた。その身のこなしは、周囲のダンサーにまったくひけをとらなかった。小柄な東洋人の少女はこうした洋風の振りつけには本来不向きのはずだが、沙希は西洋人の女が踊るときのような重量感と安定感を有していた。ふしぎだった。あのちいさな身体《からだ》のどこにそんなダイナミズムが内包されているというのだろう。

ダンサーたちは沙希を取り巻きながら、ひざまずいて祈りをささげる。どうやら、あのヘリコプターを飛ばせる最後の戦士という設定らしい。沙希が右手を高々とあげると、ダンサーたちは歓喜の叫びをあげて跳ねあがった。そのうちのひとりが、黒光りするヘルメットを運んできた。戦国武将の兜《かぶと》のような形状だが、サングラスのような風防マスクがついている。沙希は振りつけされた一連の動作のなかでそれをかぶり、ヘリコプターに向かって駆けていく。

藍河は、どことなく醒《さ》めていく自分を感じていた。いよいよこれからイリュージョンも本番を迎えるときだというのに、ショーを観つづけたいという欲求が急速に薄れつつあった。

沙希に失望したわけではない。むしろ、圧倒されたというほうが正確かもしれなかった。堂々と立ち振る舞う沙希は、ワイドショーで槍玉《やりだま》にあがっていた冴《さ》えない少女とは別人のごとく光り輝いていた。まさにシンデレラだった。俺はどうだというのだろう。しがないアル中。日陰者への転落。過去に沙希と付き合いがあったわけでもないのに、己れの人生を彼女と対比し、恥に思う自分がいた。

藍河は立ちあがった。永幡がちらとこちらを見たが、なにもいわなかった。席から遠ざかる寸前、藍河は永幡のようすを振り返った。永幡は藍河の席に片足をのせていた。もう帰ってくるなといわんばかりのゼスチャーだった。

ご期待に沿ってやる。藍河は音楽の鳴り響く暗闇の客席を後方へと歩いた。非常口のランプのついた扉を押したが、開かなかった。隣りのドアを試してみたが、そちらも押しても引いてもびくともしない。

妙だな、と藍河は思った。鍵《かぎ》がかかっている。ショーの最中には出入り不可なのだろうか。防災上、非常口のランプの点灯した扉は閉めきってはいけないはずだが。

席に戻ろうかとも思ったが、永幡の隣りに座ることを考えると気が滅入《めい》る。かといって立ちつくしているのも手持ち無沙汰《ぶさた》だった。壁づたいに歩いていくと、非常口とは別の鉄製の扉に行きついた。関係者専用かもしれないが、ほかが閉まっているのだ、失礼して通らせてもらおう。藍河はノブをひねって扉を開けた。

扉の向こうは非常階段だった。陰鬱《いんうつ》な蛍光灯の照明の下、鉄材で組まれただけの階段がむきだしのコンクリート壁に囲まれたなかを下へ下へと延びている。藍河は妙な安らぎをおぼえた。このジパング＝エンパイアなるテーマパークはどこにいっても過剰な装飾ばかりで目に痛い。この無機質な空間のほうが性に合っている。

藍河はタバコをとりだして口にくわえ、火をつけた。扉の向こうからショーのバックミュージックがくぐもって聞こえてくる。もの音はそれだけだった。

情けない話だ。藍河は立ち昇っていく煙をぼんやりと目で追いながら思った。派手なショーを観ているうちに、いたたまれない気分になっていく。俺はいったい、なんのためにここにきたのだろう。警察官僚が一堂に会すこの場で、汚名をそそぐ機会がどこかにあるかもしれない、そう思ったのはたしかだ。ところが、意に反してまるで行動を起こせない。監視の目がきついからではない、自分が弱腰になっているのだ。結局のところ、きょう一日はテーマパークのなかをうろつき、沙希に嫌われ、今駕という若い刑事に怪しまれ、永幡に疎《うと》ましがられた。それだけだった。出会った人間をすべて敵にまわしながら、得ることのできたものはなにもない。

つくづく自分に嫌気がさしてくる。帰るか。それがいい。明日、朝一番に荷物をまとめて退散する。自分のような負け犬は、こんなところに来るべきではなかった。結局、遅かれ早かれ尻尾《しっぽ》を巻いて逃げだすことになっただろう。それなら、早いうちにそうしておけばよかろう。自分はもう、ここにいる人間たちと同一の世界の住人ではないのだ。

タバコの先にたっぷりとたくわえられた灰に気づいた。辺りに灰皿はない。どうしようかと思ったとき、扉の向こうで銃声が響いた。

耳をつんざくほどの銃声、それも単発ではない。自動小銃をセミオートで掃射したときのような音。

舞台の効果音か。バックミュージックはつづいている。戦場をイメージしたイリュージョンだ、銃撃の音があってもふしぎではない。

ふたたび銃声が鳴り響いた。今度の掃射は長かった。セミオートからフルオートに切り替えたようだった。

ふいに音楽がやんだ。銃撃の音はまだつづいている。

おかしい。藍河は耳をそばだてた。やけに乾いた銃声だった。舞台効果なら、もっと演出上迫力のある音を選ぶだろう。ところが聞こえてくる銃声は、パンパンと軽い花火のような音に近い。それはすなわち、本物の銃声であることを表している。

だしぬけに悲鳴があがった。女の悲鳴、それも複数だった。観客か、ダンサーか。藍河は息を呑《の》み、タバコを投げ捨て扉に飛びついた。

扉をそろそろと開けた。劇場内は暗転したままだった。霧のように煙のたちこめる舞台に、断続的な鋭い音とともに銃火が光っていた。

制圧

　戸田は緊張と恐怖で胸が張り裂けそうになっていた。これがショーのプログラムでないことはあきらかだ。もし演出なら、戸田のすぐ目の前で血まみれになって横たわっている警察関係者らしき男の姿はあまりにも生々しく、どぎつすぎる。

　観客席に飛び降りて逃げだすダンサーたちの向こうに、機関銃を乱射する黒装束の男がふたりほどみえた。姿が判然としないのは、舞台効果用に焚《た》かれたスモークのせいらしい。側面の非常口に駆けていったダンサーや一部の客たちが足をとめている。そちらにも銃を持った男の姿があった。非常灯の明かりの下、はっきりとその姿がみえた。奇妙なことに、忍者のような衣装に身を包み、顔も目もとだけを残して黒い布を巻きつけ覆っている。おそらくショーの出演に予定されていたか、もしくは出演者を装って忍びこんだ連中にちがいない。

　すでに数人が発砲に倒れたようだった。いずれも警察関係者のようだ。ただ逃げ惑っているだけのダンサーや客には銃口を向けて威嚇するだけだが、明確な抵抗の姿勢をみせた人間は容赦なく撃つつもりらしい。

銃を持った男はダンサーたちに、客席の後方に向かうように指示していた。泣きじゃくる者もいれば、その肩を抱いて必死で指示に従おうとする者もいる。観客のほとんどは、座ったまま身動きもできず、ただダンサーたちの行方を目で追っているにすぎなかった。

がらんとした舞台上にはテロリストのほかに、ひとりだけ本来の出演者が残されていた。あのマジシャンの少女だった。ヘルメットをかぶり、セットのヘリコプターに乗りこもうとしたとき、あの銃を持った忍者たちが現れた。里見沙希はその直後の姿勢のまま凍りついていた。忍者のひとりが沙希に気づき銃を向けると、沙希は慌てたようすで両手をあげた。ひざまずけ。忍者が大声でそういったのが聞こえる。沙希は舞台の端でいわれたとおりにした。

奇妙な既視感があった。戸田の脳裏に、ロシアで起きた劇場占拠事件のニュース映像がうかんだ。チェチェン武装勢力側が撮影したとされる、ミュージカル劇場の制圧の瞬間。国営ロシアテレビから日本に映像が提供され、各局のニュースで報じられた。上演中に突然現れた覆面姿の武装勢力に驚く出演者、なすすべもなく呆然《ぼうぜん》とする観客たち、なにもかもがそっくりだった。

既視感の直後に、悪夢の予感が全身を駆けめぐった。あのロシアの事件は結局、治安部隊の強行突入により終結したが、そのさい使用された特殊ガスなどの武器により百人以上が命を落としている。人質の数が多ければ多いほど、流される血の量も増えることになる。

とっさに懐に手をいれた。携帯電話を取りだし、震える手で通話ボタンを押した。液晶板に光が灯《とも》る。どこにダイヤルすべきか。一一〇番か。しかし、警察庁および警視庁のトップが全員ここにいるというのに、警察組織は迅速かつ適切な対応を図れるだろうか。そうだ、内閣安全保障・危機管理室があった。テロリズムに遭遇した場合、真っ先にダイヤルする番号を指定されていた。たしか番号は登録してあったはずだ……。

ふいに、隣りの男が手を伸ばして携帯電話をつかみ、戸田の動作をさえぎった。戸田は驚いて顔をあげた。

平丘だった。平丘は緊張の面持ちで戸田をじっと見つめた。「いかん」

「どうして」戸田は平丘を見つめかえした。「すぐに連絡して、井尾山官房長官に対応を……」

「だめだ」怯《おび》えが自制心を失わせているのか、平丘は食ってかかるようにいった。「電話はつながらん。パンフレットにも書いてあっただろう。劇場内では、携帯電話の電波は遮断されている。かけても意味がない」

おかしな話だと戸田は思った。たしかに総務省は劇場やコンサートホールに携帯電話の電波遮断装置の設置を許可する制度を始めていて、このジパング＝エンパイアの劇場施設もその免許を取得するため申請をだしているときく。が、仮営業期間にあたる現在は、まだ許可が下りていないはずだ。そもそも、携帯電話の電波遮断装置を設置するか否かも、今回の査察項目に含まれているのだ。したがって、きょう劇場側が電波遮断装置を作動させることは電波法上違法であり、実施しているわけがない。議員に配布された資料にはそのことが明確に書かれていたはずだが、平丘は読んでいないのだろうか。

銃声が周囲に響く。議論している暇はない。戸田は平丘の手を振り払い、液晶板の表示を凝視した。良好な受信状態をしめす表示がでている。連絡しない手はない。

ところが、またしても平丘が妨害してきた。戸田がその手から逃れようとすると、平丘は戸田の携帯電話をはたき落とした。

戸田は怒鳴った。「なにをするんだ」

平丘はにらみつけてきた。「勝手な真似《まね》をするな。撃たれたらどうする」

「撃たれたら、だって?」戸田はこみあげる怒りに逆らいきれなかった。「連中は少数だ、こっそりかければわかりはしない。ぐずぐずしている間に、あいつらが……」

そのとき、野太い男の声がした。「おい!」

戸田は顔をあげた。愕然《がくぜん》とした思いが胸のなかにひろがった。

機関銃を手にした黒装束の男が、すぐ近くに立っていた。周囲の客たちは全員、両手を頭の上で組んでいた。そう指示されたのだろう。ふいに客席に明かりが灯った。いたるところに黒装束が配置され、場内は完全に制圧されていた。

平丘が周りにならって両手を頭の上に運んだ。戸田も、従わざるをえなかった。

観客席につづいて、舞台にも地明かりが灯された。ふたりの忍者が客席に向けて銃を構えている。里見沙希はヘルメットをかぶったまま、怯えるようにちぢこまっている。

静寂はしばらくつづいた。やがて、二階席から低い男の声が飛んだ。「要求はなんだ」

聞き覚えのある声。警察庁長官、芹沢の声だった。男たちの視線が二階席に向いた。

返答はなかった。物音ひとつしない静寂がつづいた。やがて、舞台から足音が響いてきた。

袖《そで》から現れた男はやはり黒装束に身を包んでいたが、顔は覆ってはいなかった。銃も手にしていない。一見してリーダー格とわかる。アフロヘアにサングラス、岩のようにごつごつとした顔つきの四十代ぐらいの男。男は舞台の中央に立つと、マイクを手にしていった。

「伸銅畔戸といいます。どうぞよろしく」男はロックスターのようにガムを噛《か》みながら、気取った声で妙に早口にいった。「日本初のカジノ・テーマパーク、ジパング＝エンパイアへようこそおいでくださいました。当劇場はただいま占拠されております。お客さまに申し上げます。抵抗もしくは、不適切な行動が見受けられた場合、通告なしに射殺することになります。その点をお含みおきくださいますよう、心よりお願い申し上げます」

芹沢の声が飛んだ。「どこのテロリストだ。目的は？」

伸銅と名乗る男はしきりにガムを噛みながら、芹沢のいる二階席をみあげ、無愛想《ぶあいそ》にいった。「ひとにたずねる前に自分が名乗りましょう。どこの何者だ」

「警察庁長官、芹沢竜雄だ」

「やあ長官」伸銅はその肩書にも物怖《ものお》じするようすをみせなかった。「テロリストとはテロルに訴えて政治目的を実現させようとする者、テロルとはドイツ語で恐怖を意味し英語読みではテラー、すなわちあらゆる暴力的手段を行使し、その脅威に訴えることによって政治的に対立するものを威嚇することだな。残念ながらわれわれには当てはまらない。たんにおカネがほしいだけなんでね。おカネが欲しいから働く。あなたがたと変わらん」

警視総監、出崎の声が響いた。「強盗目的ってことか」

「もっとわかりやすくいえ。ようするに泥棒さ」伸銅は舞台の袖に向かって口笛を吹いた。

袖から、旅行用のトランクほどもある装置がワゴンに載せられ引きだされてきた。

戸田は視線を左右に走らせ周囲のようすをうかがった。視界のなかに銃を持った男が七人。みえない後方にもおなじ間隔で配置されているとして、全員で二十人ぐらいか。いずれも、付近の人質を威嚇することに忙しい。人質たちは舞台に視線を注いでいる。抵抗の姿勢を見せる者はひとりもいない。

最も近いところにいる見張りは、いま背を向けている。戸田は隣人をみやった。平丘は青ざめた顔で舞台を凝視している。

そのまま気をとられていてくれよ。もう妨害はまっぴらだ。戸田は内心そうつぶやきながら、床におちた携帯電話を足でそっと滑らせ、引き寄せた。隙《すき》をみて、拾いあげることは可能かもしれない。

「おっと、そこのご婦人」仲銅は客席の一箇所を指差していった。「不安な顔してますね。だいじょうぶ。俺たちはアラブのゲリラみたいに、客席に袋をまわしてあんたがたの貴重品を入れろとか、そんなけちな真似《まね》はしませんから。小さいころから、将来はビッグになることが夢でね。せこいのは嫌だ」

芹沢がきいた。「なにを狙《ねら》おうというんだ」

仲銅は口もとをゆがめた。「聞くだけ野暮と思わなかったか？　カジノに泥棒がやってきました。目当ては当然、金庫室のカネだけだ。そうだろ」

二階席で、芹沢の隣りでバルコニーから身を乗りだして叫ぶ男がいた。「カジノは仮営業中だ。カネはまだたいして置いてない」

仲銅はそちらを見た。「あんた名前は？」

「警察庁刑事局長の三塚だ」

「よかろう三塚さん。あんたはいま最後の審判にかけられている。自分の言葉に命を賭《か》けて、天地神明に賭けてそういいきれるか？　金庫室にカネはないと？」

沈黙があった。仲銅はサングラスをかけた顔を二階席に向けたまま、三塚が答えるのをじっと待っている。

三塚の声が響いた。「ない」

仲銅は表情ひとつ変えず、側近に指を鳴らして合図した。傍らにいた男が腰から拳銃《けんじゅう》を引き抜き、仲銅に投げ渡した。コルトガバメントのようだった。仲銅はそれで二階席を狙いすます素振りをみせた。

その飄々《ひょうひょう》とした態度から、銃をかまえても発砲する気はあるまいと戸田は思った。ところが、仲銅はその予測をあっさりと打ち破った。パンという軽い発射音。二階席から、低いうめき声。

観客がいっせいに二階をみた。戸田も、バルコニーの三塚を見つめた。三塚の胸もとが、血で真っ赤に染まっているのがわかった。三塚は呆然《ぼうぜん》とした顔でしばし静止していたが、やがてその場に崩れ落ちた。

まず婦人の悲鳴、それからダンサーの若い女たちの悲鳴、最後に男たちの悲鳴。客席は騒然となった。逃げだす素振りをみせる客もいたが、すぐに近くの武装勢力が銃で威嚇し、押しとどめた。

混乱のなかで、戸田はチャンスの到来をさとった。周りの全員が立ちあがり、慌てふためいている。平丘もあんぐりと口をあけて二階席を見あげている。戸田はすばやく身をこごめて、携帯電話を拾った。

ところがそのとき、銃声が何発か響いた。仲銅が頭上に向けて発砲したのだ。人質たちは静かになり、席に着きはじめた。

戸田はあわてて姿勢を正した。ダイヤルのチャンスはない。携帯電話を上着の裾《すそ》の下に隠し、そしらぬ顔をつとめた。

「三塚さんは地獄に落ちました」伸銅はくちゃくちゃとガムを嚙みつづけ、笑みひとつ浮かべずにいった。「カジノの従業員ならご承知のとおり、この仮営業期間中も金庫室には現金が運びこまれている。カジノじゃ現ナマが飛びかわねえと意味がないっていう、誰かアドバイザーの意見のせいで、議員さんが粋な計らいをしてくれたんだな。でラスベガスにならって、カジノにあるチップと同額の現金が金庫室におさめられているわけだ。しめて四百億円。こりゃ泥棒さんが現れないほうがふしぎってもんだ」

戸田は心拍数が速まるのを感じた。この仮営業に現金を用意するよう、関係各方面に働きかけたのは、ほかならぬ自分だ。藍河元警部補を招来したかったし、現金を用意すべきだという彼の意見にも一理あると感じてそうしたのだった。だがそれは、あくまで招待客だけが知りうる極秘事項であり、しかも決定が下りたのは前日のことだ。これだけの武装集団を率いて襲撃を図る計画が、そんなわずかな時間に準備できたというのか？　ありえないと戸田は思った。ショーの出演者は、仮営業に現金を運用するかどうかが決定されるずっと前に決まっていたはずなのだ。

静まりかえった場内に、低い声が響いた。「三塚」

芹沢の声だった。同僚の安否を気遣っていたらしい。芹沢はゆっくりと立ちあがった。無念を秘めたその声が、二階席から伸銅に向けられた。「死んだぞ」

「お気の毒」伸銅はこともなげに言い放った。

芹沢は怒りに震える声でたずねた。「こんなことをして、無事に逃げきれると思ってるのか。四百億のカネが、どれだけの量になると思ってる」

「ジェラルミンケースの重さを含めて十トントラック二十台ぶんだろ。ちゃんと計算してる」

「それだけのカネを持って、どうやってここから逃げるつもりだ」

伸銅はにやりと笑った。「だからこそ人質をとったのさ」

おそらく、逃走の手段を外部に要求するつもりにちがいない。だが戸田は、ふたりの会話よりも周囲の変化に気を配っていた。

舞台の伸銅と二階席の芹沢、そのふたりに人質たちは気をとられている。客席にいる見張りたちも同様だった。伸銅が冗談めかした台詞《せりふ》を吐くたびに、彼らの目もとはほころんでいる。占拠したという優越感のなせるわざだろう。そこにはおのずから油断が生じるにちがいない。

戸田はゆっくりと上着の裾から携帯電話をとりだした。うつむくと目立つ。顔をあげたまま、視線を時おり下に向けて携帯電話を操作した。登録の一覧を順繰りに表示していく。

いずれでてくるはずだ。

「諸君」仲銅がふいに大声をあげたので、戸田はびくつきながら携帯電話をまた上着の裾に隠した。

仲銅はワゴンの上の装置を指し示していた。例によって無表情のまま、異様な早口で喋《しゃべ》りだした。「こちらをご覧ください。起爆装置は故障が多いのが玉にキズ。準備万端の破壊活動や、一発逆転狙いの爆破工作、ここぞというときの一発が故障で不発。よくありますよねえ。でもご安心。そんな不安を解消する高精度の起爆装置がやってきました。世界のテロリスト注目の商品！　精密機械をつくらせたら世界一の日本製。三菱重工が自信を持って陸上自衛隊に提供しているＳＤＨ６００起爆装置です。チェチェン武装勢力も、これさえあったらなあと天国で悔やむことしきりでしょう」

静寂だけでなく、寒波も襲ってきたかのようだった。場内の温度が何度かさがったように、戸田には感じられた。おそらく、ほかの人質も同様だろう。

「この劇場は」仲銅は天井を指さした。「一見木造のような外観ですがじつは鉄筋コンクリート製です。その支柱となるあらゆるところにＣ４爆薬を仕掛けております。Ｃ４爆薬はご存じですね？　Ｃ４の説明までするると、三流の武装勢力に思われるのでいたしません。冒険小説でも、Ｃ４爆薬の説明をする作品は駄作ときまっております。とにかく、起爆装置にキーを挿《さ》してひねるだけで、劇場は美しく崩れ去ります。周りに破片を飛び散らせることもなく、この巨大な天井がみなさまの頭上に落下してまいります。これがどういう意味かおわかりですね。われわれに逆らうことなく、おとなしく紳士的に椅子《いす》に座りつづけてください。それだけです」

なんてことだ。戸田は息苦しさを感じた。ネクタイを緩めたい衝動に駆られる。ここにいる全員が、武装勢力に命を握られてしまっている。ロシアの劇場占拠事件でも、チェチェン武装勢力は劇場に爆薬を仕掛けていた。突入する側はそれゆえに、特殊ガスを注入せざるをえなかった。日本政府はどうでるだろう。人質の殺害をよしとするはずはないが、それでも対応にはそうとう苦慮するはずだ。へたに動いて、犯人たちを自爆に追いこむ可能性も低くはない。

待ってはいられない。戸田は間近な見張りが視線を逸《そ》らしているのを確認すると、携帯電話のボタンに指を伸ばした。

「ああ、そうそう」伸銅の声がふたたび響きわたった。「携帯電話をお持ちの方に申しあげます。ほかのお客さまのご迷惑になりますのでご使用はお控えくださるようにお願いします。それでもマナー違反はあとを絶ちませんので、ただいまから携帯電話の使用を制限させていただきます」

伸銅が口笛を吹いた。誰かに合図を送ったらしい。

戸田のなかに衝撃が走った。携帯電話の液晶表示に〝圏外〟の文字が出現したからだった。

「こっそり電話したりせぬように」仲銅はふいにこちらをみた。「おわかりですね。戸田俊行行政改革担当大臣」

ブリザードに襲われたような感覚が全身を包んだ。観客たちがいっせいにこちらを振り返った。

仲銅はマイクを手にしたまま、サングラスごしにじっとこちらを見つめている。こちらの動きに気づいていたのか。これだけの観客のなかで。いや、議員である自分は、警察組織のトップ同様に逐一マークされていたにちがいない。自分は、あの男の手のなかで踊っているにすぎなかった。なにもかも見とおされていたのだ。

近くの黒装束がつかつかと歩いてきて、戸田の手から携帯電話をもぎとった。指先には、まるで感覚がなかった。雪山にひとり取り残されたかのようだ。

黒装束が銃口をこちらに向けた。心臓をつかまれたような恐怖が襲う。銃口は戸田の胸もとを狙いすましたかと思うと、次は頭部に向けられた。銃口はその上下運動を繰り返した。どちらを撃とうか探っている。戸田は息ひとつできなかった。

そのとき、隣りにいた平丘が戸田の両手をつかんだ。平丘は、戸田の頭の上に両手を置かせた。黒装束は立ち去っていった。

ため息がきこえた。自分か、平丘か、あるいは周囲のほとんどの人間が漏らしたため息にちがいなかった。黒装束は戸田に、両手を頭の上に置けと指示していたのだ。戸田はそれも理解できず、凍りついていた。

平丘が神経質そうに、声をひそめていった。「だから携帯はよせといったんだ」

戸田は急に怒りの感情がこみあげてくるのを感じた。「なんだと。あの男が私に気づいたのは、ついさっきだぞ。あなたが邪魔しなければ、もう連絡できていたかもしれないのに」

平丘は顔をそむけたままだった。両手を頭の上で組んだまま、じっと舞台を見つめていた。まるで戸田の犯した行為は自分とは無関係である、そんなふうに訴えたがっているように見えた。

失望と怒りが押し寄せた。これでも国会議員か。戸田は心のなかで悪態をついた。外部に連絡する唯一の希望は断たれた。戸田は自分の不運を呪《のろ》った。運。命のかかったギャンブルの勝敗をきめる運。百万円を取り返せたかに思えた自分の運は、藍河によって捏造《ねつぞう》されたものだった。ならば、もう自分の命は消えたも同然かもしれない。戸田は思った。この武装勢力たちが、藍河のように両面表のコインを投げてくれるとは、とても思えない。

魑魅魍魎

　沙希は暗闇《くらやみ》のなかで息を潜めながら、なんらかの異常事態をしめす兆候を感じとっていた。この沙希ひとりがようやくおさまることのできる〝個室〟には電灯もなく真っ暗だが、頭上のスライド式の扉に開けた穴から漏れてくる明かりが、舞台の状況をつたえてくれる。スポットライトが赤から水いろに転じたときに、沙希がふたたび〝個室〟を抜けだすことになっていた。

　が、どういうわけか舞台上はイリュージョンの途中で地明かりに転じた。音楽もやんだ。男性の声でなにかが長々と告げられたのはわかるが、ここにいると音が籠《こも》ってよくきこえない。

　なにが起きたというのだろう。電気系のトラブルだろうか。それとも、ダンサーが怪我《けが》を負うような事故が発生したか。飛びだしたい衝動に駆られるが、そうもいかなかった。幕が下りていなかった場合、沙希は不自然に舞台の床から頭をのぞかせることになる。まだイリュージョンの現象部分は演じ終えてはいない。観客には、舞台上にいるはずの沙希が別人に入れ替わっていたことが一目瞭然《いちもくりょうぜん》になってしまう。この劇場でのささいなトラブルで、トリックをばらしてしまったのではプロマジシャンとしての倫理違反になる。
リハーサルでも一度だけこういうトラブルに遭った。あのときの原因は電源の接触不良だった。すぐに修理したものの、ショーを進行するコンピュータのプログラムがリセットされてしまい、復旧に丸一日を要した。またあのトラブルが再発したのなら、イリュージョンは現時点をもって完全に失敗したことになる。

だが、音楽までも消えてしまうとはどういうことだろう。ＰＡ機器の電源は別系統のはずだが。

沙希はヘルメットのボタンを押した。内蔵されたマイクに向かってつぶやく。「キョウコ。どうかしたの。まだ舞台の上にいる?」

ずいぶん間があった。キョウコの声がソニックスピーカーから、骨伝導方式で頭のなかに響いてきた。「ええ」

「状況をおしえて。中断の理由は何? 再開できそう?」

「沙希」キョウコの声は震えていた。「わたし、こわい」

「おちついて」どうしたというのだろう。なにか大きな失敗でもしでかしたのだろうか。

「幕は下りてる? わたし、いま外に出られる?」

「いえ」キョウコの声はささやいた。「出ちゃだめよ。静かにしてて」

「どうして？　なにがあったの？」

「しっ。ちょっとまって」

無線は沈黙した。ザーという雑音は聞こえつづけている。無線がきれたのではなく、キョウコが押し黙っているのだ。ときおり、ため息に似たキョウコの吐息がかすかに伝わってくる。

まるで近くに誰かがいるのを警戒しているようだ。イリュージョンの秘密を明かせない誰かがそばにいるというのだろうか。トラブルが発生しているというのに、なにをためらっているのだろう。

かなりの時間がすぎた。「いったわ」

「いったって、なにが？」

キョウコは依然としてひそひそとした声で告げてきた。「アクロバットチームのひと。銃を持ってる」

沙希のなかに電流のような衝撃が走った。「え？」

「なんだかわからないけど、みんな人質にとられた」

「人質って、どういうことなの」

また沈黙があった。沙希の頭上で、足早に駆けていく足音が響いた。その直後、キョウコの声が早口にいった。「こっちにくる。とにかく隠れてて。外に出ないで」

「そんなこといわれても。どうすればいいの」額に汗がにじむ。沙希は震える自分の声をきいた。しかし、キョウコの返答はなかった。

キョウコ。キョウコ。沙希は声をひそめて呼びかけた。無線は、虚《うつ》ろな雑音を返すばかりだった。

藍河は非常階段の薄明かりのなかで歯ぎしりをしていた。携帯電話は現役のころには支給品を使っていたが、いまは持っていない。外にでたところで連絡のつけようがない。テーマパーク内の公衆電話を生かしておくほど連中は馬鹿ではないだろう。そもそも、この劇場の外がいまどうなっているのか見当もつかない。

わずかに開けた扉の向こう、制圧された客席の果てに舞台が小さくみえている。伸銅という男も点のようにしかみえない。しかし、その男より気になる人間がいる。沙希だ。舞台の端にちぢこまったまま動けずにいる。

あの十五歳の少女に危険が迫っている。壇上にいるぶん、観客よりも犯人たちの注意を引きやすい。わずかな反抗的姿勢をみせただけでも命とりになる可能性がある。

扉の把《と》っ手《て》を握るてのひらに汗がにじむ。息を殺しながら、客席のあいだをゆっくりと移動する兵隊の装備を観察した。間抜けな黒装束姿だが、よくみると機能的だった。足元は陸軍用のブーツだし、ＡＫ47半自動ライフルを肩に吊《つ》るして保持できるよう、ストラップが付いている。胸もとにぶらさがっている球体は手榴弾《しゆりゆうだん》だろう。この目的のためにデザインされた服装にちがいなかった。

壇上の男は仲銅畔戸と名乗った。指定暴力団仁井川《にいかわ》会系の仲銅一家と関係を持つ男だろうか。たしかに仲銅一家は武器の密輸や銀行強盗、現金輸送車襲撃など凶悪犯罪を得意とする集団だが、これほど規模の大きな作戦を実行し得る力があっただろうか。藍河はかつて仲銅一家に対し強制捜査をおこない、チンピラの何人かを逮捕したことがあるが、壇上の男の顔は見覚えがなかった。むろん畔戸という名も記憶にない。

「では」仲銅の声が響いてきた。「お客様が全員ちゃんと着席しておられるかどうか、出欠をとりたいと思います。代理で返事するような者は欠席者ともども単位を認めないからそのつもりで」

やたらと冗談を口にしたがる男だと藍河は思った。舞台に立つことが本質的に好きな人間なのだろう。状況を考慮しなければ魅力的に思えなくもない。だがいまは、そのショーマンシップが重犯罪に結びついている。

仲銅がつづけた。「従業員から招待状と座席のリストを提供していただきます。ちゃんと自分の席についていないお客さまは、命がなくなりますことをご了承ください」

まずい。藍河は動揺した。自分が姿を消していることはすぐに判明する。犯人が点呼をとる前に、永幡が告げ口することもありうるだろう。あらゆる非常口はふさがれている。

ここにいては、見つかるのも時間の問題だ。

なぜこの非常階段の扉だけ開いていたのか。疑問が頭をかすめたとき、黒装束のひとりが客席後方に駆けてきた。散開して、客の点呼をとるのだろう。藍河は音を立てないよう細心の注意を払いながらそっと扉を閉めた。

選択肢はひとつしかない。藍河は足音をしのばせながら非常階段を駆け下りた。劇場の客席は雛壇《ひなだん》式になっていて、この非常階段に出る扉は客席の後部に位置していた。すなわち、客席の最後列の高さだけ階段を降りることになる。だいたい建物の四、五階ぶんだろうか。

ふいに、藍河の身体《からだ》に緊張が走った。足をとめて息をひそめる。近づいてくる足音がある。頭上ではない、下からあがってくる。一歩ずつ、ゆっくりと昇ってくる足音。その調子から察するに、こちらに気づいているようすはない。

藍河はこの緊急事態に対処できるすべを失っていた。飛び道具は持ち合わせていない。辺りを見まわしたが、武器になりそうなものもない。姿勢を低くしたが、無駄な行為だと悟っていた。蛍光灯のおぼろげな明かりは藍河の頭上に位置している。こちらから向こうは見えにくいが、向こうからは藍河のシルエットははっきりと見えるにちがいない。

踊り場をまわって人影が現れた。何者かが藍河に気づき、足をとめて見あげた。

「藍河さん？」女の声だった。それも、明確に聞き覚えのある声だ。

目を凝らすと、光沢のあるレッドパープルのパーティードレスに身を包み、ハンドバッグを手にした岬美由紀が呆然《ぼうぜん》としてこちらを見ているのがわかった。

察するに、遅れて観客席に向かおうとしていたのだろう。その派手な服装と肩より上に丁寧にまとめあげた髪は、銀座の高級ホステスのご出勤姿を思わせる。

「岬さんか」藍河は声をひそめていった。安堵《あんど》の響きのこもった自分の声が、非常階段に静かに反響した。

「どうしたの、藍河さん」美由紀はいかにも事態を把握していないようすで、目を丸くした。「こんなところから抜けだすつもり？　よっぽど退屈な舞台なのかしら」

「ああ、たしかに客席はしんと静まりかえってる。だが出し物がつまらないってわけじゃないんだ。むしろ衝撃的すぎてね」

美由紀は藍河の言葉にきょとんとしていたが、気をとりなおしたように微笑していった。

「一緒にいきましょうよ。暇なら、わたしがお相手してあげるから」

まだ状況を把握せず階段を昇ろうとする美由紀を、藍河は押しとどめた。「まってくれ。いまはだめだ。入れない」

「どうして？」

「制圧されてるからさ」藍河はいった。「忍者みたいな恰好《かっこう》をした武装グループが劇場を占拠した。武器はロシア製だがメンバーは日本人。建物にＣ４を仕掛けたといってる。起爆装置は舞台上だ。俺の勘じゃ、はったりとは思えない」

美由紀はまだ狐《きつね》につままれたような顔をしていたが、やがてふっと笑った。「冗談でしょ」

「いいかい、岬さん。あんたは目を見るだけでその人の考えてることが読みとれるそうだな。俺が嘘《うそ》をついているように見えるか」

藍河は美由紀をじっと見つめた。美由紀も、藍河を見つめかえした。

美由紀の顔から微笑が消えた。「わかったわ。それでどうするの」

「外がどうなってるのか気になってたが、きみが難なくここまできたってことは、戦火に呑《の》まれてるってわけじゃなさそうだ」

「ええ。でも、異様に静かだったわ。施設もほとんど明かりが消えてたし。劇場以外の設備が、上演中は営業を中止するつもりだったのかな、なんて思いながら歩いてきたけど」

「それはないだろう。ベガスでもカジノは年中無休だ。ショーの最中も決して中断されることはない」

美由紀の顔に緊張が走った。「じゃあ……」

藍河はため息とともにうなずいた。「どこもかしこも黒装束に押さえられたとみるべきだろうな。外は魑魅魍魎《ちみもうりょう》に溢《あふ》れてる。安全な場所はどこにもない」

米倉茜は舞台のわきに立っていた。武装勢力は制服姿の従業員を三列に整列させ、この位置に固めた。ここからは、観客席のほぼ全員の顔を見渡すことができる。武装勢力の意図はあきらかだった。客と従業員を向かい合わせることで、どちらかがなにか異質な行動を取った場合、それを目撃したもういっぽうに反応が表れる。表情がこわばったり、なかには自分が助かろうとしてその行動を犯人側に告げ口する者も現れるだろう。人質どうしを互いに見張らせる。武装勢力のそのアイディアはどうやら功を奏しているようだった。客席の議員や警察関係者たちはびくついた表情で視線をこちらに投げかけるばかりだ。茜は従業員を横目でみた。彼女たちも同じような表情を浮かべている。状況を破綻《はたん》させる行為におよぶ者がでることを恐れている。犯人側が怒りに駆られ、機関銃を掃射する事態に恐怖している。この事態下では、誰も身じろぎひとつできない。

茜は客席の中心部にいる戸田と平丘のようすを眺めていた。戸田がひたすらこわばった表情を浮かべているのに対し、平丘は肩の力が抜けているようにみえる。額の汗をぬぐう余裕をみせ、ネクタイもとっくに緩めている。

妙だと思った。すぐ近くの通路を黒ずくめの男が銃をかまえて往来をくりかえしているのに、どうしてあれだけくつろいでいられるのだろう。国会議員である自分には、危害は及びにくいと考えているのだろうか。

ふいに客席がざわついた。最前列の中年の女性が悲鳴に近い声をあげる。人質たちの顔にいっそうの恐怖がひろがった。

彼らの視線はふたりの黒装束に向けられていた。ふたりは担架をかつぎながら、壁ぎわの通路に沿って歩き、舞台に近づいてきた。担架には血まみれになったスーツ姿の死体が載せられていた。右の腕が担架からだらりと垂れ下がり、振動に揺れていた。

担架が舞台の上に運ばれると、喧騒《けんそう》がさらにひどくなった。伸銅という男がふたたびマイクを手に高飛車にいった。「それでは本日のスペシャルゲストをお迎えします。大きな拍手でお迎えください、故・三塚警察庁刑事局長のご遺体です」

むろん拍手などなかった。うめく声やすすり泣く声が随所からきこえてくる。故人をしのぶ感情によるものではあるまい。茜は思った。客席に蔓延《まんえん》しているのは、いつ自分が同じ目に遭うかもしれないという恐怖心だけでしかない。

伸銅が冷淡にいった。「拍手する気がないのなら、静かにしていてもらおう。俺はブーイングがきらいでね」

ざわついていた客席は、また押し殺した沈黙に包まれていった。

怯《おび》えた目つきを舞台に向ける従業員のなかで、茜はひとり平丘を注視していた。平丘の目はほかの観客同様、舞台上を移動していく担架を追っているが、その表情には恐怖の色がひとかけらもあらわれていない。顔面蒼白《そうはく》の戸田とは対照的だった。

茜は二階席に目をやった。そこにも意外な表情があった。芹沢警察庁長官と出崎警視総監の並びの席が空いている。さっきまであの席にいた人間は、いまや担架の上だ。にもかかわらず、芹沢と出崎の顔からはなんの動揺も感じられない。とりわけ芹沢は、口を固く結び深刻そうな表情を浮かべてはいるものの、犯人に対する怒りや隙《すき》を見出《みいだ》そうとする殺気が皆無に等しかった。警察組織のトップにまで昇りつめた人間は、どんな状況下でも本能を抑制し、冷酷なほどの理性を働かせていられるということの証左だろうか。

それとも、なにかほかに理由があるのか。

担架が舞台の袖《そで》に消えていくと、客席を包んでいたある種の緊張感はいくぶんやわらいだ。とはいえ、恐怖という感情は依然として辺りに渦巻いていた。

茜の隣りで、ひとりの女が声を震わせた。「怖い。死ぬのはやだ」

そちらに目を向けた。けさ従業員の控室で知り合ったばかりの、久保田博美《くぼたひろみ》という二十四歳の女だった。この仕事につけてほんと、ラッキーだったわ。ロッカールームでそんなふうに笑ってみせた彼女の顔は、いまとめどなく流れ落ちる涙と表情筋のひきつりで、無残に変貌《へんぼう》していた。

「落ちついて」茜はささやきかけた。「パニックを起こすと、かえって彼らの神経を逆撫《さかな》ですることになるわ。深呼吸して、とにかく冷静でいて」

「冷静だなんて」博美はつぶやいた。「そんなことできない。自分がいつ叫び声をあげてあの扉に駆けだすかと思うと、いてもたってもいられない」

「だいじょうぶ。人間はそんなに簡単に自分を見失ったりしないから。もっと自分を信じて」

茜の言葉に、博美の凍りついた表情はいくぶんやわらいだ。博美は小声でいった。「どうしてそんなに落ちついていられるの」

「さあ。昔から神経だけは図太いっていわれてきたから」茜はふと、舞台の上でささやく声が気になった。そちらに注意を向けた。

黒装束が三人ほど顔をつき合わせている。ひとりが手にしたメモに、残るふたりが目を落としている。ひとりがつぶやいている。「ダンサーが二十人、裏方の人間が十一人。これで間違いないか」

「ない。あと、この里見沙希ってのは?」

ひとりが舞台の端に顎《あご》をしゃくった。「あの小娘だよ。イリュージョンの主役」

「じゃ、それを合わせて合計三十二人と」メモを手にした男がボールペンを走らせた。

「舞台にいた全員、人質になっていることを確認。それでいいな?」

ああ、いいとも。残るふたりが同意した。

茜のなかに、緊張に似た感情が駆けめぐった。舞台の下手を見やると、ヘルメットをかぶったままの少女がしゃがんだまま、恐怖に身を震わせている。

武装勢力はあれを里見沙希とみなしている。だが茜は、そうは思わなかった。わたしの推論が正しければ、舞台に関わっていた人数は武装勢力が確認した三十二人ではない。もうひとり多いはずだ。

犯人たちが確認していない人間がひとり、舞台に潜んでいる。劇場の外に抜けださせても、犯人たちに気づかれることはあるまい。

茜は舞台の上に声をかけた。「あのう」

それほど大きな声をだしたつもりではなかったが、茜の声は劇場じゅうに響きわたった。観客の全員がびくついたのを感じる。武装勢力側も例外ではなかった。

三人の黒装束が、いきり立ったようすで銃をかまえ、舞台を駆け下りてきた。ひとりがたずねた。「なんだ」

ひっ。隣りで声が漏れた。博美が恐怖に身をひきつらせている。しかし、茜にはさほどの緊張はなかった。用件もきかず、有無をいわさず射殺することはないだろう。

「喉《のど》がかわくと、みんな苦しくなるわ」茜は黒装束にいった。「食べ物とまではいわないけど、スポーツドリンクだけは配らせて」

「ばかをいうな」男は声を荒らげ、銃口を茜の胸もとに近づけた。

恐怖のうめき声が辺りから響くなか、伸銅の声がきこえてきた。「どうかしたか」

マイクではない、生の声だった。アフロヘアにサングラスの男は小走りに近づいてくると、茜の前に立った。

ミラータイプのサングラスだった。仲銅の目もとはまるでみえず、茜の顔がふたつ並んで映りこんでいる。近くに立つと、仲銅はかなり背の高い男だとわかった。百九十センチほどあるだろう。やや華奢《きゃしゃ》にみえた体格も、実際にはかなり大きなものだ。かなり鍛えているにちがいない。

仲銅は茜を見下ろしたまま、黒装束にたずねた。「なにがあった」

「この女が、人質にスポーツドリンクをと」

「スポーツドリンク？」仲銅は笑いひとつ浮かべなかった。茜の制服の名札をちらと見やると、低い声でいった。「状況をわかってるのかね、米倉茜さん。連中が重要な招待客だったのは過去の話だ。いまは牧場の家畜同然」

茜はいった。「家畜も、水なしでは脱水症状を起こします」

「そうかな。俺の田舎では何日も家畜に水をやらなかったが、平気だったぜ」

「それじゃちゃんと管理ができてないも同然ですね。小規模の養鶏場でも一日につき五立方メートルの飲み水が必要になるはずですけど」

仲銅は静止した。しばし茜を見つめたのち、ふいにサングラスをはずした。

顔のつくりのわりには、ずいぶん細く小さな目だった。危ない目つきではあるが脅しをかけるにはやや視線の威力に乏しい。立場さえ考えなければ、可愛《かわい》げがある目といってもいい。茜はそう思った。

「頭のいい女の子だ」仲銅はあいかわらず、笑顔ひとつみせなかった。「よろしい。だが、ただの水でいいだろ」

「いえ」茜はひるまず、きっぱりといった。「恐怖による発汗がすすみ、脱水症状を起こしはじめた人には、ただの水では吸収が悪く症状の改善につながりません。スポーツドリンクなら胃からも吸収されるし効果的です」

仲銅は黙って茜の講釈をきいていたが、やがてふいに笑った。口もとには大仰《おおぎょう》な笑みが浮かんだが、目は笑っていなかった。すぐにまた無表情に戻ると、茜をにらみつけながらつぶやいた。「スポーツドリンクを配ることを許可しよう。だが人質の誰かがつまらない行動を起こしたら、おまえに真っ先に責任をとらせる。それでいいか、米倉茜さん」

「けっこうよ」

ふん。仲銅は鼻を鳴らし、黒装束のひとりに命令した。「一緒についていけ。彼女がへたな真似《まね》をしたら、容赦なく撃ち殺せ」

黒装束がうなずくと、仲銅はサングラスをかけ、歩き去っていった。

茜は博美をみた。博美はすっかり怯えきっていた。このまま放《ほう》っておけば、白髪に染まってしまうのではと思えるほど、その顔は恐怖に満ちていた。

彼女の恐怖を少しでもやわらげるためには、軽い言葉づかいがいちばんだろう。茜はそう思ってささやいた。「ざんねんなことにポカリスエットしかないのよね。アミノサプリが好きなんだけど」

博美にはしかし、まだ茜の冗談めかした言葉に対処できるほどのゆとりはなかったらしい。呆然とした顔できいた。「は?」

「いいの。なんでもないわ」茜はそういって歩きだした。

舞台に上る階段を駆けあがり、上手側の袖に向かった。ちらと舞台の床に視線を投げかけた。

そこか。茜は心のなかで、ひそかにつぶやいた。

投降

「やっぱりだ」藍河は街路樹の陰に身を潜めながら、美由紀にささやいた。「見てみろ。あのカジノの入り口を」

美由紀は藍河に身を寄せてきた。香水の匂《にお》いが藍河の鼻をつく。美由紀のこわばった声がつぶやいた。「明かりが消えてる。でも、入り口に誰かいる」

「黒装束だよ。銃をかまえて、建物の前を行ったり来たりしてる。見張りだな。あのなかにいた人たちも、制圧されてしまってるにちがいない」

美由紀が緊張の面持ちでたずねた。「じゃあ、ほかの施設もぜんぶ？」

「たぶんな。ジパング＝エンパイア全体が、連中に占拠されちまったんだ」

冷たい夜気が辺りを包んでいた。身も凍る寒さだ。小高い丘の上に位置している〝宴楽座〟前の路地からは、城下町を模したジパング＝エンパイアの東半分が一望できる。明かりはほとんど灯《とも》っていない。真の闇《やみ》だ。きょうは月もでていない。暗闇に目が慣れてくるまでは、もう少し時間を要するだろう。

劇場の外にはひとけはなかった。客は全員、どこかの施設のなかで人質になっているとして、武装勢力側もさほどの人数でないことはあきらかだ。外に人員を配置するほどの余裕はなかったのだろう。これだけの広さだ、百人いたとしても各施設に展開できる兵隊は限られている。

いや、敵の防御が手薄とみるのは早計かもしれない。たんに必要な人数しか送りこまなかったのかもしれない。ここが制圧されたことはほどなく外部に知れ渡る。政府筋は衛星写真やヘリコプターを上空に飛ばすなどして状況を探ろうとするだろう。外に兵隊を配置しないのは、それらの写真にうつることを嫌っているだけなのかもしれなかった。

そのとき、クルマのエンジン音が響いてきた。路地の向こうからヘッドライトの光が近づいてくるのがわかる。

「隠れろ」藍河はそういって木陰に身を潜めた。

美由紀はしかし、ふいに木陰から飛びだした。白い息をはずませながらジープのほうに駆けていく。ヘッドライトの光が到達する寸前、闇のなかに身をかがめ、路地に置いてあるベンチの下にもぐりこんだ。

すばやい身のこなしだ。藍河は感心した。それに、非常に実戦的でもある。クルマから見て、ベンチの下は目立たないし、接近すればするほど死角になる。美由紀の側からすれば、ごく近くで敵のようすを観察することができる。このような闇のなかでこそ威力を発揮する偵察行動だった。

接近してきたのは一台のジープとわかった。美由紀よりも藍河の位置のほうが敵に発見されやすい危険を秘めている。藍河は木陰に完全に隠れるよう努めた。ジープのエンジン音は減速の気配もみせず、そのまま走り去っていった。

藍河は美由紀のほうをみた。美由紀はベンチから這《は》いだし、身体《からだ》を起こしていた。

辺りにひとけがないことを確認してから、藍河は美由紀に駆け寄った。「どうだ。なにかわかったか」

美由紀はしゃがんだまままつぶやいた。「前にふたり、後ろにひとり乗ってた。三人とも黒装束で人質はなし。首から赤外線スコープをさげてる。それぞれが持つAK47のほかに、荷台にRPG7みたいな形状のロケット砲がひとつ。その砲弾格納箱らしきものがひと箱、それに旧ソ連製SA16に類似した携帯型地対空ミサイル。発射装置とミサイルがそれぞれ一基。確認できたのはそれだけ」

さすが元幹部候補生、頼りになる。藍河はきいた。「それで、岬美由紀さんとしてはどの武装勢力とみる？」

「たしかなことはいえないわ。ロシアの軍用兵器は世界じゅうに安く流出してるから。日本人じゃなくて、東洋系の外国人かも。どこかの国が宣戦布告して、攻め入ってきたのかしら」

「まさか」藍河はため息をつき、ベンチに腰を下ろした。「俺は元刑事にすぎないが、いくらなんでもそれはありえないと断言するよ。領空や領海上でのせめぎ合いもなく、いきなりこんな首都近郊の人工島に兵力を送りこめるわけがない。きみも元自衛官ならわかるだろ?」

「そうね」美由紀は同意をしめした。「国際情勢を考慮しても、諸外国が日本に対してチェチェン軍のようなゲリラ作戦を展開するとは思えない」

とはいえ、と藍河は思った。あの黒装束の連中は軍事訓練を受けたプロにちがいない。日本のやくざ組織にはできない芸当だ。いったい何者だろう。どうやってあれだけの装備を運びこんだのだろうか。

芹沢に率いられた警察権力が魔に染まり、このカジノでなにかを起こそうと企《たくら》んでいた。そして事件は、起きるべくして起きた。だがその事件は藍河の想像を絶するものだった。警察官僚たちは人質になっている。カジノを制圧したのは別の武装勢力だ。これをどうとらえたらいいだろう。

美由紀が藍河の隣りに座った。「これからどうする?」

「さあな。途方に暮れるよ」藍河は思いのままを口にした。空を仰ぐ。灰色の雲が天空を覆い尽くしているのが暗闇のなかでもわかる。星空はひとかけらものぞいていない。「武装勢力に占拠された島、大勢の人質。孤立無援か。そういえば警察を辞めてから、ひどく暇を持て余して、よく小説を読む機会に恵まれてね。テロリストがダムを占領して、運転員の婚約者をはじめとする数人を人質にとったうえ、日本政府に五十億円だか要求するって話を読んだ。要求を拒否したらダムを爆破して、下流にいる何万世帯が押し流されてしまうんだってよ。動けるのは電力会社の社員でもある運転員だけ。俺たちも、似た境遇にあるわけだ」

「たいへんな状況ね」美由紀が深刻そうにいった。「手も足もでないってやつだわ」

藍河は驚きを禁じえなかった。ベンチの背から身体を起こして美由紀を見つめた。「本気かい、岬さん?」

「なにが?」

「いま説明した小説の話だよ。本気で手も足もでないって思うか?」

美由紀は当惑ぎみに応じた。「そりゃ小説だから、なんとでもなるだろうけど、テロリストはダムを完全占拠したんでしょ? 現実だったら、運転員さんもさっさと降伏して出頭したほうがいいわね」

「そうじゃない。そりゃ電力会社の社員に独りで戦えっていっても無理な相談だとわかるが、問題はそこじゃねえんだ。テロリストの作戦だよ。どう思う」

「どう思うって」美由紀は戸惑いがちにしばし沈黙すると、肩をすくめていった。「政府は要求を呑《の》まざるをえないだろうし、最近頻発してるテロのことも考えれば、現実にありうる話だと思うけど」

「まさか」藍河は半ば呆《あき》れ気味にいった。「たかだか五十億円のためにダムの占拠なんかするか？ テロリストが日本国内にあれだけの装備を持ちこめるなら、広島あたりのちょっと金持ちの暴力団に密輸した兵器類の買い取りを頼めば、一年かそこらでそれぐらいは稼げるぜ？ 銃器類はそれほどでもないが軍用爆薬はカネになるからな。それに国外逃亡しづらい奥地の山岳地帯を占拠して、わざわざそのことを政府に知らせて、生きて帰れると思うか？ 日本政府がそんな要求を呑《の》むと思うか？ 山間部の何万世帯かなんて、いつでも起こり得る大地震の被害と考えればたいしたことじゃないと判断するだろうよ。二〇〇〇年の秋に発生した鳥取県西部地震でも被害総額は二百七億円だ。テロリストの言いなりになって五十億円を失うより、災害だと思って二百億円を支払うことになるほうが、国際社会への顔向けもよくなる。それが政府ってもんだ。結局はカネも手にできずにあの世行きさ」

美由紀は純粋に藍河の意見に圧倒されたようだった。美由紀は目を丸くしてたずねてきた。「じゃあ、そういう事態が起きても心配はないってこと？」

「いや。心配ないのは事件が起きたあとじゃなくて、そもそも事件は起こりようがないんだ。ナチの親衛隊やカルト教団の尖兵《せんぺい》みたいに洗脳されてる連中は、どんな無茶な命令にも命を捨てる覚悟で突進するかもしれないが、傭兵《ようへい》はカネで動く。勝てないとわかってる戦さにわざわざでかけるやつはいない。いたとしたら、使い物にならない馬鹿だろう。結局、その道のスペシャリストに声をかけても、作戦に必要な兵力を集められずに終わるだろうよ」

なるほど。美由紀は心底感心したようにつぶやいた。「最初からありえないってことね」

藍河はひそかに拍子抜けの気分を味わっていた。噂《うわさ》にきく岬美由紀ともあろうものが、そのていどのことに気づかないとは。いや、岬美由紀は元自衛官とは思えないほどの博愛主義者で、ことさらに人命を尊重し、そのことが自衛隊辞職のきっかけになったとも聞いた。彼女にしてみれば、政府が人質の命を見捨てるなど想像もつかないのかもしれない。しかし、現実には起こり得る話だった。ブッシュ政権が乗っ取られた旅客機の撃墜を許可する時代だ、政府の強硬な対応はロシアにかぎったことではない。

「でも」と美由紀がいった。「ここで起きてることは？　わたしたち、実際にそういう事件の真《ま》っ只中《ただなか》にいるような気がするけど」

「ああ。そこが重要なんだ。連中は作戦を実行した。さっきいったような小説の矛盾をすべてクリヤーしたうえでな。連中の狙《ねら》いは、身代金みたいな不確実なものじゃなくカジノの金庫室に存在する四百億。人質も国会議員や警察庁のトップときてる。政府が人質を見捨てることのできない状況を狙ったのはあきらかだ」

美由紀はうなずいた。「政治的なしがらみだけでなく、政府や警察庁内に身内や血縁も多いでしょうしね」

「その通りだよ。ごていねいに、都知事の息子までいる始末だからな。有事法制が確定したとはいえ、現在、国だけでなく現場の自治体の賛同がなければ強硬な対処はとれない。都知事が息子を見殺しにするはずもない。いっぽう、警察のほうも警察庁長官や警視総監が捕らわれてる現状では手がだせないばかりか、組織系統を維持することさえ困難になる」

「防衛面でも島だから要塞化《ようさい》しやすいし、海に面してるから逃亡するにももってこいだしね」美由紀は深くため息をついた。「政府への要求は逃亡用の船かな」

「あるいは大型ヘリか」藍河は立ちあがった。「とにかく、じっとしてる手はねえな」

「藍河さん」美由紀が呼びとめた。「反抗するばかりが、手じゃないかも」

静寂に耳を傾けたい、そんな気分だった。藍河は振りかえった。美由紀の真剣なまなざしが、藍河をじっと見つめていた。

「ありえんよ」藍河は首を横に振った。「勝ち目がないから降伏しろって？　絶対ありえない」

大勢の人質がいる。あの沙希という少女をはじめ、多くの罪もない人々の命が危険にさらされている。それだけでも動機は充分だった。あの連中に頭をさげるぐらいなら、さっさと撃ち殺されたほうがましだ。職もなにもかも失ったいま、守るものはほかになにもない。

しばしの沈黙ののち、美由紀はやや大仰《おおぎょう》と思えるような笑みをうかべていった。「そういうと思ったわ。安心して。わたしも力になるから」

藍河のなかに判然としない思いが渦巻いた。それがなんであるのか、自分でもはっきりしなかった。ただ藍河は答えた。「ありがとう。じゃ、ともかく島の外と連絡をとることを考えよう。海岸線にでも向かうべきかな」

「それなら考えがあるわ」美由紀は立ちあがり、歩きだした。「ついてきて」

藍河は美由紀の背を眺めながら、もやのように漂う思考の正体をたしかめようとした。美由紀はあきらかに、本気で投降を勧めようとした。あの百戦錬磨の岬美由紀がそう判断したのだ、自分は黙ってしたがうべきではなかったのか。

いや。藍河は歩きだすとともに、その思いを払拭《ふっしょく》した。自分の運命は自分できめる。愚行であろうと、躊躇《ちゅうちょ》することはない。義のために戦うべき場所が見つかったのだ、自分ごときの命など惜しくはない。

混乱

米倉茜はワゴンを押しながら舞台袖《そで》を抜け、ステージに歩を進めた。背後には、影のように一定の距離をおいて黒装束がひとり、歩調をあわせてついてくる。

袖からエレベーターで地下の厨房に入り、スポーツドリンクのケースをワゴンに積んで戻ってくるまでのあいだ、外に逃げだせるチャンスはなかった。通路に扉はいくつか存在したが、いずれも見張りが立っている。武装勢力はあらかじめ、関係者専用のエリアについても綿密に下調べをし、必要な人員を送りこんできていると考えられた。まだ仮営業中のジパング＝エンパイアについて、事前にそれだけの情報を得ることができた理由はひとつしか考えられない。すなわち、内部に糸をひく者がいる。

ワゴンをまのあたりにした観客たちは一様にざわついた。汗だくの顔に、安堵《あんど》の表情が浮かんでいる。すでに脱水症状に近づいている人質も少なくないだろう。

舞台とその周辺に伸銅の姿はなかった。控室かどこかを作戦本部にしているのかもしれない。黒装束のほとんどは観客席の見張りについていて、舞台上には四人ほどが集まっているだけだった。

その四人に茜はいった。「みなさんにスポーツドリンクを配らせてもらいます」

茜はワゴンを押して、ステージの坂道を下ろうとした。そのとき、四人のうちひとりが声をかけてきた。「まて」

立ちどまり、振りかえった。茜はきいた。「なんですか」

「俺たちがさきだ」黒装束はずかずかと歩み寄ってくると、ワゴン上のペットボトルに手を伸ばした。残る三人もそれにならい、ワゴンを囲んだ。

茜はワゴンからナプキンをとり、なにげなく後ずさった。ワゴンを囲む四人のうちひとりが、茜の背後に目を向けて手招きした。おまえも一本どうだ。茜の後ろにたたずんでいた見張りは、ちらと茜を一瞥《いちべつ》してから、ワゴンに歩いていった。

機会が訪れた。茜は足元に目を落とさぬよう注意しながら、さっき確認した位置にまで後退した。近くに黒装束がいないことを確認し、ナプキンを床に落とした。

かがみこんでそれを拾おうとする動作のなかで、茜は舞台上の床に設けられた奈落《ならく》への扉にささやいた。「里見沙希さん。きこえる？」

ためらいの沈黙のあと、ささやく少女の声がかえってきた。「誰？」

「誰でもいいの。二回蹴《け》ったら扉を開けて」

ペットボトルを手にした黒装束が近づいてきたので、茜は返事を待たずにナプキンを拾って立ちあがった。

黒装束はいった。「人質に配っていいぞ」

「ありがとう。ええと」茜は舞台袖に顎《あご》をしゃくった。「でも、さっき通路にいたお仲間さんはどうするの？　あのひとたちのぶん、先に取っておいたほうがいいんじゃない？」

覆面のなかからのぞく目もとが、妙な気配を感じとったように怪訝《けげん》な色を漂わせた。

「なぜだ」

「なぜって、これだけの量しかないのよ。コップ半分ずつでも、人質全員に行き渡るかどうかも微妙じゃない。お仲間さんのぶんもなくなっちゃうけど、それでいいの」

黒装束の目に苛立《いらだ》ちがやどった。「おまえが配ってこい」

茜は肩をすくめてみせた。「しょうがないわね」

黒装束はなおも警戒の視線を茜に向けていたが、やがて背を向けて歩き去っていった。

これでいい。茜はワゴンを奈落の扉に近づけていった。舞台上にいる黒装束たちはみな、茜よりも客席側に立っている。

客席からみて、床の扉が陰になる位置にワゴンを停止した。茜は二度、踵《かかと》を床に叩《たた》きつけた。

床の扉は音もなくスライドし、ヘルメットをかぶった沙希が不安げな顔をのぞかせた。

茜は視線を落とさずにいった。「ワゴンの陰に隠れて。このまま舞台袖まで行くから」

躊躇《ちゅうちょ》はほんの一瞬だった。沙希はすばやく跳ね上がってワゴンの陰に隠れると、奈落の入り口を閉めた。茜がワゴンを押すと、沙希はかがみこんだまま、客席からの目に触れないように小走りに前進した。

たいしたものだと茜は思った。もとより、イリュージョンにおける人間が現れたり消えたりというトリックは、このように単純な方法を用いている。舞台の袖に出入りする大道具類の陰に隠れて出入りするのだ。

「ちょっとまて」男の声がした。

茜はワゴンを止めた。沙希の反射神経はたいしたものだった、ワゴンの陰からはみだすことなく、ぴたりと制止した。

振り返ると、また黒装束のひとりが歩み寄ってくるところだった。

舞台の袖まであと四、五メートルはある。客席の人質たちの視線は、喉《のど》の渇きのせいもあってワゴンに注がれている。沙希はワゴンの陰から這《は》いだすことはできない。

黒装束は接近しながらいった。「やっぱり、俺が運ぶ」

優柔不断な男だと、茜は心のなかで毒づいた。ワゴンの近くまできたら、すぐに沙希の存在に気づいてしまうだろう。

どうすればいい。表情を変えないよう努めながら、茜は思案した。沙希はこの劇場のなかで、たったひとりだけ武装勢力に存在を気づかれていない立場にある。劇場を脱出すれば、あるていど自由に動きまわれるだろう。状況を外部に知らせ、事態を打開するチャンスを作ってくれる唯一の存在にちがいない。

その彼女が、武装勢力に捕らわれることがあってはならない。

茜は決心とともに、唯一思いついた手段をとった。近づいてくる黒装束につかつかと向かっていき、立ちふさがった。「なんなの。指示をころころ変えないでよ」

黒装束は立ちどまった。「なんだと」

この位置からなら、ワゴンの向こうの沙希はみえないはずだ。そう思いながら茜はぶっきらぼうにいった。「できるだけのことはしてあげようっていってるのに、それをいいことに偉そうぶってさ。ほんと、いらいらするわ」

黒装束は目をむき、銃口を茜に向けた。ほかの黒装束もこちらに向き直った。客席の人質たちに、いっせいに緊張が走る。

茜はうざそうに髪をかきむしってみせた。「撃ちたきゃ撃ってよ。いっとくけど、あなたのボスはわたしが妙なまねをしたら撃ち殺せっていったのよ。わたし、妙なまねなんかしてるかしら。ちゃんといわれたとおりにしてるけど、ただあなたの優柔不断さに腹が立ったっていうだけなのよ。たぶんあなたって、ふだんから女の扱いに慣れてないんじゃないの」

舞台上にいるほかの黒装束たちから、下品な笑い声が響いた。

茜に銃を突きつけた黒装束は、侮辱に身を震わせた。が、茜にはわかっていた。このような状況で女を射殺したのでは恰好《かっこう》がつかない。男のプライドとはそういうものだ。

黒装束は怒鳴った。「ぶっ殺すぞ」

茜はため息をついた。「わかったわよ。そんなにお仲間さんに飲み物を配りたいのなら、自分で配ればいいじゃない」

すばやく後ずさり、茜はワゴンを舞台の袖に向けて蹴り飛ばした。キャスターのついたワゴンは、舞台上を滑り、袖のなかに消えていった。

特に合図もなかったが、イリュージョニストの少女の反応は的確だった。茜がワゴンを蹴るや、速度を合わせてワゴンの陰に隠れたまま袖へと飛びこんでいった。茜はそのようすを視界の端にとらえると、それ以上袖を注視しないよう努めながら、黒装束の前まで戻った。

袖に逃げこんでも、劇場の外に出るにはまだ幾多の困難を乗り越えねばならないだろう。しかし、とりあえず彼女を奈落の底から逃がすことには成功した。わたしの務めは終わった。充分だ。

この黒装束に引き金を引く気があるかどうかはしらない。しかし、里見沙希を脱出させたのだ、わたしの行為は充分に有意義だった。そう思った。

黒装束はいまにも発砲せんばかりに腕をぶるぶると震わせていたが、そのとき、下手側の袖から声が飛んだ。「騒がしいな。どうした」

伸銅がふたりの部下を引き連れて、早足で近づいてきた。

黒装束は銃をかまえたまま、伸銅に訴えた。「この女が侮辱するんです」

「侮辱?」伸銅は呆《あき》れたように反復してから、サングラスを茜に向けた。「銃をつきつけられてるのに、俺の部下に逆セクハラか?」

また品のない笑い声が、周囲の武装勢力から漏れた。

「そんなに魅力的なひととは思えないけどね」茜は平然といってみせた。

伸銅はしばし無表情だったが、すぐに言葉以外の返答を繰りだしてきた。右手に握った拳銃《けんじゅう》の銃把をふりかざすと、茜の頰《ほお》を激しく打った。

一瞬、身体が宙に浮く感じがした。頰の痛みより先に身体《からだ》を床に打ちつけた。しびれるような痛覚が全身を包むなかで、口のなかに血の味を感じた。

気づいたときには、床に横たわっていた。悲鳴に似た人質たちの声、黒装束たちの下品な笑い声が渦巻いてきこえる。

伸銅は倒れた茜の近くに歩み寄ってくると、なおも執拗《しつよう》に腹を蹴りこんだ。茜は身体を丸め、痛みに耐えた。容赦のない蹴りだった。内臓も破裂しそうだ。

口のなかに血がひろがり、意識も朦朧《もうろう》としはじめた。まばたきするたびに、にじんだ涙のせいで視界が揺らいだ。

蹴りの雨は、ひとまずおさまった。伸銅は踵《きびす》をかえし、離れるかにみえた。が、すぐに向き直り、最後に強烈なひと蹴りを浴びせた。

横腹を掬《すく》いあげるように打ったその蹴りで、茜はふたたび宙に浮くのを感じた。仰向《あおむ》けに転がり、苦痛に激しくむせた。

「飲み物を配り終えるまでは生かしておいてやる」伸銅が吐き捨てるようにいった。「人生最後の仕事だと思って、精一杯やるんだな」

伸銅が歩き去る。辺りを囲んでいた黒装束たちも、ふたたび散っていった。

茜は痛みをこらえながら、身体を起こした。全身が麻痺《まひ》し、身体が古綿でできているような感触があった。

殺気を漂わせる武装集団、呆然《ぼうぜん》とこちらを見つめる人質たち。舞台から望めるのは、あいかわらずそれだけだった。

茜は立ちあがろうとした。全身の関節が抗議するように痛む。それでも立ちあがった。

自分の判断が正しかったかどうかはわからない。それでも、ひとりの少女を救った。それだけで充分だ、きっとそうだ。混乱ぎみの思考のなかで、茜は自分にそういいきかせた。

正気の沙汰《さた》ではない。永幡一徳は額からとめどなくしたたり落ちる汗をぬぐいながら思った。

舞台の上でよろめきながら立ちあがるひとりの女の姿が小さくみえている。観衆の眼前で集団リンチ。いつ自分がその立場にならないともかぎらない。

息苦しくなってきた。胸に刺すような痛みが襲う。空気が足りない。ネクタイを緩めようと喉もとに指を伸ばしたとき、ふとすぐ近くに黒装束のひとりが立っているのに気づき、心臓が飛びだしそうになった。

黒装束はかがみこんで、永幡のほうに顔を突きだしていた。永幡は恐怖に言葉もでなかった。自分が身を震わせている、そしてその震えはとまらない。それだけが実感できる唯一のことだった。

しかし黒装束の視線は永幡に向けられてはいなかった。隣りの空席をじっと見つめると、顔をひっこめて通路を駆けだした。近くにいる仲間に声をかけ、なにか会話を交わしている。しばらくして、そのふたりが連れだって永幡のほうにやってきた。

ひとりが永幡に銃を向け、たずねた。「隣りの席の者は?」

冷たく黒光りする銃口が自分に向けられている。あの引き金にかけた指にわずかでも力をこめたら、自分の命は一瞬にして掻《か》き消される。まるで蠟燭《ろうそく》の火を吹き消すように。

全身を貫く痛みや、視界が暗転する瞬間に想像が及び、あまりの恐怖心に発狂しそうだった。取り乱すなといわれても無理な相談だった。永幡は身をのけぞらせ叫んだ。「やめてくれ。撃つな。銃を向けないでくれ」

もうひとりの黒装束が手を伸ばし、銃を下ろさせた。

永幡は呆然とした。信じられない状況だった。この連中が、自分の申し出を受け入れた。

しばしの沈黙のあと、黒装束はふたたび質問した。「隣りの者はどこにいった」

周囲の人質が固唾《かたず》を呑《の》んでこちらをみているのがわかる。そう、彼らの視線を感じられるだけの余裕が、いま自分のなかに生まれつつあった。

この男は情報を欲しがっている。ささいな情報かもしれないが、それでも作戦に支障をきたすような事態を見逃すなと厳命されているのだろう、どうしても把握せねばならないと目が訴えている。

そうだ。連中にとってこの一連の行動は仕事にすぎない。いわば土木作業の工程とおなじだ。ビルの建築現場で働く者が地質の変化や気象状況など、自分たちの知り得ない情報について専門家の知識を要するのと同様に、この忍者姿の武装集団も人質に関する詳細をできるかぎり知りたいと考えているにちがいない。

かすかに希望を感じた。ひょっとしたら取り引きが成り立つかもしれない。いや、きっと成立する。自分には巨万の富があるのだ、連中も耳を傾けないことはあるまい。

「教える」まだ震える自分の声が、頼りなく静寂のなかに響いた。「教えるよ、隣りのやつについての情報を」

「早くいえ」黒装束がせかした。

永幡はごくりと唾《つば》をのみこんでから、ゆっくりと前かがみになり、黒装束にささやいた。

「ここではいえない。ボスに会わせてくれ」

「ボスだと？」

「そう。ボスだ。あの伸銅って男じゃないぞ。彼も雇われてるだけだろう。私のいってるのは、きみらの黒幕、日本の事実上の実権も握っているといっても過言ではない、あのひとのことだ」

口からでまかせだった。しかし、あるていどの真実を衝《つ》いているという自信はあった。

数時間前、あの神社を模したカウンセラーとの面会室で、藍河が示唆したいくつかの事実。あのときは頭に血が昇ってその場を飛びだしたが、冷静になって考えてみると、たしかにあのろくでなしの元刑事の推測にも一理あるように思えてきた。春夏秋冬の紙きれにトリックがあったのはたしかだ。あれはすべての発端だった。俺が奇跡の勝率を信じる引き金になった。ゆえに、単純でありながらよくできたトリックを用いる必要があったのだろう。その後、宝くじにロト6、競馬と立てつづけに勝ちをおさめたことを考慮すれば、やはり相当な権力者が陰で糸をひいているにちがいない。公営ギャンブルから、民間企業まで、あらゆるところに働きかけられる人物が。

不可能ではないだろう。しょせん人間のつくった決まりごと、それも不透明な抽選を経て決定されるのが当たり前のしろものだ、もともと手を加えられるようなシステムになっているのかもしれない。すると自分はあきらかに騙《だま》されていたことになる。どういう理由があったかは知らない。だが、多かれ少なかれこの場に呼ばれた〝名士〟たちは自分と同じく、なんらかの騙しに遭って人生を操られているにちがいない。それが永幡の推測だった。俺はそのことに、いちはやく気づいた。交渉する権利はある。

黒幕の存在を指摘した永幡に、ふたりの黒装束は顔を見合わせた。その視線がふたたび永幡のほうを向いたとき、目もとに焦燥の色がうかんでみえた。「なんのことかわからんな。さっさと、隣りの客がどこへいったか教えろ」

指摘は図星だった。そうにちがいない。彼らにとっても、その黒幕は恐るべき存在なのだ。永幡はいった。「〝彼〟に会わせてくれ。それとも、ここで〝彼〟の名を公にしようか」

周囲の人質たちが耳をそばだてていることはあきらかだった。

黒装束のひとりは当惑の色を深めたが、銃口で永幡を狙《ねら》いすましながら語気を強めた。「隣りの客はどこだ。答えろ」

驚いたことに、さっきあれだけ恐怖を感じていたはずの銃口に、いささかの動揺もない自分がいた。この男は、自分を撃ち殺せない。その確信が深まっていった。引き金を引く気があるなら、とっくにそうしているはずだ。ふたりの黒装束はどうでるべきか、判断を迷っている。

もうひと押しだ。永幡はいった。「〝彼〟がここにいるかどうかは知らんが、連絡ぐらいはとれるだろう。私が直接話す」

下っ端の兵隊どもだ、俺が黒幕となんらかのつながりがあるとほのめかせば、強く拒否することはできまい。

案の定、黒装束は銃を下ろした。「一緒にこい」

辺りがざわついた。静かにしろ、黒装束の一喝で、辺りにまた静寂が戻った。

黒装束ふたりを従えて歩く永幡を、人質たちは呆然とした面持ちで眺めていた。客席のなかに戸田、平丘のふたりの国会議員がいた。戸田はあんぐりと口を開けてこちらをみている。なぜ銃口も向けられずに黒装束と歩いているのか、ふしぎで仕方ないのだろう。

永幡は勝ち誇った気分になった。ギャンブルに連勝しはじめたころと同じ、浮世離れした勝利の実感に満たされつつあった。強運、そうとも。ありえない勝利をおさめることができる、選ばれし者の強運。もっともあの賭博《とばく》に勝ちつづけたのは運ではなく、たんなる何者かの陰謀にすぎなかったわけだが、永幡はその事実を歪《ゆが》めることにした。自分は守られている、人智《じんち》を超えたなにかに。そうでなくては、ここまでの勝率をおさめることはできない。

舞台の近くまできた。さきほどリンチを受けていた女の姿はなかった。振りかえると、後続の黒装束が銃身で行き先をしめした。舞台にあがれと指示している。ためらいがよぎったが、恐れることはないと自分にいいきかせた。自分は取り引きの材料を有している。

小さなものでしかないが、大きくみせることはできる。会話を交わしていれば、さらなる糸口も見つかるにちがいない。

舞台の袖を入り、通路を進んだ。控室につづいているらしい。表舞台とはうってかわって、粗末なつくりだ。やがて一枚の扉に行き当たった。そこにも黒装束がひとり、見張りに立っていた。

後続の黒装束が告げた。「扉を開けろ。この男が、穀室《こくむろ》さんに会いたいと」

穀室。黒幕の名は穀室というのだろうか。妙な話だと永幡は思った。公営ギャンブルを意のままに操ることができるからには、黒幕は政府内の権力者だと思っていた。内閣に穀室という名はきいたことがない。

黒装束が扉を開けた。永幡は足を踏み入れた。

舞台出演者の控室とおぼしき部屋には、壁ぎわに銃器が無造作に立てかけられていた。床に置かれた木箱が開いている。なかには手榴弾《しゅりゅうだん》と、永幡がみたこともない円筒形の武器がおさまっていた。

軍部の中枢に入った、そんな気がした。永幡は緊張しながら部屋の奥に踏み入った。

地図やノートパソコンが散乱するテーブルを、見下ろしている黒装束がいた。この男は、やけに背が低かった。まるで子供のようだ。

「穀室さん」背後の黒装束が、その背の低い男に声をかけた。

穀室と呼ばれたその男は顔をあげた。やはり覆面で顔を覆っている。

永幡は当てが外れた気分になった。「ちがうな。この男じゃない。私がいってるのは、公営ギャンブルも操作可能な権力者のことだよ」

「権力者?」穀室は永幡をみた。「さあ。権力者かどうかはわからんが、探してるのはたぶん、俺のことだと思うぜ、旦那《だんな》」

旦那。その言葉づかい、その声。永幡のなかに電流が走った。自分はあきらかに、この男と会ったことがある。

穀室は覆面を脱いだ。あの浅黒い、前歯の欠けた小男。街角で永幡に声をかけ、〝二番目の法則〟を伝授したあの男が、いま目の前にいた。

永幡は呆然としていた。この事態をどうとらえていいのかわからない、そんな混乱が頭のなかに渦巻いた。「あんたは……」

「そう。俺だよ。旦那」穀室はにやりと笑った。「どうかしたのかい、こんなところまできて。天国にいくのが待ちきれなくなったかい?」

「いや、私は……」そういいかけたとき、背後に複数の足音がした。

黒装束たちの群れが左右にふたつに割れて、中央をふたりの男が進んできた。ひとりは伸銅。サングラスをはずし、素顔をさらしていた。もうひとりは黒装束ではなかった。背広姿。それも、ワイシャツの胸もとが血で真っ赤に染まっている。にもかかわらず、血色のよさそうな顔には平然とした表情が浮かんでいる。

三塚警察庁刑事局長。永幡は愕然《がくぜん》とした。どうしたというんだ。撃たれて死んだはずなのに。

仲銅と三塚は並んでたたずんだ。永幡をみる目は冷ややかだった。見たものを凍らせてしまうかのような冷たい視線。永幡は思わずたじろいだ。

仲銅が穀室をじろりとにらんだ。「人質の前で覆面をとるな」

「すみません。しかし」穀室は永幡に顎をしゃくった。「この旦那が、俺に会いたいってのこのこやってきたんでね」

ほう。仲銅はつぶやいて、永幡の前に歩み寄った。ひざまずかせろ。誰に命令したのか判然としない言葉を、無表情のまま発した。

だしぬけに、膝の裏側を蹴られた。永幡はつんのめりそうになりながら、両膝《ひざ》をついた。むこうずねに激痛が走る。

「両手を頭の上で組みな、旦那」穀室が背後で命じた。

振り返ろうとしたとき、周囲の黒装束が詰め寄ってきて、いっせいに銃口を永幡に突きつけた。

たとえようのない恐怖が全身を包んだ。この男たちは対話を求めていない。問答無用で射殺することもありうる。そう感じたとき、永幡の震えはとまらなくなっていた。

黒装束のひとりがいった。「さっきの質問に答えてもらおう。おまえの隣りの客が姿を消していた。どこにいった」

「知らん」永幡はそういったが、あわてて付け加えた。「あの席にいたのは藍河という元刑事で、イカサマなやつだ」

「藍河？」三塚がつぶやいた。

察するに、胸を真っ赤に染めているのは血糊にすぎないのだろう。まんまとだまされた。しかも、警察庁刑事局長に公営ギャンブルを動かすだけの力があるとは思えない。黒幕はさらに上の存在にちがいない。

「そう、藍河だ」永幡は早口にいった。「陰謀に気づいたとかなんとか、うそぶいてたぞ。あんたらの襲撃の寸前に席を立ち、どこへともなく消えやがった。あんたらのしでかすことを、前もって知ってたんじゃないのか」

伸銅と三塚は険しい顔を見合わせた。伸銅は永幡を見下ろし、低い声でつぶやくようにいった。「その藍河という元刑事はいま、どこにいる」

永幡は言葉に詰まった。どう答えたらいい。皆目見当がつかない、そんなふうにいったら、たちまち消されるにきまっている。でまかせで行き先を喋《しゃべ》ってみるか。いや、その答えが真実か否かをたしかめる前に、銃弾が撃ちこまれる可能性もある。

風前の灯《ともしび》だ。ある意味では必然だった。こんなところへくるべきではなかった。しかし、後悔してももう遅い。

「伸銅」三塚がささやいた。「俺が生きてるのを見た以上、この男を客席に返すわけにはいかんな」

「わかってる」伸銅はそういって、拳銃の撃鉄を起こした。

「まてよ」永幡はうわずった声で叫んだ。「私がほかの人質に口を割るなんて、とんでもない誤解だ。私はただ、勘が冴《さ》えてただけだ。そうだよ、ほかの連中とちがって、私はだまされていることにいちはやく気がついた。きみらがギャンブルに勝たせてくれてることに気づいてたんだ。だから交渉しにきた。こうして顔もあわせたんだ、私が人質ときみらのパイプ役となって……」

「必要ない」伸銅は言葉を遮った。「それに、おまえのいってることは意味不明だ。勘が冴えてただと？　どういう意味かね」

　穀室が背後で、嘲《あざけ》るような口調でいった。「だまされてたのは旦那と、藍河って元刑事だけさ。で、俺は旦那担当の班に加わってた。みごとひっかかったよな。冷静に考えなよ。二番目の法則なんて、あるわけねえ」

　どういうことだ。なぜ俺をだます必要があった。藍河は、どんなかたちでだまされていたというのだ。そして、そのふたりをなぜこのカジノ島に招いたのだ。そのことがカジノの占拠に、どう関わるというのだ。

「どうしてだ」永幡は声を絞りだした。「どうして……」

「冥土《めいど》の土産におしえてやろう」伸銅は舞台の上でみせた饒舌《じょうぜつ》な口調で喋りだした。「と、時代劇ならいうところだろうがね。残念ながらそうはいかない。俺たち、こんな恰好《かっこう》してますが、じつは忍者じゃないんでね。人を服装で判断しちゃいけないな。時代劇のセオリーにも従えない。いや、ほんとの時代劇じゃ、〝忍び〟は無言が掟《おきて》だからな、ぺらぺら喋るわけはねえんだ。これはあくまでリップサービスってことでね……」

その早口は、無言よりも威圧感があった。伸銅が喋るにつれて、永幡の不安はつのった。

「あのう、伸銅さん……」

しかし、伸銅は永幡のさしはさんだ声に耳を貸さず、まくしたてつづけた。「劇場の占領ってのはなかなかたいへんでね。いろいろ気苦労も多いことではありますけど、だから頑張りがいがあるってものです。チェチェンの連中は三日だったけど、俺たちゃそれより一日でも長く、正々堂々と戦い抜くことを誓います。宣誓！　われわれは、スポーツマンシップにのっとり……」

「伸銅さん！　伸銅さん、頼むからきいてくれ」

永幡の懇願に、やっと伸銅は口をつぐんだ。

「頼むよ」永幡は額の汗をぬぐいながら、みずから弱々しいと感じる声でいった。「お礼はする。蓄えがたっぷりあるんだ。ここを無事に出ることができたら、きみたちには報酬を……」

　穀室の低い笑い声が響いてきた。「旦那。稼がせてあげたのは俺たちだぜ？　身寄りのない旦那の資産は、旦那の死後は国に取り上げられる。つまり、胴元に戻るってことだ」

「そんなわけだな」伸銅はサングラスのブリッジを指で押し、冷ややかにいった。「カジノの四百億円を狙ってる俺たちを、数億円の資産で買収できると思ってるのもどうかしてるな。ざんねんでした、永幡さん——悪銭身につかず」

　追い詰められたせいか、永幡の頭はめまぐるしく回転していた。三塚が生きていた以上、少なくとも彼と敵はつるんでいたことになる。そして、あらゆるギャンブルで永幡を常勝させ、ここに導くほどの段取りを実行してのけるには、警察組織全体が策謀に手を貸していたとしか思えない。少なくとも警察のトップはすべてを把握していただろう。

　芹沢という警察庁長官の顔が浮かんだ。すべての黒幕は、あの男か。

　伸銅は永幡に顎をしゃくった。「外に連れだして射殺しろ」

　永幡は伸銅の顔を見つめた。まばたきしない目。すでに永幡の運命は決定済みだと告げるような目。このうえなく冷酷な殺人狂の目。

「やめろ！」絶叫がきこえた。永幡自身の声だった。両手をあげ、空をかきむしっていた。襲いかかってきた黒装束たちの手を払いのけようと必死になった。黒装束のひとりが怒声を発し、永幡の後頭部を銃床でしたたかに撃った。延髄に激痛が走り、永幡は床に突っ伏した。たちまち黒装束たちの足が周りを囲む。横腹に痛みが走り、つづいて背中にも電気のように激痛がひろがった。殴る蹴るの暴行を受けながら、痛みはしだいに痺《しび》れへと変わり、全身が麻痺しはじめた。吐き気とどうしようもない脱力感が痛みとともに全身を支配する。永幡は激しくむせた。

春夏秋冬。まず夏と思った。二番目は……冬だったか、秋だったか。自分にとって、あれは冬だった。すべてを凍らせる冬。自分では気づいてはいなかった。人生が、運命が弄《もてあそ》ばれていたことに。

なぜこんな目に遭う。なぜこうなっちまったんだ。

セブリモーターズで働いた毎日、解雇通告を受けた社長室、駅のホームを駆け足で去っていった妻の背中、小男と出会った街角、宝くじの売り場、新聞に載っていた当たり番号、激しく点滅するパチンコ台、めまぐるしく回転するスロット……。

なるほど、走馬灯のようによぎる光景とはこのことか。朦朧とする意識のなかで、深いため息が漏れた。誰かに仰向けに転がされた。なおも自分を見下ろしながら暴行を加える黒装束の男たちが視界に入った。やがて、すべては暗転した。

支配者

藍河は闇《やみ》に包まれた〝戦場が原〟を抜け、林に飛びこんだ。背後では美由紀が息を弾ませている。藍河は木陰のなかにしゃがみ、振り返った。すぐ近くに競馬場の外壁がみえている。ナイター用の照明は消灯しているため、辺りは真っ暗だった。富士山を模した巨大なドームまでそれほどの距離はないはずだが、それらしき形状のシルエットが暗闇のなかにおぼろげにみえるだけだった。霧がでている。視界はきわめて悪い。

ここまでのところ、ときおり警備を務める黒装束の姿を垣間見《かいまみ》たぐらいで、目立つ敵の動きはない。すなわち、占領軍の中枢からは離れているといえる。風は背後から吹きつけているが、銃声らしきものは聞こえない。静かだった。あの地獄絵図のすべてが闇のなかに呑《の》みこまれ、静寂が戻ったかのように思える。

だが、そうではなかった。危機は遠のいたわけではない。大勢の人間が囚《とら》われの身になっている。それはれっきとした事実だ。藍河はずっと後ろ髪をひかれる思いだったが、美由紀はなぜか〝宴楽座〟から遠ざかる方向に進路をとりつづけていた。

不満を感じ、藍河は美由紀にきいた。「こんな方角になにがある？　ただの木立じゃないか」

「いいえ」美由紀はささやいた。「きこえない？　あの音」

無言のまましばし耳をすました。木々の隙間《すきま》を吹き抜ける風に乗って、かすかに警笛の音がした。

「列車か？」

「そう」美由紀はうなずいた。「ポーポリン・キッズタワーに直通の列車があるの」

「あの巨大ポーポリンのところか」

「テーマパーク内で唯一、日没前に閉まっているコーナー。当然、人質になっているお客さんはいないはずよ」

「それはいいが、行ってどうなる？　舞浜に向かって窓の明かりを点滅させて、モールス信号でも送るのか？」

「いいアイディアね」

「冗談じゃないぜ、岬さん」藍河は頭をかきむしった。「東京湾に面した、監視にもってこいの場所じゃないか。連中が兵隊を送りこんでいないはずがない。それも、列車に乗って正面から強行突破なんてな。いま警笛が鳴ってるってことは、列車を動かしてるのは武装勢力にちがいないだろ。連中から列車を奪回して監視の砦《とりで》に突撃ってことか。いくらアトラクション三昧《ざんまい》の島といっても派手すぎないか」

美由紀は上目づかいに藍河を眺めると、悪戯《いたずら》っぽい微笑を浮かべながらいった。「怖くなった？　警視庁を辞めたのは、臆病風《おくびょうかぜ》に吹かれたからかしら」

「馬鹿をいうなよ」藍河はやりにくさを感じた。美由紀はどこまで本気なのか、まるでわからない。「そのポーポリン・キッズタワーにいけば、なにがあるってんだ」

「外をうろついているより、砦を乗っ取って閉じこもったほうが安全でしょ。武器も手に入るかもしれないし、通じる電話もあるかもしれない。長期戦を覚悟するなら腹ごしらえも必要でしょ」

ずいぶん乱暴な読みだった。藍河はため息をついた。「駄菓子やチョコレートを腹いっぱい食いたいとは思わねえけどな」

「子供専用コーナーだけに、アルコールは置いてないわよ」

「またひとつ、やる気が失《う》せた。せめて向こうに着いたらこんなご褒美があるとか、そんな話があればうれしいんだがな」

美由紀はふいに黙りこくった。藍河をじっと見つめたその瞳《ひとみ》が、暗闇のなかで月光に照らされた湖面のように輝いていた。「わからない？　タワーに到着すれば、ふたりっきりで過ごせるのよ」

藍河は面食らって押し黙った。自分でもどう理解すればいいかわからない、一瞬の動揺があった。だが、その動揺がなんであるか分析できないうちに、美由紀は微笑したまま背を向け、木立のなかを駆けだした。

色気で誘ったのか。まさか。ひとつだけはっきりしていることは、まんざらでもないという藍河自身の気持ちだった。

よせ。藍河は自分の頭を軽く叩《たた》いて不埒《ふらち》な考えを追い払った。こんなときによからぬ妄想に思考を走らせるとは。ますますあなどれない女だった。いや、たんに自分の意志が弱いだけかもしれない。

美由紀を追っていくと、急に視界がひらけた。美由紀は植えこみのひとつに身を潜めている。藍河も、その近くに身を寄せるようにして伏せた。

緩やかな下り坂の向こうに、石畳の駅のホームがみえる。無人のようだった。停車中の列車は古風なディーゼル機関車と二両の客車からなる三両編成で、少なくとも外観は本格的な列車にみえる。うっすらと銀いろに輝くレールは、城のかたちをしたホテルに向かっているようにみえるが、正確にはどのようなコースをたどるのか、暗くてよくわからない。規模の大きなテーマパークでは、列車は蛇行しながら園内の特徴的な建物を見物していき、最終的に一番奥に位置する目的地に向かうのが常だ。すなわち、列車はあらゆる建物から見下ろされることになる。連中の目に触れずに目的地にたどり着ける可能性は低い。

藍河は唸《うな》った。「やっぱり、ほかにルートはないか考えてみようじゃないか。ディズニーランドにゃ地下通路があるって噂《うわさ》もあるし、地下に従業員専用のモノレールが入ってるって聞いたこともある。従業員用の地下駐車場もな。ここにもそんな設備があるかもしれないだろ」

美由紀の軽蔑《けいべつ》の色を漂わせた目が藍河をとらえた。「ディズニーランドに地下なんてないわよ。従業員は着替えて外に出て移動すれば一般の客と区別つかないし、みんなそうやってバックステージからバックステージへと移動してるの。地下駐車場もないわよ。従業員はクルマでの通勤を禁じられてるから。昔はだいじょうぶだったけど、いまは電車オンリーね。で、ここもそう。地下設備なんて、いっさいなし」

そうか。つぶやいたあと、藍河はふとたずねた。「自衛隊を辞めたあと、ディズニーランドでアルバイトでもしたのか？　妙にくわしいが」

ところが、美由紀はなぜか苛立《いらだ》ったようすで藍河を見つめ、低く押し殺した声で答えた。「バイトなんかしてないわ。知人にきいたの」

「ああ、そう」藍河が応じると、美由紀はぷいと顔をそむけた。

反感を買うような質問だったのだろうか。理解できない。奇妙な違和感を覚えながら、藍河はホームを眺めた。どうやったら、あの列車に近づけるだろう。街灯に照らされずに接近できる角度は見当たらないが、運転席に敵がいたとして、死角となりうる後方から攻める手はある。それなら……。

思考はそこで中断を余儀なくされた。美由紀が飛びだし、坂を駆け下りていったからだった。

「岬さん、よせ」藍河はささやくように声をかけたが、美由紀の背はどんどん小さくなっていく。まったく、とんでもないじゃじゃ馬だ。藍河は舌打ちしながら、美由紀を追って駆けだした。

戸田は両手の指先の感覚が失われつつあるのを感じていた。この劇場で人質になって、どれくらいの時間がすぎただろう。腕時計をみる勇気もない。暖房が消されたらしく、身体《からだ》は冷え切り、吐く息は白く染まっていた。周囲も寒さに身を震わせている。かじかむ手に吐息を吹きつけるひとの姿もめだつ。

照明は非常灯のみに切り換えられ、薄暗かった。ステージを照らす明かりもない。やや遠めに視線を移すと、暖色系の服をまとっている人質の姿はぼんやりとみえるが、黒っぽい服装の人々は闇のなかに溶けこんでしまっている。黒装束たちも例外ではない。いや、そうなることを計算したうえで照明を調整しているのだろう。戸田のすぐ近くの通路も、見張りの黒装束がすぐ近くにくるまで気づかないありさまだった。銃を持った忍者がふいに身近に出現するたびに、戸田は肝を冷やした。

恐怖ばかりではない。隣りにいる平丘という男への不信感が、戸田の孤立感をより強めていた。平丘はいま、無表情のまま身体を丸めてうつむいている。その横顔にはなにもあらわれていない。しかし、この男はどうしようもなく利己的で、表裏のある性格の持ち主ではないのか。戸田の携帯電話による緊急連絡を妨害して以降、ずっとそんなふうに思えてならない。

いや。もとより国会議員とは利己的なものだ。平丘の二面性もいまにはじまったことではないのだろう。ただ議会では、そこまでのことが表層に浮かびあがらなかった、それだけのことだ。こうして絶体絶命の窮地に追いこまれてみると、それまで隠れていたもうひとつの顔が浮き彫りになる。自分自身も例外ではない、と戸田は思った。自分はいつまで、おとなしくしていられるのだろう。我を忘れて、席を立ち、撃たれるのを覚悟で通路を駆けだす。いつそうなってもおかしくない自分がいた。そう思うといっそう焦燥がつのる。

じりじりと過ごす時間のなかで、戸田は武装勢力の介入を許した警備の甘さがどういう理由で発生したか、分析を試みていた。

まず、カジノ・テーマパークの運営の責任者が誰なのか、さだかではない。第三セクターの中心になっているのは国と東京都だが、仮オープン中の現在、政府はまだ運営にタッチしていないことになっているし、都も施設の建設と土地の使用を許可しただけでカジノに関してはまだなんの働きかけもしていない。事実上、運営しているのはそれ以外の出資元である各企業ということになるが、それもあくまで仮オープンという前提のもとだ。そもそも、まだ法改正が成立していない現状では、カジノに襲撃の危険があるとまでは、誰も予測していなかった。

ふと戸田のなかに疑問がよぎった。以前から心に渦巻いていた疑問だったが、いまこの状況下ではいっそう重要なことに思える。

戸田は藍河の依頼を受け、井尾山官房長官に仮オープン中の現金賭博《とばく》を許可してほしいと申し出た。にべもなく断わられたが、換金がなければ以前に戸田の父が都庁でおこなったカジノ・パフォーマンスと変わらないものになってしまう、そういって戸田は食いさがった。このときには平丘も賛同し応援に加わった。結局、与党内部の調整で法の特例として認可された。経過はそのようになっていた。

だが、果たして本当に戸田の申し立てだけで決定が下されたのだろうか。カジノ内に存在するチップと同額の現金、四百億ものカネを金庫室に常備する、それは台場のカジノ化構想のなかでもかなり重大な決定だったはずだ。それがいとも、あっさりとおこなわれた。記録のうえでは、アドバイザーとして招致しようとした藍河がだした条件を、戸田を通じて政府が受諾したことになる。しかし、汚職で失職した元警官の依頼を、どうしてそこまで重視する必要があるだろう。

藍河のことは方便にすぎず、実際にカネが運びこまれたのには別の理由があるのではないか。だが、いったいどんな理由だろう。誰がその決定に関わっているのだろう。

「ご来場のみなさま」ふいに男の声が響き渡ったので、戸田の思考は中断を余儀なくされた。

伸銅がステージの上に立ち、マイクを握っている。喋《しゃべ》るたび、白い息がはずむのが、戸田の席からも見てとれた。伸銅はいった。「冷え切ってて申し訳ありませんな。でも過剰な暖房は地球にやさしくない。温暖化のせいで南の島々は水没の危機にさらされてる。こいつはいただけません。俺の十四歳のときだった。当時はまだ夏場に冷房をいれてる家なんて、カネ持ちに限られてた。その家の前を通りかかるたびに、室外機から熱風が吹き出てやがる。くそ暑いなかに、さらに熱風だぜ。室内を思いっきり冷やしておいて、外にいる通行人のことも考えずに熱い空気を吐きだしてた。戦後五十年以上が経《た》ち、この国もさまがわりした。そういう自分勝手な人種が増えて、苦しむのは貧しい南海の島に住む人々だ。少しは反省しろ。ってわけで、きょうも暖房を切らせていただきましたが、いかがでしょう。頭も冷えてきましたか」

あいかわらずとりとめのない話を繰りひろげる男だった。性格なのか、それとも麻薬の類《たぐ》いでもやっているのだろうか。

「さて」伸銅はかしこまった。「永らくお待たせいたしました。さきほどの三塚警察庁刑事局長につづきまして、豪華ゲストおふたりに登場していただきましょう。戸田・平丘両議員。拍手でお迎えください」

手を叩《たた》く者などいなかった。伸銅も観客の反応など気にかけてはいないようすだった。

ただ銀色に光るサングラスが、戸田のほうをじっと見つめるばかりだった。

来るべきときが来た。いつかはそうなるとわかっていた。刑事局長を殺した時点で、連中が肩書のある人間を人質として残したがっているわけではなく、むしろ殺害したがっていることはおぼろげに感じとれていた。いま処刑を告げる鐘の音が戸田の頭上で鳴った。逃れるすべは、なにもない。

いよいよそのときがきたら、妻の顔や、父の顔が目の前に浮かぶだろうか。戸田は数時間前から、そのことを自問自答していたように思った。が、いざそうなってみると、なにも浮かんではこない。ひたすら空虚だった。数多《あまた》の死刑囚も、獄中でこの気分を味わったのだろうか。

戸田はゆっくりと立ちあがろうとした。ふしぎなことに、膝《ひざ》の震えはおさまっていた。ためらいはなかった。ただ、立とうとするだけだった。

ところが、平丘が腕をつかんで戸田を制した。「やめろ。どうする気だ」

戸田は平丘をみた。平丘は怯《おび》えというより、怒りの色を漂わせながら戸田を見つめていた。

「どうもこうもない」戸田はつぶやいた。「あの男の呼びかけに従うだけだ」

平丘は血走る目で戸田をにらんだ。「ふざけるな。そんなことは許さん」

「許さん、だって？　平丘さん。なんの権限がある？　この場は連中に従うしかない」

「冗談じゃない」平丘の態度は頑《かたく》なだった。「刑事局長に次いで、われわれを迎えるといったんだぞ、あの男は。つまり刑事局長とおなじ末路というわけだ。みすみす殺されにいくようなものだ」

戸田は平丘が極端な臆病者に思えてきた。「私たちが指示に従わないとほかの人間の血が流されるかもしれない。私たちは議員だ。彼らとの交渉の余地もあるかもしれない」

「ご免だ」平丘は顔をそむけて腕組みをした。

一瞬躊躇《ちゅうちょ》したが、戸田は平丘の手をふりほどくと、逆に平丘の腕をつかんで引き立たせようとした。

「なにをする」平丘は怒鳴って抵抗した。

「議員さんたち」伸銅の声が響いた。「子供みたいな喧嘩《けんか》はそれぐらいにしてもらおう。国会に紛糾はつきものだろうが、この場で見苦しいことは抜きにしてもらいたいんでね」

辺りの人質たちが、いっせいにこちらを振り向いた。責めるような目、怒りと嫌悪のこもった目。人質たちの視線はそのいずれかだった。哀れむ目を向けた者はひとりも見当たらなかった。

戸田はふたたび立ちあがろうとした。が、またしても平丘が腕をつかんだ。平丘は苛立ったようすでささやいた。「ひとりだけ英雄をきどって、私を蹴落《けお》とす気か」

「なんだって」戸田は意味がわからず、平丘を見た。

「指示に従わない私を見殺しにする気だな。連中と結託する気か。この腰抜け二世議員」

激しい怒りが戸田のなかに燃えあがった。場をわきまえている余裕などない。この性根まで腐りきった先輩議員に罵声《ばせい》を浴びせねば気が済まない。

そんな衝動に駆られたとき、二階席から声が飛んだ。「われわれが身代わりになろう」

人質たちが階上を見あげる。戸田もそれにならった。バルコニーから身を乗りだしているのは、芹沢警察庁長官と出崎警視総監だった。

伸銅がそちらを見ていった。「勝手に席を立つことを許可した覚えはないが」

芹沢の声が響き渡った。「政府筋の重要なポストにある者に用があるなら、われわれでもいいだろう」

三塚警察庁刑事局長はあのバルコニーから同様に申し立てをして、即射殺された。それでも彼らは、怖《お》じ気《け》づくことなく身を挺《てい》して戸田たちをかばおうとしている。戸田は激しく動揺した。彼らの命を危険にさらしてよいものか。

伸銅にとっても、芹沢たちが声をかけてくるのは意外だったらしい。あんぐりと口をあけて二階席をながめ、マイクを通していった。「さっきの刑事局長の仇をとろうと、なにか狙《ねら》ってるんじゃなかろうな。長官」

「心配するな」芹沢は毅然《きぜん》たる態度でいった。「彼の死をまのあたりにしたんだ、馬鹿な真似《まね》はしない」

しばらくのあいだ、仲銅は黙って二階席を見あげていた。その視線がいつ自分のほうに転じるかと、戸田ははらはらしていた。

が、仲銅は芹沢を見つめたままいった。「よかろう。あなたがたを歓迎してやる。降りてこい」

辺りからため息が漏れた。安堵《あんど》のそれとは違う。芹沢と出崎の勇気に感嘆した人質たちの吐息、それが場内に響いた。

仲銅がいった。「あとのみなさんは、すみやかに姿勢を正してもらいます」

二階席を見あげていた人質たちが前に向き直る。その過程で、戸田に視線が向けられた。冷ややかな目で戸田に一瞥《いちべつ》をくれる、その動作を誰もがみせた。正確には隣りの平丘にも向けられていたのだろうが、戸田は自分ひとりがその対象になっているような気がした。

たとえようのない怒りが平丘に対して燃えあがった。この男のせいで、自分まで臆病者とみなされた。どうしようもない男だ。

平丘は戸田の視線を感じているのか、横顔を向けたままちらと眼球を動かし、視界の端でこちらをとらえたようだった。が、依然として平然とした顔で、かじかむてのひらに白い息を吹きかけていた。

決死行

藍河は途切れがちな息のなかで、重い身体《からだ》を揺さぶってホームにたどりついた。体重はそれほど増えたとは思えないが、なぜか心拍数があがる。ずっとアルコール漬けだったせいかもしれない。それに、一年にわたって部屋でごろ寝をつづけてきたのだ。自業自得だった。藍河はいまさらながら、自堕落な生活を呪《のろ》った。落ちぶれるのなら、いっそのことホームレスになって好むと好まざるとにかかわらず、身体を動かさざるをえない環境に身を置きたいものだ。

美由紀は機関車の側面に身を這《は》わせ、窓を覗《のぞ》きこんでようすをうかがっている。藍河が駆け寄ろうとすると、美由紀はこちらに手をあげてその動きを制した。

どうやら、なかに人がいるらしい。車内暖房のせいか窓ガラスは曇っていて内部は判然としない。近づくには、美由紀の合図を待たねばならない。

ディーゼルエンジンを搭載しているが、新型のものらしい。気動車といっても駆動系にさほどの容積を割いているようすもなく、運転席も広いようだ。横からみるかぎり、江ノ島電鉄の旧式車両デハ300形302に似通っている。気動車である以上、パンタグラフも送電線もない。すなわち、列車の運転席を掌握すれば、電源を切られて走行不能になる心配はない。

美由紀が窓のなかを覗きながら、手招きをした。藍河はホームに飛びだした。石畳のホームは、予想以上に靴の音を響かせる。それでも、これだけのエンジン音のなかだ。運転手に気づかれることはあるまい。

藍河が近づくと、美由紀は機関車に顎《あご》をしゃくった。「みて。運転手がひとりだけ。でも銃を持ってる」

美由紀と位置を入れ替わるようにして窓に近寄った。顔をくっつけんばかりにしてみると、曇ったガラスの向こうがみえる。運転席に黒装束がひとりたたずんでいるのがわかった。AK47らしき銃を傍らに置いている。エンジンの調整に手間取っているのか、操作盤を見つめながらあちこちのボタンを押している。エンジン音はそのたびに高低に切り替わっている。

藍河は向こう側の扉に着目した。早口で美由紀にささやいた。「あっち側の扉が開いてるぞ。不意をつきゃ乗りこめる」

「まって」美由紀がいった。「相手は銃を持ってるのよ」

「いちかばちかだ」返事をきくまでもなく、藍河は身をかがめた。砂利の上に寝そべるようにして、車両の下に転がりこむ。身体をひねりながら、一本めのレールを乗り越えた。

機関車の床下は、まさに身を焦がすような暑さだった。熱を帯びた砂利が身体を焼く。まるで炭火焼きの焼肉同然だった。火傷《やけど》の痛みをこらえながら身体を転がしつづけ、二本めのレールを越える。藍河は車両の反対側に転がりでた。

鳴り響いていたエンジン音のせいで鼓膜がやられたのか、周囲の音がくぐもってきこえる。いまひとつ素早さに欠ける自分の動きに苛立《いらだ》ちを覚えながら立ちあがった。前方の運転席に向かう。開け放たれた扉からなかを覗きこむと、黒装束の顔はこちらを向いていた。あわてて顔をひっこめる。しかし、目は合っていないという自信があった。ふたたび覗いてみると、黒装束は操作盤に向き直っていた。AK47半自動ライフルはその上に投げだされている。

間髪をいれず、藍河は機関車のなかに踏みこんだ。入り口の階段につまずき、つんのめりながらもAK47に手を伸ばした。黒装束が反応したのを感じたが、視線はまだそちらに向けられなかった。ようやく手がAK47のグリップをつかんだとき、黒装束が挑みかかってきた。拳《こぶし》で藍河の後頭部を叩《たた》き下ろした。

激痛と衝撃が走ったものの、藍河は床に突っ伏すことはなかった。身体を引き上げ、AK47を後方にスイングすると、水平に黒装束の頰《ほお》を殴打した。黒装束の口から血や唾液《だえき》、そして前歯のかけらしきものが飛び散ったのをみた。黒装束は後方の壁に叩きつけられた。しばらくそのまま静止していたので、藍河は第二波攻撃を加えるべく身構えた。が、それは必要なかった。黒装束は白目をむいて床に伏せ、ぴくりとも動かなかった。

気を失った黒装束を見下ろしながら、藍河はしばし呆然《ぼうぜん》とたたずんだ。ＡＫ47を持つ手に殴打の衝撃がしびれとなって残る。暴力は嫌いだ。現職の警官だったころから、ずっとそうだ。しかし、必要とされる行動をとる勇気はあらゆるモラルに優先する。いまがそのときだった。

扉のほうに足音がした。美由紀が驚いた顔で駆けこんできた。「こりゃひどいわね。手加減ってものを知らないの？」

妙なことをいう。藍河は肩をすくめた。「ああ。人殺しの武装勢力相手に手心を加えられるほど、人間ができちゃいないんでね」

美由紀は藍河を一瞥《いちべつ》したが、とりたてて責めるような目つきではなかった。それどころか、言葉とは裏腹に美由紀はハイヒールのつま先で、うつ伏せになっていた黒装束を仰向《あおむ》けに転がした。

藍河はＡＫ47を油断なく構えて黒装束に狙《ねら》いをさだめた。気を失ったふりをしているだけなら、容赦なく撃つつもりだった。拳銃《けんじゅう》以外の銃の引き金に指をかけるのは初めてだが、戸惑いはなかった。銃は銃だ。

だが警戒は必要なかった。黒装束が失神しているのはあきらかだった。

美由紀はかがみこんで、黒装束のポケットをあさった。藍河はこの黒装束が、劇場の制圧組とは装備が異なっているのに気づいた。胸に手榴弾《しゅりゅうだん》もさげてはいないし、腰に拳銃も携えていない。ＡＫ47を除けば無防備同然だった。

しばしのボディチェックののち、美由紀がつかみだしたのはタバコとライター、小銭、ペンライト、方位磁石。それだけだった。

「めぼしいものはなにもないわね」美由紀はそういって立ちあがった。

それはそうだろうと藍河は思った。映画や小説ではこの手の状況に直面すると、テロリストの部下全員が無線機から作戦図、武器にいたるまで完全武装していて、そのひとりを倒せば敵のもくろみがすべて判明するアイテムが一挙に手に入ることになっているが、現実には望むべくもなかった。兵隊にはそれぞれの持ち場の制圧に必要な装備しか配給していないだろうし、無線は班ごとのリーダー格しか持たず、指示は口頭か合図で伝えられるのがふつうだ。駒《こま》をひとつ失っただけで策謀全体が潰《つい》えるようなへまはしでかさない。捜査四課時代に挙げた暴力団員ですらその鉄則を守っていた。これほどの武装勢力となればなおさらだろう。

「とにかく」藍河はいった。「銃が一丁、手に入った。それだけでも感謝しなきゃな」

美由紀は同意をしめさなかった。わざわざ機関車を襲ったわりには実りが少ないといわんばかりに、不満げな顔で運転台に歩み寄った。「動かせる？」

「ああ、いちおうはな」藍河は窓ガラスの曇りを拭《ふ》き、外を眺めた。周囲にひとけはない。

しかし、このまま列車を発車させることに対しては難色をしめさざるをえなかった。「なあ岬さん。わざわざ派手な音をたててこの列車で敵の巣窟《そうくつ》を抜けていくってのは、どう考えてもまずい。考えなおしたほうがいいと思うけどな」

少しのあいだ静止したあと、美由紀は吹っ切れたように髪をかきあげた。「議論はもう済んだでしょう。ええと、エンジンはかかってるから……」

状況にふさわしくないことに、美由紀は警笛のスイッチに手を伸ばした。

藍河はあわててその手をつかんだ。「それじゃない。まずはこのボタンだよ」

操作盤の中央で赤く点滅するボタンを押しこんだ。開いていた側面の扉が横滑りに閉じた。ずっと響きわたっていたエンジン音が閉めだされ、極端な静けさが運転席を包んだ。

「俺がガキのころ、田舎の岩手で汽車に乗せてくれるおじさんがいた。あの博物館ものの汽車に比べれば新型だが、操作はだいたい見て覚えている。ええと、これがマスコンレバーだな。で、こっちがブレーキレバー」

「助かるわ」美由紀は補助席に腰かけながらいった。「自衛隊じゃ機関車の動かし方は教えてくれないから」

その口調には、まるで金持ちの令嬢が旅先で吐くような見下した響きがこもっていた。藍河はお抱え運転手のようにみなされた気がして、一瞬むっとした。「手伝ってくれるとありがたいいんだが」

いいわよ、と美由紀は腰を浮かせた。「全速力で走らせて。とにかく、早くポーポリン・キッズタワーに着かないと」

藍河はため息を漏らした。美由紀は強硬に機関車を走らせることを要求してくる。たしかに、この状況下ではどのような選択が最善なのか見極めるのは困難だ。しかしそれゆえに、もう少しばかり慎重な行動が必要な気がする。とはいえ、異論を唱えてまで提案できるほかの手立てが見つからないのも事実だった。

「わかった。姿勢を低くしてくれ。外からみえないように」藍河はそういうと、車内灯を消した。

エンジンはすでに始動している。左手でマスコンレバーを、右手でブレーキレバーを握った。マスコンメーターは五段階、0から4だった。ひとつ上げるごとに、クルマのギア同様にスピードがあがる。1にいれて、ブレーキレバーを減圧した。列車は、ゆっくりと前進をはじめた。

「気楽にいきましょ」美由紀は車掌の言葉づかいを真似《まね》てつぶやいた。「つぎはー、ポーポリン・キッズタワー」

その声がかすかに震えていることに、藍河は気づいていた。虚勢を張ってみたところで、危険の度合いが薄らぐわけではない。彼女もそれはわかっているのだろう。ライトを点灯することもできず、行く手は闇《やみ》に包まれていた。はっきりとガラスに映りこんでみえるのは、不安げな表情を浮かべた藍河と美由紀の顔だった。視界に認識できるものは、いまやそれしかない。

永幡は、まだ自分が死んでいないと感じていた。意識がある。しかし朦朧《もうろう》としたものだ。ここがどこであるかはわからない。ただ、ふたりの黒装束に外に連れだされた。そのことだけは理解していた。

身体に力が入らない。両腕をそれぞれひとりずつの黒装束に掴《つか》まれ、うつ伏せにただずるずるとひきずられていくだけだ。地面に擦りつけられているはずの膝《ひざ》にも感覚がない。もはや痛みは自分のなかに生じえなくなっていた。

絶望だけが全身を支配していた。間もなく自分は、この世を去るのだろう。いや、自分はいちど死んだ。会社にクビを切られ、家族を失ったときに、自分の人生は終わっていた。生きているとは名ばかりの残りの人生は、半分死んでいたも同然だ。そこに降って涌《わ》いたような幸運が訪れ、自分はふたたび生気を取り戻した。そう思えた。しかし、すべては錯覚だった。あれは死に際の幻想のようなものだった。

あれだけ金持ちになり、マスコミを通じてそのことを喧伝《けんでん》しても、妻は帰ってはこなかった。いまになって、ようやくその理由がわかる気がした。自分にはなにもなかった。ただ、泡《あぶく》のような幸運にすがって、つかの間の夢心地を味わっているにすぎなかった。成長したわけでも、出世したわけでもなかった。由紀子は賢い女だった。おそらく、かつての夫が幻想に溺《おぼ》れ踊っているのを冷ややかに眺めていたのだろう。

由紀子と結婚したころ、永幡は貧しかった。つまり妻は、裕福さを求めて結婚に至ったのではない。永幡一徳というひとりの男を愛して、生涯をともに過ごす道を選んだのだ。その愛が醒《さ》めたのはリストラに伴う貧しさゆえではない。自分で戦おうともせず、ただ幸運が降ってくるのを待ち、それにすがろうとする。そんな夫のふがいなさに愛想《あいそ》をつかしたにちがいなかった。

そう、授かるはずのない幸運を唯一の希望と信じ、依存する。そんな無気力で無能な自分だったからこそ、二番目の法則を鵜呑《うの》みにし、まんまと連中の企て通りに己れの強運を信じてしまったのだろう。おそらくあの穀室という小男は大勢の人間に、春夏秋冬の賭《か》けを持ちかけたにちがいない。どんな目的か知らないが、計画に利用できる人間を探していたにちがいない。そのなかでひっかかったのが、ほかならぬ俺だった。

愚かだ。永幡は心のなかで嘆いた。自分はどうしようもない愚者にほかならなかった。

意識が戻ってきたのか、背筋に痛みを感じるようになった。聴覚も機能を取り戻しつつあるらしい。永幡をひきずる男たちの会話がきこえてくる。

「まだ先か」ひとりの声がいった。「このへんでいいんじゃないのか」

「まだだ」と、もうひとりが答えた。「外で人質を撃ち殺すときには、富士山ドームと皇帝城ホテルのあいだのくぼ地と決まってる。それ以外の場所では銃声が風に運ばれて、お台場にまで届く恐れがある」

射殺か。なすすべもなかった。少しばかり感覚が戻ったとはいえ、逃げだすほどの体力はない。

これまでか。そう思ったとき、異音がかすかに鼓膜を刺激した。

「しっ」黒装束のひとりがいった。「おかしい。あの音はなんだ」

永幡をひきずる男たちの足がとまった。男たちはまだ永幡の腕をつかんでいた。永幡は蝦反《えびぞ》りに上半身だけを地面から浮かされた状態で静止した。

どうかしたのか。疑問に思い、うっすらと目を開けた。おぼろげにみえるのは地面だけだった。顔をあげようとしても、首の筋肉が反応しない。

異音はさらに大きくなった。がたがたとなにかが揺れる音、建て付けの悪いサッシを開閉する音に似ていた。それが徐々に近づいてくる。リズミカルに奏でられる音、機械の発する音だとわかった。

列車の音だ。永幡は察した。近くを列車が走っている。

黒装束たちも気づいたらしい。ふいに永幡の腕を放した。永幡の顔は俯《うつむ》いたまま地面に叩《たた》きつけられた。

頭上で機関銃をかまえる音がする。黒装束たちが辺りを警戒しはじめている。ひとりが緊張した声を発した。「列車が動いている」

「列車班から連絡もないのに、なぜだ」もうひとりが声を張りあげた。「まさか、逃げた元刑事か」

ひとりが踵《きびす》をかえす音がした。「本部に知らせよう」

もうひとりがたずねる。「こいつの始末はどうする」

「ほっとけ。どうせ死にぞこないだ、動くこともできん」その声とともに、ふたりが走り去っていく足音がした。

静寂が包むなか、遠くに列車の走行音だけがかすかに聞こえていた。

永幡は身体を起こそうとしたが、不可能だった。また意識が遠のきはじめた。薄らぐ思考のなか、ぼんやりと思った。元刑事。藍河か。あの男のいったことは正しかった。このカジノは陰謀の巣窟だ。あのとき、聞く耳を持っていれば。

いま、藍河はひとり追われる立場にある。そうにちがいない。永幡のなかに、なぜか羨《せん》望《ぼう》のような感情が沸いた。羨《うらや》ましい男だ。あの歳《とし》にして、まだ戦えるチャンスがある。

永幡の視界は、またも暗転した。遠くに消えていく列車の音とともに、永幡の意識も薄らいでいった。

権謀術数

芹沢は舞台裏に位置する出演者控室の扉を開け放った。

壁ぎわでくつろいでいた十名前後の黒装束たちがいっせいに立ちあがるなかで、ひとりだけテーブルに腰かけたまま葉巻をふかしている男がいた。伸銅だった。

伸銅は銀色に光るサングラスを芹沢に向けた。「ようこそおいでになった、警察庁長官」

「お招き感謝する」芹沢はぶっきらぼうにかえしたが、すぐに噴きだした。「温暖化で南の島が沈むだと？　饒舌《じょうぜつ》すぎないか」

ふっ。伸銅が鼻で笑った。葉巻を指先にとると、芹沢を見つめて高笑いした。サングラスをはずし、上機嫌そうな笑いをうかべて立ちあがった。「傑作だった。室外機の熱風がどうとかいってるのに、客席はしーんと静まりかえってやがる」

伸銅につられて芹沢は笑った。一緒に部屋に入ってきた出崎は、いっそうひきつったような笑い声をあげていた。「伸銅が話しはじめると、どいつもこいつも戸惑った顔でおろしはじめる」

芹沢は同意した。「笑ったら殺されるのか、それとも笑わなかったら殺されるのかわからないせいだな。とりとめのない話だし、ろくにオチもない」

仲銅は笑いをうかべたまま葉巻をくわえなおした。「連中に精神異常だと思わせるには充分なパフォーマンスだったはずだ。さてと」

パイプ椅子《いす》をテーブルに向け、仲銅は腰を下ろした。芹沢もそれにならおうとして、まだ壁ぎわの黒装束たちがかしこまっているのに気づいた。休んでいいぞ、芹沢がそういうと、黒装束たちは敬礼をしてから、それぞれの姿勢に戻った。

仲銅、出崎とともに芹沢はテーブル上の図面をみた。千分の一の縮尺で描かれた見取り図で、数十枚で構成されている。いまは、劇場周辺の図面が一番上にされていた。建築業者用のものだけにどこまで作戦に活用できるか訝《いぶか》しく思っていたが、こうして現状に身を置いてみると非常に重宝する。

「予定どおり」仲銅はテーブルに両足をのせて葉巻の煙をくゆらせた。「警備は穴だらけだったな」

「警備の責任者は私だ」芹沢はいった。「当然、緩くするさ」

「だが、部下の警官たち全員が計画を知っているわけじゃなかったろ?」

「むろんだ。警察組織内で全容を知る者は私と出崎、三塚しかいない。しかし、部下たちの警戒心を解く自信はあったよ。これまでご法度だった勤務中の酒とギャンブルが急遽《きゅうきょ》解禁になったんだ、それも贅沢三昧《ぜいたくざんまい》のカジノ・テーマパークでな。誰もがうつつを抜かす。

どいつもこいつも骨抜きにされて、隙《すき》だらけになってた」

「それで天罰を食らったわけだ」伸銅が天井を仰いで愉快そうに笑った。「さまよえるヘブライの民がシナイ山の麓《ふもと》で神の怒りに触れたようにな。ここまで警察官僚が腐敗してるのは、官僚のトップである警察庁長官殿の責任だと思うが」

ふんと芹沢は笑った。「私の就任前に、すでに日本の警察組織は腐っていた。いずれ崩壊する運命にあった。私はその時期を早めてやったにすぎん」

「それで、代わりに俺たちを大挙して雇用か。よりによってサツの長が指定暴力団の構成員を率いるとはな」伸銅は葉巻を嚙《か》みながらにやにやと笑った。「世のなかも変わったもんだ」

「賭博《とばく》場を仕切るのはやくざの仕事だろう。とりわけこんな江戸の町並みのなかではな」

芹沢の冗談に、伸銅はひきつった笑い声をあげた。上機嫌で葉巻をふかし、煙を天井まで噴きあげる。

そのようすを芹沢はじっと観察した。この男は心から自分に信頼を寄せているだろうか。まずありえないと思った。長年敵対関係にあった者どうしだ、手を結んだにせよ、容易に打ち解けるわけがない。むろん芹沢の側も同様だった。この男が命令に背いて作戦に支障をきたさぬよう、終始監視をつづけねばならない。

とはいえ、ここまでのところ作戦の進行状況は完璧《かんぺき》に等しい。さすがに指定暴力団の若頭として、大勢の荒くれ者どもを束ねてきただけのことはある。仲銅のリーダーシップはかなりのものだ。

仲銅畔戸は六代目仁井川会系仲銅一家の若頭として、父である仲銅和重《かずしげ》の跡を継ぐため十代で幹部に就任、以降は麻薬と武器の密売で収益をあげてきた実質上のボスだった。仁井川会の構成員が得意としていた銀行および現金輸送車の襲撃のほとんどは、仲銅畔戸が顧問を務め計画を指揮したものだった。警視庁捜査四課は暴力団対策法に基づき大勢の組員を逮捕したが、いずれもチンピラばかりで、仲銅畔戸という存在に辿《たど》り着くことはなかった。なぜなら、彼は仲銅和重の息子とはいえ、妻とのあいだにできた子ではなく、愛人に生ませた隠し子だったからだ。仲銅畔戸は当初、若手の組員たちのなかに紛れていてその素性は明らかではなく、捜査四課にも目をつけられることがなかった。このことが彼の活動の自由度を高め、より大きな実績を生んでいく原因となった。

転機はほんの数年前に訪れた。暴力団対策法の強化に伴い、全国に二十余り存在する指定暴力団はいずれも活動の縮小を余儀なくされた。このままでは組そのものの存続に関わると判断した各組織のトップは、警察に対する態度を軟化させ、ある者は司法取引に応じ、ある者は賄賂を使って捜査員を買収にかかった。逮捕された者も少なくないが、警察の腐敗がじわじわと進行している状況下においては、捜査四課がそれら指定暴力団と癒着の関係に至るのは時間の問題だった。

一年前、仁井川会の全組織は組長の判断によって非合法事業を大幅に縮小、警察に譲歩することになった。仁井川会において最も凶悪な犯罪の尖兵《せんぺい》として働いてきた伸銅一家はその役目を失い、親の組織に吸収されることになる。伸銅一家の名は残るが、今後は仁井川会の合法事業のひとつである建設業を任され、伸銅和重の後継ぎも別の幹部にきまった。

伸銅畔戸は衝撃を受けたにちがいない。親に裏切られ、跡目争いにも負け、已れの存在のすべてを否定されたのだ。だが彼は、彼を支持する大勢の構成員に恵まれていた。これまで犯罪を生きる糧《かて》としてきた構成員たちは組の変化に戸惑い、伸銅畔戸の下にこぞってなびいた。

芹沢はそんな伸銅畔戸の動向を察知するや、直接彼のもとに赴き極秘裏に交渉に入った。かねてから計画していた大規模な策略を実行に移すには、伸銅畔戸の一派のような強力な兵隊が必要だ。しかも幸いなことに、伸銅畔戸の存在は捜査四課も注視せず見過ごしている。連中を雇わない手はなかった。

この作戦が成功すれば、日本という国は生まれ変わる。表向きは内閣政府が存続するが、事実上の覇権は影の政権に移る。その政権を掌握するのは、ほかならぬわれわれだ。

扉が開き、馴染《なじ》みの顔がひとり入ってきた。三塚だった。血糊の付着したシャツを着ているが、血色はよさそうだった。三塚は芹沢に一礼すると、席についた。

芹沢は鼻で笑った。「撃たれたわりには元気そうだな」

また仲銅の笑い声が響くなか、三塚は口もとをゆがめた。「もんどりうったのは、少々やりすぎかと思いましたがね」

「とんでもない」仲銅は葉巻を嚙んだ歯をみせた。「迫真の演技だった」

三塚は神経質そうな視線を芹沢に向けてきた。「人質の反応は?」

「みごと、だまされてるよ。きみが撃たれてから、追い詰められたネズミのようにびくついている。反旗をひるがえそうという痴《し》れ者は現れんだろう」

「約二名を除いてね」三塚は指先で眉間《みけん》をひっかいた。「じつは、あなたのいう痴れ者の類《たぐ》いのうちひとりを始末、ひとりが逃亡中という状況でして」

「なあに」仲銅は煙を吐きだした。「すぐ捕まえるよ」

だが、完全主義者の芹沢にとっては聞き捨てならない言葉だった。油断なくきいた。

「誰だ」

「永幡と藍河」三塚が答えた。「始末したのは永幡のほうです」

あいつらか。気の毒に、戸田俊行議員の発案で呼びよせたふたりがいずれも愚行に及ぶとは。議員も事件後は国会で厳しい責任追及を受けることになるだろう。生きて帰ればの話だが。

「藍河」芹沢はつぶやいた。「奴が逃げているというのは、あまり楽しくない話だな」

「どうしてだ」仲銅は訝《いぶか》しげにきいた。「元捜査四課の汚職警部補だそうじゃないか。島のあちこちには精鋭の部隊を配置してある。ひとりでどうにかできる状況じゃないさ」

「そうでもない」芹沢はいった。仲銅は疑問の顔をみせたが、芹沢は無視した。自分が藍河を警戒する理由など、ここで話しても仕方がない。

出崎が腕時計に目をやった。「午後九時です。そろそろ鈍感な政府筋も、この島の異常に気づくでしょう」

仲銅がテーブルから足を下ろし、姿勢を正した。「警察にも、カジノの滞在客と連絡がとれないっていう通報が千件は寄せられているはずだからな。もっとも、その警察のトップがここに勢ぞろいしている以上、大々的な動きはとれないわけだが」

三塚も初めて笑みをみせ、控えめな口調でいった。「責任感も皆無に等しい日本の官僚のことですから、なんらかの決定を下すにもあと二時間はかかるでしょう」

出崎はぶっきらぼうにいった。「むろん、われわれはその例に当てはまりません」

「当然だ」芹沢はいった。われわれは政府の愚鈍な官僚どもとはちがう。責任感もあれば決断力もある。だからこそ現在の国家体質には我慢がならないのだ。

芹沢は青森県の片田舎に生まれた。貧しかった家庭は荒れ、両親は蒸発し、自分を引き取った叔父夫婦の家でも喧嘩《けんか》と家庭内暴力、虐待ばかりが待っていた。全国民的に中流意識が蔓延《まんえん》するなか、芹沢はこの国に貧富の格差を感じとった。成人するまでには、将来は日本の権力を掌握する立場を手に入れることを切望するようになった。夢や希望ではない、まさに運命だと芹沢は感じていた。

国家に平等主義を実現しようとは思わなかった。そのようなものは不可能だ。芹沢が望んだのは、己れ自身を支配側に置くことだった。合法的に不可能なら、非合法に手を染めるしかない。表向きには権力に与《くみ》し、裏ではあらゆる勢力とつながる。それが芹沢の支配体制の理想とすべき図式だった。

警察大学校に入学しながらも、内心では日本の政治システムと似非《えせ》民主主義への反感が募った。しょせん、この国は偽善に満ちている。真の個人主義を追求するのなら、己れの富と権力に固執することになんのためらいがあるだろう。芹沢の権力志向は、警察組織に身を置くことでいっそう肥大化に拍車がかかった。

目的のために手段を選ばないという発想はきわめて理論的に思えた。公正な判断によれば犯罪といえる数々の行為が、芹沢にとっては日課に等しくなった。神奈川県警で地元の暴力団と癒着して利潤を得て、それらの金を自分の出世のための資金に運用した。政治家を買収したのだ。公になりつつあった犯罪行為のすべては部下の不祥事にしたてあげ、自分に同調する三塚と出崎を身近なポストに置きながら、県警の署長、さらに本庁の警視総監へ、そして警察庁長官へと順調に出世した芹沢だったが、そこに至ってもまだもの足りないものを感じていた。

先が見えつつあった。現在の日本の社会では、この歳《とし》にして自分の務めあげられるポストはせいぜい警察庁のトップどまりだ。一度しかない人生、そのていどの権力で満足を強いられるのは苦痛に等しかった。歯がゆい社会構造だった。ならば、その構造をも変えられる立場に就かねばならない。いまのポストは一時の足がかり、究極的にはこの国家の支配者をめざす。内閣総理大臣などという形ばかりの操り人形ではない、真の支配者だ。

闘志がふたたび燃えたぎるのを、芹沢は感じていた。これでいい。自分は若いころから獰猛《どうもう》だった。牙《きば》を抜かれたのでは生きている価値すら感じられない。

廊下にあわただしい足音がきこえた。黒装束が駆けこんできた。

「報告します」黒装束は息を切らしながらいった。「逃亡者の動きを察知しました。列車を乗っ取って移動中です」

伸銅は顔色ひとつ変えず、葉巻をつまんだ手をかざした。「穀室、追いかけて始末してこい。線路沿いにいる警備をひとり連れていけ。手早く頼むぞ」

「了解」穀室はＡＫ47半自動ライフルを手にすると、小走りに部屋をでていった。

出崎が顔をしかめた。「あんなチビにまかせてだいじょうぶかね」

だが、伸銅の戦法をよく知る芹沢はなんら不安を感じてはいなかった。テーブル上のペットボトルをひったくると、スポーツドリンクをあおっていった。「案ずるな。派手にやってくれるさ。なにしろここは、テーマパークだからな」

挟み撃ち

レールの継ぎ目がリズミカルな音を刻む。その間隔も狭まっていった。藍河はマスコンレバーを3にいれた。時速六十キロ。城下町のなかに敷かれたレールはまっすぐ前方に延びている。しばらくは、この速度で距離をかせぐべきだろう。

背後に足音がした。真後ろの扉を開けて美由紀が機関車に戻ってきた、そのようすがフロントガラスに映りこんでいた。

「後ろの二両をみたけど、なにもなかったわ」美由紀はため息まじりにいって、運転台に置かれたAK47に目を向けた。「それ、わたしが持ってようか」

「いや」藍河は列車の振動に揺れる銃を手で押さえた。「俺が手もとに置いておくよ。前方の見張りも兼ねてるし」

そう。美由紀のつぶやきには、勝手にすれば、そういいたげな響きがこもっていた。傍らの椅子《いす》に腰を下ろしながら、美由紀はいった。「どの辺りまできた?」

「まだ城が横に見えてる。たしかこの向こうに競馬場があって、それを越えないとポーポリンは見えてこないはずだな」

「順調ね。いまのところは」

「いまのところ?」藍河は苦笑した。「問題は終着駅だろ。着いたとたんに蜂《はち》の巣にされるかも、だ」

「だいじょうぶよ。ばれてやしないから」

妙に説得力がある。藍河はちらと美由紀を見やった。美由紀はうつむいて、長く伸ばした爪《つめ》をながめている。マニキュアの剝《は》げぐあいが気になるらしい。こんな状況だというのに、図太い女だ。

その自信はいったいどこからくるのだろう。考えをめぐらせたが、なにも浮かばなかった。藍河はきいた。「岬さん。航空自衛隊のパイロットだったそうだが、自衛隊じゃ飛行機の飛ばし方だけじゃなく白兵戦についても教えてくれるのかい?」

「一般航空学生は専門じゃないだろうけど、わたしは幹部候補生学校に行ってたから。幕僚監部が必要とする知識は、ひととおり教わったわ」

「ふうん。偉いもんだな。幕僚機関に居残ってたら、どのポストに就きたかった? 監理部所属か?」

「ええ、そうね」美由紀はあいまいな物言いをした。「作戦の指揮も執りたかったから」

変わったものの考え方だ。藍河が疑問を呈しようとしたとき、すさまじい衝撃が全身を貫いた。

後部の衝突音とともに、列車は激しく揺れた。藍河は思わず身をかがめて操作盤に両手をついた。レールの不調かと思ったが、ちがうようだ。衝撃はさらに二度、断続的につづいた。マスコンレバーを切り替えていないのに、スピードが不安定になっている。

美由紀が立ちあがり、窓を開けて後ろを見やった。「追っ手だわ」

藍河はブレーキレバーがめいっぱいに減圧されていることを確認してから、マスコンレバーを4に切り替え、いったん運転席を離れた。美由紀に近づき、窓から顔をだして後方を眺める。

黒い影に見える物体が、三両編成のこの車両を追いあげてきている。別の機関車だった。けたたましい走行音のなかで銃撃の音が響いた。追っ手の運転席の脇に銃火が見える。次の瞬間、藍河の顔のすぐ近くを弾丸がかすめて飛んだ。機関車の側面に耳をつんざく金属音が連続し、火花が散った。

美由紀が悲鳴をあげて顔をひっこめる。藍河も運転席に戻った。美由紀は運転台のAK47に手を伸ばそうとしたが、藍河のほうが早かった。右手で銃を、左手でマスコンレバーを保持しながら、美由紀に怒鳴った。「しっかり捕まってろ」

「それ貸してよ。応戦するから」

「ばかをいえ、マガジン一個ぶんしか弾がないんだぞ。こんなところで闇雲《やみくも》に掃射したって武器を失うだけだ。それより逃げるが先……」

口をつぐんだ。列車が傾いている。目を凝らすと、行く手のレールは大きくカーブを描いていた。藍河はマスコンレバーを2にさげてブレーキに圧力をかけた。ところがブレーキが急すぎたらしい、さっきとは別の衝突音とともに車両が前のめりになった。平面のはずの路線が登り車線のように見えている。脱線の恐怖が襲った。しかし機関車はみずからの重さで持ち直したらしく、突きあげる衝撃とともにけたたましい金属音が車内に響いた。車輪がレールの上に叩《たた》きつけられ、さいわいにも嚙《か》み合ったらしい。安定した走行に戻った。列車はなんとかカーブを曲がりきり、森のなかを蛇行していった。

「危ないわね！」一難去った直後に、美由紀がふらつきながら怒鳴った。

「すまん」藍河は額の汗をぬぐった。機関車のブレーキ操作はクルマのそれとはずいぶん違う。右に滑らせれば加圧、左なら減圧。短く、小刻みにブレーキを加えて速度を身体《からだ》で推し量りながら減速せねばならない。急ブレーキは客車に追突されるかたちで機関車を跳ねあげ、脱線横転することにつながる。特に学んだ知識ではなかったが、いまの一瞬でたちどころに理解できた。身体で学習したことに偽りはない。

レールは前方にまっすぐ延びていた。周囲は暗黒だった。振動と音に変化があった。目を凝らすと、左右になんらガードのない木製の橋の上にレールが走っているのがわかる。渓谷を通過中らしい。飛び降りることは不可能だ。

「みて」美由紀が藍河の肩をつかんで揺さぶった。「あれ！」

行く手を阻むものが小さく見えていた。谷の向こう岸に、橋の出口をふさぐかたちで一台のジープが停車しているのが、街灯に照らされておぼろげに見える。

藍河はライトのスイッチをいれた。前方を照射すると、ジープに乗ったふたりの黒装束がなにやらあわただしい動きをしているのがわかった。ひとりが立ちあがり、円筒形の物体を肩に掲げている。

「たいへん」美由紀は叫んだ。「ロケット砲よ」

「なんだって」藍河は反射的にブレーキをかけようとした。ところがそのとき、後部の車両からばりばりと木の板が裂けるような音がした。振り返ると、客車に煙が充満し、いたるところに火花があがっている。

美由紀が悲痛な声でいった。「追いつかれるわ」

前にロケット砲、後ろに追っ手。飛び降りることもできない橋の上、機関車は猛スピードで疾走している。ジープに衝突するより前に、ロケット砲の一撃を見舞われることは火をみるよりあきらかだった。

絶望。そのひとことが藍河のなかを支配した。ここまでか。もう逃れられないのか。脱することは、不可能なのか。

穀室はマスコンレバーを3に落とした。案の定、前方に見える逃亡者の車両は速度をさげている。行く手をふさぐロケット砲に気づいたのだろう。

くぐもった自分の笑い声が運転席に響いた。この戦法はいつも効を奏する。ネズミを袋小路に追いこみ、その奥で相棒が始末をつける。連中は停《と》まるに停まれないだろう。あとわずかのうちに、目前に盛大な花火がひろがる。機関車を含め三両連結の列車が、橋の上で火の玉と化す。火柱があがり、先頭の機関車は跡形もなく消し飛ぶことだろう。

側面の窓から身を乗り出していた品田《しなだ》が運転席に戻った。ＡＫ47のマガジンを引き抜くと、黒装束のウェストポーチから新しいマガジンをとりだして叩きこんだ。

「もういいぞ、品田」轂室はいった。「あとは対岸にいる連中が片付けてくれる」

小柄な轂室にしてみれば、見あげんばかりの大男の品田は不服そうに唸《うな》った。「やつらのもとに行き着く前に、こっちで始末をつけてやりたかった」

血の気の多い男だ。もっとも、伸銅一家で襲撃班の尖兵《せんぺい》を務め、弱肉強食の日々を生き抜いたこの男が残忍になるのは必然のことかもしれない。純然たる構成員の品田にくらべると、知能犯罪を受け持つことの多かった自分はまだ情けは深いほうだ、轂室はひとりそう思った。機関銃でじわじわといたぶられるよりも、ロケット砲の砲撃で一瞬にして灰と化したほうが、逃亡者にとっても楽だろう。闘争心はおおいにけっこうだが、過剰な狩猟本能はときとして同情心以上にやっかいなものになる。すべて作戦どおりに動く。それが轂室の信条だった。

「停車しないな」品田が嘲《あざけ》るようにいった。

「あの元刑事、ジープに向かって突っこむ気だぜ」

「好きにさせておけ」穀室は笑っていった。フロントガラスに自分の微笑が映りこむ。ジープに突進したところで間に合わない。砲弾は次の瞬間にも逃亡者を直撃する。間もなく花火。盛大な勝利の宴《うたげ》が視界にひろがる。

穀室はブレーキレバーに加圧して速度をさげた。爆発に巻きこまれないよう、逃亡者の車両と距離を置いた。深い渓谷にかかった橋の上だ、連中は飛び降りることもできない。もしそうすれば、五十メートル下の岩肌に叩きつけられるだけのことだ。

品田が吐き捨てるようにいった。「賭《か》けはおめえの勝ちだな、穀室」

そうだった。品田がいきり立っていたのは闘争心のせいばかりではなかった。賭けていたのだ。藍河を品田がマシンガンで仕留めれば、穀室から品田に十万。ロケット砲の餌食《えじき》になれば、逆に品田から穀室に十万。

「悪く思うな」穀室は笑った。「おまえの腕を信じてないわけじゃない」

ただ、言葉にはしないがふたつほど理由がある。ひとつは盛大な花火が見られるほうに賭けたかったこと、もうひとつは、品田のような背の高い男が嫌いだということだ。この男と組んだのはあくまで仕事だった。作戦中、品田がどうなろうが知ったことではない。

逃亡者の機関車がジープに向かっていく。さあ、ショーの時間がやってきた。穀室は固《かた》唾《ず》を呑《の》んで、暗黒に吸いこまれていく車両の最後尾を見つめた。

「これしかない」藍河はつぶやいた。

「なに?」美由紀は怯《おび》えた顔を藍河に向けた。

藍河はなにも答えなかった。自分のなかにおぼろげに浮かびあがった唯一の手立てが、しだいにはっきりとかたちをとりはじめる。あとは、実行に移すのみだった。

2にさがっていたマスコンレバーを最速の4にいれた。つづいてブレーキレバーを左に倒し減圧した。ブレーキの圧力から完全に解放された機関車はにわかに速度をあげはじめた。対岸のジープがみるみるうちに迫ってくる。

「なにをする気なの」美由紀が叫んだ。「正気?」

「さあな。カウンセリングしてくれるなら、いまここでやってくれ」藍河はブレーキレバーを握りしめながらいった。

エンジン音が高くなり、走行音もピッチがあがる。振動が小刻みになり、それもどんどん大きくなっていく。胃のなかをかきまわすような揺れが絶え間なくつづき、吐き気がこみあげてきそうだった。

「ジープを跳ね飛ばす気? 間に合わないわよ」美由紀の声は悲鳴に近かった。

そう、間に合わない。百も承知だ。橋を渡り終えるにはまだ十秒はかかる。そのあいだに、あの黒装束が掲げた円筒から飛びだした火の玉が、機関車を直撃するにちがいない。停まることも、引き返すこともできない。それなら、方法はひとつしかない。

　速度計に目をやる。メーターは振りきっていた。振動は胃ばかりではなく脳にも激しく伝わり、思考が朦朧《もうろう》としてくるほどだった。あるいはそれは音のせいかもしれない。エンジン音は信じられないほどの高音を奏で、まるで数千匹の猿がいっせいに悲鳴をあげたかのようだった。鼓膜が破れる。耳を保護したいがそうもいかない。来《きた》るべき一瞬に備え、ブレーキレバーから手を放すことはできない。

　ジープが前方に迫ってきた。それでもまだ数十メートルの距離がある。しかし、もう間もなくその瞬間はくるにちがいない。藍河の読みは当たった。ジープの上でロケット砲が火を噴く、その一瞬をはっきりととらえた。

　視覚が状況を認識し、判断を下し、動作に移る。その敏捷《びんしょう》性がどのていどのものなのか、自分でも理解できない。間髪をいれずに行動した、藍河ができるのはそれだけだった。ブレーキレバーを一気に右に倒し急速加圧した。

　その行動がどのような結果をもたらすのか、正確には予測していなかった。なにかにつかまれ、美由紀にそう叫ぶより早く、さっきよりも鋭く、強烈な衝撃が後方から襲った。フロントガラスを突き破って前方に飛びだすのでは？　そんな恐怖が瞬間的によぎる。しかし、現実のもたらす恐怖のほうがそれを上回っていた。衝撃音とともに藍河は床から跳ねあげられた。窓の外がめまぐるしく変化する。黒くみえるのは、空か谷間か。急ブレーキの響かせた金切り声が、いつしか美由紀の悲鳴に移り変わっている。

宙に浮いた。藍河はそう感じた。


穀室は我が目を疑った。

前方の車両が予測不能な動きをとった。いや、それどころではない。逃亡者が乗っているのは機関車と二両の客車だったはずだ。こんなことは不可能だ。

藍河の列車は穀室の目の前で宙に跳ねあがった。車両の連結部が捻《ね》じ曲がり、蛇のようにうねりながらも、たしかに浮かびあがっている、その一瞬の光景が穀室の視界にひろがった。三両の車両の下に隠れていた、まっすぐ前方に延びるレールが克明にみえた。そして、その行く手で待ち構えるジープも。

瞬間的に品田が叫んだ。「賭けは……」

賭けだと。なんの賭けだ。また忘れていた。そうだ、逃亡者の列車が誰の餌食になるのか、そういう賭けだった。賭け。結果しだいでカネをやりとりする勝負。選択肢は限られている。春夏秋冬。四つのうちひとつ。いまは、ふたつにひとつ。そのはずだった。

ジープから放たれた閃光《せんこう》が一直線にこちらに向かってきたとき、穀室はその過《あやま》ちをさとった。ロケット砲の発射した砲弾は、跳びあがった逃亡者の車両の下をすりぬけ、穀室のほうへと向かってきた。

「ありえん！」その叫び声は、品田のものか、あるいは自分のものか。それすらも判然としなかった。考える時間も与えられなかった。砲弾が直撃した瞬間、視界は凄《すさ》まじい火炎に包まれた。花火どころではない、この世のすべてを焼き尽くす業火。自分の肉を、骨を溶かすオレンジ色の空間に呑みこまれたとき、穀室はすべての終焉《しゅうえん》をさとった。

反感

一瞬のことのようにも、数秒を要したようにも思えた。藍河は落下の速度があがったのを感じた。床から足が浮いているせいで機関車が回転している実感はないが、窓の外にみえる景色は斜めになっている。レールの向こうにジープがみえ、それがぐんぐん迫ってくる。次の瞬間、機関車に激しい縦揺れの衝撃が襲い、藍河は上方に叩《たた》きつけられた。そこが天井か壁かわからない。今度こそ藍河は、機関車が横転していくのを感じた。横倒しになった機関車が、いまや床となった壁面の窓ガラスを次々と割りながらレールの上を滑っていく。藍河はどうなっているのかさだかではない姿勢のまま、前方をのぞいた。ジープが寸前まで迫っていた。黒装束たちが凍りつき、目を見張っているのがみえる。

衝突の瞬間に、藍河は頭を両手で抱えて伏せた。今度は前方から後方へと貫くような衝撃が走った。床も壁もきしみながら歪《ゆが》みはじめる。まだ疾走している感覚があった。耳をつんざく爆発音、フロントガラスが砕ける音、降り注ぐガラスの破片、吹きこんでくる黒煙と、なにが燃えているのか判然としない強烈な異臭。ジープを轢《ひ》いた、その爆発にちがいなかった。それでも、機関車はまだ停《と》まらなかった。横転状態のまま滑っていく。ジープに衝突したということは、橋は渡り終えている。しかし、そのさきがどうなっているのかは未知のままだ。建造物があれば、機関車はそこに叩きつけられて一巻の終わりだ。

絶望と恐怖が支配するなか、藍河の意識は薄らぎつつあった。背骨に激痛が走る。そんななかで、響きわたる轟音《ごうおん》がわずかに沈静化した。速度が和らいでいる、そんな実感があった。

どれだけ時間がすぎたのか、わからない。気を失っていたようにも思えるが、一秒たりとも目を閉じてはいないことはあきらかだった。藍河の視界には、ずっと運転台の下部に備えつけてあった消火器が意味もなく映っていた。横転後、振動のなかでそれを見つめつづけていた。いまも、ただぼんやりとそれを眺めている。消火器。だが、なにかがちがう。そうだ、揺れてはいない。振動がない。音も聞こえていない。鼓膜が破れたわけではなさそうだった。

立ちあがろうとしたが、身体《からだ》はまるで動かなかった。全壊状態の機関車のなか、周囲は照明もないのにあちこちが光っていた。やがてそれが、飛び散ったガラスの破片の堆積《たいせき》したものだとわかる。藍河は、突っ伏す姿勢になっていたことをようやくさとった。投げだされた両手をみる。血まみれになっていた。

無数の擦り傷がてのひらに刻みこまれている。指を何度か動かし、神経が正常に機能しているのを確認する。まだ他人の手を眺めているような感覚があるが、しだいに慣れてくるのだろう。

起きあがろうとしたとき、こみあげてくるものを感じた。藍河はその場で激しく嘔吐《おうと》した。酸欠状態でひどくむせる。苦しみのなかでも、安堵《あんど》の感情があった。吐いた物のなかに赤い血はみられない。内臓にダメージはないようだった。

ひとつひとつの関節の動きをたしかめるようにしながら、藍河はゆっくりと時間をかけて起きあがった。油の臭《にお》いがたちこめている。爆発の危険性も察知したが、行動しようにもすぐには身体が動かなかった。奇妙に死を恐れない自分がいた。いま爆発したらそれまでだ。そのほうが、どれだけ楽になるかわからない。

やっとのことで立ちあがり、周囲に目をこらした。意識の彼方《かなた》に追いやられていた、寸前の記憶を呼び戻す。機関車のなか。もし記憶を喪失していれば、ここがどこだったかまるでわからないはずだ。それだけすさまじい惨状が辺りを包んでいた。たちこめる黒煙のなかに、扇状に歪んだ車内があった。それも横方向に四十五度倒れた状態で。

岬さん。喉《のど》にからむ声で呼びかけたが、返事はなかった。美由紀の姿はどこにもない。ひょっとして、外に投げだされたか。その可能性もありうる。

天井だった部分にも大きな亀裂《きれつ》が生じていて、そこから外気が吹きこむのを感じた。外を眺める。暗かった。一歩踏みだしてみると、砂利が靴の底にあたる。まだレールの上らしい。

藍河は外にでた。転がりおちたというほうが正確かもしれない。草の生い茂った斜面を降りて、振りかえった。そこにあったのは、まさに信じられない光景だった。

機関車と二両の客車の三両編成だった列車は、真ん中の車両が塔のようにまっすぐ空に向かってそびえ立ち、前後の車両はゆがんでほぼ半分の長さになっていた。機関車の前面には、ひしゃげて鉄塊と化したジープの残骸《ざんがい》が冗談のように貼《は》りついている。黒装束たちの安否は、ここからではわからない。たしかめたくもなかった。連中は衝突の寸前までジープにいたのを、この目でみた。ふたりとも即死だったにちがいない。

辺りは、雑木林のなかにある草地だった。レールはほぼ直線状態に走っている。辺りに建物がなかったのはさいわいだった。応援部隊がいたら、すぐにでも駆けつけていただろう。

いや、安心するなどもってのほかだ。藍河のなかで警鐘が鳴った。ジープから煙が立ちのぼっている。焦げくさい臭いはタイヤが焼けているせいだ。ガソリンタンクに引火すれば爆発の危険もある。いずれにせよ、この状況は遠方からでも確認できるはずだ。迷っているひまはない。すぐにでもここを立ち去らねばならない。そうだ、銃はどこにいった。まだ車内だろうか。唯一の武器だ、捨てていくのは賢明ではないだろう。

そのとき、耳もとで金属音がした。女の声がささやいた。「探してるのは、これでしょ?」

振りかえると、美由紀がAK47をかまえて立っていた。髪が乱れ、すすだらけの顔。服もぼろぼろだったが、さいわい怪我《けが》はしていないようすだった。

「無事だったか、岬さん」藍河はそういって、美由紀の手にした銃に手を伸ばした。

ところが、美由紀は後ずさって銃口を藍河に向けた。

藍河のなかに緊張がはしった。「どういうことだ」

美由紀はため息をついた。「あなたに勝手な真似《まね》をされたんじゃ、命がいくつあっても足りないわ。これからは、わたしのいうとおりにして」

勝手な真似。そう、たしかにそうかもしれない。列車を脱線させてロケット砲の砲撃から逃れるなど、正気の沙汰《さた》ではなかったかもしれない。だが、ほかに方法はなかった。

「ああ、悪かったよ」惨状の規模にそぐわない軽い口調で、藍河はいった。「でも、もとはといえばきみが列車の旅を勧めたからだろうが。連中は逃れようのない橋の上で、挟み撃ちをかけてきた。あれ以外に方法があれば教えてほしかったね」

美由紀は怒りのいろを漂わせ、藍河をにらんだ。「停車していったん降伏するゼスチャーをとればよかったのよ。たとえ捕まっても、無事でいれば逃れる機会はまたみいだせる。そうでしょ？　あなたもわたしも怪我をしなかったのはさいわいだけど、自殺行為に等しい判断に踏み切るのは勇気とはいえないわ」

藍河は押し黙った。降伏。あの場で。たしかに選択肢としてはあり得ただろう。だが藍河は、最初からそんな行動は無意味だと決めてかかっていた。なぜそう判断したのか。想起するまでしばし時間がかかった。やがて、瞬時にそう思うに至った過程の記憶がおぼろげに浮かびあがってきた。

「追っ手は、俺たちを狙《ねら》って発砲してきたんだぜ？　あれは威嚇じゃなかった。それに、前にはジープにロケット砲ときた」藍河はもはや遠くにみえる橋を見つめた。その中心に煙があがっている。「みなよ。あれは追っ手の残骸だろ。ロケット砲の砲弾を受けて昇天した。だが、どうしてあんなに遠くに位置していると思う。橋の途中で追跡をやめて減速したからさ。つまり、はなから俺たちをロケット砲の餌食《えじき》にさせるつもりだったんだ。もし追っ手もジープも威嚇にすぎないのなら、俺たちが突っこんでいけばジープはどいたはずだな。なら、追っ手も減速せずに追撃してきたはずだ。答えはひとつだけだよ。連中は俺たちを吹っ飛ばすつもりだったんだ」

美由紀は息を呑《の》んで藍河を見つめていた。その目に驚きの色が混じったように、藍河には思えた。が、すぐに美由紀は毅然《きぜん》とした態度で言い放った。「いいえ。あのひとたちにそんなつもりはなかったはずだわ。わたしたちが停車すれば、捕虜にしようと乗りこんできたはずよ」

「ばかをいうなよ。連中はあきらかに……」

「わたしを誰だと思ってるの！」美由紀は声を荒らげて叫んだ。「わたしは衝突の寸前の、ジープに乗ったひとたちの目をみたわ。攻撃の意志はなかった。弾丸ははじめから逸《そ》れてたのよ」

「逸れてた？　おいおい、岬さん。ロケット砲の砲弾は、真後ろにいた追っ手の機関車に命中してるんだぞ。まっすぐ俺たちに向かって飛んできた。それはまちがいない」

「いいえ。間違ってるのはあなたのほうよ。F15J主力戦闘機部隊に配属されていたんですもの、わたしの動体視力がとらえた情報に誤りはないわ。ジープの乗員は突進してきた機関車に意外性を感じ、驚きと、哀《かな》しみを抱いた。彼らは死人をだしたくはなかったのよ」

「哀しみだなんて、勘弁してくれよ、岬さん。きみは詩人にでも鞍替《くらが》えしたのか。状況をみただろ？　あいつらは絶対に俺たちを殺す気だった。まちがいない」

「彼らはわたしたちを生かすつもりだった。それはたしかよ」美由紀は冷ややかにいった。

「千里眼のわたしがいってるのよ」

「わかった、わかったよ」腑《ふ》に落ちないまま、藍河は両手をひろげた。「で、これからどうするんだ。まさかこの場で連中がくるのを待って、白旗を振ろうってんじゃないだろうな」

「できればそうしたいけど、仲間を殺された以上、あのひとたちも黙ってないでしょうからね」美由紀は依然として藍河に銃口を向けていた。「予定どおり、このレールをたどって目的地までいくわ」

藍河は深くため息をついた。はいよ、仰せのとおりに。そうつぶやいて歩きだした。が、ふと気になって立ちどまった。「ポーポリンに向かうのはいいが、レールをたどっていくってのは問題があるんじゃねえのか。あいつらは俺たちが機関車で逃亡したのを知ってる。連中もこのルートを隈《くま》なく探すだろうよ」

「いいから」美由紀は苛立《いらだ》ったようすで急《せ》かした。「いうとおりにして。状況判断はわたしがするわ」

藍河は美由紀を見つめた。美由紀は油断なく銃をかまえたまま、藍河を見つめかえした。仕方あるまい。藍河はひっそりとした暗闇《くらやみ》のなかを歩きだした。ときおり、雑木林が風に吹かれ、枝葉がこすれあう音がする。その静けさのなかで、藍河は歩を進めながら考えていた。

岬美由紀が平和主義者なのはまちがいない。藍河が自殺同然の行為に及んだことより、黒装束たちを死なせたことに美由紀は憤りを覚えている。そうにちがいない。だが、どうもひっかかる。彼女は、なにをもって自分を正しいと考えているのだろう。なぜ、藍河の判断にいちいち反対しようとするのだろう。

逃亡

米倉茜はうっすらと目を開けた。天井が見える。むきだしの送電管、水道管が縦横に張りめぐらされたコンクリートの天井。ぶらさがった裸電球の周りを、一匹の蛾《が》が飛びまわっている。そのようすを、しばし眺めていた。自分はいったい、なにをしていたのだろう。ここはどこだ。そんな疑問が脳裏をかすめた。しかし、飛び起きるようなことはしなかった。どうせ、記憶がよみがえるまでは時間がかかる。気を失った直後はいつもそうだ。あわてることはない。いまは、身体《からだ》が正常に機能しているか否かを確かめるほうがさきだ。

指を動かしてみた。関節はなめらかに動く。てのひらが冷たい床に接しているのも感じる。床もコンクリートのようだ。埃《ほこり》がかなり堆積《たいせき》している。つづいて両腕を動かそうとしたとき、横腹に鈍い痛みを感じた。蹴《け》られたあとの痛みだ。

ぼんやりと記憶がよみがえってきた。そうだ、あの黒装束の連中に袋叩《ふくろだた》きにあったのだ。舞台の上から、マジシャンの少女を逃がした。その過程で連中の怒りを買う羽目になったが、茜の記憶のかぎりでは、少女は無事逃げおおせたはずだ。もっともその後、捕らえられたかどうかはさだかではないが。

足を引きあげるようにして腰に近づけ、両手を床につき、上半身を起きあがらせた。骨折していた場合、患部をすぐに察知できる動作として身についているものだった。さいわい、どこにも刺すような痛みが走ることはなかった。

よろめきながらも立ちあがる。激しいめまいが襲ってきた。それをこらえながら、辺りに視線を配った。狭い部屋だ。ダンボールが山積みになっているところをみると、倉庫らしい。ジパング＝エンパイアの案内係として研修をうけた際には、お目にかからなかった部屋だった。扉は鉄製だが、見覚えがある。劇場の地下厨房と同じものだった。

着衣に目を落とした。さほど乱れてはいない。何人かに運ばれたにしろ、ひきずられてきたにしろ、劇場から遠くに連れだされたわけではなさそうだった。扉が同一であることをみても、おそらくはまだ同じ建物のなかだろう。わたしはテーマパークの従業員にすぎない。反抗的な態度はとったが、それ以上の抵抗はありえないだろうとみなされて、監禁ていどの罰で済まされたにちがいなかった。

まだ貧血ぎみだった。ダンボール箱によりかかってうつむいた。呼吸が整うのをしばし待つ。

場内はどうなっているのだろう。同僚の博美や、客席の人質たちは無事でいるだろうか。連中は、わたしを解放する気があるだろうか。ないとしたら、これからどうすればいいだろう。

鈍っている思考を無理に働かせようと、目を閉じて集中した。とそのとき、少女の声がささやいた。「お姉さん」

びくっとして顔をあげた。幻聴か。そう思ったとき、また小声が反復した。「お姉さん。こっち」

茜は辺りを見まわした。コンクリートの部屋だけに音は反響して、方角をつかみにくい。しかし、相手から自分がみえているのだとすれば、こちらの視界にも入るはずだ。

壁面の下部にある通風孔が目にとまった。格子状の蓋《ふた》がはめこまれたその四角い窓の向こうに、かすかに少女の顔がのぞいていた。

「わたしよ」少女はいった。「里見沙希」

茜は驚いて、通風孔の近くにかがみこんだ。「沙希ちゃん？　どうしたの。逃げたんじゃないの」

格子の向こうで、沙希の瞳《ひとみ》が光っていた。「うん。おかげで、誰にも気づかれてないみたい」

「じゃあどうしてここにいるの？」

「コンクリート製の建物って、水道や配線のメンテナンスのために壁のなかは通れるようになってるの。ここに入りこめば、建物のなかをほとんど自由に動きまわれるのよ」

茜は唖然《あぜん》とした。「ふつうは建設業者しか知らないことだと思うけど」

まあね、と沙希は苦笑ぎみにつぶやいた。「でも、ここでは真っ先にそれを調べたの。誰にも気づかれない裏道がどこにあるかってのを、ひとりでこっそりと把握しておいたのよ。そうすれば、ここの従業員も驚くようなイリュージョンができるから」

「へえ」茜は肩をすくめてみせた。「舞台以外の場所を活用するときは、劇場主の許可が必要じゃないの？」

「ほんとはね。だから内緒よ。お姉さんだけに明かしたの」

「そう……。でもどうして？」

「お姉さんのおかげで舞台の上から逃げてから、すぐこの秘密の通路に跳びこんだの。通風孔はあちこちにあるし、お姉さんがここに閉じこめられるのを見てたから、急いでやってきたの」

「そんなことしてないで、外に逃げるべきよ。テーマパークの外部に連絡できる手段を見つけて、通報を……」

「だめ」沙希は首を振った。「わたしひとりじゃ無理。足がすくんで動かない」

茜は困惑を覚えた。いま、沙希は自分しか知らないテリトリーに潜んでいる。ずっとそこに隠れていれば安全かもしれない。しかし、大勢の人質の身が危険にさらされている。できることなら、外に連絡をとる手段を見つけてほしかった。とはいえ、無理強いはできない。沙希ひとりが安全を確保できたことだけでも、喜ぶべきことかもしれないのだ。劇場内に仕掛けられたC４爆薬が爆発しないうちは、であるが。

「わかったわ」茜はいった。「できるだけ脱出しやすいところまで移動して、身を潜めて」

沙希は首を横に振った。「お姉さんと一緒にいく」

「え？」

「ここ、そっちからなら開くでしょ？　お姉さんも一緒にきて」

茜は鉄格子をみた。たしかにこの蓋は、部屋の内側からビスで二箇所を留めてあるだけだった。ビスは固く締まっていて、マイナスドライバーが必要だが、それさえ開けられれば部屋を抜けだすことは可能だった。

しかし、と茜は思った。「沙希ちゃん。見張りがこの部屋を覗《のぞ》いたときに、わたしが姿を消してたらどうなると思う？　あの忍者たちが建物の隅々まで探しまわるわよ。そうしたら、わたしだけじゃなくあなたも見つかっちゃう。一緒にはいけないわ」

「やだ」沙希の声は震えていた。「ひとりじゃ怖い。キョウコもいないし、藍河さんもいない」

「藍河さん？」酒に酔っている、あの元刑事の顔が茜の脳裏に浮かんだ。「あなた、藍河さんの知り合いなの？」

「うん。昼間、いちど会っただけだけど」

現状下では、おそらく藍河も客席で人質となり、手も足もでない状態にあるだろう。茜はいった。「アルコールのせいで、むやみな行動を引き起こさなきゃいいけど」

そのとき、沙希がむっとしたようにいった。「藍河さんは馬鹿じゃないわ。へんなことはしないわよ」

茜は驚いて沙希をみた。「そう？　確信ある？」

しばし沈黙したあと、沙希ははっきりとした口調で答えた。「ええ。いまはちょっと荒れてるけど、ぜったいになにか理由があるのよ。あのひとは事件が起きることを予期してた。わたしに知らせてくれたのに、わたしはあのひとのいうことを聞かなかった。でも、いまはわかる。あのひとは正しかった」

沙希の澄んだ瞳を見つめ、茜はふっと笑いをこぼした。

茜も沙希に同意見だった。藍河という男は切れ者にちがいない。身を窶《やつ》しているのも、本人にとっては不本意なことに相違ないだろう。さらには、彼が汚名を着せられていることや、その汚名ゆえにここに呼ばれたことと、いまこのテーマパークで起きている事件とは無関係ではないはずだ。茜の勘はそう告げていた。

「沙希ちゃん」茜は沙希の心情を察してきいた。「死ぬかもしれないけど、覚悟はできてる？」

沙希はやや動揺した顔をみせた。が、やがてこっくりとうなずいた。

決意のこもった力強い視線が茜に向けられていた。勇気溢《あふ》れる目。茜は思った。この少女となら、なんらかの活路がみいだせるかもしれない。

「よくわかったわ、沙希ちゃん」茜はつぶやいた。「一緒にいく。でも、この部屋をでたらぐずぐずはしてられない。忍者に気づかれる前に建物から外に出ることになる。いまよりずっと危険よ。それでもいい？」

ええ。沙希はいささかもひるんだようすをみせず、大きくうなずいた。

茜は笑った。人質のなかにはキャリアの警察官が大勢いるのだ、こういう勇気ある人間がひとりでもいてほしいと願っていた。その役割がマジシャンの少女に割り当てられるとは。

カルティエのリングをはずして床に置き、ハイヒールの踵《かかと》で勢いよく踏みつぶした。拾いあげると、手ごろなマイナスドライバーがわりの平面状の金属ができあがっていた。それをビスにあてがい、回転させながら思った。急がねばならない。あの伸銅という男たちの狙《ねら》いはおそらく、金庫室のカネだけではない。なんとしても防がねばならない、未曾有《みぞう》の大惨事を。

駆除

芹沢は階段を駆けあがった。この歳《とし》になっても足腰は軽い。日頃の鍛錬の賜物《たまもの》だった。この日がくるまで、毎日のように激しいトレーニングを重ねた。いま、その成果が発揮されている。

劇場の屋根の上に設けられた展望台にたどりついたとき、芹沢は息ひとつ乱れてはいなかった。身を切るような寒さ。冷たい風が吹きつけても、芹沢の肝が冷えることはなかった。

先に到着していた三塚が双眼鏡を遠方に向けている。その方角の彼方《かなた》には、真っ赤に揺らぐ炎が立ち昇っていた。

「やったな」三塚はつぶやいた。「縠室が仕留めたようです」

「当然だろう」芹沢は三塚から双眼鏡を受け取った。「それがあいつの仕事だからな」

双眼鏡をのぞきこむ。オレンジ色の炎が揺らぐなかに、骨組みだけを残した直方体の物体が横たわっているのがみえる。列車の車両のようだった。ロケット砲を使ったのだろう。あのすさまじい火炎のなかでは、藍河もひとたまりもあるまい。

三塚は笑った。「われわれの王国のなかですからね。逃げまわったところで無意味ってもんです」

「いずれ日本列島全域がそうなる」芹沢は満足感に浸りながらつぶやいた。

だがそのとき、階下から駆けあがってくる足音がした。息を切らしながら、出崎が顔をのぞかせた。「一大事です。藍河が逃げのびました」

「なんだと」芹沢は思わず怒鳴った。「たしかか」

「はい」出崎はごくりと唾《つば》をのみこんだ。「藍河と女がひとり、列車から這《は》いだしたのを監視が確認しています」

「愚か者め」芹沢は階段の手すりにつかまった。駆け降りる出崎の後を追いながらいった。「女ってのは誰だ」

「わかりません」背を向けたまま、階段を下りながら出崎が答えた。「各部署が客および従業員リストにある名前全員を人質におさえたと答えてますが、ひとり見逃していたようです」

「藍河を生かして敷地内から外にだすな。その女もだ」

芹沢は歯ぎしりした。綿密に立てた作戦もほんのささいなことで崩壊の危機を迎える。それも、よりによって藍河とは。あの男には、カジノのなかで死んでもらわねばならない。そうでなくては、作戦の重要な段階に支障がでる。

階段を下りきって通路を抜けた。舞台袖《そで》に待機している黒装束たちに指を鳴らして合図すると、彼らはすばやく駆け寄ってきた。

「異状は?」芹沢はきいた。

「いまのところは、なにも」黒装束のひとりが答えた。

芹沢は袖の幕のあいだから、客席をのぞきこんだ。自分は犯人側と交渉中ということになっている。黒装束を引き連れてステージに現れることはできない。

客席はあいかわらず、水をうったように静まりかえっていた。死人同然の顔色をした人質たちが、黙って客席に居並んでいる。ときおり咳《せき》がきこえる以外には、物音ひとつしない。

出崎を振り返ってたずねた。「姿を消した客は藍河だけか? 女は全員揃《そろ》っているのか」

ええ、と出崎は当惑顔でうなずいた。「従業員とステージ出演者も問題ありませんでした」

出演者。芹沢のなかで、なにかひっかかるものがあった。舞台袖からステージのほうを眺める。ヘルメットを被《かぶ》ったままの少女マジシャンが隅に座りこみ、うなだれているのがみえた。

芹沢はしばし、そのようすを眺めていた。あの里見沙希という少女は、芹沢が神奈川県警から本庁に転属する直前に捜査二課の事件に絡んでいたはずだ。ここでの惨劇が世論に過剰な影響を与えないよう、出演者は前科者や不法就労者で固めてあるが、沙希はその唯一の例外だった。むろん大差はない。犯罪をおかした経験があるのは彼女本人ではなく父親だった、ただそれだけの違いでしかない。一時は世間に名が知れたといっても、しょせんワイドショーや週刊誌に使い捨てにされた過去の素材でしかない。

だが、あの少女は父親の起こした詐欺事件の捜査協力を買ってでて、それなりの貢献を果たすなど鋭いところもみせていたという。そのことが、どうも気になる。こんな状況においても、なにかしらの打開策を練りあげる才能があるのでは。腰抜けの議員たち相手には警戒心は掻《か》き立てられないが、あの少女はなぜか危険な存在に思える。

ふいに、背後で声がした。「どうかしたのか」

振り向くと、サングラスをかけた仲銅が立っていた。仲銅はガムを嚙《か》みながら、ステージに目を向けた。

「仲銅」芹沢はきいた。「あの里見沙希という小娘と面識は？」

「あるよ。きょう、リハーサル中にな」

「藍河という元刑事について、なにか喋《しゃべ》ってなかったか」

「いいや」仲銅は眉間《みけん》に皺《しわ》を寄せた。「気になるのなら、いま聞けばいい」

仲銅はつかつかとステージに出ていった。客席がざわついたが、仲銅はそちらには一瞥《いちべつ》もくれず、沙希にまっすぐ向かっていった。「お嬢ちゃん。ショーの前に一回会ったな。

どうだい、俺たちのショーは気にいったか？　まあ、きみの出し物の途中で割って入ったから、面白くないのも当然だがな。芸人は舞台が命。それを邪魔されちゃたまんない。同情するよ。だがこっちも仕事でね」

またとりとめのないお喋りがはじまったか。芹沢は舞台の袖でため息をつき、腕組みをした。

ステージでは伸銅が沙希の前に立って、大声で語りかけている。「それでね、ちょっとききたいことがあるんだ。目上のひとの言うことはきかなきゃな。俺がたずねたら、正直に答えてくれ。ええと、藍河って元刑事のことだ。きょう会ったか？」

芹沢は袖から舞台を眺めつづけていた。しかし、沙希の反応が気になった。怯《おび》えたようすで伸銅を見あげる沙希は、問いかけになんの反応もしめさない。

伸銅がこちらをみて肩をすくめた。芹沢は、ヘルメットをとれと身振りで合図した。

「ちょっと失礼するよ」伸銅は指示どおり、沙希のヘルメットに手を伸ばした。「いかしたメットだな。スクーターに乗るにはもってこいって感じだ。よければツーリングでも……」

饒舌《じょうぜつ》な伸銅の言葉はそこで途切れた。伸銅は、沙希から取り払ったヘルメットを手にしたまま呆然《ぼうぜん》としていた。

やがて、静寂のなかに伸銅の声が響きわたった。「誰だ、おまえ」

怯えきった青白い顔で仲銅を見あげる少女の横顔。袖にいる芹沢も、その顔に驚かずにはいられなかった。別人だ。里見沙希ではない。

入れ替わったのか。仲銅たちが劇場を占拠したのちにそのような行為におよぶとは考えにくい。イリュージョンの段取りだったのだろう。だが、そうだとすると本物の沙希はどこだ。

「長官」出崎が緊張に震える声でいった。「ひょっとして、藍河と一緒にいた女というのは、沙希では？」

ありうる。そう思ったとき、芹沢のなかに苦い感情が湧《わ》きあがった。「まずいぞ。里見沙希がカジノのあちこちを動きまわったら……」

出崎は芹沢の懸念の理由がわからないらしく、きょとんとしてたずねた。「どうしてですか？　ただの十五歳の小娘でしょう」

鈍い男だ。芹沢は腹を立てた。「わからんのか。その十五の小娘はイリュージョンを演じていたんだぞ。そのトリックも思考回路のなかに刻みこまれているとみるべきだ」

ようやく出崎も問題の核心が判明したらしい。「まして藍河が一緒にいるとなると……」

「探せ」芹沢はぴしゃりといった。「屋根裏から壁の裏側まで捜索しろ。建物のなかにいなかったら、外だ。見つけしだい、ただちに始末しろ。それに、死体を確認せねばならん、ひきずって持ってこい」

袖に戻ってきた伸銅がきいた。「八つ裂きにした肉片でもいいのか？」

「かまわん。沙希本人だとわかるならな。藍河も同様だ」

ふっと笑って、伸銅は歩きだした。黒装束たちに怒鳴る。ふたりを探せ。部下たちは素早く散っていった。

苛立《いらだ》ちながら、芹沢は腕時計に目を走らせた。午後十一時半。そろそろ犯行声明が官邸に届いているころだ。一刻の猶予も許されない。国家権力の掌握を目前に、二匹の害虫が体内をかけめぐっている。虫けらといえど、あなどっていると内臓を食いちぎられる可能性もある。容赦すべきではない。害虫は駆除あるのみだ。

要求

井尾山輝夫・内閣官房長官にとって、就任以来最悪の夜であることに疑いの余地はなかった。真夜中の電話の音で無理やり睡眠から覚醒《かくせい》状態に引き戻された井尾山の頭は、まだ充分に機能しているとはいいがたかった。官邸のあわただしさをみても、すべてが絵空事のように思えてならなかった。

エントランスホールを右往左往する職員のなかで、最初に井尾山の存在に気づいたのは山口恵子・外務大臣だった。山口は足早に近づいてくると、こわばった面持ちで告げた。

「官房長官、忌々《いまいま》しき事態のようですわね」

嫌な雰囲気だ。少なくとも閣僚の身で、官邸のこんな空気を吸いたいと欲する者は皆無にちがいない。井尾山はぶっきらぼうに応じた。「まだなにもきいていない」

「わたしもです」山口恵子は鏡のように仏頂面をかえしてきた。「ただ、あらましは耳に入ってきましたよ。お台場のカジノを占拠したという犯行声明が送られてきたらしいですが」

「らしい？」井尾山はいらいらしながらホールを横切り、エレベーターのボタンを押した。

「憶測でものをいうのは慎んでもらいたい」

山口恵子は無言のまま、エレベーターの扉の前に並んで立った。自分の態度に多少の憤りは覚えたのだろう、井尾山はそう推察したが、詫《わ》びの言葉はでなかった。こんなときには互いに多少の非礼は許しあうものだ。ついさっきまで関係閣僚会議で気が重くなるような月例経済報告の下方修正案の報告を受け、竹脇経済財政政策担当大臣を叱《しか》り飛ばしたあとで、すぐにまた官邸に舞い戻って緊急事態に直面では、神経が休まる暇はない。

扉が開いた。エレベーターに乗りこみボタンを押す。上昇する密室のなかで山口恵子がきいた。「総理はご存じで？」

「まだだ」井尾山は、磨きあげられた扉に映りこむ自分の苦い顔を眺めながらいった。

「睡眠薬でお休みになっておられる」

「信じられないわ」山口恵子が天井を仰いだ。「国家の危機に総理をお起こしできないなんて」

井尾山は山口の言いぐさに物言いをつけようとしたが、思いとどまった。彼女の苦言は的を射ている。こんな事実がマスコミに知れたらたいへんな騒ぎになるだろう。半年ほど前から総理は不眠症に陥り、夜間は睡眠薬の助けを借りなければ眠れない状況がつづいている。緊急の際には起こすことになっていたが、たいていの呼び出しは医師によって妨げられる。総理の精神面の危機は閣僚には周知の事実だったため、井尾山たちはこれが政府の運営上きわめて好ましくない状況と知りながら、隠しとおさねばならなかった。与党ののなかでようやく、そこそこの支持率を得るにいたった内閣なのだ、また首の挿《す》げ替えで政治が空転するのはなんとしても避けたい。

第二次大戦の命運を賭《か》けた連合軍のノルマンディ上陸作戦の折、ヒトラーも睡眠薬で熟睡していたという。側近は彼の癇癪《かんしゃく》を恐れて起こすことができなかった。いまもそれに近い状況にあるといわざるをえない。一説には、当時のドイツには優秀な精神科医が不足していたことが、ヒトラーの精神病の悪化につながったといわれている。分刻みどころか秒刻みで一日のスケジュールを埋め尽くされている日本の総理大臣も、激務という意味では敗戦寸前のドイツの総統と変わらないものがあるだろう。

前内閣においては、精神衛生官という内閣官房付きのカウンセラーが議員の精神衛生面に目を光らせていて、総理大臣も彼らの診断を受けていた。とりわけ首席精神衛生官だった岬美由紀という、元防衛庁出身のカウンセラーはひときわ優秀だったときく。彼女を復職させることも考えねばならない。実際、世論の統計をみても、前内閣の閣僚は現在の面々よりも男性は頭髪が多く、女性は肌のつやがよかったと国民が感じていることがあきらかになっている。現在よりも支持率の低さに苦しんでいながら、前内閣はそれだけストレスを溜《た》めこんでいなかったことになる。

井尾山は山口恵子の顔をみた。肌が荒れている。メイクののりもひどく悪い。夜中に叩《たた》き起こされたせいもあるだろうが、それにしても乾燥しすぎている。

視線を注がれているのが気になったらしい、山口外務大臣はじろりと井尾山をみかえした。「ネクタイ、曲がってらっしゃいますわよ」

ああ。井尾山は喉《のど》もとに手をやった。ひとの外見を注視するより、自分の身だしなみを気にしろというわけだ。これも正論だった。

エレベーターの扉が開いた。新しい官邸の構造にはまだ慣れていない。通路の突き当たりにある安全保障室の赤い扉は開け放たれていた。そこをくぐっていくと、円卓を囲んでいた閣僚たちが顔をあげ、鈍い動作で立ちあがろうとする。

「いい。着席してくれ」井尾山はそういって自分の席に向かった。戸田と平丘を除けば、お台場のカジノに関する話し合いを持ったときと同じ面子《メンツ》に、木下哲司《きのしたてつじ》・防衛庁長官が加わっている。疲弊しきった閣僚たちのなかで、木下ひとりが血色もよく気合充分に見えた。

「さてと」井尾山は椅子《いす》に腰を下ろすと、うっすらと埃《ほこり》の堆積《たいせき》したテーブルの上に両手を置いた。引っ越し以来使っていないこの部屋での会議に臨むのは、決して喜ばしいことではなかった。「自衛隊イラク派遣、BSEにトリインフルエンザ。このうえどんな悪いニュースがあるのか、ぜひききたいね」

木下防衛庁長官は眉《まゆ》ひとつ動かさず、卓上のレコーダーに手を伸ばした。「まずはこれを」

スイッチが入った。突如、いやに陽気な曲が室内に響き渡った。オルガンと笛、アコースティックギターによって奏でられている。

闇僚たちが妙な顔を突き合わせているなか、音楽に乗って軽快な口調の男の声がきこえてきた。『こんばんは、みなさん。深夜の脅迫の時間がやってまいりました。DJは私、伸銅畔戸。この番組は反民主主義世界連合の提供でお送りします』

「消せ」井尾山はいった。木下がスイッチを切ると、井尾山はため息まじりにきいた。「いま、録音の男が口にしたスポンサー名はいったいなんだ。反民主主義世界連合?」

木下は首を振った。「下品かつブラックなジョークですよ。公にそんな名の機関はありませんし、国内外のテログループやカルト集団にも該当する名はありません。それらしい名前をでっちあげて、規模の大きな組織を装おうとしているんでしょう」

柳田金融担当大臣が呆《あき》れた顔でつぶやいた。「虎《とら》の威を借る狐《きつね》か」

しかし、木下は咎《とが》めるようにいった。「そうばかりでもありません。状況はきわめて深刻です」

議論してもはじまらない。井尾山は投げやりにいった。「聞こう」

ふたたび木下がスイッチを入れる。耳障りな音楽とともに、録音の声はつづいた。『ある日、私たちは遠い船出にでた。ヘドロにまみれた汚染海域を進んでいくと、おやまあ、なんとしたことだろう。まだ東京湾をでてもいないのに、サンフランシスコの金門橋らしきものが架けられた海峡、自由の女神までが私たちを出迎えたではないか。なんとびっくり。この国はいつアメリカに占拠されてしまったんだ』

「皮肉ですよ」木下がささやいた。「お台場のことです。レインボーブリッジに自由の女神もありますからね。アメリカナイズされた景観をひやかしているんです」

録音の声がふたたび流れだした。『ところが、さすがは東洋の金満の国。それだけでは終わらなかった。なんと建築現場の足場に囲まれた秘密の一角に、江戸の町並みが現れたじゃないか！　それも、なんだって。ジパング＝エンパイア。いかした名前をつけるじゃないか。ついでにいうと、従業員は美人ばかりだ。あのポーポリンはちゃんと版権料を払ってるのか？　太秦映画村みたいに、羊だかなんだかよくわからないてきとうな怪獣をでっちあげて、それが顔をだすなんて間抜けなアトラクションは御免だな』

塩山清十郎・財務大臣が苛立《いらだ》ったようすでいった。「夜中に起こされて、こないなチンピラの戯言《たわごと》聞かなあかんのか」

木下は人差し指を唇にあて、静寂をうながした。「このあとです」

録音の声はふいに低くなった。『憲法で禁止されている賭博《とばく》行為を認め、国が胴元として上前をはねるそうじゃないか。パチンコが射幸心を煽《あお》るだなんて議論をしていたころが懐かしいな、そうだろ。財布のなかがすっからかんになったんで、なりふりかまわずってわけだな。カジノから吸い上げたカネをなにに使う？　自衛隊の軍備増強か？　アメリカの戦略ミサイル防衛構想への援助か？　いずれにしても、アジアの平和と均衡を乱す行為はとうてい見過ごせるものではないな。そうだろ』

音楽がフェードアウトしていく。エコーのかかった男の声が安全保障室に響いた。『重武装したわれわれは島を完全に制圧した。招待客はひとり残らず、私たちの管理下にある。日本政府への要求は簡易かつ簡潔だ。海上自衛隊、潜水艦隊第四潜水隊所属の原子力潜水艦〝やましお〟をフル装備で出航させ、午前四時にジパング＝エンパイアのサウスドックに接岸させろ。潜水艦にはひとりの士官も乗せず、最少人数の訓練生だけで運行させること。無意味な抵抗や潜入工作などは慎むように。発見しだい、人質を五人ずつ処分させていただく。なお潜水艦の到着が遅れた場合も、一分経過するごとに同様の処置をとる。われわれを甘くみるな。いったことはかならず実行する。有言実行男と呼ばれるのがなにより好きでね。では、政府からのプレゼントを心待ちにしている』

木下がスイッチを切った。「一時間ほど前に、政府閣僚宛てに音声ファイルを添付しメール送信されてきたものです」

「ばかばかしい」飯岡文部科学大臣が吐き捨てた。「お台場にそんな大規模な武装勢力が侵入できるはずがない。仮にそうなったとしても、近所は大騒ぎになるはずです」

「それが」木下はいった。「大騒ぎになっているんです。お台場周辺、湾岸線付近からは銃声や爆発音らしきものが連続して聞こえると一一〇番通報が相次いでますし、マスコミも情報収集に躍起になってます。海上保安庁が周辺海域を封鎖したので島には近づけませんし、報道を規制しているのでいまのところ全国区のニュースにはなっていませんが、それも時間の問題でしょう」

片桐総務大臣が面倒臭そうにいった。「どこかの過激派の火遊びじゃないのかね」

「あのう、皆さん」木下は防衛庁でかなりの忍耐を培《つちか》ってきたらしい。辛抱強い態度でいった。「はったりではありません。ジパング＝エンパイア施設内のいずれの部署とも連絡がとれないうえに、島の電灯は大部分が消灯されています。立ち昇る火柱は東京湾上からも目視で確認できますし、衛星写真を拡大したところ、武装勢力が島のいたるところに配置されていることが確認できました。サーモグラフィによる探知の結果、人質のほとんどは島のほぼ中央に位置する劇場に集められているようですが、そのほかにホテル、カジノ、レストランなどにも、十人から数十人単位で人質のグループができているようです」

室内が静まりかえった。さっさと片付けて帰路につこうとしていた大臣たちの顔が、いっせいに青ざめるのを井尾山はみてとった。おそらく自分も同じ顔をしているのだろう。

「しかし」竹脇が震える声でいった。「そんなことが本当にありえるんですか。ここからほど近い、首都の一角があっさり占拠されるなんて。だいたい、それだけの武装勢力が暴れまわったのなら、真っ先に警察が……」

「その件ですが」木下は竹脇をさえぎった。「警察への通報は山ほど寄せられているのに、警視庁は対策本部すら設置していません。警察庁長官をはじめ警察庁幹部、警視総監など、トップクラスの官僚がほぼ全員カジノに招待され、不在です。この規模の事態への対応には上層部の承認と指示が必要になってきますが、それが機能していません」

「いわんこっちゃない」塩山財務大臣がいった。「偉いさんが総出でカジノにうつつを抜かすこと自体、まちがっとったんや」

「いまさらよせ」井尾山は手を振って塩山の小言を制した。「それより、木下防衛庁長官。警察が捜査に乗りだせていない現状では、武装勢力の正体は見当もつかないということか」

「いいえ」木下は咳《せき》ばらいし、手もとのファイルを開いた。「おっしゃるとおり警察はあてにはできませんが、防衛庁のほうで把握できた事実があります。このテープの声を声紋分析にかけるよう内閣調査室に依頼したところ、純血の日本人で国内の暮らしが長く、海外での生活は皆無もしくは一か月以下の人物という結果が得られました。つまり日系人や日本語を話せる外国人ではないということです。この武装勢力は海外の組織ではなく、国内のグループと思われます」

津田内閣法制局長官が眉をひそめた。「わが国の内部に武装勢力と呼べるほどの集団は存在しないだろう。せいぜい指定暴力団ぐらいのものだ。カジノの警備がよほど手薄だったんじゃないのかね」

「そうでもありません」木下が首を横に振った。「衛星写真からほぼ特定できる武装勢力の装備は個人携行用対戦車ロケット砲RPG7、AK47カラシニコフ突撃銃、小型対空ミサイルや対空機関砲などです」

「ロシアからの密輸品ね」山口恵子外務大臣がいった。「でも、そんな軍隊並みの兵器類を大量に日本に持ちこむなんて、不可能に等しいわ」

「ふん」片桐総務大臣が不機嫌そうに鼻を鳴らした。「現に持ちこまれている。いまさら否定したところで、どうにもならん」

木下はいった。「たぶんカジノのカネが狙《ねら》いでしょう。四百億円を運びだし、海上保安庁の監視を逃れ、犯人引渡し条約のない国に向かう。原子力潜水艦なら深く潜って他国の領海に侵入することが可能です。潜水艦の乗組員である海自の隊員たちは人質にとられ、逃亡のための操縦を強制されるでしょう。たぶん他国に着いた時点で、彼らの命はないでしょう……」

広尾環境大臣が悲鳴に近い声をあげた。「そらみろ。カジノに現金を置くのは時期尚早だったんだ」

閣僚たちがいっせいに発言した。それらはすべて、責任を他人に転嫁する言い訳でしかなかった。仮営業中のカジノへの現金導入を、この面子でつい先日決定した。戸田・平丘両議員の提案を支持する、芹沢警察庁長官の強い働きかけがあったせいだった。警察がカジノを全面的に管理した場合、どのような功罪があるのか明らかにするためにも、カジノでの換金を実施しなければならない。芹沢はそう訴えた。責任はすべて警察がとる。金庫室の警備にも目を光らせる。その熱心な申し出に閣僚たちは最終的に賛同の決定を下した。カジノ運営となれば、遅かれ早かれ現金導入は実現する。仮営業中からでも早くはあるまい。そう思ってのことだった。しかし、それが思わぬ事態を引き起こしたいまになって、閣僚たちは我さきにと賛同の撤回を始めている。

これが内閣の現実だ。井尾山は苛立ち、テーブルを叩《たた》いた。「皆さん。現金導入の責任についてあれこれ問うのは慎んでいただきたい。私たちはある意味で全員がカジノ実現の支持者だった。経済復興のためには、大きな一助になると信じた」

「もとはといえば」竹脇がぼそりといった。「井尾山官房長官から聞かされた話ですがね」

「なんだと」井尾山は腹を立てた。「発言があるならもっと大きな声でいったらどうだ。眠っておられる総理の耳に届くぐらいにな。それがいやなら黙ってろ。不良債権処理を促進する案でも、ひとりで考えていればいい」

竹脇は不服そうな顔をしたが、閣僚たちの冷ややかな目にさらされ、打ちのめされたように下を向いた。

井尾山はため息をついた。もう総理の精神衛生がどうのといっている場合ではあるまい。ただちに起こして一部始終を報告せねばならない。だがそのためには、現在判明しているすべての事柄について把握しておく必要がある。

「防衛庁長官。武装勢力が要求してきた〝やましお〟という潜水艦は？」

「海自初にして唯一の原潜です。横須賀潜水艦基地に停泊していて、明朝から近隣警備の通常航海に出発するため、出航準備が整っています。武装勢力はそれを知っていて〝やましお〟を指定してきたんです。まったく、恐るべき情報収集力です」

「それなら」井尾山は唸《うな》った。「〝やましお〟のなかに自衛隊ないし警視庁の特殊部隊を潜伏させておいて、接岸とともに上陸するのが最善の手か」

「ちょっとまってくれ」柳田金融担当大臣が声をあげた。「平丘君や戸田君をはじめ、政府関係者が大勢いるはずだろう」

広尾環境大臣も同調した。「私の知り合いも大勢そこにいる。みんな要職にある人間だ。彼らを見殺しにすることは……」

「そのとおり」片桐総務大臣が何度もうなずいた。「わが党を支える重要な人材が数多く人質になっている。警察も、トップが人質になっていると知れば突入を躊躇《ちゅうちょ》するはずだ」

列席者たちが口々に発言した。純粋に人質の安否を気遣ってのことではない、自身の政治のゲームに不可欠な人材を失うことを恐れているのだ。忌まわしいことに、それは誰にとっても否定できない要素だった。たとえば警察組織において、突入を指示した人間は人質となっている警察幹部に万一のことがあった場合、全責任を負う羽目になる。誰もそんな役回りはご免だと思うにちがいない。

井尾山はうんざりして声を荒らげた。「皆さん。支持者の減少を気にしたり、保身に走るのはやめてくれないか。家族を人質にとられたわけではないんだ、もっと冷静になってくれ」

「官房長官」木下が硬い顔をした。「警察にせよ自衛隊にせよ、台場のカジノ島への突入は総理だけでなく都知事の承認を得る必要があります。都知事のご子息は……」

そうだった。井尾山は思わず額を打った。人質になっている戸田議員は都知事の息子だった。

「あのう」大澤千尋・国土交通大臣がおずおずと手をあげた。「代議士をつとめているわたしの甥《おい》も……カジノに行ってるんですが」

テーブルがざわついたと思った直後には、また閣僚たちは大声を張りあげはじめた。私の身内も人質になっている。いや、身内はいないが、私の部下ふたりは息子のように可愛《かわい》がってきた存在だ、見捨てることなどできない。そんな感情論が卓上を交錯した。

ただひとり、当惑顔でこちらをみている木下防衛庁長官を、井尾山はみかえした。

なんということだ。これも武装勢力側の意図することだったのだろうか。だとすれば、それは恐ろしいほどの効果をあげている。政府はひとつにまとまらない。警察もまたしかりだ。カジノの仮営業が国民に対しての極秘事項である以上、すべてを公にすることもできない。まさに手も足もでない。あまりの常軌を逸した犯罪に、思考がついていかない。その頼りなく、おぼろげな推測のなかで、ひとつの疑問だけが肥大化していった。武装勢力はなぜ、この日をターゲットにすることができたのだろう。なぜ、四百億ものカネが眠っていることを知っていたのだろう。

盗聴

沙希は、暗闇《くらやみ》のなかの茜の背を見失わないよう必死で走った。スーツ姿でハイヒールだというのに、茜の身のこなしは軽かった。足場の悪い雑木林のなかを素早くすり抜けていく。ふだん朝のジョギングを欠かさない沙希だったが、ついていくのがやっとだった。

「まって」沙希は声をかけた。「少し休ませて」

茜は立ちどまり、辺りのようすをうかがうようにしながら戻ってきた。「だいじょうぶ？」

「ええ」沙希は乱れた息を整えようと躍起になった。「足、すごく速いのね」

「まあね」沙希とは対照的に、茜の呼吸にはまったく変化がなかった。「このだだっ広いテーマパークの案内役をしてるんですもの、足腰も自然に鍛えられるわ」

沙希は不服を感じた。「それなら、わたしだっておなじよ。いつも走りこみをしているのよ」

「沙希ちゃんはまだ若いから。トレーニングは十年間休まずに毎日つづけて、ようやくスタミナの向上を認識できるものなのよ」

「十年……。お姉さん、歳《とし》いくつ?」

「今年、二十八ね」

見た目はもっと若い。最近、雑誌でよく広告をみかけるコラーゲンの錠剤でも摂取しているのだろうか。「ふうん。うらやましい。わたしもそんな大人になれたらな」

茜はなにも答えず、ふっと微笑した。

呼吸さえままならなくなるほどの動揺と緊張も、米倉茜の自信に満ちた態度をみるにつけしだいに薄らいでいった。それでも沙希は、想像を絶する凶悪な犯罪の渦中に飛びこんでしまったことに恐怖を覚えずにはいられなかった。無事にここを抜けだせるだろうか。生きて帰ることができるだろうか。

帰る。ふと思いついたその言葉に、疑問がよぎる。どこに。わたしには身寄りもない。保護者代わりを務めてくれる親族はいても、自分の家はない。わたしの帰還を心待ちにする誰かがいるだろうか。いない。

自分はなぜショービジネスの世界に身を置こうとしたのだろう。おそらく、孤独を紛らわすためだ。なぜマジシャンというジャンルを選んだのか。それしか特技がなかったからだ。どうしてマジックを特技としていたのか。幼少のころから身についていたから。父親が詐欺師で、詐欺に利用できるマジックのタネを物色し、それが家にたくさん置いてあったから。

マジックが詐欺だとは思わない。やり方によっては素晴らしいパフォーマンスになるし、多くの人々にとってそれは純然たるエンターテインメントだろう。しかし、わたしにとってのマジックは違う。本質的に異なっている気がしてならない。ふと気を抜くと、トリックで人を欺くことへの誘惑に呑《の》みこまれてしまいそうだ。血筋というものだろうか。父と同様に詐欺師への道を歩まないため、トリックを演じる才能を表舞台に向けるべくプロマジシャンになろうと志した。それが自分の本音かもしれない。しかし、理想と現実は異なる。プロの世界は、なかなか自分を受けいれてはくれない。父のようにならないためにも、早く大成したいのに、その夢は叶《かな》わない。このテーマパークでの仕事も、幻想にすぎなかった。

藍河という元刑事は、昼間の時点で陰謀があることを察していた。彼は警察組織あるいは国家そのものが陰謀の黒幕といえる、そこまで断じていた。彼が正しかったとすると、わたしに出演交渉をしてきた腰木という男は陰謀側に荷担していたことになる。自分の夢を踏みにじった腰木が許せなかった。そして、藍河の言葉に耳を貸さなかった自分にも腹が立った。誰が本当のことを口にし、誰が嘘《うそ》をついているのか、どうして正確に判別できないのだろう。トリックの専門家を自負するのなら、それくらいできなくてどうする。

結局わたしは、運命に翻弄《ほんろう》されるしかないのか。沙希は心が沈みこんでいくのを感じた。

そのとき、ふいに降り返った茜の視線が、沙希の肩越しに遠くを見つめて静止した。緊張のいろをにじませながら、茜はささやいた。「動かないで」

茜は沙希にぴったりと身を寄せてきた。ほぼ同時に、木立のなかを駆けてくる足音がきこえる。金属のぶつかりあうかちかちという音がした。重そうな装備をぶらさげている。あの黒装束の男たちにちがいなかった。

複数の男たちが言葉を交わしあっている。声をひそめているせいで、なにを喋《しゃべ》っているのかはさだかではない。懐中電灯の光が周囲に走った。沙希がびくっとして身を硬くしたとき、茜は沙希をかばうように強く抱きしめた。ふしぎだった。茜の体温が自分に安らぎをあたえるように感じられる。武装集団が間近にいるというのに、茜の身体《からだ》には震えひとつなかった。

サーチライトのような光が何度か行き来を繰り返したあと、また男の声が怒鳴った。急げ、交替の時間に遅れるな。その声を合図に、複数の足音がふたたび駆けだし、去っていった。しばらくして、周囲に静寂が戻った。

「いったわ」茜は沙希から離れ、もういちど慎重に辺りに視線を走らせた。

沙希は呆然《ぼうぜん》としていった。「お姉さん、なんだかすごいですね。怖くないんですか」

「さあ、どうかしら」茜は苦笑に似た笑いをうかべた。「日本で初めてのカジノ勤務だから、従業員は念入りに訓練を受けてるの。どんなトラブルが待ち構えているかわからないからね。でもまさか、こんなことになるなんて思ってもみなかったけど」

沙希は思わず押し黙った。周囲に視線を配らせている茜の横顔をじっと見つめた。

こんなに勇気のある大人の女性が存在するとは、まるで知らなかった。沙希にとっての大人とは、建て前と本音を使い分け、人前ではいつも笑顔を取り繕いながら陰ではがめついことばかり算段している、卑しい欲望を秘めた嫌悪すべき存在でしかなかった。だが、この米倉茜という人はどうだろう。こんな状況下でも希望を失わず、自己の恐れを行動力に変えて不可能に挑もうとしている。脱出イリュージョンは数あれど、そのすべてにはタネがある。けれども、彼女の場合は別だ。行く手になにが待ちうけていようとも、恐怖に屈することなく前に進もうとする。

わたしも信念を持ち、強く生きねば。この地獄のような場所からの脱出は、今後の人生の試金石かもしれない。沙希はそう感じていた。

「ついてきて」茜はそういって歩きだした。「この木立のすぐ向こうに、隠れられる場所があるから」

ええ。沙希は茜につづいて歩いていった。やや足場の悪い、緩やかな坂を下って林を抜けると、その向こうは、低層の建物が連なる一帯だった。ほどなくそこが、日中にも訪れたことがあるショッピングモールだとわかる。すべての店舗は武家屋敷を模した造りになっていて、それらが全天候型のアーケード屋根の下、左右二列にまっすぐに軒を連ねている。いまはすべての店舗が閉店状態にあり、明かりも消えていた。

茜はアーケードに向かい、足を踏みいれた。沙希は身を寄せるようにして後をついていった。静まりかえったショッピングモールに、ふたりの足音だけがこだましている。待ち伏せの危険はないのだろうか。沙希はびくつきながら一歩ずつ足を踏みだしていった。

そのとき、かすかな音がきこえた。カランという、金属が転がる音。

茜も察したらしく、足をとめた。その視線が傍らの店舗に向いた。きて。沙希にそういうと、茜は店のほうに駆けていった。施錠された扉には目もくれず、茜は店と店との隙間《すきま》にある狭い路地に飛びこんでいった。

まって。沙希は小声でつぶやく自分の声をきいた。闇のなかに消えていく茜の姿を追い求めて、必死で走った。

路地に入ったとたん、生ごみの悪臭が鼻をつく。足もともねばねばしていて、ときおりごみの袋につまずきそうになる。清潔にみえるテーマパークも、一歩裏に入ればこんなものだった。行く手は直角に折れていた。ここまでくると、視界は完全に闇に閉ざされている。手で壁を探りあてながら前へ進んだ。

ほどなく、店の裏手の空間にでた。非常灯のせいでおぼろげに明るかった。コンクリートの地面の上にバケツやタオル、ホースなど清掃用具が散らばっているのが見てとれる。

茜は立ちどまり、空間の奥に目を走らせていた。その視線の先には、一台のセダンがこちらに尻を向けるかたちで停車している。フロントのボンネットが開けられていて、垂直に立った蓋《ふた》の向こうから物音がする。

誰かがいる。沙希は立ちすくんだ。全身に鳥肌が立つのを感じた。

その何者かはまだこちらの存在に気づいていないらしい。茜がさっと身をかがめ、地面からなにかを拾いあげた。懐中電灯だった。それを灯《とも》して、クルマのほうに駆け寄った。

茜がクルマの前方に周りこんで光を向けると、いきなり男の声がした。「うわ、やめてくれ。撃たないでくれ。頼む」

その声は恐怖に震え、ほとんど絶叫に近かった。茜が驚きに目を見張っているのがわかる。沙希は小走りに茜に近づき、ボンネットの向こうに隠れていた男を見た。

髪の薄い、黒ぶち眼鏡をかけた中年男が怯《おび》えきった顔で、光を避けようと両手をかざしている。その一方の手にはスパナが持たれていた。

茜が声を発した。「永幡さん?」

その声に男ははっとしたようすで顔をあげ、こちらに目を向けてきた。その顔は痣《あざ》だらけで、スーツもぼろぼろだった。

「あんた」永幡はスパナを取り落とした。床に転げ落ち、甲高《かんだか》い音を立てた。永幡はあんぐりと口を開けていた。「たしか、案内係の……」

「ええ、米倉茜です」茜はほっとしたように懐中電灯を降ろし、光を地面に向けた。「どうしたんですか。劇場におられるとばかり思ってましたが」

ああ、永幡は頼りない声をあげて、片足をひきずりながら近づいてきた。半泣き顔で永幡はいった。「連れだされて、半殺しの目に遭った。連中はひどい。悪魔だ」

茜は、ふらついた永幡の腕をつかんで転倒を防いだ。「ここまで逃げてきたんですか？よくご無事で」

永幡は汗だくの顔を茜に向け、目を丸くした。「そういえばあんたも、奴らにリンチを受けただろ？　だいじょうぶなのか？」

「ええ、まあ」茜はけろりとした顔で応じた。「身体を丸めてましたから、大した傷は負わずに済みました」

信じられないというように目を見張り、しげしげと茜を見つめていた永幡の顔が、沙希のほうに向いた。「この娘《こ》は？」

「里見沙希ちゃん」茜が紹介した。「ステージでイリュージョンを演じてたショーの主役。永幡さんも舞台をご覧になったでしょう？」

「ああ、あのときの」永幡はぽかんとしながらたずねてきた。「でも、きみも舞台の上で囚《とら》われの身になっていたはずじゃなかったか？」

沙希は困惑した。人質になったのは自分ではなくキョウコだ。しかし、どんな状況においてもマジックのタネは明かせない。沙希はいった。「そこのところは、営業上の秘密ってことで」

「永幡さん」茜がきいた。「ここでなにを？」

「なにをって」永幡は地面に目を落とし、スパナを拾いあげた。「ここまで徒歩で逃げてきて、やっと乗り物を見つけたんだ。こいつを動かせればいい足になる」

茜は懐中電灯の光をボンネットに向けた。茜の表情が曇る。「ひどい。バッテリーがひきちぎられてるし、ファンベルトも外されてる。ラジエーターも叩《たた》き壊されてるし」

永幡はかがみこんで車体の下に手をいれ、金属の箱のような物体を取りだして茜に示した。「壊された部品はあちこちに散らばってた。かき集めてみたところ、なんとかなりそうに思えたんでね」

沙希はボンネットを覗《のぞ》いた。部分的に分解されているだけでなく、いたるところに弾痕《だんこん》がみられる。どうやらボンネットを開けて銃を掃射したらしい。人質が逃亡に利用しないよう、走行不能にしたのだろう。沙希の目には、犯人側の意図は充分に果たされているようにみえた。

「なんとかなるの？」沙希は驚いていった。「これが？」

永幡はちらと沙希を見てから、ドライバーをポケットから取りだして口にくわえた。スパナをボンネットに差し入れながら、永幡はいった。「手品のようにはいかないがね。私はセブリモーターズで整備士をしてた。もっと困難なレストア作業をおこなったこともある」

沙希は茜をみた。茜の顔に憂いのいろがひろがっていた。彼女の目にも、作業はかなり難しいと映っているようだった。

「ねえ、永幡さん」茜が声をかけた。「このショッピングモールには、隠れ家にできる場所があるの。わたしたち、ひとまずそこに避難しようと思うんだけど」

永幡の顔が一瞬、安堵《あんど》の色を漂わせた。が、その目はボンネットに釘付《くぎづ》けになっていた。決意に満ちた表情で、永幡は茜にいった。「いってきな。私はこのクルマを直してるから」

「でも」沙希はあわてていった。「物音を聞きつけられたら……」

「いいから」永幡は沙希をさえぎった。

沙希は言葉を呑《の》みこんだ。永幡の目はなぜか澄んでいた。なにかが吹っ切れたような穏やかな顔。そこにあるのは虚無や諦《あきら》めではなく、自信に満ちた大人の顔だった。

「整備をさせてくれ」永幡は静かにいった。「隠れ家があるといっても、永遠に潜んでいるわけにはいかないだろ。逃亡を余儀なくされた場合に備えて、乗り物を準備しておいたほうがいい」

茜が気遣うようにたずねた。「おひとりでだいじょうぶですか」

永幡はボンネットを覗きこみながらいった。「ああ。女子供に手伝わせるほど、私は落ちぶれちゃいない」

沙希は黙って永幡の横顔を眺めていた。その職人気質《かたぎ》で真剣なまなざし。沙希は女子供という表現を用いる男を嫌っていたが、この永幡という人には、そんなぞんざいな言葉づかいも気にさせないなにかが備わっているように思えた。

「じゃあ」茜はいった。「お気をつけて。あとでまた、ようすを見にきます」

ああ。永幡は茜を見返そうともせず、ひたすら作業に没頭しながら応じた。「あんたらも気をつけてな」

いきましょう、茜が沙希に声をかけた。沙希はうなずき、茜につづいて歩きだした。

立ち去りぎわ、沙希はちらと永幡を振り返った。工具片手に修理に打ちこむ永幡をみて、沙希はふと思った。やはり、大人の世界も捨てたものではないかもしれない。

モニター

迷路のように入り組んだ路地をしばらく進み、茜は突き当たりで立ちどまった。暗闇《くらやみ》のなか、窓も扉もない家屋の裏側をしきりになでまわす。やがて、その一点を押すと、忍者屋敷のどんでん返しのように壁の一角が扉状に開いた。

沙希は呆気《あっけ》にとられてそれを眺めた。こんな仕掛けがあったとは。それもイリュージョン用のギミック並みに精巧にできている。外からは、とても判別がつかない。

きて。茜はそういってなかに入っていった。沙希が扉をくぐると、茜はその扉を閉じてから先に立って歩きだした。暗いせいでよくわからないが、バックステージにしてはきちんと内装が整えられた通路に思えた。足もとは絨《じゅう》毯《たん》らしくふわふわしている。

ほどなく、広い空間にでた。ええと、スイッチはどこだったかしら。茜がつぶやいた。だしぬけに明かりが灯《とも》った。沙希は目を見張った。

中世ヨーロッパ風の家具と調度品に彩られた室内。手前にルーレット、ブラックジャックのテーブル、ビリヤード、その奥にはスロットマシンのブースが建ち並んでいる。このテーマパーク内で、これほど贅《ぜい》を尽くした設備は見たことがない。まさに絢爛《けんらん》豪華、大富豪のカジノルームの様相を呈していた。

　壁ぎわに目を転ずると、そこには無数のモニターテレビが埋めこまれ、カウンターバーやソファもあった。来客でにぎわっていればその光景も楽しげなものになるかもしれないが、無人のいまはどことなく不気味だった。窓はどこにもない。出入り口も、いま茜と沙希が入ってきた通路一本だけだ。

　沙希はきいた。「ここは？」

「日本名物、オーナーと役員の部屋」茜はにこりともせず、コンソールに歩み寄ってモニターのスイッチをいじくりまわしていた。「VIPルームよりさらに贅を尽くした、経営陣の自己満足のための部屋。図面にも載ってないし、ふつうの従業員なら存在も知らされてない。電力も水道も独立したところから引いているから、施設全体の経理にも計上されない。日本の資本家はデパートだろうと野球場だろうと、かならずこういう秘密の部屋をつくりたがるの。そごうが経営破綻《はたん》したとき、いちど明るみにでたけどね。武装勢力もここには気づかないでしょう。島のコントロールセンターを掌握していても、この部屋の電力を使用していることはわからないから」

「へえ」沙希は感嘆しながらつぶやいた。「ハリウッド映画みたい」

「そうでもないの」茜はいった。「アメリカでは、カジノのオーナーはホテルのペントハウス住まいか、近くに大邸宅を所有しているはずよ。こういうのは土地がなくて、税金の締めつけも厳しい日本ならではの発想ね」

茜は電話に目をとめた。受話器をとり、そっと耳にあてる。すぐにしかめっ面をして受話器を置き、ため息まじりにつぶやいた。だめね。

「電話、切れてるの？」沙希はきいた。

「いえ。つながってるけど、トーン信号からパルス信号に切り換えられてる。島の交換台が占拠されてるのね。外線電話をかけたら、あいつらに盗聴されちゃう。通報したことがばれたら、人質がどうなるかわからない」

茜の顔に初めて困惑がうかんだ。この部屋からなら、外に連絡できると考えていたにちがいない。

ここで敵をやりすごすことはできても、身動きがとれなくてはどうしようもない。こうしているあいだにも、人質の命がおびやかされるかもしれない。沙希は焦燥に駆られたが、手段はなにも思いつかなかった。施設に詳しい米倉茜が途方に暮れているのだ、自分にわかるわけがない。

と、壁ぎわのモニターが目に入った。無数の画面が点灯し映像がうつしだされている。沙希は歩み寄っていった。見慣れたテーマパーク内の風景だとわかる。

茜が近づいてきていった。「島内の監視カメラの映像ね」

「忍者服の悪者さんたちは気づいてないのかな」

「たぶん。コントロールセンターの監視カメラとは別物だから。この部屋でしか観《み》ることのできない映像よね」

モニターのなかで動いているのは、常に黒装束ばかりだった。武器を運搬するジープ、建物の前を右往左往する見張りの連中、そして、沙希のみたことのない鉄格子に囲まれた無機質な部屋のなかを、台車を押して進む忍者たち。

「あれは？」沙希はたずねた。

茜はその画面をしばらく眺めていった。「金庫室だわ。おカネを運びだしてる」

「どこへ持っていくつもりかな」

「さあ。どうにかして島から全額を運びだすつもりなのはたしかだけど」

いくつかのモニターには、忍者以外の人々も映しだされていた。群衆がホテルのロビーで両手を頭の上で組みあわせ、しゃがみこんでいる。周囲には銃を構えた黒装束が立っている。レストランらしき部屋にも同様の光景があった。そして、劇場。人質たちはまだほとんどが無事のようすだった。安堵《あんど》と、今後どうすべきかわからない不安が入り混じった複雑な感情が沙希のなかに渦巻く。皆を助けたい。だが、どうすべきかわからない。

そのとき、茜がいった。「みて、あれ。藍河さんじゃない？」

沙希ははっとして、茜の視線を追った。一番端にあるモニターに、ひとの動きがあった。藍河だった。アーチ型の橋の上を徒歩で渡っている。なにがあったのか服は埃《ほこり》まみれで、顔は煤《すす》だらけになっている。連れがひとりいた。女だった。機関銃を手にしている。

沙希はあわてていった。「どうしたの。捕まってるの?」

「そうでもなさそうね。みて、女の持ってる銃口は藍河さんから逸《そ》れてるわ。つけ狙《ねら》っているわけじゃなさそうよ」

藍河と一緒にいるのは、派手な赤紫のパーティードレスを着た茶髪の女だった。水商売のような香りの漂う大人の女。その外見に機関銃は不釣合いのはずだが、なぜか女がそれを携える姿には貫禄《かんろく》が備わっていた。肩幅が広く、背筋もぴんと伸びていて、鍛えた肉体であることをうかがわせる。

「奥さんかな」沙希はとぼけた自分の声をきいた。「あんな強そうなパートナーなら、藍河さんも安心ね」

茜は沙希を横目でみた。「安心だなんて、とんでもない。彼らがいまいるのは〝日本橋〟のエリアでしょ。114番のモニターをみて。あの道をまっすぐ歩いていくと、武装勢力の検問所に行き当たるわよ」

衝撃が沙希のなかに走った。行く手に待ちかまえているのはジープ四台、十数人からなる黒装束の一班だ。しかし橋を越えていく藍河はその危機を察しているようすもなく、女となにか喋《しゃべ》りながら背を丸めて歩を進めている。

沙希は茜をみた。「伝えられないの? 危機が迫ってるって」

「むりね。こっちから連絡をとるすべはないわ」茜がモニターのわきにあるパネルを見つめていった。「ただ……」

「ただ、なに？」

「音声は受信できるみたい。監視カメラに集音マイクが備えつけてあるから」茜は棚からファイルを引き抜き、マニュアルに目を走らせた。ページを繰りながら、片手でキーボードを操作する。「ええと、スピーカーホン・モード切り替え。これね。エリア１２１の音声、と……」

　茜がキーを叩《たた》くと、くぐもった声がきこえてきた。まぎれもない、藍河の声だった。もっと大きくして。沙希がいうと、茜はボリュームのつまみをひねった。

『靴底がずいぶん磨《す》り減ったな』画面のなかの藍河は立ちどまり、足もとに目をやっていた。『このテーマパークじゃ靴の補修はしてくれないのか』

　女は周囲に視線を走らせながら、藍河の近くに立って仏頂面でいった。『ふつうは乗り物で移動する距離よ。誰かさんが乗り物を壊さなきゃ、もう着いてたわ』

『皮肉はよせよ』藍河はそういって、女の銃を一瞥《いちべつ》した。『それに、俺に銃を向けるのはよせ。見張りなら、俺が代わってやるよ』

『けっこうよ』女はにこりともしなかった。『あなたに勝手な行動をされると迷惑だわ。後先も考えず混乱を引き起こすから』

『わかったよ』やれやれという態度で、藍河がいった。『ま、俺も現役時代には銃なんて一発も撃たなかった。射撃訓練以外はな。それも三十八口径だ。半自動ライフルは元自衛隊勤めの岬美由紀さんにまかせたほうが賢明かもな』

『そういうこと』美由紀がいった。

「岬美由紀?」沙希は首をひねった。「どっかで聞いたような名前だけど……」

茜はなぜかため息をつき、モニターをじっと見つめた。その目がゆっくりと沙希に向く。「自衛隊からカウンセラーに転職したってひとよね。そういえば、ここのカウンセリング施設の勤務表に名前があったわ」

「〝負け犬神社〟に?」

「〝迷羊神社〟よ。仮営業中だから、まだカウンセラーは彼女ひとりしか派遣されていないけど」

沙希はモニターのなかで、勇敢そうに銃を携えて歩く女をみた。岬美由紀か。彼女の名は、テレビのニュースで何度か耳にした。現在は民間のカウンセラーとして主に子供の家庭問題を中心に労を惜しまず活動しているが、ひとたび凶悪事件に直面すると、自衛官時代に培《つちか》われた明晰《めいせき》な頭脳と行動力を武器に、どんな危機にもひるまず飛びこんでいく強い正義感の持ち主だという。そんな岬美由紀が、藍河と一緒にいる。ひとまず安堵していいのだろうか。

いや。なぜか胸騒ぎがおさまらない。沙希は固唾《かたず》を呑《の》んでモニターを見つめていた。

『なあ』画面のなかで藍河がいった。『ポーポリン・キッズタワーまであとどれくらいだ』

『二十分ってとこね』美由紀が答えた。『急ぎましょ』

『この道をまっすぐいくのか？』藍河は首をかしげていた。『見通しの悪い森のなかの道が気になるな。あっちの寺みたいな建物のなかを抜けていったほうが安全じゃないか』

しかし、美由紀は耳を貸そうとしなかった。『遠まわりになるだけよ。だいじょうぶ、連中の手もここまでは及んでないわ』

美由紀にうながされ、藍河は渋々といったようすで歩きだした。

茜は頭をかきむしり、苛立《いらだ》ったようすでつぶやいた。「うわさの岬美由紀さんもたいしたことないわね。飛んで火に入る夏の虫だわ」

沙希はそうは思わなかった。美由紀の意図は、別のところにあるのではないか。ほとんど直感に近い勘で、沙希はそう感じた。いや、きっとそうだ。そうにちがいない。

わたしはマジシャンだ。だから常人とはやや違った物の見方をする。その沙希のフィルターを通してみると、岬美由紀がなにを考えているかおおよそ見当がついた。しかし、藍河は気づいてはいまい。米倉茜もまたしかりだった。気づいたのはきっと、わたしひとりだ。

激しい動揺が沙希のなかに生じた。このままでは藍河の身が危険にさらされる。どうすればいい。日本橋の位置はだいたいわかっている。このテーマパークを初めて訪れ、散策したときに見つけた。だが、ここからは距離がある。外にでて大声で叫んだからといって、届くものではない。

『ねえ、藍河さん』美由紀の声が流れる。『こうまでして生き延びたいなんて、あなたはよほど生への執着心が強いのかしら』

『生への執着？　よしてくれ』藍河は歩きながら吐き捨てた。『女房とわかれたとき、俺の半分は死んだ。あとの半分もいつくたばってもおかしくない。ただ、いまだけは犬死にしたくねえんだ。そういう理由があるんでね』

『どんな理由？　古巣の警察のお仲間たちや、国会議員さんたちの身が心配とか？』

『連中は国家公務員だ、危険な目に遭うのも仕事のうちだろうよ』藍河は辛《つら》そうに足をひきずって歩いていたが、やがてため息まじりにいった。『それより、沙希だよ。あの娘《こ》だ』

美由紀は怪訝《けげん》そうにたずねた。『マジシャンの女の子が、そんなに大事なの？』

『ああ。大事さ。馬鹿げてると思うか？　本当の女房子供には逃げられて、赤の他人の子に固執するなんてな』藍河は苦笑ぎみに笑った。『なんの罪もない十五歳の女の子が人質になってる。俺の知るかぎり、唯一の未成年者の人質だ。いまこうしてるあいだにも、あんな冷たい舞台の上で死の危険にさらされてる。真っ先に助けてやらなきゃな。それだけだ』

沙希は衝撃を受けた。動揺と戸惑い以外に、なんらかのふたしかな感情がこみあげてくる。

藍河は沙希が脱出したことを知らない。おそらく、キョウコと入れ替わったことも気づいていないのだろう。藍河は逃避行をつづけながら、沙希の身を案じている。赤の他人であるはずの沙希を。

だがいまは、そんな彼の行く手には死が待ちうけている。彼はそのことに気づいていない。

迷いは数秒だった。躊躇《ちゅうちょ》はなかった。沙希は駆けだしていた。通路に飛びこみ、走った。沙希ちゃん。茜が呼びとめる声がする。しかし、立ちどまることはできなかった。これは藍河と自分のあいだのことだ。茜を巻きこむわけにはいかない。

とはいえ、自分になにができるのか見当もつかない。扉を開け放って外にでたとき、沙希は途方に暮れた。

そのとき、唸《うな》るような重苦しい音が耳に届いた。それがクルマのエンジンをかけようとする音だと気づき、沙希は路地を駆けていった。

ショッピングモール裏手の空き地にまで戻ると、例のセダンが目に入った。ボンネットは閉じられていて、運転席に永幡の後頭部がみえている。エンジンを始動させようと試みているようだが、鈍い唸りだけをあげては沈黙する、その繰り返しでしかない。

沙希はその車体に走り寄ると、助手席のドアを開けて乗りこんだ。

運転席の永幡がびくついた顔をこちらに向けた。目を大きく見開いて沙希を凝視し、ほっとしたようにつぶやいた。「なんだ、きみか」

「すぐに出して」沙希はいった。

「タクシーじゃないんだぞ」永幡は困惑顔でいった。「まだ応急処置をしたばかりだ。エンジンも、かかるかどうかわからん」

苛立ちを覚えながら、沙希は怒鳴った。「人の命がかかってるのよ」

「人の？　誰のだ」

「ええと、藍河さんって人。元刑事で……」

「藍河」永幡は深くため息をついた。「ああ、あの男か」

「お願い。いますぐ行かないと、どうなっちゃうかわからない」

永幡は怪訝な顔で沙希をじっと見つめた。「きみはなにか、あの男を助けなきゃならない義理でもあるのか」

義理。そんなものはない。藍河に救われた経緯《いきさつ》があるわけでもない。いや、沙希が無視したのだ、藍河の発した警告を。

沙希は俯《うつむ》いた。永幡を説得する自信が消えうせていくのを感じながら、沙希は思いのままをつぶやいた。「あの人は正しいことをいってた。理由はそれだけで充分よ」

沈黙が流れた。永幡に自分の思いが伝わるかどうか、まるでわからなかった。おそらく無理だろう、そんな諦《あきら》めの念が沙希のなかに広がりはじめた。

ところがそのとき、永幡はいった。「わかった」

沙希は驚いて顔をあげ、永幡を見た。永幡の戸惑いがちな視線が、ちらと沙希を向いた。

「あいつが正しかったのは事実なんでね」永幡は眉間《みけん》に皺《しわ》を寄せながら、クルマのキーをひねった。「それに私は、富豪でもなければ強運の持ち主でもない、元整備士だ。ここしばらくは零細企業で窓際族の扱いを受けていたといっても、クルマひとつ動かすぐらい造作はない」

永幡の言葉は、まるで自身に言い聞かせているかのようだった。しきりにキーをひねりまわすが、唸り声と振動が数秒つづくだけでエンジンは始動しない。かかれ。永幡は顔を真っ赤にし、汗だくになりながら怒鳴り、キーをひねりつづけた。かかれってんだ。俺は元整備士だぞ。フェラーリ250GTOも、トヨタ2000GTも直したことがあるんだぞ。かかれ、かかれ！

突きあげるような衝撃が沙希を貫いた。地獄の底からマグマが噴きあげたように、車内は轟音《ごうおん》に包まれた。耳をつんざくエンジン音が辺りに反響する。

永幡の顔に笑いがひろがった。自分でも信じられないという面持ちだった。「やったぞ」さすがだ。そう思いながら沙希はいった。「ここを出て五重塔が見える方角に向かってください。塀に突き当たったら、左に折れて林のなかの道を進んで」

「まかせろ」永幡はそういって、後方を振りかえった。ギアを入れ替え、アクセルを吹かす。クルマは荒々しい振動とともに後退した。永幡はステアリングを切りながら、ふたたびギアを入れ替えた。クラッチをつないでアクセルを踏みこむ。クルマは木戸を突き破り、バックステージの車両用通路を突き進んだ。進入禁止のカラーコーンを跳ね飛ばし、ショッピングモールの裏手にでた。

ふいに前方にヘッドライトの光が現れた。ジープだ。黒装束たちが身を硬くしたのがわかる。永幡がステアリングを切り、脇をすりぬけた。銃声が追いかけてきた。金属を裂くような着弾音が車内に響く。車内の温度がさがったかのように、寒気が走った。それでも沙希は、ただ恐怖しているわけではなかった。子供じみた怯《おび》えの感情は、すでに振り払っていた。

「追いつかれてたまるか」永幡は声を張りあげた。「正しかったのは俺だ、クビを切った会社じゃない。それを証明してやる」

永幡がアクセルを踏みこんだ。クルマは真正面に向けて引力がかかったかのように、急激に加速した。周囲に建ち並ぶ日本家屋が吸いこまれるように後方に流れていく。

沙希は驚き、後ろを振り返った。追っ手のジープのヘッドライトが、みるみるうちに小さくなっていく。

永幡が歓声をあげた。見た目からは想像もつかない、若者のようなはしゃぎ方で永幡はいった。「どうだ、わかったかい。私はまだ落ちぶれちゃいない。リストラされようと、何度でも蘇《よみがえ》ってみせる」

激しい縦揺れとともに猛スピードで突っ走るセダンの助手席で、沙希は身をこわばらせながらも、こみあげるものを感じていた。そうだ、その通りだ。人生にリストラなどない。ドロップアウトもない。まして、わたしの場合はまだ始まってもいない。終わりのようにみえても、人は蘇ることができる。何度でも。

戦火

　井尾山官房長官はひとりで官邸の屋上にたたずんでいた。身を切るように冷たい夜気の向こう、海原のような暗闇《くらやみ》のなかに鮮やかにまたたく光の群れがみえる。赤坂の灯だった。一面を埋め尽くす光のなか、御苑《ぎょえん》だけがぽっかりと空いた穴のように、円形に黒く染まっている。街のなかに縦横無尽に張りめぐらされた道路のそこかしこに、赤いサイレンの明滅が走る。ほとんどがお台場をめざしているようだった。遠くにみえるレインボーブリッジの上にそれらが集まり、渋滞を引き起こしている。一一〇番通報に反応することはできても、それ以上の組織だった動きはとれない。トップを失った警察組織の弱点が表出している。政府もまたしかりだった。

　背後で扉の開く音がした。近づいてくる足音で、誰なのかほぼ特定できる。井尾山のさして自慢できない特技のひとつだった。総務大臣の片桐だろう。片桐の歩調はこの危機的状況に似合わずゆっくりとしたものだった。彼の性格では、追い詰められたときほど物腰は穏やかになる。

「官房長官」片桐が声をかけてきた。「総理がお目覚めだ。きわめてご不快のご様子だ」

井尾山は振りかえった。片桐は心底疲れたというように肩を落としている。

「不快か」井尾山は鼻で笑ってみせた。「いっそのこと、目覚めたときには首都そのものが壊滅していたほうが、総理にとって幸せだったかもな」

「おい。冗談がすぎるぞ」片桐が神経質そうにいって、横に並んだ。手すりにつかまり、夜の都内を見渡す。その横顔がふっとやわらいだ。「しかし、ある意味では的を射ているのかもな。私もそれを希望するよ」

「というと、カジノじゃなく官邸を破壊してほしかったってことか」

片桐も井尾山と同じ精神状態にあるらしい。決して本心ではないだろうが、度重なる緊張が片桐に投げやりな意見を口にさせているにちがいなかった。片桐はいった。「戦後最大の占拠事件だな。われわれはあっさりとそれを許した。総理は眠っておられたし、警察のトップも国会議員も人質になっている。そもそもカジノの仮営業と換金行為をなかば強引に推し進めたことが、強盗を呼び寄せる原因になった。お粗末を絵に描いたような状況さ。明朝には世界の笑いものになってるだろう」

「それだけで済めばいいがな」井尾山はポケットに両手を突っこんだ。「もはや政治不信っていうレベルじゃなくなる。国民は混乱するだろうし、治安も急速に悪化する可能性がある。取り締まろうにも、警察組織はガタがきている。緊急に幹部クラスの代理をつとめることになった連中が試行錯誤しているうちに、巷《ちまた》は無政府状態に陥って収拾がつかなくなるだろう。経済も機能しなくなり、破綻《はたん》する」

「そうなる前に、アメリカが介入してくるだろう」

「どっちにしても、主権を奪われるも同然だ」寒気がスーツの下にまで染み入ってくる。井尾山はぶるっと身を震わせた。「総理が強硬な姿勢をお取りになるのなら話はちがってくるが」

「それは望むべくもないな。総理は〝やましお〟の出航をきめたよ」

井尾山は片桐をにらんだ。「なんだと」

あきらめの心境が支配しているのか、片桐は妙にさばさばした口調でいった。「防衛庁長官や海上幕僚長の猛反対を押しきっての決断だ。三十分以内に出航し、犯人側の要求どおり午前四時にはカジノ島に接岸する」

「特殊部隊を潜伏させているとか、手立てを講じたんだろうな?」

「いいや、なにも。仲銅畔戸という男の指示どおりに、ひとりの士官も乗せず、最少人数の丸腰の訓練生で運航する予定だと」

「ばかな」井尾山は吐き捨てた。国のリーダーがこれほどふざけた決断を下すとは前代未聞だ。

片桐がふんと鼻を鳴らした。「総理の不信任決議案でも出すか? いっとくが、賛同票はほとんど得られないぞ」

「どういう意味だ」

「閣僚のほとんどが総理の考えを支持してるってことさ。いや、閣僚だけじゃない。与野党問わず、自身の政治生命についてなにかしら重要な要素を占める人間が人質になっているという理由で、強硬策に難色をしめす輩《やから》が数多くいる」

「おろかしい。あまりに愚鈍すぎる」井尾山は頭に血が昇るのを感じた。「強盗にカジノのカネばかりか、自衛隊の原子力潜水艦をくれてやるというのか」

「そうはいってない。総理はじめ閣僚たちの意見はこうだ。突入、攻撃などの策は人質の命を危険にさらすうえに暴動につながる恐れがあるのでできるかぎり回避する。対話によって道すじを拓《ひら》く。いったん要求どおり潜水艦は出航させたが、そのまま奴らにくれてやるわけではない。対話の糸口をつかむためだ。まあそんなところだな」

対話。この期に及んでなにが対話だ。これは集団強盗による蛮行以外のなにものでもない。断じて許されることではない。

「総理と話してくる」井尾山は踵《きびす》をかえし、歩きだした。

「なにを話すつもりだ」片桐がきいた。

「総理に現実を直視していただく。それだけだ」

「まて」片桐が声をかけた。「総理なら、とっくに現実に目を向けておられる。国民も同様だ。テレビでもずっと、お台場の離れ小島で起きている異様な状況を不審がる報道がされている。ところが、みろ。この町並み。いつもと変わらない華やかさじゃないか。平和ボケして、切迫した危機を危機と感じない国民性。ひびだらけの、いつ崩落してもおかしくない老朽化した首都高の上を、自分だけはだいじょうぶだろうとごまかしながら往来するクルマの群れ。こんな土壌では、強硬策のいいだしっぺになりたがる人間などいないさ」

「私がなる」井尾山は片桐を振りかえった。「対話などというごまかしで問題を先送りしてなんになる。政治家として、身を挺《てい》してでもこの危機から国を守る」

「まあおちつけ、井尾山」片桐はため息まじりにいって、歩み寄ってきた。しばし空を仰いでから、穏やかな口調でつぶやいた。「かつて官房長官だった野口氏のような幸運が降ってくることを期待しようじゃないか。少なくとも、前向きに考えるのは悪いことじゃないだろう」

「野口?」井尾山は記憶のなかをさぐった。「ああ、あの日中開戦の危機か。メフィスト・コンサルティング・グループの策謀だったという」

片桐はうなずいた。「あのときも戦争は不可避に思えたが、そうではなかった」

「元首席精神衛生官の女性がいたおかげだろ。名前はたしか……」

「岬美由紀だ」片桐はじっと井尾山を見つめた。「それがな、彼女はいま、ジパング＝エンパイアなるカジノ施設にいるんだ」

「なんだって。岬美由紀が？」井尾山は驚きを禁じえなかった。「いったいどうして」

「よくわからんが、名簿にその名前があった。とにかく、総理が対話を決断された理由のひとつに、あそこに岬美由紀がいるってことがあるんだ。彼女がいれば、なんらかの打開策を講じてくれる可能性がある。カウンセラーとして穏やかな話し合いを持つのか、防衛大の幹部候補生時代の血の気が騒いで強硬な手に打ってでるのか、いずれなのかはわからん。だが、なにかはしでかすだろう。そしてそうなったときは、彼女ひとりの責任でもある」

岬美由紀の独断の行為が発端であれば、悪い結果がでたときにも責任を押しつけられる。片桐はそういいたいらしかった。だが、井尾山は納得できなかった。「たとえ過去に輝かしい武勲があったとしても、いまは大勢の人質のなかのひとりにすぎないかもしれない。すでに殺されてしまっている可能性だってある。そんな人物を頼りにするなんて、まさに雲をつかむような話だ」

片桐の真剣なまなざしが井尾山をとらえた。「私は野口官房長官の時代にも内閣にいた。彼女のすごさは言葉では語りつくせんよ。平成五年度に始まった航空自衛隊の女性パイロット一期生で、初めてF15Jイーグル主力戦闘機部隊に配属された女性だ。自衛隊に戦前のような勲章制度があれば上着は勲章で埋めつくされているだろう。実際、紅綬褒章《こうじゅ》と緑《りょく》綬《じゅ》褒章を受けている。総理が可能性を感じるのも、無理のないことではないかね」

井尾山は無言で立ちつくした。片桐が歩き去るのを、じっと見つめていた。

片桐は単に、責任を転嫁できるという意味だけで岬美由紀を評価しているわけではなさそうだった。事実として、彼女は期待できる存在なのだろう。井尾山はわずかに光明を見出《み いだ》したような気がした。総理のように手放しで岬美由紀の存在を喜ぶことはできないが、彼らが感じた安堵《あんど》と同種のものが、自分のなかに芽生えているのをさとった。

甘いだろうか。しかし、いまは信じるしかない。井尾山はまたたくネオンの向こう、お台場の方角に目を向けた。夜空を赤く照らしだす炎がかすかにみえている。戦火だろうか。

井尾山は黙って、首都の膝元《ひざもと》に立ち昇る黒煙を見つめた。

芹沢はテーブルの上の図面を眺めながら、出崎にたずねた。「人員配備に変更はないか」

出崎が身を乗りだした。「劇場に二十、ホテルに二十二、イースト・カジノエリアに四十一、キッズタワーに二十、ウェスト・カジノエリアに三十五。金庫室に十。あとは海岸線を固めてます」

「金庫室の作業状況は?」

「七十パーセント終了。三十分後には全額をトラックに積んでサウスドックに運搬できます」

「よし。イーストの人質は何人だ?」

その問いかけに出崎が手帳のページを繰るあいだに、三塚がいった。「八十二です。客が六十七、従業員十二、警備員一、清掃員二」

「じゃ多すぎるな」芹沢は顎《あご》をなで、頭のなかで計算を働かせた。「イースト・カジノエリアの見張り班と兵器調達班からそれぞれ五人ずつを出向かせ、七人をサウスドックに、三人をキッズタワーにまわせ」

「内訳は？」三塚がきいた。

「見張り班四と調達班三がサウスドック、残りがキッズタワーだ」

「了解」三塚はテーブルを離れると、部屋の壁ぎわに立っていた黒装束に命令をつたえた。黒装束のうちふたりが足早に外にでていく。

伸銅一家は信用できないが、仕事はそつなくこなす。プライドばかりが肥大した日本の警察組織のキャリアには無理な芸当だった。支配者階級の椅子《いす》におさまるためには、ああした人材をうまく使いこなすセンスも必要になってくるだろう。

そんなことを考えていると、扉を伸銅が入ってきた。伸銅のサングラスが芹沢に向いた。

「どうだ。順調か」

「もちろんだ」芹沢は椅子に腰を下ろしながら、妙ににやついている伸銅が気になってたずねた。「なにかいいニュースか」

「お立会い」伸銅は上機嫌なようすで椅子をひきだし、その上に立った。演説をぶつように両手をひろげ、ひときわ甲高《かんだか》い声で叫んだ。「午前二時すぎ、横須賀潜水艦基地を一隻の原子力潜水艦が出航したのを、傍受した無線で確認した。その名も……我らが〝やましお〟だぜベイビー!」

室内の全員が歓声をあげた。芹沢はほくそ笑んだが、拍手のなかでひとりだけ苦言を呈する者がいた。

出崎がいった。「喜ぶのは早すぎるんじゃないか。その無線がにせものだったら?」

ふいに沈黙が降りてきた。仲銅は顔を硬くし、しばし静止した。サングラスをはずすと、出崎をにらみつけ、低い声でいった。「ああ、いかにも日本の警視総監殿の発想だな」

仲銅は椅子から飛び降りると、腰からアーミーナイフを引き抜いた。出崎をじっと見つめ、ゆっくりとした歩調で歩み寄っていく。「警察無線を垂れ流して、犯罪者に傍受され放題。グリコ・森永恐喝事件の犯人を取り逃がしてようやく無線をデジタル化。それでも傍受はなくならない。パトカーのカーロケ・システムを逆に利用され、走り屋が取り締まりを察知するための車載レーダーがオートバックスで一万九千八百円で売られる始末。対策のため、交通警らはカーロケ・システムの使用を控え、せっかく多額の税金を注ぎこんで作ったシステムは無用の長物と化した。そんなお間抜けな日本の警察を仕切っておられる男の認識だ、にせの無線に俺たちがひっかかったか。なるほど」

出崎は殺気を感じて身をこわばらせている。仲銅はその前に立った。

「見そこなうな」仲銅は口もとをゆがませた。だしぬけに出崎につかみかかり、テーブルの上にねじふせると、ナイフを突きつけた。仲銅は怒りに燃える目で出崎をにらみながら、早口でまくしたてた。「唐獅子牡丹《からじしぼたん》の刺青《いれずみ》を背負ってドスを振りまわす、それがヤクザと思いこんでるなら、時代錯誤もはなはだしいな。原子力潜水艦の航跡は海面の熱探知と泡で測位可能だ。無線だけじゃなく、俺の仲間のボートが船底センサーを使って実際に出航を確認している。俺たちを間抜け呼ばわりするのはよせ。テクノロジーが進んでいても使い方を知らないおまえたちは猿同然だ。二度と俺の報告を疑うな」

出崎は青ざめた顔で何度かうなずいた。それでもまだ不服なのか、仲銅はアーミーナイフを出崎の頰《ほお》に這《は》わせた。

「昔風のヤクザがお好みなら」と仲銅はいった。「なってやろうじゃねえか」

「仲銅。よせ」芹沢は立ちあがって怒鳴った。「もう充分だろう」

ゆっくりと仲銅の顔があがった。冷えきった死人のようなまなざしが、しばし芹沢に向けられていた。やがて仲銅は出崎から離れた。もういちどナイフを威嚇するようにかざしてから、腰に戻した。「そうだな。もう充分だ」

仲銅に押さえつけられた胸もとが痛むらしい、出崎は苦痛に顔をゆがめながらテーブルから起きあがった。

芹沢は苛立《いらだ》ちを覚えた。時間とともに部下たちが冷静さを失いつつあるように思える。

とりわけ伸銅一家の側に、有り余る闘争心を抑えきれない狂犬のような顔が覗《のぞ》きはじめていた。制圧があまりに順調に進んだために、予想されていた二、三の交戦も発生せず、ただじっと人質を監視しつづける忍耐の時間を過ごすだけになった。血の気の多いヤクザ者どもは、やはりフラストレーションが溜《た》まるのだろう。

「伸銅」芹沢は歩み寄っていき、小声でささやいた。「気持ちはわかるが、内輪もめはよせ。いざというときのために体力を温存しておくことだ」

伸銅はまだ興奮さめやらぬ顔をしていたが、芹沢の言葉にふっと笑った。「忠告恐れ入る。だが、俺たちはあんたらと違って鍛えてるんでね。休息をとるどころか少しは動かないと、身体《からだ》が鈍っちまう」

にやついたまま遠ざかっていく伸銅の背を見送りながら、芹沢のなかに警戒心がじわじわと広がりだしていた。

作戦成功後、危険分子の排除がますます重要な課題になってきた。カジノに対する警察の支配体制の構築が完了したあとも、賭博《とばく》場という性質上、暴力団との癒着は避けて通れない道だが、伸銅一家は除外すべきだろう。今後は穏やかな支配を長きにわたって継続せねばならない。そのためには彼らのような過激な集団よりは知性派の揃《そろ》った仁井川会系幹部のほうが適任となるだろう。いずれ内閣総理大臣に就任し表の権力を掌握する彼のためにも、血に飢えた狂犬の群れとのつながりは絶つべきだろう。

もっとも、と芹沢はひとりほくそ笑んだ。作戦が完了し陽《ひ》が昇るころには、仲銅一家にはひとりの生き残りもいまい。いまはただ、兵隊が踊るのを黙って眺めていればいい。

そのとき、ひとりの黒装束が足早に入室してきて、仲銅に耳うちをした。

芹沢はきいた。「どうした？」

仲銅はにやりとして、サングラスをかけた。「偵察班から連絡があってな。藍河と一緒に逃亡している女の正体がわかった」

「それなら、俺も知っている。里見沙希だろ」

「いいや」仲銅は首を振った。「岬美由紀っていう女だ。あの有名な、元自衛官の」

岬美由紀。藍河と一緒に行動しているのは、あの岬美由紀か。作戦としては予定外だ。だが……。

ふっ。仲銅が笑った。芹沢はその顔を眺めているうちに、腹の底から笑いがこみあげてくるのを感じた。やがて、どうしようもなくおかしくなって大笑いした。仲銅とともに、腹を抱えて笑った。

さすが、日本最大級のテーマパークだ。予測しえないイベントが起きる。それも、このうえない楽しさに満ちたイベントだ。芹沢は上機嫌だった。これはいい。こうでなくては、ギャンブルに手を染めた意味がない。

関所

街灯はなくとも、暗闇《くらやみ》に慣れた藍河の目には行く手の光景がおぼろげにわかっていた。参道のような砂利道をしばらく歩いた先に関所の門がある。辺りはひっそりと静まりかえり、かすかに波の音もきこえてくる。そういえば、磯《いそ》の香りも漂ってきている。島のはずれに近いのだろう。目的地のキッズタワーにはかなり近づいているにちがいない。

ふと疑念が頭をよぎる。藍河は足をとめた。

「どうしたの」ＡＫ47を携えて歩調を合わせていた美由紀が立ちどまった。

「どうも気になる」藍河はこぼした。「あの関所みたいなゲートは、テーマパーク内の各エリアの出入り口だろ？　そこをくぐっていくってことは、正面突破以外のなにものでもない。ところが辺りには兵隊ひとり見当たらない。なんだか妙じゃないか？」

美由紀は周囲に視線を向けたが、やがてあっけらかんと告げた。「考えすぎよ。連中はキッズタワー方面なんか無意味だと思ってる。だから部下も派遣していないし、わたしたちがこっちに逃れてきたのもそのせい。それでいいんじゃない？」

そもそもこの進路を提案したのは美由紀だった。彼女にしてみれば、予定どおりに足を運んできていまさら躊躇《ちゅうちょ》する気など毛頭ないのだろう。だが、藍河にとってはそうではなかった。

あの武装勢力が海に面したエリアを無警戒のまま放《ほう》っておくだろうか。ここが島である以上、周囲はぐるりと海に囲まれている。〝ゆりかもめ〟が閉鎖されている以上、侵入ルートは海からあがってくるか、航空機でパラシュート降下するかのいずれかしかない。しかし、空から接近するにしても海上を飛んでくることに変わりはない。四方の海域には隈《くま》なく目を光らせているとみるべきだろう。

「引き返そう」と藍河はいった。「あのばかでかいポーポリンは舞浜のほう、つまり海のほうに向けられてたじゃないか。展望台を監視塔がわりに利用するのに最適だ。誓ってもいい、二十人前後の兵隊が駐屯してるよ」

「そうかしら」美由紀は熟考するそぶりをみせたが、すぐに藍河を見つめ、首を振った。「いいえ。そんなこと、あるわけないわ。武装勢力は人員をできるだけ人質の見張りに就かせるはずよ」

「なぜだ。無抵抗の連中が羊みたいにおとなしく群れてるだけだ、一箇所につき十人ていどの見張りで事足りるだろ」

美由紀は首を横に振った。「警視庁の警官が大勢いるのよ。それも、警察庁長官や警視総監までが人質になってる。彼らが組織立って行動を起こさないともかぎらないでしょう。

あの伸銅って男たちはそれを警戒してるのよ」

藍河はそうは思わなかった。これが伸銅畔戸とその部下たちのみによる強盗計画だったとしても、充分な下調べがなされているのだ、キャリア組の警察関係者を含む人質たちをおとなしくさせておくのに充分な人員、プラス海岸の警備用の人員を配置しているにちがいない。事実ここまでの道中、あちこちで黒装束のパトロール部隊をみかけた。駐屯軍並みの兵力を誇る連中が、このていどの小島に人員配置のばらつきを生じさせるとは、とても思えなかった。

なにより、と藍河は思った。伸銅側がここまで内部事情に精通していること自体、通常ならば考えられないことだ。やはり陰で糸を引いているのは芹沢に違いない。奴がヤクザ者を雇い、カジノの機密情報のすべてを漏洩《ろうえい》し、事件を起こさせたのだ。そう考えるほうが筋が通っている。伸銅が三塚を射殺したのが意外だったが、いまにして思えばあれも事実かどうか疑わしい。

「われらが偉大な警察官僚のトップ殿は、連中とグルってわけだ」藍河はいった。「芹沢たちが手引きしたんだ」

「なんですって」美由紀は眉《まゆ》をひそめた。「そんなこと、あるわけないじゃない。違法な武器弾薬を山ほど所持した連中が、日本の警察官僚とつながりを持てるわけがないわ」

「それが、そうでもないんだ。俺はそう思う。芹沢たちがトップに居座ってからの腐敗し、堕落した警察組織を知る身からすればな」

　美由紀はしばし無言で藍河を見つめた。頭をかきむしってから、人差し指を藍河に突きつけた。「ねえ、藍河さん。ひとまず冷静になって、憶測を働かせるのをやめにしない？　どんな経緯《いきさつ》があったか知らないけど、あなたは警察をクビになったせいで警察庁長官や警視総監を恨んでるわね？　個人的な怨恨《えんこん》を判断に持ちこまないで。わたしのことを、ひとは千里眼って呼ぶ。心理学的に裏付けされたさまざまな法則性を学んでいて、そこから相手の考えを察知するからよ。あなたはどうなの。以前は警視庁勤めだったかもしれないけど、いまは少々飲みすぎてアル中ぎみ。どっちの判断を重んじるべきか、おのずとわかりそうなものじゃない？」

　あからさまに軽蔑《けいべつ》のいろをうかべた美由紀に、藍河の自信はぐらつきはじめた。すべてが美由紀のいう通りだとは思わないが、耳を傾けるべきところもあるかもしれない。自分は無職でいる時期が長すぎた。判断にも客観性を欠いているところがあるかもしれない。

「まあ、きみのいうとおりだとして」藍河は困惑しながらいった。「本当にこのままキッズタワーへ向かうのか？」

「ええ。そうよ。わたしを信じてちょうだい」美由紀はＡＫ47のストラップを肩にかけ、先に立って歩きだした。

　よほどの自信があるのだろう。彼女のいうとおり、藍河の知り得ない心理学に関する知識のなせるわざかもしれなかった。藍河は迷いを頭から追い払い、美由紀についていこうと歩を踏みだした。

そのとき、背後で爆音がした。はっとして振り返ると、ハロゲンのヘッドライトがふたつ、闇のなかをこちらに向かって接近してくるのが見える。

「追っ手か?」藍河は叫んだ。

美由紀がAK47を構えた。ヘッドライトに周囲が照らしだされる。ドライバーが藍河たちに気づいたのはあきらかだった。

ところが、クルマは妙な動きをみせていた。砂利の上を不規則に蛇行しながら走ってくる。銃で狙《ねら》いを定められないための回避行動にしては、動きが小さすぎる。パンクしているのだろうか。この距離で、銃撃してこないのも不自然だ。

傍らで金属音が響いた。美由紀が半自動ライフルを構え、クルマを狙いすましている。藍河はとっさに手を伸ばし、銃口を下げさせた。美由紀が驚いた顔をして藍河を見た。

「よせ」藍河はいった。「なにかようすが変だ」

クルマはなおも蛇行をくりかえしながら接近してくる。ほどなくセダンだとわかった。エンジン音も安定していない。ときおり弾《はじ》けるような音がする。走行系に異常が生じているのはあきらかだった。クルマは藍河の目の前で大きくカーブし、砂利の上に配置されている日本庭園風の石に激突した。衝突音とともにボンネットがへの字型に隆起し、運転席にエアバッグが膨らんだのが見てとれた。

エンジンが停止し、静寂が訪れた。藍河はクルマに駆け寄り、ドアを開けた。運転席に乗っていたドライバーの顔をみて、藍河は驚きに目を見張った。

永幡はエアバッグに埋まっていた顔をあげた。やあ、とぼんやりとした声をかえす。「ひさしぶりだな、あんた。生きてたか」

「こっちの台詞《せりふ》だよ」藍河は面食らいながらいった。「よく劇場を抜けだせたな。こんなところで会うとは奇遇だな」

「奇遇？　よしてくれ」永幡は顔をしかめた。「このお嬢ちゃんの道案内にしたがったまでだ」

助手席に目を転じたとき、藍河はさらなる衝撃を受けた。すばやくクルマの外を迂回《うかい》して助手席側にまわると、ドアを開けた。

エアバッグの衝撃のせいか沙希はぼんやりとした表情を浮かべていたが、すぐに真顔に戻り、藍河を見つめた。「藍河さん」

「無事だったのか」すでに空気が抜けて凹みつつあるエアバッグを押しこむようにして、藍河はシートベルトを外しにかかった。「怪我《けが》はないか」

「ええ、だいじょうぶ」沙希は藍河の手を握り、それを支えにしながら外に降り立った。足もとをふらつかせていたが、無事のようだった。

藍河はきいた。「舞台で人質になってたのに、どうやって脱出できたんだ?」

沙希はきょとんとしていたが、やがてふっと笑った。「ちがうわよ。あれはキョウコといってわたしのスタンドインなの」

「スタンドイン?」

「そう。ヘルメットで顔を隠してたでしょ? あれが代役と入れ替わるためのカモフラージュ。キョウコがヘリコプターに乗りこんで、イリュージョンのトリックで消滅してみせる。そのあいだに本物のわたしは奈落《ならく》から抜けだして観客席の後ろのほうまで走って、瞬間移動したようにみせるのよ」

「そうだったか」藍河は舌を巻くとともに、このうえない嬉《うれ》しさがこみあげてくるのを感じていた。沙希が無事だった。いま目の前にいる。それにしても、十代とは思えないほどの行動力を発揮する少女だった。藍河が救いの手を差しだそうとする前に、なんらかの手段を講じてくる。

沙希は微笑していたが、やがて藍河の肩ごしにある一点を見つめて静止し、顔をこわばらせた。

藍河は振り返った。美由紀が呆気《あっけ》にとられたようすでたたずんでいる。藍河は笑った。

「ああ、心配するな。彼女は岬美由紀さんって人だ。知らないか? 自衛官からカウンセラーに移籍した人で……」

ところが、沙希はふいに鋭い口調で告げた。「たしかめたの？」

「なに？」藍河はきいた。

「だから」沙希は苛立《いらだ》ったようすでいった。「本当に岬美由紀さんって人かどうか、ちゃんと確認したの？」

「確認って」藍河は美由紀をちらとみた。「〝迷羊神社〟に勤めてて、名刺ももらったし……」

「名刺なんて、誰でも作れるでしょ」沙希は油断のない目を美由紀に向けた。「身分証明を見たの？」

美由紀は銃を携えて歩み寄ってきた。「藍河さん。この女の子は？」

「里見沙希だ」鈍い警戒心がこみあげてくるのを感じながら、藍河はいった。「マジシャンだよ」

「ああ。それでその素敵な衣装を着てるのね」美由紀は銃口を空に向けて、微笑した。「よろしく。藍河さんとふたりきりの時間を過ごしていたところに、とんだ珍客ね。でも歓迎するわ」

沙希は大人のジョークに笑みひとつ浮かべなかった。「岬美由紀さん。わたし、外国でクルマ運転したときに、街路灯もなければ民家の窓明かりひとつもない曲がりくねった道を、ヘッドライトもつけずに時速百キロ以上で駆け抜けたことがあるの」

「は?」美由紀は面食らった顔を藍河に向けた。「この子、なにいってるの?」

「黙ってきいて」沙希はぴしゃりといった。「わたしはそんな運転をしても事故ひとつ起こさなかった。なぜだかわかる?」

美由紀は黙って沙希を見つめていた。沙希も無言で美由紀を見つめ返した。

その沈黙のなかで、藍河のなかの警戒心はさらに大きくうねりはじめた。

沙希が口にしたなぞなぞは、捜査課の刑事なら誰でも知っていた。主に捜査二課が詐欺師の頭の回転の速さを推し量るために尋ねる質問だ。なぜ沙希がそれを知っているのかはわからないが、おそらく以前の事件捜査の際に舛城あたりが彼女に質問したのだろう。

沈黙はしばらくつづいた。やがて静寂に耐えかねたかのように、美由紀は大仰《おおぎょう》な笑いを浮かべた。「遊んでるひまはないわ。このお嬢ちゃんは遠足気分かもしれないけど、わたしたちにはやるべきことが……」

「いや」藍河は冷ややかにいった。「答えてもらおう。〝千里眼〟の岬美由紀さんなら難なくわかるはずだ」

このなぞなぞはさほど難しいものではない。第一線で活躍する刑事なら、かならず答えられる。一定の注意力と想像力が備わっていれば答えはたちどころに頭に浮かぶはずだ。心のなかを読めると豪語する岬美由紀が解けないはずがない。

美由紀の顔にはまだ笑いがとどまっていたが、藍河がにらむうち、その笑みは凍りついていった。唇が小刻みに震えている。なぞなぞの答えを見出《みいだ》せないことはあきらかだった。

ようやくクルマから這《は》いだした永幡が、ふらつきながら近づいてきた。眼鏡をかけなおし、目の前の女をまじまじと見つめた。「この女、岬美由紀さんじゃなかったってのか」

沙希は彼女特有の大人びた口調でいった。「ねえ、岬美由紀さんを名乗る誰かさん。ふつうなら誰もが名前でその人が何者なのかを判断する。偽名をつかう犯罪者が横行する世界をよく知ってる藍河さんみたいなひとでも、ひとたび事件を離れた場所だとコロッと騙《だま》される。でもわたしはそうはいかないわ。世間はものごとを信じてから疑うけど、わたしは疑ってからでないと信じないの。舞台でも代役と入れ替わる仕事だもの。マジシャンのわたしにとっては、初対面の人の素性はまず、信じないってところから始まるのよ」


ふっ。岬美由紀を名乗っていた女が鼻を鳴らした。直後、弾けるようにけたたましい笑い声をあげた。化粧にひびが入るのではと思えるほどの破顔。若づくりをかなぐり捨てた醜悪な性格の中年女がみせる笑い。こういう女犯罪者を藍河は過去に何人もみてきた。瞳《ひとみ》に涙をため、縦横に皺《しわ》を刻みこんで大きな口を開けて発する笑い声。犯した罪の大きさに比例して、笑い声も大きくなる。この女の場合もかなりのものだった。

銃口がまだ空に向けられている。藍河が察知し歩を踏みだそうとしたとき、女はさっと後ずさりながら、ＡＫ47を油断なく身構えた。藍河と沙希のいずれも素早く狙いすませる位置にまで後退すると、立ちどまって口笛を吹いた。

関所の門の向こうに動きがあった。おびただしい数の足音、銃を構える音が響く。サーチライトが点灯し、まばゆい光源がこちらに向けられた。藍河はまぶしさに目を細めながら、光のなかに浮かぶ十数人の黒装束のシルエットをみてとった。

ひっ、永幡がびくついて後ずさった。身体《からだ》を凍りつかせたまま、両手を高々とあげた。

沙希のほうは醒《さ》めきった声でいった。「人数のわりにはいい動きね。ちゃんと揃《そろ》ってるし。リハーサルしたの？」

たいした度胸だと藍河は思った。沙希が本心では恐怖を感じているのはあきらかだが、それを微塵《みじん》も感じさせず、堂々とした口ぶりをつとめている。

しかし、その強がりだけは偽の岬美由紀にも見抜けたようだった。まばゆい光を背に、女はいった。「伝説の奇術師ロベール・ウーダンみたいに飛んできた弾を歯でくわえてみせる？　里見沙希ちゃん。あなたが望むのなら、何十発でも試してあげるわ」

沙希はさすがに黙りこくった。これ以上刃向かうべきではないだろうと藍河も感じた。文字どおり胸に風穴を開けられるのがおちだ。

彼女ひとりに憎悪の矛先を向けさせるわけにはいかない。藍河はあえて皮肉を口にした。「列車のなかで、おかしいとは思ったんだ。幕僚監部で作戦の指揮を受け持つのは監理部だなんてな。正確には防衛部だよ。岬美由紀さんが知らないはずがない」

永幡も顔をこわばらせながらいった。「そういえば、春夏秋冬のクジのタネも、見抜いたのは藍河さんだ。あんたじゃなかった」

「そうね」女はあっさりといった。「作戦は分業制だったから。穀室があんたを騙すのにどんな手を使ったかは聞いてなかったわ」

「やっぱり」永幡は怒りのいろを浮かべた。「あのチビともグルか」

藍河はいった。「それだけじゃない。すべての黒幕は芹沢警察庁長官だよ」

「なんだって」永幡は驚きに目を丸くした。「そんな馬鹿な」

「偽の岬先生」藍河はわずかでも緊張をほぐすために口をゆがめてみせた。「察するにあんたは、あの伸銅畔戸の一派とは違う出自の人間だな。あいつらはお世辞にも知能犯とは呼べないからな。あんたはたぶんどっかの凶悪犯か、指名手配犯だろ。計画に荷担することを無罪放免の交換条件にするって、警察庁長官から直々に接触があったか？　ご苦労なこった」

「勘がいいわね」偽の美由紀は嘲笑《ちょうしょう》らしき笑いを浮かべた。「惜しむらくは、もうちょっと早くその勘を発揮できればよかったってことね。中年男は騙されやすいと思ってたけど、あなたの場合はそうでもなかったみたい」

この女はたぶん、逃亡生活では水商売を表の稼業にしてきたのだろう。男を手玉にとれると信じきっているその態度、派手好みなファッションにそれが表れている。防衛大学校を首席卒業したというエリート岬美由紀というにはあまりにキャラクターがかけ離れているが、それもいまになって感じられることだ。偽の美由紀が主張するとおり、彼女のだましの能力には天性の才能がある。怪しむべき数々の事柄がありながら、藍河は彼女が岬美由紀と信じて疑いもしなかった。

しかし、藍河の目もただの節穴だったわけではない。彼女が味方だと信じるに足る出来事がいくつかあった。藍河はきいた。「おまえが乗ってる機関車を、どうして仲間が攻撃した？」

偽の美由紀はいかにも不快そうに歯茎《はぐき》をむきだしにしていった。「わたしが一緒にいることを知らせるすべがなかったからよ。とりわけ、あんたが銃を手にしてからはね。だから仲間が大勢いるこの方面に導いたわけよ」

「おまえが銃を手にいれてからも、遠足をつづけたのはなぜだ？　さっさと、俺を撃ち殺してしまえばよかったろう。そもそも、劇場の非常階段で俺と鉢合わせして、なぜ行動を共にする気になったんだ？」

「それはね」偽の美由紀の鋭い目が沙希を一瞥《いちべつ》してから、また藍河に向けられた。「あんたを殺したんじゃ、わざわざ島に呼び寄せた意味がなくなるからよ」

「島に呼び寄せた？　どういうことだ」たずねながら、藍河は局面を打開する可能性をさぐっていた。偽の美由紀がいま沙希をちらと見やったのは、藍河を殺す気はなくとも沙希に対してはその限りではないというアピールだったのだろう。沙希がいるのだ、ここではむやみな行動は起こせない。

藍河に抵抗の意志がないのを感じ取ったらしい、偽の美由紀は勝ち誇ったようにいった。

「お喋《しゃべ》りはこのくらいにしたいわね。ひとつだけいっておくわ。あんたを殺す気がないってのも、いまのうちだけよ。作戦が終了するころには、その女の子と一緒に三途《さんず》の川を渡ってるわ」

「三途の川か。いい表現だな。いかにも時代劇風だ」

偽の美由紀の顔から笑いが消えていた。指をぱちんと鳴らして合図すると、黒装束たちがこちらに駆けだしてくる。藍河と沙希の周囲を、ＡＫ47を手にした男たちが取り囲んだ。

永幡は怯《おび》えたようすで、ひきつった顔を浮かべながらひたすら全身を硬直させるばかりだった。黒装束たちはまず永幡の身柄を確保し、それから沙希を取り囲んだ。

「藍河さん」沙希が身を寄せ、怯えた顔で見あげた。

「心配するな」藍河はいった。

聡明《そうめい》な沙希のことだ、その藍河の言葉がなんの根拠もなく発せられていることには、気づいているにちがいない。むろん、藍河は沙希以上にその事実を認識していた。逃げ場はどこにもない。三人の命は、完全に連中の手中にある。人生の終焉《しゅうえん》が、刻一刻と迫る。

このまま敗北を嚙《か》み締めながら、人生の幕を閉じるときを待つしかないのか。藍河は歯ぎしりした。

短い夢

目隠しをはずされても、藍河の視界はしばらくの間おぼろげだった。あいかわらず暗い場所に身を置いている、それぐらいしかわからない。やがて、ここが屋内だとわかった。めまいが襲い、ふらついた。両腕を後ろ手に縛られているせいで大きくよろめく。踏みとどまったとき、足もとが砂利だとわかった。とても細かな石がびっしり敷き詰められている。目を凝らすと、地面は白く輝いている。

隣りには沙希と永幡がいた。沙希も黒装束に目隠しを取り払われたところだった。やはり後ろ手に縛られているせいで、バランスを失いかけている。藍河は身を寄せて沙希を支えた。

「ありがと」沙希がささやいた。「ここ、どこ?」

「さあな。まだ目が慣れていない」

永幡が震える声でつぶやいた。「やばい。やばいよ。殺される」

「おちつけよ。少なくとも、俺たちはまだ生きてる。その事実をしっかり胸に刻みこめ」

まさに自分にこそ言い聞かせたい台詞《せりふ》だった。藍河がそう思ったとき、ふいに明かりが灯《とも》った。黒塗りの天井に埋めこまれた無数のライトが点灯している。ひどく目に痛い。暗《くら》闇《やみ》ばかり這《は》いずりまわって、すっかり目が夜行性になってしまったらしい。

霧のようにみえていた視界が、やがて安定してきた。広いホールのなかに組まれた時代劇のセットのような場所だった。藍河と沙希、そして永幡が立っているのは、奉行所《ぶぎょうしょ》の白州らしい。周囲は黒装束が等間隔に取り囲み、銃口をこちらに向けている。

ひとりの女が壇上に駆けあがった。偽の美由紀だった。すぐに彼女とわからなかったのは、服装が変わったせいだ。ホステスのようなドレスから、迷彩柄のシャツとズボン、黒革のブーツに着替えている。長い髪は邪魔とばかりに後頭部に束ね、腰には拳銃《けんじゅう》のおさまったホルスターをぶらさげていた。

偽の美由紀は黒装束のひとりからトランシーバーを受け取り、声をひそめて会話をしている。藍河たちには目もくれない。それはそうだろう。百人や二百人の仲間がいようと、東京の一角を武力で制圧している現状をそう長くは維持できない。速やかに作戦を完了させることが急務となっているにちがいない。

「藍河さん」沙希は穏やかにつぶやいた。「こんな状況だけど、わたしちょっと安心した」

「どういう意味だ?」

「藍河さんがやっぱりいい人だったってこと。わたしを助けようとしてくれたでしょ」沙希は微笑していた。「不正に手を染めたなんてのも、本当じゃないんでしょう?」

すでに覚悟を決めているのか、沙希の口調は物静かだった。藍河はふんと鼻を鳴らした。

「まあな」

永幡が緊張の面持ちでささやいた。「あんたも嵌《は》められたんだな。いったい、なにがあったんだ」

ため息が漏れる。いまさら話したところでどうなるものでもない。だが、もはや事態は来るところまで来てしまった感がある。ふたりには打ち明けてもいいだろう。「一年前、俺は芹沢に呼ばれた。警察庁長官が、俺に直々に話があるというんだ。三塚っていう警察庁刑事局長と、出崎警視総監も一緒だった。連中は、俺に歌舞伎町の闇カジノへの潜入捜査を依頼してきた。表の捜査じゃらちがあかないから、非合法な作戦で証拠をつかむためだといってた。ふつう命令は課長から受けるもんだが、巨大な警察組織のトップが秘密裏に事を進めたいと、俺だけに耳打ちしてきたんだ」

永幡が怯《おび》えた表情ながらも、口をゆがませた。「そんなの、妙だと思わなかったか?」

藍河は苦笑した。「おまえと同じだよ。怪しいと思っても、従事するうちに徐々に本気にさせられちまってな。連中は、こちらが猜疑《さいぎ》心を放棄するほど長い期間をかけて騙《だま》そうとしていたわけだ」

「でも」沙希がいった。「おかしいと思ったら、従わずにいるべきよ」

そうだな、と藍河はいった。後悔の念がこみあげてくる。「まずは疑うことから入るきみとはちがって、俺は凡人だからな。引退までにはひと花咲かせたいっていう野心もあった。で、芹沢たちの指示に従ってカジノ経営者の暴力団員に接近し、摘発を逃れる方法があると誘って、連中と癒着し、報酬を受け取った。教わったイカサマで賭博《とばく》に勝ったこともある。連中の信頼を得るためだ。そのうち隙《すき》をみて帳簿などの証拠を押さえるつもりだった。ところがある日、顔なじみの同僚たちがカジノに踏みこんできた。彼らは俺をみて血相を変えたよ。課長も事情を知らなかった。俺は逮捕された。警察庁長官らに事情をきいてくれと訴えたが、やつらは耳も貸さなかった。結局、書類送検されて辞職する羽目になった」

沙希は妙な顔をした。「警察の偉い人が、なんのためにそんなことを?」

「そう、それがさっぱりわからなかった。だから訴えてもせせら笑われるだけだったのさ。なんのために警察庁長官がおまえを嵌めようとするんだ、そんなことがなんのメリットになる、ってな具合さ。俺はあきらめて、腐りきった警察組織と決別せざるをえなかった。そして一年が経《た》ち、その芹沢たちが俺をここに呼んだ。元汚職警官、イカサマ師という肩書を背負った俺をな。武装勢力がここを制圧したことと、密接なつながりがあるにちがいない」

「じゃあ」永幡は唾《つば》をごくりと飲みこんだ。「やっぱり……」

藍河はうなずいた。「この件は芹沢たちが手引きしている。なんのためかはわからないが、指定暴力団員どもとつるみやがった」

四百億のカネ、あるいは権力。動機はいくつか考えられる。しかし、なぜ藍河と永幡をここに呼んだのかは謎《なぞ》のままだ。ふたりの運命を弄《もてあそ》んだうえに、わざわざここに呼び寄せた意図もわからない。

今度は沙希がため息をついた。「わからないことだらけね。でもいいわ。信じることのできる大人に会えたし」

藍河はあえて沙希に微笑《ほほえ》みかけた。「俺もきみに会えてよかったよ。信じられる十代がいるってことがわかったからな。この国もまだ捨てたもんじゃない」

「あんたらはいいよ」永幡は力なく嘆いた。「それなりに信念を貫き通したっていう誇りを持ってるからな。だが、俺の場合はそんなものはない。どういうわけか踊らされて、有頂天になって、気づいてみたら地獄だった。ただそれだけだ」

「そうでもないわよ」沙希は永幡に微笑みかけた。「あのクルマを直せたんだもの。わたし、おじさんみたいな人を本当に尊敬します」

ふいの賛辞に、永幡はまんざらでもなさそうに得意げな微笑を浮かべた。しかしそれも、わずか数秒しかつづかなかった。永幡は沈痛な面持ちになっていった。「こんなことになるなら、クルマを直さなけりゃよかった」

藍河はいった。「このテーマパークのどこにいても、結局は同じ運命さ。俺にとってはよかったよ。おまえを見直すことができたから」

永幡は黙って藍河をじっと真顔で見つめていたが、やがてふんと鼻を鳴らした。「俺も、あんたをただの汚職警官と思ってたが、事実を知れてよかった。それに、最期にクルマのエンジンをいじれたことも」

「最期っていうなよ」藍河はつぶやいた。「まだあきらめるには早い。無事に帰ったら、俺のユーノス・ロードスターの調子をみてほしいんだ」

永幡は苦笑ぎみに首を振った。「ここ二十年ぐらいのクルマは無理だ。電装系が多くなっちまって手に負えない。だから俺もリストラされた」

「さっきのクルマは最近のだろ？　エアバッグがついてたじゃねえか。まだまだ現役でいけるよ」

「そうよ」沙希が永幡をみていった。

永幡の目に希望の光が宿るのを、藍河は見てとった。だが、いまはかえってその表情に目を向けるのが辛《つら》かった。実際、希望が持てる状況には置かれていない。

このまま命を絶たれるのは口惜《くや》しすぎる。せめて、芹沢を道連れにしたいところだ。しかし、現状の包囲網から逃れることはまずもって不可能のようだった。

「さて」偽の美由紀がトランシーバーを黒装束に投げてよこし、壇上から藍河たちを見下ろしていった。「ここがどこかわからないでしょうけど、見てのとおりお白州だと理解できればそれでいいわ。ここであんたたちの裁きをおこなうの。なかなか洒落《しゃれ》てるでしょう」

にやつく偽の美由紀に、藍河は平然とした口調で言い放った。「あれで行き先をかく乱したつもりか？　目隠しされてても、わざと遠回りしたことぐらいわかってるんだぜ。島をぐるりと一周したがここはキッズタワーの付近だ。誓ってもいい」

偽の美由紀の顔から微笑が消えた。なるほど、と偽の美由紀は皮肉な口調でいった。「電車通勤が主体のサラリーマンは、乗り物に慣れてるわけね。よくわかったわ」

藍河は辺りを見まわした。「それで、どこなんだここは」

「雨天用の設備よ」偽の美由紀はにこりともせずにいった。「雨降りでも観光客が見物できるように地下に作られてる。まだ建設中だから、誰にも知られていないけどね」

「それで、俺たちにも場所がばれないと思ったか」藍河は苦笑した。「浅知恵だな。それにしても、いまさら俺たちが現在位置を把握できないようにするのはなんのためだ。もう殺すんだろ？　さっさとやればいいじゃねえか」

「わたしたちは慎重にも慎重を期すの。あんたたちが逃亡の可能性を見出《みいだ》したりしないためにも、なにもわからない状況に追いこんだほうがいいのよ」

「無駄骨だったな」

「そうね。でもこれからはそうでもないわ」偽の美由紀はそういって指を鳴らした。

黒装束のうちふたりが、大きな金属製の缶を両手にさげてきた。合計四つの缶を藍河の目の前に積む。ガソリンの臭《にお》いが鼻をついた。

「なにをする気だ」藍河はきいた。

「火あぶりの刑ってやつよ」

永幡が身体《からだ》をのけぞらせ、沙希が息を呑《の》む気配がした。藍河は焦燥に駆られながらいった。「沙希に手だしするな」

「心配しないで」偽の美由紀は冷ややかにつぶやいた。「あんたを生かしておくといったのは、さっきだけよ。ここでは三人一緒に火刑に処せられるんだから、安心して」

「どうしてそんなことをする。さっき殺さなかったのはなぜだ」

偽の美由紀はやれやれという顔をして指先で眉《まゆ》をかいた。「殺戮《さつりく》の現場を衛星写真に撮られたくなかっただけよ。だから地下に潜ったの」

「この売女《ばいた》め」藍河は吐き捨てた。「恥を知れ」

偽の美由紀の顔がこわばった。黒装束に手で合図すると、ひとりが藍河に駆け寄ってきて、銃床で腹を殴った。激痛が走り、藍河はうずくまった。呼吸不能になってむせた。

「やめてよ」沙希が悲鳴に近い声をあげた。「乱暴しないで」

「口を慎むことね」偽の美由紀は苛立《いらだ》ったようすで、壇上から降りてきた。「おとなしく人質になってればいいものを、抜けだして余計なことばかりしでかして。おかげで仲間の何人かが犠牲になったわ。わたしがどれだけ頭にきてるかわかる？ あんたはもう、社会的にはなんの価値もない人間なのよ。せめてわたしたちの作戦の礎《いしずえ》となって、価値ある死を胸に抱くことね」

「ふざけるな」やっとのことで息が吸えた。藍河は苦痛のなかで声を絞りだした。「おまえらの低俗な犯罪の犠牲にはならんぞ」

「まだ元気があるようね」偽の美由紀はかすかに顔面を痙攣《けいれん》させながら、片手をあげて黒装束たちに合図した。

黒装束のひとりが沙希を藍河たちから引き離す。抵抗しもがく沙希を、黒装束ははがいじめにした。ほかのふたりが、ガソリン缶の蓋《ふた》を開ける。

藍河は凍りついた。「なんの真似《まね》だ」

偽の美由紀は無表情に藍河をみた。「この女の子から先に焼くわ。この子が黒いすすと化すのを、目の前でみせてあげる」

「よせ」永幡は半泣きになって叫んだ。「やめろ。やめてくれよ。なんでこんなことをする。どうして俺たちを、こんな目に遭わせたんだ」

「理由を知りたい？」偽の美由紀は口もとをゆがめた。「あいにく、くどくど説明するつもりはないの。あなたたちふたりが作戦の一部に必要だったとだけ、いっておくわ」

藍河のなかに緊張が走った。どういう意味だ。なぜ俺と永幡が必要だったのだ。

だが、思索はすぐに絶たれた。沙希の悲鳴があがったからだった。床に倒れた沙希に黒装束たちが容赦なくガソリンを浴びせている。沙希はずぶ濡《ぬ》れになっていた。

偽の美由紀がライターの火をかざした。「イリュージョン、ここに完結ってわけね」

「やめろ!」永幡がわめきちらした。「よすんだ。よせ!」

だが、偽の美由紀は聞く耳を持たなかった。火をかざしたまま沙希に歩み寄っていった。

絶望と怒りが藍河の全身を支配していた。どうすることもできない。目の前で少女の命が絶たれようとしているのに、なすすべがない。

ところがそのとき、ふいに黒装束のひとりが叫んだ。「誰か来ます」

偽の美由紀は立ちどまり、警戒の色を浮かべて周囲を見まわした。

どうした。藍河がそう思ったとき、静寂のなかに足音が響いてきた。

「照明を消して」偽の美由紀が鋭くいった。「散りなさい。身を隠して」

黒装束たちは指示にしたがい、四方へ走り去った。明かりが消える。辺りは暗闇に包まれた。

藍河は息を呑んで、足音に耳を傾けた。誰だ。味方だろうか。いや、たとえそうだとしても、ここに足を踏み入れたとたん蜂《はち》の巣にされてしまう。危機を知らせねば。しかし、むやみに声をあげると沙希が犠牲になってしまう。

ほどなく、白州の後方にある観音開きの扉がそろそろと開いた。

「沙希ちゃん」聞き覚えのある女の声が、ようすをうかがうようにささやいた。「藍河さん。いるの?」

暗闇のなかでも、シルエットは判別できた。カジノ従業員のスーツ姿だ。米倉茜だった。茜はそろそろと白州に忍びいってきた。暗闇に目が慣れていないらしく、手さぐりで進もうとしている。無警戒だった。足どりもおぼつかない。

たまりかねて、藍河は怒鳴った。「来るな。引き返せ」

はっとしたようすで茜は立ちつくした。周囲に素早く黒装束が展開した気配が漂う。直後に、ふたたび照明が灯った。

茜はまぶしげに顔に手をかざしたが、すぐに藍河たちに気づいたようすで、驚きに目を見張っていた。

「あんたか」永幡の声は失望に満ちていた。救援が駆けつけることを期待したのだろう。

藍河は沙希をみた。ガソリンにまみれ、地面に突っ伏している。気を失ってはいないようだった。沙希は茜をみて悲痛な声をあげた。「お姉さん。きちゃだめよ」

しかし、もう遅かった。黒装束たちは茜の後方を固めている。扉もすでに閉じられていた。

「あらあら」偽の美由紀が肩をすくめた。「また飛び入りなの。その制服からすると、あんたは従業員ね? 逃げた人質を射殺しても作戦にはなんの支障もないわね。来て早々悪いけど、あの世にいってちょうだい」

黒装束のひとりが茜を銃で狙《ねら》いすましながら、ゆっくりと近づいた。茜は怯《おび》えるどころか、不敵な笑みを浮かべて偽の美由紀をじっと見返した。

ところがそのとき、藍河の目に予想だにしない光景が映った。

「あなたのその言葉」茜の声は低く、ひどく落ちついていた。「そっくり返してあげるわ」

茜の稲妻のように繰りだした両手が黒装束のAK47をもぎとった。その黒装束が驚きで凍りついているあいだに、銃を水平にテイクバックして黒装束の顔面を強烈に殴打した。

偽の美由紀が驚きとともにわめき散らす。「すぐに殺して！」

黒装束たちが慌てたようすで銃をかまえ、茜を撃った。耳をつんざく銃撃音、しかし茜はもうそこにいなかった。警視庁で格闘技を学んだことのある藍河には、その動作が斜飛《しゃひ》式《しき》という太極拳《たいきょくけん》の技法だとわかった。茜は向かいにいた黒装束の腕を内側から巻きこみ、腕の下からずれこませて両手でつかみあげて回転させ、後ろ向きのまま頭上から前方へと放《ほう》り投げた。茜を狙った銃弾はすべてその黒装束の男に命中した。茜は身体をひねりながら跳躍し、廻《まわ》し蹴《げ》りを放った。目の前にいた黒装束の頬《ほお》にヒットし、黒装束は床に叩《たた》きつけられた。そのまま、ぴくりとも動かなくなった。

ガソリン缶にかかずらっていたふたりの黒装束は銃を手にしてはいなかった。そのふたりが、偽の美由紀をかばうようにして後ずさった。偽の美由紀は怯えた顔でちぢこまっている。ひとりのカジノ従業員の女に、三人の工作員が圧倒され後退していた。

「誰よ」偽の美由紀は声を震わせて叫んだ。「いったいなによ、あんた。刃向かう気？　無駄よ。援軍がすぐ駆けつけるわ」

「わたしはそうは思わないわ」茜は息ひとつ乱れてはいなかった。「視線が躍っているうえに一瞬、右上を向いたわね。右脳にアプローチして想像力を働かせた、つまり嘘《うそ》をついた証拠だわ。援軍なんか来ない」

藍河は衝撃を受けた。彼女が、そうだったのか。

「おまえが」偽の美由紀の顔は驚愕《きようがく》と恐怖が入り混じって、醜く歪《ゆが》んでいた。「おまえが、岬美由紀か」

「やっとわかったの」岬美由紀は油断なく身構えながら不敵につぶやいた。「それで千里眼だなんて、よくいうわね」

偽の美由紀は全身を硬直させ、怯えと怒りの入り混じった目で本物の美由紀を見つめた。震える声で、偽の美由紀はいった。「岬。状況をよく把握することだ。多勢に無勢、おまえに逃げ場はない。それに、おまえの出方はよくわかっている」

本物の美由紀は表情ひとつ変えなかった。「そうでしょうね。鬼芭阿諛子《きばあゆこ》。恒星天球教のナンバーツーで友里佐知子の右腕。信者の前頭葉除去手術を実行した最高幹部のひとり。

まさかわたしの名を騙《かた》るなんてね」

　藍河は息を呑んだ。鬼芭阿諛子の名なら聞き及んでいる。年齢は三十二歳、東京湾観音事件直後に行方をくらました元恒星天球教幹部として、全国に指名手配されていたはずだ。教祖の友里を除けば教団のなかで唯一、前頭葉の除去手術を受けていないメンバーであり、友里の指示のもとに数々の犯罪を実行した実働部隊のリーダーでもある。犯行の現場においては友里以上の鬼畜ぶりを発揮していたと噂《うわさ》される、まさに夜叉《やしゃ》のような女だった。その鬼芭はいま歯茎《はぐき》をむきだしにして唸《うな》っていた。「あの雪崩《なだれ》から生還するなんて。それに……」

「それに、何？」美由紀は平然といった。「あなたがわたしの名を騙って、わたしをあなたと思わせた。とっくに公安警察に逮捕されたと思った？　ホテルの従業員もロッジの人もわたしを知らないといったときには正直面食らったけど、わたしを指名手配犯の鬼芭阿諛子と思いこまされたのなら、あの態度も納得がいくわね。宿泊客にパニックを起こしたくないから知らないふりをして、警察に通報する。逮捕後も芹沢警察庁長官の息のかかった人間が取り調べもおこなわずにわたしを拘束しつづける。あなたたちの予定はそうだったかもしれないけど、こっちの都合も考えてくれる？」

　黒装束のふたりがびくついて後ずさる。その背は鬼芭に密着せんばかりだった。鬼芭は苛立ったように、ひとりの背をどんと押した。「始末しなさい」

その黒装束は猛然と美由紀に襲いかかったが、美由紀は体をかわし、突き出された黒装束の腕を叩くように受け、拳法でいう借力法《しゃくりきほう》によって反動を利用し接近した敵の顔を手刀で打った。黒装束はもんどりうって床に叩きつけられ、ぴくりとも動かなくなった。

鋭い視線を持つ端正な顔が、鬼芭をじっと見つめた。「逃げ場はないわよ」

鬼芭は真っ青な顔で美由紀を見つめかえしたが、やがてひとりだけ残った黒装束の腰からトランシーバーを引き抜き、応援を呼ぼうとした。

美由紀はすばやく黒装束を蹴り飛ばした。鬼芭は仰向《あおむ》けに倒れた黒装束の下敷きになり、トランシーバーがその手から飛んだ。すかさず美由紀は倒れた黒装束に攻撃を加えた。熟練した腕だと藍河は思った。美由紀は倒れた敵に即座に蹴りを浴びせようとはしなかった。そうすると敵の足で自分の足をひっかけられ、逆に倒されてしまうからだ。美由紀はまず敵の横腹を踏みつけ、敵に倒れこむようにしながら身体をひねって旋風脚《せんぷうきゃく》を繰りだし、倒れると同時に爪先《つまさき》で腹を蹴りこんだ。黒装束は呻《うめ》き声をあげて、そのまま地面にのびた。

そのあいだに、鬼芭が体勢を立て直した。周りを見まわしたが、トランシーバーが見つからず慌てている。そうしているうちに美由紀がブリッジの体勢に身体を持ちあげ、跳躍して素早く起きあがった。焦燥に駆られたようすの鬼芭が、血走る目を沙希に向けた。ライターをとりだし火をつけ、沙希に突進した。

「小娘が火だるまになるのを見ることね！」鬼芭はわめいて沙希に駆けていった。

藍河は沙希をかばおうとしたが、美由紀の動きのほうが速かった。美由紀はガソリン缶のひとつを爪先でリフティングして宙に浮かせてから、大きく足を後方にスイングして蹴り飛ばした。缶は一直線に鬼芭の顔面に飛び、命中しておびただしい量のガソリンを鬼芭の身体にぶちまけた。たちまち手にしたライターの火が引火し、鬼芭の上半身が炎に包まれた。断末魔の悲鳴とともに、鬼芭はその場に転がり、火を消そうと必死で床に背をこすりつけた。そして素早く起きあがると、まだ肩から煙を立ち昇らせたまま、あたふたと扉に駆けていった。扉を開け放ち、鬼芭はその向こうに消えていった。悲鳴が遠ざかったあと、残ったのは焦げ臭いにおいと炎のくすぶる音だけだった。

美由紀は一瞬、鬼芭を追う素振りをみせたが、くぐもった音声を聞きつけたらしく足をとめた。地面に落ちたトランシーバーの音声だった。第八別働隊、報告せよ。その言葉が何度も繰り返されている。鬼芭の呼びかけに応じているのだろう。美由紀はトランシーバーを拾いあげてボタンを押した。「こちら第八別働隊、異状なし」

その美由紀の声色は鬼芭阿諛子のものとうりふたつだった。無線の相手も疑うようすをみせず、了解、短い言葉で応じ、無線はそれきり切れた。

美由紀は近づいてきて、沙希の両腕を縛っている紐《ひも》をほどきにかかった。「怪我《けが》はない？　沙希ちゃん」

永幡がほっとした表情で、茶化すようにいった。「マジシャンなら、このていどの縛りは抜けだせるんじゃないのかい?」

沙希は不服そうに口をとがらせた。「そういう振れこみだけど、本当はタネがあるのよ。ただ縛られただけの紐を抜けだすなんて、誰にも……」

美由紀は苦笑をうかべてうなずいた。「わかってるわよ。さ、これでもうだいじょうぶ」

沙希は解放された両腕を見つめ、しばし呆然《ぼうぜん》としていた。つづいて永幡の縄をほどき、それから藍河の背後にまわった。

美由紀が縄をほどいているあいだに、藍河は美由紀をじっと見つめた。「きみが本物の岬美由紀だったとはな。どうして米倉茜なんて名前で従業員になってたんだ?」

「長くなるから、あとで話すわ」美由紀はそういって藍河の縄をほどくと、周囲に目を配った。手近に倒れている黒装束の身体をまさぐり、装備品をとりだしては品定めをしはじめる。てきぱきとした動作だった。

藍河はめまいをこらえながら、ゆっくりと立ちあがった。辺りに横たわる黒装束たちは、いずれも呻き声をあげたり、ぴくぴくと手足を痙攣させたりしている。全員、気絶させただけらしい。致命傷を与えず、あれだけの短時間に勝負をつけるとは、岬美由紀という女はよほどの武術の使い手にちがいなかった。

「さすが空自の元幹部候補生だな」藍河は心底感心してつぶやいた。「あの無慈悲なだけの偽物とはえらい違いだ」

永幡が眉《まゆ》をひそめた。「あの女を追わなくていいのか」

美由紀はAK47を肩にかけて振り返った。「それよりもまず、黒幕の身柄を確保しないと」

岬美由紀は主犯格が芹沢だと気づいている。やはり〝千里眼〟は節穴ではなかった。人形のように大きな瞳《ひとみ》と長い睫《まつげ》、しかしそこから放たれる鋭い眼光、すっきりと通った鼻すじ、薄くりりしく結ばれた唇。頬は痩《や》せこけているが決して角張ってはおらず、丸みをおびていて、十代の少女のように血色のいいつややかな肌をしている。その清楚《せいそ》で知的な感じは、まぎれもなく本物の岬美由紀にちがいなかった。こうしてみると、米倉茜を装っていたときとはまるで別人にみえる。彼女の正体に気づかなかったのは、藍河の観察眼が衰えたという理由だけではなさそうだった。彼女は物腰から喋《しゃべ》り方、癖に思えるささいな動作のひとつひとつまで計算してカジノの従業員になりきっていた。そうした常識の盲点を逆手にとる方法も、心理学のエキスパートとしての知識がなせるわざだろう。

静寂のなか、沙希のつぶやきが静かに響いた。「よかった」

同感だ。藍河は沙希に目を向けた。沙希は疲労をあらわにしながらも、安堵《あんど》に満ちた顔を浮かべている。むろん、まだ地獄からの脱出を果たしたわけではない。危険が依然として辺り一帯を覆い尽くしていることに変わりはない。それでも藍河はほっと胸を撫《な》で下ろす心境にあった。まるで希望の感じられない闇の世界に一縷《いちる》の望みを託すべき光が現れたのだ。これだけ不利な状況下にあっても、安らぎを覚える自分を禁じえない。

平静を取り戻すとともに、藍河は芹沢と伸銅一派に対しふたたび怒りの炎が燃えあがるのを感じていた。連中の犯罪の全貌《ぜんぼう》はまだあきらかではないが、意地でも阻止する。このままあの連中に勝利の旗をあげさせてなるものか。

そのとき、美由紀が藍河をじっと見つめていった。「そんなにあわてないでください。わたしたちだけで、どうなるものでもないもの。まずは応援を呼ぶことを考えなきゃ」

「ああ、そうだな」藍河は面食らいながらいった。美由紀は藍河がひそかに鼻息を荒くしたのをたちどころに察したらしい。偽の美由紀とは異なり、抜け目のない正確な観察眼の持ち主だった。それに、きわめて冷静沈着でもある。藍河の勇み足をたしなめながら、この局面を打開する方法を検討している。

見習うべきところの多い女性だ、藍河は舌を巻いた。この危機的な状況において、これだけの余裕を漂わせているとは。

かすかにベルの音がした。階上からきこえてくる。

「電話のベルだ」と永幡がいった。

「本庁に連絡しよう」藍河は提案した。「官僚どもは芹沢の毒に冒されていても、まだまだ警察にはまともな人間がいるさ」

「まって」美由紀は控えめな口調でいった。「武装勢力が交換台を押さえてる。電話の内容は敵に筒抜けになってるのよ。へたに連絡したら、敵が先手を打つのは目にみえてる。こっちの存在も知られちゃうし」

沙希が困惑ぎみにきいた。「なにか方法はないの？」

美由紀はしばし静止し、なにかを考えていた。やがてその瞳に、ひときわ強い光がやどってみえた。「そうね。ないわけでもないわ」

三塚はサウスドックにたたずみ、接岸した巨大な潜水艦のシルエットを見あげていた。浮上したばかりでまだ霧雨のように海水が空中に飛散し、あちこちの排気口からガス状の白煙が噴きだしている。

ウイスキー級中型通常動力攻撃潜水艦。全長七十六メートル、幅六・五メートル、吃水《きっすい》四・八メートル。ディーゼル・エレクトロニックの発電機二基搭載、水上排水量は千八十トン、水中排水量は千三百五十トン。出力は四千馬力ていどでスピードも水上十八ノット、水中十四ノットにとどまる。就役年が一九五〇年代の骨董《こっとう》品だ、機能としては最新鋭艦に及ぶべくもない。当時ですら、原子力潜水艦の建造が優先されていたため生産数がおさえられていたしろものだ。

いまやロシアのウラジオストク港では、旧ソ連軍時代の軍用品のあらゆるものが流出し、密輸業者の取り扱い商品になっている。中古の戦車や戦闘機、そして潜水艦も例外ではなかった。フェラーリの最高級車二台分の値段で充分に買えることから、アメリカのロックスターやアラブの富豪が道楽に買って所有しているときく。さすがに現代においては、どんなに貧窮を極めた国であってもこのポンコツを実戦配備しようとは考えないようだった。

しかし、と三塚は思った。自分たちにとっては違う。潜水艦は作戦の重要な要として購入した。第二次大戦末期にドイツが建造したXXI型の影響を色濃く受けた古臭い外観も、闘志を奮い立たせるのにひと役買っている。

カネに物をいわせて無闇《むやみ》にトマホーク・ミサイルを乱れ打ちし、国内経済を圧迫しつつあるアメリカの愚鈍な戦略とは異なり、われわれには知恵がある。少ない予算で効果的な兵力を得ることができた。五百三十三ミリ魚雷発射管を艦首に四門、艦尾に二門備えた本来の兵装のほかに、SS－N－3ミサイルを搭載、レーダー哨戒《しょうかい》艦並みの追跡システムも装備している。そしてなにより、巨体を覆い尽くした特殊パネルによる外装。この外装だけで高速ミサイル艇と魚雷艇がそれぞれ二隻ずつ買えるほどの予算がかかっている。しかし、それだけの価値はあった。日本政府はこの潜水艦が列島をぐるりと迂回《うかい》し、太平洋側にまわりこんで領海内に潜んでいるなどとは、夢にも思っていないだろう。もしそうなら、東京湾はこんなに静かではあるまい。

「三塚さん」黒装束に身を包んだ兵士のひとりが小走りにやってきた。「潜水艦の航行システムならびに武器システムすべて異常なしです」

「よし」三塚はいった。「予定どおり搭乗を開始しろ。日本の自衛隊員の服は？」

兵士はリュックを降ろし、なかから折りたたまれた白いジャケットをとりだした。「資料を基に仮縫いさせたものですが、細かいところまでは再現できてるかどうか」

「かまわん。防衛庁の関係者がみるわけじゃないんだ。戸田ひとりを騙《だま》しおおせればそれでいい」そういいながらも、三塚は内心舌打ちしていた。これは夏服だ。この季節には冬服でなければおかしい。さすがに戸田も怪しむだろうか。いや、こんな状況下だ、そこまで頭はまわらないにちがいない。三塚は服を兵士に押しつけていった。「若い者を二十人ほど自衛隊員の服に着替えさせ、あとはそいつらに銃をつきつけて見張っているふりをするんだ。自衛隊員役の連中には喋《しゃべ》らせるな。戸田に話しかけられても、黙っていろと全員に伝えておけ」

「了解」兵士は敬礼し、埠頭を潜水艦のほうへと駆けていった。

芹沢に師事し、警察組織のマフィア化という驚くべき改革をひそかに支援するようになって、すでに十年が経《た》つ。ついに来るべき日が来た。いま、革命は目前に迫っている。この作戦が果たされたとき、われわれはとてつもない闇《やみ》の権力を掌握するはずだ。歴史は動く。もはや、基本的人権や三権分立などというきれいごとを盾にして、反社会的な行為が無制限に黙認される腐った民主主義の時代は終わりを告げる。これからは警察組織が絶大な権力を持ち、徹底した弾圧と言論統制によって危険分子を排除し、平和が保たれる。

作戦に参加できたことを誇りに思わねばならない。明治維新以来の大革命は、今夜この場所に端を発することになる。百年後、自分の名は歴史に残ることになるだろう。かつての明治政府の立役者たちと同等、いやそれ以上の英雄として名を刻まれることになるだろう。ただの国家公務員として存在を軽んじられてきた日々は過去のものになるのだ。明日からは未来永劫《えいごう》、われわれの役職こそが国家権力の中枢となる。

軽い興奮に浸っていると、黒装束の兵士がふたり駆けてきた。ひとりが緊迫した口調で告げた。「議員らが連行されてきます」

三塚は地面に仰向《あおむ》けに寝そべった。背中にコンクリートのひんやりとした冷たさを感じる。胸もとの血糊はもう乾ききっていたが、本物の動物の血を使ったおかげで、ほどよく褐色に変色していた。「俺を死体のごとくぞんざいに扱え」

「了解」そういって、ふたりの黒装束は背筋を伸ばした。

ほどなく、ヘッドライトの光が埠頭《ふとう》に走った。ジープが接近し、三塚の目前に横付けされた。

ジープの後部座席にはふたりの国会議員が、頭上で両手を組んで座っていた。戸田と平丘に、黒装束が銃を向けて降りるよう合図する。戸田は、怯《おび》えきった顔のままおぼつかない足どりでジープから降り立った。その後につづく平丘はいたって冷静だった。

戸田がこちらを向く寸前に、三塚は目を閉じた。

「刑事局長」薄目を開けてみると、戸田の額に浮かんだ無数の脂汗ははっきりと光ってみえていた。戸田は三塚が生きていることにまるで気づかないようすで、救いを求めるように平丘を振りかえった。「平丘さん。三塚刑事局長が」

「これはひどい」平丘が声を震わせた。「死体を運びだす気だな。殺しを隠蔽《いんぺい》するつもりだ」

「僕らがここに連行されたのも、まさか……」戸田の視線はたえず泳いでいたが、やがてその目が埠頭に停泊する巨大な船影に釘付《くぎづ》けになった。「あれは……」

「自衛隊の潜水艦だ」平丘が緊張を漂わせた声でいった。「身代金がわりに、日本政府に要求したんだろう」

戸田は驚きに目を見張った。「なんてことだ。政府が要求に屈するなんて。……この潜水艦で四百億を運びだすつもりか」

「おそらく」と平丘はいった。

三塚は薄目でそのようすを確認しながら、内心ほくそ笑んでいた。やはりこの二世議員は自衛隊の装備に詳しくはない。日本の原潜には似ても似つかぬこのディーゼル推進式潜水艦を、自衛隊のものと信じて疑わない。

「しかし」戸田は唇を嚙《か》んでいた。「領海をでる前に撃沈されるぞ」

平丘が悲痛な声をあげた。「だから、われわれを同乗させるつもりなんだ」

戸田はとてつもない衝撃を受けたらしく、真っ青になって平丘を振りかえった。「そんな。僕たちが……?」

「人質だ。まちがいない」平丘が悲痛の色を浮かべてぼそりと告げた。

両手で頭を抱えながら、戸田はうずくまった。呻《うめ》き声とも泣き声ともつかない声を漏らしている。よほどの衝撃だったのだろう。

三塚は目を開けて平丘をみた。平丘は一瞬、にやりとした。三塚も笑いかえした。が、戸田がよろよろと立ちあがり、顔をあげたときには、平丘はふたたび深刻な顔に戻っていた。三塚もまぶたを閉じ、薄目で監視する状態に戻った。

「妻に」戸田はつぶやいた。「連絡ひとつ、とれないのか」

黒装束たちが銃身で戸田たちに歩くよう指示した。さっさと歩きだした平丘とは対照的に、戸田はためらいがちにその場にとどまっていた。さらに銃口が接近すると、戸田はようやく歩を進めた。潜水艦に向かって重い足をひきずって歩くその背は、まさに死刑囚か生ける屍《しかばね》のようだった。

ふたりの議員が埠頭を進んでいき、桟橋を渡っていく。彼らが潜水艦の側面の梯子《はしご》を昇ってハッチにたどり着くまで、三塚は辛抱づよく横たわっていた。先に戸田が、つづいて平丘が潜水艦のなかに消えていく。顔をひっこめる寸前、平丘がまたこちらを一瞥《いちべつ》した。

三塚はうなずきかえした。

三塚はため息をつき、身体を起こした。ゆっくりと立ちあがると、胸ポケットからタバコをとりだして口にくわえ、黒装束にいった。「火、あるか」

黒装束のひとりはさっとオイルライターの火をつけて差しだした。タバコの先に火をつけると、三塚は肺の底まで煙を吸いこみ、ゆっくりと吐きだした。夜空に立ち昇る煙を、ぼんやりとながめた。

しばらくすれば、ここに本物の自衛隊の潜水艦がやってくる。それまでにカネの積みこみ作業を終えねばならない。三塚は黒装束にきいた。「金庫室のほうはどうだ」

「現在は三十人体制でやっています。間もなくトラックに積み終えて、こちらに向かうとのことです」

そのとき、別の黒装束が駆けてきた。「三塚さん。鬼芭阿諛子の班から連絡がありません」

もう藍河を始末していてもいいころだが。三塚はきいた。「緊急事態でも伝えてきたか」

「いいえ。異状なしという連絡を受けたのですが、それっきり定時連絡もありませんので」

三塚は苛立《いらだ》った。指定暴力団員は兵力に生かせるが、元カルト教団の幹部の雇用には最初から反対していたのだ。同じ指名手配犯といっても、教団幹部は知能犯だ。こちらを出し抜くことも充分に考えられる。だが作戦上、岬美由紀に成り代わるだけの知識のある女が必要になった。芹沢はあの女を高く買っていたようだが、三塚はそれほどでもないと常々感じていた。

「こっちは鼠《ねずみ》さがしに割ける人員はない」三塚はいった。「劇場の本部に連絡をとって仲銅畔戸の指示を仰げ」

「はい。それから、コントロールセンターのデジタル交換台から、気になる通話があったと。これを預かってきました」黒装束は小型レコーダーを取りだした。

「きかせろ」

黒装束は再生ボタンを押した。

呼び出し音が何度か繰り返されたのち、眠たげな男の声が応じた。『はい。土屋ですが』

『フランチェスカ』若い女の声がいった。『すぐ先生につたえて。チャイニーズ・パスタ。伊藤洪庵《いとうこうあん》』

沈黙が数秒あったのち、電話は切れた。

「これだけか?」三塚はきいた。「この連絡はどこから?」

「交換台を通ったということは、島のどこかと思われます。ただし、仮営業中で施設が完全に整備されてないので、発信者番号の特定ができません。それに、交換台はお台場の一部地域の電話回線も受け持っているらしく、外部の通信が混ざっただけとも考えられます」

三塚はレコーダーを手に取り、ふたたび再生した。フランチェスカ。すぐ先生につたえて。チャイニーズ・パスタ。伊藤洪庵。

フランチェスカと伊藤洪庵は人名、チャイニーズ・パスタは食べ物の名前か。人名については、なんらぴんとくるものはない。三塚は暗号にも詳しかったが、この会話はそもそも暗号文としての体をなしていない。

「受信者はわからないのか」三塚は黒装束にたずねた。

「それは判明しています」黒装束はいった。「目黒区の一般住居の番号です。電話帳に載ってました。土屋昭《あきら》。公務員データベースにない名前です」

「それを先にいえ」三塚はレコーダーを突き返した。「こんなもの、試験前の女子大生の会話かなにかが混入しただけだろう。わざわざ報告せず、各部署の判断で処理していいことだ」

「しかし」黒装束は戸惑いがちに見返した。「コントロールセンターの技術班の意見では、もしこれが島内からの通信だった場合、回線工事箇所が残っているポーポリン・キッズタワー付近からとみて間違いないというんです。鬼芭阿諛子が逃亡者を処刑すると報告してきた場所です。それが、どうも気になりまして」

三塚は、黒い覆面からのぞく男の目もとをみた。

報告の重要性を吟味するよりも、嫌悪感のほうが先に立つ。司令官である自分に意見することと自体が気にいらない。だが、黒装束の報告内容にも一理ある。

逃亡者は藍河とマジシャンの少女だときいていた。この録音の声はその少女だろうか。

いいや、ありえない。二十代半ばか後半の声帯だ。鬼芭阿諛子のものとも違う。声のトーンもなんら緊張を感じさせず、やや怠惰な印象すら受ける。秘密裏に通信をおこなっているような気配はどこにもない。

「わかった」三塚は投げやりにいった。「そのレコーダーも仲銅畔戸に持っていけ。キッズタワー方面に偵察を送るべきかどうか、彼の意見をきけ。ただし、こんなことで作戦を滞らせる気はないぞ。自衛隊の原潜が到着する前に、この潜水艦にカネを積みこんで脱出せねばならん」

了解。黒装束はそういって、すばやくジープに乗りこんで走りだした。

作戦も終盤に近づき、仁井川会系仲銅一家の元構成員たちも神経質になってきている。命懸けで従事した作戦が報われるか否か、誰もが気にしはじめている。あいにく、ほとんどの構成員にとって歓喜の瞬間は見果てぬ夢となるだろう。潜水艦の定員は五十六名だ。残された黒装束たちは、われわれが無事脱出するまでの防波堤となり、万が一にも政府側が攻撃をしかけてきた場合、徹底抗戦する義務に殉ずることになる。

元構成員たちは報酬として受け取るカネを心待ちにしている。彼らは四百億という莫大な日本円から分け前をあずかり、どこか遠い国で裕福な暮らしが送れると確信している。だが、そうはならない。四百億のカネのうち大半は芹沢、出崎、そして三塚に分配され、残りはわが権力の地盤強化のために献上される。傭兵《ようへい》に分け与えるカネはない。

とはいえ、われわれが内閣政府に代わって国を牛耳る強大な権力を握るための布石となるのだ、彼らの流す血は決して無駄ではない。彼らも、あの世でそれを知れば本望だろう。

指先をみた。タバコがすっかり短くなっていた。灰が崩れもせずフィルターの先に残っている。われわれの意志も、この灰と同じく執念深い。三塚はタバコを指ではじいて投げ捨てた。勝利は目前だ。阻むものはなにもない。

以心伝心

　嵯峨敏也は目黒区のはずれにある2DKの自宅マンションに、昨晩帰宅してからずっと閉じこもっていた。帰りぎわにコンビニで買ってきた弁当もダイニングルームのテーブルに置いたままになっている。すでに賞味期限は過ぎてしまったかもしれない。考えてみれば、あと数時間で夜も明けるというこの時刻まで、なにも口にしていなかった。だが、気にはならなかった。そもそも嵯峨は、食事をとること自体をおっくうに感じるタイプだった。食が細く、食べること自体に喜びを見出《みいだ》せない。ほうっておけばいっさい食事をとらないまま、栄養失調におちいってしまう。事実、そうしたことも何度かあった。内科の医者に食物の摂取は生きるうえで重要なことだと力説されても、いっこうに改められない。なぜだろう。拒食症でないことは、カウンセラーとしての自己分析でもあきらかなのに。

　ひと晩じゅう嵯峨を惹《ひ》きつけていたのはテレビのニュースだった。嵯峨はリビングルームのソファにおさまり、買ったばかりのハイビジョン・プラズマテレビに見入っていた。こんな壁掛けタイプの新型テレビが購入できたのも、倉石診療所の業績が少しずつ向上している証《あかし》だった。ボーナスがでたんだから、新車を買えば？　朝比奈は常々そういっていたが、嵯峨の趣味はちがっていた。カネが入ったら大きなテレビでクラシックの音楽番組を観《み》よう。あるいはハイビジョンで、深海のふしぎや森林の美をとらえたドキュメンタリー番組を鑑賞したい。それをきいた朝比奈は呆《あき》れたようにいった。オジンくさい趣味ね。百万円近くも払って癒しを求めるわけ?

癒しか。たしかにそうだった。何人もの相談者に会って、話をきいて、疲れて帰ってくるのだ。自身が癒しを求めたい、そう欲していた。ところが、実際にテレビを買ってみるとそんな番組はほとんど観ることがない。嵯峨の興味は結局、現実社会に向けられていた。ニュースが流れていればかならず観る。終わるまで観る。しかし、このニュースは夜半をかなり過ぎてもまだ終わる気配がない。昨夜の午後十時からずっとつづけられている。NHKでは、すでにスタジオのキャスターはふたり交代した。ところが、伝えられている報道内容はいっこうに深みをみせないままだ。

「繰り返しお伝えします」喧騒《けんそう》のなか、お台場の青海埠頭《ふとう》に立つ男性レポーターがマイク片手に告げる。「昨夜から、あちらに囲いがみえます東京湾上の工事現場区域で、銃撃音や、爆発音らしき轟音《ごうおん》が響き、一部で火の手があがっているなどの通報も寄せられ、こうして私の立っております青海埠頭にもたくさんのパトカー、また野次馬が集まり、騒然とした状況になっております。私ども報道局から警視庁あるいは消防庁の広報に事情をたずねているのですが、なぜか明確な回答はなく、東京都のほうでも、現場でなにを施工していたのか、また、どういった人がなかにいるのかといった情報について、いっさい口を閉ざしています。一方、海上保安庁が周辺を封鎖しておりまして、船舶もこの孤島には近づけない状況になっております。政府では緊急閣議が召集されているとの情報もありますが、午前一時すぎに記者会見した井尾山官房長官が報道各社に対し、この工事現場区域の上空にヘリコプターを飛ばすことを禁じる異例の申し出をするなど、事件は重大さを隠しきれない様相を呈しています。有識者のなかには、工事現場は秘密裏に建設が進められていた自衛隊もしくは在日米軍の基地であり、なんらかのテロ行為があったのではという見方もあり、仮にそうであるとすれば政府は国民主権の原則に著しく逆らった建設計画を進めていたことになるとして、政局の紛糾は避けられない見通しです」

軍事関連の施設なんて、そんなことはありえないと嵯峨は思った。ゆりかもめの引きこみ線が新設されていたという話だ、民間人向けの施設であることは明白だ。しかし、いったいなにが起きているのだろう。

国内線旅客機の墜落や、大地震など不測の惨事が起きた場合、政府の呼びかけで臨床心理士に招集がかけられることも少なくない。その場合に備えて、着替えもせずに待機していたのだが、なんともじれったいことに事件の断片すらわからぬまま夜が明けようとしている。これでは被災者あるいは被害者のカウンセリング内容を事前に検討できない。いや、報道機関にすら真実を打ち明けていないのだ、カウンセラーにお声がかかることなど考えられないのかもしれない。

無駄に夜更かししてしまったか。嵯峨は眠い目をこすった。しかし、臨海副都心でただならぬ事態が進行していることはあきらかだった。惰眠をむさぼっている場合ではない。といっても、自分になにができるのだろう。自分はたんなる一介のカウンセラーにすぎないのだ。

中継がスタジオに戻り、軍事評論家のこじつけのような推測が流れはじめたころ、ふいにチャイムが鳴った。

テレビの音ではない。こんな時間に、いったい誰が訪ねてきたというのだろう。嵯峨は不審に思いながら立ちあがり、玄関に向かった。

そろそろと覗《のぞ》き穴に目を近づけると、馴染《なじ》みのある顔がそこにあった。嵯峨はあわてて鍵《かぎ》をはずし、ドアを開けた。「土屋さん。どうしたんですか。いまごろなんの用です」

土屋は診療所で面会するときと同様に、神経質そうに目を泳がせていた。腰の引けた、おずおずとした態度もいつもどおりだった。ただ、昼間の面会と異なる点も見当たる。いつもきちんとネクタイを締めている土屋が、きょうはワイシャツの襟もとをだらしなく開けていた。それも、下からのぞいているのはパジャマらしい。ボタンもひとつかけちがえている。よほど急いで外出したのだろうか。

「とにかく」嵯峨は室内を手で指し示した。「おあがりになってください。コーヒーでもどうですか」

「いえ。けっこうです」小走りでやってきたのか、土屋は軽く息を切らしていた。「じつは、先生にどうしても伝えたいことがありまして」

嵯峨は土屋を見つめた。妙な気配がある。躁《そう》状態にあるわけではない。酒に酔っているわけでもなさそうだ。しかし、土屋は瞬《まばた》きも少なく、なにかに駆られているように興奮した精神状態をみせている。

「なんですか」嵯峨はきいた。

あちこちをさまよっていた土屋の視線が、ようやく嵯峨をまっすぐにとらえた。とたんに、土屋は弾《はじ》けるように声を張りあげた。「チャイニーズ・パスタ。伊藤洪庵」

土屋はそれきり口を閉ざした。気色《けしき》ばんでいたような顔が、急に醒《さ》めていく。神経質だがどこかのんびりしたようすの漂う、いつもの土屋に戻っていた。

嵯峨は呆然《ぼうぜん》としたが、やがて笑いながらたずねた。「なんですって?」

「さあ」土屋は困惑したような顔になった。「どうしても伝えたかったんで、伝えにきました。それだけです」

「それだけって」嵯峨は頭をかきむしった。「どういう意味ですか」

さあねえ。土屋は首をひねった。「わかりません。ただ、すぐ先生に伝えなきゃならないと思いましてね。それで出向いてきたんです」

おかしな話だった。しかし、どんなに途方のない発言でも、一笑に付したりしないのがカウンセラーというものだ。「いいでしょう。ええと、チャイニーズ・パスタに伊藤洪庵ですね。……心理学の歴史でも勉強しておられたんですか」

「いいえ。そんなことは、なにも」土屋は腕時計に目を向けた。「あ、もうこんな時間か。帰らないと。七時には店を開けないとね」

一方的に訪問してきて、帰宅を急ぐとはどういうことだろう。嵯峨はきいた。「土屋さん。あなたがお話しになられた言葉は、僕には耳に馴染みがあるものです。臨床心理士資格を取得するために大学の心理学科で学んでいたころ、試験の答案用紙に書いた覚えもある。でも、あなたは心理学の勉強なんかしたことはないとおっしゃる。いったい、どこでその単語を耳にしたんですか」

「ええと」土屋は額に手を当ててしばし熟考するそぶりをみせた。「そうだ。電話だ。岬先生が電話をかけてきましてな」

「岬先生って、岬美由紀さんですか?」

「そう。名乗りはしなかったが、たしかに岬先生のお声ですよ。で、なんかその言葉を伝えてきたんですよ。そうだったと思います。でも、なんで嵯峨先生に伝えなきゃいけなかったのかな。そこんとこは、よく覚えてませんが」

しきりに首をひねる土屋をながめるうち、嵯峨のなかで、おぼろげにひとつの考えがかたちをとりはじめた。

「どうもありがとうございます」嵯峨はいった。「おかげで助かりましたよ」

土屋は妙な顔をしたが、すぐに笑顔を浮かべた。「お役に立てたようで。いや私も、なぜか無性に嵯峨先生のお顔が拝見したくなってたようで」

「ええ、お気持ちはわかりますよ。ところで、こちらにはタクシーでおいでになったんですか。帰りのぶんも含めて、お出ししますよ。なんなら、タクシー会社に電話して車を呼びましょうか」

「いえいえ。そんなことまでしてもらっちゃ悪い。ワンメーターですし、このへんなら呼ばなくてもすぐにつかまりますよ。なにしろ不況でタクシー会社が車両をめちゃくちゃに増やして、空車は山ほど余ってますからな」

たしかに。嵯峨は笑いかえした。土屋は頭をさげた。では、ごきげんよう。

土屋はすっきりしたようすでマンションの廊下を歩き去っていく。その背を見送りながら、嵯峨は鼓動が速まるのを感じていた。

自分もすぐに出かけなければならない。クルマを出そう。ここから警視庁までは、さほど遠くないはずだ。

暗号

蒲生誠はタバコの吸い殻を灰皿に押しつけようと、椅子《いす》から身を起こした。しかし、灰皿はすでに山盛りになっていた。それでも灰皿を傾け、わずかにできた空間に短くなったタバコをこすりつける。ふだんなら新米の刑事か女性警察官が片付けてくれるはずなのに、きょうは誰も見向きもしない。ほぼ全員が徹夜で居残っているというのに、誰もが右往左往するしかない状況に身を置いている。

捜査一課の刑事部屋はひっきりなしに鳴る電話と、応対する刑事たちの声で騒がしかった。昨晩以来、ずっとこんな状態がつづいている。このまま朝を迎えるらしい。仮眠をとるにしても、こんなにうるさくてはどうしようもない。所轄では時々みかける光景だが、警視庁ではこうした状況はきわめて稀《まれ》だった。都民からの通報が殺到するころには、なんらかの捜査本部が編成されているからだ。ところがいまは、最初の通報があってから五時間が経過しているというのに、まだ上からなんのお達しもない。命令なしにみずからの意思で動くことを知らないキャリア組の巣窟《そうくつ》では、司令系統の沈黙はパニックにつながるらしかった。同僚たちは電話を受けては調査中ですと答え、ホワイトボードに意味不明のメモを書き連ね、無駄な書類の申請を繰り返している。都民は断続的に響く銃撃音と爆発音に不安な夜を過ごしているというのに、警察はまだ初動捜査の段階にすらいたっていない。税金泥棒のそしりもあながち間違ってはいないなと蒲生は思った。

　廊下を課長が足早に通過していくのがガラス越しにみえた。蒲生は立ちあがり、急いで部屋からでた。「課長。まってください」

　蒲生同様に叩《たた》きあげの捜査一課長は、振り向きもせずに告げた。「あとにしてくれ。忙しい」

「そういわずに。本当に忙しけりゃ引きますけど、まだなにも進展がないんでしょう?」

　蒲生は課長の前にまわりこんだ。

　課長は足をとめ、険しい顔で蒲生を見かえした。「なにか報告があるのか」

　つれない言いぐさだ。蒲生は肩をすくめてみせた。「発砲に爆発。捜査一課にお声がからないほうがおかしい。それが待機させるだけさせといて、いまだになんの命令もない」

「文句があるなら上にいうんだな」

　歩きだそうとした課長を押しとどめて、蒲生はいった。「ええ、機会があればいいますよ。お偉方はどこです。また最上階のラウンジみたいな会議室で円卓を囲んでるんですか」

課長は苦い顔をした。「そういう態度はよせ。蒲生。四十を過ぎてまだ警部補から昇進できない自分をどう考えている」

「所轄あがりですから、やむなしかと」

「そうでもない。おまえほどの成績ならとっくに昇進できてるはずだ。問題はその態度だ。素行に問題があるぞ。襟を正せ」

「わかってますよ。ただ」蒲生は苛立《いらだ》ちを隠さずにいった。「なぜ、なにが起きたのかさえ教えてもらえないんですか。いまこうしているあいだにも、誰かの命が危険にさらされてたらどう思います。そこんとこ、お偉方にきっちり聞いてみたいもんですね」

「警視総監はお留守だ」課長は苦い顔でつぶやいた。「警察庁長官もだ。ほかにも、司令系統において重要な役割を担う役職の人間にほとんど連絡がつかん」

「どうしてですか」

「極秘、だそうだ。私にさえ知らされていない」課長は怒りの色を漂わせて蒲生をにらむと、また歩きだした。

蒲生は立ち去っていく課長を眺めながらため息をついた。やれやれ。このところの警察はどうかしている。お偉方の動向に関心はなかったが、芹沢警察庁長官、三塚警察庁刑事局長、出崎警視総監の三役が不自然きわまりない昇進を果たして組織のトップに就任して以来、きな臭いニュースがつづく。彼らはなぜか膝《ひざ》もとの警視庁ではなく、古巣の神奈川県警に肩入れし、主要な仕事をそちらに振り分けている。そして現在、神奈川県警は汚職にまみれて不祥事の連続だ。いったいなにが起きているのか探ろうとしても、かねてから犬猿の仲の警視庁と神奈川県警の縄張り意識が邪魔をして、実態がみえてこない。内務監察も奇妙な圧力があって踏み込んで調べることができないでいるらしい。いったい警察になにが起きているのか。これではまるで無秩序状態だ。

刑事部屋に引き返そうとしたとき、女性警察官の声がした。「蒲生刑事。面会したいという方が」

振り返ると、私服の女性警察官の後ろに、やせ細ったひとりの若い男が立っていた。だらしない服装の多いこの場所で、その男ひとりだけはダブルのスーツをきちんと着こなし、ネクタイを締めている。見覚えのあるその顔に蒲生は驚きを隠せなかった。「嵯峨。ひさしぶりだな」

「こんばんは。いえ、おはようというべきかな、蒲生さん」嵯峨は緊張の面持ちで辺りを見まわした。「現場に出払ってるかと思ったけど、そうでもなかったみたいだ」

「あのお台場の騒動についてか」蒲生は鼻を鳴らした。「犯罪に打ちひしがれた被害者がでたらカウンセリングを頼みたいところだが、いまのところまだ間に合ってるな」

「っていうか」嵯峨はやや軽蔑《けいべつ》の色のこもったまなざしで辺りをみた。「とてもそれどころじゃないって感じだね。なにをしていいのかわからずに、ただみんなで浮き足立ってる。

そんな雰囲気だな」

「なんだよ」内心は同意見だったが、外部の人間に警察を悪くいわれることは蒲生にとっても不愉快だった。「野次馬気分できたのなら、さっさと帰れ。だいたい、部外者が用もなく入ってこれる場所じゃないんだぞ」

「どうしてみんなが混乱しているか、当ててみせようか」

「よせよ。お得意の集団心理分析ってやつか？　日頃のストレスとか不眠とかいいだすんじゃないだろうな。勘弁してくれ。俺は忙しいんだ」

立ち去ろうとしたとき、嵯峨の冷静な声が蒲生の耳に入った。「警察のトップ三役が事件の陰で糸をひいてる。というより、おそらく三人が主犯だな」

蒲生は足をとめた。緊張に全身がこわばるのを感じた。嵯峨を振り返る。涼しい目をして蒲生を見つめる嵯峨がそこにいた。

沈黙は数秒つづいた。突発的に蒲生がとった行動は、嵯峨の腕をつかんで、廊下を駆けだすことだった。刑事部屋の向かいの扉を開け放ち、なかに誰もいないことを確認して、その小部屋に嵯峨を連れこんだ。

嵯峨は不満そうにいった。「取調室？　僕は容疑者じゃないよ」

「文句いうな。邪魔の入らない場所はここしかないんだ」蒲生はドアを閉めると、事務用デスクをはさんで向かい合わせに置いてある二脚の椅子《いす》のうち、ひとつに腰を下ろした。

「そっちに座れ。こんな時刻に来たんだ、よほど確証があってものを喋《しゃべ》ってるんだろうな。いっとくが、三流雑誌みたいなゴシップやガセネタはいらないぞ」

「承知してますよ」嵯峨は眉《まゆ》ひとつ動かさずに応じ、向かいの椅子に座った。「ついさっきのことですが、僕の診療所に通ってる相談者の土屋さんというかたが、僕をたずねてきました」

「いまお台場で起きていることに、なんらかの関わりのある人物か」

「いいえ。ちっとも。高所恐怖症を治したいってことで催眠治療中でした。経営するお店のほうもそこそこうまくいってますし、犯罪とは無縁の人生を送っているひとです」

蒲生はじれったさを感じはじめた。「そいつがどうしたってんだ」

「まあ、そんなに慌てないで」嵯峨はかすかに笑いをみせた。「この土屋さんという相談者なんですが、もともとは岬美由紀さんが担当していたんです」

「美由紀が？　ほう」

「それで、高所恐怖症の治療には定期的に連続して催眠療法を施すことが重要で、彼女もそれを実践してました。ご存じのように催眠というのは相手を眠らせることでも意識を失わせることでもなく、トランス状態に誘導することで……」

「ああ、もう何度もきいた」蒲生はうんざりして吐き捨てた。意識せずともすらすらと暗唱できる。「理性の働きを鎮めて本能の領域を突出させ、そこに暗示を与えることで、理性の反発を受けずにアドバイスを受け入れさせることができるってんだろ」

「そのとおりです。ですが、相手を深いトランス状態に誘導するには、最低でも一時間ほど、言葉でくりかえし暗示を与えねばなりません。それがかなりたいへんなので、土屋さんのような相談者の場合は、通院期間中はすぐに深い催眠状態に入れるよう、あらかじめ後催眠暗示を与えておくんです」

「つまり、なにかの合図ですぐに催眠状態に入るように暗示を与えておいたってわけか」

「ええ」嵯峨はうなずいた。「美由紀さんは土屋さんに〝フランチェスカ〟という言葉を告げたら、一瞬で深い催眠状態に入るような後催眠暗示を与えました。もちろん、これは施術者が発した場合のみ有効な暗示で、誰か別の人が同じ単語を口にしたからといって、土屋さんが催眠状態に入るわけではありません。彼女はそうして土屋さんの治療をおこなってきたんですが、先月から休暇でスキー旅行に出かけたので、僕が担当を代わりました」

「それで？」

「さっき訪ねてきた土屋さんですが、瞬《まばた》きも少なく、やや興奮状態がみられ、催眠性トランス状態の特徴が見受けられました。その土屋さんはふたつの言葉を、どうしても告げたくなって訪ねてきたというんです。チャイニーズ・パスタ。伊藤洪庵」

「まて」蒲生は手を挙げて嵯峨を制した。「それは、土屋さんが後催眠暗示を与えられて喋ったってことか？」

「そうです。土屋さんがこのふたつの単語を僕に告げるように、後催眠暗示が与えられたんです。どこで聞いたのかとたずねたら、彼は岬美由紀さんが電話してきたというんです。でも、なぜ僕にそれを伝えたくなったかはわからないとね。おそらく美由紀さんは、フランチェスカというキーワードで土屋さんを催眠状態に入れてから、これらの単語を僕に伝える後催眠暗示を与えたんだと思います」

「しかしだ、そのパスタだとか、伊藤なんとかがどういう意味かは知らんが、どうしてそんな手間をかける必要がある？　なぜ美由紀はきみのところへ電話して直接つたえなかったんだ？　それに、その土屋さんって人に対しても、わざわざ後催眠暗示なんか与えずに、こう伝えてくれと口頭でお願いすれば済むことじゃないのか」

「これは推測ですけど」嵯峨は腕組みをした。「美由紀さんは電話の通話内容を盗聴されているんじゃないでしょうか。ダイヤルした番号も読み取られてしまうような状況にあるのでは、と思います。だから僕や、まして警視庁にいる蒲生さんには電話できなかった」

「そうだとしてもだ、事件に関わることなら、土屋さんをきみの部屋じゃなく警察に向かわせるような暗示を与えるべきじゃないのか。そのほうが情報の伝達が迅速だ」

「いいえ。催眠は魔法ではなく科学的事実ですから、意志に反するような暗示は理性の働きが喚起され、反発します。土屋さんのような一般人が警視庁にいけといわれたら、ひどく緊張するはずです。その時点で催眠状態から醒《さ》めてしまいます。ふだんから会うことに慣れている、僕のもとに向かわせることが最も安全だったんです。そして、暗号を伝えたことも盗聴者に気づかれないよう、後催眠のキーワードとふたつの単語だけを淡々と告げた。盗聴している人間には、まるで意味不明だったと思います」

「いま暗号といったな」

「ええ、そうです。暗号です。それもカウンセラーだからこそ重要性を察知できる内容です」

　嵯峨の説明は理路整然としている。そして、あの岬美由紀がそこまで考えてメッセージを送ってきたのだ、重要である可能性はきわめて高い。

　蒲生はきいた。「暗号の意味は?」

「禁酒法時代のアメリカ、チャイナタウンに〝ジェンカ〟という中華料理店がありました。ここの料理長の中国人はアル中で、闇《やみ》市場から酒を手にいれてはこっそり飲みつづけていました。ある日、店の料理のチャイニーズ・パスター——ラーメンのようなものらしいのですが、その品目の調理に酒を使ったことから支配人にばれてしまい、警察に通報され、隠していた酒をすべて押収されてしまったんです。アル中の料理長は酒を断たれたせいでひどく落ちつかなくなり、手足の震えが生じたり、幻覚をみたり、暴れたりという精神障害の兆候がみえはじめました。担当した精神科医はさまざまな治療を施しましたが効果はありません。精神科医は投射、すなわち他人に責任を転嫁させてひとまず安心を与えようと、店の支配人や取り調べをおこなった警察官などを槍玉《やりだま》にあげて料理長の気を落ちつかせようとしたんですが、うまくいきませんでした。しかし何年かにわたる治療と研究ののち、ついに投射による適応規制に成功したんです。対象は、当時の禁酒法を国民に守ることを強いていた警察の最高権力者たちでした。ＦＢＩ長官、捜査官、そしてロサンゼルス警察署長。すべての元凶はこの三人にあると投射したところ、料理長の心は少しずつ和らぎはじめ、精神状態は安定方向に傾きだしたということです。すなわち料理長は、支配人だとかそういう単純かつ身近な権力ではなく、もっと社会の深いところに対し猜疑《さいぎ》心と不信を覚えていたことが、心を病んだ原因だったと推察されるわけです。以降、主に西洋の精神医学において、犯罪者が精神を病んでいるとみられる場合、警察組織のトップ三役にストレスを投射させることによって、当人の精神状態の改善をはかる方法をチャイニーズ・パスタ法と呼ぶようになりました。トップのひとりだけでなく、三役なら組織の権限ほぼすべてという意味になりますからね。もちろん、投射というのは患者の心のなかと、精神科医との対話のなかだけで行われるので、悪者扱いされた警察の三役に危害が及ぶことはありません。この療法が効果をあげたら、ちゃんと回復するにしたがって実際の責任の所在が犯罪者本人にあることを、少しずつ認識させていくのです」

「それで、岬美由紀がチャイニーズ・パスタという暗号にこめた意味は？」

「〝ジェンカ〟の料理長の場合、のちに禁酒法は悪《あ》しき法という認識がなされ、警察組織のトップも賄賂をとったりアル・カポネをはじめとするマフィアと癒着していたことが指摘されています。つまり警察の三役に元凶があるという投射はあながち架空でもなく、むしろ事実であったがゆえに料理長の治療に効果をあげたという見方が現代においては有力です。このため、チャイニーズ・パスタ法という治療法は、最近では実際に警察権力に非があるとみなされる場合にこそ有効であるとされています。このことについてアメリカでは、精神科医が司法判断にまで介入していると非難する動きもあるほどです」

「っていうことは」蒲生は指先でデスクの上を叩《たた》いた。「チャイニーズ・パスタ。そう告げた美由紀の真意は、警察のトップ三役がクロだという主張だと受け取ることができる。きみはそういいたいんだな」

嵯峨はじっと蒲生を見つめた。「さっき廊下で、トップの三役が主犯だと僕がいったとき、あなたは反応されましたね。思い当たるふしがあったからじゃないんですか」

たしかにそうだ。蒲生は思った。芹沢警察庁長官を筆頭とする三役が就任してからの警察組織の実状を考えればありえないことではない。まして、混乱のきわみにある現在、三役はそろって姿をくらましているではないか。

蒲生はきいた。「警察庁長官らがなんらかの事件の黒幕だとして、それがなんの事件かは特定できるのか？」

「むろん、いま起きている騒動にちがいありません。そうでなけりゃ、美由紀さんも盗聴の危険を冒して連絡してはこないでしょう」

その嵯峨の言葉を聞き終えないうちに、蒲生は懐に手を突っこんで携帯電話を取りだした。「土屋さんってひとの自宅の電話番号、わかるか」

嵯峨は戸惑いがちにうなずいた。「相談者ですからね。でも、帰宅してすぐ寝たかも」

「かまわん。そいつに電話するわけじゃないんだ」蒲生は携帯電話に登録してある名簿の一覧を液晶板に表示させた。NTT東日本、情報システム部管理課・秋山《あきやま》。その名を選択しボタンを押した。彼なら夜間勤務のはずだ。

呼び出し音のあと、聞き慣れた若い男の声がかえってきた。「はいNTT情報システム部……」

「秋山だな。すまないが通話記録を調べてくれ。土屋さんって人の電話だ。ええと」蒲生は嵯峨の差しだした手帳に記載されていた番号を読みあげた。「一、二時間以内にかかってきた電話の発信元を知りたい」

「こんな夜中にですか。はあ、ちょっとお待ちを」キーボードを叩く音がする。「一本だけかかってきてますね。03ではじまる、都内の番号です」

「その番号の主は？」

またキーを叩く音が響いてきた。「個人じゃないですね。電話帳登録もまだです。カテゴリは〝都指定特別区域割り当て番号〟となってます」

「なんだ、それは。どういう意味だ」

「東京都が管理する公共機関や都所管の建物に使用される番号で、それぞれの代表番号以下各部署の番号が未確定な場合、この表示がでます。わかりやすくいうと、建設中の公園の事務所や公衆電話などがこれに当てはまります」

「ふうん。で、その番号が使用された場所の住所はわかるか」

沈黙のあと、秋山の声がおずおずと告げた。「あのう、蒲生さん。こうしてNTTのデータベースの検索結果をお教えするのも、本当は裁判所命令がなくちゃできないんですよ。あのときは急を要する捜査だって聞いたもんだから、まあ協力しましたけど、お役所がらみの番号とかは……」

「わかったよ、今回で最後にしておいてやる。場所はどこだ」

ため息が雑音になって耳に響いてきた。「住所欄に入力はありません。でも市内局番が5500ですからお台場ですね」

ありがとう。蒲生は電話を切った。「お台場に建設中の施設からだとわかった。いま騒ぎが起きているところからに間違いないな」

嵯峨はいった。「美由紀さんはそこにいるってことですね」

「銃声や爆発音が鳴り響くところに岬美由紀ありだな。しかし、どう対応すべきかわからん」

「それなら、美由紀さんからの暗号に示されてます。伊藤洪庵というのがそれです」

「歴史上の人物か？　あまり耳に馴染《なじ》みがないが」

「幕末の精神科医で、幕府お抱えの医療研究者として『洪庵心理体現』を執筆、〝精神の病とは即ち荒波のなかを漂う小舟なり〟の名言で知られています。いわゆる精神障害を対症療法ではなく原因療法で治療しようとする場合、その患者の症状の原因となっている記憶――現代ではトラウマと呼びますが、それを探求するプロセスを舟で小島に接近する過程になぞらえて解説しているんです。洪庵によれば、精神病における患者の思考とは舟が波に運ばれ予期せぬ港に漂着させられてしまうことであり、それが習慣化するとともに自分の意志で舟を漕ぐことを止め、航路として定着してしまったものだといいます。この場合、荒波そのものも患者が無意識のうちにつくりだしていて、治療のため適切な接岸場所は最も波が高く、行き着くのが困難な状況になっている。精神科医の治療は、いかにしてこの最も接近困難な場所に舟を運ぶかにあると、洪庵は説いているんです」

蒲生のなかに緊張が走った。「あの島への接近法か？　潮が満ちていて波の高い場所を探して上陸しろと告げているのか」

「そうだと思います。伊藤洪庵の理論はフロイト以降、さして注目されることもなくなりましたが、唯一独創的な表現として語り継がれているのがこの小舟の概念なんです。iアプリで潮流のデータをダウンロードしたところ、東京湾はけさ未明に満潮を迎えるとわかりました。あの謎《なぞ》の工事区域の地図さえあれば、美由紀さんがどこを侵入場所に指定したのかわかるはずです」

蒲生は黙って嵯峨をじっと見つめた。嵯峨の目も、蒲生を見つめ返していた。

いつも思うことだが、美由紀と嵯峨は蒲生には予測できない方法で意思の疎通を図る。互いに優秀な心理学者として心を読みあうことから生じる、特殊なコミュニケーション方法にちがいなかった。そしてそれは、蒲生の知る限り誤っていたことはいちどもない。

「ここで待て」蒲生は立ちあがった。「課長にかけあってくる」

「ああ、蒲生さん」嵯峨が呼びとめた。蒲生が嵯峨を見ると、嵯峨はこわばった顔で告げた。「たぶん、事態は一刻を争うと思います」

「わかってる」蒲生はそういってドアを開け放った。

廊下を走りながら、蒲生は脳内を大量のアドレナリンが駆け巡っているのを感じていた。警察組織のトップが主犯、政府すら対応に手をこまねく謎の施設。まさに忌々しき事態だ。この国にとって戦後最大の危機となりうるかもしれない。いずれにせよ、事態を打開するため動くときがあるとすれば、美由紀から連絡のあったいましかない。

上陸部隊

岬美由紀はごつごつとした岩場に打ちつける高波を眺めていた。風は北東に吹いている。思ったとおり、この島の南西に位置する海沿いの未開発地帯は警備が手薄だった。潮が満ちているし、東京の街明かりからも遠いせいで真っ暗だ。海岸近くは極端な浅瀬でもある。接近は困難と考えたのだろう。

風が強かった。身を切るような寒さが襲う。キッズタワーのロッカー室で見つけた黒のセーターとスラックスを拝借し着替えたのだが、動きやすい代わりに風通しが良過ぎて、肌が直接外気にさらされているような感じだ。いまは凍えそうなほどだが、それもあとしばらくの辛抱にちがいない。じきに全身が汗でぐっしょりと濡《ぬ》れる時間がやってくる。

美由紀にくらべると、ずっと温かそうなスーツをまとった藍河は、そこまで我慢づよくはないようだった。岩のひとつに腰かけて身をちぢこまらせながらいった。「本当に来るかな」

「だいじょうぶ。来ますよ」美由紀はいった。百パーセントの確信を持っているわけではなかったが、それを否定したらあとは絶望しかない。「たぶん、間もなくです」

近くで座りこんでいた永幡が背後を振りかえった。「あの囲いのなかまで下がって待とうじゃないか。あそこなら風にさらされることもない」

美由紀は永幡の視線を追った。島をぐるりと囲む工事現場の足場とそれを覆う建設用シートがみえている。あれをくぐって海岸線ぎりぎりまで出てきたのだが、永幡にとっては無意味な行動に思えたらしかった。

が、美由紀は考えを改める気はなかった。「こんな暗闇《くらやみ》のなかだから、四人揃《そろ》って行動したほうがいいわ。いつ見張りに遭遇するかもわからないし」

永幡は情けない顔をして美由紀を見返した。「湯豆腐が食いたくなってきたな」

「だらしないね」沙希が平然とした顔で、岩場のなかをおぼつかない足どりで歩み寄ってきた。永幡を一瞥《いちべつ》して、それから藍河に目を向ける。「藍河さんは刑事さんなんだから、張りこみの経験とかあるでしょ？　寒さぐらいしのげるでしょ」

「そうでもねえんだ。俺は捜査一課じゃねえからな。それに、張りこみは苦手でね」藍河は苦笑ぎみにいった。「俺も熱燗《あつかん》で一杯やりてえ」

沙希は冷ややかな目で藍河を見やった。「お酒はもう控えたほうがいいんじゃないかな」

「女房みたいな口ぶりだな」藍河は美由紀をみた。「岬さん、どうだろう。俺はどのていどのアル中にみえる」

美由紀はちらと藍河をみて、思わず笑った。「さあね」

「あの偽者の岬美由紀さんは答えてたぞ。ふだんウィスキーなのにきょうはビールですね、とか」

「それはあなたを監視してた部下から報告を受けてたんでしょう。どんなお酒を飲んだかなんて、顔をみてわかるわけはないわ」

藍河はぽかんと口をあけて美由紀を眺めていたが、やがて俯《うつむ》いてつぶやいた。そうか。そうだよな。

静寂が訪れた。美由紀は闇のなかに波打つ暗黒の海原を眺めながら、一か月間の数奇な運命を思い起こしていた。

雪山の頂上付近にGPS発信機を落とし、美由紀をおびきだしたうえで殺害しようとした何者かがいた。それは女で、美由紀に成り代わり、すでにスキー場を後にしていた。彼女の正体は、本物の美由紀になすりつけられた指名手配犯の名と同一であることは、すぐに想像がついた。だが、腑《ふ》に落ちないことがあった。公安警察に身を確保されたら、美由紀はすぐに潔白を証明できるはずだ。身分証明書もあるし、美由紀の顔を知る者は警察内にも多くいる。鬼芭阿諛子はそれを承知で、ほんの一時しのぎに美由紀の名を騙《かた》ったにすぎなかったのだろうか。違う、美由紀はそう思った。罠《わな》は周到に張りめぐらされていた。きっとなんらかの大規模な策略が進行しているにちがいない。ならば、公安警察当局に潔白の申し立てができないようなからくりが、すでに構築されていると考えるべきだろう。

逮捕されることは、すなわち陰謀者たちの企てに嵌《は》まることになる。

ロッジの救急班の女性や、ホテルのベルキャプテンらが自分に誤解を寄せていることを知りながら、美由紀は長野を離れねばならなかった。クルマを含め、すべての所持品をホテルに残したまま、美由紀は逃亡者となった。きのうまで親しかったあらゆる人間が自分を敵視することの辛《つら》さを、美由紀は身をもって経験した。酷《むご》い仕打ちだった。だが、孤独感にうちひしがれてばかりもいられない。鬼芭阿諛子の行方を追い、陰謀を突き止めねばならない。

わずかな電車賃を工面して東京に戻り、真っ先に脳裏に浮かんだのは嵯峨だった。職場の倉石診療所に戻ろうとして、ふと足がとまった。

自分が嵯峨と接触を持てば、嵯峨の身にも危険が迫るかもしれない。倉石所長や同僚の朝比奈宏美も同様だった。まして、嵯峨は恒星天球教に拉致《らち》され、洗脳されかかった忌まわしい過去がある。そのときのショックで精神的に不安定になった嵯峨もしだいに立ち直り、いまではすっかり生きることへの自信と情熱を回復しているようにみえる。が、教団の元幹部の魔手がふたたび嵯峨に向けられたとしたら、彼の精神面におけるバランスがふたたび崩れないとも限らない。なにより、彼の生命自体が脅かされることになる。

嵯峨に会えないことがどれほど辛いことなのか、美由紀は想像もしていなかった。なぜ自分がそこまで嵯峨に会いたがっているのか、さだかではなかった。頼りにすべきはむしろ警視庁捜査一課の蒲生だろうに、美由紀は嵯峨に会うことばかりを欲している自分に気づいた。いったいなんだろう、この感覚は。美由紀は冷静さを欠く自分に苛立《いらだ》ちさえ覚えていた。どうして嵯峨がそこまで気になるのだ。恋人でもないのに。

恋人。そんな表現がふいに緊張を喚起した。美由紀は身体《からだ》をこわばらせた。

「どうかしたんですか」沙希がきいた。

「いえ」美由紀は半ばあわてながらいった。「べつに」

まだ夜の海に変化はない。果てしない闇が広がるなか、轟音《ごうおん》とともに打ち寄せる高波のしぶきがあるだけだ。

美由紀はかじかむ両手に息を吐きかけた。吐息が白く濁る。心を乱している場合ではない。嵯峨は職場の同僚だし、年齢も同じだ。親しい友人でもある。両親のいない美由紀にとって、最も身近な存在といえるかもしれない。ゆえに、会えなくなったときには真っ先にその存在を意識することになるのだろう。そうだ、そうにちがいない。それ以上の意味はない。

妙に顔面が火照《ほて》ってくるのを感じながら、美由紀はやや混乱した思考を頭から追いはらい、この事態に至るまでの過程を再び想起した。

公安警察が敵にまわっているということは、警察すらもなんらかの策謀に巻きこまれていると考えられた。蒲生は恒星天球教事件の捜査に当初から関わっていた刑事だ、鬼芭阿諛子も動向に目を光らせているにちがいない。したがって美由紀は、蒲生との接触もあきらめねばならなかった。頼れる人間は誰もいない。情報はすべて、自分の手で収集することを余儀なくされた。

美由紀は代々木上原のマンションに戻らず、名を偽って都内の安アパートを借り、そこに潜んだ。新聞六紙の隅々にまで目を通し、世間の動向を注視しつづけた。ほどなく、内閣府が男女問わず大勢の警備勤務経験者を公募していることを知った。同様の広告はときおり目にする。それはすなわち、政府所管のなんらかの施設が始動を目前にしているという意味でもあった。

六本木ヒルズの近くにある厚生労働省所管のビルで催された面接に、美由紀は潜りこんだ。驚くべきことに、警備員以外にも多様な職種の人間が秘密裏に集まり、それぞれ個別の教室で政府関係者から指導を受けていた。料理人、ウェイターにウェイトレス、運転手、コンピュータプログラマー、会計士。ほかに、外国人のディーラーからギャンブル場の運営方法について教えを受ける人々もいた。美由紀はビルのなかを一巡し、なにが始まるのかおおよその見当をつけることができた。国内初のカジノがオープンしようとしている。そうにちがいない。

美由紀は地階に見つけたコンピュータルームが無人になるのを待って潜入し、職員名簿データベースにアクセスして女性コンパニオンの欄に自分の偽名、米倉茜の名を追加した。

数日後には職員全員に召集がかかり、お台場の青海に極秘のうちに建設が進められているカジノ・テーマパークの存在が明かされ、そこに赴くことになった。

初めてジパング＝エンパイアの全貌《ぜんぼう》を目にした美由紀は、その規模に圧倒されるとともに、自分を巻きこんだ陰謀の渦がこのカジノの利権に関わるものだと直感した。公安警察をも意のままに操る巨大な権力がその陰謀の黒幕とすれば、それは警察組織のトップ官僚以外に考えられなかった。過去にも警察は公営ギャンブルへの介入に積極的で、警察ＯＢによる監査組織に利権をまわさせるなど、腹黒い動きをみせている。ラスベガス規模のカジノが解禁になるとあっては、その欲望はかつてないほどに肥大化したものになるはずだ。

しかも、と美由紀は考えた。お台場でカジノが開業すれば、当然のごとく全国各地の自治体においてもカジノ建設が認可される。各カジノの収益の総額は天文学的なものになるだろう。それらすべての施設を掌握し、利権のすべてを警察組織に吸いあげさせることが目的としたら、いったいどのような策謀が考えられるだろうか。連中はなぜ指定暴力団やカルト教団幹部までを抱きこんで島の制圧などという自作自演をはたらき、藍河や永幡の運命を翻弄《ほんろう》し、さらには美由紀の偽物を仕立てようとしたのか。

じつに複雑きわまりない策謀の断片だった。しかし、と美由紀は思った。それら断片はひとつのパズルとなって思考のなかに完成しつつある。正解は間もなく、おのずから導きだされるにちがいない。

不況が長引くにつれて貧富の差が拡大し、心を病む人間が多くなっている。とりわけ、子供たちは将来に希望が見出《みいだ》せず、無為な競争社会のなかで窒息しそうな苦しみの日々を生きている。美由紀は子供たちのために一層の福祉の拡大を求めこそすれ、この一部の金持ちのためだけに開放される贅沢《ぜいたく》きわまりない施設は断じて認められなかった。まして悪徳官僚の私腹を肥やすためだけに存在するのだとしたら、これほど不快な遊戯施設はない。カジノの誘惑に駆られ、道を踏み外し、たいせつな資産を失ってしまう人々も続出するだろう。経済効果は莫大《ばくだい》でも、人々の心を蝕《むしば》みながら成長する産業などあってはならない。

波の音だけが響く海辺の静けさのなかで、美由紀はひそかに怒りの炎を燃えあがらせていた。カウンセラーが身を置くべき場所は〝迷羊神社〟などではない。路頭に迷う人々を輩出する賭博《とばく》そのものを否定し、撲滅のために命を賭《か》けてでも抗《あらが》うこと。それが使命だと美由紀は思った。そう、カウンセラーはいつでも対症療法より原因療法を心がけるものなのだ。

沙希が小声で話しかけてきた。「あのう、岬先生」

「なに?」美由紀はきいた。

「これから、どうなるんですか」沙希は海に目を向け、力なくつぶやいた。「このカジノとか」

「そうね」美由紀もささやくように応じた。「まだわからない。でもたぶん、すぐには営業を再開できないでしょうね」

　ふうん。沙希は足もとに目を落とした。ため息まじりに、ひとりごとのようにいった。

「プロになって舞台に立つなんて、結局夢だったんだね」

　美由紀は沙希をみた。「ここではそうでも、沙希ちゃんの未来はまだわからないわよ」

「どうだか」沙希は顔をあげた。「わたしは利用されただけ。舞台に立つ人間なんて、誰でもよかった。そういうことでしょ。才能に目をかけられて声がかかったなんて、有頂天になったほうが馬鹿だった」

　しばらく沈黙があった。誰も、ひとことも発しなかった。岩場に打ち寄せる波だけが、轟音《ごうおん》を響かせている。

「ねえ、沙希ちゃん」美由紀は静かにいった。「人に認められることって、そんなに価値があることかな」

　沙希は不服そうな顔で美由紀を見た。「わたしは別に、認められたいだなんて……」

「思ってない？　ほんと？」美由紀は沙希を見返した。

「それは……」沙希は口ごもり、困惑顔で押し黙った。

　少女のその表情がなにを訴えているのか、美由紀には手にとるように判《わか》った。心を読んだのではない。共感したのだ。少女の抱く不安や不満は、かつての美由紀とうりふたつに思えた。

美由紀はいった。「十代の頃って、なによりも自分の親に認めさせたくなるものなの。自分がもう子供じゃないってことを証明してみせたくなるの。親がいなかったり、自分に関心を向けてくれなかったりすると、代わりに世間に認めてもらおうとする。よくわかるわ。わたしもそうだったから」

沙希は美由紀をじっと見つめた。「岬先生のご両親は……」

「いないの。ふたりとも事故で……」美由紀は言葉を詰まらせたが、すぐに混沌《こんとん》とした感情を振りはらい、冷静さを取り戻した。「でもね、そういうときに気をつけなきゃいけないのが、世間の大人は親とは違うってこと。実の親は自分に無条件の愛を向けてくれるかもしれないけど、世間は違う」

「そんなの」沙希は当惑したようすで訴えた。「わかってる、つもりだけど」

「そうかな。わたしもわかってるつもりだったの。だけどよく考えてみると、偶然出会った大人に、無意識のうちに自分の親代わりになってくれることを願っていたのかもしれない、最近になってそう思えるの。世間ではそれを甘えっていうでしょ」

沙希は首を横に振った。「わたしは甘えてなんかいない」

「わたしもそう。そんな甘えた気持ちなんて、自分にはなかった。それでも、自分のなかにある認めてもらいたいって欲求が、誰でもいいから大人を親の代わりにしたいって欲する心に変わる。自分を誉《ほ》めてもらいたい、認めてもらいたい。あるいは、指導してほしい。

そんな気持ちで大人と付き合うようになる。結局、大人に依存していることになる。その人を勝手に、自分の仮想の親とみなして」

黙りこくった沙希の表情は、穏やかさを取り戻していた。その瞳《ひとみ》がぼんやりと遠くの海に向けられる。

沙希はつぶやいた。「それは、そうかもね」

美由紀は沙希の横顔を見た。やわらいだ表情がそこにある。思い当たるふしがあったのだろう、親代わりに思って慕うことができる大人の存在に。

荒波に目を向けて、美由紀は静かにいった。「親のように接してくれるときもあるし、本気で親のように思えるときもある。でもその人は、本当の親じゃない。だから、その人に自分を認めさせても、自分で満足はできない。成長にもつながらない」

「じゃあ」沙希はきいてきた。「どうすればいいの」

真の答えはわからない。美由紀もまだ模索の途中にある。だがいまは、自分の感じているままのことをこの少女に伝えたかった。

「親がいないのなら」美由紀はいった。「誰かを親代わりにしようとせず、自分が親の役割も兼ねること。自分の成長を認めるか否かも、自分にきくの。道を踏み外しそうになったときに自分を叱咤《しった》し、戒めるのも自分自身。なにかを成し遂げて、自分を誉めるのも自分自身。心にしっかりそう描いておけば、他人の意見に翻弄されることもない」

沙希は真顔で美由紀の言葉に耳を傾けているようすだったが、やがて緊張に耐えかねたかのように、ふと弱気な笑顔をみせた。「それって、孤独かも」

孤独か。そのとおりだ。そうね、と美由紀はささやいた。「でも、強く生きるにはそれしかないの」

沙希に語りかけると同時に、みずから耳を傾けたい言葉だった。そう、孤独と向き合うことも、成長への一歩だ。心に深く刻んでおきたい。独りでいることは弱さではなく、強さなのだと。

そう思ったとき、荒波の向こうに浮き沈みする光点に美由紀は気づいた。美由紀はかがんで、武装勢力の装備品から分捕《ぶんど》った小型サーチライトを点灯した。白熱灯だ、点灯後も明るくなるまで時間がかかる。スイッチのオンとオフで信号を発するには不向きだった。美由紀は装備品のなかから防弾チョッキをつかみあげた。これで光源をさえぎったり、現わしたりすれば明滅が表現できる。防衛大に入りたてのころ教わったモールス信号の記憶を呼び覚ましながら、一字ずつ送信する。コ・コ・ニ・イ・ル。

藍河が近寄ってきた。「敵の船舶だったら?」

「砲弾を一発撃ちこまれて、一巻の終わりね」美由紀はそういいながら、モールス信号を繰り返し送った。たぶん周辺海域は海上保安庁が閉鎖している。こんなに接近できる船舶はないはずだ。時間からみて、味方にちがいない。そう信じたい。

しばらく間があった。海上のサーチライトが明滅をはじめた。モールス信号だった。イ・マ・イ・ク。

やった。思わず声が漏れた。美由紀はさらに合図を送った。タ・イ・キ・ス・ル。

海上の光が消えた。敵に気づかれないよう消灯したのだ。舵《かじ》をとっている人間は暗視ゴーグルを装着しているだろうが、それでもここへの接岸は困難にちがいない。波は島に接近するにつれて勢いを増す。へたに船首があがってしまったら転覆の可能性もあるだろう。

美由紀はリュックのなかをまさぐった。双眼鏡はみつかったが、暗視ゴーグルはなかった。実戦的な装備だと美由紀は思った。潜入など特殊な任務を受け持つ部隊を除いてコマンド兵に暗視ゴーグルは必要ない。むやみに装着すると銃火など思わぬ発光に目をやられる危険がある。

双眼鏡を覗《のぞ》いて目を凝らした。暗闇のなかでおぼろげな光を放つ海面はまるで隆起するマグマのようだ。丘を乗りこえるようにして突き進んでくる三隻の船がみえる。上陸艇だった。海上保安庁の旗がはためいているのがかすかにわかる。

波の動きからみて波打ち際から百メートルぐらいが浅瀬になっていると美由紀は推測していた。このため、ふつうの船舶なら遠くに停泊してゴムボートで上陸するしか方法はないだろうと思っていたが、彼らは効率もリスクも高い方法を選んだようだった。浅瀬に乗りあげるのを承知で、速度を緩めず接近してくる。進めるところまで進んで、あとは乗員が自力で陸に上がる寸法だ。

一隻の上陸艇が鈍い音を立てて海上に停《と》まった。波に揺られるなか、艦首のゲートが海のなかに倒れこむように開く。残る二隻も同様にゲートを開けた。

黒い人影が次々と海のなかに飛びだしていく。腰まで海水に浸《つ》かりながら、銃や装備品を頭上に高く抱えて歩を進めてくる。これだけの寒さのなかだ、よほどの猛者《もさ》に違いない。一隻につき数十人体制の人影は、ひるむことなく暗闇の海原を突き進んでくる。

美由紀はAK47を片手に岩場を駆け降り、海岸に到達した先頭の何人かに近づいた。固定式大型フェイスガードがついたヘルメットに防弾ベスト。SATだ。平成八年四月に公表された警察の特殊急襲部隊。機動隊のなかに設置され、警部をリーダーに二十人でひとつのチームが構成される。みたところ、五チーム百人ぐらいは駆けつけたらしい。

SATのひとりが美由紀に銃を向けた。美由紀はいった。「撃たないで。岬美由紀です」

「美由紀」少し遅れてやってきた男が声をかけてきた。防弾ベストは着ているが、ひとりだけヘルメットを着用していない。「子供のいじめ問題から国際紛争にまで首を突っこむきみが連絡してきたんだ、さぞかしよからぬことが起きてるんだろうな」

馴染《なじ》みの声だ。安堵《あんど》のため息を漏らしながら美由紀はいった。「蒲生さん、状況は把握済みでしょ？　これだけのお友達を連れてきたんだから」

まあな、と蒲生は続々と上陸するＳＡＴを眺めた。「だが、それほど簡単じゃなかったぞ。きみの報告と電話の発信元を証拠にして、ようやく課長を動かすことができたんだ。課長はさらに上と掛けあったが、芹沢の息のかかった連中が妨害を図ってな。結局、近隣の県警にも声をかけてＳＡＴを五チーム、やっとのことで揃《そろ》えた」

「責任は芹沢警察庁長官たちに取らせればいいわ」美由紀はいった。蒲生のことだ、情報さえ伝われば上司と刺し違えても援軍を寄越《よこ》しただろう。問題は速やかに暗号の内容が伝わるか否かだったが、さすがは嵯峨だった。おそらく、耳にしてすぐ意味を察知できたにちがいない。

嵯峨と意志を通じ合えたことが、美由紀のなかに新たな自信と勇気を宿らせた。離れていても、彼はわたしを理解してくれた。なぜかそのことが、希望をより大きなものに変えていく気がした。

どうしてこんな心情になるのだろう、と美由紀は思った。しばらく会っていない、それだけの理由ではないようだ。自分でもよくわからない。

「それにしても」蒲生は島を覆う工事用の柵《さく》を見あげた。「とんでもない施設ができてたもんだな」

「政府はおとなしくカジノの建設を認めた？」

「きみからの報告が伝わって、やっとのことで首を縦に振ったらしい。戸田・平丘両議員のほか、大勢の政府関係者や警察関係者が人質になってるそうだな。芹沢や三塚、出崎も人質のなかにいるとか」

「そう思わせてるだけよ」美由紀は人の気配を感じ、背後を振り返った。藍河が近づいてくるところだった。

藍河は寒さで血の気のひいた唇を嚙《か》み締めながらも、穏やかな目で蒲生を見つめた。

「ひさしぶりだな、蒲生」

蒲生は衝撃を受けたらしく、ぽかんと口を開けてしばし藍河を見つめていた。藍河のおやっさん。声を張りあげてそう叫んだ。「いったいどうしたってんですか、こんなところにいるなんて」

藍河は手を差し伸べた。蒲生はその手を握った。感触をたしかめるように力をこめて手を握りながら、顔をほころばせた。

「芹沢にまたしても嵌められてな」藍河は力なく苦笑いを浮かべた。「イカサマ顧問っていう冴《さ》えない名目で呼びつけられた」

「なんですって」蒲生は憤りながらいった。「おやっさんに汚名を着せただけじゃ飽き足らず、ここまで呼びだしたってことですか。いったいなぜ？」

美由紀はふたりのようすを眺めていたが、蒲生の視線がこちらに向いたので問いかけた。

「知り合いだったんですか？」

「ああ、頼りがいのある先輩だよ」蒲生はいった。「叩《たた》きあげで本庁勤務になった連中にとっては伝説の存在さ。最後まで官僚に刃向かってた勇敢な人だよ」

「おい」藍河は顔をしかめた。「人を無謀な馬鹿みたいにいうな」

「馬鹿でいいじゃないですか」と蒲生。「俺もさんざん見習いましたよ。おかげでいまだに警部補から出世できてませんがね」

蒲生と藍河は一瞬にらみあい、それから声を張りあげて笑いあった。

美由紀は自分の笑顔が凍りつくのを感じた。男同士の友情というのは、いつ見ても判りにくい。罵《のの》り合い、一触即発のような状況にみえて、本当は親交を温めているというのだから理解しがたい。

蒲生がSATの群れの向こうに目をとめ、怪訝《けげん》そうにつぶやいた。「あの男は?」

藍河がちらと後方を振り返った。「ああ、あいつは永幡一徳ってやつだ」

「あの絵に描《か》いたような幸運の持ち主か」蒲生は美由紀にたずねるような目を向けてきた。「どうして彼までここに?」

「だいたい想像はつくわ」美由紀はいった。「今回の仮営業のカジノは現金搬入を認める代わりに、警察が臨時の監督官庁となってすべてを取り仕切ることになってたでしょう。藍河さんも永幡さんも、警察の優秀さを証明するシナリオに利用されたのよ」

藍河がきいた。「どういうことだね」

「藍河さんは汚職警官に、永幡さんは強運の億万長者にそれぞれ仕立てあげてから、このカジノにオブザーバーとして呼んだ。記録上は、イカサマに詳しいはずの藍河さんも、幸運な永幡さんもまるっきり儲《もう》からなかったってことになる。つまり、いわゆるハワード・ヒューズの懸念をすべて払拭《ふっしょく》した完璧《かんぺき》なカジノってことになるの」

蒲生がふんと鼻で笑った。「警察こそがカジノの監督官庁にきわめてふさわしいという報告がなされるわけだ。芹沢め、考えてることはマフィアのボスと同じだな。カジノの利権の独占を狙《ねら》ってるんだ」

「だが」藍河が腑に落ちないという顔でいった。「永幡を億万長者にすることは、いかに警察庁長官といえども不可能だったんじゃないのか」

「そうでもないわ」美由紀はいった。「パチンコはすでに警察が監督官庁をしているし、競馬協会の理事はいまや警察のOBで占められている。宝くじの抽選会は昨年度から警察庁の主催になってる」

なるほど。蒲生がつぶやいた。「いわれてみればここ数年、公営ギャンブルはすべて警察組織の管理下におかれるようになった。だが、それは芹沢の一存で決められることではなかったはずだ。ほとんどは国会の審議で議決されたことだ」

美由紀はうなずいた。「そのとおり。だから黒幕は、警察庁長官ひとりじゃない」

藍河が表情を険しくした。「ってことは……」

「政治家に協力者がいるってこと」美由紀はため息をついた。「芹沢の計画を後押しする国会議員がいる」

「なんてことだ」蒲生が吐き捨てた。「世も末だ」

　そのとき、警部の階級章をつけたＳＡＴが蒲生に近づいてきた。「全員上陸完了したぞ」

「了解。闇に紛れてテーマパークのなかに入りましょう」蒲生は警部にそう告げてから、美由紀に向き直った。「武装勢力も芹沢に操られてるのか。しらじらしく政府に要求をつきつけてきたぞ。原子力潜水艦を寄越せってな」

　潜水艦。たしかに四百億のカネを持ち去るには理想的な乗り物に思える。が、そんなものは偽装にすぎないと美由紀は直感した。あれだけの装備を運びこんでいたのだ、敵は自前の輸送手段を持っているとみるべきだ。

　芹沢の残りの計画は目に見えている。芹沢みずからが武装勢力を排除してカジノを救うことで、自身の威信を完璧なものにしようとするつもりだ。武装勢力による占拠が自作自演である以上、どうにでもなるだろう。敵が潜水艦で逃亡を働く寸前に阻止すれば、きわめて劇的かつ理想的な展開だろう。

　しかし、と美由紀は思った。あの強欲な芹沢が四百億のカネを、無事取り返したとばかりに国に返還するだろうか。かといって、敵にカネを奪われたことにしてしまったのでは威信を築くことはできなくなる。カネも名声もせしめるための、巧妙なシナリオが用意されているに相違ない。

すべてが茶番であることを意識するとともに、美由紀のなかに怒りがこみあげてきた。偽の美由紀をカジノの従業員にしたのも、芹沢の名声を高めんがゆえの趣向のひとつだったにちがいない。岬美由紀がテーマパークにいたにもかかわらず、手も足もだせなかった強大な敵を、芹沢警察庁長官が追い落とした。マスコミの食いつきそうなネタだった。偽物の美由紀は事件後姿をくらまし、岬美由紀は行方不明という発表がなされる段取りだったのだろう。

ひとの人生を弄《もてあそ》び、己れの権力獲得のために利用する。断じて許されることではない。

「とにかく」美由紀は観光客用のパンフレットをポケットから取りだして開き、テーマパークの全体図をペンライトで照らした。「人質の救出が先決です。テーマパーク内のいくつかの場所に分散されていますが、大多数の人質はこの劇場に固められています」

蒲生は地図を凝視しながらつぶやいた。「まず真っ先にそこを急襲する必要があるな」

藍河が口をさしはさんだ。「問題がある。劇場には大量のC4が仕掛けられているんだ」

「C4」SATの警部が緊張の面持ちできいた。「起爆スイッチはどこに?」

美由紀は答えた。「舞台の上ね。陸自が使っているのと同じ三菱重工のSDH600型。爆薬のハウジングに三本のFCDCすなわち柔軟密閉型導爆線が接続されていて、リモコン起爆スイッチからの信号を受信すると起爆する仕組みです」

警部は舌打ちした。「有線でなく無線となると、ケーブルを切断して終わりというわけにはいかなくなる」

別のSATが提案した。「爆薬そのものを処理することは?」

「いえ、それは無理です」美由紀は首を振った。「SDH600に接続されているということは、爆弾も陸自と同じかそれに近い構造のはずです。一個につき約二・五ポンドのC4火薬が、ステンレス鋼製の円筒状ハウジング周辺にレーザー溶接されたカバーによって密閉されている。分解することは不可能だし、だいいち無数にあるし。考えられる手段はただひとつ。起爆スイッチに挿《さ》してある鍵《かぎ》を抜くことだけね」

「だが」蒲生が困惑ぎみにいった。「舞台の上で、絶えず監視にさらされているんだろう?」

沈黙が訪れた。美由紀はSATの一群を眺め渡した。全員が岩場に這《は》うようにして、身を潜めて待機している。ただやみくもに突入したら、彼らの命も人質同様に犠牲になる。それは、なんとしても避けねばならない。だが、どうやって。

ふいに、沙希が声をあげた。「方法なら、ひとつだけあります」

全員の驚きの目がいっせいに沙希に注がれた。美由紀も例外ではなかった。思わずたずねた。「ほんとに?」

蒲生が怪訝な顔をしてきいた。「この子は誰だ?」

藍河が沙希に咎《とが》めるようにいった。「よせよ。大人の会話に口をはさむな。爆弾に詳しいわけじゃないだろ?」

「ええ」沙希はあっさりとうなずいた。が、その直後に、目にかすかな光が宿ってみえた。

「でも、まかせておいて。舞台の上のことなら」

才能

キョウコ・オブライエンは舞台の隅にしゃがみこみ、寒さに身を震わせていた。暖房が切られてから、どれくらいの時間が過ぎたのだろう。劇場のなかはまるで冷凍室のようだった。衣装は動きやすく作ってあるせいで薄く、風通しのいい材質になっていた。客席にいるほかの人質よりも、自分のほうが寒さにさらされているにちがいない。

それよりも耐えられないのは、武装勢力に媚《こ》びへつらおうとする大人たちの姿だった。コートをまとわせてもらおうと、近くを見張りが通るたびに笑顔をふりまいたり、手伝うことがあるならなんでもいってくれなどとうそぶいたりする中年男がそこかしこに見うけられ、しかも時とともに増殖しつつある。人質が自分たちの運命を握る犯人側に擬似的な愛情を感じはじめるという、ストックホルム症候群なるものの表れだろうか。キョウコが唯一安心できるのは、自分は決してそんな病に冒されてはいないと自覚できている点だった。こんな妙な黒装束に身を包んだ凶悪な連中が、愛すべき存在であるわけがない。

アメリカ育ちのキョウコは、銃を持った犯人が起こす事件について小学生のころからいくつか教わったことがあった。人質になったら、むやみな行動は起こさず、犯人を刺激せず、すなおにおとなしくしていること。警官を見かけても、犯人がまだ銃を手にしているときには逃げだしたりせず、ようすを見守ること。小学校では地元の警察官が実演つきでそれらの対応策を教えにきていた。ただし、その警察官はこうもいった。うちの郡では銃を使った犯罪はここのところずっと起きてません。私も出動経験がありません。凶悪犯よりむしろ、沼からあがってくるワニに注意しましょう。

平和で、平凡で、少しばかり退屈な田舎町。それがルイジアナの自分が育った町だった。いつも暑かった。冬場も、いまキョウコが身を置いている環境ほど寒くはない。ここまでの恐怖にとらわれることも、もちろんない。なにもかもが平穏なところだった。

刺激的な生活を求めて都会にでて、ショービジネスで成功することを夢見て、遠く離れた極東の国で生涯を閉じる。いったい自分は、なんのために生きてきたのだろう。達成できたことはなにひとつなく、両親に胸を張れるようなこともない。

哀《かな》しみがこみあげて、視界が涙に揺らいだ。それを指先でぬぐいながら周囲をみた。武装勢力はさすがに疲労してきたのか、客席の壁にもたれかかって休むことが多くなった。舞台の上にはふたりの黒装束がいるが、手持ち無沙汰《ぶさた》にうろつくばかりだった。伸銅というリーダーの姿はどこにもない。

運命をきめる権限が彼らにあるのなら、早く手を下してほしい。キョウコは半ばそう思いはじめていた。どうせ生き長らえたところで、自分にたいした未来は待っていない。沙希と同じ衣装を着た自分が救出され報道カメラに映るようなことがあれば、沙希も迷惑に思うだろう。イリュージョンの秘密が公になってしまうのだから。そのためにも、自分はいなくなったほうがいいのだ。

寒さのなかでうつむき、孤独に耐える時間が続いた。吐息が白く染まるのを、ただ黙って見つめていた。

そのとき、ピッというかすかな音を耳にした。膝《ひざ》の下に置いてあるヘルメットからだった。

ヘルメットに内蔵されたソニック・スピーカーの電源が入る音だ。奈落《ならく》の下に隠れている沙希からだろう。キョウコは辺りを見渡した。誰もこちらに注目していない。黒装束たちの視線も逸《そ》れている。

キョウコはそっとヘルメットに手を伸ばした。物音を立てないよう配慮しながらそれを持ちあげる。まだ誰の視線も注がれない。キョウコはヘルメットをかぶった。

「キョウコ」頭のなかに沙希の声が響いてきた。「キョウコ、きこえる?」

骨伝導方式のスピーカーだ、辺りに声が漏れることはない。キョウコは周囲に目を走らせたが、やはり誰も視線を向けてはいなかった。

「ええ、きこえるわ」キョウコは内蔵マイクにささやいた。「静かに隠れてて。出ると危ないわ」

しばしの沈黙のあと、沙希の声が意外な事柄を伝えてきた。「もう奈落にはいないわ。外にでたの」

「外に？」思わず声がうわずった。キョウコはあわてて周りに目を配った。客席の最前列に座っている人質の婦人がひとり、妙な顔をしてこちらをみている。黒装束たちはまだ気づいていない。

キョウコは小声できいた。「どうやって外にでたの」

「気づかなかった？　あるひとの手助けで脱出できたの。いまは外にいるわ。助けもきてる。警察の人が百人ぐらい待機してるのよ」

冷えきった体の奥にかすかな火が灯《とも》る気がした。キョウコは震える自分の声をきいた。「助けてよ。助けて」

「おちついて」沙希の声が告げる。「警察の人たちは踏みこみたがってるけど、爆弾が仕掛けられてるからそうもいかないの。舞台の上に起爆スイッチがあるでしょ？　ワゴンの上に載っている機械」

舞台中央よりもやや上手寄りに、その機械は存在していた。黒装束のふたりからは離れている。キョウコはささやいた。「ええ」

「その機械にキーがささってるの。機械の、ええと」沙希は誰かに伺いを立てているらしかった。しばらくぼそぼそという会話がかすかに聞こえたあと、沙希の声が告げた。「機械の側面にあるらしいの。客席側の側面だって。みえる?」

　起爆スイッチなるものと、キョウコの距離は十数メートルはある。まして客席に面した側はこちらからはみえない。キョウコは苛立《いらだ》ってつぶやいた。「みえない。嫌よ。機械のことなんてわからない」

「お願い、キョウコ。おちついて。あなたがそのキーを抜かないと、劇場は爆破されちゃう。突入できないのよ」

「あの機械に近づいて、そのキーってやつを抜けっていうの? どうやって? できるわけないじゃない」

　しばらく沈黙があった。沙希の訴えるような声が響いてくる。「ねえ、キョウコ。リハーサルに来てたクロースアップ・マジックの先生がいってたこと、まだ覚えてる? マジシャンは自分に不可能なことがあるなんて、口が裂けてもいっちゃいけないって。プライドに賭《か》けても、どんなことでも可能になると信じなきゃ駄目だって、そういってた」

　キョウコは怒りをおぼえた。さっさと抜けだした沙希になにがわかるというのだ。「あれはショーについてのことでしょ。問題はそんな単純なことじゃないわ」

「いいえ。単純よ。そうでしょ? どんなに奇跡的にみえるマジックでも、タネなんて単純じゃない。テクニックの最大の原則、覚えてるでしょう? 手からコインが消えたら、観客はみんなどうやって消したのか、服の下に特殊なギミックでもあるんじゃないかと疑う。でもそんなことはない。ただ左手から右手に渡すふりをしただけ。ミスディレクション。相手の視線を逸らせばいい。相手はみていないのだから、なにをやっても気づかれない」

そうだった。たしかにそうだ。だが、どうやって機械に近づき、誰の視線を逸らせばいいというのだろう。銃を持った男たちは複数いるというのに。

キョウコは声を絞りだした。「むりよ」

「むりじゃない。よく考えて。観客――この場合は犯人たちだけど、彼らの視点はどこにある？　背を向けて立ってしまえば、そちらからはみえなくなる。正面に位置する相手に対しては、ミスディレクションを働かせる。忘れないで。相手は、あなたの視線を追うのよ。あなたが手元に目をやれば、相手もあなたの手をみる。だから、トリックをおこなうとしているほうの手をみてはいけない。もう一方の手で、なにかをしながら、自分でもそちらをみる。そうすると、相手はそちらに集中してくれる」

「それでキーを抜くの？　あの機械のキーを？」キョウコは舞台の起爆装置に目を向けた。途方もない距離を感じる。キョウコは断固として拒否した。「絶対に無理。わたしは、やらない。絶対にやらない」

「お願い、キョウコ」

「だめよ。あなただってこの場にいたら、そんなことできるはずないわ」

「わたしは」沙希の声がしばし沈黙した。「わたしは、やるわ」

「笑わせないでよ」キョウコは震える自分の声をきいた。「あなたもわたしと同じ、三流どころかまるで無名のマジシャンでしょ。そんな勇気があるわけがない。ショーの主役になったからって、わたしを見下したり、説教をしないでよ。身のほどを知らないのはあなたのほうよ」

沙希のかすかなため息が聞こえる。

いいすぎただろうか。いや、沙希はいまわたしが置かれている状況を知らないのだ。恐怖を実感していないのだ。彼女にはなにもわからない。わかるはずもない。

代わって。そう告げた女の声がスピーカーを通して聞こえてきた。沙希の声ではなかった。大人の女の声だ。

「キョウコさん。はじめまして。わたしは岬美由紀っていうの。よろしくね」女の声は冷静で、小声でもはっきりと聞き取れる発声だった。「いったん起爆スイッチのことは忘れていいわ。その代わり、目を閉じて」

「どうして？」

「いいから。目を閉じて」

言われたとおりにすることに、一瞬恐怖がよぎる。思いきって目を閉じた。すると今度は、開けたくない衝動に駆られる自分がいる。

「目を閉じた?」美由紀がきいた。

「はい」キョウコは答えた。

「それじゃ、想像してみて。あなたが十歳のころを。十歳。どこで、なにをしてたの?」

キョウコは深くため息をついた。なにも浮かばない、そんなふうに思えたのは一瞬だけだった。美由紀という女性の声はふしぎなことに、液体のように頭のなかに染み入ってくる気がする。十歳。沼地のほとりにあった自然公園のブランコが目に浮かんだ。キョウコはつぶやいた。「いとこのボブや、ジェシーと遊んでる」

「楽しかった?」

「うん。でも……」

「でも、なに?」

「なにか物足りないって感じ。もっと楽しいことがないかなって、いつもそう思ってた」

「楽しいことって、なに?」

居間のテレビが浮かんできた。年代ものの、画面がほとんど球体に近い形状のテレビ。いちおうカラーだったが、色づきはほとんどない。「テレビにでてくる都会。ニューヨーク。あんなところでドレス着て、パーティー出れたらな、なんて」

「あなたはそれを実現しようと、がんばってきたんでしょ? じゃあ、目を開けて」

一瞬のためらいがあったが、キョウコは目を開けた。恐怖に怯《おび》える客席がふたたび視界に飛びこんできた。

美由紀の声がいった。「あなたはいま舞台にいるわ。沙希ちゃんはいない。あなたが舞台の主役。そう思って」

イメージが結びつかない。キョウコはつぶやいた。「思えないわ。このお客さんたちは、わたしを見ているわけじゃない。ショーに期待してるわけでもない」

「同じよ。同じこと。だって、想像してみて。あなたという名もない新人のマジシャンが舞台に立ったとき、観客はあなたに期待するかしら。あなたの味方は誰もいない。そんな状況でマジックを始めて、しだいに彼らを味方につけていかなきゃならないのよ。それは、あなたの実力以外のなにものでもないわ。観客に幻想をみせることを仕事とするのなら、どんなことでも不可能はないとまずあなたが思わなくちゃ」

キョウコは咳《せ》きこみながらささやいた。「わたしには、そんな才能はない」

「いいえ。あなたには才能がある。わからない？　あなたは沙希ちゃんと背丈も違うし、身体つきも異なってる。それでも観客は、あなたを沙希ちゃんと信じて疑わなかった。犯人たちでさえそうだったのよ。あなたが幻想を生みだす力を持っているから、マジシャンとしての才能があるからこそ信じさせることができたのよ」

こんな状況だというのに、穏やかな気持ちが心のなかに広がるのを感じる。岬美由紀の声はまるで、幼いころベッドのなかできいた母の声を連想させる。どんなに嫌なことがあっても、それを忘れさせてくれる優しい母の声。頭をなでてくれる温かい母の手。

そうだ、わたしはマジシャンなのだ。そのための修業も積んできた。一回のミスディレクションを舞台の上で試す、たったそれだけのことができなくてどうするのだ。この難局を乗りきれば、あきらめかけていた夢が実現できるかもしれない。試してみたい。そんな自信が沸きあがってくる。

キョウコは告げた。「わかった。やってみる」

「ありがとう」美由紀が答えた。「悪いけど、五分以内にお願い。じゃ、無線を切るわ」

「まって」キョウコは奮い立つ勇気に従おうとした。「沙希に伝えて。さっきは、ひどいことをいって悪かったたって」

沈黙があった。スピーカーから流れてきたのは、沙希の声だった。「わたしも聞いてるわ。だいじょうぶ、心配しないで」

キョウコは思わず笑った。こんなときに笑みがでた。ありがとう、そうつぶやいた。

「お互い、自信を持たなきゃね。もし無事に帰ることができたら、一緒に……」

そのとき、ふいにキョウコのヘルメットをつかみあげる者がいた。落雷のような伸銅の怒鳴り声が頭上から降ってきた。「なにをしている！」

キョウコは驚き、顔をあげた。伸銅の形相は鬼のように険しかった。伸銅はつかみあげたヘルメットを後方に振ってから、勢いよくキョウコの頰《ほお》に叩《たた》きつけた。

激痛と、耳のなかに甲高《かんだか》い反響があった。キョウコの身体《からだ》は宙に浮き、舞台の床に叩きつけられた。全身に鋭い痛みが走った。殴られた頬は痺《しび》れて感覚がなくなるほどだった。怯えながらキョウコは頬を手で押さえ、身体を起こした。観客がざわついているのがわかる。キョウコは伸銅に訴えた。「すみません。寒くて、耳もとだけでも覆いたくて……」

伸銅はじろりとキョウコをみた。その視線がヘルメットに向く。かぶろうとしたが、アフロヘアのせいで無理と感じたらしかった。それでも内蔵スピーカーに気づいたのか、ヘルメットを耳に近づけてようすをうかがっている。

沙希のほうも異常事態に気づいたのだろう、無線は沈黙しているようだった。伸銅はヘルメットを放《ほう》りだした。いったん立ち去るかのように背を向けてから、腰の拳銃《けんじゅう》を引き抜いてまた振り返った。その銃口がキョウコに向けられた。

キョウコは息を呑《の》んだ。たとえようのない恐怖が全身を支配し、意識が遠のきそうになった。

伸銅の背後を近づいてくる黒装束がいた。「サウスドックの積荷班から連絡です」

その報告を受けても、伸銅はしばらくのあいだキョウコから銃口を逸らさなかった。いまにも引き金を引きしぼるかのような硬い顔が、キョウコを見つめていた。

やがて、伸銅は銃をホルスターに戻した。「今度妙な挙動をみせたら殺す」

観客席からため息が漏れた。伸銅はサングラスをかけて歩き去っていった。

その背を見送りながら、キョウコはまたしても気力が萎《な》えていくのを感じた。恐怖には勝てない。自分はなにをやっても駄目なのだろうか。震えがとまらない。

いいや。キョウコは思った。才能がないのなら、ここで人生を終えることになってもいいではないか。それが舞台に立つことを志した者の宿命だ。もうルイジアナには戻れない。戻りたくはない。力尽きても、それが前進しつづけた結果なら悔いはない。

仲銅が立ち去るまで待とうかと思ったが、それではかえってチャンスを逃すと思った。いま、仲銅は起爆スイッチの脇を通りすぎようとしている。不自然さを生ずることなく近づくには、いましかない。

「まって」キョウコはそういって立ちあがった。さっき膝を打ちつけたらしく、ずきんとした痛みが走る。

仲銅は起爆スイッチの近くで立ちどまり、振り返った。あいにく静止したのは仲銅だけではなかった。連れ立って歩いていた黒装束のひとりもこちらをみた。

観客はふたりか。まあいい。キョウコはそう思いながら、足をひきずって歩み寄っていった。「どうしてもお伝えしたいことがあるの」

「なんだ」仲銅のサングラスがキョウコに向けられていた。「暴力を振るわれたことに対し、弁護士を通じて慰謝料を要求するとかか?」

連れの黒装束が声をあげて笑った。

キョウコはなにげなく観客と起爆装置のあいだに入った。ここに立てば、客席にいる黒装束からは機械がみえなくなる。

機械に視線は向けなかった。舞台にあがった観客のひとりとマンツーマンでショーを進める場合、ミスディレクションはまさにアドリブでこなさねばならない。キョウコは左手で、髪のなかに隠れていた左耳を露出させた。「ヘルメットじゃなく、このイヤリングよ」

意味の通じにくい言葉で相手の注意を逸らすのもテクニックのひとつだった。狙《ねら》いどおり、伸銅は眉間《みけん》にしわを寄せた。「どういう意味だね」

両手を左耳に持っていき、イヤリングをはずそうとしたとき、視線を自然に下に向けることができた。その一瞬で装置の側面をみた。赤いランプが点灯している。キーはすぐに目についた。さいわいキョウコの立っている位置よりやや右側にある。右手を伸ばしやすい場所だ。

イヤリングにはなんの意味もない。露天商から買った、模造宝石入りの安物だ。両手ではずしたそのイヤリングを、左手で伸銅に差しだすとき、右手は自然に身体に沿って垂れる。

伸銅は差しだされたイヤリングに手を伸ばした。サングラスのせいで視線の向きがはっきり読みとれないのがやっかいだが、いまはイヤリングを見つめているにちがいない。伸銅がイヤリングを受け取る瞬間、キョウコは視線を落とさず右手でキーをつかみ、引き抜こうとした。

キーはびくともしなかった。キョウコはすぐにキーから手を放した。焦燥が顔に表れないようつとめる。なぜだ。ランプが点灯していることから、いまは電源が入っていると考えられる。キーが電源に直結するスイッチなら、さすだけでなくひねってオンにしているのだろう。すなわち、引き抜くためにはひねらねばならない。右か左か。もういちどミスディレクションをきかせて、その一瞬に勝負をつけねばならない。

伸銅はつまんだイヤリングから顔をあげ、油断なくキョウコを見つめていた。「これがどうしたというんだ」

「母がくれたの。価値あるものだっていってた」キョウコは口からでまかせをいった。「もしよければ、それと引き換えに少しだけ食べ物を……」

ふん。伸銅は鼻でせせら笑った。「きみは嘘《うそ》をついてるな。どうみても安物だ。母親がきみをだまそうとしたにせよ、きみのような若い子がこの手のアクセサリーの価値を知らないはずがない。自分で詳しくなくても、友達に見せりゃ判明するはずだ。なんの目的があって、俺たちに嘘をつく?」

恐怖心が身体に震えを生じさせようとするのを、懸命にこらえながらキョウコは演技をつづけた。目を丸く見開いて、驚いた顔をしてみせる。「そんなはずないわ。ダイヤモンドが入ってるんだもの」

「どこがダイヤだ」仲銅はイヤリングをぴんと指で弾《はじ》いて、投げてよこした。「無価値だ」

放物線を描きながら宙を舞うイヤリングを見あげた瞬間、キョウコはチャンスが到来したことをさとった。顔の前に落下してきたイヤリングを左手で取るとき、またもや右手は自然に下にさがる。キャッチの瞬間にキーをつかんだ。左にひねる。キーは動いた。引き抜き、マジシャンがフィンガーパームと呼ぶ保持で隠し持った。

すべては一瞬の出来事だった。イヤリングを手に握った瞬間に喜びが走った。仲銅はすでに身体の向きを変え、立ち去りかけていた。

ところが、ふいにけたたましいブザー音が鳴り響いた。

仲銅は顔を凍りつかせた。視線が躍り、装置に注がれた。なにが起きたか察したらしい。仲銅はキョウコをにらみつけた。その顔が、たちまち怒りで染まる。ふたたび拳銃を引き抜いた。「やったな。この小娘」

終わった。絶望がキョウコを支配した。身動きひとつとれなかった。仲銅が銃口で自分を狙いすますのが、スローモーションのようにみえていた。

そのときだった。男の怒鳴る声がした。「伏せろ！」

仲銅がびくつき、銃口があがった。キョウコはとっさに床に前のめりになって伏せた。

耳をつんざく銃撃音が鳴り響き、閃光《せんこう》が辺りに走った。悲鳴とともに、黒装束の男が近くにばったりと倒れたのがみえる。走り去っていくのは仲銅の足だろうか。たちまち、白煙が辺りを包んだ。煙幕らしい。視界は霧に遮断され、なにもみえなくなった。

骨の髄まで揺るがすような銃声、悲鳴。キョウコはうつ伏せたまま両耳を手でふさごうとした。そのとき、右手にしっかりと握られたキーの存在に気づいた。それを身体の下にしまいこみ、頭を両手で抱えた。騒音がさらに激しさを増す。阿鼻叫喚《あびきようかん》のなかでキョウコは身を震わせて泣いた。安堵《あんど》の涙か、恐怖のための涙か判然としないまま、キョウコはただひたすら泣きつづけた。

対決

美由紀が突入第二班の二十人とともに非常階段から客席に飛びこんだとき、すでに劇場の裏口から舞台へ雪崩《なだれ》こんだ第一班が客席の黒装束をほぼ全員、ライフルで仕留めていた。SATの短機関銃H&K・MP5A5、自動拳銃《けんじゅう》SIG・P226のいずれも動物捕獲用の麻酔弾を装塡《そうてん》している。したがって敵の身体《からだ》に命中すれば、そこが腕だろうが脚だろうがたちまち麻酔薬が全身にまわり、昏睡《こんすい》状態に陥ることになる。狙撃《そげき》を受けた黒装束たちは、反撃の狼煙《のろし》をあげる気配もないまま床に突っ伏していた。

舞台上に腹ばいに寝た狙撃要員の数人がみえる。予定どおりのフォーメーションだが、狙撃は充分ではなかった。客席の黒装束すべてを真っ先に倒すことになっていたが、ひとりかふたりを取り逃がしたことは人質のパニックぶりをみればわかる。立ちあがった人質たちがそれぞれ勝手な方向へ逃げだそうとしたため、場内は大混乱になっていた。

「座ってください！」SATのひとりが怒鳴るのがきこえる。「まだ動いてはいけません！」

銃声がした。SATの装備と異なる音。AK47に違いなかった。背の低い美由紀には、大勢で混乱する場内を見渡すことは困難だった。まだ銀食器が並んだままのテーブルの上に飛び乗り、辺りを見まわす。客席後方の群衆のなかにクレーターのような大穴がぽっかりと空いている。発砲があった場所を中心に人々が放射線状に逃げだそうとしている。

美由紀は混乱のなかに飛びこみ、人々を押しのけて前進していった。煙幕がたちこめ、視界は白く染まりつつある。方角を見失わないよう意識を集中しながら進んだ。ふいに、人垣から空間にでた。目の前に、婦人をはがいじめにして銃をつきつけている黒装束ひとりが立っていた。

黒装束は美由紀に気づいてこちらに向きを変えた。そのとき、別の銃声が響いた。SATの自動拳銃の発射音。黒装束の男はふらつき、やがてばったりと倒れた。立ちつくし悲鳴をあげる婦人を、人垣のなかから飛びだした中年の男たちが保護した。

倒れた黒装束の向こう側に蒲生が立っていた。手には銃身から煙の立ち昇る拳銃が握りしめられていた。

美由紀は辺りを警戒しつつ、蒲生に駆け寄った。「蒲生さんがナンブ三十八口径以外の銃を撃てるとは思わなかったわ」

「いちおうSATの訓練は受けてる」蒲生は拳銃から空《から》になった弾倉を引き抜き、新しい弾倉を装塡した。「麻酔弾は反動が軽いから撃つのも難しくない」

「敵は実弾を使ってるんだから気を抜かないでね。敵の機関銃、ストックが垂直じゃなく斜めについてるでしょ？　旧式のＡＫ47なの。撃つときは銃口が上に逸《そ》れる傾向があるから、なるべく姿勢を低くして」美由紀はそういうと、すぐにまた群衆のなかに分け入った。

「どいて。通して」叫びながら美由紀は客席中央の通路を舞台に向かって駆けていった。

舞台にあがってみると、客席がやや落ちつきを取り戻しはじめたのがわかる。ミネベアのゴールデンベア狙撃ライフルを構えたＳＡＴが油断なく客席の動向に目を光らせている。ＳＤＨ６００リモート式起爆装置はステージ上で眠っていた。キーはなく、電源のランプも消灯している。

辺りを見まわすと、すぐ舞台の脇でＳＡＴに保護されている少女の姿が目に入った。沙希と同じ衣装に身を包んだ少女。キョウコだった。たいした勇気だと美由紀は思った。相当な舞台度胸がついたにちがいない。

第一班の警部の声が飛んだ。「客席六人、舞台ふたりの計八人、排除完了。ホテルおよびレストランの突入班からも、人質救出成功の連絡あり」

「まだよ」美由紀は怒鳴った。「劇場には三十人以上いたはずだわ。舞台裏から控室までの通路に大勢隠れてるし、本部は控室のうち一室よ。ついてきて」

彼女を援護しろ。警部の声を背に、美由紀は上手側の袖《そで》に飛びこんだ。ふいに黒装束が物陰から身を乗りだし銃口をこちらに向けた。美由紀が床に転がったと同時にけたたましいＡＫ47の掃射音が響き、周辺に床板を裂くような着弾音がこだまする。美由紀は緞帳《どんちょう》を操作するクレーンの陰まで転がりつづけたあと、体勢を立てなおした。

背後に援護のSATがひとり近づいた。美由紀は振りかえっていった。「銃を貸して」

短機関銃を受け取り、弾倉を引き抜いて麻酔弾が装塡されていることを確認した。それを銃に叩《たた》きこむと、美由紀は物陰から顔をのぞかせた。相手に狙《ねら》いを定めさせてから身を沈める。こうすると相手は無意識のうちに標的を追って身を乗りだす。ふたりの黒装束はまさに美由紀の思惑どおりの反応をみせた。暗がりのなかにほのかにみえるふたつの黒装束を、美由紀はすかさず撃った。ひとりは腕、ひとりは肩。ふたりがほぼ同時につんのめるのを確認した直後、美由紀はすぐに新たな敵を求めて行動を開始した。

エレベーターの扉がみえる。地階の厨房からワゴンを運んだとき、このエレベーターに乗った。出口は隠れる場所のないまっすぐな通路だった。ゆえに、ここに乗りこむことは得策ではない。脇の扉を開けると階段が下につづいていた。振り返ってSATの数人がついてきているのを確認し、美由紀は階段を駆け降りた。

踊り場をまわった瞬間に、昇ってくる黒装束と鉢合わせした。相手の発砲は早かった。美由紀は壁ぎわにぴたりと背面を這《は》わせると同時に短機関銃を片手で発砲した。黒装束は胸もとに弾丸を受け、階段を転げおちていった。それを追うようにしてさらに階段を駆け降りた。

麻酔弾に含まれているテオルドヒンという薬品は即効性はあるが、容積の小さな弾頭のなかに注射針と薬品をおさめているのだからごく少量にすぎない。三十分もすれば目が醒《さ》める可能性が高い。すなわち、この場の制圧に許される時間は三十分が限度ということだ。麻酔弾による制圧が不可能な場合には実弾を使うことも許可されているらしいが、美由紀は黒装束側にも死者をだしたくはなかった。黒装束は全員無傷での逮捕が望ましい。なぜなら、彼らは利用されているにすぎないからだ。芹沢が作戦終了後も彼らの安全を心がけているとは、到底思えなかった。

階段から通路への出口に到達した。そろそろと向こうを覗《のぞ》くと、おびただしい数の黒装束が通路に待機しているのがわかる。すでに美由紀に気づいたらしく、いっせいに発砲してきた。

鼓膜の破れそうな銃声と着弾音も、物陰に身を沈めた美由紀にとってはたんなる雑音でしかなかった。美由紀はSATの援護要員にいった。「控室の扉まで進むから、援護して」

返事も待たずに美由紀は短機関銃のセレクターをフルオートに切り替え、通路に躍りでた。前方に掃射しながら突進する。弾丸が耳もとをかすめ、足もとに火花が散る。

凶悪犯罪で知られた仲銅一家の組員といえど、実戦においては自衛隊のように効率的な戦法は身についていないようだった。隙《すき》はあちこちにある。ジグザグに走って美由紀は転がった。右手一本で掃射して黒装束の最前列を打ち倒しながら扉に行き着く。身体を起こして右手で弾幕を張り、左手で扉の把《と》っ手《て》を握った。黒装束の反撃の態勢が整う寸前に扉を開け放ってなかに飛びこみ、扉を閉じた。

通路で撃ち合う音が室内にも響いてくる。無人のようだった。中央のテーブルに大きな図面が広げられていた。

作戦の全容がつかめるかもしれない。美由紀がそう思ってテーブルに歩を進めたとき、後方から自動拳銃の撃鉄を起こす音がした。扉の陰にひとり身を潜める者がいたのだ。美由紀は自分の失敗を呪《のろ》った。

「銃を捨てろ」仲銅の声だった。「ゆっくりと振り向け」

美由紀はいわれたとおり短機関銃を床に転がした。サングラスにアフロヘアの仲銅は、扉のわきで怯《おび》えるようにちぢこまり、拳銃で美由紀を狙いすましていた。

仲銅は片手でサングラスを取り払った。その顔に驚きの色がひろがる。「従業員か」

「もうちがうわ」美由紀は冷ややかにいった。「鬼芭阿諛子にわたしの名前を騙《かた》らせて、勝手放題な真似《まね》をしてくれたわね。わたしがどんなに腹を立ててるか想像がつく?」

しばし沈黙があった。やがて仲銅は、ああ、そうつぶやいた。「岬美由紀か。道理で」

「あなたの上官はどこ? 芹沢警察庁長官は」

「千里眼はなんでもお見通しか」仲銅は微笑を浮かべた。「あいつは上官ってわけじゃない。対等な立場だ。いわば互いの部下を率いて五分五分の合併をしたってことだ」

「建て前はね」美由紀はいった。「でも事実はちがう。分け前にあやかるのはあなただけで、構成員は見捨てるつもり」

仲銅の顔が硬くなった。片手で拳銃を保持しながら、もう一方の手で美由紀に人差し指を向けた。「最高だな。岬美由紀。噂《うわさ》に聞いたとおりの女だ。いま俺は猛烈に後悔してるよ。おまえを長野で雪崩に埋もれさせるなんて発想そのものが間違ってた。どんなにギャラが高くても、うちに採用すべきだった」

「お断り。わたしはカウンセラーなの」

「カウンセラーか」仲銅はひきつった笑い声をあげた。「俺をいかれてると思うか？」

「いいえ。だからこそタチが悪いの」

「言い得て妙だな。なあ、岬美由紀。ひとつ聞きたいんだが、儲《もう》けのうち四分の一をくれてやるといったらどうする？　四百億のうちの百億を、ぽんと進呈するといったら？」

美由紀はあっさりと答えた。「ユニセフに送金するわ。それから、あなたたち全員を刑務所送りにする」

仲銅の顔から笑いが消えた。顔面をひきつらせながら、低くつぶやいた。「残念だ、岬美由紀。消えゆく才能をみるのは本当に惜しい。でも仕方がないな。ここまでにしてもらおう」

拳銃の引き金を引き絞る気配があった。美由紀は寸腿《すんたい》の蹴《け》りで仲銅の足首をさらった。

仲銅はバランスを崩し銃口を逸らせた。美由紀は右膝《ひざ》を突き上げていったん静止し、すかさず垂直廻脚《かいきやく》で仲銅の手首をしたたかに蹴りあげた。拳銃は仲銅の手から吹っ飛んだ。

仲銅は呆然《ぼうぜん》とした表情をうかべた。美由紀はその顔を見返した。

怒りに燃える目で、仲銅はアーミーナイフを引き抜いて美由紀に挑みかかってきた。美由紀は雲手《うんじゅ》の構えで外側にナイフを避けてその腕を受けると、その腕に自分の腕を絡みつけてひねり、掌《てのひら》を打ちだして仲銅の横っ面を打った。またしてもナイフが仲銅の手から離れて宙を舞う。床におちたナイフを蹴って遠ざけると、美由紀は旋風脚《せんぷうきやく》を放って仲銅の顔を蹴り飛ばした。仲銅は横方向に一回転して壁ぎわに倒れた。

それでも仲銅はすぐに身体を起こした。鼻血にまみれた顔でわめいた。「覚悟しな」

しかし、その言葉は美由紀ではなく仲銅自身にこそふさわしかった。美由紀は身体をひねって後ろ回し蹴りを繰りだし、頭上から落脚《らつきやく》を浴びせて仲銅を床に叩きつけた。

仲銅はふらつきながら身体を起こした。今度こそ敗北を悟ったことが表情にあらわれている。が、仲銅は不敵な行動にでた。胸もとから取りだした手榴弾《しゆりゆうだん》を顔の前に保持し、ピンを抜こうとした。「おまえを巻き添えにしただけでも英雄だ、岬美由紀」

美由紀はそのあいだ、呆然と立ちつくしていたわけではなかった。追い詰められた仲銅がどんな行動を起こすか予期し、部屋の隅に転がった短機関銃に飛びついた。宙で身をひねりながら銃を取りあげ、手榴弾のピンを抜く寸前の仲銅の眉間《みけん》めがけて撃った。

これが実弾なら、指の筋肉は硬直したまま手榴弾のピンを抜き去ったかもしれない。しかし、麻酔弾は一瞬にして仲銅の全身を麻痺《まひ》させた。仲銅はびくんと身体をのけぞらせ、仰向《あおむ》けに倒れた。

美由紀はテーブルに駆け寄って地図と作戦図に目を走らせた。金庫室からサウスドックへのカネの搬出方法とスケジュール、そしてサウスドックからは潜水艦の逃走用航路が記されている。

妙な感触が美由紀のなかに走った。航路が二本描かれている。ひとつは政府に要求した原潜〝やましお〟の予測進路だろう。しかし、もう一本はなんだ。とっくに経過した時刻が記されている。この作戦図をみるかぎり、もう一隻の潜水艦が存在するように思えるが……。

たちどころに、美由紀は作戦の全容を理解した。なるほど、さすがに奸智《かんち》ひとすじで警察庁長官まで昇りつめた男だ、あなどれない策略だった。これなら作戦後、政府は疑うことを知らず芹沢の意のままに操られることだろう。

が、そうはいかないと美由紀は思った。なんとしてもこの狂気の計画は阻止せねばならない。

部屋をでて通路に戻った。通路の交戦はすでに終結している。黒装束たちが何重にも折り重なって倒れているが、流血はなかった。この場は麻酔弾による鎮圧が功を奏したらしい。願わくば、テーマパーク全域がこのようなかたちで制圧できるといいのだが。

そのとき、どこからか怒鳴る声がした。「逃亡者がいるぞ。裏手だ」

すぐに美由紀は駆けだした。階段を昇り、いったん舞台袖にでてから非常口のランプの下へと飛びだしていった。

すでにSATの数人が建物の外側に設置された非常階段を駆け降りている。美由紀はそのあとにつづいた。ここからは劇場の裏手側の路地が一望できる。数台のジープに分乗した黒装束たちがみえた。黒装束はまだ続々と劇場から這いだして、ジープに向かって駆けていく。

階段を降りきったとたん、美由紀たちに黒装束が発砲してきた。コンクリートの塀に身を潜めて反撃を開始する。黒装束側はSATの突入をまるで予期していなかったらしく、逃亡のプランはかなり行き当たりばったりに思えた。ジープにも黒装束が山積みになって乗りこんでいる。あれでは重量オーバーで発進することさえかなわないかもしれない。

ふいに美由紀のなかに緊張が走った。黒装束のなかに、私服姿の男がふたりいる。いまジープに乗りこもうとしているさなかだった。紺のコートの前をかきあわせ、ジープのステップをあがろうとしている。芹沢と出崎だった。

「ふたりがいるわ」美由紀はSATに怒鳴った。「あのジープに銃撃を集中して」

銃声がいっそう激しさを増す。麻酔弾を受けた黒装束たちがジープからぼろぼろと落下するなか、芹沢と出崎は乗員の奥深くに隠れてしまっている。と、ジープのテールランプが灯《とも》った。エンジンを始動したのだ。

逃がさない。美由紀は飛びだした。SATも掃射しながら同調する。と、そのとき、劇場の非常階段から私服姿の若い男が駆け下りてきた。男は拳銃を手にしている。人質の刑事のひとりらしい。ジープとSATの中央に躍りでてしまい、戸惑った表情を浮かべている。

だしぬけに、ジープのなかから身を乗りだした芹沢が叫んだ。「今駕警部補。そいつらは一味だ。撃て」

今駕と呼ばれた男は冷ややかな視線をこちらに向けた。状況を把握しないまま、芹沢の逃亡を手助けするつもりか。不安と苛立《いらだ》ちが美由紀のなかを駆け抜けた。

が、それも一瞬のことにすぎなかった。今駕は身をひるがえし、芹沢のジープに向かって発砲した。SATのP226の音だった。すでに仲間に事情を聞かされていたらしい。

「この間抜けめ」芹沢が怒鳴る声がきこえる。ほどなく、ジープは走りだした。

逃走するジープの後部から機銃が掃射された。今駕はその弾幕を避けるように走り、物陰に潜むSATの群れに合流した。

美由紀がそちらに目を向けると、今駕のすぐ近くに藍河がいるのがわかった。藍河は白い歯をみせて笑っていた。「とうとうおまえも警察庁長官に刃向かったか。俺と同様に汚職警官扱いだな」

「馬鹿をいわないでください」今駕は吐き捨てた。「正しいと信じる側に立っただけです。刑事としての努めですよ」

「偉いな、坊や」藍河が怒鳴りかえした。「若造にしちゃ見どころがある」

今駕はむっとして藍河を見たが、藍河はそ知らぬ顔で銃に目を落とし、弾倉に麻酔弾をこめていた。

美由紀のなかに安堵がひろがりつつあった。人質になっていた刑事たちの理解も得られたようだ。藍河と今駕の乱暴な会話も、あのわかりにくい男同士の友情の表れだろう。まったく、男というのはどうしてもっと素直になれないのか。いつも喧嘩《けんか》ごしでいないと気が済まない体質に、改善の余地はないのだろうか。

SATが一斉に飛びだし、ジープを追って駆けていった。走り去るジープに銃撃するたび、黒装束が荷物のように路上に放《ほう》りだされていく。しかし、かえって重量を軽くしたジープは速度をあげて闇のなかに消え去っていった。SATがそれを追っていく。倉庫街はしだいに静寂に包まれていった。

美由紀は銃の弾倉を交換するまでその場に留《とど》まっていたが、やがて周囲に警戒の目を走らせながら立ちあがった。

あの逃亡用のジープはどこからでてきたのか。事前からこの路地にあったのなら、突入第一班が先んじて手を打っておいたはずだ。どこかみえない場所にあった。この路地にすぐ引き出せるどこかに。

　美由紀の目は、すぐ脇の建物にとまった。江戸時代の質屋を模した店先、しかし正面は巨大な観音開きの扉になっている。ガレージに使用するには手ごろな場所に思えた。

　駆け寄って扉を開ける。裸電球に照らされた内部の空間は、コンクリート壁に囲まれた武器庫の様相を呈していた。ざっと眺め渡しただけでもケースに入ったC４爆薬、手榴弾、AK47と弾薬、無反動砲や地対空ミサイルまである。奥に一台、ジープが停車していた。

　なぜこの車両を使わなかったのか。美由紀は歩み寄って、運転席を覗きこんだ。キーが折れている。挿《さ》したあと、なんらかの原因で無理に力を加えたらしい。キーをひねってエンジンをスタートさせることは不可能だった。彼らもよほど慌てていたのだろう。

　ボンネットを開けた。通称でジープと呼んではいるが、ウイリス・オーバーランド社の正式な〝ジープ〟ではなく、M38ジープの粗悪なコピー品に思えた。東南アジアから輸入した安価な車両だろう。ラジエーターとクーリングファンの奥にあるコードを引き抜き直結した。火花が散り、エンジンが唸《うな》り声をあげる。美由紀は車体の周辺の箱を手当たりしだい荷台に放りこむと、運転席におさまった。ヘッドライトを点灯、ギアを入れ替えてアクセルを踏む。ジープは路地に走りでた。

「岬さん」藍河が駆け寄ってくるのがみえる。

　美由紀はいったん停車して、助手席に移った。「運転して」

「よし」藍河は乗りこんでくると、すぐにジープを発進させた。

「南に向かって」美由紀はダッシュボードに備えつけてあるコンパスを指さした。「ひたすら南に向かえばサウスドックに行き着くの。ただし、なるべく歩行者専用道路は避けて。場内巡行バスのコースにでれば障害なく進めるわ」

藍河はステアリングを切りながら苦笑した。「そうか。きみはテーマパークの案内係だったな。忘れてた」

「わたしも」美由紀は笑った。むろん、心底おかしさを感じているわけではない。皮肉に近い笑みだった。荷台を振り返って装備を確認する。実弾が装塡された銃器類が大半だった。できればこの種のものは使いたくないが、手持ちの麻酔弾にも限りがある。戦闘が長引けば、実弾で応戦せざるをえなくなる。

路地を抜けて川辺の商店がつらなる表通りにでたとき、SATの一グループが目に入った。芹沢たちを取り逃がして途方に暮れているようすだ。やはり方角はこちらで正しい。

バス運行用の道路にでた。かなりの道幅があり、見通しもいい。同時にそれは、狙撃を受けやすいことも意味する。道の左右の建物に気を配った。追っ手を排除しようとするなら、建物の上方に待ち伏せの兵士を配置するのが一番手っ取りばやい。が、そこまではしていまいと美由紀は思った。芹沢たちは襲撃を予期できていなかった。緊急時に動員できる兵士はいない。彼らの驕《おご》りが作戦を崩壊に導いているのだ。

「見えたぞ」藍河がいった。

前方の暗闇に赤いテールランプがちらついている。三台のジープだ。向こうも、こちらとほぼ同時に気づいたらしい。すぐに銃火が断続的に光った。ボンネットに着弾の火花があがる。

「姿勢を低くしてジグザグに走らせて。もっと接近して」美由紀はいいながら短機関銃で敵のジープを狙い、反撃を開始した。

敵の反応は迅速かつ予測不可能なものだった。三台のうち二台がふいに減速した。二台はこちらのジープの左右をすりぬけ後方に飛び去る。そして、その二台が美由紀を追撃してくるかたちとなった。

美由紀は銃撃に伏せながら、追っ手の二台に目を凝らした。芹沢と出崎の姿はない、黒装束だけだ。すると、依然として逃げている前方の一台が司令塔か。ならば、こんな雑魚《ざこ》にかまっているひまはない。

荷台のなかから巨大な円筒を選びだした。重量は二十キロていど、長さ一メートル強はあるその物体を肩に掲げる。八十二ミリ無反動砲。対戦車榴弾《りゅうだん》が装填されていた。射程距離は七百メートル前後だ。この距離なら充分だろう。

照準で追っ手の一台を狙いすましトリッガーを引いた。砲弾発射とともに高温ガスが後方に噴射される。それでも完全に反動が相殺されるわけではないが、美由紀は腕の力を抜いて巧みにその反動を上方に逃した。一直線に飛んでいった砲弾がジープを直撃し、ボンネットがすさまじい爆発音とともに四方に飛び散った。車体は横転したが、黒装束たちは地面に転がっただけだった。怪我《けが》のていどは知らないが絶命はしていないだろう。

そのあいだに、もう一台が追いあげてきていた。ほぼ側面に並んだ敵のジープが銃撃を浴びせてくる。美由紀は跳躍しそのジープに乗り移った。荷台で機銃をかまえていた黒装束に肘打《ひじう》ちを浴びせ、車外へ突き落とす。攻撃するすべを失った敵のジープからふたたび藍河の運転するジープへと飛び移った。荷台の上で這いながら手さぐりで手榴弾のケースを開ける。敵のジープの運転者が拳銃をとりだしたのがみえたとき、美由紀はそこへ手榴弾を放りこんだ。運転席の床に手榴弾が転がり、驚いた黒装束はブレーキを踏んだ。敵のジープは後方に飛び去っていく。低速のジープから黒装束たちが飛び降り、周囲に逃げ惑った。無人になったそのジープは一瞬ののち、轟音《ごうおん》とともに火柱をあげて消し飛んだ。

前方をみた。芹沢のジープにはかなり引き離されている。それでも、道路は直線道に入っていた。サウスドックが近い。このままいけば追い詰められる。

そう思った瞬間、ふいに前方からヘリの爆音が響いてきた。暗い空にずんぐりとしたシルエットが浮かびあがる。ヘリでありながら機体の側面に翼らしきものがあり、武器を抱えこんでいるのがわかった。すなわち、攻撃ヘリだった。

機銃掃射によって巻きあがる砂嵐《すなあらし》がみるみるうちに接近してきた。ボンネットが鈍い音をたてて白煙をあげ、フロントガラスは砕けた。それでもジープの走行能力にはまだ支障はでていない。藍河がスピードをあげる。美由紀が後方を振り返ると、ヘリはゆっくりと旋回して追撃の態勢に入った。

「ありゃいったいなんだ」藍河が声をあげた。

「Ｋａ50ホーカムだわ」美由紀はつぶやいた。「ロシア、カモフ設計局製造の攻撃ヘリ。三十ミリ機関砲のほかにＶＩＫＨＲレーザー誘導装置付き対戦車ミサイル、搭載数十二発」

言い終えないうちに、その最初の一発が飛んできた。ジープの右後方に爆発が起き、凄《すさ》まじい振動が辺りを揺るがした。噴きあがった砂埃《すなぼこり》と黒煙で前方の視界がかき消されてしまっている。

まずい。あのヘリの対戦車ミサイルは弾頭部に成形炸薬《さくやく》が採用されている。戦車の九百ミリの装甲も貫通する強力なものだ。直撃を受けたらひとたまりもない。

「どこでもいいから、建物の軒先にジープを突っこませて」美由紀はいった。

藍河がステアリングを切る。ジープは道路から外れて脇の木造家屋に接近した。そのまま、車体が扉のなかに突っこむ。室内にあったポーカーテーブルが宙に舞うのが美由紀の視界に映った。

ジープが衝撃とともに停車すると、美由紀はジープの上に倒れこんできた柱を避けながら車外に飛び降り、荷台からSA7グレイル地対空ミサイルを取りあげた。全長一メートル四十センチ、重量は十キロ弱の肩当て式の携帯小型ミサイル。困ったことに、技術的欠陥があるとされるIRパッシブ赤外線式の探査装置付きだった。昼間なら、太陽を追跡対象と錯覚して飛んでいくほどの低能な誘導装置。いまは夜だからその心配はないとはいえ、敵のヘリが欺瞞《ぎまん》用の発光弾でも発射しようものなら簡単にひっかかってしまう。しかも、こちらには一発しか持ち合わせがないのだ。

確実に命中させるためには後方にまわりこむしかない。美由紀は武器を肩にかついで辺りを見まわした。ここはテーマパークじゅうに点在する小規模なカジノのうちのひとつらしかった。吹き抜け状になった二階のバルコニーにつづく木製の階段がある。それを駆け昇った。バルコニーは長屋状の建物のなかをまっすぐに延びている。ヘリはジープの突っこんだ場所を攻撃しようとするはずだ。向こうから撃てば気づかれまい。

断続的なヘリの爆音を耳にしながら美由紀はバルコニーを走った。扉を開け放つと、外気が流れこんできた。扉の向こうは半円形に張りだした展望台だった。ヘリが高度を下げて空中停止飛行《ホバーリング》し、ジープの突っこんだ辺りを狙いすましているのがわかる。美由紀が地対空ミサイルを構えるより先に、ヘリは対戦車ミサイルを発射した。標的となった一階部分に炎が広がった。

藍河が建物から外に駆けだして、向かいの建物に退避したのを見てとった。ヘリはまだ気づいていないらしく、ジープを狙いすましている。美由紀は照準をヘリに合わせて追跡装置のスイッチをオンにし、トリッガーを押した。

全身を揺さぶる衝撃と轟音、龍巻《たつまき》のような白煙の渦がヘリに向かって飛んでいった。テールローターを狙ったのは、乗組員に脱出の時間を与えるためだった。ミサイル命中とともに、尻尾《しっぽ》を失ったヘリはメインローターの回転の反動で水平にぐるぐると回りはじめた。底部を地面に叩きつけては、また浮上する。その不安定な動きを繰り返すうちに、側面の扉が開いてパイロットたちが飛び降りた。直後、ヘリは接地と同時に炎に包まれて砕け散った。爆風が突風のごとく吹きつけ、すさまじい爆発音が辺りに轟《とどろ》く。本体が四散したあともメインローターだけが虚《むな》しく回転していたが、すぐにそれも地上に落下し、炎と煙のなかに呑《の》まれていった。

オレンジいろに立ち昇る火柱、たちこめる黒煙。陽炎《かげろう》のように揺らぐその光景のなかで、パイロットたちが両手を高々とあげているのがわかる。藍河が彼らに銃を向けて立っていることに、美由紀は気づいた。

また難所をひとつ切り抜けた。美由紀はため息をつきながら思った。それでも、ここまでは前哨《ぜんしょう》戦にすぎない。本当の勝負は武力の衝突にあるわけではない。犯罪者が凱歌《がいか》を奏することを、なんとしても防ぐ。真の勝利はそこにしかない。

芹沢は激しい縦揺れのなか空を見あげた。夜空が青みを帯び始めている。夜明けが近いのか。しかし、まだ予定されていた作戦完了時刻には間がある。荷の積みこみ作業が計画より早く開始されているといいのだが。

だが、そんな芹沢の幻想はジープがサウスドックに走りこんだ瞬間に打ち消された。黒装束たちの厳重な警備のなか、埠頭《ふとう》に並ぶ五台の十トントラック。その一台目の荷台から、ジュラルミンケースがいくつか運びだされて地面に並べられている。作業の進展はそのていどだった。

ジープが停車した瞬間、芹沢は出崎とともにジープの荷台から飛び降りた。港に停泊する潜水艦を横目にみながら、トラックの近くに立つ三塚のほうにつかつかと歩いていった。

三塚が振り返り、無表情に告げた。「ああ、長官。ご覧のとおり、カネの潜水艦への搬入を開始するところです」

芹沢は苛立《いらだ》ちを噛《か》み締めながらつぶやいた。「搬入は中止だ」

沈黙があった。三塚は眉《まゆ》ひとつ動かさずにたずねてきた。「なんですって?」

出崎は芹沢以上に動揺していた。甲高《かんだか》い声で叫んだ。「中止だといってるんだ」

「いまさら、どういうことです」三塚は険しい顔をした。「作戦は滞りなく進行中だと思ってましたが」

瞬発的に怒りがこみあげるのを芹沢は感じた。三塚の血糊のついた胸ぐらをつかんでいった。「滞りなくだと? いいか、三塚。作戦は滞った。SATが大量になだれこんできて、伸銅一家の構成員どもはまるで役に立たなかった。劇場の人質は解放された。たぶん、ほかの場所も同様だろう」

「そんな」三塚は呆然《ぼうぜん》として芹沢を見返した。「そんな馬鹿なことが。あなたも私も、出崎警視総監もここにいるのに、誰がSATの召集と出動命令を?」

「知るか。伸銅も捕《つか》まった。SATがここに到着するのも時間の問題だ。おまえ、緊急時の対処プランは必要ないといったな。それがこのざまだ。もうすぐ本物の自衛隊の潜水艦が到着するんだぞ、どうする気だ」

三塚は表情を強張《こわば》らせて芹沢のつかんだ手をふりほどいた。「プランなら私の頭のなかにあります。カネはあきらめるとしても、ほかの作戦は予定どおりに完了させるんです」

怒りに支配され、思考を停止させていた芹沢の脳が、ふいにおぼろげな可能性を察知した。「予定どおりに、か」

「そうですよ」三塚はうなずいて、黒装束に顎《あご》をしゃくった。黒装束たちが潜水艦へと駆けていく。三塚は芹沢に向き直った。「カネは手に入らなくとも、もうひとつの目的については、かえって完成度が高まるはずです。あなたは警察組織のトップとして、身を挺《てい》して四百億のカネを守り抜いたことになりますから」

なるほど。芹沢はつぶやいた。「だが、構成員どもはどうする。逮捕された連中が、こちらに都合の悪い証言をするかも」

三塚は冷酷な微笑をうかべた。「もみ消せばいいんです。この作戦の完了後、あなたは警察庁長官として世論の絶大な支持を受けることになります。部下や参考人の内部告発など、気に病むことではありません」

たしかにそうだ。思わず笑いがこみあげてくるのを、芹沢は禁じえなかった。三塚に人差し指を突きつけていった。「冷静かつ冷淡なやつだな、おまえは」

「お互いさまです」三塚はつぶやき、潜水艦を振りかえった。「そろそろ、議員たちがでてくるところです」

「物陰に隠れてろ。あとはわれわれがやる」

三塚がコンテナのほうに走り去っていくと、芹沢は出崎とともに背筋を伸ばして立った。黒装束に銃を突きつけられながら、戸田と平丘が潜水艦のハッチを出て側面の梯子《はしご》を降り、ゴムボートに乗りこむ。その一連の動きを眺めていた。ゴムボートが埠頭に接岸し、ふたりの議員は黒装束たちに囲まれながらこちらに歩かされてきた。平然とした平丘に比べ、戸田は顔面蒼白《そうはく》で、足取りもおぼつかなかった。

芹沢は精一杯の悲痛な顔をつとめた。「戸田議員、平丘議員、ご無事で」

戸田の哀れな目が芹沢を見返した。「警察庁長官。それに警視総監。いったい、どうしたことです。なぜ私たちは潜水艦を降ろされたんですか」

「それについては、お気になさらずに」芹沢は微笑をうかべてみせた。

「まさか」平丘が大仰《おおぎょう》にいった。「あなたがたが、身代わりになるというんですか」

「なんだって」戸田の驚きは本物にちがいなかった。「そんな」

「仕方ないんです」芹沢はうなだれた。「こうなったのも、警察組織の頂点に立つわれわれの責任です。議員のおふたりを人質に連れていく気だと耳にして、いてもたってもいられず、身代わりを申し出ました。敵の人質になるのは、私と出崎です」

「長官」戸田は衝撃を受けていた。「それでは、あまりにも……」

「いいんですよ」出崎が物静かな口調でつぶやいた。「武装勢力も、私と長官を人質とすることの価値の高さを認めました。ゆえに、あなたがたふたりの命を助けるだけでなく、四百億のカネも放棄するといってきました」

平丘が妙な表情をうかべたが、芹沢は押し黙るよう目配せした。

戸田のほうは悲痛な顔つきをしたまま、戸惑いを隠しきれないでいた。「しかし……警察組織のトップが人質になると、政府も対策を迷うことに……」

「それは心配ない」芹沢はそういって戸田に歩み寄り、小声で耳うちした。「私は爆薬を隠し持っている。出航後、すぐに自爆する」

「長官」戸田は声をうわずらせた。「それではあまりにも……」

「しっ」芹沢はささやきつづけた。「搭載兵器か弾薬庫か、とにかく大きな破壊力を誘発できる場所に爆薬を仕掛けるつもりだ。潜水艦は沈むだろう。敵も道連れだ」

戸田は目に涙をためていた。「長官。警視総監。おふたりはわが国の歴史に残る英雄です」

芹沢はむせび泣く戸田を抱擁しながら、その肩ごしに平丘をみた。平丘は冷ややかな顔をしていた。カネが放棄されると知り、失望したのだろうと芹沢は思った。

「では」戸田から離れたとき、芹沢はまた深刻な顔をとりつくろっていた。「いこうか」

芹沢は出崎とともに、潜水艦に向かって歩きだした。報奨金は放棄したが、成功への喜びが胸のなかに湧《わ》きあがっていくのを感じた。自分の国内における支持は高まる。作戦は成功だ。芹沢はこみあげてくる笑いをこらえるのに必死だった。

ところがそのとき、ふいに女の声があがった。「低俗な芝居はそれぐらいにしたら？」

芹沢ははっとして足をとめた。

黒装束たちがにわかに殺気だち、周囲を見まわしている。どこから声がきこえてきたのか、彼らにも特定できないらしい。

やがて、ふたたび声がした。「ここよ」

芹沢は、コンテナの陰で立ちあがる人影をみてとった。ふたりだ。ひとりは若い女で、もうひとりに銃を突きつけている。脅されて身体《からだ》を凍りつかせているのは三塚だった。

「三塚刑事局長」戸田の驚く声が埠頭に響きわたった。「生きておられたんですか」

なんてことだ。周到に演じられたシナリオが台無しになる。芹沢は歯ぎしりしながら、三塚を盾にして歩み寄ってくる女を凝視した。度胸のある女だった。無数の黒装束に銃口を向けられても、怯《おび》えたようすひとつみせない。

見た顔だ。さっき劇場に突入してきたSATのなかに紛れていた。いや、それ以前から見覚えがある。従業員。そうだ。テーマパークの案内係だ。

啞然《あぜん》として声もでない芹沢に対して、出崎は状況に敏感に反応した。即席の演技で、安堵《あんど》の表情をうかべている。「三塚。無事だったのか。てっきり死んだと思ってたぞ」

「そんなわけないでしょ」女がため息まじりにいった。「嘘《うそ》もほどほどにして」

「なんだと」出崎は女に怒鳴った。「なにを根拠に、ひとを嘘つき呼ばわりする」

「根拠なんて」どんなに肝のすわった男でも不安にさせてしまうような、女の冷ややかな目が、じっと芹沢に向けられた。「その声を録音して自分で聴いたら？　嘘をついている人間の発声は、音階にして考えるとシャープがついたのと同じ調子で半音あがってうわずるのよ。神経感情複合としての否定的感情が声帯の筋肉に不要な緊張をもたらすせいで、そうなるの」

激しいブリザードが吹きつけたかのような想像を絶する寒気が芹沢を襲った。千里眼、岬美由紀だ。仲銅畔戸が仕立てた偽者ではない、本物の岬美由紀だ。

「長官」戸田が、情けない声をあげた。「これはいったい、どういうことで?」

「議員、だまされてはいかん」芹沢は腹から声を絞りだした。「これはなにかの罠《わな》だ」

「戸田議員」美由紀の落ち着き払った声が辺りに響き渡った。「この潜水艦を政府が派遣した海上自衛隊のものだとお思いですか? よくみてください。このレトロな形状が日本の原子力潜水艦に見えますか? あいにく、防衛庁ではロシア製のウイスキー級ディーゼル推進潜水艦なんか採用してません」

「でたらめだ」出崎が叫んだ。「議員、耳を貸さないでください」

「なら」美由紀はどこまでも冷静だった。「あの潜水艦のなかにいる自衛隊員を連れてきて、自衛隊の採用試験問題を尋ねてみたら? たぶん一問も正解できないと思うけど」

芹沢は唇を嚙んだ。この女はどこまでこちらの内情を見透かしているのだ。いったい、いつの間に気づいたのだ。

動揺した出崎が、いっそううわずった声でいった。「なんのことかわからんな」

「そうかな」美由紀は淡々といった。「警察庁長官と警視総監がふたりの国会議員の身代わりになることを申し出て、敵とともに潜水艦に乗り、しばらくして海中で大爆発が起き潜水艦は、政府が人質の身代金がわりに差しだした自衛隊のものだと議員は信じるし、敵武装勢力はそれに乗って逃亡を図ったけれども、警察庁長官らが艦内で反逆を起こし、巻き添えにして自爆した。戸田議員はそう証言することになる」

　芹沢は顔がひきつるのを感じながら、無理に笑いを浮かべた。「われわれが自殺するつもりといいたいのかね」

「いいえ。美由紀は首を横に振り、ちらと腕時計に目をやった。「いまは午前三時五十分。武装勢力の要求によると、自衛隊の原潜〝やましお〟は午前四時きっかりにここに接岸することになっている。つまり、まだきてないの。これはあなたたちがロシアで買った安物の潜水艦だし、潜航後、やってきた本物の自衛隊の潜水艦を海中で魚雷攻撃するつもりでしょ。爆発のあと、残るのは〝やましお〟の残骸（ざんがい）のみ。あなたたちの乗った潜水艦は深く潜って、まんまと外国に逃亡する」

　数か月かけて練りあげた作戦の一部始終が、このひとりの女に見抜かれてしまっている。

　芹沢は衝撃を受けていた。それでも、同意をしめすことなどできるはずもない。芹沢は声を張りあげた。「戯言（たわごと）はよせ。私がそんな大それたことを画策して、なんのメリットがあるというんだ」

「大ありよ」美由紀は表情を変えなかった。「国内世論はニュースを知って、勝手にカジノを推進していた政府に憤りを覚えながらも、警察に対しては尊敬のまなざしを向けるようになる。とりわけ、殉職したトップの三役についてね。国民の人気と支持を得るとともに、警察は政府からカジノの監督官庁として全権を委任される」

芹沢は食い下がった。「そんなことが断言できるはずがない。われわれには国会の決議の操作などできん」

「そうよ。だから平丘議員の後押しが必要だった」

平丘は顔をこわばらせ、小刻みに震えていた。芹沢の目にも、平丘が怯えているのはあきらかだった。戸田もそれを感じとったらしい。平丘と距離を置くように後ずさりながら、戸田は弱々しい声でいった。「平丘さん。あなたまでも」

平丘め、なんという小心者の国会議員だ。芹沢は怒りに燃えた。許されるなら、いまこの瞬間に射殺してしまいたい。

美由紀は呆《あき》れ果てたというように、ため息まじりにいった。「ここからは推測だけど、芹沢警察庁長官と出崎警視総監はころあいをみて、ふたたび帰国するつもりだったんでしょう。瀕死《ひんし》の重傷を負っていたところを漁船に助けられるとか、筋書きはいくらでもありうるし。ふたりは日本を救った英雄としてセンセーショナルに迎えられ、警察組織のトップに返り咲く。総理からも絶大な信頼を得るでしょうね。その時点で、ふたりは日本国内に強力な裏の権力網を構築したことになる。全国に次々とオープンするカジノのすべてを牛耳り、莫大《ばくだい》な収益を誰にも疑われることなく横流しできる。その一部を政治献金にすることで、平丘議員の出世にもつながる。ゆくゆくは総理大臣に就任することで表の世界でも全権を掌握する」

美由紀の言葉をきくうち、それが自分に対する賛辞のように芹沢には思えてきた。そう、聞けば聞くほどみごとな策謀だった。腐敗し、堕落しきった戦後民主主義体制から脱却するためには、強大な力を持った権力構造が必要なのだ。警察組織こそ、その権力にふさわしい。芹沢は低い声できいた。「すばらしい未来だと思わんか」

美由紀はゆっくりと首を横に振った。「ファシズムへの逆行。最悪の過去」

「いや。輝ける未来だ」芹沢は冷静さを取り戻しつつあった。うろたえることはない。女と、青い顔をした若手の国会議員。そのふたり以外、この場にいるのは味方だけだ。ネックとなっているのは、女がとった人質。その障壁さえ取り払えば、道は開ける。

ためらいはなかった。元々、自分にきっかけをもたらしただけの存在でしかない。芹沢は腰に隠していた小型拳銃《けんじゅう》を引き抜き三塚に向けた。三塚が一瞬、驚きの表情をうかべてこちらをみた。

悪く思うな、状況を打開するためだ。芹沢は引き金を引いた。

三塚の胸から、今度は本物の血が噴きあがった。三塚は呆然とした表情のまま美由紀の手もとから離れ、膝《ひざ》から崩れ落ちた。

美由紀は驚きに目を見張り、ひざまずいて三塚を見つめた。その顔に悲痛の色がひろがった。やがて、その潤んだ瞳《ひとみ》が怒りの色を宿らせて芹沢に向けられた。

一瞬、芹沢はたじろいだ。黒装束たちも動揺の気配をみせた。だが、ひるむことはない。これで形勢は逆転した。芹沢は怒鳴った。「うろたえるな。侵入者を狙《ねら》え」

美由紀はじっと芹沢を見つめていた。悲痛と敵意に満ちた目。芹沢はふっと笑った。いかに岬美由紀といえども、こちらの非情な反応は予測できなかったらしい。ゆえに逆転の機会が生じた。女を裏切るのは、いつでも容易《たやす》いことだ。

芹沢は手をかざし、処刑の合図を送ろうとした。

その瞬間、辺りに男の声が響き渡った。「芹沢!」

芹沢がはっとしたとき銃声がした。黒装束たちがにわかに姿勢を低くして身構える。見まわすとコンテナの上に腹ばいになり、短機関銃でこちらを狙いすます男の姿があった。

藍河だ。芹沢は凍りついた。

怒りに駆られたようすの藍河は、大声でなにか叫びながら銃を乱射した。芹沢は身体をかがめ、応戦の態勢に入った黒装束たちの陰に逃れようとした。

が、そのときには美由紀が素早い反応を見せていた。銃を掃射して付近の黒装束をなぎ倒し、こちらに駆けてくる。

芹沢は思わず恐怖した。たったふたりの敵だというのに、頭をかがめてうつ伏せざるを得なかった。黒装束に怒鳴りつづける。「なにをしている、撃ち殺せ!」

銃声が急に激しさを増した。目もくらむような閃光《せんこう》が辺りを照らし、直後に耳をつんざく爆発音が轟《とどろ》いた。地震のような揺れが周辺にひろがる。

芹沢が顔をあげると、黒装束たちは四方に散っていた。その銃撃の方向も一定ではない。理由はすぐにあきらかになった。SATだ。ついに駆けつけたのだ。

いまや埠頭は戦場と化していた。飛び交う銃弾、断続的にあちこちで巻き起こる爆発、吹きつける熱風。黒装束たちが次々に突っ伏していく。轟音《ごうおん》、悲鳴。まさに悪夢だった。

こちらへ向かってきたはずの岬美由紀の姿はなかった。稲妻のような閃光のなか、背を向けて走り去る美由紀の姿がみえた。その行く手には、両手で頭をかかえて身体を丸めている戸田の姿がある。美由紀は戸田の救出に向かったのだ。逃亡の機会はいましかない。

「潜水艦を死守しろ」周囲に怒鳴ってから、芹沢は立ちあがった。もつれがちな足を必死で交互に繰りだし、地獄絵図のなかを潜水艦に向かって走った。

「まってください、長官」出崎の声が追いかけてきた。出崎は手を伸ばし、芹沢の腕をつかもうとした。芹沢はそれを振りほどいた。こんなやつに邪魔をされてたまるか。

出崎は不平をこぼさなかった。そんな余裕があるはずもなかった。出崎も懸命に芹沢を追って走ってくる。一緒に逃げたければ勝手にするがいい、芹沢は思った。出崎が倒れたところで手を差し伸べる気など毛頭ない。新国家建設のための同志はいくらでもいる。

もうひとりの新国家の幹部候補は、芹沢たちより逃げ足が速かった。平丘は、すでにゴムボートに乗りこもうとしている。ここまでくると、黒装束たちの防御密度が濃い。芹沢は出崎とともに姿勢を低くしながら、銃を構えた黒装束の合間を縫うようにしてゴムボートに近づいた。

平丘は芹沢を見あげて、半泣きの表情をうかべた。「失敗だ。すべて終わりだ」

「いいや。生きているかぎり、希望はある」芹沢はゴムボートに乗りこむと、埠頭に立つ黒装束にいった。「ロープをほどけ」

その黒装束は戸惑ったようすで立ちつくした。

「心配するな」芹沢は苛立ちながらいった。「われわれが先行したあと、随時おまえたちも乗艦する」

黒装束はまだためらう素振りをみせたが、迷いを断ち切るようにロープをほどきにかかった。

ゴムボートが海上に解放されると、出崎がオールを手に漕《こ》ぎ始めた。

「連中を待つのか?」平丘が不安そうにきいた。

いや。芹沢は行く手に浮かぶ鯨のような黒い巨大な影をみつめた。「ぐずぐずはしていられない。俺たちが乗ったら、ただちに潜航させる」

カジノ国家

戸田は銃声のなかでうずくまっていた。時おり、銃弾が耳をかすめていくのがわかる。

弾丸を受けた痛みが走ったような気もするが、数秒後に気のせいだと判明する。その繰り返しだった。

突きあげる衝撃、爆発音が轟《とどろ》く。身体《からだ》を焼きつくさんばかりの熱風が吹き荒れる。なにかの破片がくすぶりながら降り注ぐ。戸田は悲鳴をあげ、泣きじゃくっていた。死は唐突にやってくる。それがいつになるのかもわからない。悪夢だ。地獄だ。なぜこんなことになってしまったのだ。

「戸田議員！」叫ぶ女の声がした。

恐怖のなか、かろうじて顔を上げる。岬美由紀が片手で機関銃を乱射しながら、こちらに向かって駆けてくる。

情けないのを承知で、戸田は弱々しく訴えた。「助けてくれ」

この喧騒《けんそう》のなかでは、その声は美由紀に届くはずもなかった。しかし、美由紀はまっすぐ戸田のもとに駆けつけると、いったんかがみこんで周囲に掃射した。近くで聞くと、頭をドリルで貫かれたような発射音だった。耳の痛みをこらえていると、美由紀が戸田の顔を一瞥《いちべつ》した。無事だとさとったらしい。美由紀は声もかけず、戸田の首の後ろをつかんで、コンクリートの上をひきずりはじめた。

襟が喉《のど》もとに食いこみ、戸田は苦しさを感じた。見あげると、美由紀は右手で銃を撃ちながら、左手で戸田をひきずっていた。あの細い身体のどこにこれだけの腕力が備わっているのだろう。戸田は呆然《ぼうぜん》としていた。地面と背中の摩擦が引き起こす痛みも、さほど感じなかった。

美由紀はコンテナの陰にまで到達すると、戸田から手を放した。戸田を寝かせたまま、目もくれずに機関銃の弾倉を引き抜く。「生兵法《なまびょうほう》は怪我《けが》のもとですね。ギャンブルの歴史がないまま、いきなりラスベガス級のカジノを作るなんて」

戸田は呆気《あっけ》にとられて美由紀の横顔を見つめた。こんなときだというのに、美由紀は世間話でもするような口調で戸田に話しかけてくる。

「きみは」戸田はきいた。「日本のカジノは時期尚早だと?」

いえ。美由紀はうなずきながら、ウェストポーチから取りだした新しい弾倉を機関銃に叩《たた》きこんだ。「時期尚早どころか、日本の風土には合わないと思います」

「どうして?」

「不況だからカジノを作って、国が胴元になって上前をハネるなんて。日本はそんなこと、すでにやりすぎるくらいやってるでしょ？　税金は累進課税で極端なお金持ちを作らせない、宝くじの賞金も三億を上限にして、家とか土地とかの買い物で数年のうちに全額を使わせてしまう。国民に蓄えができないようにして、おカネを使わせるだけ使わせて、常に税金を吸いあげつづける。いってみれば、戦後の日本そのものがカジノだったんでしょう」

戸田にとってそれは衝撃的な意見であると同時に、あまりにも的を射た指摘でもあった。

政治家どうしは常に利権を考える。いわば、あらゆる機関の胴元の立場にいかにして納まるか、それればかりを気にしている。美由紀の主張することは真理だった。真理であるがゆえに、どの政治家も口にできなかったことだった。

「なるほど」戸田はつぶやきを漏らした。「大儲《おおもう》けができるかのようなほのめかしを与えて、国民におカネを吐きださせるカジノ国家か。言い得て妙だ」

美由紀は物陰から身を乗りだし銃を掃射した。またけたたましい銃声が響く。

戸田は耳をふさぎ、美由紀がふたたび戻るのを待った。

こんな状況だというのに、美由紀の態度はひどく冷静なものだった。コンテナの陰でうずくまり、弾倉を引き抜いて麻酔弾を装塡《そうてん》する。ひとりごとのように、美由紀は低い声でいった。「江戸時代、徳川幕府はたんなる田舎町だった江戸の整備に、多額のおカネを使わせることで大名のおカネを吸いあげた。参勤交代などおカネのかかることばかり繰り返させて、大名がお金持ちになることを防いだ。いまも昔も変わってませんね」

「たしかにそうだな」戸田は戦地に身を置いている恐怖を忘れかけていた。納得感だけが、自分のなかに広がっていた。「ジパング＝エンパイアが江戸の町並みの巨大カジノだなんて、皮肉な歴史の逆行だな。日本にこれ以上、カジノの経営形態が入りこむ余地はないのかもしれない」

美由紀の言葉には深い意味があり、意義がある。戸田はしばしその思考に没頭していたが、すぐに爆発音に現実に引き戻された。と、銃声がおさまりつつある。それとともに、高波が押し寄せるような音が辺り一帯に轟きはじめた。

どうしたんだ。戸田が身をこわばらせていると、SATのひとりが駆けこんできて美由紀に告げた。「敵潜水艦が潜航を開始」

美由紀はコンテナの陰から抜けだし、ゆっくりと歩きだした。すでに銃声は断続的なものになっている。戸田もそれにならい、立ちあがった。

埠頭の向こうに見える海に白い波が吹きあがっている。潜水艦の黒い巨体はすでにほぼ海中に没していた。

脱出の頼みの綱が目の前で断たれたことに、敵は戦意を喪失したらしい。黒装束のほとんどは交戦相手に背を向けて呆然と立ちつくしている。潜水艦が沈んでいくとともにその数は増え、潜望鏡が完全に海中に姿を消すと、もはや銃声はほとんど聞こえなくなった。

行き場を失って途方に暮れる黒装束、銃をかまえながらじりじりと包囲網をせばめていくSAT。

滝のような音はしだいに小さくなって、さざ波の音色へと変わっていった。さっきまでの喧騒《けんそう》が嘘《うそ》に思えるような静けさのなか、戸田は埠頭の惨状をただ眺めていた。

黒装束が銃を捨て、投降をはじめた。終わった。数分前まで、ここは戦場だった。またここにひとつ、悲劇の跡地が生まれた。

戸田は、立ちつくす美由紀に歩み寄った。美由紀は黙って、海に目を向けていた。

「逃げられたか」戸田はつぶやいた。「潜水艦で深く潜られちゃ、海上保安庁の網にもひっかからないだろう。芹沢も出崎も海外逃亡を果たしてひと安心ってわけか」

「いいえ」美由紀はいった。「そうはいかないわ」

戸田は驚いて美由紀をみた。「なぜ?」

そのとき、海面がふたたび荒れだした。白い波が交錯しはじめる。波が激しさを増したとき、ふたたび黒光りする巨体が海面に浮上してきた。兵器に詳しくない戸田の目にも、さっきとは別の潜水艦であることはあきらかだった。

美由紀は海に向かって走りだした。が、ふとなにかを思いついたように、その足がとまった。戸田を振り返り、美由紀はにこりと笑った。「不景気ばかりじゃなく、貧富の格差についても国会で論議してくださいね。職を失って、貧しくならざるをえない人も増えてるから。じゃ、議員もどうかお気をつけて」

また背を向けて走り去っていく美由紀を、戸田はひたすら唖然《あぜん》として見送った。なるほど、噂《うわさ》には聞いていたがたいへんな女性だ。こんな状況においても世の貧しき人たちを思いやり、国会議員に対し意見することを忘れないとは。

しかし、と戸田は思った。あれこそが、われわれが学ぶべき姿勢なのかもしれない。戸田はひとり静かに、その考えを噛《か》み締めた。

潜航

美由紀は埠頭《ふとう》に立ち、轟音《ごうおん》とともに浮上する〝やましお〟を眺めていた。

これまでの海上自衛隊の涙滴形の船体とは異なり、直線が多く推進時に水の抵抗がより少ない構造になっている。米海軍のロサンゼルス級に近い形状といえるかもしれない。水中では高速をだせるが、従来の型にくらべて舵《かじ》がやや不安定になりがちだと耳にしたこともある。外殻の表面は無反響コーティングの吸音タイルに覆われていた。このゴム製のコーティングはアクティブ・ソナー・パルスを吸収し、敵に探知される確率を軽減させる。もっとも、さっきまでここにいた敵の潜水艦も同様の処置が施されていたから、海中で有利というわけではなさそうだった。

埠頭に打ちつける波が穏やかなものとなり、海面が安定してきた。辺りを制圧したSATが潜水艦を眺めている。誰もが戸惑った表情を浮かべていた。無理もない。さすがのSATも、海自の原潜をどう迎えるかはマニュアルに記載されているはずもない。

美由紀は銃を放《ほう》りだすと、ウェストポーチと装備品一式を身体《からだ》から取り除き、すかさず海に飛びこんだ。

夜明け前だ、水中は身を切るような冷たさだった。海面は波がおさまりつつあるが、海中の流れはまだ速い。水圧に押し戻されそうになるところを必死で泳いだ。息つぎも、上下する波の高さを計算にいれておこなわなければたちまち失速し、波に押されて埠頭に叩《たた》きつけられてしまう。

沖に張りだした埠頭に面した海はいきなり深くなっていた。足をついて休むことなどできない。そんななかで流れに逆らって泳ぐことは、とんでもなく体力を消耗する試みだった。百メートル足らずと思われた距離が何倍にも感じられてくる。陽の射《さ》さない現状では、海中は真の暗闇《くらやみ》でもあった。もともと汚染されていた東京湾に、二隻の潜水艦が矢継ぎ早に現れたのだ、透き通った水を期待すること自体が間違っている。なにが混入しているのか、目がしだいに痛くなってきた。

それでも海中をつたわるエンジン音で、潜水艦の近くに達したことは感じられた。浮上のための排水は完了しているらしく、付近に急速な水流はない。

美由紀は海面に顔をだした。全長百十メートルにも及ぶ原潜は、間近にみると大陸も同然だった。艦橋の位置を見てとり、そちらに向かって泳いでいく。

側面の梯子《はしご》に手をかけたとき、すでに指先の感覚は喪失していた。目視で自分の手が梯子を握ったことを確認してから、足をかけて身体を引きあげる。鉄製の梯子はぬめりがひどく、滑りやすかった。何度も足を踏みはずしながらも、感覚のない両手でぶらさがり、かろうじて海面への落下をまぬがれた。

ハッチが開く鈍い音がした。見あげると、青みがかった空の下、青白い顔の若い男がこちらを見下ろしているのがわかった。海上自衛隊の制服だった。男は驚いたようすで懐中電灯をこちらに向けた。強烈な光源を間近にみて、美由紀は目に激しい痛みを覚えた。

若い自衛隊員は緊張しているらしく、うわずった声でたずねてきた。「何者だ」

「まぶしいから消してくれない？」美由紀はいった。

ああ、とあわてたようすで懐中電灯を消灯した若い男は、なおもぽかんと口をあけて美由紀を見下ろしていた。

美由紀はため息をついた。さっさと駆け登りたいが、手足に力が入らない。現状を維持しているのがやっとだ。

そういう美由紀の状況をいっこうに悟る気配のない自衛隊員に、美由紀はいった。「手、貸してくれないの」

「あ、すみません」男はやっとのことで手を差し伸べた。美由紀の手を握って引っ張りあげる。腕力はかなりのものだった。ようやく潜水艦の上に立つことができた美由紀に、男は探るような表情をうかべていった。「第六潜水隊、栗島《くりしま》海士長です。あなたは？」

美由紀は濡《ぬ》れた髪をかきあげ、服にしみこんだ海水を絞りながらいった。「岬美由紀、元二等空尉」

栗島海士長は目を見張った。「空自の主力戦闘機部隊におられたという、あの岬二尉ですか」

自衛隊員には通りのいい名前だった。美由紀はにこりともせずにいった。「まあね」

「あの」栗島は戸惑いのいろをみせながらも、かしこまっていった。「〝やましお〟へようこそ。感激の至りです」

「一刻を争うの。上官と話をさせて」

ふいに栗島は押し黙った。妙な気配を感じて、美由紀は栗島を見つめた。

「なんなの？」美由紀はきいた。

「そのう、本艦には、本来の上官である幹部は乗っておりません。特殊な命令ということで……私が、最も上官ということになりますが」

「あなたが？」美由紀は驚きを隠せなかった。「ってことは准尉もいないの？」

「はい」

なんということだ。美由紀は唖然《あぜん》とした。仲銅一派が政府に要求した内容は、SATの隊員から伝えきいていたが、まさかここまで要求を丸呑《まるの》みにしているとは。政府は、よほど身内を人質にとられたことが応《こた》えたらしかった。

美由紀はたずねた。「あなたが最も位が上ってことは、あとは……」

「そうです。一等から三等海士のみです。それも、最少人数体制で出航するよう命じられました」

「よく動かせたわね。艦を指揮した経験はあったの？」

「シミュレーターでなら……。海士たちも同様です。実際の乗艦では、雑用しか経験したことがなくて……。ここまでくるのもやっとのことでした」

せめて尉官、いや曹がいてくれたら話もできるが、海士のみとは。これでは敵の魚雷の餌食《えじき》になるのは目に見えている。

元空自の自分にとっては畑違いではあっても、いちおうこの男よりは上官だったことになる。危機を捨て置くことはできない。美由紀はいった。「とにかく、なかにいれて」

「はい、どうぞ」栗島の言葉には、あきらかな安堵《あんど》の響きがこもっていた。

ハッチのなかの梯子を下る。やっと指先の感覚が戻りつつあった。艦内は適温に保たれている。梯子を下りきると、オレンジの非常灯に照らされた通路に降り立った。やはり呆《ぼう》然《ぜん》とした面持ちの若い乗組員がふたり、立ちつくしてこちらを見ている。栗島よりさらに若い。階級章はいずれも二等海士だった。どうやら、この艦では美由紀が最も年長者らしい。

梯子を下りてきた栗島がいった。「向かって右が居住区につづく道です。左は魚雷発射管室で、発令所は……」

「この階段を下るんでしょ。知ってるわ」美由紀はそういって、短い階段を降りていった。

内部も以前の海自潜水艦とは異なっている。区画ごとにハッチで区切られているわけではなく、移動が楽だった。このあたりも米軍に学んだのだろう。

通路を進んでいくと、まだあどけなさを残す若い海士たちが足をとめ、じっと美由紀を見つめる。美由紀はかまわず歩いていった。

背後からあわてたようすで追ってくる足音が響いてくる。栗島の声がいった。「まってください、岬二尉。本艦について、いちおうご説明申しあげますと……」

「〝やましお〟についてなら知ってるわ」美由紀は歩を緩めずにいった。「幹部候補生学校では海自の潜水艦についてもひととおり教わってるから。全長百十メートル、幅十メートル、吃水《きっすい》十メートル。基準排水量六千八十トン、水中排水量六千九百二十六トン。動力は原子炉一基、蒸気タービン二基、一軸。出力三万五千馬力、水中速力三十二ノット、潜航深度四百五十メートル。五百三十三ミリ魚雷発射管四門、Ｍｋ48魚雷装備。わたしが空自を辞めた当時の最新鋭艦だったから、よく覚えてる」

圧倒されたようすの栗島を尻目に、美由紀は発令所に足を踏み入れた。

「あの」栗島はどういっていいのかわからず、戸惑いがちに発声した。「岬二等空尉がおいでになりました」

その栗島の声は、発令所の若者たちを余計に困惑させたようだった。潜望鏡をのぞきこんでいた一等海士が、目を丸くしながらこちらをみる。艦制御区画の座席についていた三等海士たちも、航法装置や火器管制制御装置の操作に携わっていた二等海士たちも同様だった。

防衛大出身の美由紀にとって、ノンキャリア組の若者ばかりがひしめきあう発令所は異様な光景にほかならなかった。それに、こうした海士たちがどのていどの知識を有しているのかも把握できなかった。なにから切りだしていいのか、途方に暮れる。

遠まわしにいっても始まらない。美由紀はずばりといった。「武装勢力の潜水艦がすぐ近くに潜伏してる。領海の外に逃げられないうちに、追跡して捕らえる」

発令所はしんと静まりかえった。数秒ののちに、若者たちはうろたえはじめた。近くの乗員と顔を見合わせ、口々に怯《おび》えた声をあげていた。

「あのう、いいですか」艦制御区画にいた三等海士のひとりが慌てたようすで駆けだしてきた。「僕らは、その、まだ訓練の途中でして。ええと、渋谷のハローワークの前をうろついてたら、声をかけられて、あの、事務所にいったら自衛隊員になれるっていうんで……特別職国家公務員っていいましたっけ、初任給十六万三千三百円で、ボーナスもあって、完全週休二日制で、二年経《た》てば退職金がでるっていうから、入ったんです」

美由紀は三等海士のとめどないお喋《しゃべ》りをさえぎろうとした。「そう。でもいまは……」

しかし、三等海士は憑《つ》かれたようにまくしたてた。「それが、いきなり呼びだされて、見よう見真似《みまね》でここまできたんです。横須賀潜水艦基地のドックをでるときにも、無線で操縦を教わりながら、なんとか潜航できたんです。ここに浮上するのも至難のわざでした。でも、交戦なんてとても無理です。命令されても、すぐ判断することなんてできないし……」

「三等海士」美由紀はいった。「名前は?」

「お」若者は緊張して言葉を詰まらせながら答えた。「大澤《おおさわ》ですけど……」

「大澤三等海士。持ち場に戻って」美由紀は穏やかにいって、大澤がそうするのを待った。

美由紀が沈黙を決めこんだのを察したらしく、大澤は当惑しながらも引きさがった。

「気持ちはわかるわ」美由紀は発令所を見渡しながらいった。「いきなりこんな大舞台に立つなんて、思いもよらなかったでしょうからね。でも、まず事実を把握して。敵の作戦では、本艦を魚雷で破壊するつもりだった。だから日本政府に、未熟な訓練生だけで潜航するよう要求した。いってみればあなたたちは、みすみす敵の餌食になることを運命づけられているのよ」

ざわめきが起きるより早く、火器管制制御装置に座っていた太った若者が泡を食ったようすで立ちあがった。「そんな。悲劇だ。俺たちは見捨てられてる」

美由紀はきいた。「二等海士。名前は?」

「吉岡《よしおか》……です。こんな目に遭うなんて、冗談じゃない。いますぐ艦を降りたい」

発令所の喧騒《けんそう》が大きくなった。栗島海士長があわてて抑えようとしたが、反発の声は勢いを増した。

「静かに！」美由紀はぴしゃりといった。「〝やましお〟は無反響コーティングはされていても遮音コーティングは施されていない。艦内で大声をあげれば敵艦のソナーに探知される」

　若者たちは凍りついた表情で押し黙った。発令所にふたたび静寂が戻った。

「あなたたちを死なせはしないわ。でも、領海内に侵入してきて戦争行為をおこなう犯罪者たちは許せない。今後、尊い命が犠牲とならないよう、この場で敵を仕留める。わたしたちはそれができる唯一の存在よ。……それでも異議があれば、すぐに艦を降りることね。人の道を外れた犯罪がはびこり、平和が乱れ、あなたたちの家族や友達の幸せが破壊される機会が増加する。そう望むなら」

　静寂はつづいた。身じろぎする若者はいなかった。戸惑いや憂いも急速に消えつつある。大澤も吉岡も、無言でじっと美由紀をみつめている。

　彼らが怯えていないわけがない。しかし、やるべきことはしっかりとわきまえている。それさえあれば充分だ。

「よし」美由紀はいった。「緊急かつ非常の事態につき二尉のわたしが指揮をとる。栗島海士長、異存は？」

「ありません」栗島が答えた。

「では副長をつとめて。今後は副長と呼ぶわ。全員持ち場について。潜航用意」

栗島は一瞬戸惑ったが、すぐに復唱した。「了解。潜航用意。深度測定」

全員があわただしく部署に戻るなか、大澤が艦制御区域から応じた。「深度測定。二百メートル」

「大澤」美由紀は潜望鏡をのぞきこみながら命じた。「深度五十メートルまで潜航開始」

「深度五十メートルまで潜航開始、了解しました」大澤の声が発令所に響く。「全部署に通達。潜航開始。深度五十メートル。潜水角度五度」

床がしだいに前方に傾いていく。振動が大きくなる。美由紀は潜望鏡を下ろした。轟音《ごうおん》とともに、耳鳴りをおぼえる。潜水艦が海中に没した証拠だった。

「すごい」栗島がつぶやいた。「こんなに潜航がスムーズにいったのは初めてだ」

こんなことで喜んでいたのでは先が思いやられる。それでも、彼らにとって最初の壁を無事に乗り越えたことにちがいはない。美由紀は静かにいった。「そう。やればできるのよ」

衝撃波

芹沢はウイスキー級潜水艦の発令所で椅子《いす》に腰を下ろしていた。潜水艦に乗ったのは初めてだが、ひどい乗り心地だった。耳鳴りのような轟音《ごうおん》が絶えず響き渡り、上下左右に唐突な動きが生じて胃のなかのものを激しくかきまわす。近くに座っている出崎と平丘も、青い顔をしてうつむいていた。

彼らの苦い顔つきは、乗り物酔いのせいばかりではなさそうだった。出崎はさっきから何度も芹沢に不服そうな目を向けている。平丘もまたしかりだった。

「気にするな」芹沢は吐き捨てるようにいった。「海外で態勢を立て直せばいい。そして、次こそ絶対的な権力を掌握できる作戦を敢行する。きょうの恨みを何十倍、何百倍にして日本政府にかえしてやる。あの岬美由紀という女にもな」

「私はどうすればいい」平丘がぼそりと告げた。「もう議員に戻る道はない。閉ざされたんだ。きみらのおかげでな」

芹沢は怒りを覚えた。「当てこすりはよしてもらおう。あなたも自分の意志でやったことだ。俺たちは全員、日本での権限も自由も失っている。新天地で出直すしかない」

うか」

「長官」出崎は憂鬱《ゆううつ》そうにつぶやいた。「しかし、外国でもわれわれの居場所があるかど
「俺たちには力がある。仲銅一家を手なずけ、ここまでの組織を作りあげたわれわれだ、まだ逆転の機会はある」

出崎は硬い顔で芹沢を見返した。「本当にそう思ってるんですか？　三塚は撃ち殺したし、仲銅畔戸は逮捕された。警察内でわれわれを支持していた勢力にせよ仲銅一家にせよ、われわれについてくる理由はもはやないはずです」

芹沢は怒鳴った。「いずれも仕方がなかったことだ」

出崎は不満を隠そうとはしなかった。「三塚を撃ったのも必要なことですか」

「岬美由紀が三塚を人質にとったんだ。あの女が悪い」

「いえ、撃ったのはあなたですよ」

「なにがいいたい」芹沢は立ちあがり、出崎に近づいた。

出崎はうつむいたまま、ぼそぼそと告げた。「四百億のカネを全額放棄して、われわれは無一文だ。外国に逃亡したからといってなんになる」

「この腰抜け」芹沢は出崎の胸ぐらをつかみあげた。「カネを失っても、俺たちには理想がある。権力を手にし、新国家を建設する理想がな」

平丘が口をさしはさんだ。「すべては水泡に帰した」

「いいや。まだだ。歴史は俺たちに味方する」

そのとき、発令所がふいにあわただしさを増した。自衛隊員の制服のイミテーションを着た乗組員たちが各部署に駆けこむ。照明が赤に変わり、ブザーが鳴り響いた。

なにごとだ。芹沢は艦制御区画に駆け寄ったが、コンピュータの表示はすべてロシア語で理解できない。それでも、レーダーに光点の点滅があることはみてとれた。

「〝やましお〟か？」芹沢はきいた。

黒装束たちとは違って、ロシア人の乗員たちはひどく無愛想だった。連中はウラジオストック港で潜水艦を購入した際、艦の操縦のためにセットで雇用したスタッフだったが、それゆえ芹沢に対しては賃金以上の忠誠心を示してはいなかった。顎鬚《あごひげ》を生やした艦長らしき男も芹沢に一瞥《いちべつ》をくれただけで、すぐにそ知らぬ顔をきめこんだ。

こちらのソナーが〝やましお〟を探知したのなら、向こうもこちらの存在に気づいたと考えるべきだ。まだだとしても、すぐにそうなるだろう。乗っているのは訓練生ばかりだ、追撃される心配はなくとも、ソナーの探知結果を海上自衛隊の本部に連絡されたら厄介なことになる。

「事前の計画どおり、あの潜水艦を撃沈しろ」芹沢は艦長にいった。「海上保安庁らが爆発の残骸《ざんがい》に気をとられているあいだに、深く潜って脱出できる。予定どおりにだ」

ところが、ロシア人の艦長はなおも芹沢を無視しつづけた。潜舵《せんだ》を握る乗組員になにかひとこと告げただけで、あとは無言で図面テーブルに目を落とすばかりだった。潜水艦は依然として直進を続けている。針路を変える気配はない。

「おい艦長。言葉がわからないのか」乗員は黒装束とは違う。日本語がわからないのも無理はなかった。そのことに気づいた芹沢は、艦長を艦制御区画まで引っ張っていき、レーダーを指さして身振り手振りで意思をつたえようとした。敵艦。魚雷で攻撃、どかん。

しかし、艦長は面倒そうな目を芹沢にちらと向けただけで、また発令所の中央に戻っていった。

芹沢のなかに妙な感触があった。直感だが、自分の勘はよく当たる。芹沢は拳銃《けんじゅう》を引き抜き、艦長の後頭部に突きつけた。「喋《しゃべ》れないふりもそこまでにしなよ。いわれたとおりにやれ」

殺気とともに発令所のなかは静まりかえった。沈黙を破ったのは、艦長の震える声だった。芹沢の読みどおり日本語だった。「撃沈しても意味はない。おまえらの作戦は失敗した」

「意味がないかどうかは俺がきめる。誇りを踏みにじられて、ただ黙って尻尾《しっぽ》を巻いて逃げだせるかというんだ。復讐《ふくしゅう》はこの場で遂げてやる。魚雷で奴らを撃沈しろ」

首すじに当たった冷たい銃口の感触に、艦長はすっかり肝を冷やしてしまったらしい。弱々しい声で訴えてきた。「敵艦は最新の原子力潜水艦だ。まともに向かい合っては勝ち目はない」

「心配するな」芹沢は笑った。「さいわい、あの潜水艦の乗員は年端もいかぬガキばかりだ。魚雷の標的になるためわざわざ出てきた気の毒な若者どもさ。自衛隊の潜水艦を沈めて名をあげなよ。撃つように命じるんだ」

艦長はなおもためらうそぶりをみせた。凍りついたまま黙りこくっている。

「撃つんだ」芹沢は拳銃の撃鉄を起こした。「さっさと撃つように命じろ。三つ数えたら引き金をひくぞ。一、二……」

たまりかねたようすで、艦長がロシア語で命令を放った。部下は、艦長よりは機敏かつ迅速だった。武器コンソールらしき場所に詰めた乗組員たちが次々とスイッチを入れていく。

「魚雷発射を命じた」艦長がため息まじりに告げた。

「よろしい」芹沢は銃を突きつけたままいった。「予定どおりだな。すべて」

〝やましお〟の発令所にアナウンスの声が響いた。「ソナー室です。後ろに……その、なにかいるようです」

美由紀はため息をついてマイクをとった。「発令所よりソナー室。なにかじゃなくて、もう少し具体的な言い方はできないの」

「すみません」ソナーの声は当惑ぎみだった。「パッシブソナーにコンタクト。後方に移動物体」

「それでいいわ。いまいく」艦長ならむやみに発令所を離れるべきではないが、ソナーのほうも初心者なのだ、手を貸さざるを得ないだろう。美由紀はいった。「副長、ここを頼むわ」

「了解」幹部に昇格した気分を味わっているらしい。栗島の声はどことなく上機嫌だった。

美由紀は発令所の奥にあるソナー室に入っていった。狭い部屋には四つのソナー制御卓があったが、いまはひとりしか座っていない。ヘッドホンをつけた二等海士が、音響周波数域分析装置をいじっている。

「敵艦なの？」美由紀はきいた。

「まだわかりません。本艦のエンジン音が邪魔して……どうやるんだっけ、これ」

「速度は？」

「四十ノット。真後ろを尾《つ》けてきているようですが」

レーダーにはかすかな影がうつるのみだった。美由紀はマイクをつかんでいった。「ソナー室より発令所。副長、原子炉緊急停止、無音航行開始」

「了解」栗島の声が応じた。「原子炉緊急停止」

ほどなくして艦内に轟《とどろ》いていたエンジン音がフェードアウトをはじめた。静けさが漂いはじめたとき、二等海士がいった。「スクリュー音らしきものが」

「貸して」美由紀はヘッドホンをもぎとって耳にあてた。一定のリズムの機械音。ディーゼル推進エンジンに特徴的なノイズがわずかに含まれている。美由紀はヘッドホンを突き返していった。「敵艦だわ。見逃さないで」

了解。うわずった二等海士の声をあとにして、美由紀は発令所に駆け戻った。

そのとき、ソナーからのアナウンスが響いた。「アクティブソナー探知。敵艦に捕捉《ほそく》されました」

「全速前進」美由紀は怒鳴った。「深度百五十メートルまで急速潜航」

栗島があわてたようにいった。「了解。全速前進、急速潜航開始」

ふたたび頭上からのアナウンスがきこえる。「ソナーより発令所。敵艦急速接近」

美由紀はマイクをとってたずねた。「距離は？」

「現在千五百メートル」

「副長」美由紀は早口に命じた。「急速潜航を中止して。舵《かじ》左いっぱい」

了解、栗島が復唱すると、大澤の声が響きわたった。舵左いっぱい。艦内が大きく傾いた。作図テーブルの上からコンパスが滑りおちる。

栗島が怯《おび》えた顔で美由紀に告げた。「敵に向き直って撃つんですか？　向こうが先に発射しますよ」

「わかってるわよ、そんなこと」美由紀はいった。

「ソナーより発令所」轟音のなか、悲鳴に近いアナウンスが響く。「敵艦魚雷発射。方位〇—四—八」

発令所に恐怖の声があがった。美由紀は間髪をいれずに怒鳴った。「うろたえないで！副長、敵艦を真正面にとらえたら全速前進」

吉岡が振り返り、甲高《かんだか》い声できいた。「魚雷に突っこんでいく気ですか」

「いいや！」栗島は戦法を理解したらしい。「最善の方法だ。全速前進」

「全速前進、了解しました」大澤が怒鳴りかえす。エンジン音がひときわ激しく鳴り響いた。細かな振動も徐々に大きくなっていく。

「ソナー室」美由紀はマイクにいった。「敵艦および魚雷との距離は？」

「敵艦千二百メートル、魚雷六百五十メートル。急速接近中」

美由紀は火器管制制御装置に近づいた。「魚雷囮弾《カウンターメジャー》用意」

吉岡の手が、コントロールパネルの上で戸惑いがちにさまよった。「ええと……」

「これよ」美由紀は魚雷発射スイッチの下で点滅する赤いボタンを指さした。

「ああ、はい」吉岡はボタンの上に指を這《は》わせた。

「カウンターメジャー放出」美由紀が命じると、吉岡がボタンを押した。カウンターメジャー、放出完了。

「副長」美由紀は栗島に向き直った。「潜航角度五度」

「了解。潜航角度五度」

大澤がさらに復唱する。「潜航角度五度了解しました」

「ソナーより発令所」アナウンスの声はもはや断末魔の叫びに等しかった。「敵艦との距離八百メートル、魚雷は直撃寸前です」

発令所の一同が息を呑《の》んだ気配がつたわってくる。たいせつなこの一瞬に、乗組員の腰が引けて潜舵などを勝手に操らないともかぎらない。それは致命的な結果を生む。

瞬時に美由紀は怒鳴った。「信じて！　勇気こそが勝利をもたらすのよ。わたしたちに敗北はありえない」

沈黙が降りてきた。轟音の向こうで甲高い音とともに、なにかが通りすぎていく。外殻に軽くごつんとぶつかる音がしたが、衝撃も振動もなかった。

ソナー室からはしゃいだ声がきこえてきた。「魚雷、通過していきました。信じられない」

乗組員の安堵《あんど》のため息が漏れるなか、美由紀は栗島をみつめた。栗島も、美由紀をみつめかえした。

この海士長は美由紀の戦術を理解した。敵艦が発射したのはおそらく通常のホーミング型魚雷だ。直撃せずにカウンターメジャーによって逸《そ》らされたとしても〝やましお〟の近くで自爆させるつもりだったろう。しかし、九百メートル以内なら自爆のための起爆装置は働かない。安全装置が機能しているのだ。距離を縮めてしまえば、魚雷は爆破できない。もっとも、現時点ではこちらも同じ条件だ。美由紀はマイクにいった。「発令所よりソナー、敵艦との距離は？」

「六百メートル、さらに接近中」

「吉岡」美由紀は告げた。「一号発射管、魚雷装塡《そうてん》。点検用スイッチを押しっぱなしにして安全装置を解除したままにして」

一瞬困惑の色をみせた吉岡が、すぐさま指示に従った。「了解、一号発射管魚雷装塡、安全装置は解除します」

通常、このような方法は海上自衛隊の規則上、許されていない。兵装の危険な取り扱い方をした罪で処罰を受ける。彼らもそれは知っているはずだ。にもかかわらず、彼らはそれに従った。いまなにをすべきか、彼らは自分の意志で判断しているのだ。

美由紀はいった。「方位を確認して発射」

確認。栗島が告げると、吉岡の声が響いた。発射。

鋭い発射音が船体を駆け抜け、反動が振動となってつたわった。

「大澤」美由紀は艦制御区画に向き直った。「潜舵をさげろ。急速潜航」

「急速潜航了解」

床がぐんぐん前に傾く。美由紀はマイクに向かっていった。「ソナー室。魚雷と敵艦の距離および魚雷の速度は?」

「二百八十メートル、速度五十ノット」

ストップウォッチを用意しておくべきだったがいまさら遅い。美由紀は腕時計の秒針をにらんだ。敵艦がカウンターメジャーを放出して回避行動をとることはあきらかだ。だが、こちらは安全装置を解除している。「吉岡。マニュアルで魚雷自爆準備」

「ソナーより発令所」アナウンスが響く。「魚雷、敵艦の百メートル以内に突入。速度五十五ノット」

「五秒後に自爆」美由紀は言い放って、秒針を凝視しつづけた。

あと四秒。三秒。二秒……。

乗員たちはロシア語で怒鳴りあいながら、発令所のなかを右往左往しはじめた。外から響いてくる甲高い音がしだいに大きくなるにつれて、艦内はパニックの様相を呈しはじめた。

「自衛隊の魚雷が接近してくる」出崎が絶望的な声をあげた。「もう終わりだ」

芹沢は喧騒《けんそう》のなか、艦長の首すじにあてた銃口をさらに食いこませてたずねた。「どうなってる。こっちが先に撃ったのになぜ撃沈できなかった」

「距離が短かったから爆発しなかった」怯えきったようすの艦長が早口に訴えた。「だが連中の魚雷も同じだ。あんな短い距離じゃ点火しない……」

「本当か」けたたましいブザーが鳴り響くなか、芹沢は怒鳴った。「本当だな?」

耳ざわりな魚雷の推進音が絶頂に達したとき、爆発音が轟いた。艦首から閃光《せんこう》が走り、これまで体感したことのない激しい衝撃が襲う。艦体が大きく捻《ね》じ曲がっていき、目の前に爆発の火球がひろがった。

乗員たちの声のなかでも、出崎と平丘の悲鳴ははっきりと芹沢の耳に届いた。嵐《あらし》のような爆風とともに巨大な炎の壁が急速に迫ってくる。

「この無能め」芹沢は叫んで引き金をひいた。

だが、これほど無益な殺生はなかった。直後に艦長の死体は炎の壁に呑《の》みこまれた。つづいて、芹沢もその地獄にひきずりこまれた。想像を絶する苦痛のなかで、一瞬にして焼け爛《ただ》れていく自分の腕、砕け散っていく自分の身体《からだ》の破片をまのあたりにした。

「無能め!」それが芹沢が最後にきいた、己れの叫び声だった。

衝撃が〝やましお〟の艦体を揺るがす。地震のような縦揺れに次いで、巨大な鐘を突いたような轟音が響き渡った。水中の爆発音だった。照明が明滅する。乗組員たちが身近なものにつかまって揺れを凌《しの》ごうとしているのが、美由紀の目にうつった。

美由紀も潜望鏡にしがみついていた。振動がおさまりかけたが、床が大きく右に傾きはじめる。爆発の熱で海流に急激な変化が生じたのだ。大澤が必死で舵を立て直そうとしているのがわかる。ほどなく、艦内は水平へと戻っていった。

「ソナーより発令所」静まりかえった艦内に、アナウンスの声が響く。

マイクをもぎとり、美由紀はなんとか声を絞りだした。「ソナー室。敵艦はどうなった」

一瞬の間をおいて、アナウンスが答えた。「撃沈しました」

耳をつんざくような歓声がいっせいに沸き起こった。発令所の全員が立ちあがり、祭事のように歓喜に沸く。その声は、いままで耳にしたどんな轟音よりもひときわ大きく感じられた。

美由紀は深くため息をついて、椅子《いす》に腰をおろした。頭を抱えてうつむき、高揚した心を落ちつかせようとする。

本当は捕らえたかった。どんな罪人だろうと、裁きは法廷で下されるべきだった。向こうが魚雷で先制攻撃を仕掛けてきた以上、応戦せざるをえなかった。結果、命を奪わざるをえなかった。

やむなき戦いがある。ある意味では、勝利はいつも苦い。それでも人は成長し、学んでいく。ここにいる全員がそうだ。彼らは戦いを通してなにかを知り、これからの日々を歩んでいく。成長し、発展していく。流された血は、決して無駄ではない。そう思いたい。

「岬二尉」栗島が声をかけてきた。「だいじょうぶですか。ご気分でも？」

そうね。美由紀は苦笑して顔をあげた。「カウンセラーでも呼んでほしいわ」

栗島もつられたように笑みをうかべた。「あなたのおかげで、全員が救われました」

「いいえ。戦ったのはあなたたちよ」美由紀は悪戯《いたずら》っぽく栗島をみた。「規則を破って安全装置を解除した魚雷を発射したのもね」

栗島は目を丸くした。「そんな」

ふっ。美由紀は笑った。「冗談よ。でも忘れないで。あなたたちは勝利したのよ」

その言葉は栗島にとって衝撃的だったらしい。驚きの色をうかべたあと、しだいにその表情が和らいでいく。穏やかな目が、美由紀をじっとみつめた。「ありがとうございます、岬二尉」

「元、二尉よ」美由紀はいった。「わたし、もう民間人なの。自衛隊っていろいろたいへんよね」

栗島は複雑な笑みをうかべた。「幹部候補生だったあなたと僕とでは、ちがいます。……明日からまた、雑用係ですよ」

「わたしにとっては、あなたは最高の副長よ」美由紀は穏やかにつぶやいた。「そして、いまからは艦長。栗島艦長、指揮をどうぞ」

栗島はしばし面食らったようすだったが、やがて微笑とともに立ちあがり、発令所の面々に告げた。浮上する。

成長。そう、人は変われる。理想の日々に向かって、歩みつづける。自分がそうであったように。美由紀は静かに確信した。誰もが成長しつづけている。争いのない平和で平穏な未来は、きっと訪れる。いつか、きっと。

名残り

岬美由紀はオレンジ色に染まるお台場・青海の一画にいた。広々とした駐車場は、以前にはこの場所に存在してはいなかった。だが、正面にみえる瓦《かわら》屋根の平屋建ての建造物は、はっきりと記憶に残っている。ジパング＝エンパイアの北側に位置していた〝江戸シティ〟エリアのなかに、この建物は存在していた。あのときは、ずっと小さな建物にみえた。周辺に巨大な木造建築物が乱立していたからだろう。五重塔もあったし、屋根ごしには富士山型のドームもみえていた。いまはそれらはきれいに取り払われ、工場跡地のような空き地の真ん中に、ぽつんと存在しているにすぎない。

陽《ひ》が傾き、黄昏《たそがれ》どきが迫っている。美由紀はすっかり湯冷めして、肌寒さを感じていた。沙希がこんなに長風呂《ながぶろ》だとは思わなかった。外にでるころにはクルマが届いていると思っていたが、あいにくまだブリリアントシルバーに輝くメルセデスSLの流線型の車体は見当たらなかった。早くあがりすぎたようだ。かといって、会計を済ませてしまったいまになってロビーに戻るのもおかしい。

かつて、この一帯がジパング＝エンパイアと呼ばれるカジノ・テーマパークだったことを知る人間は、どれくらいいるだろう。関係者が一様に口を閉ざし、都知事自身がカジノ構想の現行法枠内での成立を見送る発言をした現在、この日帰り温泉施設がカジノ構想の唯一の名残《なごり》だとは、誰も想像がつかないだろう。兵《つわもの》どもが夢の跡。美由紀の目には、この建造物が古戦場のごとく映っている。しかし、駐車場と玄関のあいだを行きかう人々の表情には、そんな感慨や深刻さは微塵《みじん》も感じられない。

歴史は闇《やみ》に葬られ、表層だけが公に歴史として知れ渡る。ここにもそんな時代の悪戯《いたずら》があった。

近づいてくる足音がした。沙希の声が呼びかける。「お待たせ。岬先生、早いですね。烏《からす》の行水ってやつですか」

美由紀は振り返った。頬を紅潮させ肌のつやもいい、いかにも湯上がりという感じの沙希が土産品の袋をさげて歩いてきた。

かれこれ二時間は風呂にいただろう。美由紀は半ば呆《あき》れながらきいた。「のぼせなかった？」

「全然」沙希は笑った。「あまり濃くないのか身体に効いてくるのも遅かったし、長く浸《つ》からないと温泉のよさは実感できないしね。あと、お風呂の外にある風景が、なんかこう、懐かしかったし」

そうね、と美由紀はいった。沙希のいう風景とは、この建物のなかにある屋内施設のことだった。江戸の町並みが再現された一画が、食べ物屋や休憩所として利用されている。以前はジパング＝エンパイア全域にその眺めが広がり、ここは雨天用の施設にすぎなかった。いまに至って、当時の面影を残す貴重な存在となりつつある。むろん、ジパング＝エンパイアを目にしたことのない一般客にとっては、少しばかりテーマパーク風の味付けがなされた天然温泉利用の銭湯にすぎないのだが。

沙希は伸びをしながら、駐車場の外に広がる景色を眺めた。きれい、と沙希はいった。

「ここにあの江戸の風景があったなんて、夢みたい。まさに幻想だね」

美由紀は沙希にならい、辺りを見渡した。施設解体後の空き地には、至るところに工業用のコンテナが点在している。あのなかにはまだ、瓦や漆喰《しっくい》の壁、障子やふすまなどがおさまっているのかもしれない。バブルの時代、全国各地に建設された第三セクターが、いまや廃材置き場と化している。不景気のさなか、そのバブルの夢を追い求めた起死回生の一大勝負も、結局は同じ末路を辿《たど》った。

「カジノって」沙希はつぶやくようにいった。「もう作られることはないの?」

「さあね」美由紀はいった。「都知事は、現行法の枠内でのカジノ実現は断念せざるをえないって言い方をしてたから。法改正も含めて今後に期待を寄せているのかも。コンテナが置きっぱなしになっているのも、そのせいかもね」

ふうん、と沙希は視線を地面に落とし、髪をなでた。その口もとに苦笑に似た微笑が浮かぶ。「こんな荒地の真ん中に温泉施設だけがあるなんて、ほんとに不自然」

「勘がいい人は気づくかもね」と美由紀も笑った。「ここでなにが行われようとしていたか。もっとも、現実はたいていの人の想像を絶する域にまで達してたんだけど」

そうだね。沙希がぼそりといった。

そよ風が頬《ほお》をなでていく。沙希の髪がふわりとなびいた。さっきは肌寒く感じた風が、妙に心地よい。そんなふうに美由紀は感じた。沙希がこの場に帰ってきたことを、空気までもが祝福し、温かく迎えているかのようだ。

沙希は遠くを眺めていた。「わたしがあの舞台に立ったことも、いまとなっては幻想ね」

美由紀は沙希をみた。沙希は項垂《うなだ》れて、感慨のなかに沈痛な色を浮かべていた。

「そんなことはないわ」美由紀はいった。「あなたの舞台を見つめていた大勢の観客は幻想なんかじゃない。あのひとたちの記憶には、あなたの活躍は刻みこまれている」

「活躍？」沙希はふっと笑った。「活躍なんて。イリュージョンは中断して、その直後に起きたことは、誰もが忘れたいことばかり。わたしの存在も、忌まわしい記憶と一緒くたにされてる。誰も思いだしたがらないし、人に語ろうともしない。わたしへの出演依頼も、悪い人たちがあの事件を起こすうえで、著名人の犠牲者を出したくなかったから、無名の人間を探しただけ。最初から捨て石だったんだわ」

美由紀は言葉が見つからず困惑した。ここにやって来れば、沙希がこのように落ちこむのはわかっていた。にもかかわらず、この場を訪れることを望んだのは沙希なのだ。

「ねえ、沙希ちゃん」美由紀は穏やかに話しかけた。「過去を振り返ることも時には重要だけど、辛《つら》いことを思いだすぐらいなら、忘れてしまったほうがいいこともあるわよ」

沙希は美由紀をじっと見つめた。「岬先生には、辛い過去はないんですか？　あったとしても、振り返ることもないの？」

それは、言いかけて美由紀は口をつぐんだ。ないはずがない。むしろ、いつも過去にとらわれてばかりだ。振り返らないのではない。あまりに辛く苦しい記憶が多すぎて、想起するには苦痛がともなう。だから、考えないようにしている。それだけにすぎない。

美由紀が黙っていると、沙希は表情を和らげていった。「そうよね。岬先生は、胸を張って過去に目を向けることができるよね。あんなにかっこいい人生を歩んできたんだもの。航空自衛隊のパイロットだったなんて、ね。すごくかっこいい」

他人からはそう見えるのだろう。実際には、人生は躓《つまず》くことばかりだった。美由紀は困惑しながらいった。「そうでもないの。ここでの一件なんて、昔の上司から大目玉を食らったし」

「そうなの？」沙希は目を丸くした。「大勢の人たちの命を救ったのに、感謝の言葉もなかったんですか？」

「それはあなたも同じだったでしょ。事件解決に少なからず貢献したのに、行政がくれたのは取り調べだけ」美由紀は思わず苦笑を漏らした。「わたしの迷惑に慣れっこになってる空自の人間より、海自の幕僚幹部が激怒してたわ。元二等空尉が海自の潜水艦を指揮したことに腹を立てたみたい」

「勝手ね」沙希は顔をしかめた。「下っ端の隊員にばかり操縦させてたくせに、あとから威張るなんて」

下っ端か。いまではそうでもない。栗島海士長はあの事件の直後、二等海曹に昇進したとメールで知らせてきた。ほかの隊員たちもそれぞれに貢献を認められたらしい。事件を通じて最も多くのものを得ることができたのは、あるいは彼らだったかもしれない。

実際には、事態は幕僚監部の美由紀に対する小言どころで収まりがつくほど容易ではなかった。海上自衛隊は〝やましお〟を出航させたあと、東京湾に潜水艦数隻を配備して警戒にあたっていた。それを察知した在日米軍も原潜を潜航させつつ、偵察衛星で海面のようすをうかがっていたという。敵の潜水艦を魚雷で爆破した際、自衛隊と在日米軍のいずれの司令部も大騒ぎとなり、情報が錯綜《さくそう》してさらなる混乱を招いた。一時は日米開戦、第二次太平洋戦争勃発《ぼっぱつ》のニュースが世界を駆け巡ったぐらいだ。外務省は各国大使を通じて国際世論への事情説明に追われ、国内では、内閣情報調査室がジパング＝エンパイアの存在と一連の事件について揉《も》み消しを図るため躍起になっていた。ようやく事態に収拾のめどがついたのが、ついひと月ほど前だ。それまでのあいだ美由紀は事件についていっさい口外しないよう、各方面から釘《くぎ》を刺されていた。

美由紀はしかし、そんな役人たちの火消しには興味がなかった。もとはといえば、彼らの蒔《ま》いた種だ。取り調べから解放されるや、美由紀は倉石診療所に戻りカウンセラーとして働いた。家庭に問題を抱える児童に対するカウンセリングだけでも、毎日息をつく暇がないほどの忙しさだった。子供たちの悩みを聞き、解決していくことに喜びを見出《みいだ》す美由紀は、ほどなく事件のことなど忘れ、本来の職務に没頭することになった。美由紀に限っていえば、とっくに日常を取り戻していた。

元どおり、果たしてそうだろうか。なにか胸にひっかかることがある。美由紀は戸惑いながら思った。そうだ、嵯峨だ。なぜか落ちつかない。同僚の彼が職場に一緒にいることが、日に日に気にかかるようになる。

しばしその思いにとらわれて、ふと我にかえった。気づくと、沙希が美由紀の顔を覗《のぞ》きこんでいた。

「岬先生」沙希は妙に真顔になっていた。「わたしのみたところ、先生は心の病に悩んでいるようですね」

どきっとして、沙希を見つめた。「どういうこと?」

「それはね」沙希はにやりと悪戯っぽく笑った。「恋ですよ、恋」

ふいにそう告げられ、わけもわからず顔が火照《ほて》ってくるのを感じた。「そんな。なにを根拠に？」

「さあ。でもあわてたところをみると、思いあたるふしがあるんじゃないって」

美由紀は面食らって黙りこんだ。やがてそれが、十代の女の子の冗談めかせた物言いにすぎないと気づき、美由紀は笑った。「そんなわけないわよ」

そうでしょうね、と沙希も笑顔で応じた。「先生と釣り合う男の人って、そんなにいそうにないから」

またしても複雑な心境が渦巻く。美由紀は笑顔が凍りつくのを感じた。釣り合う男性。どうとらえたらいいのだろう。なぜ自分はいま動揺しているのだろう。

そのとき、クラクションが鳴った。振り向くと、メルセデスＳＬが銀色の車体を夕陽《ゆうひ》のいろに鮮やかに染めて滑りこんできた。クルマは美由紀のすぐ近くで停車した。ドアが開き、作業着姿の中年の男が降り立った。永幡だった。「やあ、岬さん。湾岸線が混んでて遅れまして」

「永幡さん」美由紀は笑っていった。「ご苦労さま。エンジン音、調子がよくなったみたいですね」

ええ、と永幡は満面の笑顔でうなずいた。「エアバルブとオーバーロードリレーを交換しておきました。それと雪道を走ったせいかアキュムレーター内のガス圧がさがってたので、平常値に戻しておきましたよ。いまじゃもう、新車同然の状態です」

ありがとう、と美由紀はぴかぴかになった愛車を眺めていった。「セブリモーターズに復職できてよかったですね。エンジニアじゃなく陸送業務にまわされて、不満はないんですか？」

「いいえ、ちっとも」永幡は目を輝かせながらいった。「もともと零細企業ですから、修理工や整備士は不足してましてね。若い連中じゃ頼りないから、しょっちゅう私が面倒をみてますよ。それに、陸送もなかなか楽しいものですよ。長野までクルマを取りにいくのも、小旅行のようで面白かったですし」

長野か。あの雪山でのサバイバルが、ずいぶん昔のことのように感じられる。このクルマとも久しぶりに再会した、そんなふうに思える。

美由紀はきいた。「それで、修理費は？」

「いえ、もう貰《もら》っていますので」永幡は胸ポケットから封筒を取りだしてみせた。「フォーシーズンズ・ホテルの支配人が肩代わりをしてくださいました」

「ホテルの支配人が？」

「ええ。岬美由紀さんにはたいへんなご迷惑をおかけしました、と平謝りでしたよ。なにがあったかは知りませんが、えらくへりくだってましたね」

すると、例の誤解は解けたのだろう。これまで顔を知られていなかったモンタージュが関係者の証言によって作成され、あらためて指名手配がた。彼らはそれを見て、過《あやま》ちに気づいたにちがいない。

美由紀は喜びがこみあげるのを感じていた。「嬉《うれ》しいニュース、どうもありがとう」

「いいえ、またいつでもどうぞ」永幡は封筒をポケットにおさめると、歩きだした。「じゃ、私はこれで」

沙希がきいた。「どうやってお帰りになるんですか?」

永幡は足をとめて振り返り、にやっと笑った。銭湯を指さして快活にいう。「ここが第二の人生の出発点ですからね。ひとっ風呂浴びていきますよ。帰りは〝ゆりかもめ〟に乗って新橋へ直行です。なにせ、今夜は本社で残業なんで」

その言葉には皮肉や不幸をかこつような響きはなかった。永幡は自信と落ちつきに満ちた、ベテランの労働者にみえた。なによりも若返った、美由紀はそう感じていた。第二の人生の出発点。永幡にとっては、まさにそうに違いない。いまここにいる彼は、ジパング＝エンパイアの騒動によって生まれた。豊かさに満たされながらも人生は終焉《しゅうえん》を遂げたも同然だった彼は、ふたたび生きることの喜びに目覚め、日々を歩きだしたのだ。

地面におちた長い影をひきずり、永幡が立ち去っていく。その背を美由紀は長いこと見つめていた。

いくつになっても、人は若くいられる。彼はそのことを証明してくれた気がする。

「さてと」沙希がつぶやいた。「帰るかな」

「クルマで送るわよ」美由紀はいった。「家は六本木だっけ?」

沙希は少しばかり憂鬱《ゆううつ》そうに首を振った。「茅ヶ崎《ちがさき》。家賃の安いアパートに引っ越したの。アルバイトも時給いいし」

そう。美由紀は元気づけるべくいった。「かまわないわよ。高速を飛ばしていけば、一時間で着くから」

うん。沙希はつぶやいた。クルマに歩み寄ったが、ふと立ちどまり、夕焼け空を見あげた。

寂しげな囁《ささや》きが、沙希の口から漏れた。「長い一年だったな」

美由紀はその沙希の顔をじっと見つめた。沙希の潤んだ瞳《ひとみ》に、赤い陽の光が反射し、揺らいでいる。

「沙希ちゃん」美由紀は静かにいった。「大人になると、一年がそれほど長く感じなくなるの。どうしてかわかる?」

「さあ」沙希が美由紀に目を向けた。

「いまの沙希ちゃんにとって、一年は人生の十五分の一。でも歳《とし》を重ねていくと、一年はそれまで生きてきた歳月の二十分の一になり、三十分の一になる。やがて一年なんて、たいした月日じゃないってことを感じられるようになるの。一年の次には、また新しい一年がある。人生、何度でもやり直しがきくし、何度でもチャンスは訪れるのよ」

沙希は口をつぐみ、美由紀をじっと見つめた。美由紀も黙って沙希を見返した。

「そうね」沙希は零《こぼ》れ落ちそうになった涙のしずくをさっと拭《ふ》きとり、笑顔でいった。「明日も、来月も、来年もあるもんね」

美由紀はうなずいた。「あなたはまだ、スタートラインに立ったばかりよ」

紅色に照らしだされた雲が、黄金色に移り変わっていく。空き地に鬱蒼《うっそう》と生い茂る雑草にも風が吹き、美しいさざ波をかたちづくる。運転席に乗りこみながら、美由紀は頬に風を感じた。明日へ吹く風。きっと素晴らしい明日が、両手を広げてわたしたちを待っているにちがいない。そう信じればこそ、人生は歩みつづける価値がある。美由紀は静かに、夢に満ちた明日に思いを馳《は》せた。

家族

そよ風の吹く代々木公園の芝生の広場で、藍河はひとりベンチに腰を下ろしていた。夕陽《ゆうひ》はやわらかく辺りに降り注ぐ。昼過ぎには家族連れでにぎわった広場も、いまは犬を連れて散歩する人の姿がそこかしこにみえるだけだ。近所に住んでいるのだろう。それに、ジョギングをする初老の男。野球帽からのぞく髪は白かったが、走る姿は十代のようだった。健康そのものだ。ここには、久しく忘れていた穏やかな時間が流れている。

こんな宵の口の時間にはすでにウイスキーのボトルを何本か空にしていた日もあった。あそこまで生活が荒《すさ》んでいたかと思うと、空恐ろしいものを感じる。もっとも、すべては過去だ。たしかに長かったが、いまは過ぎ去った時間の一部でしかない。

あの事件の喧騒《けんそう》のすべてが、悪い夢だったようにも思えてくる。事実、いまや警視庁には芹沢派の痕跡《こんせき》は影もかたちもない。警察組織を我が物とし、事実上のクーデターを図った芹沢の陰謀は挫《くじ》かれ、その残党も極秘裏に一掃されることになった。ジパング＝エンパイアの存在すら知らされなかった世論は、警察の不祥事の減少という地味なニュースを通じて、かろうじてその影響を感じとることができるていどだった。すなわち大多数の人々にとって、日本はなにも変わってはいない。政府がカジノ構想を強引に実現に向かわせた事実も存在しなければ、この期に及んでまたもや大規模な施設が無意味に建設され、未使用のうちに取り壊された、そんな現実を人々が知る由もない。

それでも、と藍河は思った。自分にとっては、この国は変わった。暗雲がたちこめ、闇《やみ》に支配され、腐敗が進むいっぽうと信じたこの国にも、ひとすじの光がさした。

捨てたものではないな、と藍河は思った。いついかなるときも信念を持ちつづけることが、いかに重要なことか。あの事件を通じ、自分はようやく学びえた気がする。

近づいてくる足音がした。芝生の上を、スーツ姿の嵯峨敏也がやってきた。

「やはりここでしたか」嵯峨は愛想《あいそ》よくいった。「日曜の夕方は欠かさずここにおいでになりますね」

藍河は笑った。「嵯峨先生のおっしゃるとおり、アルコールより公園の新鮮な空気のほうが味わいが深いんでね」

嵯峨は藍河の隣りに腰をおろした。藍河をじっと見つめて、嵯峨はつぶやいた。「血色もよさそうですね。アルコール中毒もすっかり鳴りをひそめたらしい」

「先生のおかげですよ」藍河はため息をつき、ベンチの背もたれに身をあずけた。「あれが悪癖だったと、やっとわかった気がする。先生の催眠療法にカウンセリング、生活改善の指導。どれも効果的でした」

それはどうも。嵯峨は脚を組んで楽な姿勢をとった。「警部補に復職されたそうですね」

「ええ、来週から出勤です。まあ、それについてはありがたいんですが……」

「なにか、まだご不満が？」

藍河は空を仰いだ。枝葉の向こうにみえる澄んだ空。その空がどこか遠く思えた。

「嵯峨先生」藍河は空を眺めたまま、つぶやいた。「岬美由紀先生は？」

さあ。嵯峨は苦笑に似た笑いを浮かべた。「いちおう倉石診療所の職員なのに、あちこち飛びまわってばかりですよ。いまは心を病んでいるひとも多くて、美由紀さんとしてはじっとしていられないんでしょう。冒険心の旺盛《おうせい》なひとでもあるしね」

「ある意味で、充実しているわけだ」藍河はひとりごとのようにいった。「みんな充実の日々を送っている」

「あなたひとりが取り残されてるとでも？　藍河さん。あなたも警部補としての人生を取り戻されたんですよ」

警部補としての人生。それは人生の半分でしかない。あとの半分は、混乱のなかに消えていった。家族。妻、そして息子、娘。もう戻ることはあるまい。

嵯峨は黙って藍河の横顔を見つめていたが、やがて静かに語りかけた。「ねえ藍河さん、以前に僕はあなたに、家族に宛てた手紙を書いてくれと頼みましたね」

「ああ、そうだったな」

「そして、あなたは書いた」

藍河はうなずいた。妙な気がして、嵯峨の顔を見返した。「でもあれは、アル中の治療のために自分の思いを綴るだけってことでしたよね？」

「そう。とてもすなおに綴っていただきました」嵯峨の視線が遠くを向いた。「あとは、あなたしだいですね」

嵯峨は立ちあがり、視線を向けていたのとは別の方向に歩き去っていった。

藍河はしばし呆然《ぼうぜん》として嵯峨の背を見送っていたが、やがて、さっきまで嵯峨が視線を向けていたほうへと目をやった。

芝生の広場、はるか遠くの雑木林の前に、ひとが立っている。女だった。少年と少女が、その近くに寄り添うように立ってこちらを見ている。

しばらくのあいだ、藍河はただぼうっとその三人の姿を眺めていた。向こうもなぜか、その場に立ちつくしている。遠くてわからないが、視線をこちらに向けているようにも思える。

まさか。藍河は思わず跳ね起きるように立ちあがった。

その三人を藍河は知っていた。いや、忘れようとしても忘れられない三人だった。

思いこみだろうか。別人ではあるまいか。藍河は歩を踏みだした。

嵯峨はあの手紙を妻に送ったのか。そうにちがいない。彼は治療の名目で手紙を書かせることで、藍河に家族への率直な気持ちを表現させたのだ。

歩が自然に速まる。立ちつくしていた三人も、こちらに歩み寄ってくる。

距離が縮まるごとに、喜びがこみあげてくる。暖かく降り注ぐ夕陽と微風のなかを、藍河は息を弾ませ駆けていった。

次回「千里眼」シリーズ文庫刊行は『千里眼の死角』

この物語はフィクションです。

登場する個人・団体等はフィクションとして脚色されたものであり、現実とは一切関係がありません。

解説

西上心太

本書は二〇〇三年三月に発売された『千里眼のマジシャン』の文庫化であるが、単なる文庫化に止《とど》まらないので注意が肝要だ。文庫化にあたり題名が『千里眼 マジシャンの少女』と変わっただけでなく、三百枚にも及ぶ加筆修正が施された大バージョンアップ版なのである。ストーリーの大きな流れは変わらないが、人物の設定が一部変更されたり、最新の時事ネタを盛り込んだ言及がなされたり、エピソードが多数追加されるなど、全体を大幅に設計し直した作品となっているのだ。パソコンでいえば、Windows 98からWindowsXPになったようなものといったらお分かりだろうか。文庫版で初めて読む方はもとより、親本で読んだ時にやや物足りない思いをした方にとっても、必読の書となった。

さて本書の最大の特徴は、題名からも分かる通り、岬《みさき》美由紀《みゆき》が活躍する《千里眼》シリーズに正式に組み入れられただけでなく、臨床心理士・嵯峨敏也《さがとしや》と天才少女マジシャン・里見沙希《さとみさき》という、松岡圭祐が創造した三人のシリーズキャラクターたちが一堂に会する贅沢《ぜいたく》な物語であることだ。

嵯峨敏也は、松岡圭祐の衝撃的なデビュー作『催眠』に登場する臨床心理士である。八十年代の終わりに、伝説のサイコ・スリラー（サイコ・サスペンスは和製英語らしい）であるトマス・ハリスの『羊たちの沈黙』が翻訳されると、サイコ・スリラーというミステリーのジャンルは、一部のコアなファンだけのものではなくなり、一般読者の支持も受けるようになった。その後の状況は、古いファンなら記憶に残っているかと思うが、食傷気味になるほどサイコ・スリラーが量産されて、ミステリー界を席巻したのである。

やがてその影響を受け、国産のサイコ・スリラーも発表されるようになったが、《サイコ・スリラー＝血なまぐさい連続殺人ミステリー》という〝常識〟をくつがえした作品が松岡圭祐の『催眠』だったのだ。自分は予知能力を持つ宇宙人であるなどと口走る女が、〝超能力〟を披露するという発端こそ、今も変わらぬ作者の持ち味である、《読者を〝つかむ〟ケレン》に満ちているが、彼女の症状を通して、さまざまな心の病や、その治療法の一つである催眠療法に関する正しい知識を作中で披瀝《ひれき》するなど、非常に真摯《しんし》な創作姿勢に感動を覚えたものだった。しかも家族との濃密な交わりこそ心身の健康に不可欠というテーマが浮かび上がるのだ。今思えば家庭崩壊という現代の病巣を、いち早く予見していたといえよう。『催眠』は、殺人の起きない血なまぐさくないサイコ・スリラーとして、その年の大きな話題を呼んだのである。この後、シリーズは『後催眠』『カウンセラー』と続いていく。

松岡圭祐がベストセラー街道を驀進《ばくしん》するきっかけとなったのが、《千里眼》シリーズである。ヒロインはもちろん岬美由紀だ。航空自衛隊幹部候補生からF15Jイーグル戦闘機パイロットに選抜されるという華々しい経歴を持ち、後に臨床心理士（カウンセラー）に転職したスーパーレディだ。日本征服を目指すカルト教団恒星天球教や、悪のマインドコントロール集団メフィスト・コンサルティングを相手に、岬美由紀は次々と戦いをくり広げていく。

《千里眼》シリーズには作者の持味のすべてが入っているといって差し支えないだろう。全世界的な規模に渡る陰謀という、いわば大風呂敷《おおぶろしき》を広げた大きな嘘《うそ》をつきながらも、細部のリアリティをおろそかにしないエンターテインメントを書く上での基本をしっかりと押さえている点にまず注目したい。旅客機による大規模テロなど、後に現実の出来事となるような事件を、作中で何度も取り上げていることを見てもそれは証明されるだろう。

　さらにページターナーというエンターテインメント作家にとって最高の賛辞を与えられるにふさわしいリーダビリティ、魅力的なキャラクター、シリーズが進むに連れて深まっていく謎《なぞ》と広がり続ける世界観……、といった具合に、作品を面白くする要素がこれでもかというくらい、濃密に詰まっているのである。さらに《催眠》シリーズにも共通するヒューマニズムや、政治や国家体制の都合とは一線を画した〝正義〟を重んじる心が作品の底流を流れていることも忘れてはならない。

　奇術師と詐欺師の頭脳の戦いを描いたコンゲーム小説『マジシャン』で、第三のシリーズキャラクターであるプロマジシャンを目指す少女、里見沙希が登場する。冒頭で述べた、最も大きい人物設定の変更というのが、この里見沙希なのである。親本では沙希は国際的な大会で優勝したマジシャンとして描かれていた。だがマジックの技術を使って、神業のような万引きをくり返す少年に、失意の底にある沙希が絡むという新たな試みに挑んだ少年犯罪ミステリー『イリュージョン』（シリーズ第二作）にあわせて、本書での沙希はその大会の舞台で失敗し、希望を失った少女として描かれているのである。この先は、沙希の復活と成長を描いていくシリーズになっていくのだろう。

このように本書は、これまで松岡圭祐が個性的なキャラクターと共に築き上げてきた、世界観を集大成したエポックメイキングな大作となった。

東京のお台場に建設された江戸の町並みを模したテーマパーク。その正体こそ経済復興という名目で密《ひそ》かに進められた国営カジノにほかならなかった。推進派の閣僚が中心となり強引な法解釈でカジノ合法化を推し進める。そして警備上の理由を盾にカジノ開設に関与しようとする警察首脳たち……。

国民の意思が不在のままカジノ開場計画は進んでいき、ついに大々的なシミュレーションが行われようとしていた。招待客には計画推進派の大臣をはじめ、警察庁長官以下多数の警察幹部が含まれていた。だがカジノに隣接する劇場で、里見沙希のイリュージョン・マジックショーの幕が開こうとした時、忍者の格好をしたアクション集団が突如テロリストに変身する。要人たちを人質にした一味はカジノの金庫に収まる現金四百億円を奪うと共に、脱出用に自衛隊の潜水艦を曳航するように日本政府に要求したのだった。辛くも監禁から逃れた元刑事の藍川《あいかわ》と舞台から脱出した沙希の運命は。カウンセラーとして雇われたはずの岬美由紀の真意は……。

二〇〇一年五月に都知事の石原慎太郎がぶちあげたカジノ推進構想は、二〇〇三年六月に現行法上でのカジノ設置を断念したことでひとまず収まったが、今後はカジノ実現に向けて法改正などの変更を求めていく方針をとるそうである。カジノ設置の是非は一概には言えないが、どうやらかなり多くの自治体が推進を考えているらしい。

本書はカジノという《パンドラの箱》を国家が開けてしまった顛末《てんまつ》を描いたフィクションだが、この作品のバックボーンとなった利権の構図が現実となる可能性も否めない。松岡圭祐が取り上げたテーマの後に現実が追いついた例は先述した通り。そして何よりも「経済効果は莫大《ばくだい》でも、人々の心を蝕《むしば》みながら成長する産業などあってはならない」という岬美由紀の言葉に、作者の思いが込められているのだろう。

《ハイパー・エンターテインメント・ノヴェル》と呼ばれるように、派手なプロットばかりに目を向けがちだが、このような地に足のついた視点があるからこそ、多くの読者の支持を受けるのではなかろうか。

理屈はともあれ、テーマパークのような楽しさに満ちた作品がトレードマークの松岡圭祐が、テーマパークを舞台にした作品を書いたのである。どのような物語が展開されるのか、心浮き立たない読者はいないだろう。

夢の世界へと誘うチケットは、今あなたが持っているこの本である。

（にしがみ・しんた／書評家）

本書のプロフィール

本書は、二〇〇三年三月、小社より単行本として刊行された『千里眼のマジシャン』を全面改稿したものです。

千里眼《せんりがん》 マジシャンの少女《しょうじょ》

著者 松岡圭祐《まつおかけいすけ》

二〇〇四年四月一日 初版第一刷発行

編集人――稲垣伸寿
発行人――佐藤正治
発行所――株式会社 小学館
〒一〇一-八〇〇一
東京都千代田区一ツ橋二-三-一
電話 編集〇三-三二三〇-五一一二
制作〇三-三二三〇-五三三三
販売〇三-五二八一-三五五五
振替 〇〇一八〇-一-二〇〇

ISBN4-09-403260-6

印刷所――図書印刷株式会社

小学館文庫